서점 푸로스퍼로

서점
푸로스퍼로

에이미 마이어슨 장편소설 | 성세희 옮김

The
Bookshop of
Yesterdays
Amy Meyerson

fábula
파불라

일러두기

· 각주는 모두 옮긴이의 것이다.

· 원서에서 저자가 이탤릭체로 강조한 곳은 고딕체로 표시했다.

· 본문에서 언급되는 문학작품 중 국내 미출간 작품에는 원제를 병기했다.

지나간 일은 서막일 뿐이다.

—『템페스트』

1장

　빌리를 마지막으로 만나던 날, 그는 내게 강아지를 사줬다. 슬픈 눈망울에 하트 모양의 코를 가진 골든레트리버. 이름을 지어줄 만큼 오래 데리고 있지는 못했다. 거실을 뛰어다니며 나와 수많은 모험을 함께하리라 믿었던 그 녀석은 나를 너무 빨리 떠나버렸다. 마치 빌리처럼. 우리 집 진입로에서 후진하며 손을 흔들던 그도 그길로 다시는 내 앞에 나타나지 않았다.

　엄마는 개를 키우고 싶어한 적이 없었다. 내가 날마다 산책시키고 혹시라도 실수하면 카펫도 다 빨겠다고 애원했지만 엄마는 완강했다. 개가 카펫이나 신발을 망가트릴까봐서는 아니었다. 내가 개에게 사랑을 주지 않을까 염려해서도 아니었다. 엄마는 내가 개에게 사랑을 쏟을 걸 잘 알고 있었다. 엄마 역시 당연히 그랬을 것이다. 반려동물은, 모든 관계가 그렇듯, 사랑보다는 책임이 수반되는 존재니까. 그때 나는 십 대가 되기 직전이었다. 남자애들이나 친구들을 용돈보다, 개보다, 심지어 가족보다 더 중요하게 여기는 시기. 이미 결론이 난 이야기였다. 개는 안돼. 나는 알고 있었다. 당연히 빌리도 알고 있었고.

　그 개는 빌리가 내게 준 생일 선물이었다. 부모님은 나의 열두 살 생일을 위해 컬버시티에 있는 오락실과 배팅 케이지*를 빌렸다. 1998년 초의 일이었다. 내가 연말에 태어났기에 생일 파티는 언제나 1월에 열렸다.

친구들은 홈베이스 뒤에 모여 헬멧을 밀어 올리며 주뼛주뼛 케이지 안으로 들어가는 나를 응원했다. 다리를 어깨너비로 벌리고 오른쪽 팔꿈치를 들어야 한다고, 아빠는 내게 마지막으로 알려주었다. 조심하라고 한 번 더 말해줄 줄 알았던 엄마는 구내매점에서 통화 중이었다.

괜찮아, 미랜더. 넌 할 수 있어. 헛스윙을 해버린 내게 아빠가 말했다. 그때 엄마가 아빠 곁으로 가더니 아빠 귀에 대고 무언가를 속삭였다. 내가 한 번 더 배트를 휘둘렀지만 공은 이미 홈베이스 뒤로 날아가버린 뒤였다. 더 이상 믿으면 안 된다는 걸 알 때도 됐잖아. 아빠는 엄마에게 말했다. 미랜더, 아빠가 나를 불렀다. 끝까지 공을 봐야지.

오겠다고 약속했단 말이야. 엄마가 소곤거리는 소리가 들렸다.

그 이야기는 지금 하지 말자. 아빠도 속삭이듯 대답했다.

지키지 못할 거였으면 약속도 하지 말았어야지.

수지, 나중에.

나는 아빠가 가르쳐준 대로 팔꿈치를 올리고 무릎에서 힘을 빼는 데 집중하려 했지만, 속닥거리는 목소리 때문에 도무지 집중할 수가 없었다. 두 사람이 저렇게 귓속말을 주고받게 만들 사람은 오직 한 사람뿐이었으니까. 나는 그들이 빌리 이야기를 저런 식으로 하는 게 정말 싫었다. 마치 나를 그에게서 보호하려는, 나를 빌리로부터 지켜내야 한다는 듯한 태도. 나는 피칭 머신을 뒤로 하고 부모님에게 다가갔다. 케이지에 기대선 채 서로 시선을 피하던 부모님에게로.

통증보다 소리가 먼저였다. 믿기 힘든 정도의 큰 소리가 났고, 뒤이어

---

* 타자가 타격 연습을 할 수 있도록 꾸려놓은 공간.

어깨에 타는 듯한 통증이 느껴졌다. 나는 비명을 지르며 바닥에 쓰러졌다. 야구공이 두 개나 더 내 뒤통수를 스치고 지나갔다. 부모님이 케이지 안으로 뛰어 들어왔고 아빠는 누군가에게 기계를 끄라고 소리쳤다.

아가, 괜찮니? 내 머리에서 헬멧을 벗긴 엄마가 땀범벅이 된 머리칼을 이마 뒤로 넘겨주었다. 통증으로 숨이 멎을 것 같았다. 나는 아무런 반응도 하지 못한 채 차가운 시멘트 바닥에서 숨만 헐떡였다. 미랜더, 엄마한테 말해봐. 엄마는 지나치게 불안해하며 말했다.

괜찮아요. 나는 애써 숨 쉬며 대답했다. 케이크를 좀 먹으면 될 것 같아요.

평소 같았으면 내 말에 웃음을 터트렸을 테지만 두 사람은 여전히 걱정스러운 얼굴로, 내 부어오른 어깨가 마치 빌리의 잘못이라도 되는 양 낙담한 눈빛으로 서로를 바라보았다. 엄마는 아빠에게 씩씩대면서 내 생일 케이크를 가지러 구내매점으로 가버렸다.

엄마, 괜찮으세요? 매점의 십 대 점원과 이야기하는 엄마를 쳐다보며 아빠에게 물었다.

케이크 좀 먹으면 괜찮아질 거야. 내 머리를 헝클며 아빠가 말했다.

케이크를 게걸스럽게 먹어치우고 엄마가 어깨 위에 얹어준 얼음주머니가 녹아내려 티셔츠 앞자락이 축축하게 젖었을 때쯤, 나는 오락실에 있던 친구들에게 다시 돌아갔다. 그러고는 찌릿한 팔의 통증 따위는 무시한 채 좁은 레인 위로 스키 볼skee ball*을 굴렸다. 내 차례가 오기를 기다리는 동안 나는 남은 케이크를 치우던 부모님을 힐끗 쳐다보았다. 엄마가 비닐로 된 테이블보를 너무 거칠게 문지르자, 보다 못한 아빠가 엄마를 팔로 끌어안으며 말렸다. 아빠는 엄마의 머리칼을 쓸어 넘겨주며 귀에 대고 무언가를 속삭였다. 엄마가 왜 저렇게 화가 났는지 나는 이해할 수 없었다. 빌리가 오겠다고 해놓고 나타나지 않은 게 처음도 아니

---

* 공을 경사진 판 위로 굴려 표적의 길쭉한 홈에 떨어뜨리는 방식으로 득점하는 오락실 게임.

고. 솔직히 내 생일 파티에 빌리가 참석한 게 언제였는지 기억조차 나지 않을 정도였다. 일본이나 이탈리아에 지진이 나면 지진학자, 기술자, 사회학자들과 함께 제일 먼저 비행기에 타는 사람이 바로 빌리였다. 대체로 삼촌에겐 우리에게 떠난다는 말을 남길 겨를도 없었다. 나는 실망하기보다 오히려 자랑스러웠다. 우리 삼촌은 중요한 사람이니까. 삼촌은 사람들의 목숨을 구하는 사람이니까. 내가 빌리를 이렇게 생각하게 된 건 엄마 덕분이었다. 발표회나 토론회, 가족끼리 하는 일요일 야외 바비큐 파티에 빌리가 오지 않을 때면 엄마는 내게 이렇게 말하곤 했다. 빌리 삼촌도 여기 오고 싶어 했는데, 지금 세상을 더 안전한 곳으로 만드는 중이라서 못 오셨어. 빌리는 나의 슈퍼 히어로였다. 캡틴 빌리. 초능력 대신 우월한 머리로 세상을 구하는 사람. 슈퍼 히어로를 믿지 않을 만큼 나이를 먹은 뒤에도 나는 삼촌을 믿었다. 엄마도 빌리를 믿었던 것 같다. 비록 지금은 저기서 빌리의 말을 믿은 걸 후회하며 투덜대고 있지만.

그날 밤, 나는 친구 조니와 함께 일찍 잠자리에 들었다가 잠결에 초인종 소리, 누군가 까치발로 계단을 내려가는 소리, 무언가를 속삭이는 소리를 들었다. 침대에서 몸을 일으켜 복도로 나가보니 엄마가 자그마한 몸을 새틴 나이트가운으로 아무렇게나 휘감은 채 아래층 현관문 앞에 서 있었다. 문 밖에는 빌리가 있었다.

나는 계단을 향해 뛰기 시작했다. 뛰어가 빌리 품에 안기기 위해서였다. 삼촌에게 폴짝 뛰어 안기기에 나는 이미 너무 커버렸지만, 다 큰 어른이 되어도 빌리에겐 이렇게 뛰어가 안길 생각이었다. 빌리 허리가 부러질 만큼 내 사랑을 표현하면서. 하지만 엄마의 목소리를 들은 순간, 나는 계단 앞에 멈춰 설 수밖에 없었다.

제정신이야? 지금 새벽 3시야. 나는 그 자리에 얼어붙었다. 엄마는 목소리를 높이는 법이 없는 사람인데. 절대 욕하는 사람도 아닌데. 무슨 낯짝으로 이 한밤중에 나타나서 나를 비난해. 무슨 낯짝으로.

나는 온몸이 마비된 채로 난간 끝을 잡고 서 있었다. 엄마의 분노는 엄청났다. 그런 모습은 한 번도 본 적이 없었다.

이렇게 만든 건 오빠야. 엄마는 목소리를 낮추려고 애쓰고 있었다. 알아들어? 선택은 오빠가 한 거라고. 어떻게 나를 원망해.

엄마가 말하는 내내 빌리는 뒤돌아 있었다. 엄마는 삼촌에게 개자식이라고 했고, 자기도취증 환자라고 했고, 내가 알아듣지 못하는 다른 단어들도 쏟아부었다. 벌건 얼굴에 멍한 눈빛을 한 빌리가 계단에 서 있던 나와 눈이 마주쳤다. 그의 시선을 따라가던 엄마도 나를 보게 됐는데, 엄마의 얼굴이 창백했다. 갑자기 매우 늙어 보였다. 뭔가 복잡한 표정의 두 사람을 보고 나는 그들이 내 생일 때문에 싸우는 게 아니라는 걸 알았다. 다른 무언가가 있던 거였다.

미랜더, 가서 자. 엄마가 내게 말했다. 꼼짝 않고 서 있던 내게 엄마가 재차 말했다. 어서.

나는 내가 방금 목격한 상황에 설명할 수 없을 정도로 당황한 채로 방에 돌아갔다.

내가 옆에 눕는 소리를 들은 조니가 뒤척이며 물었다.

몇 시야?

3시가 넘었어.

이렇게 늦은 시간에 대체 누가 온 거야?

나도 모르겠어.

조니는 몸을 뒤척이며 아무렇게나 웅얼거렸다. 나는 다시 잠들 수 없었다. 엄마가 했던 말이 머릿속을 맴돌았다. 무슨 낯짝으로, 개자식, 어디서 나를 원망해, 이 선택은 오빠가 한 거라고. 아침이 다가오자 커튼 사이로 햇빛이 번지기 시작했다. 밤을 꼴딱 새우고도 빌리 삼촌이 대체 무슨 선택을 했다는 건지, 엄마에게 뭘 원망했다는 건지, 내가 본 게 대체 무엇이 있는지 여전히 감을 잡을 수 없었다.

그날 아침 느지막이 아빠는 조니와 나를 팬케이크 가게에 데려갔다.

엄마는요? 차에 타면서 내가 물었다.

엄마가 늦잠을 자네. 엄마는 아침 7시가 넘어가도록 잠을 자는 사람이 아니었지만, 아빠의 어조를 들으니 더 물어볼 엄두가 나지 않았다.

아침을 먹고 집으로 돌아오니 엄마는 여전히 가운을 입고서, 적갈색 머리카락을 얼굴에 늘어뜨린 채로 초콜릿 칩을 반죽에 섞고 있었다. 언제나 모든 음식에는 반드시 엄마의 노래가 재료로 들어갔다. 엄마의 달콤한 목소리가 파이나 라자냐와 섞이면 체리든 토마토든 더 달콤해졌다. 그런데 엄마가 쿠키 반죽을 섞고 또 섞는데도 부엌은 고통스러울 만큼 고요했다.

내가 현관으로 들어가는 소리를 듣고 엄마가 고개를 들었다. 눈은 퉁퉁 부어 있었고, 얼굴은 여전히 창백했다. 아침은 맛있었니?

아빠가 팬케이크를 세 종류나 사주셨어요.

그랬어? 엄마는 다시 반죽 그릇으로 시선을 옮겼다. 잘하셨네. 난 엄마가 어서 노래를 시작하기를, 몽롱한 상태에서 어서 깨어나기를 바랐다. 엄마는 반죽이 반죽기 속에서 쿵쿵 부딪히는 걸 계속 바라보았다. 나는 엄마의 비법 재료 없이도 쿠키가 맛있을지 걱정되었다.

빌리는 몇 주가 지나도록 연락이 없다가, 어느 날 생일을 챙겨준다며 나를 데리러 왔다. 우리가 어디로 가는 건지 나는 전혀 감을 잡지 못했다. 빌리 삼촌과의 외출은 이래서 재밌었다. 부두에서 오후 내내 놀거나 식스플래그스Six Flags*에 가거나 그 어떤 놀이를 한다 해도, 빌리가 준비한 모험에 비하면 그 절반도 재미가 없을 거였다.

빌리의 오래된 비엠더블유가 둔탁한 엔진 소리를 내며 우리 집에 도착했다. 늘 그랬듯 빌리가 차 문을 닫는 소리, 엄마가 달려나가 현관문을 열고 빌리를 맞이하는 소리, 쉴 새 없이 질문을 던지는 소리가 들릴 줄 알았다. 우리 어디에 가는 거냐, 다른 애들도 있는 곳이냐, 혹시 미랜더가 떨어질 수도 있는 절벽이나 높은 곳에 가는 거냐, 안전띠는 있냐, 구명조끼도 있냐, 뭐 그런 질문들. 빌리가 대답한다고 안심할 것도 절대 아니면서.

그날 엄마는 빌리가 울린 경적에 침실 문을 열어보지도 않고 나를 불렀다. 빌리 삼촌 오셨다.

삼촌한테 인사 안 해요? 나는 엄마에게 소리쳤다.

오늘은 안 해. 엄마도 큰 소리로 대답했다.

집을 나서기 전 나는 머뭇거렸다. 엄마의 방문은 여전히 닫혀 있었다. 아무렴 어때. 빌리 역시 초인종을 누르지 않고 시동을 켠 채로 차 안에서 나를 기다리고 있었다.

내가 최고로 좋아하는 꼬맹이 왔네. 차에 오르는 내게 빌리가 말했다. 삼촌은 언제나 그렇게, 나를 최고로 좋아하는 꼬맹이라고 불렀다. 만약 이렇게 오글거리는 표현을 엄마나 아빠가 썼다면 무척 당황스러웠을 거다. 하지만 빌리가 불러주는 거라면, 그것이 멋지지 않다는 걸 알면서도 계속 그렇게 불리고 싶었다. 진입로를 벗어나면서 집이 뒤로 멀어져갔다. 나는 우리가 출발하는 모습을 엄마가 침실 창문으로 내다보았을까 궁금했다.

저기 말이야, 내가 진짜 깜짝 선물을 준비했어. 빌리가 내게 활짝 미소를

---

* 미국에 있는 세계 최대 놀이공원.

지으며 말했다. 엄마 얼굴에서 보이던 피곤함이 빌리에게도 있는지 살펴봤지만, 그는 그저 만족스러운 표정으로 들떠 있었다.

깜짝 선물? 조니에게 말하진 않을 거였지만, 빌리의 깜짝 선물은 화장품 코너에서 립스틱을 훔치는 것보다, 조니의 큰 언니들이 운전하는 차를 타고 1번 고속도로를 질주하는 것보다 언제나 훨씬 더 스릴 있었다.

거기, 그 안을 열어봐. 빌리가 가리킨 조수석 서랍을 열자 검은 봉투 하나가 자동차 등록증 위에 놓여 있었다. 유니버설 스튜디오 입장권이나 할리우드 원형극장 콘서트 티켓에 딱 맞을 크기의 봉투였다. 하지만 빌리가 그렇게 뻔한 선물을 줄 리가 없었다. 봉투 속에 재미있는 건 없었다. 빌리가 주는 단서들을 가지고 내가 선물을 찾아내야 하는 거였다.

나는 봉투를 뜯고 그 안의 수수께끼를 소리 내어 읽었다. 우리나라 국기는 빨간색과 흰색, 파란색으로 이루어져 있어. 하지만 너희 나라는 아니야. lozh'—이 단어는 어떻게 읽어야 하는지 알 수 없었다—라고 생각할 수도 있겠지만, 내가 있는 곳에서 가장 가까운 미국 땅은 4킬로미터 떨어져 있어.

프랑스인가? 내가 추측하기 시작했다. 빌리가 알쏭달쏭한 표정으로 나를 바라봤다. 캐나다?

캐나다 국기는 빨간색과 흰색뿐이잖아. 더 따뜻한 쪽, 아니지, 추운, 훨씬, 훨씬 더 추운 곳이야.

러시아? 머뭇거리며 내가 물었다.

Vernvy! 빌리는 멋들어진 러시안 억양으로 대답했다.

나를 러시아로 데려가려는 거야? 러시아에 지진이 났어? 나는 빌리와 내가 러시아의 외딴 도시에서 양털 모자를 쓰고 지진 피해를 파악하러 다니는 모습을 상상했다.

그랬다간 네 엄마가 내 머리를 날려버릴걸. 빌리가 말했다.

엄마 이야기를 꺼낸 순간, 삼촌과 나는 잠잠해졌다. 두 사람이 언쟁

했던 그날 밤, 빌리와 내 시선이 어떻게 마주쳤는지, 그도 기억하고 있었다.

삼촌하고 엄마, 이제 괜찮아?

네가 걱정할 일은 하나도 없어. 빌리는 잠깐 머뭇거리며 무언가를 말하려고 하다가 이내 관두고는 베니스대로에 있는 다 쓰러져가는 건물 앞에 차를 세웠다. 자, 이제 수수께끼를 풀어보자.

우리가 가려던 곳이 여기야? 판자로 막아둔 상점 앞 유리창 개수를 세며 내가 물었다. 빌리가 줄곧 나를 데려갔던 모험 장소는 국립공원이나 산꼭대기, 외딴 해변 같은 곳이었는데. 이 건물 어딘가에 러시아에 관한 게 있어?

Vernvy! 차에서 내린 빌리가 인사하듯 허리를 숙이며 나를 철제 출입문 쪽으로 안내했다. 문은 잠겨 있지 않았다. 빌리가 나를 위해 문을 열고 서 있었다.

우리 이렇게 들어가도 괜찮은 거야? 나는 머뭇거리며 삼촌 너머의 어두운 실내를 힐끔거리면서 물었다. 문 닫은 곳 같은데.

오늘은 문을 안 여는 날인데, 매니저가 한 번 허락해준 거야. 박물관을 혼자서만 둘러보는 건 너무 신나는 일이잖아, 안 그래? 빌리가 안으로 걸어 들어가며 내게 따라오라고 손짓했다. 날 믿어. 빌리가 말했다. 날 믿어. 빌리의 주문. 그리고 난 언제나 그 주문대로 그를 믿었다.

입구엔 불이 희미하게 켜져 있었다. 수수한 벽면을 따라 유리 진열장들이 줄지어 놓여 있었고, 벽에 매립된 스피커에서는 오페라가 나즈막이 흘러나왔다. 문 옆 진열장 속엔 박쥐, 두더지, 작은 설치류 등이 박제된 채 담겨 있었다. 그 옆 진열장에는 반짝거리는 원석들이 있었다.

여기는 19세기의 별난 박물관들을 본떠서 만들었어. 빌리가 설명했다. 다방면에 걸친 지식을 채워주는 과학, 예술, 자연에 관한 모든 게 전시되어 있지.

말하자면 분더카머wunderkammer* 같은 곳이지.

분더카머. 나는 그 단어를 입으로 발음하며 마법이 일어나기를 기다렸다. 빌리는 방 한쪽 구석에 있는 진열장을 눈으로 가리켰다. 채색된 코끼리, 광대, 서커스 단장, 곡예사 같은 작은 조각상들이 가득 들어 있는 그 장에는 '러시안 서커스'라는 이름이 붙어 있었다.

유리 진열장 속을 들여다보던 나는 뭔가 이상한 것을 발견했다. 다른 물건과는 어울리지 않는 조각상, 서커스 천막에 휘갈겨진 수수께끼의 실마리였다. 그리고 진열장 뒷면에 테이프로 고정된 단서도 발견했다.

내 이름의 구조처럼 내 칭호는 시시하면서도 고상해. 빳빳한 내 털이 아니라 노섬벌랜드에 있는 강의 기원에서 따왔기 때문이지.

어리둥절해하는 내 표정을 보고 빌리가 웃었다. 그는 내 머리를 쓰다듬으며 옆방으로 나를 데려갔다. 어딘가 빈약했던 첫 번째 방에 비해 그 방은 뭔가 더 압도적이었다. 섬세하게 묘사된 개 그림들이 화려한 액자에 담겨 벽면 가득 걸려 있었다. 턱수염에 모자를 쓴, 트위드머스 남작이라 불린 이의 낡은 초상화도 걸려 있었다. 곁에 붙은 안내문에는 스코틀랜드의 사업가이자 코먼스 가의 일원이었던 그 귀족의 짧은 일대기가 적혀 있었다.

소문에 따르면 말이지, 빌리가 말했다. 1858년에 트위드머스 경이 러시아 서커스를 보러 갔다가 거기서 환상적인 연기를 펼치는 러시아 양치기 개들을 보게 됐대. 서커스가 끝나고, 트위드머스 경이 그 개 두 마리를 사겠다고 제안했는데, 공연단을 해체할 수 없었던 서커스 단장은 그 제안을 거절했다지. 그래서 어떻게 됐냐면 말이야, 트위드머스 경이 서커스단을 통째로 사들인 뒤 양치기

---

* '놀라운 것들의 방'을 뜻하는 독일어로, 박물관과 미술관의 시초를 의미한다.

개들을 교배시켜서 레트리버를 탄생시켰대.

빌리가 초상화 옆에 있던 서류함 쪽으로 와보라며 내게 손짓했다. 열어봐. 이것도 전시의 일부니까. 나는 앞으로 어떤 일이 펼쳐질지 거의 확신하면서, 트위드머스 경의 서류들을 헤집었다. 나는 빌리의 이런 모험을 사랑했다. 비록 내가 항상 모험이 끝나기도 전에 수수께끼의 답을 알아내더라도, 빌리는 절대 중간 과정을 건너뛰지 못하게 했다. 내가 남작의 교배 기록 중 하나를 그냥 넘기자 빌리가 나를 막았다. 역사학자들이 1950년대에 발견한 그 기록들 덕분에 러시아 서커스 이야기가 근거 없는 소문이었다는 걸 알게 된 거야. 빌리 삼촌은 레트리버의 뾰족한 코에 관한 설명을 가리키며 말했다. 여기 봐. 레트리버는 1858년 이전에도 이미 사냥감 추적에 쓰였잖아. 그러니까 트위드머스 경이 러시아 양치기 개들을 교배시켜서 레트리버를 만들어낼 수는 없었던 거지. 삼촌은 그 문서를 손가락으로 따라 읽으면서 트위드머스 개의 혈통을 훑어 내려갔다. 대신, 트위드머스 경은 자신이 보유하고 있던 레트리버들을 완벽한 사냥 동반자로 훈련시켰어.

이게 혹시 지금 내가 생각하는 거 맞아? 나는 오줌 마려운 아이처럼 깡충깡충 뛰었다.

네가 뭘 생각하느냐에 따라 다르지.

나는 교배 기록을 뒤적이다가 맨 뒤에 적혀 있던 다음 단서를 찾았다.

미인, 여신, 최고의 예쁜이라고 나를 부르지 마. 이런 반려견 이름이 모두 다 똑같다고 생각할지 모르겠지만, 꼭 맞는 이름은 하나밖에 없으니까.

나는 사진들을 살펴보다가 벨이라는 이름을 가진 트위드워터스패니얼을 발견했다. 그 사진 옆에 붙어 있던 명판에는 벨을 골든레트리버로 만들기 위해 '누'라는 노란색 레트리버와 교시켰다는 내용이 쓰여 있었다.

말도 안 돼. 내가 소리쳤다. 진짜 말도 안 돼. 나는 빌리 삼촌을 안고 펄쩍펄쩍 뛰면서 이성을 잃은 사람처럼 소리를 질렀다.

아직 아닌데. 빌리 삼촌이 내게 말했다. 어디 있는지 먼저 찾아야지.

나는 그 복잡한 방을 뒤지며 다음 단서가 들어 있을 만한 봉투를 찾았다. 멀찍이 떨어진 벽에 골든레트리버의 사진 한 장이 조상들의 사진 사이에 걸려 있었다. 나는 벽면 위로 튀어나와 있는, 깔끔한 검정 액자 뒤로 손을 밀어 넣어 색인 카드 한 장을 찾아냈다. 카드에는 컬버대로의 한 주소가 적혀 있었다.

나는 밖으로 뛰쳐나가 신호등도 확인하지 않고 베니스대로에 있는 낡은 상점과 자동차 정비소 들을 지나쳤다.

미랜더, 천천히. 나를 잡으러 뛰어오느라 헉헉대던 빌리가 소리쳤다.

컬버대로와 베니스대로가 만나는 신호등 앞에서 나는 마치 심박수를 유지하려는 달리기 선수처럼 제자리에서도 계속 뛰었다. 강아지, 강아지, 강아지, 강아지. 내가 조잘댔다. 그리고 신호가 바뀌자마자 쏜살같이 길을 건넜다.

컬버대로를 따라 줄지어 선 오래된 호텔과 식당들을 지나치며 달리는 동안 빌리의 웃음소리도 줄곧 나를 따라왔다. 카드에 적힌 주소는 몇 블록 떨어진 곳에 있는 앵무새 가게였다.

이 가게 주인이 골든레트리버도 취급하거든. 빌리가 숨을 돌리며 내게 설명했다.

가게 내부에서는 희미하게 견과류 냄새가 났다. 키가 큰 대머리 아저씨가 카운터 뒤에 서서 신문을 읽고 있었다. 우리가 들어오는 것을 보자 아저씨는 계산대 아래로 사라졌다가 골든레트리버 강아지를 안고 다시 나타났다. 나는 아저씨 손에 들려 있던 강아지를 조심스럽게 받아들었다. 따뜻한 강아지의 몸에서는 향긋한 농장 냄새가 풍겼다. 처음엔 잠에서 덜 깬 것 같았다. 품에 안고 그 보드라운 털에 내 뺨을 부비자 강아지가 잠에서 깨어나 끈적한 혀로 내게 키스를 퍼부었다. 잘 안고 있으려고 했지만 품에 가만히 안겨 있기에는 강아지가 너무 신이 나 있었다. 나는 주인아저씨가 시키는 대로 녀석이 가게를 돌아다닐 수 있게 내려놓았다. 그러자 녀석은 먼지 낀 구석에 가서 킁킁거리기도 하고, 금속 새장을 덮치기도 했다. 내 어깨에 팔을 얹고 있던 빌리에게 이 세상에서 가장, 최고로 좋아하는 사람은 삼촌이라고 말하려던 순간, 머릿속에 엄마가 떠올랐다.

엄마한테 말했어? 엄마가 괜찮대?

바닥에 있던 강아지를 빌리가 번쩍 들었다. 강아지가 얼굴로 달려들자 빌리가 웃으며 말했다. 이 얼굴에 대고 네 엄마가 어떻게 안 된다고 하겠어?

농담하지 말고, 삼촌. 엄마가 절대로 개는 안 된다고 했단 말이야.

넌 갖고 싶잖아, 맞지?

나야 세상에서 제일 갖고 싶지.

빌리가 강아지를 다시 바닥에 내려놓더니 나를 두 팔로 감싸 안았다. 가끔은 네 엄마가 상황을 좀 더 분명하게 볼 수 있도록 도와줄 필요가 있어. 네가 개를 얼마나 사랑하는지 직접 눈으로 보고 나면, 절대 안 된다는 말은 못 할 거야. 날 믿어, 알았지? 빌리가 아무리 그렇게 날 믿어라고 말했어도, 나는 내가 그럴 수 없다는 걸 알고 있었다. 엄마가 개 키우는 걸 절대 허락하지 않을 테니까. 그래도 나는 빌리의 힘을 믿고 싶었다. 빌리가 그렇게 될 거라고 약속하면 모든 일이 정말 그리 쉽게 해결되는 마법을. 엄마도 그 마법을 믿기를 바랐다.

조니가 엄청나게 부러워하겠지. 집으로 돌아가는 차 안에서 나는 괜히 흡족해졌다. 강아지라니. 진짜 강아지라니. 빌리 삼촌, 진짜 내 생애 최고의 생일 선물이야.

집에 도착한 후 내가 뒷좌석에서 강아지 용품을 꺼내는 동안 빌리는 강아지를 안고 있었다. 내가 강아지를 받으려고 하자, 빌리는 내어주지 않았다. 그는 강아지 귀 뒤를 쓰다듬으며 갑자기 진지하게 말했다. 지난번에 그런 모습을 보게 해서 미안하다. 네 엄마와 내 일 말이야.

별일도 아닌데 뭐. 나는 머뭇거리며 말했다.

별일이었어. 빌리가 분명하게 말했다. 강아지는 빌리 품 안에서 꼼지락대고 있었다. 네 엄마와 내 문제는, 그게 뭐가 됐든, 절대로 네 잘못이 아니라는 걸 알았으면 좋겠다. 나는 얼른 강아지를 데리고 안으로 뛰어 들어가려고 했다. 그래야 빌리가 말을 그만할 테니까. 하지만 빌리는 강아지를 너무 꽉 안고 있었다. 빌리가 그렇게 말하기 전까지는 그 어떤 것도 내 잘못이라고 생각할 만한 이유가 없었다. 네 엄마가 자기 관점에서 벗어날 수 있게 도와준다면, 엄마도 이 강아지를 거부하지는 않을 거야. 빌리는 내게 강아지를 건네주었다. 곧 다시 보자. 나는 빌리가 앞서 했던 불길한 말보다 다시 보자는 이 말을 더 믿기로 했다. 우린 곧 빌리를 다시 볼 거야. 모두 괜찮아질 거야.

엄마! 나는 소리를 지르며 집 안으로 뛰어 들어갔다. 엄마, 빨리 나와봐요. 빌리 삼촌이 나한테 뭘 줬는지 보면 깜짝 놀랄 거예요.

엄마는 침실 문을 벌컥 열고 현관이 내려다보이는 복도로 뛰어나왔다. 여전히 가운을 입은 채였다. 엄마의 눈 밑에는 다크서클이 짙게 내려앉아 있었다. 세상에, 미랜더. 엄마가 가슴에 손을 얹고 말했다. 깜짝 놀랐다. 큰일 난 줄 알았잖아.

이것 봐요. 나는 엄마에게 강아지를 들어 보였다.

낑낑 우는 강아지와 나를 번갈아 보던 엄마의 얼굴이 굳어졌다. 우린 못 키워. 엄마는 곧장 아래층으로 내려와 내 손에서 강아지를 뺏어 들었다. 당장 가져다줘야겠다.

아직 제대로 보지도 않았잖아요. 강아지가 엄마 얼굴을 핥았다. 봐요, 사랑스럽죠?

그게 중요한 게 아니란 걸 너도 알잖아. 엄마가 말했다. 강아지는 여전히 짖고 있었다.

실제로 보시면 생각이 달라지실 줄 알았어요.

미랜더, 이미 끝난 이야기잖아. 우리 가족 모두 너무 바빠서 개를 돌볼 수 없다구요.

제가 돌볼게요. 엄마는 아무것도 안 해도 돼요.

책임져야 할 일이 너무 많아. 엄마가 말했다.

나 이제 어린애 아니에요. 책임질 일이 많다는 걸 알려주실 필요는 없어요. 내 말투에 엄마도 나도 놀랐다. 엄마는 내가 진정할 때까지 기다렸다. 엄마를 설득할 수 없다는 걸 확실히 깨달은 순간, 나는 쿵쿵 계단을 오르며 소리쳤다. 엄마는 아무것도 못 하게 해. 내가 호들갑스럽고 신경질적인 철부지 십 대처럼 행동하고 있다는 걸 스스로 알면서도 나는 방문을 흔들릴 만큼 세게 닫았다.

엄마가 방문을 벌컥 열고 말했다. 문 세게 닫지 말랬지. 목소리는 차분했지만 엄마의 황금빛 눈동자는 또렷하면서도 화로 가득 차 있었다. 넌 규칙을 어겼어. 개를 키울 수 없다는 걸 너도 알고 있었잖아. 떼쓴다고 될 일이 아니야.

엄마 말이 맞다는 건 나도 알았다. 하지만 그때의 나는 내가 원하는 대로 할 수 없다면 엄마 말이 맞든 틀리든 상관하지 않을 나이였다.

강아지 어디 있어요? 내가 물었다. 엄마가 강아지를 안고 있지 않아서였다.

엉뚱한 소리 말고. 엄마는 아래층으로 내려가 강아지를 다정하게 얼렀다. 미랜더. 엄마가 나를 불렀다. 빌리가 이 개를 어디서 사줬니?

말 안 해줄 거예요. 내가 소리쳤다. 하지만 아무 반응을 보이지 않는 엄마에게 나는 백기를 들었다. 컬버시티에 있는 반려동물 가게요. 나는 그곳이 새를 파는 가게라고는 말해주지 않았다.

엄마가 강아지를 데리고 나가자마자, 나는 무슨 일이 일어났는지 알려주려고 빌리에게 전화했다. 빌리가 자동차에 연결된 전화를 받지 않아서, 나는 빌리의 집으로 다시 전화를 걸었다. 아마 못 믿을 거야. 나는 빌리의 음성 사서함에 대고 악을 써댔다. 엄마가 개를 돌려주라고 했어. 진짜 나쁜 년이야. 전화를 끊고 나니 명치끝을 얻어맞은 것 같은 느낌이 들었다. 엄마를 나쁜 년이라고 한 적은 한 번도 없었는데. 나는 아무도 없는 집에서 그 단어를 한 번 더 말해보았다. 나쁜 년. 나는 그 단어를 계속해서 내뱉었다. 그러면 괜찮아지리라 생각하면서. 하지만 절대 그렇게 되지 않았다.

오후 내내 나는 내 방에 틀어박혀 있었다. 엄마가 집에 돌아오는 소리를 들었고, 아빠가 테니스 클럽에서 돌아오는 소리도 들었고, 두 사람이 부엌에서 이야기하는 소리도 들었다. 무슨 일이 있었는지 엄마가 아빠에게 말해주고 있다는 것도, 아빠가 내 방으로 올라와 중재자 역할을 하리라는 것도 알고 있었다.

여섯 시 삼십 분이 되자, 아빠가 내 방문을 두드렸다.

배 안 고파요.

아빠는 방문을 열고 들어와 침대 위에 있던 내 곁에 앉았다. 화난 거 알아. 이 얘기는 우리 예전에 했었잖아. 지금은 개를 키우기에 적당한 시기가 아니야.

순 헛소…… 아빠가 나를 노려보았다. 적당한 시기는 평생 오지 않겠죠.

그럴지도 모르지. 그렇더라도 넌 그걸 존중해야 해, 미미. 우린 가족이야. 중요한 결정은 함께 내려야 하는 거야. 내려가자. 저녁이나 맛있게 먹자. 그게 우리 모두를 위해서 좋을 것 같다. 아빠는 괜찮다는 듯 내게 고개를 끄덕였다. 내가 잘 아는, 내가 올바른 결정을 내릴 거라는, 내가 아빠를 실망시키지 않을 거라는 제스처.

식탁에 앉아 먹지도 않을 닭고기를 포크로 찌르고 있는 엄마의 모습을 보면서, 나는 그녀에게 뭐라고 말해야 할지 고민했다. 비록 엄마가 듣지는 않았지만, 그래도 엄마를 나쁜 년이라고 말한 건 사과하고 싶었다.

그런데 엄마가 먼저 침묵을 깼다. 우리가 싸운 건 안타깝게 생각해. 빌리가 네게 그런 곤란한 일을 하지 말았어야 했어. 빌리가 비겁한 짓을 한 거야.

나는 닭고기 한 조각을 푹 찍어 입속에 던져 넣고는 반항하듯 씹어댔다. 엄마가 원하는 방식은 이거였던 거다. 내 잘못도 아니고, 당연히 엄마의 잘못도 아닌. 모든 걸 빌리의 잘못으로 몰아가는 것. 내게 개를 사주겠다고 선택한 것은 빌리였으니까. 뭔지는 모르지만 빌리가 선택한 그 무언가 때문에 엄마가 화를 냈던 내 생일 파티 날의 밤과 같이.

그래서, 이것도 빌리 삼촌의 선택이었다, 이거죠? 엄마 말은 내가 엄마한테 화를 내면 안 된다는 거네요?

내가 그날 밤 엿들은 빌리와 엄마의 싸움을 언급하고 있다는 걸, 또 엄마에 맞서 엄마의 단어를 사용하고 있다는 걸 알아챈 엄마의 상처받은 그 표정을 나는 절대 잊지 못할 거였다.

누구의 잘못을 따질 필요가 있나. 아빠가 말했다. 각자 자기 행동에 책임지면 되는 거지.

문 꽝 닫아서 죄송해요. 용서를 구했지만 이미 엄마에게 상처를 준 후였다. 엄마는 고개를 끄덕였다. 내 사과를 받는다는 듯, 그 저녁 식사 시간에 일어난 일을 모두 인정한다는 듯.

늦은 밤, 나는 빌리에게 다시 전화했다.

엄마랑 나는 이제 끝이야. 나는 음성 사서함에 대고 소리쳤다. 평생 엄마를 미워할 거야.

빌리는 내 메시지에 답이 없었다. 나는 엄마가 전화를 받을까 봐 그가 내게 전화하지 않는 거라고 생각했다. 다음 날 나는 빌리에게 다시 한번 전화했다. 그는 계속 전화를 받지 않았다. 나는 빌리의 음성 사서함에 대고 말했다. 내일 정확히 4시 15분에 전화할게. 그 시간에 꼭 집에서 전화 받아줘. 그다음 날 오후에도 빌리는 전화를 받지 않았다. 내가 빌리에게 닿을 수 있는 또 다른 장소는 푸로스퍼로Prospero* 서점 뿐이었다.

빌리는 지진을 연구하면서 동시에 동네 서점도 운영했다. 서점은 빌리가 사는 패서디나가 아닌 LA의 실버레이크에 있었다. 빌리는 지질학자가 자신의 진짜 직업이고, 푸로스퍼로 서점은 재미로 하는 일이라고 했다. 내가 왜 재미있는 일을 진짜 직업으로 삼지 않느냐고 물었을 때, 그는 지진을 통해 다른 사람들이 알 수 없는 것을 자신은 알아낼 수 있기 때문에 자신에겐 그들을 보호해야 할 책임이 있다고 말해주었다.

보물찾기 게임을 하지 않는 날이면 빌리는 나를 푸로스퍼로 서점에 데려갔다. 서점은 그 자체로 모험의 공간이었다. 미로 같은 책장 사이를 걷다가 빌리는 내게 책을 하나 고르라면서, 어떤 책이든 상관없지만 딱한 권만 택할 수 있으니 신중히 고르라고 말하곤 했다. 빨강 머리 앤과 메리 레녹스, 그리고 최근엔 『베이비시터 클럽Baby-Sitters Club』에 나오는 크리스티와 클라우디아, 스테이시와 그 친구들을 그렇게 알게 되었다.

---

* 셰익스피어의 희곡 『템페스트』에 등장하는 마법을 터득한 밀라노 공작.

전화를 받은 건 빌리가 아닌 다른 남자였다. 공작의 지위보다 책을 더 우대하는 곳, 푸로스퍼로 서점입니다.

서점 매니저인 리가 분명했지만, 나는 『안녕하세요, 하느님? 저 마거릿이에요』를 아직도 읽지 않았다는 걸 믿지 못할 게 분명한 리에게 전후 사정을 일일이 설명하고 싶지는 않았다.

빌리와 통화할 수 있나요?

아마 연구소에 계실 거예요. 서점에는 일요일에 들르기로 하셨어요. 메시지 남기시겠어요?

내가 누군지 리가 눈치채기 전에 나는 전화를 끊어버렸다.

일요일이라면 앞으로 5일이나 남았는데. 그때까지 기다릴 수는 없었다. 나는 엄마가 잠자리에 들고 아빠가 거실에서 야간 뉴스 보는 틈을 타서 빌리의 집에 다시금 전화를 걸었다. 빌리 삼촌? 나야, 삼촌이 최고로 좋아하는 꼬맹이. 나는 빌리의 음성 사서함에 대고 측은한 목소리로 말했다. 내 메시지 들었어? 나 진짜 삼촌하고 이야기해야 해.

메시지를 몇 차례 더 남긴 후, 나는 갑자기 겁이 나기 시작했다.

난 강아지를 키워보려고 노력했어. 나는 기계에 대고 변명을 늘어놓았다. 내 말 믿어줘. 내가 할 수 있는 건 다 했단 말이야. 삼촌도 우리 엄마 알지? 엄마가 어떤지 알잖아. 제발 나한테 화내지 마, 삼촌. 꼭 전화해줘. 빌리는 내게 전화하지 않았다. 주말이 되었을 땐, 빌리에게 다시 전화하는 게 소용없는 일이라는 걸 깨닫게 됐다. 빌리의 침묵은 어떤 말보다 명확했다. 이제 빌리는 일요일 저녁 바비큐 식사에 오지 않을 것이고, 당분간 들르지도 않을 것이고, 그 어떤 모험에도 나를 데려가지 않을 것이었다.

나는 그를 직접 만나야겠다고 결심했다. 나를 직접 보고도 빌리의 인생에서 나를 없애버릴 수는 없을 테니까. 빌리가 일요일에 어디에 있을지도 알았다. 푸로스퍼로 서점에 가면 빌리를 만날 수 있었다.

시내까지 가는 경로를 짜는 건 조니가 도와주었다. 가는 길을 보니 실버레이크는 샌프란시스코만큼이나 멀어서 여러 고속도로를 거쳐야 했다. 시내를 도는 버스를 타면 샌타모니카대로에서 선셋교차로까지 쭉 갈 수 있었다. 도중에 갈아탈 필요도 없었다. 막히지만 않으면 한 시간 반이면 도착할 거리였다.

나는 엄마에게 조니네 집에 놀러 갈 거고, 그 집은 십 대 언니들이 각자의 방을 지키고 있는 곳이라고 말해두었다. 조니네 집은 내가 자주 놀러 가는 곳이라서 엄마가 조니의 엄마에게 확인 전화를 하는 끔찍한 사태가 생길 일은 없었다.

버스에 오르기 전, 조니가 나를 힘껏 껴안았다.

괜찮은 거 확실하지? 잊지 마, 버몬트를 지나서 두 정거장 후에 내리는 거야.

고마워요, 엄마. 비아냥대듯 말하는 나를 향해 조니가 혓바닥을 날름 내밀었다.

버스는 생각보다 붐비지 않았다. 나는 비어 있는 좌석을 확인한 후 창가 쪽에 자리를 잡았다. 베벌리힐스에서 웨스트할리우드, 그리고 할리우드의 더 지저분한 동네로 가는 내내 차들은 샌타모니카대로 위를 더디게 움직였다. 하이페리온애비뉴에 도착해 버스에서 내린 후 선셋교차로까지 걸어가는 동안, 나는 실버레이크에서 자란 예술가나 음악가의 딸인 듯이 행동했다. 푸로스퍼로 서점 간판에는 오른손에는 지팡이, 왼손에는 책을 든 푸로스퍼로가 보라색 망토를 두른 채 백발을 휘날리며 우뚝 서 있었다. 나는 서점 밖에 서서 책들로 빼곡한 전망창을 통해 서점 안을 들여다보았다. 서점의 옅은 초록색 벽을 볼 때마다 느꼈던 긴장감이 다시금 밀려왔다. 이 공간에는 매주 혹은 매일 오는 사람들도 절대 알지 못하는, 오직 나만 알고 있는 유대감 같은 것이 있었다. 빌리는 누구에게도 그 어떤 종류의 책도 공짜로 주지 않았다. 설령 예약한 책이라

할지라도 말이다. 나는 빌리를 만나면 모든 것이 해결되리라고 확신하면서 서점의 문을 활짝 열었다.

푸로스퍼로 서점은 대형 서점은 아니었지만 천장이 높고 책장들이 적절히 놓인 덕분에 여유롭게, 심지어 널찍하게 보였다. 서점에서는 독특한 냄새가 났는데, 패서디나에 있는 빌리의 집 냄새도 아니었고 다른 서점에서 맡을 수 있는 냄새도 아니었다. 자른 지 얼마 안 된 종이 냄새와 서점에 자주 들르는 예쁜 소녀들의 향수 냄새, 거기에 서점의 커피 향까지 더해진, 거의 꽃향기와 다름없는 냄새였다.

미랜더? 문 앞에 있는 나를 알아본 리가 말했다. 이게 누구야. 빌리와 함께 왔니?

삼촌 여기 계신 줄 알았는데요. 그러고 보니 책상 밑에는 빌리의 가죽 책가방도 없었고, 서점 카페 테이블에는 캘리포니아가 흉터처럼 표시된, 샌앤드레이어스 단층이 그려진 삼촌의 머그잔도 보이지 않았다.

리가 나를 바라보는 것이 느껴졌다. 내게 뭐라고 말할지 너무나 뻔해 나는 일부러 그와 눈을 마주치지 않았다.

분명 서점으로 오시는 중일 거야. 내가 전화해볼게. 리가 말했다.

리는 서점 카페에서 일하는 여성 직원에게 내가 원하는 건 뭐든 주라고 말했다. 그는 내게 매우 커다란 초콜릿 칩 쿠키를 건네며, 그것이 마치 우리 둘만의 비밀이라는 듯 윙크했다. 나는 쿠키를 받아들고 맨 구석에 있는 테이블에 앉아, 프런트 데스크 뒤에서 통화하는 리를 바라보았다. 리는 통화하며 고개를 들었다가 자신을 쳐다보던 나와 눈이 마주치자 당황한 기색을 감추지 못했다.

빌리가 오늘 못 온다고 하네. 리가 내 테이블에 와 앉으며 말했다. 나보고 너희 어머니께 전화하라고 하더라고. 어머니께서 지금 이리로 오시는 중이야.

우리 엄마한테 전화했다고요? 온갖 거짓말이 내 머릿속에 떠올랐다.

『베이비시터 클럽』최신판을 사려고 왔어요. 아빠가 와도 된다고 했어요. 이런 뻔한 거짓말은 엄마의 화를 더욱 돋울 게 분명했다. 조니네 집에 간다고 해놓고는 동네에서 버스 타는 것도 허락받지 못한 내가 실버 레이크까지 온 것, 빌리와 싸운 걸 뻔히 알면서도 그를 보러 온 것은 완전히 대놓고 엄마에게 반항한 거니까. 하지만 최악은 따로 있었다. 내게 진정으로 상처였던 건 빌리가 나를 보지 않는다는 거였다. 눈물이 나오려는 걸 억지로 참았다.

저기, 나랑 같이 책 한 권 골라볼까? 어때? 내가 우는 걸 알아차린 리가 말했다.

좋아요. 어떤 책도, 그것도 리와 함께는 고르고 싶지는 않았지만, 나는 그렇게 대답했다. 리를 따라 책등이 밝고 선명한 청소년 섹션으로 갔지만, 눈물 때문에 제목이 잘 보이지 않았다. 리는 평소 같았으면 절대 권하지 않았을 R. L. 스타인이나 크리스토퍼 파이크의 스릴러물을 소개해 주었고, 나는 모두 고개를 저었다. 고등학교를 졸업할 즈음이면 푸로스퍼로 서점의 모든 책을 다 읽게 되리라고 생각했었는데. 더 이상 나는 이곳의 어떤 책도 다시 읽고 싶지 않았다.

리는 계산을 하기 위해 손님에게 돌아가고, 나는 책 대신 초콜릿 칩 쿠키를 다시 집어 들었다. 너무 속상해서 쿠키를 부수고, 다시 더 잘게 부쉈다.

주변 테이블이 사람들로 채워지고 다시 비기를 반복하는 동안 리는 프런트 데스크를 지키고 있었다. 그는 가끔 일어나서 내가 아직 있는지를 확인했다. 하늘이 점점 어두워지자 혹시나 엄마가 너무 화가 나서 나를 데리러 오지 않는 건 아닐까 걱정이 되기 시작했다.

몇 시간은 된 듯한 얼마의 시간이 흐른 뒤, 서점 출입문에 매달려 있던 종이 딸랑 울렸다. 고개를 드니 엄마가 사람들로 붐비는 테이블 사이를 두리번거리고 있었다. 나를 발견한 엄마의 얼굴에서 안도감이 비쳤다. 눈이 마주치자마자, 엄마에게 화가 났었다는 사실을 깡그리 잊어버린 채 나는 그녀의 품으로 달려들었다. 마치 어린아이가 된 것처럼, 엄마의 온기를 느끼며 달콤한 라일락 향기가 나는 엄마의 살냄새를 맡았다. 누가 보고 있든 상관하지 않고.

엄마가 미안해.

엄마가 내 이마에 뽀뽀하며 말했다. 네가 무사해서 정말 기쁘다.

엄마의 말을 듣자마자 난 내 계획이 애초부터 잘못되었다는 걸 깨달았다. 빌리가 푸로스퍼로 서점에 있었다 해도 그는 내게 전화하지 않았을 것이다. 빌리가 아닌 엄마가 날 구하러 오는 와중에도 나는 여기에 앉아 그런 엄마를 비난하고 있었던 거다.

10번 고속도로를 달리는 동안, 내가 얼마나 바보 같은 일을 저질렀는지, 실버레이크가 얼마나 위험한 곳이며 나에게 얼마나 끔찍한 일이 생길 수 있었는지를 엄마가 말하고 싶어 하는걸 느꼈다. 그런데도 엄마는 내게 이렇게 물었다. 빌리가 서점에 있었으면 뭘 어떻게 하려고 했어? 화난게 아닌, 정말로 궁금해서 묻는 거였다.

나도 모르겠어요. 내가 대답했다. 삼촌이랑 엄마가 화해했으면 좋겠어요.

어른들 일은 그렇게 간단하지가 않단다.

왜요?

엄마가 운전대를 꽉 잡았다. 빌리와 내겐 좀 복잡한 문제가 있어.

그게 뭔데요? 둘이 싸우는 거 제가 본 날, 대체 무슨 일이 있었던 거예요?

도로를 바라보다 내게로 시선을 돌린 엄마의 표정이 부드러워졌다. 설명하자면 너무 복잡해.

그래도 해줘요. 나는 숨을 참았다. 빌리와의 싸움에 대한 엄마의 입장을 들을 수 있는 기회였다. 빌리에 대해 어떤 말을 하든 얼마나 끔찍한 이야기를 하든 나는 엄마의 말을 모두 믿을 준비가 되어 있었다.

도로가 잘 보이지 않는지 엄마가 눈을 가늘게 찌푸렸다.

넌 너무 어려서 이해하지 못할 거야. 엄마가 부드럽게 말했다. 차라리 무자비하게 말했더라면, 나를 보호하는 대신 상처를 주려 했더라면 더 나았을 텐데. 나는 보호받고 싶지 않았다.

잘 풀 거죠? 내가 물었다.

솔직히 잘 모르겠어. 엄마가 대답했다.

엄마는 알고 있었다. 엄마와 빌리 사이에 있었던 일은 서로 쉽게 용서할 수 있는 일이 아니라는 것을. 그들은 해서는 안 될 말을 했고, 그 싸움으로 인해 서로를 잃었다. 아니, 어쩌면 그 둘은 이미 아주 오래전에 서로를 잃었는지도 몰랐다. 나도 아무런 생각이 떠오르지 않았다. 한 가지 내가 아는 게 있다면, 내가 절실하게 깨달은 게 있다면, 그건 바로 빌리가 나를 잃었다는 거였다. 나는 더 이상 빌리가 최고로 좋아하는 꼬맹이가 되고 싶지 않았다. 빌리가 왜 엄마를 푸로스퍼로 서점으로 보냈는지, 왜 나를 직접 만나지 않는지도 듣고 싶지 않았다. 일요일에 빌리가 나타난다고 해도, 우리 관계는 절대로 예전으로 돌아갈 수 없었다.

내가 무엇을 바라는지는 중요하지 않게 되었다. 빌리는 그 주 일요일에도, 그다음 일요일에도 우리 집에 오지 않았으니까. 평일 오후에 나를 서점으로 데려가지도 않았다. 그 어떤 모험으로도 나를 데리고 가지 않았다.

빌리가 발길을 끊은 몇 달 동안, 나는 그가 당장이라도 돌아올 것을 암시하는 징후들을 찾았다. 하지만 내가 찾을 수 있었던 건 나를 삼촌에게 인도해줄 단서가 아닌, 그의 부재의 흔적들이었다. 빌리가 베이징에서 사다준 칠보 접시는 더 이상 거실에 진열되지 않았고, 빌리와 내가 수족관에서 찍은 사진이 있던 자리에는 그네에 탄 나를 아빠가 밀어주는 사진이 놓였다. 빌리가 매번 글렌데일에 있는 쿠바 빵집에서 사오던 컵케이크 역시 이제 더 이상 주말 바비큐의 디저트가 아니었다.

고등학교에 진학할 즈음 나는 더는 빌리를 찾지 않게 되었다. 빌리는 우리 가족의 과거에 존재했던, 사실상 잊힌 존재가 되었다. 마침내 빌리가 우리에게 돌아왔을 때는 내가 그를 잊은 지 10년이나 지난 시점이었다. 그리고 그때는 빌리가 사망한 뒤였다.

하지만 빌리의 죽음은 끝이 아니었다. 우리의 이야기는 거기에서부터 시작되었다.

2장

빌리가 단서의 모습으로 내게 돌아오리라는 걸, 나는 늘 알고 있었다. 그게 16년이나 걸릴 줄 몰랐을 뿐이다. 그때 나는 스물일곱 살이었고, 필라델피아에 살았으며, 과하게 열성적이라 할 만큼 헌신적인 8학년 역사 교사였다. 같은 학교의 또 다른 8학년 역사 교사인 남자친구 집으로 얼마 전 이사를 와서, 생애 처음으로 비밀스러운 동거 생활을 하던 중이기도 했다. 학기가 막 끝난 시점이었다. 노예 해방 선언과 지하 철도 조직에 관한 학기 말 시험지를 모두 채점해서 학생들에게 돌려주고 최종 성적도 배포했으니, 이의를 제기하는 학부모가 나타나지만 않는다면 우리는 공식적으로 여름 방학에 돌입할 수 있었다. 제이는 파티를 해야 한다고 고집을 부렸다. 그 아파트에서 이미 5년이나 살았고, 달라진 점이라곤 내가 들어와 살게 됐다는 것뿐이었지만 집들이 파티를 꼭 해야 한다는 거였다.

우리의 거창한 밤을 위해 제이는 술을 사러 갔다. 아파트에서 몇 블록만 더 가면 주류 판매점이 있는데도, 그는 싸구려 위스키와 보드카를 면세가로 살 수 있는 곳이 있다면서 30분이나 차를 타고 델라웨어까지 가겠다고 우겼다.

"세금에서 아낀 걸 자동차 기름값으로 쓰게 되잖아." 주변을 두리번거리며 열쇠를 찾는 제이를 보며 내가 말했다.

"원래 그렇게 하는 거야?" 소파 쿠션들 사이로 손을 밀어 넣으며 제이가 말했다. 그가 커피 테이블 위로 쌓아 올린 쿠션 표면에는 감자칩 부스러기와 보푸라기가 잔뜩 있었다.

"너무 더러워." 있는 그대로를 말하는 내게 키스를 날리며 소파 사이를 계속 헤집던 제이는 마침내 찾아낸 열쇠 꾸러미를 보란 듯이 허공에서 흔들어댔다. "이러지 말라고 현관문 옆에 고리를 걸어둔 건데?" 끝에 새가 앉아 있는 황동 고리를 손가락으로 가리키며 내가 말했다. 그 고리는 이 집에서 내 손을 거친 유일한 소품이었다.

"저게 그 용도였어?" 제이가 놀리듯 말하며 나를 소파로 끌어당기더니 무릎 위에 앉히고는 내 목과 뺨에 키스했다. 나는 제이가 델라웨어에 있는 주류 판매점에서, 파티에 온 모두를 취하게 하고도 남을 만큼의 싸구려 술을 쇼핑 카트에 쓸어 담는 모습을 상상했다.

"주말에 도시를 벗어나서 버몬트에 있는 오두막으로 드라이브 가도 되는데. 연락도 다 끊고."

제이가 나를 놓아주었지만 나는 그의 무릎 위에 계속 앉아 있었다. "파티하고 싶어 한 거 아니었어?" 제이가 내게 말했다.

나는 어깨를 으쓱였다. 파티를 열고 싶어 했던 건 제이였다. 나도 파티를 좋아하고 싶었지만, 나는 제이가 기획하는 파티처럼 새벽까지 정신없이 날뛰며 폭음하는 파티엔 가지 않는 사람이었다. "그냥 그래볼까 생각했던 거지."

제이는 나를 번쩍 들어 무릎에서 내려놓고는 지갑과 열쇠를 뒷주머니에 꽂아 넣었다. "재미있을 거야." 그는 장담하며 내게 가볍게 입 맞추고는 밖으로 나갔다.

제이와 함께 지낸 지도 3개월이 되었지만, 그의 서랍장에 내 옷들을 넣고, 텅텅 빈 그의 냉장고를 내 요구르트와 구운 닭 요리로 채워도 이 아파트가 내 공간처럼 느껴지진 않았다. 이곳은 제이의 어머니가 자신이 생각한 이십 대 총각의 공간으로 꾸며놓은 아파트였다. 더러워져도 표시가 나지 않는 짙은 색 소파, 다행히 등받이 각도 조절 기능이 없는 가죽 안락의자, 한쪽 벽면을 몽땅 차지하는 텔레비전이 있는, 심심한 추상화들이 줄 맞춰 걸려 있는.

내 물건들은 작은 대여 창고에 보관했다. 다른 침실 가구를 팔 때도 팔지 않았던 앤티크 옷장, 1970년대에 엄마가 뉴욕에서 구입했다는 대리석 커피 테이블, 새 아파트 벽에 걸겠다고 실랑이할 가치조차 없는 미술관에서 산 그림 액자들이었다. 제이도 자기 어머니가 고른 액자들을 좋아하진 않았지만, 예술가 친구들에게서 사다 걸어놓은 그 그림들을 우리가 떼어내는 건 제이 어머니의 기분을 상하게 할 수 있었다. 이 아파트를 떠나는 게 차라리 더 쉬운 전투일 거라고 제이도 내게 말했다. 엄마를 화나게 할까 봐 전전긍긍하며 사는 건 어떤 기분일지, 나는 제이를 보며 궁금해졌다.

나는 제이가 집에 들고 들어올 술병들을 생각해서 미리 조리대 위를 치워두기 위해 부엌으로 들어갔다. 냉장고 옆에는 내 앞으로 온 편지들이 아무렇게나 쌓여 있었다. 고지서나 요가 수업 광고지가 대부분이었지만, 학생들이 보낸 감사 카드 두 장도 있었다. 그들은 엉성한 글씨로 자신들이 제일 좋아하는 교사가 나였다고, 프랭클린 판화 상점으로 갔던 현장 학습을 늘 기억하겠다고 적었다. 카드 말고도 패드를 댄 푹신한 봉투가 하나 있었는데, 그 한가운데에는 내가 직접 쓴 것보다 더 품위 있는 글씨로 '미랜더 브룩스'라고 적혀 있었다. 반송 주소는 없었지만 우편물 소인을 보니 LA였다. 나는 봉투를 눌러보았다. 딱딱한 사각형. 틀림없는 책이었다. 두툼한 봉투 겉면에 적힌 글씨가 엄마의 필체는 아니었지만, 분명히 엄마가 보낸 깜짝 선물일 거였다. 엄마는 늘 내게 뭔가를 보내주었다. 대륙 반대편에서 살겠다고 결정한 외동딸에게 받은 상처를 그런 식으로 과잉 보상하는 거였다. 엄마는 내가 시도하기엔 너무 복잡한 조리법이 담긴 요리책을 보냈고, 제이의 아파트가 우리의 소유가 되면 집을 꾸미는 일이 내 일이 된다고 생각해서였는지, 예산에 맞게 집을 꾸미는 방법에 관한 책을 보내기도 했다.

나는 봉투를 뜯고 보드라운 에메랄드빛 포장지에 쌓인 문고본 한 권을 꺼냈다. 앞면에 작은 인사 카드가 테이프로 붙여져 있었다. 포장지를 뜯어보니 책은 내가 암기하고 있던 희곡 『템페스트』였다. 엄마는 문학작품을 통틀어 가장 순수하고 아름답다고 생각한 소녀의 이름인 미랜더를 따서 내 이름을 지었다. 문고본 표지에는 공주의 결혼식 후 집으로 돌아오던 왕과 푸로스퍼로의 형제인 앤토니오를 포함한 수행단이 탄 배를 악당 하나가 뒤집으려고 위협하는 모습이 그려져 있었다. 엄마는 소유물을 처분해 판매하는 곳이나 골동품 상점 같은 곳에서 나와 같은 이름을 발견할 때면 그것들을 보내주었다. 금박 낙엽이 붙은 한정판이나 1950년대에 출판된 삽화 버전, 펜던트나 핀으로 만들어진 소형 복제품 같은 것들이었다. 하지만 이 책은 수천 부나 찍힌 평범한 문고본이었다. 엄마가 선물로 고를 만한 책이 아니었다. 엄마가 아니라면, 내게 이런 책을 보낼 사람이 누구일지 전혀 감이 오지 않았다.

나는 봉투에 있던 인사 카드를 꺼냈다. 카드 앞면에는 금발의 여인이 바닷가에 느긋하게 누워 나를 향해 미소 짓고 있었다. 눈은 양 끝이 고양이 눈처럼 뽀족하게 올라간 선글라스에 가려져 있었고, 짧은 머리칼은 거센 바람에 날리고 있었다. 그 위의 구름 한 점 없는 하늘에는 '말리부, 캘리포니아'라는 글씨가 그녀의 치아만큼이나 빛나는 흰색으로 적혀 있었다.

카드 속에는 뜻을 정확히 알 수 없는 메시지도 적혀 있었다.

이해해야 미래를 준비할 수 있다.

그게 다였다. "당신이 까맣게 잊고 있던 당신의 오랜 친구로부터"라거나 "언제나 당신을 생각하는, 숨은 팬이 드리는 선물" 같은 문장은 어디에도 없었다. 왕의 불운한 배가 그려진 희곡 앞표지 그림이나 푸로스페로와 마법에 걸린 섬에 관한 언급도 없었다. 그저 저 묵직한 메시지를 적은 잉크가 너무 진해서 미처 마르지도 않은 것처럼 보일 뿐이었다.

이해해야 미래를 준비할 수 있다. 어디선가 들어본 적이 있는 말이었다. 아빠한테서였나? 아빠는 서명란에 사인하는 것도 깜빡하는 사람이었다. 만약 이 메시지가 열심히 일하는 것에 관한 속담이거나 루스벨트의 말을 인용한 거였다면 아빠가 보낸 것이 맞았을 거다. 하지만 이런 조언은 아빠 취향이 아닌 데다 그는 엄마가 내게 보내는 선물에 이름이나 곁다리로 적어 넣는 사람이었다. 저 문구는 노래 가사이거나, 포천 쿠키속에 들어 있는 유명한 말이거나, 조니가 반쯤 장난스럽게 인용하는 뉴에이지 책들에 나오는 유행어일지도 몰랐다. 하지만 미래라는 말은 조니의 거친 목소리가 아닌 부드러운 자장가에서 들었던 단어였다. 그윽하고 꿈결 같은, 편안함을 자아내는 그런 목소리. 그 순간 그리움과 미련이 갑자기 밀려왔다.

아마 저 문구는 비록 셰익스피어의 운율에는 못 미치긴 해도 푸로스페로의 대사 가운데 하나였을 거다. 어쩐지 푸로스페로가 관객들을 향해 마지막 인사를 하며 읊었을 법한 문구처럼 들렸다. 나는 책장을 빠르게 넘겼다. 에필로그가 표시되어 있지는 않았지만, 연극의 2장, 그러니까 그의 형제들을 밀라노에서 어떻게 쫓아냈는지를 푸로스페로가 미랜더에게 이야기하는 장면의 푸로스퍼로 대사에 강조 표시가 되어 있었다.

이제는 너에게 네 아버지에 관해 자세히 알려야겠다. 네 손을 좀 빌려야겠구나. 내 마법 가운을 벗겨다오. 거기 있어라, 나의 마법이여.

앉거라. 네가 더 알아야 할 게 있다.

더 알아야 할 게 있다. 이해해야 미래를 준비할 수 있다. 주제의 유사성이 아니었다면, 나는 이 강조된 부분이 이 책의 전 주인이 마음대로 표시해 둔 부분이라고 생각했을 것이다. 하지만 푸로스퍼로의 대사와 카드에 적힌 문구⋯⋯ 두 문장은 서로 연관이 있었다. 어떻게 연결해야 할지 내가 확실하게 알지 못하는 것일 뿐.

나는 카드에 적힌 문구를 휴대전화 검색창에 입력했다. 교육, 종교와 관련된 수백 가지 묵상들이 화면에 떴다. 정확하게 일치하는 인용구는 없었다. 『템페스트』에 있는 문구는 아니었다. 확실한 건 이 문구가 격언은 아니라는 거였다. 그러나 여전히, 내가 전에 어디선가 들었던 것만은 확실했다.

나는 책을 서랍에 넣어두고, 해변 그림이 내 기억을 일깨워주기를 기대하며 테이프로 카드를 냉장고에 붙여두었다. 그림 속 여인의 행복한 얼굴이 조리대 치우는 나를 따라다녔다. 선글라스로 가려진 그녀의 두 눈이 내 모든 움직임을 관찰하고 있었다. 내가 고개를 들면 그녀의 표정도 바뀔 것 같았다. 당연히 그런 일은 일어나지 않았지만, 바람에 날리는 그의 머리칼과 멍한 미소를 몇 번 더 힐끔 쳐다보고 나니 내가 모르는 무언가를 그녀는 아는 듯한 느낌이 들었다.

해가 질 즈음에 우리는 파티 준비를 마친 상태였다. 동료 몇 명과 제이의 축구 친구들, 그리고 내 대학 친구들이 샐러드와 쿠스쿠스, 닭 요리와 케이크를 들고 일찍 도착했다.

우리는 와인 잔을 곁에 두고 거실 바닥에 앉아 종이 접시를 무릎에 올린 채로 신나게 이야기꽃을 피웠다. 가까운 친구들, 집에서 왜 나왔는지 캐묻지 않는 사람들과 즐기는, 내가 좋아하는 스타일의 파티였다. 나는 제이와 미술 교사 사이에 앉았다. 제이는 고등학교 축구부 코치를 하던 중, 출산휴가를 신청한 앤이 복귀하지 않는 바람에 8학년 역사 교사가 되었다. 제이가 우리 그룹에 합류하기 전까지는 멀리서 그를 바라보기만 하면서, 반바지 체육복 아래로 드러난 그의 종아리가 얼마나 남성적으로 보이는지, 남학생들을 주목시킬 때 그가 호루라기를 얼마나 날카롭게 끊어서 부는지 정도만 알고 있을 뿐이었다. 제이는 내가 원래 그다지 호감을 느끼지 않는 잘생긴 부잣집 도련님 같은 외모에, 인사만으로도 여교사들을 까르르 넘어가게 만드는, 사람을 끌어당기는 에너지를 가진 사람이었다. 그 매력이 어찌나 강한지 학교도 제이를 붙들어두려고 안달이었다. 대학에서 경제학을 전공한 제이에게 가르쳐본 적도 없는 8학년 역사를 가르치라고 할 정도였으니까. 제이를 기대 수준까지 끌어올리는 일은 내가 맡았는데, 예상보다 훨씬 더 많은 양의 역사를 가르쳐야 했다. 주말까지 반납해가며 연방제 지지자와 제퍼슨식 민주주의 공화제 지지자, 논란이 많았던 1800년의 선거와 버와 해밀턴의 결투 Burr-Hamilton Duel에 관해서도 알려줘야 했다. 후보들이 선거를 운용하는 방법과 정당에 관계없이 선거에서 2위를 차지한 사람이 부통령이 되는 것을 설명하는데, 제이가 나를 보며 바보처럼 웃었다. 설명을 듣지 않는다고 비난하는 내게 제이가 말했다. 정말 열심히 하시네요. 그렇게 말해줘서 고마워요. 그러고는 나도 모르게 바보처럼 웃었다. 그 맹한 웃음으로 우리의 관계가 시작되었다.

비밀스러운 만남에 익숙해지기 전까지는 복도에서 미랜더 선생과 제이 선생으로 마주칠 때마다 마치 밀회를 나누는 듯했다. 서로의 알몸을 본 적도 없으면서. 제이는 그저 근육질 다리와 유혹적인 미소만 가진 남자가 아니었다. 축구가 마치 예술인 듯 인생에 비유해가며 이야기하곤 했고, 자신의, 지금은 우리의 이웃들의 이름을 모두 기억했다. 연로한 피터스 부인의 장바구니를 그녀의 3층 아파트까지 들어다주었고, 친구인 트레버가 제시간에 퇴근하지 못하면 그의 개를 대신 산책시켜주기도 하는 사람이었다. 제이는 부모님과 사이도 좋았다. 어머니에 대해 인내심을 잃을 때가 결코 없었다. 제이는 어머니가 사다준 깃 있는 셔츠가 옷장 속에서 먼지를 뒤집어쓰고 있는데도 그것이 마음에 든다고 말하거나, 어머니가 가져온 개성 없는 그림들을 그의, 지금은 우리 둘의 집 벽에 걸어두었다. 그는 역시나 여동생과도 사이가 좋았다. 우리 집에서 몇 블록 떨어진 곳에 사는 그녀는 지금도 우리의 코앞에 앉아 내 동료에게 추파를 던지는 동시에 우리의 동거가 익숙지 않은지 곁눈질로 제이와 나를 힐끔거렸다.

"마지막 수업은 어땠어?" 내가 제이에게 물었다. 학교 이야기를 하고 싶은 건 아니었지만, 나는 아직 여러 사람과 함께 있는 상황에서 제이와 지내는 법을 연습하는 중이었다. 우리 둘이서만 보낸 시간이 워낙 많은 탓에 주변에 사람들이 있을 때는 제이에게 와락 달려들면 안 된다고, 제이에게 기분을 묻되 그가 흥분해서 얼굴이 달아오르게 해서도 안 된다고 스스로를 일깨워야 했다.

제이가 마지막 수업에 관해 이야기하기 시작했다. 아이들은 에이브러햄 링컨에 대한 내 수업보다는 잘 짜여진 살인 게임 같은 제이의 수업을 훨씬 더 좋아할 것이었다. 그게 바로 제이와 나의 차이점이었다. 제이는 학생들을 자기편으로 끌어들이는 법을 알았다. 제이와 달리 나는 지금 당장은 의미 없을지라도 몇 년이 지난 후에 떠올리게 될, 적어도 그렇게 되기를 바라는 것들을 가르쳤다. 교사란 그렇게 무모한 희망을 품는 직업이니까. 제이가 손을 뻗어 내 머리칼을 만지작거렸고, 나는 친구와 동료 앞에서 애정을 표현하는 건 어떤 기분일지 시험해보기 위해 제이의 뺨에 키스했다. 페이스북 프로필의 관계 상태가 바뀌었음을 실제로 보여주는 키스였고, 완전히 돌이킬 수 없는 건 아니지만 지울 수도 없는 선언과도 같은 키스였다.

11시가 되자 예상치 못한 사람들이 나타나기 시작했다. 친구들의 친구들의 친구들, 제이는 그들 모두를 맞이했다. 야구 모자를 쓴 남자들과 하이파이브를 나눴고, 밝은 색상의 딱 붙는 탱크톱을 입은, 내가 한 번도 만난 적 없는 여자들과 껴안으며 인사를 나눴다. 제이가 큰 키에 근육질인 저 남자들과 토요일 오전에 축구 경기를 하는 모습이나 필리스의 최근 패배에 상심했을 모습은 그려볼 수 있었다. 하지만 저 여자들과 나눈 대화는 전혀 상상되지 않았다. 나는 제이가 여자들과 이야기하는 모습을 티 나게 쳐다보지 않으려고 나름대로 애썼지만, 그들을 노려보는 내 모습을 본 제이의 여동생이 내게 보란 듯이 억지웃음을 지어 보였다.

우리 아파트에 낯선 사람들이 모여들면서 거실이 참을 수 없이 더워졌다. 누군가 음악 소리를 너무 키우는 바람에 대화를 할 수도, 생각을 할 수도 없이 그저 춤만 춰야 했다. 나는 제이와 함께 벽에 기대서서 밝은색 옷을 입은 시끌벅적한 여자들이 전자음에 맞춰 자연스럽게 몸을 흔드는 모습을 바라보았다. 커플들은 서로 몸을 맞대고 춤을 추었고, 그들이 들고 있던 맥주가 우리 마룻바닥에 쏟아져 철벅거렸다. 제이의 몸에서 뿜어져 나오는 욕망이 느껴졌다. 나 역시 그의 품에서 이성을 잃고 싶었다. 거실 한구석을 우리만의 은신처로 만들고 싶었다. 제이가 발로 바닥을 톡톡 치며 내게 춤추고 싶은지 물었다.

우리는 그 여자들 곁을 옆걸음으로 지나치면서 그들의 유연함을 실감했다. 나도 그렇게 유연하게 움직이고 싶었지만, 춤을 추려고만 하면 언제나 머리가 내리는 지시를 몸이 따르지 못해 그 둘이 따로 놀았다. 제이 역시 춤을 잘 추는 편은 아니어서 우리는 서로의 춤이 우스꽝스럽다며 웃어대다가, 비트와 우리가 하나가 될 때까지, 제이와 내가 서로 같은 것을 원할 때까지 서로에게 조금씩 더 가까이 다가갔다.

주머니 속에 있던 휴대전화 진동 벨이 울렸다. 평상시라면 무시했겠지만 그럴 수 없었다. 아파트 초인종은 관리인에게 수도 없이 요청했음에도 여전히 수리되지 않아 울리다 말다 하는 상태였는데, 그 고장난 초인종 탓에 친구가 집에 들어오지 못하고 있다는 전화일 수도 있기 때문이었다. 하지만 엄마에게서 걸려온 전화임을 확인했을 때, 나는 본능으로 뭔가가 잘못되었다는 걸 알았다. 엄마와는 아침에 이미 통화한 상태였다. 그때 엄마는 즉석에서 만드는 브라운 더비 레스토랑의 칵테일 레시피를 알려주었는데, 그런 그녀에게 그것이 값싼 맥주나 마시는 나와 내 동년배들에겐 과분하다고 대꾸하지는 못했다. 하루에 한 번 이상 통화하는 때가 많기는 해도, 급한 일이 아닌 이상 엄마가 파티 중에 전화할 리는 없었다.

나는 휴대전화 화면을 제이 쪽으로 기울여 엄마의 전화인 걸 보여준 후, 통화하고 오겠다고 손짓했다. 제이는 어깨를 으쓱하며 내게 괜찮은지 물었다. 나는 불길한 기분을 떨치며 밖을 향해 미끄러지는 듯한 몸짓을 했다. 밖으로 나가기 위해서는 사람들과 몸싸움을 해야 했다.

"무슨 일이에요?" 입구 계단에 올라서며 내가 물었다.

"파티 중인데 미안해."

"무슨 일 있어요?" 나는 맨 위 계단에 앉았다.

"너도 알아야 할 것 같아서. 너한테 바로 말하지 않으면 안 될 것 같았어. 왜냐하면,"

"엄마, 무슨 일인데? 이러니까 더 겁나잖아요."

"방금 전화를 받았어. 빌리 소식이야." 술기운이 그 이름의 무게와 함께 내게 밀려드는 것 같았다. 빌리. 빌리 삼촌. 나는 갑자기 심한 현기증을 느꼈다. 엄마가 빌리에 관해 마지막으로 이야기한 게 언제였는지 생각나지 않았다. 내가 마지막으로 빌리를 생각했던 게 언제였는지도 기억나지 않았다. 엄마가 무슨 말을 할지 벌써 짐작이 갔지만, 나는 그녀가 말할 때까지 기다렸다.

"빌리가…… 죽었대. 오늘 오후에." 엄마는 혼이 나간 듯했다. 마치 진정제를 먹은 사람처럼, 아니 어쩌면 이미 진정제를 먹었을 수도 있었다. 엄마의 목소리는 그만큼 비정상적으로 차분했다.

내 흐릿한 머릿속에 돌연 이미지 하나가 떠올랐다. 나를 마지막으로 집에 내려준 후 운전대 앞에 앉아 있던 빌리의 모습. 나를 데려다주고 웃던, 너무 생뚱맞고 부자연스러웠던 그의 미소. 나는 좀 더 행복했던 기억을 떠올려보려고 애썼다. 그날 내게 개를 사주며 환하게 웃던 빌리의 표정, 수수께끼 푸는 내 모습을 보던 그의 얼굴 같은. 하지만 마지막으로 내게 손을 흔들며 억지로 웃던 그 미소, 슬픔을 감추지 못하던 그 얼굴만 계속해서 떠오를 뿐이었다.

"아, 엄마." 무슨 말을 해야 할지 몰랐다. 엄마의 마음이 어떨지 상상할 수도 없었다. 16년 동안 서로 연락하지 않은 사이일지라도 엄마는 분명 망연자실했을 거였다.

"그만 파티로 돌아가야지."

"괜찮아요, 엄마. 특별한 파티도 아니에요."

"가서 재미있게 놀아. 다시 통화하자, 알았지?"

"엄마, 정말 유감이에요." 엄마가 전화를 끊기 전에 내가 말했다.

"그래, 나도." 엄마가 대답했다.

나는 계단에 남아, 엄마의 전화번호가 깜빡거리다가 사라질 때까지 휴대전화 화면을 바라보았다. 무더운 밤이었다. 필라델피아에서 9년이나 살았는데도 나는 이 습도, 그러니까 태양보다 더 오래 지속되는 이 습도에 익숙해지지 않았다. 내 기억 속에 있는 빌리에 관해 엄마와 나누었던 대화를 다시 떠올렸다. 빌리와 풀 수 있을지 모르겠다던 엄마의 말대로 두 사람은 서로 화해하지 않았다. 그 후 빌리와 어떻게 되었느냐고 엄마에게 물었지만, 엄마는 빌리를 너무 당연하게 유령 취급했다. 엄마의 어린 시절 이야기에서도 빌리를 지웠고, 엄마와 나, 빌리 이렇게 셋이서 종종 하이킹했던 테메스칼캐니언 근처도, 빌리가 제일 좋아했던 말리부의 경치 좋은 해변도 피했다. 결국 나는 빌리의 안부 묻기를 멈춰야 했다. 빌리는 지금 죽었지만 이미 수년 전에 우리 곁을 떠났다. 그렇다고 해도 빌리의 죽음은 매우 고통스러웠다. 엄마도 마찬가지였을 것이다. 분명히.

문 가까이로 다가오는 제이의 발걸음 소리가 천둥처럼 울렸다. 나를 살피러 온 제이를 보자 마음이 놓이긴 했지만, 이 순간을 제이와 나눌 준비는 아직 안 되어 있었다.

"자기야." 나를 아찔하게 하는 미소를 지으며 제이가 말했다. 그날은 엄마의 말이, 너무 오랜만에 소환된 빌리의 기억이 나를 더 어지럽게 했다. 제이의 얼굴에서 미소가 사라졌다. 야외활동 잡지에나 등장하는 자세로 제이가 벽에 기대 섰다. "무슨 일이야?"

"삼촌이 돌아가셨대."

"이런." 제이는 계단에 앉아 나를 끌어안았다. "사람들한테 가달라고 할까?"

"아니, 모두가 알게 되는 건 싫어. 그냥…… 내가 삼촌을, 그러니까, 16년이나 못 보긴 했지만. 삼촌이 죽었다니 믿을 수가 없어서." 그렇게 말하면서도 여전히 빌리의 죽음이 믿기지 않았다.

"화재경보기를 울리면 되지. 스프링클러 아래에 성냥불을 갖다 대서 말이야. 그럼 모두 나갈 거야."

웃음이 터져 나왔다. "우리 집엔 스프링클러 없는데."

"좋아, 그럼, 쓰레기통에 불을 피울까? 위험할 것도 없잖아."

내 웃음이 점점 어색하게 변했다. "집에 불을 내진 말아줘. 진심인데, 지금은 그런 생각 하고 싶지 않아."

내 말을 이해한 것처럼 보이지는 않았지만, 제이는 나를 일으켜 세워 계단 위로 데리고 갔다. 아파트로 들어가기 전, 제이가 두 팔로 나를 감싸 안고서 약속했다.

"네가 말만 하면 모두 돌려보낼게."

하지만 우리가 집 안으로 들어가자마자, 제이의 친구 한 명이 벌써 심하게 취한 듯 보이는 무리 속으로 제이를 끌고 들어갔다. 벽면은 이미 젖어가기 시작했다. 춤출 공간을 확보하느라 소파와 커피 테이블은 가장자리로 밀려나 있었다. 내 예전 룸메이트가 거실 반대편에서 나를 발견하고는 춤추는 공간으로 끌고 들어갔다. 이미 여러 명이 둘씩 짝지어 서로 팔다리를 휘감은 채 음악에 맞춰 흐느적거리고 있었다.

나는 빌리 생각을 멈출 수가 없었다. 우리 집 뒷마당에서 보물찾기 놀이를 하던 일, LA의 공원과 해변을 누비며 함께 했던 모험들, 남아프리카산 구슬 액세서리나 일본 전자 제품처럼 그가 외국에서 사다 준 선물들이 계속 떠올랐다. 빌리가 준 선물들이 아직 부모님 댁에 있다면 지금 어떻게 되었을지 궁금했다. 물론 엄마가 진즉에 버렸겠지만.

제이가 갑자기 내 허리를 팔로 감싸고는 음악에 맞춰 내 몸을 흔들었다. 나도 제이와 한 몸이 되어 움직이고 싶었지만 엄마의 말이 귓가에 맴돌아서 그에게 집중할 수 없었다. 그래, 나도라니. 깊은 슬픔을 들키기 전에 허겁지겁 전화를 끊으며 엄마가 내뱉은 말.

제이가 내 앞에 불쑥 나타났던 것처럼 그는 갑자기 사라졌다. 구석에서 뭔가가 부서지는 소동을 듣고 살펴보러 간 것 같았다. 주변 사람들의 춤을 흉내 내다보니 다리가 천근만근이었다. 제이가 쪼그리고 앉아 떨어진 무언가를 양손에 주워들고서 침실 쪽으로 옮기는 모습이 보였다. 음악이 끝나자 주위 사람들은 취중 대화를 음악 삼아 몸을 흔들며 다음 음악이 시작되기를 기다렸다. 눈을 감고 있자니 빌리가, 그 복잡한 미소가 눈앞에 나타났다. 어릴 때 빌리가 나를 뭐라고 불렀더라? "내 특별한 꼬마?" 아니, "내가 최고로 좋아하는 꼬맹이"였지. 내가 최고로 좋아하는 꼬맹이가 여기 있네라며 나를 자신의 모험으로 데려가곤 했는데.

음악이 다시 시작되었다. 그 열기에 나도 동참해보려고 했지만 내 머릿속은 온통 빌리로, 재미난 모험으로 포장된 지리, 생물, 진화에 관한 빌리의 수업으로 가득 차 있었다. 지구에 관한 모든 것, 대지가 어떻게 이동하고 충돌하고 진화하는지, 대지의 이동이 우리 삶을 어떻게 바꿔놓았는지에 관한 나의 지식들은 모두 빌리가 가르쳐준 것들이었다. 나는 멈춰 서서 감고 있던 눈을 떴다. 그럼 그렇지. 어떻게 그걸 잊고 살 수가 있지. 나는 납덩이같이 무거운 다리를 겨우 이끌고 정신없이 빙글빙글 도는 사람들 틈을 헤치며 겨우 부엌으로 갔다. 냉장고에 붙여놓은 금발의 여인은 여전히 미소 짓고 있었다. 이제는 그녀가 아는 것을 나도 안다. 이해해야 미래를 준비할 수 있다. 그건 빌리가 했던 말이었다. 내가 지진을 처음 겪었을 때 그가 해주었던 말.

3장

거실 바닥에 아무렇게나 널브러져 있는 컵들, 소파 팔걸이 위에 놓인 페도라, 음악이 멈춘 채 윙윙 전자음만 새어 나오는 스피커. 기온은 이미 올랐고, 쏟아진 맥주와 담배꽁초 위로 습한 공기가 내려앉았다.

"남학생 전용 클럽 같은 냄새가 나는군." 제이가 심하게 콜록거렸다.

"그런 냄새인 줄 몰랐네." 펜실베이니아대학에도 남학생 클럽이 여럿 있었지만, 나는 역사학 클럽 멤버들과 와인을 병째 들고 마시면서 대통령이나 주도州都 맞추기 게임을 하던 타입이었다. 너 완전 따분한 스타일이었구나. 내가 대학 시절 파티를 이야기해주면 제이는 잘난 체하며 나를 이렇게 놀리곤 했다.

"가자, 따분이. 브런치 먹으러." 제이가 놀리듯 말했다.

금세 우리의 단골 가게가 된 식당으로 제이와 내가 함께 걸어갔다. 길가에 줄지어 선 테이블엔 사람들이 가득했지만 어둑어둑하고 시원한 실내엔 사람들이 거의 없었다.

제이는 블러디 메리 두 잔을 주문했다. 후추가 떠다니는 붉은 액체를 보는 것만으로도 나는 속이 쓰렸다. 그걸 단숨에 마셔버린 제이에게 내 잔을 건네주자 그는 마다하지 않았다. 빌리의 사망 소식, 전날 너무 많이 마신 맥주, 거기에 수면 부족까지 더해져 머리가 깨질 것처럼 아팠는데도 나는 다음 단서에 대한 생각에서 벗어나지 못했다. 빌리가 죽기 전에 나한테 뭔가를 보낸 건 우연일 리가 없으니까. 그리고 빌리가 주는 단서에는, 언제나 뭔가가 더 있었으니까. 나는 가방에서 카드를 꺼내 테이블 너머로 쓱 밀었다. 제이는 손을 닦고 봉투에서 조심스럽게 카드를 꺼냈다.

"어제 삼촌한테서 받은 거야." 내가 설명했다.

"이게 무슨 뜻이야?" 카드를 펼쳐 읽으며 제이가 물었다.

"내가 지진을 처음 겪었을 때 삼촌이 내게 해줬던 말이야." 나는 그날 밤을 생생하게 기억했다. 외출한 부모님을 대신해 빌리가 나를 돌봤던 날이었다. 빌리와 나는 밤늦게까지 「오즈의 마법사」를 보았다. 내가 보면 안 되는 영화였지만, 나는 그 사실을 빌리에게 말하지 않았고, 빌리도 네 살짜리인 내게 충격 요법을 구사하거나 무시무시한 오즈를 봐도 괜찮은지를 묻지 않았다. 시작과 함께 흘러나오던 위협적인 음악만으로, 나는 그날 밤잠은 다 잤다고 생각했다. 빌리가 나를 침대에 눕혀줬을 때, 벽에 드리워진 조명 그림자가 놈Nome 왕의 괴물 같은 모습으로 보이진 않을까 겁이 났지만 나는 불을 끄지 말아달라고 말하진 않았다. 침대 위에서 이리저리 뒤척이는데 바닥이 떨리기 시작했다. 책장 위에 있던 트로피들도 달가닥거렸다. 놈 왕이 방을 집어삼키고, 벽을 괴물 석상으로 만들어서 나를 잡아먹게 하려는 거구나. 나는 괴성을 질렀다. 방은 계속 흔들렸다. 나는 더 크게 소리를 질렀다. 빌리가 방문을 열고 들어오자 책장은 더 이상 움직이지 않았지만, 놈 왕의 하인들은 벽면 위 그림자로 여전히 남아 있었다.

빌리는 침대에 앉아 내 등을 쓰다듬어주었다. 아주 약한 지진이었어. 빌리가 말했다. 빌리가 불을 켜려고 했지만 전기가 들어오지 않았다. 방을 나가려는 빌리에게 나는 가지 말라고 소리쳤다. 금방 돌아올 거야. 손전등 가져오려고.

가지 말라며 내가 애원하자 손전등을 포기한 빌리는 좁은 내 침대에 함께 누웠다. 내가 잠이 들려고 할 때마다 빌리가 침대에서 일어나려는 게 느껴졌고, 그때마다 나는 함께 있어 달라고 애원했다. 결국 빌리는 나가기를 포기하고 내 옆에서 잠들었다.

아침이 오고, 방 안은 햇빛으로 가득 찼다. 빌리는 곁에 없었다. 나는 지진의 흔적을 찾아보았지만, 빌리 말이 맞았다. 약한 지진이었다. 강한 충격에 움직이거나 부서진 건 아무것도 없었다.

달콤한 냄새에 이끌려 부엌으로 내려가 보니, 팬케이크를 뒤집는 엄마 옆에 팬에 반죽을 떠 넣는 빌리가 있었다.

맞잖아, 딱 봐도 새처럼 생겼네. 빌리가 엄마에게 말했다.

내 말 들어, 이걸로 돈 벌 생각은 하지 마. 엄마가 장난치듯 말했다.

왜, 나보다 잘할 것 같은가 보지?

도전한 걸 후회할 텐데.

해봅시다, 자매님.

엄마가 팬에 반죽을 부었고, 빌리는 엄마가 만든 걸 보고 웃음을 터트렸다.

뭐 하세요? 내 질문에 두 사람이 동시에 웃으며 나를 바라봤다.

우리가 최고로 좋아하는 꼬맹이 아침을 만들고 있지. 빌리가 대답하며 나를 공중으로 번쩍 안아 올려 테이블로 데려갔다.

우리 용감한 아가씨. 지진은 처음이었지. 엄마가 내 이마에 키스하며 '내가 이겼어'라고 장식한 팬케이크 접시를 내 앞에 내려놓았다.

그날 오후, 빌리는 수수께끼를 들고 내 방문을 두드렸다.

나는 구역의 일종이기도 하면서 오락의 일종이기도 해요. 전국적이기도 하면서 동네마다 있기도 하죠. 삼촌은 돌돌 말린 종이를 펼치며 내용을 읽어주었다.

어딘데? 나는 너무 빨리 물었다.

네가 잘 생각하면 맞출 수 있는 곳이야.

나는 빌리가 운전하는 내내 답을 알려달라고 졸라댔다.

네 생일에 어디 갔었지? 마침내 빌리가 백미러로 나를 보며 말했다.

디즈니랜드.

디즈니랜드를 뭐라고 부르지? 놀이…… 공으로 시작하는 단어. 모르겠어?

공원! 내가 소리쳤다.

빌리는 말리부블러프공원 주차장에 차를 세웠다. 공원 표지판에는 봉투가 하나 붙어 있었는데, 겉면에는 내 이름이 적혀 있었고, 안에는 수수께끼가 들어 있었다.

과일 이름이면서 색깔 이름이기도 한 것은?

뭐지? 내가 물었다.

레몬?

아니!

포도?

아니!

음, 그럼 뭘까?

오렌지구나! 나는 또 다시 소리쳤다.

근처에 있던 테이블에 오렌지 하나가 놓여 있었다. 오렌지 밑에는 과도와 함께 껍질을 큼직큼직하게 자르는 방법이 적힌 종이가 있었다. 나의 칼 쥔 손을 빌리가 쥐고, 종이에 적힌 대로 오렌지 껍질을 퍼즐 조각으로 잘랐다.

잘린 조각들을 판이라고 생각해봐. 빌리는 이상하게 잘린 껍질 한 조각을 들고 내게 말했다. 뭔가 음식을 담는 판이 아니라, 지구 표면을 구성하는 지각판. 이건 맨틀이야. 빌리는 껍질 깐 오렌지를 오른손에 들고 빙글빙글 돌렸다. 하부 맨틀. 이 오렌지처럼 하부 맨틀은 액체로 이뤄졌지. 자, 이것 좀 보렴. 빌리는 오렌지 한가운데 끼어 있던 종이를 펼치며 내게 말했다. 그 종이엔 다음 단서가 적혀 있었다.

나는 암사슴이에요. 파이를 만들 때도 쓰여요. 제일 좋아하는 장난감이 나일 수도 있겠네요.[*]

빌리의 시선을 따라가보니 피크닉 구역의 맨 끝에 있던 벤치 아래에는 플레이도Play-Doh[**] 용기가 있었다. 나는 빌리와 함께 통의 뚜껑을 열고 파란 점토 뭉치 위에 있던 설명서를 꺼냈다.

1단계, 플레이도를 둥글게 펼칩니다.

2단계, 둥글게 펼친 플레이도로 오렌지를 감쌉니다. 오렌지는 파란색 구가 됩니다.

이게 상부 맨틀이란다. 빌리가 설명했다.

3단계, 미리 까두었던 껍질로 플레이도를 감싸주세요. 퍼즐 조각처럼 잘린 껍질들이 오렌지 겉면에 얼추 맞춰질 거예요.

빌리는 껍질 조각 두 개를 맞대고 조금씩 움직였다. 지각판은 끊임없이 움직인단다. 아주, 아주 천천히 움직이지. 그래서 우린 지진이 일어날 때만 지각판이 움직이는 걸 느낄 수 있어. 판들이 서로 부딪치자 껍질 가장자리의 파란 플레이도가 물결 모양으로 뭉그러졌다. 지각판들이 이렇게 한 곳에서

---

[*] 암사슴의 영어 단어인 doe, 파이를 만드는 dough, 놀이용 찰흙인 doh 모두 발음이 같다는 데서 착안한 언어유희.

[**] 공예에 사용되는 어린이용 점토 브랜드.

충돌하면서, 산도 만들어지고 화산도 생기는 거야. 빌리가 껍질들을 흐트러 뜨리자 파란 플레이도가 늘어났다. 지각판들이 갈라지면 단층이 생기는데, 땅 위에 형성된 단층은 호수나 강을 만든단다. 빌리는 껍질 두 조각이 더 이상 움직이지 않을 때까지 그것들을 맞대고 밀었다. 지각판의 단면들은 들 쭉날쭉해서, 가끔 서로 맞물려 움직이지 못할 때가 있어. 이런 가장자리를 단층 선이라고 불러. 이렇게 꽉 맞물려서 움직이지 못하면 서로 맞닿은 면에 거대한 힘이 생기겠지? 빌리가 계속해서 두 껍질을 힘주어 밀자 결국 껍질 하나 가 다른 조각 아래로 밀려 내려갔다. 서로 미는 힘이 너무 강해지면 지각판 들이 미끄러지는데, 이럴 때 지진이 일어나는 거야.

네 번째이자 마지막 단계는 우리가 찾을 수 있는 가장 높은 지점에 올 라가는 것이었다. 나는 빌리를 따라 가파른 경사를 올랐다. 정상에서는 퍼시픽코스트고속도로 너머 페퍼다인대학까지 볼 수 있었다. 페퍼다인 지역을 알려주는 빌리의 손가락을 눈으로 따라가며, 얼마나 긴 시간에 걸쳐 그 땅이 위로, 그리고 우리가 서 있던 서쪽으로 이동했는지 알게 되었다.

그럼 지진이 여기에서 생긴 거야? 내가 물었다.

여기와 같은 단층선에서 생긴 거지.

그러면 여기에서도 지진이 날 수 있겠네? 나도 모르게 떨리기 시작한 몸 에 단단히 힘을 주었다. 빌리가 나를 보고 웃었다.

앞으로 며칠 동안 여진이 생길 수도 있어. 만약 여진을 느낀다 해도, 어젯밤 처럼 심하진 않을 거란 것만 기억해. 빌리 삼촌은 내 어깨를 감싸 안고, 내 눈을 보며 말했다. 우리가 지진을 멈추게 할 순 없지만 그렇다고 두려워할 필 요도 없어. 지진이 발생할 때마다 나 같은 과학자들이 피해를 분석한 자료들을 바탕으로 건물이나 다리를 더 견고하게 만들거든. 이후에는 피해가 덜 생기도 록 말이야.

그럼 지진이 우리한테 필요한 건가? 내가 물었다.

그렇게 볼 수도 있지. 지진에 관해 배우려면 지진이 필요하니까. 이해해야 미래를 준비할 수 있어. 기억해. 그게 우리를 더 안전하게 만들어줄 유일한 길이야.

"일주일 내내 기다렸지만 여진은 오지 않았던 걸로 기억해." 내가 제이에게 말했다. "빌리는 그런 사람이었어. 모든 걸 모험으로 만드는."

제이는 내게 카드를 돌려주었다. "난 이해가 안 가. 죽는 마당에 그걸 지금 너한테 왜 상기시키는 거지?" 제이는 입 주변을 쓱 훔치며 거의 손도 대지 않은 내 음식을 슬쩍 보았다. 손가락으로 내 달걀을 가리키는 제이에게 고개를 끄덕이며, 나는 음식이 거의 그대로 남은 내 접시와 제이의 빈 접시를 바꿨다.

"삼촌의 또 다른 모험인 거지." 나는 손을 뻗어 가방 안에 있던 『템페스트』를 꺼내 푸로스퍼로가 미랜더에게 자신의 과거를 털어놓는 장면인 1막 2장을 펼친 후, 강조 표시가 된 대사를 검지로 따라 짚었다. 앉거라. 네가 더 알아야 할 게 있다. "강조 표시가 돼 있는 유일한 대사야." 나는 푸로스퍼로의 이야기, 그러니까 푸로스퍼로가 마법 연구에 전념하는 동안 그의 잔인한 동생 앤토니오가 푸로스퍼로의 왕국을 어떻게 빼앗아 푸로스퍼로를 배신했는지, 앤토니오가 왕과 작당하여 푸로스퍼로와 어린 미랜더를 어떻게 바다로 내던졌는지를 제이에게 설명해주었다.

"네 이름이 셰익스피어 작품에서 온 거였네?" 제이가 물었다.

"몰랐어?"

"『템페스트』가 내 관심 분야는 아니니까." 제이는 그 희곡이 안내서라도 된다는 듯 페이지를 휙휙 넘기며 내게 물었다. "그래서, 네 삼촌이 너한테 알리고 싶은 게 뭐야?"

"나 열두 살 때 빌리하고 엄마가 대판 싸웠어. 엄마가 빌리한테 무슨 잘못을 했거나, 적어도 엄마가 그랬다고 빌리가 생각한 것 같은데, 나도 확실히는 몰라. 빌리는 푸로스퍼로를 이용해 그날의 일을 내게 말해주려는 것 같아.”

“미랜더, 가까운 분이 돌아가시면 정말 혼란스럽기 마련이야.” 제이가 조심스럽게 말했다.

“무슨 말을 하려는 건데?” 이렇게까지 방어적일 필요는 없었는데.

“삼촌의 죽음에 네가 어떤 의미를 두려고 한다는 생각은 안 들어?” 제이가 손을 뻗어 내 뺨을 쓰다듬었다. 입술을 꼭 다문 애처로운 표정이었다.

“삼촌은 내가 잘 알아.” 나는 자신 있게 말했다. 내가 아는 게 맞을까? 빌리를 보지 못한 세월이 16년이나 되는데. 빌리에게 가족이 생겼는지, 패서디나에 계속 살았는지, 우리와 헤어진 이후의 빌리에 관해 아는 게 아무것도 없는데. 그런데도 빌리가 보낸 카드, 그리고『템페스트』…….나는 빌리가 나를 어딘가로 이끌고 있다는 걸 알았다.

종업원이 계산서를 가져오자 제이는 주머니 속에서 구겨진 지폐들을 한 움큼 꺼내놓았다.

밖으로 나오니 참을 수 없는 습기가 우리를 맞이했다. 우리는 눈부신 오후의 햇살에 적응하느라 입구에 잠시 서 있었다.

“어머니랑 삼촌은 무슨 일로 싸웠는데?” 제이가 물었다.

“삼촌이 내 생일 파티에 못 왔는데, 그것 말고 뭔가가 더 있는 것 같아. 그게 뭔지는 모르겠지만.”

“무슨 일이 있었는지 어머니께서 말해주진 않았어?”

“우린 빌리에 관해서는 아무 얘기도 하지 않았어. 마치 존재한 적도 없는 사람처럼.”

“슬픈 일이네.”

"원래 그런 거지, 뭐." 말 못 할 사연이 없는 집은 없다. 우리 집 사연이 빌리일 뿐이었다. 슬프고 말고의 문제가 아니었다.

"어머니께 이 카드에 대해 말했어?" 생색내는 듯한 제이의 말투가 거슬렸다.

"괜히 엄마 성질만 돋울 거야." 내가 답했다.

"그래도 말씀드려야지." 제이가 고집스럽게 말했다.

"우리 엄마는 내가 알아서 할게. 넌 우리 엄마 한 번밖에 못 봤잖아." 내가 딱 잘라 말했다.

얼마 전 부모님이 필라델피아에 왔을 때, 우리 넷은 함께 저녁 식사를 했다. 단품 요리들을 시켜 먹으며 제이는 아빠와는 야구 이야기를, 엄마와는 1970년대 사우스스트리트*에서 엄마가 몸담았던 여성 록 밴드의 공연 이야기를 나누었다. 식사를 마치고 조약돌 깔린 올드시티** 거리를 걸으며, 엄마는 자신의 밴드가 낸 곡 중에 가장 히트곡에 가깝다고 할 수 있는 노래를 큰 소리로 불렀다. 제이에게 멋지게 보이려고 주문한 버번위스키 두 잔이 가져온, 쉽게 들을 수 없는 노래였다. 위스키 때문에 가래 끓는 소리가 나기는 했지만, 엄마의 목소리는 여전히 팔에 닭살이 돋을 만큼 감미로웠다. 우리만이 아니라 지나가던 사람들까지 멈춰서서 엄마에게 박수를 보냈다. 어쩌면 제이는 엄마가 위스키를 마시고 마음 내키는 대로 노래를 부르는 즉흥적인 사람이라고 생각했을지 모르지만, 그건 엄마의 진짜 모습이 아니었다. 엄마는 그것을 제이가 좋아할 거라 생각해서 그렇게 연기했을 뿐이었다.

제이가 보도블록을 발로 찼다. 내 말에 기분이 상한 게 분명했다.

"진심은 아니었어."

---

* 뉴욕 맨해튼에 위치한 거리로 이스트강 강변에 있다.
** 필라델피아에 있는 지역으로 미국 내 역사적인 장소 중 한 곳이다.

제이가 나를 가까이 끌어당겼고, 나는 그런 제이를 안아주었다. 우리가 계속 싸우지 않을 거라는 괴로운 실망감을 애써 무시하면서.

제이를 따라 동네로 향하긴 했지만, 나는 냄새나고 더러워진 아파트에 들어갈 마음의 준비가 되어 있지 않았다. 그래서 좀 걷다가 가겠다고 말했고, 제이는 내가 혼자 있고 싶어 한다는 사실에 상처받지 않은 듯이 반응했다.

월넛스트리트에 다다른 나는 강 쪽으로 방향을 틀었다. 습하고 뜨거운 공기 탓에 허벅지에서 흘러내린 땀이 뒷무릎에 고였다. 나는 그레이트플라자* 계단에 앉아, 델라웨어강을 따라 난 도로를 달리거나 롤러블레이드를 타는 사람들을 구경했다. 그러고는 가방에서 휴대전화를 꺼내 "빌리 실버, LA, 지진학자, 부고"를 입력했다. 그 이상 입력할 단어가 떠오르지 않았다. 그것만으로도 그날 아침 『로스펠리스레저Los Feliz Ledger』**에 올라온 빌리의 부고가 검색됐다. 빌리 실버 사망, LA 주민, 지진학자이며 지진 탐험가, 그 지역의 푸로스퍼로 서점 주인이라고 나와 있었다. 부고에는 빌리의 유산이 서점에 살아 숨 쉬게 하겠다는 서점 매니저의 엄숙한 맹세와 함께, 화요일 오후 포레스트론 공원묘지에서 있을 장례식 일정이 첨부되어 있었다.

푸로스퍼로 서점. 『템페스트』가 빌리에게서 온 걸 알았을 때, 곧장 서점을 떠올렸어야 했다. 희곡에 관한 언급은 곧 빌리의 서점, 공작이라는 지위보다 책을 더 우대하는 서점, 어린 시절 빌리가 셀 수 없이 많은 날 나를 데려가 어떤 책이든 한 권을 고르게 했던 그 서점에 관한 언급이나 마찬가지니까. 빌리가 내게 보낸 『템페스트』는 어떻게든 그의 서점과 관련이 있었다.

---

* 델라웨어강 강변에 있는 원형극장.
** 로스펠리스, 실버레이크, 할리우드 지역의 소식을 전달하는 지역신문.

나는 가방에서 『템페스트』를 꺼내 푸로스퍼로가 미랜더에게 들려주던 이야기를 다시 읽었다. 푸로스퍼로는 자신이 폭풍을 만들어 동생 앤토니오를 섬에 가둔 이유를 이해시키기 위해서는 앤토니오가 자신을 어떻게 배신했는지를 미랜더에게 알릴 수밖에 없었다. 빌리가 내게 수수께끼를 보낸 건 굉장히 오랜만이었지만, 나는 여전히 암호와 같은 그의 메시지를 읽어낼 수 있었다. 이제는 너에게 네 아버지에 관해 자세히 알려야겠다. 푸로스퍼로의 대사였다. 이해해야 미래를 준비할 수 있다. 이건 빌리의 말이었다. 푸로스퍼로처럼 빌리는 자신이 당한 배신에 관해, 우리 가족으로부터 추방당한 그 일에 관해 내게 말하고 싶은 거였다. 그리고 역시나 푸로스퍼로처럼, 단 마법과 주문이 아닌, 어릴 때 나를 데려갔던 모험과 단서의 마술을 이용해 자신이 돌아올 것을 계획했던 거였다. 나는 이제 더는 어린애가 아니었지만 빌리의 흥분, 항상 그 다음 단서로 이어지는 첫 번째 수수께끼의 짜릿함을 여전히 생생하게 느낄 수 있었다. 예전과 달라진 게 있다면, 그 기대가 달콤쌉싸름해졌달까. 이건 빌리가 내게 마지막으로 건넨 수수께끼니 말이다. 게다가 엄마는 절대로 말하지 않을, 두 사람을 갈라놓은 진실을 밝혀낼 마지막 기회이기도 했다.

앞으로 두 달 반 가량 남은 방학을 위해 따로 정해놓은 계획이 없었으므로, 나는 빌리의 장례식에 맞춰 월요일에 집으로 가는 비행기 표를 예약했다. 가야만 했다. 다음 단서를 찾고 싶은 마음 때문만은 아니었다. 참석하는 것이 옳은 일이었다. 어릴 때 나는 빌리를 사랑했다. 그의 장례식이라면 가는 게 맞았다. 가서 우리가 한때 서로에게 존재했었다는 사실을 존중할 거였다.

제이는 침대에 가로로 누워 여름옷을 잔뜩 챙기는 내 모습을 보고 있었다.

"그렇게나 많이 가져가야 해?"

나는 여행 가방을 닫고, 침대 위의 제이 곁으로 뛰어 올라갔다. "내가 널 잘 몰랐다면, 아마 네가 날 보고 싶어 할 거라고 착각했겠지?"

"당연히 보고 싶을 거야." 제이는 몸을 굴려 내 위로 올라와서는 턱을 따라 막 올라오기 시작한 까칠한 수염이 다 보일 정도로 자기 얼굴을 내게 가까이 가져다 댔다.

"겨우 며칠인데 뭐." 돌아오는 표를 사진 않았지만 대학에 입학하며 LA를 떠난 후로 나는 5일 이상 집에 머문 적이 없었다. 내 판단이 맞다면, 빌리가 내게 또 다른 단서를 남긴 것이 맞다면, 그가 내게 알리고 싶은 비밀을 찾는 건 며칠이면 충분했다.

"장례식에 같이 가지 않아도 정말 괜찮겠어?"

"다음 주부터 캠프 있잖아."

"그냥 축구 캠프인데 뭐."

"그냥 축구라고? 저기 누구시죠? 누구신데 제 남자친구 몸에 계시는 거죠?" 나는 여전히 남자친구라는 단어를 입으로 내뱉는 것에 적응해가는 중이었다.

제이는 자신의 손가락을 내 머리카락 사이에 넣고 쓸어내렸다. 컬을 다 풀어놓는 탓에 내가 싫어하는 행동이었다. "혼자 가지 않아도 돼."

"며칠이면 된다니까." 제이의 손을 빼느라 머리를 흔들며 내가 말했다.

택시를 부르는 게 훨씬 저렴한데도, 제이는 굳이 집카Zipcar*를 빌려 나를 공항까지 데려다주겠다고 고집을 부렸다. 공항에 도착하자 제이는 차에서 내려 트렁크를 열고 가방을 꺼내주었다.

"도착하면 전화해, 알았지?" 제이가 가방을 갓돌 위에 올리며 말했다. 빨리 돌아오라고 말할 줄 알았는데, 제이는 이렇게 말했다. "필요하

---

* 북미에서 사용하는 시간제 렌터카.

면 더 있다가 와. 급하게 돌아오느라 가족과 시간을 못 보내면 분명 후회할 거야.”

“왜 이렇게 감상적으로 구실까?” 제이가 뒤로 돌았다. 상처받은 게 분명했다. 나는 너무 예민하게 군다고 제이를 또 놀리고 싶었지만, 그 대신 아주 진하게 키스해주었다. 우리가 헤어져 있을 날들에 대한 보상으로.

대륙을 가로질러 비행하는 동안 『템페스트』와 빌리가 보낸 단서에 대해 엄마에게 어떻게 이야기하면 좋을지를 고민했다. 장례식 참석을 위해 집에 가겠다고 말했을 때, 엄마는 너무 대놓고 의심하듯, 훼방 놓으려는 듯, 어떻게 대답해야 할지 말문이 막힐 만큼, 내게 거길 왜 가려고 하니?라고 물었다.

빌리 삼촌 장례식에 안 가시려고요? 내가 되물었다.

내가 거길 왜 가?

하나밖에 없는 엄마의 오빠니까요, 라고 나는 생각했다. 그럼 저 혼자 갈게요. 내가 말했다.

그러든지. 애들이나 내뱉을 법한 무심한 말투로 엄마가 답했다.

죽음을 기리지도, 한때 그들이 나눴던 친밀함을 추억하지도 않을 만큼 그를 용서하지 못하는 엄마에게, 빌리가 내게 연락해왔다는 사실을 어떻게 이야기할 수 있겠는가? 그보다 더 큰 문제는 빌리가 내게 알리고 싶어하는 무언가를 엄마는 내게 알리고 싶어 하지 않는다는 사실이었다. 엄마를 만났을 때 그저 적당한 말이 떠오르기를 바랄 뿐이었다.

아빠는 짐 찾는 곳에서 ‘교사 미랜더’라고 적힌 팻말을 들고 나를 기다리고 있었다. 퀘이커교 계열 학교에서는 모든 교사를 그런 식으로 불렀다. 교사 앤, 교사 탐, 교사 제이. 제이. 나는 제이에게 도착했다고 문자를 보냈다. 제이는 키스 이모티콘으로 답해왔다. 나는 가볍고 뻔한 이모티콘을 싫어했지만, 제이가 내게 진부한 사람으로 남으려 한다는 사실 자체는 마음에 들었다.

아빠는 포옹을 잘 하지 않는 사람이었다. 나한테만 그러는 건 아니었다. 아빠에게는 엄마만이 신체적인 애정 표현을 할 수 있는 유일한 사람이었다. 나는 종종 엄마가 부르는 오래된 포크송에 맞춰 두 사람이 부엌에서 천천히 춤을 추는 모습이나, 노라 에프론의 영화를 보면서 아빠가 무의식적으로 엄마 발을 주무르는 모습을 봤다. 대부분의 사람에게 아빠는 악수를 청했다. 그는 그런 불편함이 있음에도 나를 안아주었다.

"엄마는요?" 날 비스듬히 안아주던 아빠 품을 벗어나며 물었다. 집에 올 때마다 아빠의 머리에는 흰머리가 늘어 있었고, 올리브 빛깔 피부는 더 거칠어졌으며, 푸르던 눈동자도 점점 탁해지고 있었다. 그런 모습은 아빠 손을 붙들고 제발 더는 늙지 말아 달라고 빌고 싶게 만들었다.

"일찍 잠들었어. 너한테는 아침에 인사하겠다고 하더구나." 엄마가 공항에서 날 만나는 걸 마다한 적은 한 번도 없었다. 리무진 기사들과 짐을 찾느라 북적대는 대가족들 사이를 비집고 나타나는 엄마를 언제나 가장 먼저 볼 수 있었는데.

"엄마는 좀 어때요?"

아빠가 내 여행 가방을 가져가서는 출구 쪽으로 끌었다. "네 엄마 잘 알잖니. 씩씩한 얼굴을 하고는 있다만, 엄마에게도 힘든 일이지. 엄마가 생각보다 더 힘들어해."

출국장 밖으로 나가자 배기가스와 담배 연기가 뒤섞인 탁한 공기가 느껴졌다. 꼼짝달싹 않는 정체에서 벗어나려는 차들이 서로 머리를 들이밀고 있었다. 멀리 보이는 야자수 몇 그루 덕분에 그나마 이곳이 개발도상국 어딘가에 방치된 공항이 아닌 LA라는 것을 알 수 있었다.

아빠는 단기주차장에서 차를 꺼내 차들이 엉켜 있는 바깥쪽 라인으로 진입했다. "스탠턴의 말이 올해는 어느 쪽으로 정해졌니?"

나는 언제나 링컨의 임종 때와 같은 방식으로 매 학년을 마감했다. 대통령 서거 직후, 그의 친구이자 국방 장관이었던 에드윈 스탠턴이 그의 죽음을 추모하며 남긴 말이 있다. 그는 이제 역사the ages에 속한 인물이 되었다. 혹시 그게 그는 이제 천사the angels에 속한 인물이 되었다는 아니었을까? 나는 내 제자들에게 묻는다. 링컨의 주치의는 스탠턴이 "역사"라고 말했다고 들었고, 그 자리에 있던 장관은 그가 "천사"라고 말했다고 들었다. 그렇다면 스탠턴이 링컨의 운명을 역사에 맡긴 것과 천국에 맡긴 것 중 어떤 인용문이 맞는 걸까? 아이들은 두 인용문을 살펴보고, 스탠턴이 실제로 한 말에 관해 토론을 벌였다. 사실 정답이 없는 질문이긴 했다.

"그건 여전히 수수께끼예요." 내가 아빠에게 말했다. 우린 하나의 역사적 사건을 두고 상반되는 경험을 한 사람들의 의견도 모두 고려해야 해. 그래야 과거를 어떻게 해석할지 결정할 수 있고, 현재의 우리도 이해할 수 있지. 나는 아이들에게 이렇게 말했다. "몇 명은 이해하는 것 같아요. 이해했기를 바라는 거죠, 뭐."

"넌 너의 최선만 다하면 된다. 과거에 관심을 두는 건 그 애들 몫이지." 갑자기 공항버스 한 대가 우리 앞으로 끼어드는 바람에 아빠는 끼익 소리를 내며 급브레이크를 밟았다.

"빌리 삼촌이 한밤중에 집에 왔던 거 기억하세요?"

"그럼." 아빠의 신경은 온통 공항버스에 가 있었다. 버스는 앞쪽의 차 두 대 사이에 난 말도 안 되게 비좁은 공간을 비집고 들어가고 있었다.

"엄마가 제게 분명히 말해주셨을 텐데, 왜 싸웠는지 기억이 안 나요."

"나도 모르지!" 아빠는 우리 차 앞을 가로막고 있는 에스유브이를 향해 경적을 울려댔다. "뭐야!"

"무슨 일이 있었는지 아빠도 모르신다고요?"

"내가 아는 거라곤 빌리가 술에 취해 나타나선 네 엄마에게 다시는 말을 섞지 않겠다고 한 게 전부야." 아빠는 차량 사이를 이리저리 뚫고 가다 뻥 뚫린 세풀베다대로로 진입했다. "그러고는 너한테 그 말도 안 되는 개를 사줬고."

"그때 빌리 삼촌은 취하지 않았었어요." 그날 붉게 상기되었던 빌리의 얼굴과 멀건 눈이 떠올랐다. "취했었나요?"

아빠가 오션파크대로에 진입하며 바다에 가까워지자 시원한 공기와 함께 짠 냄새가 느껴졌다. 나는 창문을 내리고 숨을 깊이 들이마셨다. LA로 돌아올 때마다 점점 더 이곳이 부모님이 계신 곳, 나는 좀 오래 머물렀을 뿐 살았던 적은 없는 곳처럼 느껴졌다. 엄마에게 이 느낌을 말할 수는 없었다. 엄마는 자신이 그랬듯 내가 남부 캘리포니아로 돌아올 때를 기다리고 있었으니까. 하지만 그런 일은 절대 일어날 수 없었다. 영화배우나 가수, 감독, 방송국 경영진의 아이들을 가르칠 생각은 없었으니까. 1850년의 타협Compromise of 1850이 이루어지기 전까진 연방에 소속되지도 않았던 이 주에서 미국 역사를 가르치고 싶지는 않았다. 나는 뼛속까지 캘리포니아 사람인 앤젤리노Angelino*가 아니었다. 내게 향수를 일으키는 건 코끝에 느껴지는 바다 내음 정도였다.

"있잖아," 신호를 기다리느라 차가 멈췄을 때 아빠가 입을 뗐다. "난 빌리에 관한 네 기억을 망가트리고 싶지는 않아. 하지만 네가 너무 어려서 보지 못했던 면이 빌리에겐 있었단다."

"보지 못했던 '면'이라니요?"

"아무것도 아니다. 내가 괜한 말을 했구나."

---

* LA 토박이를 뜻하는 단어.

"그러지 마시고요. 어떤 면인데요?"

아빠는 오션파크 쪽으로 꺾어 동네로 진입했다. 조용한 골목의 낯익은 광경이 눈에 들어왔다. 옅은 저녁 빛에 온통 시커멓게 보이긴 했지만, 나는 우리가 지나가는 집들의 색깔을 모두 알고 있었다. LA는 완전히 깜깜해지는 법이 절대 없었다. 아무리 늦은 밤일지라도.

"빌리의 죽음으로 여러 가지가 궁금해지는 건 이해한다만, 듣기 편하지만은 않다고 엄마 대신 말해주는 거야."

"엄마를 대신해서 말해달라는 건 아니에요."

"엄마의 과거니까." 아빠가 말했다.

"우리의 과거죠." 나는 곧장 바로잡았다. 진입로에 들어서는 아빠 차의 타이어 밑에서 자갈 눌리는 소리가 났다. 집은 깜깜했다. 약하게 켜둔 현관 조명의 불빛 주위로 나방들이 모여들었다.

"엄마가 네게 무엇을 말하든 그건 엄마한테 달린 일이야." 아빠는 트렁크에서 내 짐을 꺼내기 위해 차에서 내렸다. 트렁크가 거울을 가려 내가 아빠를 볼 수 없을 때까지 나는 백미러로 그를 주시했다. 트렁크가 거울을 가리기 직전, 나는 아빠 얼굴에 스친 표정을 보았다. 예전에 본적 없는, 마치 뭔가를 두려워하는 것 같은 그 표정을.

4장

이튿날 아침, 커피를 마시려고 아래층에 내려가니 엄마가 이미 부엌에 이미 엄마가 있었다. 식사하는 곳과 거실을 부엌과 분리하는 아일랜드 식탁 위에서는 블루베리 머핀이 식어가고 있었다. 냉장고에는 내가 십 대일 때 좋아했다고 엄마가 기억하는 음식들이 가득 차 있겠지. 쿨휩 Cool Whip 생크림과 딸기, 볼로냐, 초코 우유 등 음식이라고 부르기도 애 매한, 내가 최근 몇 년간 입에 대지도 않았던 음식들이.

"스무 명이라던 손님들은 다 어디 있어요?"

"미랜더." 엄마는 오븐 장갑을 벗고 내게 돌진해 왔다. 오전 7시밖에 안 된 시각이었지만 엄마는 이미 검은색 바지와 산호색 블라우스를 입 고, 외모를 완성시켜줄 컬을 세팅하고, 마스카라와 갈색 아이섀도로 화 사하게 화장을 마친 상태였다.

"유감이에요, 엄마." 아빠가 포옹을 주저하는 사람이라면, 엄마는 그 반대였다. 엄마는 기회만 있으면 절대 놔주지 않겠다는 듯 나를 언제나 꼭 안아주었다.

"난 괜찮아." 괜찮은 게 사실이길 바라는 투로, 엄마가 말했다.

"도울 일 있어요?"

엄마가 식탁을 가리켰다. "앉으렴."

엄마는 마치 식당 종업원처럼 내게 머핀과 커피를 내주었다. 그런 다음 맞은편에 앉아, 내가 머핀을 반으로 가르는 모습을 바라보았다. 갈라진 중심에서 뜨거운 김이 올라왔다.

"네가 집에 오니 좋네." 엄마는 식탁 너머로 손을 뻗어 내 이마에 엉겨 붙어 있던 머리칼을 쓸어 넘겨주었다.

"오늘 장례식에 저랑 같이 가는 건 생각해보셨어요?" 나는 머핀을 집어 들며 가볍게 물었다. "마음을 정리하는 데 도움이 될 텐데."

"마음 정리야 오래전에 끝냈지." 엄마는 일어나서 싱크대로 향하더니 머핀 틀을 문질러 닦기 시작했다.

나도 다 먹은 빈 접시를 싱크대로 가져갔다. 그러고는 엄마가 좋아하는 대로, 엄마에게 바짝 붙어 섰다. "안 갔다가 나중에 후회하실까 걱정이 돼서요."

엄마는 수도꼭지를 잠그고는 차갑게 젖어 있는 손을 내 뺨에 가져다 댔다. "이렇게 사랑스러운 딸이랑 어떻게 헤어지지?" 엄마는 싱크대에 있던 믹서로 고개를 돌리며 다시 말했다. "정말이야, 애야. 엄마는 괜찮아."

포레스트론은 부모님 집에서 차로 30분 떨어진 곳이었다. 나는 만약을 대비해 45분 전에 출발했다. 부모님은 내게 차를 내주고, 집 앞 진입로에서 손을 흔들었다.

출발하기 전 나는 창문을 내리고 말했다. "같이 안 가는 거 맞죠?"

"미랜더, 출발해." 아빠는 너무 단호했다.

"다녀와서 보자." 엄마도 말했다.

나는 후진으로 진입로를 빠져나오면서 파운데이션과 장밋빛 화장이 감추고 있던 슬픔을 드러내줄, 무너지는 엄마의 얼굴을 기대하며 그녀를 바라보았다. 그러나 엄마는 자기의 하나뿐인 오빠의 장례식이 아니라 졸업 파티에 가는 딸을 배웅하듯 내게 어서 가라며 손짓할 뿐이었다.

포레스트론의 입구는 마치 동부의 회원 전용 컨트리클럽에나 있을 법한 연철 대문으로 꾸며져 있었다. 일찍 출발했는데도 나는 늦게 도착했다. 정확히는 22분. 악명 높은 교통 상황으로 뭐든 정해진 시각보다 10분 늦게 시작하는 LA 기준으로도 늦은 시각이었다.

"실버 씨 장례식에 가려고 하는데요?" 경비원에게 내가 물었다. 그는 공동묘지에서 제일 멀리 떨어져 있는 언덕 쪽의 커시드럴드라이브를 가리켰다. 유명한 사람들의 묘비가 줄지어 있는 곳과는 멀리 떨어진 곳이었다.

아직 덮이기 이전인 무덤 둘레에는 마흔 명이나 되는 사람들이 모여 있었다. 생각보다 훨씬 어리고 세련되고 다양한 성향의 사람들이 검은색 데님 바지에 티셔츠 혹은 몸에 달라붙는 진한 저지 원피스 차림으로 참석했다. 나는 무릎까지 오는 검정 원피스의 깃을 잡아당기며 내가 몹시 보수적인, 부인할 수 없는 동부 사람임을 실감했다.

무덤 앞에 줄지어 선 사람들 뒤에 서서, 혹시 아는 사람은 없는지 둘러보았다. 그곳에 누가 있기를 기대한 건진 알 수 없었다. 조부모님은 내가 태어나기도 전에, 혹은 내가 기억도 못 할 만큼 어릴 때 돌아가셨다. 엄마와 빌리에겐 다른 형제자매도 없었다. 두 사람의 삼촌들은 노르망디상륙작전과 태평양전쟁 때 사망했다. 사촌도, 먼 친척이라고 부를 만한 사람도 없었다. 가족을 대신해준 일생의 벗들도 없었다. 그래도 낯익은 사람이 없을까, 까맣게 잊고 있던 빌리의 예전 여자친구나 서점 매니저였던 리, 아니면 푸로스퍼로 서점 카페에서 일했던, 지금은 40대가 됐을 예쁜 아가씨들이 있지 않을까, 기대하며 젊어 보이는 얼굴들을 훑어봤다. 나보다 나이 들어 보이는 얼굴은 몇 없었다. 플라스틱 테 안경을 낀 육십 대로 보이는 후덕한 아주머니와 희끗희끗한 턱수염에 이중 초점 안경을 쓴 마른 남자 한 명이 있을 뿐이었다. 유일하게 눈에 띄는 사람은 장례식에 평상복 차림으로 오라는 메시지를 받지 못해 세로 줄 무늬 정장을 입고 온 남자였다.

후드 티 상의에 빛바랜 검정 바지를 입은 남자가 무덤 뒤 마이크를 향해 걸어 나가자 사람들이 조금씩 자리를 비켜주었다. 그는 얼굴 앞으로 흘러내린 머리 뭉치를 쓸어 넘기고, 눈을 내리뜬 채로 공책에서 뜯은 종이 한 장을 뒷주머니에서 꺼냈다.

"빌리가 좋아하던 딜런 토머스의 시입니다." 그는 목소리를 가다듬고 낭송하기 시작했다. "순순히 어두운 밤을 받아들이지 말라." 그가 소멸해가는 빛과 싸우는 부분을 읽는 동안, 나는 빌리의 묘비에 적힌 글자를 읽었다. 짙은 화강암에는 그의 이름인 빌리 실버, 1949년에 태어난 그의 생일, 그리고 그가 사망하기 사흘 전 날짜가 새겨져 있었다. 언젠가 토머스 제퍼슨은 역사 속의 삶과 정신은 영원히 알려지지 않은 상태로 남아야 한다고 썼다. 오직 사실, 불변의 사실만이 그다음 세대에 전해진다고 했다. 빌리의 묘비에 적힌 것은 누군가가 그를 기억하게 하는 세세한 부분이 빠진 피상적인 사실에 불과했다. 빌리는 왜 조부모님이 계신 웨스트사이드*에 묻히지 않았을까? 왜 누군지도 모르는 에벌린 웨스턴과 리처드 컬런의 무덤 사이에, 벽을 장식한 꽃들마저 죽어 있는 포레스트론 공동묘지의 독신자 구역에 묻히겠다고 결정한 걸까?

빌리의 친구는 토머스의 시를 모두 읽은 후 침통한 표정으로 사람들을 바라보았다. 줄지어 선 사람들을 둘러보던 그의 시선이 내게서 멈추었다. 너무도 맑고 비현실적으로 푸른 그의 눈동자와 눈이 마주치자 숨이 멎을 듯했다. 아름답지만 차가운 그의 눈빛에 나는 그때까지 느끼던

---

* LA의 서부 지역으로 베벌리힐스, 웨스트할리우드, 컬버시티, 샌타모니카를 이르는 명칭.

것보다 훨씬 더 강하게, 무단 침입자가 된 기분을 느꼈다. 나 여기서 뭐 하는 거지? 의무니까, 예의니까, 그래서 비통한 심정으로 고향에 왔을 뿐이라고 나 자신에게 말해주었다. 솔직히 말하면 빌리가 보낸 카드, 빌리가 제공한 보물찾기의 또 다른 단서를 찾으러 온 것이었지만. 나는 여기에 속한 사람이 아니었다. 내가 거의 잊고 지낸 사람을 기리는, 이 슬픔 가득한 아름다운 사람들 곁에 머무를 자격이 내게는 없었다.

"드릴까요?" 옆에 있던 아가씨가 내게 플라스틱 컵을 건네며 말했다. 나보다 어린 남미 아가씨로, 그녀의 늘씬한 근육질 팔에는 그림과 스페인어가 섞인 문신이 가득했다. "위스키, 또는 위스키가 있어요. 저는 위스키를 추천해요." 나는 컵을 받아들고 그녀가 위스키를 아무렇게나 따르는 모습을 바라보았다.

염소수염을 기른 나이 든 신사가 마이크 뒤로 걸어 나가서는 사람들을 향해 빨간 플라스틱 컵을 들었다. 그는 두 눈을 감고 노래를 부르기 시작했다. "아, 목동들의 피리 소리는 산골짝마다 울려 나오고."*

육십 대로 보이는 후덕한 아주머니도 염소수염 신사의 곁으로 다가가 주근깨가 잔뜩 난 팔을 그의 어깨에 걸치고는 오래된 민요를 함께 부르며 자기 몸과 함께 그의 몸을 흔들었다. 노래가 끝나자 그는 파놓은 무덤을 향해, 그다음엔 하늘을 향해 자신의 컵을 비스듬히 기울인 후 입에 가져다 댔다.

"'절대 잊지 못할 친구들과 함께했던, 절대 기억하지 못할 밤들을 위해'라고 빌리가 말하곤 했죠." 내 옆의 아가씨도 내게 컵을 기울이며 말했다. "여기 사세요?"

"여기에 사냐고요?"

"실버레이크에 사는 분이신가 해서요. 뵌 적이 없어서."

---

* 아일랜드 민요 「아! 목동아Oh, Danny Boy」의 첫 소절.

"아뇨, 전 조카예요." 조카라는 단어가 마치 외래어처럼 악센트도 강하고 퉁명스럽게 들렸다. 그럼에도 나는 그의 조카였다. 빌리가 죽기 전 사인을 보낸 사람도 바로 나였다. 그는 나를 생각하고 있었다. 우린 서로에게 무언가를 남겼다. "우리 삼촌을 어떻게 아세요?" 나는 내가 그의 가족이고 이들은 그의 가족이 아니라는 사실에 용기를 얻어 그녀에게 물었다.

"전 푸로스퍼로에서 일해요."

"푸로스퍼로 서점?" 그리운 마음에 내가 말했다. 마지막으로 내뱉은 게 언제인지 기억할 수 없을 만큼 오랜만이었지만, 그 이름을 부르는 것만으로도 어린 시절 나를 매료시켰던 푸로스퍼로의 마술이, 그 책들이 가져다주던 놀라운 마법이 나를 때리고 지나갔다.

위스키 덕인지 모두 원기가 왕성하게 떠들기 시작했다. 탁 트인 주변으로 사람들의 웃음소리가 퍼져나갔다. 세로 줄무늬 정장을 입은 남자가 모두에게 말했다. "빌리를 계속 추억하고 싶은 분들은 푸로스퍼로 서점으로 모이겠습니다."

"만나서 반가웠어요." 나는 그녀가 뒤이어 '서점에서 봐요'라고 말해주기를 기다렸다. 하지만 그녀는 가벼운 목례만 하고는 딜런 토머스의 시를 읽었던 그 부스스한 머리의 남자에게로 가버렸다. 그러고는 그에게 뭔가를 속삭이더니 둘이서 동시에 고개를 돌려 알 수 없는 표정으로 나를 바라보았다. 알 수 없는 표정이 아니었을지도 모른다. 나는 그들의 눈빛에 담겨 있던, 받아들이고 싶지 않은 사실을 외면하고 싶었던 걸지도 모른다.

나는 위스키가 한 방울도 남아 있지 않은 빈 컵을 홀짝대며 길가에 줄지어 주차된 차들을 향해 걸어가는 사람들을 지켜보았다.

"혹시 미랜더 아니십니까?" 세로 줄무늬 정장을 입은 남자가 다가와 악수를 청하며 내게 물었다. 젊음을 대변하는 과산화수소수로 탈색된 그의 엷은 갈색 머리카락 탓에 그는 멀리서 본 것보다 나이가 더 들어 보였다. "여기서 만나게 되기를 기대했습니다. 저는 빌리의 변호사, 일라이자 그린버그입니다."

하마터면 내가 여기에 올 줄 어떻게 알았는지 그에게 물어볼 뻔했다. 빌리가 나에 관해 말해둔 게 분명했다. 그렇다면 일전에 받은 단서, 『템페스트』에 대해서도 분명 알고 있겠구나.

"빌리의 일은 매우 유감입니다." 그는 두 대의 차량이 남아 있던 길가로 나를 에스코트하며 말했다. "기념행사에 오실 건가요?"

"기념행사요?"

"빌리의 인생을 기리는 기념행사요. 생뚱맞은 방법이죠, 저도 그렇게 생각합니다. 하지만 빌리가 이렇게 하기를 원했어요." 그는 빌리처럼 목소리를 낮게 깔고 말했다. "'장례식을 슬픈 이벤트로 만들고 싶지 않소. 나에 대한 마지막 기억일 테니 말이오.'"

가고 싶은 마음이 들었지만, 내 귓가에는 여전히 다시 만날 일은 없을 거라는 투로 "만나서 반가웠어요"라고 말하던 그 아가씨의 목소리가 남아 있었다. 멀리서 날 바라보며 존재하지도 않다가 죽은 후에야 나타난 가족 취급하던 그녀와 그 부스스한 머리의 남자가 짓던 표정도 다시 떠올랐다. 아무리 내가 푸로스퍼로 서점에 가고 싶다고 해도, 나를 계속 못마땅하게 바라볼 그들의 시선을 참아낼 자신은 없었다.

"부모님이 집에서 기다리셔서요." 내가 말했다.

"내일 제 사무실로 오시는 건 어떠십니까? 유언장에 관해 상의드릴 일이 있어요." 그는 내게 명함을 건네며 말했다.

"유언장이요?"

"상속받으실 유산이 있습니다."

"유산이라고요?"

일라이자가 자동차의 잠금장치를 풀고 운전석 문을 열었다. "내일 오전 10시 어떠십니까?"

나는 말 없이 고개를 끄덕였다. 열이 오르듯 궁금증이 온몸으로 번졌다. 망상. 희열. 빌리의 감정. 내 직감이 맞았다. 그는 처음엔 카드와 함께 『템페스트』를 보내 나를 고향으로 부르더니, 이번엔 유산이라는 미끼로 일라이자 그린버그의 사무실에 있는 단서로 나를 이끌고 있었다.

5번 고속도로에 진입했을 때는 동부 시각으로 저녁 7시가 넘은 시각이었다. 제이는 이른 아침에 시작하는 축구 캠프를 위해 집에서 쉬고 있거나, 8시간 동안 건방진 십 대 녀석들과 함께 보낸 피로를 아파트 모퉁이에 있는 바에서 풀고 있을 거였다. 나는 일단 전화해보기로 했다.

"안녕, 자기야." 그는 벨이 네 번 울린 끝에 전화를 받았다. 제이가 나를 자기라고 부른 적은 없는데. 아빠가 나를 부르는 애칭을 듣고는 M이나 미미라고 한 적은 있었다. 하지만 '자기야' '여보' 혹은 '애기야'처럼, 사람들이 애정을 담아 부르는 호칭을 사용한 적은 없었다.

"안녕." 내가 말했다.

"방금 부엌 청소를 끝냈는데. 네가 돌아와도 만족할 만한 수준으로." 내가 들어간 뒤로 우리의 아파트는 이전에는 기대할 수 없었던 청결도를 유지하게 됐다. 제이가 OCD* 청결이라고 이름 붙인 이 습관은 집이 모델하우스처럼 늘 깨끗한 게 정상이라고 믿었던 우리 엄마 덕분에 갖게 되었다.

제이는 소파에 털썩 주저앉으며 한숨을 내쉬었다. 나는 텔레비전이 켜지는 소리를 들었고, 그 싸움을 다시 시작하기 전에 입술을 깨물었다.

---

* 강박적 사고 및 강박 행동을 특징으로 하는 강박장애를 뜻한다.

제이는 무슨 일을 하건 축구 경기를 틀어놓았고, 축구 경기가 없으면 미식축구, 야구, 농구, 하다못해 하키 경기라도 틀어놓았다. 제이가 스포츠를 틀지 않는 유일한 시간은 우리가 관계를 갖는 시간이었다.

"바빠?" 내가 싸늘한 말투로 물었다.

내가 짜증이 났다는 걸 눈치채면, 제이는 입을 다물고 딴전을 부렸다. 텔레비전이 왕왕 울려댔다. "트레버가 아프다고 안 나오는 바람에 나 혼자 다 했어. 출근한 지 이틀 만에 병가 내고 쉬는 사람이 어디 있어? 그놈을 보조 코치로 두고 싶긴 한데, 이런 식으로 행동하면 학교에서 절대 받아줄 리 없어."

나는 제이 친구 트레버의 이야기를 하고 싶지 않았다.

"학교도 잘나가는 팀을 만들고 싶어 하니까 자기가 원하는 대로 해주겠지." 10번 도로에 진입하기 1.5킬로미터쯤 전부터 시내에 가까워질수록 차량 속도가 다시 느려졌다. 전화하지 말았어야 했다. 제이는 '하루-종일-피곤했으니-쉬고-싶어' 상태였다. 내가 집에 있을 땐 나를 거의 외면하고, 내가 밖에서 전화할 땐 나를 아예 외면하는 상태. 제이도 나도 혼자 살던 시절의 습관을 함께 고쳐나가는 중이었다. 비록 내 습관 대부분은 남부 필라델피아 어딘가의 창고에 보관되어 있긴 하지만.

"미안, 내가 또 얼간이처럼 굴었네. 장례식이 오늘이었는데, 맞지?"

"막 마치고 오는 길이야. 아는 사람이 아무도 없었어."

"있을 줄 알았어?"

"아니. 그래도 아는 사람이 아무도 없으니까 속상하더라고."

"음, 아는 사람이 있을 리가 없잖아. 그걸로 속상해 하면 안 되지"라고 제이가 말했다. 그런 그의 목소리 뒤로 축구 팬들의 환호 소리가 자동차의 블루투스 스피커를 통해 새어 나왔다.

"그래도 내가 맞았어. 삼촌이 유언장으로 내게 뭔가를 남겼더라고."

"내일 안 온다는 뜻이야?"

"내일 돌아간다고 누가 그랬어?" 나는 운전하듯 운전대를 잡고 있긴 했지만 실은 꽉 막힌 고속도로에서 전화 통화에 메인 신세였다.

"장례식 끝나면 집으로 올 줄 알았지."

"서둘러 돌아갈 필요 없다면서?"

"내가 그랬어?"

"정확히는 '필요하면 천천히 와'라고 말했어."

"그래서 나한테 감상적이라고 했고." 제이가 맞받아쳤다.

"내가 졌네." 내 말에 제이가 웃었다. "며칠이면 돼. 삼촌의 변호사가 다음 단서를 줄 거야. 빌리가 자기와 우리 엄마에 관해 내게 말하고 싶은 게 뭔지 알아내려고. 그러고 나서 내가 보고 싶어지기 전에 집으로 돌아갈게."

"이미 보고 싶은데."

"음, 그럼, 아파트를 최상의 상태로 유지할 거라는 말이 유효할 때 돌아갈게. 늦어도 이번 주말까지." 내가 약속했다.

엄마는 일라이자를 함께 만나러 가겠다고 고집을 부렸다.

"혼자 갈 수 있어요." 내게 프렌치 오믈렛을 건네주는 엄마에게 말했다. 빌리가 유언장에 뭔가를 남겼다고는 말했지만, 그전에 내게 보낸 단서나 그 이전의 보물찾기에 관한 이야기는 하지 않았다. "엄마가 힘들 것 같으면, 저 혼자 가도 괜찮다니까요."

"나도 갈 거야." 엄마가 말했다. "이 이야기는 그만하자."

엄마는 앞치마를 벗고 외출 준비를 하러 위층으로 올라갔다. 그런 엄마를 보면서, 나는 마치 파티에 가려다 들키거나 몰래 문신하려다 들킨 청소년이 된 기분이 들었다. 제이 말이 맞았다. 고향으로 오기 전에, 빌리에 관해 숨겨야 할 일이 생기기 전에, 단서 이야기를 엄마에게 했어야 했다.

라치몬트에 있는 일라이자의 사무실에 가기 위해 엄마와 나는 10번 고속도로 한가운데서 동쪽으로 엉금엉금 기어가고 있었다. 엄마의 시선은 백미러와 사이드미러, 그 사이로 보이는 꽉 막힌 전방을 연신 옮겨 다녔다. 엄마는 긴장감 넘치는 영화 속 장면을 볼 때처럼 뺨을 문질러 댔다.

"미랜더, 그렇게 보지 마. 정말로, 엄마 괜찮아."

나는 더 조심스럽게 엄마를 계속 지켜보았다. 슬쩍슬쩍 곁눈질하던 나를 아마 엄마도 봤을 것이다. 그녀는 최선을 다하고 있었지만 결코 괜찮아 보이지 않았다. 왜 자기 감정을 숨기려 하는지, 나는 도무지 이해가 가지 않았다. 나는 한참 동안 대놓고 엄마를 바라보며, 예전에도 그랬듯 나의 엄마를 전혀 이해하지 못하겠다고 생각했다.

엄마는 고속도로를 빠져나와 가구점과 조명 도매점 들을 지나 라브레아거리를 타고 북쪽으로 향했다.

"어제 장례식은 좀 이상했어요." 엄마에게 말하는 순간, 엄마가 내게 장례식에 관해 묻지 않았다는 걸 깨닫게 됐다.

"빌리가 원래 좀 괴짜잖아." 엄마가 산만한 상태로 말했다.

"삼촌과 관련된 것들을 계속 떠올렸어요." 나는 내가 엄마와 나누려던 대화의 방향을 그대로 밀고 나갔다. 일라이자의 사무실에 도착해 유언장과 관련된 일이 진행되기 전에, 엄마에게 『템페스트』 이야기를 해야 했으니까. "삼촌이 허리케인을 가르쳐주려고 우리 뒷마당에 시뮬레이터 설치했던 거 기억나요? 무지개 만들어주려고 스프링클러도 설치했었잖아요."

"빌리가 너한테는 언제나 잘했지." 엄마는 허망한 듯, 빌리를 그리워하는 듯 말했다.

"우리 아주 친했는데, 그러다 갑자기 삼촌을 안 보게 됐죠."

"우린 친했지." 생각을 정리하려는 듯 엄마가 말을 멈췄다. 거리의 대형 상점들이 작은 옷가게, 카페, 프로즌 요거트 상점으로 바뀌고 있었다. 신호를 받고 멈춰 섰을 때 엄마가 다시 입을 뗐다. "하지만 빌리는 믿을 수가 없었어. 언제나 달아나기 일쑤였거든. 살았는지 죽었는지, 저녁을 먹으러 올 건지, 출국했는지 알 길이 없었지. 빌리 걱정을 안 한 날이 없었어. 시간이 갈수록 더 심해졌고."

"더 심해졌다는 게 무슨 뜻이에요?"

엄마는 내 쪽으로 몸을 기울여 라치몬트와 수직으로 이어진 거리의 명칭들을 읽었다. "로즈우드거리가 나오는지 잘 봐줘."

엄마에게 이 대화에서 그리 쉽게 빠져나가지는 못할 거라고 말하고 싶었다. 빌리가 내게 과거를 밝히려 한다는 걸 엄마가 알게 하기 위해 '이제 네 아버지에 관해 알아야 한다'던 푸로스페로의 대사도 말해주고 싶었고, 무엇보다 나는 빌리보다 엄마에게서 먼저 진상을 듣고 싶었다. 엄마는 조금이라도 낌새가 이상하면 절대 반응하지 않는 사람이었다. 빌리와 멀어지게 된 이유를 내게 말하지 않겠다고 마음먹었다면, 내가 무슨 말을 해도, 심지어 빌리가 나를 위해 뭔가를 계획해두었단 걸 알린다 해도 마음을 바꾸지 않을 게 분명했다.

몇 블록 지나, 우리는 로즈우드거리를 찾아서 일라이자 그린버그 변호사 사무실 밖에 차를 세웠다. 준 글룸* 탓에 하늘은 우중충하고 흐렸다. 6월이 되면 LA 하늘은 아침의 뿌연 안개로 덮이는데, 오후가 되면 예외 없이 안개가 걷히면서 음산했던 아침을 보상해주듯 화창해졌다. 하지만 오늘은 하늘을 보니, 아무래도 온종일 아름다운 날이 될 것 같지

---

* 태평양의 차가운 기류와 미국 내륙의 북서풍이 만들어낸 구름층이 햇빛을 막으면서 생기는 현상으로, 캘리포니아에서는 이를 준 글룸June Gloom(우울한 6월)이라 부른다.

않았다.

엄마와 나는 일라이자가 안내한 대로 그의 사무실에 놓인 딱딱한 가죽 의자에 앉아, 그가 책상에 잔뜩 쌓인 서류 더미에서 우리에게 줄 파일을 찾는 모습을 지켜보았다. 엄마는 넋을 잃고 발로 바닥을 두드렸는데, 다리까지 어찌나 심하게 떠는지, 옆에 앉은 나한테까지 진동이 느껴질 정도였다. 엄마가 조금 진정하기를 바라는 마음으로 나는 그녀의 무릎에 손을 얹었다. 엄마는 움찔 놀라며, 내가 한 번도 본 적 없는 겁먹은 표정으로 나를 쳐다봤다.

일라이자는 천천히, 신중한 태도로 서류를 펼쳤다. "아시다시피 빌리는 푸로스퍼로 서점의 단독 소유주였습니다." 그 말은 나의 관심을 끌었다. 앞으로 일이 어떻게 풀려갈지 궁금한 나머지 나도 모르게 몸을 앞으로 기울였다. 일라이자는 가볍게 목을 가다듬고 빌리의 유언장을 읽었다. "'나, 빌리 실버는 이로써 4001 선셋대로, LA, 캘리포니아 소재의 부동산과 그에 관련된 대출, 채무를 미랜더 브룩스에게 유산으로 남긴다.'" 일라이자는 내게 열쇠 꾸러미를 건네주었다. "부동산이라 함은 서점과 그 위층에 있는 아파트를 말합니다. 당신께 전해드리기 위해 준비해두었습니다."

열쇠들은 차가웠고 끝부분에 부드러운 사용흔이 남아 있었다. 지도나 빌리의 수수께끼를 기대했는데, 푸로스퍼로 서점의 열쇠라고? 나는 중학교 역사 교사였다. 서점처럼 특화되고 영향력 있는 사업은 둘째 치고, 경영에 대해 아는 것이 아무것도 없는 사람이었다. 하지만 그런 실제적인 문제까지 신경 쓸 겨를이 없었다. 푸로스퍼로 서점. 나는 그 달콤하고도 케케묵은 냄새, 1년 내내 봄철 같던 그 분위기를 여전히 기억하고 있었다. 긴 세월이 지났지만 여전히 나는 그 냄새, 그 분위기로 돌아가고 싶었다.

엄마를 봤다. 엄마는 스토킹 당하는 사람처럼 긴장한 모습으로 내 곁에 꼿꼿하게 앉아 있었다. 엄마는 일라이자가 들고 있던 유언장에 시선을 고정한 채 거꾸로 읽어 내려갔다. 어찌나 꼼짝없이 앉았는지 살짝 건드리기만 해도 수천 개의 조각으로 부서져 내릴 것만 같았다.

"엄마?"

엄마는 고개를 저었다. "괜찮아요. 계속하시죠."

일라이자는 서류를 덮고 컴퓨터 아래에 있던 책상 서랍을 열었다. "서점 말고도, 빌리는 이것도 당신에게 전해주라고 했습니다." 그는 내게 『제인 에어』 한 권을 건넸다.

베이지색 바탕의 책 표지에는 검은색으로 그려진 제인의 실루엣이 있었다. 나는 제인의 얼굴 윤곽을 손가락으로 따라가보았다. 나는 그 소설을 고등학생 때 한 번, 그리고 대학 시절에 한 번 더 읽었고, 제인과 로체스터의 사랑을 문학의 정수 중 하나로 꼽기도 했었다. 비록 요즘 기준으로 보면 로체스터가 조금 기이하긴 했지만. 만약 그가 남긴 책이 박스카 아동 도서The Boxcar Children Books* 중 한 권이었거나 『웨스팅 게임』이었다면, 나는 아마 푸로스퍼로 서점에서 커다란 머그잔에 담긴 따뜻한 코코아를 마시며 어깨 너머로 빌리 삼촌이 책 읽어주는 소리를 들으며, 웨스팅씨가 선셋 타워 입주자들에게 남긴 단서들을 함께 추리하던 그 오후들을 떠올렸을 것이다. 그런데 『제인 에어』라고? 이 책은 빌리와 함께 읽은 적이 없었다. 이제 와서 이 책을 내게 왜 남겼는지 나는 도무지 알 수 없었다.

책을 엄마 쪽으로 기울이자 엄마도 책 제목을 보려고 몸을 구부렸다. 엄마의 얼굴은 여전히 냉담했다. 그런 그녀에게 이 책이 어떤 의미인지 물어볼 순 없었다.

---

* 미국의 고전 아동문학 전집으로, 150권 이상의 책으로 구성되어 있다.

책등은 여러 갈래로 갈라져 있었고, 책 사이에 끼워져 있던 골동품 열쇠 탓에 책 한가운데가 불룩 튀어나와 있었다. 열쇠가 있던 페이지에는 몇몇 문장에 강조 표시가 되어 있었다.

사람들은 큰 재산이 생겼다고 벌떡 일어서거나, 만세를 외치며 펄쩍 뛰어오르지는 않는다. 책임을 고민하고 해야 할 일을 신중하게 생각하기 시작한다. 지속되는 만족감 위에 심각한 고민도 함께 생겨나면서, 자신을 억누르고, 침통한 표정으로 우리의 기쁨에 대하여 곰곰이 생각해보게 된다.

빌리는 내가 곧장 흥분하며 행복을 느낄 거라 생각했을까? '재산.' '책임.' '노심초사.' '침통한 표정.' 내 행복이 자신의 죽음 때문에 생겨났다는 걸 알리려는 걸까? 나는 강조 표시가 된 부분의 앞뒤 문장을 훑으며 소설의 내용을 더듬어보았다. 제인은 삼촌인 존 에어가 남긴 유산 이야기를 듣고 벌떡 일어서지도, 만세를 외치며 펄쩍 뛰어오르지도 않았다. 그녀의 삼촌! 제인이 모르고 있던 아버지의 형제. 오히려 제인은 삼촌의 죽음 없이는 유산을 가질 수 없었음에, 언젠가 삼촌을 만나게 되리라는 꿈이 이젠 절대 이뤄질 수 없음에 괴로워했다. 제인의 삼촌은 그녀를 찾았다. 그가 죽기 전 그녀를 찾을 수 없었을 뿐이다. 빌리는 죽을 때까지 나를 찾지 않았다. 만약 찾으려고만 했다면, 인터넷과 페이스북의 시대에 나를 찾는 건 쉬운 일이었을 것이다. 내 생각을 했다면, 빌리는 왜 나를 찾아오지 않았던 걸까? 왜 서로 다시는 만날 수 없을 때까지 기다렸던 걸까?

"그게 끝인가요?" 엄마는 내가 수업이 끝나고도 붙잡고 있어서 조바심 난 학생처럼 물었다.

"아, 서점에 관해 논의해야 할 세부 사항이 좀 남아 있습니다. 바쁘시면 미랜더와 제가 다시 약속을 잡아도 됩니다.”

“그게 좋겠네요.” 엄마는 내게 나가자며 손짓했다.

“전화 드릴게요.” 일라이자에게 말하며 일어나는 순간 『제인 에어』의 표지가 펄럭이며 펼쳐졌다. 그리고 그 안쪽에 뭔가가 적혀 있는 게 보였다. 필기체로 적힌, 거의 바래버린 ‘에벌린 웨스턴’이란 글자였다. 빌리의 무덤 바로 옆 묘비에 대문자로 새겨져 있던 그 이름이란 걸 기억해낼 수 있었다. 빌리는 혼자 그곳에 묻힌 게 아니었다. 그렇다면 에벌린 웨스턴은 누군 걸까?

서쪽으로 향하는 10번 고속도로에서 엄마는 추월 차선 위를 규정 속도보다 거의 10킬로미터나 느린 속도로 달렸다. 차들이 우리의 오른편으로 추월하며 경적을 울리거나 창밖으로 주먹을 들어 보이기도 했다.

“제가 운전할까요?” 엄마가 내게 운전대를 넘기지 않을 걸 알면서도 물었다.

“괜찮아.” 엄마가 가속 페달을 밟자 차가 신경질적으로 튀어 나갔다.

“삼촌이 서점을 남기다니. 믿을 수가 없어요.”

“도저히 용납할 수가 없다.” 번디드라이브 출구로 연결되는 경사로에 차를 세우며 엄마가 말했다. “너에게 그런 짐을 지우다니.”

“짐 아니에요. 전 푸로스퍼로 서점을 사랑했는걸요.”

“사랑하는 것과 책임지는 건 전혀 다른 문제야.” 운전대를 어찌나 세게 잡았는지 엄마의 손가락 관절이 하얗게 변해 있었다.

“『제인 에어』를 왜 남겼다고 생각해요?”

“내가 어찌 알겠니.” 그 책의 의미와는 상관없이 그 선물 자체가 엄마를 분노하게 한 것 같았다.

“빌리에게 중요한 책이었어요?”

"모른다고 방금 말했잖아." 엄마는 인기 순위 40위까지의 팝송을 틀어주는 라디오를 켰다. 내가 아는 한 엄마가 좋아하는 음악이 아니었다. 스페인풍의 우리 집 앞에 도착할 때까지 우리는 느끼한 목소리와 뻔한 리듬의 노래들을 들었다. "미안해. 너한테 화내려던 건 아니었어." 차를 세우며 엄마가 말했다. "내가 얼마나 상처를 받을지 빌리는 전혀 생각하지 않은 것 같다."

나는 『제인 에어』 사이에 끼어 있던 골동품 열쇠를 손가락 사이에 넣고 돌렸다. 산화되어 거의 새까맣게 변한 열쇠였다. 내게 남겨진 유산, 푸로스퍼로 서점 어딘가에 처박혀 있는 낡은 금고나 보석함을 열어줄 열쇠겠지. 그리고 소설 표지 안쪽에 필기체로 적혀 있던 이름과도 분명 연관이 있겠지.

"에벌린 웨스턴이 누군지 아세요?"

엄마가 몸을 떨었다. "그 이름은 어디서 들었어?"

"포레스트론에서요. 빌리 삼촌 바로 옆 무덤이던데."

"에벌린의 무덤을 봤다고?" 엄마는 불안해 보이더니 갑자기 극도로 흥분했다.

"빌리 삼촌의 아내였나요?" 빌리가 그 옆에 묻혔다면 논리적으로 그렇게 생각할 수밖에 없었다.

"그랬지." 엄마는 익숙한 우리 집 흰색 외벽을 쳐다보며 속삭이듯 말했다. 지난번에 봤을 때보다 엄마의 눈가 주름이 더 깊어져 있었다. 사람들은 모두 내게 엄마를 닮았다고 했다. 엄마와 나는 곱슬머리도 똑같고 갸름한 얼굴형도 똑같았다. 그러나 엄마 얼굴이 나보다 조금 더 길고 갸름했고, 갈색이 촘촘히 섞인 엄마의 눈동자는 내 것보다 훨씬 더 짙은 황금빛을 띠었다. 나는 엄마만큼 아름다웠던 적이 한 번도 없었다.

"우리와 멀어지고 난 뒤에 만난 사람이에요?"

엄마는 나를 향해 몸을 돌렸다. 그녀는 혼란스러워했다. "에벌린 웨스턴의 무덤을 네가 봤단 말이지?"

"자세히 본 건 아니었어요. 아무도 제게 그 이름을 말해준 적이 없었잖아요."

"네가 태어나기 전에 빌리가 결혼했던 사람이야. 아주 오래전에 죽었어."

"빌리 삼촌은 그 후로 재혼하지 않은 거예요? 가족을 이룬 적이 없다고요?"

"빌리에겐 에벌린뿐이었어."

"서점 이름은 왜 푸로스퍼로라고 지은 거예요? 저랑 무슨 관련이라도 있어요?" 어릴 때 나는 푸로스퍼로 서점의 상호가 나를 위한 거라고, 내 이름에 대한 애정으로 지어진 거라고 믿으며 서점은 나와 함께 살고 숨 쉬는 것이고, 내가 없으면 그 서점도 존재하지 않을 거라고 생각했다.

"네가 태어나기 전의 일들이야." 엄마의 말투는 여전히 차분했다.

"제 이름을 서점 이름에서 따서 지었어요?"

"네 이름은 셰익스피어 작품에서 따온 거야."

"엄마와 빌리 삼촌이 우연히 같은 희곡을 선택했다고요?"

"빌리가 아니라 에벌린이 좋아하던 희곡이었어." 엄마는 자신의 슬픔을 털어내듯 미소를 지었다. "오후 내내 아빠가 휘젓고 다녔을 텐데, 부엌이 얼마나 난장판이려나." 엄마는 내 다리를 토닥이고는 차에서 내려 화창한 오후 햇살 아래로 걸어 들어갔다.

현관으로 들어가는 엄마를 보며 방금 들은 내용들을 정리해보았다. 빌리는 내가 태어나기 전 아내가 있었다. 그녀의 이름은 에벌린 웨스턴이다. 그녀는 『템페스트』를 가장 좋아했다. 내 이름은 셰익스피어의 미랜더와 에벌린이 사랑한 희곡의 미랜더에서 따왔다. 에벌린 웨스턴은

『제인 에어』도 사랑했을 것이다. 이건 엄마도 알아야 했다. 책 표지 안쪽에 적혀 있던 에벌린의 이름을 보지 않았더라도, 빌리가 왜 이 책을 내게 남겼는지 엄마도 알아야 했다. 이 일이 어떻게 이제야 일어났는지 이해가 되지 않았다. 엄마는 비밀을 감추고 있던 거였다.

"오늘은 네 엄마 음식 없다." 아빠가 가지 치즈 요리를 오븐에 넣으며 경고했다. "가서 엄마한테 저녁 준비 거의 다 됐다고 말해줄래?"

내가 엄마를 찾은 곳은 야외였다. 엄마는 원예용 가위를 들고 식탁에 놓을 꽃을 꺾고 있었다. 분홍빛 지평선 위로 오렌지색으로 물든 하늘이 엄마의 등 뒤에서 이글거렸다. 석양은 이미 지고 없었지만 태양의 흔적은 그렇게 하늘에 남아 있었다.

"오늘 저녁은 자줏빛이네." 엄마가 말하며 하늘을 올려다보았다. "자줏빛이 아니구나."

"암적색이네요. 선홍색도 있고." 내가 대답했다. 엄마 손에서 자라면서 나는 보통 사람들이 존재한다고 알고 있는 것보다 더 많은 종류의 색깔을 알게 되었다. 실내 장식가의 딸이라서 얻게 된 특기였다. 하지만 분홍색의 종류나 남부 캘리포니아 석양의 눈부시게 아름다운 빛깔을 이야기할 기분은 아니었다. "아빠가 저녁 식사 거의 다 됐대요." 나는 엄마를 마지막으로 흘낏 쳐다보며, 엄마가 언제부터 대답하기 전에 머뭇거리게 된 건지, 언제부터 웃을 때 입을 가리는 습관을 갖게 된 건지, 언제부터 붉은색이던 매니큐어가 누드 톤으로, 새빨갛던 립스틱이 비타민 E가 함유된 스틱으로 바뀐 건지를 기억해내려고 애썼다. 엄마는 여전히 제퍼슨 에어플레인과 플리트우드 맥의 음악을 듣고, 여전히 아침마다 10분씩 명상했지만 어느 순간부터 엄마의 물건은 모두 연한 분홍색으로 바뀌어 있었다.

부모님은 뉴욕에서 일하던 시절 서로를 만났고, 내가 태어나기 전에 일을 그만두었다. 엄마는 곧게 편 머리에 화려한 색상의 미니스커트를 입던 스무 살 아가씨였다. 아빠가 변호하던 사람이 운영하는 클럽이 이스트빌리지에 있었는데, 엄마는 그 클럽의 전속 여성 밴드였던 레이디러브스의 리드 싱어였다. 클럽 주인이 엄마에게 아빠를 소개했을 때, 엄마는 아빠가 내민 손을 마치 진흙 묻은 손을 보듯 쳐다보았다. 아빠는 자신의 양복과 타이뿐 아니라 단화까지 훑어보는 엄마의 시선을 지켜보았다.

공연 잘 봤습니다. 아빠가 내밀었던 손을 다시 거두며 말했다.

록음악 좋아하세요? 스무 살짜리만이 쓸 수 있는 시건방진 말투로 엄마가 물었다.

세상에, 수지. 이분은 지금 너를 칭찬하려는 거잖아. 좀 봐줘라, 제발. 주인이 말했다.

뭐 어쩌라고, 해리. 엄마는 앰프 하나를 집어 들고는 쿵쿵거리며 무대 밖으로 나가버렸다.

수지 때문에 열 받지 마. 뮤지션이라면 가끔씩 싸가지 없이 굴어야 한다고 생각해서 저러는 거니까. 클럽 주인이 아빠에게 말했다.

엄마가 아빠에게 말을 건넨 그 순간, 그걸로 얘기는 끝난 거였다. 아빠는 금요일 밤마다 레이디러브스의 공연을 보러 갔다. 아빠는 엄마가 자신이 무대 위에 있다는 사실을 잊어버리거나, 센 척하던 겉모습이 사라지거나, 달콤한 목소리를 내며 얼굴이 부드럽게 변하는 그런 순간을 기다리며 그녀가 노래하는 모습을 보는 걸 좋아했다. 그리고 그런 순간은 매 공연 있었다. 그때마다 아빠는 아직 어린, 삶에 치인 적 없는 엄마의 모습을 보았다.

엄마가 아빠의 테이블에 앉았던 밤에는 딱히 주목할 만한 사건이 없었다. 공연을 마친 엄마는 의자 하나를 끌고 와 머리를 묶었다. 작고 앳된 이목구비였다. 엄마가 웃지는 않았지만 웃고 싶어 한다는 걸 아빠는 알았다.

타이가 많은가 보죠? 엄마가 아빠에게 물었다.

엄마의 질문에 깜짝 놀란 아빠는 울 소재 타이의 매듭을 바로잡았다. 아빠는 워낙 타이가 많아 같은 타이를 거의 두 번 이상 매지 않았다. 타이가 많냐고 아빠에게 묻는 사람도 없었다. 그가 기억하는 한 그가 많은 타이를 갖고 있다는 걸 눈치챈 사람도 없었다.

한 200개 정도 됩니다. 아빠가 대답했다.

타이가 200개씩이나 필요한 사람도 있어요?

없을걸요.

그런데 왜 그렇게나 많이 가지고 있어요?

아빠는 어떻게 설명해야 할지 몰랐다. 아빠가 대학생일 때 부모님과 남동생이 죽었고, 자신이 태어나기도 전에 삼촌들이 전쟁터에서 죽었다. 조부모님은 아주 오래전에 돌아가셨다. 어릴 적 친구, 로스쿨 동기, 로펌에서 일하던 동료뿐 아니라 여자친구도 늘 있었지만 그들 중 그에게 해마다 생일 선물을 챙겨주거나 함께 추수감사절 계획을 세우리라 기대할 수 있는 사람은 없었다. 그렇기에 아빠는 크리스마스나 승진을 축하하기 위해 자신을 위한 타이를 샀고, 그것은 그에게 그가 스스로를 돌볼 수 있다는 사실을 상기시켰다.

신발 200켤레가 더 이상하지 않겠어요? 아빠가 말했다.

엄마는 피식 웃으며 밴드의 뒷정리를 도우러 가버렸다. 아빠가 엄마를 처음 웃게 한 날부터 엄마의 마음도 정해진 거였다.

집 안으로 들어가 보니 아빠가 식탁에 앉아 엄마의 완벽한 방법대로 리넨 냅킨을 접느라 애를 쓰고 있었다.

"줘보세요." 아빠 손에 들려 있던 냅킨들을 가져오며 내가 말했다. 나는 그것을 길게 세 등분해 접은 후, 한쪽은 위로 접어 올리고 다른 한쪽은 안으로 집어넣어 완벽한 봉투 형태가 되게 하는 법을 아빠에게 보여주었다.

"쉽게도 하네." 아빠가 내게 말하고는 아일랜드 식탁 뒤 부엌으로 가버렸다.

아빠는 찬장을 뒤지느라 덜그럭거리며 냄비들을 치웠다. 나는 휴대전화를 꺼내서 "에벌린 웨스턴"을 입력하다가 검색창에 입력할 정보가 이름 외에는 아무것도 없다는 걸 깨닫고는 그만두었다. 여러 명의 에벌린 웨스턴이 링크드인, 트위터, IMDB에 떴다. 내가 찾는 에벌린 웨스턴은 오래전에, SNS와 뉴스가 24시간 올라오는 시대 이전에 사망했으므로, 그녀를 찾으려면 옛날 방식을, 기계가 아닌 사람들에게 묻는 방식을 사용한 수밖에 없었다.

아빠는 나무로 만든 촛대 두 개를 들고 돌아왔다. 초가 촛대에 삐딱하게 꽂혀 있었다.

"나는 나무 조각은 하지 말아야겠어." 은퇴 후 아빠에게는 취미가 필요했다. 아빠는 손재주 있는 스타일이 아닌 까닭에 전구 교체 수준의 단순한 일을 제외하고는 전문가의 도움을 필요로하던 사람이었다. 그런 그가 육십 대 중반에 갑자기 목수가 되겠다고 선언했다. 엄마는 수업부터 들어볼 것을 권했지만 아빠는 목수가 되려면 일정 부분은 스스로 터득해야 한다면서 책과 잡지를 사고 유튜브를 시청했다. 아빠는 처음엔 흔들의자를 만들겠다고 했다가 재빨리 상자 만들기로 수준을 낮추었다. "내가 만든 책꽂이 보여줬나? 착색제를 입히는 중이야. 만든 거라고 말해주지 않으면 넌 아마 돈 주고 산 책꽂이인 줄 알았을 거야."

"빌리 삼촌의 부인, 에벌린을 아빠도 알았어요?" 질문이 생각보다 더 불쑥 튀어나와버렸다.

"엄마가 에벌린에 대해 너한테 말했어?" 불안해 보이진 않았지만 놀랐다는 듯 아빠가 물었다. 하지만 아빠는 자기감정을 숨기는 데 선수였다. 변호사로 일한 수년간 반복했을 테니까.

"에벌린 때문에, 에벌린이 사랑했던 『템페스트』에서 제 이름을 따왔다고 하시던데요." 나는 이야기를 살짝 왜곡했다. 엄마가 실제로 말해준 것보다 더 많이 말해줬다고 생각하면 아빠가 더 많은 걸 말해줄지도 몰랐다. "엄마랑 에벌린이 친했나요?"

아빠는 촛대에 손을 뻗어 엄지손가락으로 그 나무를 만지작거리며 말했다. "유치원 때부터 친했지."

"함께 자란 거예요?" 아빠는 고개를 끄덕이며 대답하면서도 여전히 불안정한 촛대에 온 신경을 집중했다. "어떻게 돌아가셨는데요?"

아빠가 나를 응시하며 물었다. "왜 물어보는데?"

"빌리 삼촌이 결혼했다는 것도 전 몰랐어요. 에벌린이란 이름도 오늘 처음 들었고요. 왜 돌아가셨는지 아빠는 아는 거예요?"

"심한 발작이 있었어."

"간질 환자였어요?"

"그건 아니고." 아빠는 유리문을 통해 정원에 있던 엄마가 장미 덩굴 바닥의 흙 상태를 확인하는 걸 보았다. "가서 엄마가 왜 이렇게 오래 걸리는지 좀 보고 오렴."

"금방 오신다고 했어요. 에벌린은 뭐가 문제였는데요?"

오븐의 타이머가 울리자 아빠가 벌떡 일어났다. 그가 에벌린 이야기를 해줄 리 없었다. 아빠와 엄마는 언제나 한 세트처럼, 떼어놓을 수 없이 가까운 사이였다. 가끔은 저런 부부가 어떻게 존재할 수 있는지 질투가 나기도 했다. 엄마에게 비밀인 이야기라면 당연히 아빠에게도 비밀이었다.

5장

벽돌로 된 푸로스퍼로 서점의 외관은 내가 기억하던 그대로였지만 서점 주변은 전부 바뀌어 있었다. 한때 오래된 철도차량 시스템의 유물에 지나지 않았던 선셋교차로에는 작은 식당과 커피숍, 치즈 가게와 옷 가게들이 들어서 있었다. 선셋대로의 양쪽 보도에는 차들이 빽빽하게 주차되어 있었다. 인도를 따라 줄지어 선 식당 천막 아래에는 브런치를 즐기는 사람과 유모차를 미는 부부들이 보였다.

나는 푸로스퍼로 서점 밖에 서서, 페인트칠만 새로 했을 뿐 예전과 똑같은 모습을 자랑하는, 오래된 그 간판을 바라보았다. 서점 창문 위로 높이 솟아오른 푸로스퍼로가 오른손에는 지팡이를, 왼손에는 책 한 권을 들고 보라색 망토를 두른 채 흰 머리를 휘날리고 있는 간판. 과거 그해의 신작이 진열되던 자리에 라이어널 슈라이버, 이사벨 아옌데, 마이클 폴란의 책들이 전시되어 있는 것만 빼면 예전과 똑같았다.

서점에 들어서자마자 냄새가 먼저 다가왔다. 막 자른 종이 냄새. 화이트 머스크 냄새. 재스민 냄새. 후추 냄새. 커피콩 냄새. 출입문에 달아놓은 황동 종이 내는 소리와 이제는 개인 트레이너와 필라테스 수업 전단이 빼곡하게 붙은 입구의 코르크판은 내가 완전히 잊고 있던 것이었다. 서점은 내 기억보다 훨씬 작았다. 천장도 기억에서 만큼 높지 않았다.

예전보다 더 촘촘한 간격으로 놓인 책장에는 책들이 장르별로 분류되어 있었고, 거기에서 또다시 하위분류되어 있었다. 소설이 다시 문학 소설, 인기 소설, 금지 소설, 역사 소설, 고전 소설, 페미니스트 소설, 성 소수자 소설, 과학 소설과 판타지 소설, 추리 소설, 누아르 소설, 외국어 소설 그리고 소형 출판사의 소설로 나뉘는 식이었다. 돌출된 벽돌 벽면의 밝은 초록색 페인트는 여전히 산뜻해 보였다. 상판에 파란색과 금색 모자이크 타일을 붙인 테이블은 카페의 밝은 조명을 받아 여전히 반짝거렸다. 리는 보이지 않았다. 트렌치코트를 입고 에스프레소를 홀짝이던 시인도, 오버올을 입고 책장 사이를 활보하던 예쁜 아가씨들도 볼 수 없었다. 훨씬 더 마른 여자들, 예전과는 달리 아이라인을 그리지 않는 예쁜 여자들은 여전히 있었다. 카페의 테이블은 모두 손님들이 차지하고 앉아, 노트 대신 노트북 키보드를 열심히 두드렸다. 모두 활기로 들끓었고, 푸로스퍼로 마법서의 힘으로 서점에는 생기가 넘쳤다.

빌리의 장례식에서 부스스한 머리로 딜런 토머스의 시를 낭송했던 남자가 저 멀리 반대편 벽에 기대서서 서적 목록에 체크 표시를 하고 있었다. 그가 입은 티셔츠에는 '스마일, 카메라가 찍고 있어요'라는 문구가 프린트되어 있었다.

"빌리의 장례식에 오셨었죠?" 그에게 다가가 물었다. 그가 클립보드 위로 고개를 들었다. 그의 수정같이 맑은 눈은 나를 거의 알아보지 못했다. "딜런 토머스의 시를 읽었죠? 저는 미랜더라고 합니다."

으스대려는 게 아닌 일종의 짧은 확인 절차로써, 그는 자신의 달달한 눈동자로 나를 이리저리 뜯어보았다. "금수저 조카가 오셨구나."

"네, 저예요." 처음 보는 사람들에게 귀여운, 결코 섹시하지 않은 귀여운 사람이라는 인상을 남기는 표정으로 내가 미소를 지어 보였지만 그의 표정은 딱딱했다. 나는 손을 내밀었다. 그는 내 손을 잡고 형식적으로 흔들었다.

　"맬컴입니다." 그는 마치 내가 자기 이름을 진작 알아야 했다는 투로 말했다.

　전화벨이 울리자 그는 내 손을 놓고 데스크를 향해 걸어갔다.

　"푸로스퍼로입니다." 그는 수화기를 들고 말했다. 책과 관련한 이야기를 시작하자 그의 말투가 완전히 바뀌었다. "『하얀 이빨』은 재고가 떨어졌어요. 주문해 드릴 수 있습니다." 그는 고개를 꺾어 수화기를 고정시키고는 데스크 뒤에 있던 구식 컴퓨터의 모니터에 뭔가를 입력했다. 고객에게 공개되지 않아야 하는 데스크 위는 어질러진 채로 모두 드러나 있었다. 선불한 독자에게 보낼 책들로 상자는 넘쳐났고, 아직 뜯지 않은 새 책의 상자들, 날짜 칸에 이름과 출판사 명칭이 휘갈겨진 달력도 있었다. "이틀이면 도착할 거예요. 『온 뷰티』는 읽어보셨어요? 『런던, NW』보다는 『하얀 이빨』과 비슷한 분위기의 소설인데, 제 생각에는 손님께서…… 재고는 있고…… 물론이죠. 따로 빼놓을게요."

　나는 문학 코너 주위를 서성대면서 맬컴이 고객에게 제이디 스미스에 관해 답하는 걸 들었다. 나는 제이디 스미스의 작품을 읽어본 적이 없었다. 책장에 있던 책들을 한 권씩 살펴보니 내가 읽지 않은, 들어보지도 못한 작품이 대부분이었고, 문학의 하위 분야들이 서로 구별될 필요가 있다는 사실도 나는 깨닫지 못한 상태였다. 내가 어릴 때는 책들이 어떻게 정리되어 있었는지 생각나지 않았다. 어른들 책에는 전혀 관심이 없었으니까. 맬컴은 여전히 스미스의 이전 작품과 최신 작품에 어떤 차이가 있는지를 설명하는 중이었다. 나는 책 무더기 주위를 돌면서 장례식에서 나와 눈이 마주쳤을 때 나를 분명히 봤던 맬컴이 왜 나를 모르는 척하는지 알아내려 했다. 십 대 섹션은 이제 청소년 섹션으로 이름이 바뀌었고, 면적도 두 배는 더 커져서 서점의 한쪽 벽 전체를 차지했다. 서점의 모든 책이 나만을 위해 존재한다고 생각하던 시절이 있었는데, 청소년용 책들을 훑어보니 내가 기억하는 책은 한 손으로 집을 수 있을 정도로 조금밖에 되지 않았다.

"책은 좀 읽으세요?" 맬컴이 다시 내 옆에 나타나 물었다.

"주로 논픽션을 읽어요. 역사 교사거든요." 몇 학년을 가르치는지, 어떤 분야의 역사를 가르치는지와 같이 '역사 교사예요'라고 직업을 밝히면 으레 따라오던 익숙한 질문을 맬컴도 내게 할 줄 알았다. 하지만 그는 나와 관련된 질문을 하나도 하지 않았다. 대신 내가 그에게 말했다. "공작의 지위보다 책을 더 우대하는 곳." 맬컴은 황당하다는 표정을 지었다. "내가 어릴 때 우린 이렇게 전화를 받았어요. '공작의 지위보다 책을 더 우대하는 곳, 푸로스퍼로 서점입니다.'" 내가 왜 우리라고 했는지는 모르겠다. 푸로스퍼로 서점에서 전화를 받아본 적도 없으면서.

"전화를 그렇게 받는 건 한 번도 들어본 적이 없는데" 맬컴은 몸을 숙이고 T 구역에 잘못 꽂힌 『월 플라워』한 권을 꺼냈다.

"여기 있었겠네요." 나는 벽 쪽으로 걸어가서 최선을 다해 소설 표지에 있는 한 젊은 배우의 자세를 취해 보였다. 역시나 맬컴은 별다른 반응이 없었고, 입술조차 씰룩거리지 않았다. 딱히 착하다고 생각해본 적 없는 내 학생들조차 재밌진 않더라도 내 노력을 인정은 해주겠다는 뜻으로 눈이라도 굴리며 내게 맞장구를 쳐주는데.

"전 영화로 만들어지는 책들을 싫어합니다." 맬컴은 원래 있어야 하는 C구역에 그 책을 다시 꽂았다.

"서점을 닫으려고 온 게 아니에요. 혹시라도 그런 걱정을 하실까봐." 맬컴의 쌀쌀맞은 태도에 내가 할 수 있는 가장 이성적인 설명이었다.

"내가 뭘 걱정한다고 그래요?" 버럭 화를 내며 그가 말했다. 불안정하며, 고집불통인데다, 자신의 이익에만 밝은 젊은이임이 분명했다.

"어릴 때 빌리가 저를 서점에 데려오곤 했어요. 그래서 이곳이 얼마나 중요한 장소인지 알고 있어요." 내가 말했다. 그는 아무런 반응 없이, 낡은 마룻바닥을 밟고 있는 자신의 더러운 흰색 운동화 앞코에만 신경을 쓰고 있었다. 그의 체중 탓에 바닥에서 끽끽 소리가 났다. "빌리가 이 서점을 저한테 물려준다고 당신한테 말했나요?"

"빌리의 변호사가 말해줬죠. 빌리에게 살아 있는 가족이 있는 줄도 몰랐습니다." 그는 다시 책장으로 시선을 옮기며 가슴 앞쪽으로 팔짱을 꼈는데, 십 대 아이들을 다뤄본 사람이라면 누구나 알 수 있는, 얼버무리기의 전형과도 같은 몸짓이었다. 이중 초점 안경을 쓴, 빌리의 장례식에서 노래했던 마른 남자가 안쪽 테이블에서 맬컴을 부르는 손짓을 보내왔다. 맬컴은 내게 "실례할게요"라는 말을 남기고는 카페로 가버렸다.

"죽은 가족이 있는지는 혹시 아시나요?" 내가 맬컴에게 큰 소리로 물었다. 그는 마치 서서 자느냐는 질문이라도 들었다는 듯 우스운 표정을 지어 보였다.

내게서 등을 돌린 맬컴은 마른 남자에게 몸을 구부린 채로 카페 테이블 위에 펼쳐져 있던 많은 책 가운데 한 권에 대한 논평을 해주었다. 나는 예전에는 전혀 관심이 없던 분야, 모르고 있던 책, 독자에게 읽히기를 갈망하는 색색의 책 표지 들을 모두 확인하며 서점을 다시금 익혀나갔다. 누아르 섹션의 책장에는 웃고 있는 맬컴의 캐리커처가 붙어 있었다. 실제보다 광대뼈가 더 두드러지게, 제멋대로인 머리칼은 더 단정하게, 눈빛은 더 친절하고 경계심 없어 보이게 그려진 캐리커처였다. 맬컴의 캐리커처 위에 붙은 말풍선에는 '누아르는 LA의 피'라고 적혀 있었다. 레이먼드 챈들러, 호메로스, 필립 말로, 오디세우스. 나는 맬컴의 캐리커처를 찬찬히 들여다보며 그가 내게 말하지 않은 것이 무엇일지 생각했다. 장례식에서 시를 낭송한 걸 보면 빌리와 충분히 가까웠던 사람임이 분명했다. 나에 관해 들어본 적 있냐고 물었을 때 맬컴은 내 시선을 피했다. 그는 빌리의 살아 있는 가족뿐만 아니라 이미 죽은 가족에 대해서도, 말할 수 있는 것보다 훨씬 더 많이 알고 있는 게 분명했다.

서점 안쪽의 책장을 따라가다 보니 역사 섹션이 세계 역사, 미국 역사, 캘리포니아 역사로 세분되어 있었다. 역사서들도 연대순이 아닌 지역별, 주제별, 알파벳순으로 정리되어 있었다. 마치 역사가 시간의 흐름에 따라 발생한 사건의 연속이 아닌 독립적으로 발생한 사건의 모음이라는 듯, 대부분의 서점이 이런 방식으로 역사서를 분류해놓고 있었다. 우리가 역사를 가르치면서 잘못된 방법으로 과거를 나누었던 오류를 보여주는 증거였다. 내가 역사 이야기만 시작하면 제이는 내게 가망 없는 낭만주의자라고 했다. 어떻게 그렇게 되지 않을 수가 있단 말인가? 역사란 알파벳 순서 따위로 분류되어선 안 되는 우리의 과거인데.

나는 허리를 굽혀 캘리포니아 역사 서적 책장의 맨 아래에 있는 책들을 훑어보았다. 그것들은 지질학과 지진의 역사 관련 서적 밑에 보관되어 있었다. 1906년 샌프란시스코 지진, 샌앤드레이어스 단층, 예측과 예보에 관한 책들이었다. 평범한 발목 높이의 책장 선반, 바로 그곳에 내 어린 시절의 빌리가 있었다. 나는 노스리지 지진에 관한 책을 한 권 꺼냈다. 그 시절 남부 캘리포니아에 살았던 사람이라면 누구나 기억하는, 한밤중에 일어났던 지진. 당시 조니와 나는 책장에서 책들이 떨어지는 소리에 깜짝 놀라 잠에서 깨어났다. 흔들리던 방의 진동이 멈추자마자 엄마가 뛰어 들어왔고, 방이 다시 덜커덕대며 우르릉거리기 전에 베이거나 다친 곳은 없는지 살폈다. 첫 번째 여진이 멈췄을 때 아빠는 모두 집 밖으로 나가야 한다고 소리쳤다. 아빠를 따라 아래층으로 내려가니 깨진 유리 조각이 바닥에 어지럽게 널려 있었다. 맨발이던 조니와 나를 아빠가 양팔로 들쳐 안고 거실을 가로질렀다. 뒷마당 담장에 가려 이웃의 피해가 어느 정도였는지 알 수 없었지만, 벽돌로 된 옆집 굴뚝은 무너져 있었고, 전선은 길바닥에 이리저리 널브러져 있었다. 아빠가 건전지 라디오로 기자들이 전달해주는 소식을 들을 수 있었다. 멀리서 동이 텄다. 사망자 수가 집계됐다. 엄마는 아빠에게 라디오를 끄라고 했다. 조니는 마치 몸속에서도 지진이 일어난 것처럼 온몸을 덜덜 떨며 내게 꼭 붙어 있었다. 조니의 따뜻한 체온과 감추지 못한 두려움이 내게 고스란히 전해졌다. 지구가 바로 여기, 내 발밑에서 움직였고, 그건 곧 빌리가 지진 피해를 연구하러 멀리까지 갈 필요가 없다는 뜻이었다. 빌리는 그곳에서 우리와 함께 지냈다. 그리고 그건 어린 시절의 내가 그에게서 받은 최고의 선물이었다. 지진이 일어날 때마다, 혼란이 진정되면 신이 났다. 언젠가부터 그런 감정을 빌리와 연관 짓는 건 그만두었지만, 감정 자체가 사라지진 않았다. 심지어 어른이 된 후에도 바닥이 땅과 함께 진동할 때면 그러면 안 된다는 걸 알면서도 신이 났다.

　서점 한가운데, 오크 테이블 위에는 서점 직원이 추천하는 도서들이 진열되어 있었다. 맬컴의 추천 도서는 『태양은 다시 떠오른다』 『무한한 흥미Infinite Jest』 『몰타의 매』 『먼지에 묻다Ask the Dust』였다. 루시아라는 직원은 로베르토 볼라뇨, 가브리엘 가르시아 마르케스, 줄리아 알바레스, 주노 디아스의 작품을 추천했고, 찰리의 추천 도서는 『제임스와 슈퍼 복숭아』 『위고 카브레』, 레모니 스니켓의 시리즈 두 권, 그리고 에드워드 고리의 그림책이었다. 빌리는 모두 고전문학을 추천했는데, 『여인의 초상』 『분노의 포도』 『밤은 부드러워라』 『순수의 시대』였다. 나는 빌리라면 고전문학을 추천했을 거라고, 그러나 조금 다른 종류의 고전, 이를테면 『로빈슨 크루소』나 『삼총사』 『셜록 홈스』를 꼽았을 거라고 예상했다. 나는 내가 추천했을 미국 역사서와 미국 독립혁명 당시의 여성들, 그리고 링컨의 확고했던 내각 구성에 관해 적어놓았을 안내문을 상상했다.

빌리의 추천 도서들을 훑어봤지만 내가 무엇을 찾아야 하는지는 정확히 알 수 없었다. 빌리가 일라이자를 통해 남겨놓은 골동품 열쇠는 여전히 내 주머니 속에 들어 있었다. 푸로스퍼로 서점 어딘가에 있는 물건의 열쇠가 분명했지만 열쇠로 열 수 있는 금고나 골동품 캐비닛이 눈에 띄진 않았다. 서점 안의 무언가가 나를 열쇠 구멍 너머로 안내해줄 것이었다. 빌리의 추천 도서는 아무도 건드리지 않은 상태였는데『분노의 포도』뒤표지 안쪽으로 일련의 숫자가 연필로 흐릿하게 적혀 있었다.

맬컴도 내 어깨 너머로 그 페이지를 보고 있는 것이 느껴졌다.

"병원 알뜰 장터에서 가져온 책에 쓰기 시작한 빌리만의 비밀 언어예요." 맬컴은 내 손에 있던 책을 가져가더니 얼굴을 가까이 가져다 댔다. 맬컴이 설명하기를, 소수점 앞 두 개 숫자는 그 책의 상태를, 소수점 뒤 네 개 숫자는 빌리가 그 책을 구매한 날짜를 나타낸다고 했는데, 연도로 정확히 옮겨지는 숫자는 아니었다. 구매한 달은 글자로 적혀 있고, 그 뒤로는 일련의 숫자가 적혀 있었는데, 그것은 각 책의 정보, 예컨대 몇 판인지, 몇 쇄인지, 어떤 서체를 사용했는지를 나타내는 숫자였다. 그리고 끝에는 해당 책이 팔리지 않았을 때 할인한 시기가 표시되어 있었다.

"이렇게 복잡할 필요가 있어요?"

책장을 덮은 맬컴이 테이블에 책을 다시 올려놓으며 말했다. "빌리가 좋아하던 방법이니까요."

나는 추천 도서 아래에 있는 카드에 적힌 빌리의 이름을 손가락으로 짚었다. 중년의 얼굴을 한 그의 그림이 나를 바라보았다. 갸름한 코에 활짝 웃는 얼굴, 완벽하게 정돈된 머리. 어딘가 비애가 느껴지는 성숙한 미소.

"나는 적이 아닌데," 내가 말했다.

"그건 그대로 놔둘 거예요." 처음으로 맬컴의 얼굴에 미소가 스쳤다. 물론 곧장 사라지긴 했지만. 날 노려보지만 않는다면 그에겐 귀여운 부분이 있었다. "이리 오세요. 제가 커피 한 잔 대접할 테니."

맬컴이 카페의 카운터 뒤로 간 사이, 나는 상판이 모자이크 타일로 덮인 테이블에 앉아 제이에게 문자를 보내기 시작했다. 세 시간의 시차 때문에 서로 연락하기 힘든 상황이었다. 축구 캠프 때문에 아침 일찍 일어나야 했던 제이는 내가 부모님과 저녁 먹는 시간에 잠자리에 들었다. 빌리의 장례식이 끝난 후 나눴던 통화를 제외하면 우리는 계속 문자만 주고받고 있었다. 나는 제이에게 예상에 없던 유산, 다음 단서, 내가 기억하는 푸로스퍼로 서점에 관해 적어 보냈다. 제이는 '멋진 곳일 것 같네'라고 답하고는 곧장 캠프 이야기로 넘어갔다. 제이는 캠프 학생들이 내가 보고 싶다며 뽀뽀하는 표정을 짓는 동영상과 함께 지나치게 감상적인 문자를 보내왔다. 십 대 남자아이들을 로맨틱한 계획에 포섭시키다 보면 그런 민망함이 생겨날 수 있다는 건 알지만, 그래도 나는 그가 내게 『제인 에어』는 어떻게 풀어나가고 있는지, 푸로스퍼로 서점에 다시 방문하는 게 떨리지는 않았는지 물어봐주기를 기대했다. 나는 서점 사진 한 장을 찍어서 '푸로스퍼로 서점에 오신 걸 환영합니다'라는 메시지와 함께 제이에게 보내주었다. 제이는 미소 이모티콘을 답장으로 보내왔다. 차라리 아무 답도 보내지 않는 것이 나을 것 같았다.

맬컴은 카페 카운터 뒤에 서서 빌리의 장례식에서 봤던 라틴계 아가씨와 이야기하고 있었다. 머리를 동그랗게 말아 올린 그녀는 커피 가루가 여기저기 묻은 흰색 앞치마를 허리에 묶고 있었다. 그녀가 자신들을 바라보던 나를 발견하고는 열광적으로 손을 흔들었다. 맬컴도 나를 봤지만 그 아가씨보다는 훨씬 더 조심스러운 눈길이었다. 그는 커피 두 잔을 따라서 내가 앉아 있던 테이블로 가져왔다.

나는 맬컴이 건네는 머그잔을 받아들고 살짝 입에 대보았다. 진한 블랙커피였지만 그냥 마셨다. 크림이나 설탕을 넣으면 나약함을 인정하는 것처럼 보일까 싶어서였다.

"걱정 안 되나 봐요?" 아가씨가 에스프레소 기계를 닦는 동안 아무도 열쇠가 꽂혀 있는 현금 보관함을 살피지 않는 모습을 두고 내가 지적했다. 니켈이나 기타 금속을 합성한 현대식 열쇠였다. 빌리가 내게 남긴 골동품 열쇠와는 전혀 다른.

"단골들이 우리 보병 부대예요. 커피만 한 잔 사 마시는 것 같아 보여도 우리의 눈과 귀가 되어주시거든요."

"금고는 별도로 보관하세요?" 골동품 열쇠가 들어갈 만한 자물쇠는 어디에도 없었다.

"금고엔 돈 없어요. 오늘 아침에 은행에 다녀왔거든요."

"돈을 물어본 게 아닌데." 내가 말했다.

"금고는 위층 수납장에 있어요." 맬컴은 카페 뒤쪽에 있던 문을 가리키며 말했다. 그가 손가락으로 카운터 뒤에 있던 아가씨를 가리켰다. "루시아예요. 오후에 근무하죠. 찰리는 아침에 오고. 새벽에 아래층에서 찰리가 소리를 내도 놀라지 마세요. 서점 문 열려고 일찍 출근하는 거니까." 서점 문이 열리기도 전에 내가 왜 여기에 있을 거라고 생각하는지 물어보려는 순간 빌리의 아파트가 기억났다.

"전 여기, 그러니까 위층 아파트에서 살 계획은 없어요. 부모님이 웨스트사이드에 사시거든요."

"그야 알아서 결정하실 일이고요." 맬컴이 답했다.

"삼촌이 언제 위층으로 이사 왔나요? 제가 마지막으로 기억하기로는 패서디나에 사셨는데." 내게 빌리의 집은 백악관이 연상될 정도로 넓은,

집 안에 기둥이 있는 주택이었다. 대통령 일가와 보좌관들 대신 빌리와 너무 많은 침실이 있던 집.

"제가 빌리를 알게 됐을 때는 이미 위층에 살고 있었는데요."

"그게 언제였어요?"

맬컴은 눈을 가늘게 뜨고 내게 곁눈질하며 물었다. "왜 입사 면접같이 느껴지는 거지?"

"지금까지 본인이 일을 어떻게 했다고 생각해요?"

"대답하기 곤란한데요." 그가 채 감추기도 전에 그의 얼굴에서 경솔함이 엿보였다. 나는 나보다 진하게 화장을 하고 푸시업 브라를 입는 건방진 열네 살짜리 여자애들도 내 편으로 만드는 사람이었다. 교실에서 뭐든 아는 체하는 녀석이 조면기繰綿機가 남부의 노예 의존도를 높이게 된 과정에 관한 여섯 쪽짜리 리포트를 쓰도록 유도할 줄도 아는 사람이었다. 50분짜리 수업을 하는 동안, 8학년의 모든 학생이 휴대전화를 내려놓고 수업에 참여하게끔 만드는 사람이었다. 당최 입을 열지 않는 서른 몇 살짜리 서점 매니저 정도야 확실히 사로잡을 수 있었다.

"맬컴!" 옆에 있던 남자가 갑작스레 자신의 옆에 앉은 이가 누군지 깨닫고는 반갑게 인사를 건넸다.

맬컴은 내게 레이를 소개해주었다. 그는 극작가였다. "오스카상을 타도 우리를 잊지 않겠다고 레이가 약속했어요."

"글쎄, 어찌 될지 잘 모르겠네요." 마치 수상 장면이 그려진다는 듯 레이가 활짝 웃었다. 그의 표정은 점점 더 과해졌다. "빌리하고 똑같이 생겼네요." 레이가 내게 말했다.

나도 모르게 엄마와 똑같은, 그리고 빌리와도 똑같은 적갈색 머리카락을 손으로 매만졌다. 내 옆에 있던 맬컴의 몸이 딱딱하게 굳었다.

루시아는 주변 테이블을 닦고는 함께 커피를 마시러 우리 테이블로

왔다. 꼭 달라붙는 그녀의 탱크톱 주변으로 어깨와 가슴팍에 새긴 여러 문신이 드러났다. 자신의 팔뚝에 새겨진 스페인어를 읽는 내게 그녀는 그것이 『백 년 동안의 고독』에 나오는 구절이라고 그녀가 말해주었다.

"소설은 안 읽으신대." 맬컴이 루시아에게 말했다.

"웃기지 마, 맬컴. 『백 년 동안의 고독』을 모르는 사람은 없어." 루시아가 사과하듯 나를 향해 웃었다.

"실은 남자친구의 어머니께서 주신 적이 있어요." 남자친구. 여전히 입으로 내뱉기 어색한 단어였다. 맬컴이 의아하다는 듯 나를 힐끗 쳐다본 것으로 보아, 내가 그 단어를 불편해한다는 걸 눈치 챈 것이 틀림 없었다. "마르케스 그 작품 저도 사랑해요." 그렇게까지 말할 필요도 없었는데. 그 책은 사실 제이의 어머니가 근처 갤러리로 친구를 만나러 가기 전에 한 시간 정도 시간이나 죽일까 하고 우리 집에 예고 없이 들렀을 때 거실에 두고 간 것이었다. 제이가 한 번도 읽지 않은 소설들이 진열된 책장에 내가 그 책을 가져다 꽂기 전까지, 책은 일주일간 커피 테이블 위에 그대로 있었다.

맬컴은 두 팔 가득 책을 안고 계산대 앞을 서성이는 소녀를 발견하고는 그녀를 응대하러 프런트 데스크로 서둘러 뛰어갔다. 루시아와 나는 소녀가 가져온 책을 계산하는 그의 모습을 바라보았다. 맬컴이 뭔가 이야기하자 소녀가 웃기 시작했고 곧 맬컴도 함께 웃었다. 누아르 섹션에 걸린 캐리커처 속의 그 친절한 눈빛이었다.

"맬컴한테 겁먹지 마세요." 루시아가 말했다. "맬컴이 이 서점에 굉장한 애정이 있어서 그래요. 우리 모두 그렇긴 하지만" 루시아의 말투가 맬컴보다 친절했을진 몰라도, 묘하게 나를 위협하는 건 마찬가지였다. 내가 마치 푸로스퍼로 서점을 망치기라도 할 사람이란 듯이.

으스스하고 고요한 위층으로 향하는 좁은 계단을 오르면서 나는 『제인 에어』를 생각하지 않을 수 없었다. 아래층 서점의 먼지 쌓인 구석과 흥미를 자극하는 냄새는 모두 기억났지만, 위층에 대한 기억은 아예 없었다. 이곳에 올라와본 적이 없었으니까. 그곳에는 복도 양쪽으로 각각 하나씩, 총 두 개의 문이 있었다. 나는 오른쪽 문을 먼저 열어보았다. 책이 꽂혀 있는 선반, 그보다 더 많은 책이 보관된 상자, 청소 도구가 있는 창고였다. 금고를 발견한 곳은 책 더미 뒤였다. 다만 번호 자물쇠가 달린 금고였다. 바닥 아래에 숨겨진 금고에도 빌리가 내게 남긴 골동품 열쇠가 들어갈 만한 구멍은 없었다. 이제 남은 곳은 빌리의 아파트뿐이었다.

삐걱거리는 문을 연 나는 내게 무단 침입했다고, 빌리의 사적인 공간에 난입했다고 말하는 이가 있을까 봐 잠시 멈추어 섰다. 아무 소리도 나지 않는다는 걸 확인하고서야 과감히 안으로 한 발짝 들어가 등 뒤의 문을 닫았다.

널찍한 거실에서는 햇살 받은 먼지들이 반짝이고 있었다. 갈색 가죽 소파 옆에는 커피 테이블 용도로 쓰였을 낡은 궤가, 골동품 화장대 위에는 서로 어울리지 않는 꽃병 세 개가 놓여 있었다. 마치 잡지 기사 사진 같았다. 낡은 궤에서 열쇠 구멍을 발견한 나는 곧장 열쇠를 집어넣어 보았다. 맞지 않았다. 게다가 그 궤는 잠겨 있지도 않았다. 그 속에는 옷들이 가지런히 접힌 채 포개져 있었다. 칼라 달린 리넨 셔츠와 카키색 방수 바지, 내 기억 속의 빌리가 즐겨 입던 스타일이었다. 나는 올리브그린 색상의 버튼다운 셔츠를 펴들고 숨을 크게 들이쉬었다. 베이비파우더 향의 기분 좋고 산뜻한 냄새가 났지만 빌리를 떠올리게 하는 향은 아니었다.

나는 방 안을 훑어보며 열쇠 구멍을 찾았다. 따로 문이 달려 있지 않은 부엌에서 풍기는 살균제 냄새가 코끝을 찔렀다. 타일로 마감한 상판과 가스레인지는 깨끗하게 청소되어 있었다. 냉장고 안은 텅텅 비어 있었고 냉동실엔 얼음 틀 말고는 아무것도 없었다. 일라이자가 말했다. 빌리가 나를 위해 아파트를 준비해뒀다고. 당연한 말이겠지만 냉장고에 빌리의 음식이 남아 있고, 빌리가 버린 물건들로 쓰레기통이 채워져 있었더라면 뭔가 내가 발견할 거리가 있었을 것이다.

침실 문에도 열쇠 구멍은 없었다. 아파트의 다른 공간에 비하면 침실은 좀 구식에, 특징이랄 게 없는 공간이었다. 흰색 고리버들로 엮은 가구와 문 옆에 놓인 평범한 책장, 오랜 시간 햇볕에 노출되어 색이 바랜 양장본 도서들이 전부였다. 서랍장 위 금발의 여자 사진 옆에는 마른 들꽃다발이 놓여 있었다. 나는 그 액자를 들고, 유리 표면에 쌓인 먼지를 입으로 불었다. 절벽 아래, 좁은 해안에 솟은 바위에 기댄 여자의 오른 어깨 위로 백발에 가까운 금발의 가는 머리가 흘러내리고 있었다. 투명한 피부, 귀고리와 어울리는 우울한 초록색 눈동자. 어쩌면 그녀가 이미 죽은 사람이라는 걸 알아서 우울하게 보였는지도 모르겠다.

나는 액자에서 사진을 꺼내 거기에 뭔가가 적혀 있는지 확인했다. 사진 뒷면에 코닥 로고가 찍혀 있을 뿐 그 어떤 글씨도, 날짜도, 이름도 없었다. 이 사진의 주인공이 에벌린인 것이 분명했다. 엄마는 그녀의 생김새에 대해 아무것도 말해주지 않았지만, 그녀는 내가 예상했던 바로 그 모습을 갖고 있었다. 이십 대 후반의 젊은, 금발의, 아름다운, 잊히지 않는 그런 외모.

나는 사진을 뚫어지게 보며 사진이 찍힌 시기와 장소를 짐작해볼 만한 단서를 찾았다. 바위로 된 절벽은 말리부처럼 보였지만, 말리부에는 이렇게 고립된 해안이 셀 수 없이 많은 데다 내가 아는 해안도 아니었다. 에벌린은 화장기 없는 얼굴에 긴 생머리를 하고 있었다. 골동품으로 보이는 에메랄드 귀고리를 하고, 20세기 후반기 내내 생산됐을 법한 흔한 흰색 티셔츠를 입고 있었다.

나는 사진을 액자 속에 다시 끼우고는 원래 있던 서랍장 위에 그대로 올려두었다. 그 사진을 보고 있자니 마음 깊은 곳에서 슬픔이 밀려왔다. 그 사진은 빌리가 자신의 아파트에 둔 유일한 장식품이었다. 빌리는 매일 에벌린의 사진을 보며 위로받았겠지만 그것이 오히려 빌리의 삶을 훨씬 더 공허하게 만들었을 것이다. 팔에 소름이 돋았다. 등 근육도 움츠러들었다. 그의 외로움을 생각하니 겁이 났다. 열쇠 구멍을 마지막으로 한 번만 더 찾아보고자 침실을 둘러보던 나는 아무것도 찾을 수 없자 서둘러 방을 나왔다. 그 사진과 최대한 멀어지자는 마음에서였다.

거실도 마찬가지였다. 입구 옆 테이블에 오래된 금고가 있는 것도 아니었고, 부엌 근처 벽에 세워둔 마호가니 책상 위에 보석함이 있는 것도 아니었다. 우리 집에도 부모님이 이것과 비슷한 책상을 이층 복도에 두었는데, 아빠의 할머니로부터 물려받은 장식용 가보였다. 부드러운 목재를 손으로 쓰다듬으면서, 이 책상과 우리 집에 있는 책상이 비슷하다는 걸 빌리도 알았을지, 이 책상에 앉을 때 그도 가끔 우리 생각을 했을지 궁금했다. 나는 책상의 여닫이문을 잡아당겨보려고 했지만 잠겨 있었다. 책상 표면에 새겨진 담쟁이덩굴을 손가락으로 따라가다가 잠금 부분을 교묘히 숨긴 황동의 열쇠 구멍 덮개를 발견했다. 거기에 골동품 열쇠를 넣어보니 편안하게 맞아 들어갔고, 그것을 오른쪽으로 돌리자 딸깍 소리를 내며 잠금이 풀렸다.

문을 열자마자 오래된 나무의 불쾌한 사향 냄새가 코를 찔렀다. 그 안에는 영수증과 낡을 대로 낡아 누렇게 변색된 종이들이 어지럽게 놓여 있었다. 나는 쭈글쭈글해진 난방 영수증과 누런 『LA타임스』를 쓸모없다면서 치워버리는 대신 꼼꼼히 살펴보며 다음 단서를 찾았다. 그러다 그 생활 흔적 더미 밑에서 드디어 그가 나를 위해 감춰둔 유품으로 채워진 서류철을 발견했다.

빌리는 여러 장의 사진과 함께 내가 중학교 때 참여했던 연극의 전단과 토론대회 포스터도 간직하고 있었다. 나는 영수증과 잡지들을 연도순으로 정리하고서 눈앞에 펼쳐진 내 유년기를 감상했다. 맨 처음 사진은 빌리가 연보라색 강보에 꽁꽁 싸인 나를 안고는 신기하면서도 겁나는 표정으로 바라보는 사진이었다. 그다음은 2년 후 사진으로, 빌리와 내가 어두컴컴한 식당에서 「레이디와 트램프」의 한 장면처럼 스파게티면 한 가닥의 양 끝을 물고 포즈를 취한 사진이었다. 1991년에 찍힌 사진은 내가 스팽글 달린 비키니 수영복을 입고 달리는 장면을, 1993년 봄에 찍힌 사진은 내 일곱 번째 생일 파티 장면을 담은 것이었다. 빌리가 유일하게 참석했던 생일 파티였다. 사진 속 빌리와 나는 염소와 함께 포즈를 취하고 있었다. 나는 우리 집 뒷마당을 동물을 만질 수 있는 동물원으로 만들어달라고 엄마를 졸랐다. 글쎄다, 미랜더. 건강에 좋지 않을 수도 있어. 엄마가 말했다. 나는 빌리 삼촌에게 도움을 요청했고, 우리는 엄마에게 보여줄 제안서를 함께 작성했다. 나이지리아 난쟁이 염소는 매해 새끼를 출산하며 수명이 15년이라고, 또 제동크zedonk*는 종키, 제브룰라, 제브리니, 제브롱키, 제봉키 혹은 제바동크로도 불리는데, 이름이 이렇게나 많음에도 매우 희귀한 종이라고 적었다. 청결을 보증하는 예방 조치의 일환으로 손 씻는 장소를 따로 만들고 손 세정제도 넉넉히 준비할 것도 약속했다. 또 남부 캘리포니아에서 나이지리아 난쟁이 염소로부터 질병이 옮을 가능성이 얼마나 낮은지를 증명하는 과학적 연구 결과도 덧붙였다. 사진 속의 빌리는 염소를 무슨 트로피처럼 들고 있었다.

---

* 수컷 얼룩말과 암나귀의 잡종.

그다음 사진은 내가 6학년 때 출연한 연극에서 찍은 것이었다. 빌리는 청교도 복장을 한 조니와 나를 두 팔로 안고 있었다. 똑같은 보닛과 푸른 드레스를 입고 있었지만 누가 애비게일 윌리엄스고 누가 마녀로 지목되어 사라진 여자인지 자세만으로도 알 수 있었다.

마지막 사진 속 반려동물 상점은 정확히 내가 기억하는 그 모습이었다. 얼룩덜룩한 리놀륨 장판, 화려한 색의 새들이 있던 금속 새장. 카메라를 향해 강아지를 높이 들고 있는 나를 빌리가 꼭 껴안아주는 사진이었다. 우리 둘 다 쾌활한 웃음을 짓고 있었다. 행복한 것처럼 보였다. 그 시간 이후 모든 것이 얼마나 빨리 바뀌었던가.

나에 관한 것이 더 있는지 찾으려고 책상을 이리저리 뒤졌다. 그러다 신용카드 광고지와 주유소 영수증 사이에서 접혀 있는 괘선지 한 장을 발견했다. 내 글씨는 그때나 지금이나 비슷했지만, 내용은 꽤 낯설었다.

안녕, 빌리 삼촌!
나한테 편지를 받다니, 놀랐지? 너무너무 오랜만이야! 나 어제 고등학교 졸업했어. 믿기지 않지 않아? 졸업식에 모두들 가족이 떼로 몰려왔는데 나는 부모님밖에 안 왔어. 그래서 삼촌이 생각났어. 아마 삼촌도 잠시 거기에 있었을지도 모르겠다.
삼촌은 이제 내 생각 안 해? 나는 가끔 우리 둘이 얼마나 재미있었는지 생각하는데. 어쨌든, 그냥 안부나 전하려고 편지했어. 답장하고 싶으면 얼마든지 해도 좋아. 엄마한테는 말하지 않을 테니 걱정하지 말고. 히히!
삼촌을 사랑하는 미랜더가

이 편지를 받고 빌리가 어떤 기분이 들었을지 상상해보려고 나는 편지를 다시 읽었다. 빌리는 한 번도 답장하지 않았다. 빌리에게서 답장을 받지 못할 거라는 걸 나도 알고 있었을 것이다. 그럼에도 빌리에게 다시 편지를 썼을 것이고 띄엄띄엄 보내던 편지들은 단순한 편지 그 이상의 무언가로 발전했을 것이다. 빌리도 답장하고 싶었던 것이 분명했다. 그게 아니라면 편지를 간직할 이유가 없으니까. 아직 확실히 알아내지는 못했지만, 빌리는 어떠한 이유로 내게 답장해선 안 된다는 걸 알았을 게 분명했다.

나는 편지를 다시 천천히 접었다. 이건가? 나를 절대 잊지 않았다는 걸 보여주려고 이 책상까지 오게 한 건가? 빌리와의 마지막 보물찾기라고 하기에는 너무 시시한 결말이었다.

편지를 책상 안에 다시 넣으려는 순간, 책상의 한쪽 모서리를 따라 적혀 있는 아주 작은 글자가 보였다. '아래로.' 사진들을 다시 집어넣기 전까지 나는 그 뒷면마다 단어가 적혀 있던 것을 발견하지 못했다. '아래로' '아래로' '아래로' '아래로' '아래로'. 반려동물 상점에서 찍은 사진의 뒷면에는 단어가 아닌 문구가 적혀 있었다. '앨리스는 아래로 내려갔다.' 바로 다음 단서였다.

나는 방 안을 뛰어다니며 책장과 책 더미 사이에 껴 있을지 모를 낡은 『이상한 나라의 앨리스』를 찾았다. 하지만 거실에는 책이 단 한 권도 없었다.

나는 침실로 돌아가기 전 숨을 깊이 들이마셨다. 선택의 여지 없이 그곳에 무조건 다시 들어가야 했으니까. 책장에 꽂힌 양장본들은 책등의 색이 너무 연해진 까닭에 꼭 빛바랜 캔버스 속으로 스민 그림 같았다. 『작은 아씨들』『나일강의 죽음』『컬러 퍼플』『카우걸 블루스Even Cowgirls Get the Blues』 등 빌리가 읽었다고는 상상할 수 없는 소설들이었다. 실비아 플라스와 콜레트의 소설 사이에 진홍색 색상이 거의 바래버린 얇은 책 한 권이 있었다. 벗겨져가는 금박 나뭇잎에는 루이스 캐럴이라고 적혀 있었다.

단순한 표지였다. 붉은색 바탕 한가운데에 금색으로 그려진 앨리스의 작은 초상화가 다였다. 양각으로 새겨진 앨리스의 머리칼과 주름 장식이 많은 원피스를 손으로 만져보았다. 내가 자라며 지퍼가 더 이상 올라가지 않을 때까지 장장 3년 동안 매 핼러윈에 입었던 폴리에스테르 복장과 거의 비슷한 원피스였다. 내가 그 푸른 원피스를 입은 모습을 빌리가 봤던가? 내가 반려 토끼에게 조끼를 입히고 싶어 했다는 걸 빌리가 기억했을까? 나는 표지를 펼치고 안을 들여다보았다.

앨리스는 아래로, 아래로, 아래로 떨어지다가 잔가지와 마른 나뭇잎들이 있는, 안전하고 기이한 곳에 도착했다. 앨리스는 여러 개의 문을 열어보았다. 모두 잠겨 있었다. 금색 열쇠를 찾았지만 그건 어떤 자물쇠엔 너무 크고 또 어떤 자물쇠엔 너무 작았다. 그러다 앨리스는 커튼 뒤를 살짝 엿보았다. 열쇠는 딱 맞았지만 이번에는 통로가 너무 좁아서 정원에 닿을 수가 없었다. 바로 그 장면에서 저자인 캐럴의 문장이 밝은 노란색으로 강조되어 있었다.

요사이 괴상한 일이 많이 일어났기 때문에, 앨리스는 정말로 불가능한 일은 거의 없다고 생각하기 시작했다.

앨리스는 말하는 토끼를 따라 길고 어두운 터널 아래로 떨어진 후 활동적이거나 최대한 활동적이게 되었다. 그녀는 규칙이 담긴 책을 찾아다녔지만 앨리스가 발견한 것은 나를 마셔라고 적힌 물병이었다. 나는 책장을 휙휙 넘기다가 뒤쪽에 끼워져 있던 봉투를 발견했다. 나를 읽어. 봉투에는 그렇게 적혀 있었다.

봉투에는 두꺼운 종이 뭉치가 들어 있었다. 첫 페이지, 시더스-시나이 Cedars-Sinai 병원 로고 아래로 나자리오 박사라는 사람이 빌리에게 쓴 글이 적혀 있었다. 이 편지는 귀하의 결과를 알려드리기 위한 것입니다. 다음 방문일 확정을 위해 저희 쪽에서 연락을 드리겠습니다. 나자리오 박사의 이름엔 붉은색 동그라미가 쳐져 있었다. 이어지는 페이지에는 빌리가 받은 검사들에 관한 상세한 설명이 적혀 있었는데, 숨이 차고 가슴이 답답한 임상적 증상, 대동맥 협착증의 영향 등이 나열되어 있었다. 검사 날짜는 2년 전 3월이었다.

나는 색깔 표시가 된 부분을 다시 읽었다. 정말로 불가능한 일은 거의 없다. 어릴 때 갖고 있었던 이 소설의 그림책 버전이 떠올랐다. 파란 원피스를 입고 있던 앨리스. 앨리스 주위를 둥둥 떠다니던 하트, 스페이드, 다이아몬드, 그리고 클로버들. 빌리가 그 책을 내게 준 것, 그 책을 푸로스퍼로 서점에서 가져왔다는 것, 그런데 엄마도 똑같은 책을 웨스트사이드의 어린이 서점에서 사 왔다는 것 등이 떠오르기를 바랐다. 빌리가 내게 이불을 덮어주며 불가능한 건 정말로 아무것도 없다고 느끼게 해줬던 그 많은 밤들 중에, 빌리와 이 책을 함께 읽은 밤은 없었다. 하지만 빌리는 앨리스처럼 나 역시 더는 떨어질 곳이 없는 곳까지 아래로, 아래로, 아래로 자신을 따라 내려가리라는 걸 알고 있었다.

6장

시더스-시나이 병원은 본원 외에도 도시 전역에 분원을 두고 있었다. 나자리오 박사에 대해 알아보니 그는 총 세 곳의 진료실에서 환자를 봤는데, 향후 6주간 예약이 다 차 있었다. 나는 전화를 받은 접수 담당자에게 내가 진료를 받으려는 것이 아니라 삼촌에 관해 박사님께 여쭤볼 것이 있을 뿐이라고 설명하려 했다. 하지만 그녀는 내게 HIPAA*의 개인 정보 규정을 장황하게 설명할 뿐이었다.

"나자리오 박사님께 연락할 다른 방법이 있을까요?" 내가 물었다.

"이메일 보내보세요." 그녀가 대답했다.

"박사님께서 이메일을 확인하시나요?"

"저는 비서가 아니에요. 박사님 이메일 주소 알려드려요, 말아요?"

답장은 고사하고 그가 읽어라도 주기를 속절없이 기대하며, 박사에게 간단한 이메일을 남겼다.

혼잡한 아침 출근 시간에 부모님 집에서 푸로스퍼로 서점까지는 한 시간이 넘게 걸렸다. 10번 고속도로에서 110번, 다시 101번 고속도로를 타다가 어디선가 5번 고속도로로 빠져 시내로 가다 보면, LA의 악명 높은 교통 체증에 갇히게 됐다. 서점에 도착할 때면 컴퓨터 옆에 놓여

---

* Health Insurance Portability and Accountability Act의 약자로, 건강보험 정보의 이전 및 책임에 관한 법률을 뜻한다.

있던 샌앤드레이어스 단층이 그려진 빌리의 머그잔, 책상 의자 옆 바닥에 놓여 있던 낡은 가죽 책가방이 그대로이기를 바랐다. 전화를 받으러 뛰어간 리가 전화를 걸어온 모든 이에게 푸로스퍼로 서점은 그 어떤 것보다 책을 우선시하는 곳임을 알려주던 모습도 보고 싶었다. 하지만, 나를 기다리는 건 프런트 데스크 뒤에 앉아 책을 읽던 맬컴의 모습이었다. 뒷문 열리는 소리를 듣고 기대에 찬 표정으로 고개를 든 맬컴이 내가 다시 돌아왔다는 걸 깨닫고는 한숨을 내쉬었다.

오전의 서점은 오후보다 훨씬 한산했다. 9시가 되자 미리 자리를 선점한 몇몇 작가가 카페에서 작업을 시작했다. 푸로스퍼로의 세 번째 식구인 찰리가 우유 거품을 내고 커피 원두를 가는 동안 손님들은 차분히 기다렸다.

찰리는 이십 대 초반으로, 왼쪽 팔뚝에는 '빅 프렌들리 자이언트Big Friendly Giant'라 새긴 문신을, 오른쪽 삼각근에는 '와일드 씽Wild Thing'이라 새긴 문신을 갖고 있었다. 그는 내 옆 의자에 앉아 바짓단을 걷어 올리며 주근깨가 잔뜩 난 창백한 종아리를 드러냈다.

"여기에는 '윌리 윙카Willy Wonka'를 문신으로 넣을까 생각 중이에요. 아니면 아낌없이 주는 나무나. 잘 모르겠어요." 그가 말했다.

"제가 유치원 들어갈 무렵에 빌리가 『아낌없이 주는 나무』를 선물해줬어요." 나는 기억하고 있었다. 학기가 시작되기 바로 전주, 빌리는 산타크루즈 산맥을 흔든 작은 지진 탓에 북부 캘리포니아로 떠나야 했다. 그는 내가 새 학교 때문에, 어쩐지 나만 빼고 서로서로 이미 친할 것만 같은 처음 보는 아이들 때문에 긴장하고 있다는 걸 알았다. 그는 나와 함께 있어주지 못한다는 사실에 대해 미안해했다. 내게 『아낌없이 주는 나무』를 사주면서 우정을 가르쳐주거나 학교에서 무슨 일이 생기더라도 자신이 나의 아낌없이 주는 나무가 되어줄 거라는 걸 알려주려고 했던 것 같다.

"빌리가 원래 애들한테 책 읽어주는 걸 좋아했죠." 바짓단을 풀어내며 찰리가 말했다.

"혹시 빌리가 아이들에게 『이상한 나라의 앨리스』를 읽어준 적이 있나요?" 내가 물었다.

"빌리한테는 펼칠 때마다 쩍쩍 갈라지는 소리가 나는 낡은 『이상한 나라의 앨리스』가 있었는데, 동네 애들은 무슨 육감이라도 가졌는지, 빌리가 그 책을 펼치기만 하면 모두 우르르 뛰어왔어요." 나는 가방에서 책을 꺼내 찰리에게 건네주었다. "이 책 맞아요." 찰리가 확인해주었다. 불타는 듯 붉은 표지를 본 찰리 얼굴에서 밝은 기운이 사라졌다.

"여기서 오래 일하셨어요?" 나는 가방에 책을 다시 집어넣었다.

"3년이요. 오래 있을 생각은 없었는데 이렇게 되었네요."

"왜 그렇게 된 것 같은데요?"

찰리는 자세를 편안하게 고쳐 앉았다. "그때는 제가 켄 키지, 헨리 밀러 작품을 읽던 때였어요. 어느 날 빌리가 내가 들고 있던 『시계태엽 오렌지』를 빼앗고는 『찰리와 초콜릿 공장』을 대신 쥐여줬어요. 영화는 봤어도 책으로 읽은 적은 없었죠. 얼마나 충격적인 내용인지 다 까먹고 있었어요. 어둡긴 했어도 분노를 일으키는 내용은 아니었죠. 당신에게 어떤 책이 필요한지 빌리는 항상 알고 있었을 거예요. 그는 마치 책으로 치료하는 도서 주치의랄까. 그런 능력이 있는 사람이었어요."

"마법을 부렸는지도 모르죠." 내 말에 찰리는 윙크로 답하며 카운터에 서 있던 십 대 소녀를 응대하기 위해 일어섰다.

나는 뒤편의 테이블에 앉아 서점의 오전 일과를 지켜보았다. 극작가 레이는 내 옆 테이블에서 작업 중이었다. 나는 그에게 손을 흔들어 인사했다.

"미랜더, 맞죠?" 레이는 헤드폰을 벗으며 내게 말했다. 내 이름을 기억한 것이 뭔가 훌륭한 일이라는 듯 고개를 끄덕여주었다. "이 근처에 사시나 보죠?"

"실은 필라델피아에 살아요. 여긴 몇 주 동안만 있는 거예요."

"그래서 한 번도 본 적이 없었구나."

"이 서점에 오신 지 오래되셨어요?"

"지난 4년간 매일 왔죠. 빌리 일은 유감입니다. 좋은 사람이었는데. 빌리 소개로 매니저인 조던도 만났거든요. 빌리가 아니었으면 저는 직업도 잡지 못했을 겁니다."

손님들이 일하는 테이블을 훑어보며 빌리가 저들의 삶을 어떻게 바꿔놓았을지, 찰리나 극작가 레이처럼 저들도 작은 친절로 자기 삶을 조금 더 완벽하게 만들어준 빌리를 기억할지 궁금했다.

휴대전화가 울리며 새로운 이메일이 도착했다는 알림이 떴다. 나자리오 박사가 내 이메일을 읽었다는 알림이었다. 나는 정말 운이 좋았다. 예약을 취소한 환자가 생긴 거였다.

'오후에 들를 수 있나요?' 나는 짧게 '네!'라고 답장한 후 곧장 출발했다. 꼼짝하지 않는 교통체증에 묶여 베벌리대로 한가운데 서 있게 된 후에야, 내가 맬컴에게 인사도 하지 않고 나왔다는 사실이 떠올랐다.

나자리오 박사는 키가 크고, 키스 상대를 아프게 할 만큼 날카로운 턱을 지닌 사람이었다. 그는 의사 국가고시를 실제로 통과한 의사가 아닌, 텔레비전에서나 볼 법한 LA의 의사처럼 보였는데, 그게 바로 LA였다. LA 사람들은 모두 유명 인사가 분장한 것 같은 외모를 갖고 있었다. 빛나는 눈동자와 뚜렷한 광대뼈를 지닌 맬컴 역시 내가 예상한 더벅머리 서점 매니저보다 훨씬 더 매력적인 사람이었고.

박사의 병원 벽면에는 액자에 넣은 졸업장과 면허증들이 줄지어 걸려 있었다. 나는 그의 책상 반대편에 있는 두 개의 의자 중 하나에 앉았다. 박사는 서랍을 열고 편지 하나를 꺼냈다. "자신의 의료 기록을 당신에게 공개해도 된다는 허가서를 빌리가 제게 남겼습니다."

그것은 빌리가 사망하기 1년 전에 일라이자의 공증을 받은 서류였다.

심장 모형을 든 나자리오 박사가 그 내부를 열어 보여주며 말했다. "대동맥판 협착증은 대동맥판막이 비정상적으로 좁아지는 질병입니다. 판막이 좁아져 좌심실에서 동맥으로 가는 혈액을 막는 수준에까지 이르게 되면, 여러 심장 질환을 유발하게 되죠. 판막을 교체하는 다양한 종류의 수술법이 있습니다만 빌리는 심각한 가슴 통증이 생긴 후에야 찾아왔어요. 수술하기엔 위험이 너무 큰 시점이었습니다. 우린 폐의 압력을 낮추기 위해 빌리에게 이뇨제를 처방했고 그 후 세밀히 관찰했어요. 판막이 이미 많이 좁아진 걸 고려하면 빌리가 2년이나 버틴 건 운이 좋았다고 할 수 있었죠." 박사가 심장 모형을 다시 닫을 때까지 나는 그 울룩불룩 복숭아처럼 생긴 모형을 자세히 들여다보았다. 박사는 빌리의 폴더에서 꺼낸 봉투 하나를 내게 건넸다. "당신에게 전해주라고 부탁하더군요."

그는 자리에서 일어나 나를 바라보았다.

"간질 환자가 아닌 건강한 사람이 왜 발작을 할까요?" 박사를 따라 복도로 걸어가면서 내가 물었다. 빌리가 내게 남긴 단서를 그대로 손에 든 채였다.

"발작을 일으킨 적이 있으신가요?"

"아뇨, 저 말고 빌리의 아내가요. 심한 발작으로 사망했거든요. 젊은 여성도 발작으로 사망할 수 있는지 궁금해서."

"비간질성 발작에는 여러 가지 이유가 있습니다. 심인성일 때도 있고요. 약물 남용이나 뇌종양, 뇌혈관 기형이 원인일 때도 있지요. 그분의 의료 기록을 확인하지 않고는 말씀드리기가 어렵겠네요."

"그건 없어요. 지금 말씀해주신 요인들이 흔한 건가요?"

나자리오 박사의 표정이 일그러졌다. "죄송하지만, 말씀해주신 것만 가지고는 쉽게 진단할 수 없습니다."

나는 감사하다는 인사를 전하고 병원을 나왔다. 박사가 에벌린의 발작 원인을 알려주진 않았지만, 그의 설명 덕분에 부모님이 내게 뭔가를 숨기고 있다는 의심은 더욱 확고해졌다. 그녀의 죽음이 약물과 관계가 있었다면 아빠는 내게 그녀의 약물 문제를 말했을 것이다. 암이었다면 암이었다고 말했을 테고. 머리를 다친 거라면 사고라고 말했겠지. 발작이라면 다른 이유, 더 근본적인 문제가 있었다는 뜻이었다. 에벌린이 심각한 발작으로 사망했다면, 그녀에게 뭔가 다른 문제가, 무슨 까닭에서든 아빠가 내게 알리고 싶어 하지 않는 뭔가가 있다는 거였다.

나는 시더스-시나이 병원의 자동문 밖으로 나와 나자리오 박사가 내게 준 봉투를 뜯었다.

모든 삶, 특히 내 삶의 근본에는 과학이 있다. 섬유조직, 근육과 뇌, 250센티미터의 크고 튼튼한 몸, 윤기가 흐르는 검은 머리, 백옥같이 흰 치아를 가졌지만, 이런 화려함에도 불구하고 당신은 내게서 아무런 매력도 찾을 수 없을 것이다.

내가 알고 있는 구절이 아니었다. 휴대전화로 해당 구절을 검색해보니, 구글은 신경과 근육세포에 관한 논문들, 인간의 몸이 어떻게 움직이는지를 설명해놓은 아동용 웹 사이트들을 찾아냈다. 윤기가 흐르는 머리, 백옥같이 흰 치아를 직접 인용한 것은 없었다. 책에서 인용한 구절이 아닌 거였다. 이건 수수께끼였다.

자잘한 힌트가 곧바로 눈에 띄었다. 미국식 표기인 fibers가 아닌 영국식 표기인 fibres. 이례적으로 큰 키. 과학. 빌리가 내게 위대한 과학자의 회고록이나 전기를 읽게 하려는 거였을까? 플라톤과 아리스토텔레스의 철학인가? 뭔가 소설과 관련된 건가? 내 밑천이 바닥을 드러내 보였다. 도무지 답을 알 수가 없었다.

나는 단서를 뒷주머니에 넣고 나자리오 박사가 내게 준, 수수께끼의 힌트를 찾는 데 도움이 되어줄 또 다른 종이, 내게 말해도 좋다고 박사에게 허락했다는 그 서류를 살펴보았다. 유일하게 눈에 띈 것은 그 서류를 공증한 일라이자의 사인이었다. 일라이자는 빌리를 얼마나 잘 아는 걸까? 유언장 집행자 역할을 할 만큼은 잘 알겠지.『제인 에어』를 맡아줄 만큼은. 내가 빌리의 주치의와 이야기해도 좋다는 서류를 공증해줄 만큼은. 빌리가 날 위해 무엇을 계획했는지 알 만큼은. 적어도 그 정도는 되리라고 나는 기대했다.

일라이자의 사무실은 병원에서 차로 얼마 떨어져 있지 않았다.

"미랜더." 그는 이미 헝클어진 머리를 더 엉망이 되도록 긁적이며 자기 사무실로 나를 안내했다. 일라이자는 또 다른 회색 세로 줄무늬 양복을 입고 있었는데, 그게 지난번에 본 양복과 같은 양복인지, 아니면 그가 그가 똑같은 양복을 여러 벌 갖고 있는 건지 궁금했다. "우리가 미팅을 잡았었나요?

"바쁘신가요?" 내가 물었다.

"그럴 리가요." 그는 안으로 들어오라며 손짓했다. "언제든 좋지요."

나는 딱딱한 가죽 의자에 앉아 그가 공증했던 서류, 빌리의 의료 기록을 내게 알려줘도 좋다고 나자리오 박사에게 허락했던 그 서류를 내밀었다.

"빌리는 오랫동안 아팠어요. 이걸 공증한 기억은 안 나는데요." 일라이자가 내게 그 편지를 도로 건넸다.

나는 빌리의 수수께끼도 보여주었다. "삼촌이 나자리오 박사에게 이것도 남겼더라고요."

"기발하시긴." 그는 그것을 재빨리 훑어보고는 다시 내게 돌려주었다.

"답을 아시겠어요?"

"당신께 남기신 거라면 당신 스스로 찾아내길 원하실 것 같은데요."

그를 의심의 시선으로 바라보던 내 눈과 그의 눈이 마주쳤다. "삼촌이 저를 위해 보물찾기를 계획한다고 말한 적이 있었나요?"

"아뇨, 그런 말씀은 하신 적이 없어요."

"서점을 제게 남기시려는 이유에 대해서는요?"

"편지 못 받으셨습니까?" 그가 놀라며 물었다.

"무슨 편지요?"

"제가 직접 보내드렸는데요. 사망 직후에." 『템페스트』한 권이 들어 있던 소포를 말하는 게 분명했다.

"빌리와는 어떻게 일하시게 된 거죠?"

"원래는 제 아버지가 빌리의 변호사였어요. 15년 전 쯤에 은퇴하시면서 제가 넘겨받았죠." 그때 일라이자의 비서가 느릿느릿 걸어 들어와서는 우리에게 미지근한 커피가 담긴 머그잔을 한 잔씩 건넸다. 커피를 한 모금 마신 그가 곧 얼굴을 구겼다. "매들린, 이 커피 어제 거야? 새로 내리는 게 어때?" 그는 내 잔에도 손을 뻗었다. "이런 걸 드시게 할 수는 없네요."

"아버님께서는 빌리를 위해 어떤 일을 해주셨어요?" 그에게 잔을 건네며 내가 물었다.

"빌리 부인의 신탁 재산에 관한 분쟁을 맡았었죠. 그 일 이후로 빌리는 변호사가 필요할 때마다 저희 아버지께 연락했어요."

"분쟁이요?"

"제 기억에 부인 아버님과의 분쟁이었습니다. 부인이 아버지가 설립한 신탁으로 푸로스퍼로 서점을 사셨는데 그녀가 사망하자 아버님께서 그녀의 재산권을 다시 차지하려고 했어요."

"푸로스퍼로 서점이 에벌린 소유였어요?" 빌리가 서점을 소유한다는 게 어울리지 않기는 했지만 원래 빌리를 둘러싼 모든 것이 특이하고, 기상천외하고, 독특했으니 나는 그러려니 했었다.

일라이자는 고개를 끄덕였다. "사실 빌리는 그 서점과 관련해서 한 일이 없었어요. 그래서 서점이 빌리에게 넘어가선 안 된다고 부인의 아버지가 생각했던 거죠. 부인께서 유언장을 남기셨더라면 아무 문제도 없었을 텐데, 젊은 사람들은 자기가 엄청난 부자가 아닌 이상 그런 걸 남길 필요가 없다고 생각하지요. 혹시 유언장은 준비해두셨나요?"

"전 엄청난 부자가 아니라서요." 내가 대답했다.

"그래도 준비해두셔야 합니다. 이젠 부동산도 소유하게 되셨으니까요." 일라이자는 머그잔 두 개를 들고는 곧 돌아오겠다고 손짓했다. 그가 돌아오기를 기다리며 나는 빌리의 수수께끼를 다시 읽어보았다. '모든 삶, 특히 내 삶의 근본에는 과학이 있다. 섬유조직, 근육과 뇌.' 섬유조직fibres. 영국식 철자법. 혹시 영국 과학자인가? 헉슬리? 베이컨? 다윈? 이런 사람들이 답은 아닐 것 같았다. 일라이자가 수수께끼를 그렇게 빨리 푼 걸 보면 너무 당연한 걸 내가 놓치고 있는 게 분명했다. 수수께끼라는 게 원래 그렇다. 언제나 단순하다. 기발한 수수께끼일수록 그 단순함을 기막히게 은폐하고 있다. 나는 단어의 본 의미는 사라지고 각 문자의 배열이 뒤섞일 때까지 섬유조직이라는 단어를 들여다봤다. 들여다 보면 볼수록 그 단서는 더 이해하기 어려워졌다. 나는 그것을 마음속에서 잊기 위해 한쪽으로 치워버렸다. 그래야 새로운 시선으로 다시금 문제를 풀 수 있을 것 같았다.

일라이자는 커피 두 잔과 함께 바인더를 들고 돌아왔다. "맛은 여전히 무슨 제트기 연료 같지만 그래도 새로 내린 겁니다." 그가 머그잔을 건네며 말했다. 일라이자는 내 옆에 있던 가죽 의자에 앉아 가져온 서류를 내가 볼 수 있도록 기울여주었다. "지금 당신의 상황을 알려드리는 게 좋을 것 같아서." 일라이자는 지난 2년 간의 서점 운영비, 판매량, 급여 명세서, 배송비 복사본을 보여주었다. 루시아와 찰리는 시간당 고작 13달러를 받고 있었다. 맬컴은 월급을 받았지만 사립학교 교사인 나보다 많이 받는 건 아니었다. "좋은 소식 먼저 알려드리자면 이 서점을 사들인 1980년대보다 부동산 시세가 크게 올랐다는 겁니다. 대출금 상환도 2년 반 후면 모두 끝납니다. 얼마 안 남았다는 뜻이죠. 게다가 빌리가 중고 서적은 시스템에 기록해두지 않았기 때문에 재무 상황이 보이는 것만큼 끔찍한 건 아닙니다."

"나쁜 소식은요?"

"상황이 좋지 않았던 시기에 서점 운영 비용을 충당하려고 빌리가 패서디나의 주택을 팔았습니다. 그러지 말라고 제가 조언했는데도요. 몇 년간은 그 돈으로 버텼지만 결국 빌리는 신용 대출로 서점을 운영해야 하는 상황에까지 내몰렸었습니다. 말씀드리기 죄송하지만 갚지 못한 빚이 꽤 많습니다. 도서 판매는 예전 같지 않고요." 일라이자가 펼친 판매량 스프레드시트를 보니, 12월과 초여름에는 판매량이 급등했지만 이익이 기본 운영비를 넘긴 적은 단 한 번도 없었다. 비교적 한산한 달, 특히 8월에는 판매량이 곤두박질쳤다.

"서점은 다른 소매업과는 다릅니다. 이익을 더 늘리고 싶다고 해도 책값을 올리지는 못하죠. 희귀 도서들은 수익성이 좀 있지만 중고 서적은 대부분 쉽게 구할 수 있어요. 이 부분을 말씀드릴 때마다 빌리는 듣고 싶어 하지 않아 했어요." 일라이자는 그다음 열을 손가락으로 짚어 내려갔다. "하지만, 커피숍은 수익이 좀 납니다. 카푸치노와 컵케이크를 팔아야만 가능한 수익이지만요."

"무슨 말씀이 하고 싶으신 거예요?"

"말씀드리기는 죄송하지만 푸로스퍼로 서점을 유지하는 건 어려울 것 같다는 뜻입니다. 만약에 건물을 매도하신다면 빌리가 남긴 빚을 모두 갚고도 조금은 남을 거예요."

"그렇지만 푸로스퍼로 서점은 오랫동안 운영된 곳이잖아요. 얼마나 됐죠?"

"거의 30년이요. 더 좋은 소식을 전해드리지 못해 유감입니다." 내가 굉장히 낙담한 듯 보인 것이 분명했다. 일라이자가 고개를 끄덕이며 "서점을 팔기로 결정하신다고 해도 비난할 사람은 아무도 없습니다. 삼촌께 감사를 표하는 의미로 하와이 여행이라도 다녀오세요"라고 말한 걸 보면 말이다. 만약 일라이자가 내게 서점을 팔라고 조언하면서 내가 실제로 하와이로 날아가 해변에 앉아 양산처럼 생긴 장식이 꽂힌 음료수를 홀짝거리며 공짜 여행하게 됐다고 좋아할 거라 생각했다면, 그는 그가 생각하는 것 만큼 빌리를 잘 알지 못하는 것이다. 내가 서점을 처분하지 않을 거라는 걸 빌리가 알기에 내게 서점을 남긴 것임을 모른다는 뜻이니까. 내가 푸로스퍼로 서점이 실버레이크에 넘쳐나는 생과일주스 가게나 옷 가게로 바뀌게 놔두지 않을 거라는 걸 빌리는 알고 있었다.

"전 안 팔 거예요. 서점을 운영해줄 누군가를 찾는다면 모를까." 그에게 말했다.

일라이자는 내게 폴더를 건네주었다. "그러시다면, 수익 창출 방법을 모색해야 할 것 같습니다. 9월까지는 버틸 수 있지만 그 이후엔⋯⋯" 그 뒷말은 할 필요도 없었다.

사무실을 떠나는 나를 지켜보던 일라이자에게 내가 물었다. "유산 분쟁은 어떻게 됐나요?"

"에벌린의 아버지가 패소했어요. 그녀가 서점을 구매한 건 맞지만 부부 공동 재산이기에 소유권이 빌리에게 가는 게 맞았습니다. 유산 분쟁은 승소 사례가 드물어요. 돈만이 문제가 아닌 경우도 많거든요. 그래서 변호사들이 상속과 이혼 분야를 선호하죠." 나가는 길에 그가 손을 흔들며 내게 작별 인사를 했다.

나는 인도에 흩뿌려진 페리윙클 꽃잎을 발로 차면서 부모님께 빌린 차로 걸어갔다. 재무에 관해 아무것도 모르는 내가 생각해도 빌리가 얻은 빚은 지나치게 과했다.

차까지 오고 나서야 내가 가장 기본적인 규칙인 자카란다 나무의 규칙을 잊었다는 걸 깨달았다. 개화 시기에는 절대 그 밑에 주차하면 안 됐는데. 앞 유리창에 끈끈한 보라색 꽃잎이 수북하게 쌓여 있었다. 나는 와이퍼를 켰다. 와이퍼가 좌우로 꽃잎들을 쓸어내리고 나니 유리에 뿌연 잔여물이 남았다. 나는 더 많은 워셔액을 분사하며, 동시에 내가 푸로스퍼로 서점의 이름을 물었을 때 엄마가 뭐라고 답했는지를 기억하려고 애썼다. 엄마는 에벌린이 『템페스트』를 사랑했다고만 했지, 서점 이름을 그 책에서 따왔다고는 하지 않았다. 그건 실수가 아니었다. 아빠가 에벌린 죽음의 진실을 알리지 않고 싶어 했던 것과 마찬가지로, 엄마도 내게 이 서점이 에블린의 것임을 알리고 싶어 하지 않았던 거였다.

나는 휴대전화를 꺼내 푸로스퍼로 서점의 웹 사이트를 찾았다. 홈페이지는 있었지만 매장 정보도, 검색창도, 추천 도서도 없었다. 덩그러니

올라와 있는 서점의 정면 사진과 영업시간(매일 오전 9시부터 저녁 7시까지), 전화번호, 영업 시작 연도(1984년)가 전부였다.

푸로스퍼로 서점과 에벌린의 죽음은 연관이 있는 걸까? 에벌린의 아버지가 빌리에게 소송을 걸도록 만든 건 무엇일까? 일라이자는 수수께끼를 어떻게 그렇게 쉽게 풀었을까? 스포츠 중계 사이사이에 탐정 드라마 보는 걸 좋아하는 나의 상담사와 통화해야 했다.

"아마 바로 끊어야 할 거야." 전화를 받자마자 제이가 말했다. 사춘기 소년들은 목소리가 클수록 더 웃기다는 듯이 서로에게 소리치며 말했다. "애들이 이제 막 한 바퀴를 돌았거든. 목소리 들으니 좋네."

"내 목소리 아직 듣지도 않았으면서." 내가 말했다.

"자, 이제 들으니 좋네. 뭐 하고 있었어?"

"빌리의 변호사를 만나고 나오는 길이야. 재정 상태를 훑어……"

"타일러, 그만해!" 제이가 소리쳤다. 전화기 너머로 제이의 목소리가 다시 또렷해졌다. "뭐라고 했어?"

"빌리의 서점에 대출이 많이 끼어 있어. 완전 엉망이야."

"타일러, 모두가 보는 앞에서 널 망신 주게끔 만들지 마. 그만하라고 분명히 말했다." 제이의 목소리가 점점 더 커졌다. "미랜더, 미안해. 타일러가 아주 개판이야."

"그 녀석은 언제나 개판이지. 똑똑한 개판." 타일러는 내 역사 수업에도 들어오는 학생이었다. 교실 맨 뒤에 앉아 상스러운 농담을 내뱉는데, 언제나 반에서 가장 훌륭한 작문을 써냈다. "어떻게 해야 할지 모르겠어. 서점 문을 닫게 된다면 가슴이 정말로 아플 것 같아."

"그럼 이번 주말에 집에 못 온다는 소리네?"

"내가 한 말 듣기는 한 거야? 삼촌 서점 문을 내가 닫아야 할 수도 있다고."

"닫을 때가 됐나 보지." 제이가 손가락을 세 번이나 튕기는 소리가 들렸다.

"그렇게 말하지 마."

"미랜더, 나 축구 연습 중이야. 나중에 이야기하면 안 될까?"

"이게 나한테 왜 중요한지는 알아?"

"대충은 알지. 오늘 밤에 다시 이야기하자. 집에 가서 전화할게."

"아니, 네가 해야 하는 말을 지금 바로 듣고 싶어." 나는 고집을 부렸다.

"그냥…… 서점 이야기는 해준 적도 없었잖아." 제이의 말에 한 대 얻어맞은 느낌이었다. 정통으로 얼굴을, 복부 한가운데를 불시에. "있잖아, 애들이 마지막 바퀴를 거의 다 돌았어. 내가 나중에 전화할게, 알았지?" 제이는 급하게 전화를 끊었다.

와이퍼는 여전히 움직이고 있었다. 마른 유리를 닦느라 끽끽대면서. 끔찍한 소리였다. 칠판을 손톱으로 긁는 것 같은. 바닥에 몸이 끌리는 것 같은. 하지만 그대로 내버려두었다. 비명 같은 그 소리를 계속 들었다. 제이 말이 맞았다. 나는 그에게 한 번도 푸로스퍼로 서점에 관해 이야기한 적이 없었다. 『템페스트』가 배달되었을 때도 서점은 떠올리지조차 않았다. 엄마에게 왜 연극을 좋아하는지 물어본 적도, 내 이름과 빌리의 서점을 연관 지어본 적도 없었다. 빌리를 알고 지내는 동안에도 그가 비통해한다는 것조차 모를 만큼, 그에 대해 깊이 생각하지 않았다. 부모님은 에벌린과 푸로스퍼로 서점에 관해 뭔가를 숨기고 있었지만, 그에 대해 아무런 관심조차 없던 내가 무슨 권리로 비밀을 알려달라고 할 수 있겠는가?

제이는 나에 대해서는 잘 알고 있을지 몰라도 푸로스퍼로 서점에 대해서는 아는 게 없었다. 그래도 어깨를 으쓱하며 "그래, 맞아, 아무리 좋

122

은 것이라도 모두 끝이 나는 법이니까"라고 대답하는 건 결코 정답이
아니었다. 제이는 이해하지 않았고 앞으로도 이해하지 못할 것이었다.
제이는 내가 서점을 지켜내는 걸 도와줄 사람이 아니었다.

7장

내가 자리를 비운 사이 카페는 새로운 손님들로 다시 채워져 있었다. 극작가 레이만이 여전히 그 자리에 앉아, 충실하게 자신의 시간을 보내고 있었다. 다른 작가들이 있던 테이블에는 십 대 소녀들이 앉아 모카라떼를 마시며 큰 소리로 이야기를 나눴다. 탄산음료는 한 잔에 5달러 50센트. 오후에 고정적으로 방문하는 십 대 소녀들이 올려주는 매상이 얼마나 될지 머릿속으로 계산해보았다. 카페에서 수익이 나는 건 맞지만, 일라이자의 말대로 그것은 라떼와 블루베리 스콘이 많이 팔릴 때의 이야기였다.

빈 테이블에 자리를 잡고, 일라이자가 준 서점의 재정 스프레스시트가 담긴 바인더를 펼쳤다. 무엇을 찾아야 하는지는 확실하지 않았지만, 어쨌든 수익 창출 방법을 알려줄 희망의 표식을 찾아야 했다. 눈에 보이는 거라곤 각 페이지 하단에 빠지지 않고 등장하는 손실액, 그리고 휴가철에는 대략 2000달러, 8월과 같은 비수기에는 대략 8000달러까지 불어나는 빨간색 숫자뿐이었다. 매출이 가장 높은 시기에도 서점의 상황은 암울하기만 했다.

휴대전화의 진동벨이 울렸다. 제이에게서 온 문자였다. 당나귀 사진 옆 말풍선에는 '이런 얼간이 같으니라고!'라고 적혀 있었다. 내가 곧장 답장하지 않았더니 제이는 곧바로 문자를 또 보내왔다. '나를 용서해줄 생각이 혹시라도 자기 마음속에 있을까?'

'이 사진을 찾느라 애먹었을 텐데 어떻게 거부하겠어?' 문자에 담긴 내 말투가 제대로 전달이 되었을지, 내 비아냥거리는 말투가 사과를 받아들이겠다는 의미임을 알아챌 만큼 제이가 나를 잘 아는지 확신이 들지 않아 나는 얼른 한 문장을 더 보냈다. '이미 용서했어.'

빌리의 장례식에 참석했던 나이 많은 남자가 내 옆 테이블에 앉아 손수건으로 이중 초점 안경을 닦으며 콧노래를 불렀다. 경쾌한 곡조를 흥얼거리는 그의 목소리에는 장례식에서 전해졌던 그 쓸쓸함이 전혀 남아 있지 않았다. 빌리의 친구였을 법한 나이의 그는 하얗게 센 염소수염과 철제 안경 사이로 뺨을 가로지르는 실핏줄이 군데군데 끊겨 있는, 전형적인 괴짜 지식인의 얼굴을 갖고 있었다.

나는 나를 빌리의 조카인 미랜더라고 소개했다. 그는 자신을 하워드 박사라고 소개했다.

"노래 잘 들었습니다. 장례식에서요."

"기억이 거의 나지 않네요. 위스키가 있는 곳이면 저는 잔이 빌 틈도 없이 마셔대거든요." 박사는 손가락으로 자신의 머리를 톡톡 두드리다가 노트에 뭔가를 적었다.

"저희 삼촌과 가까운 사이셨나요?" 내가 물었다.

"빌리가 내게 과학의 아름다움을 가르쳐줬지요. 나는 빌리에게 시의 아름다움을 알려줬고. 서로의 분야를 절반도 이해하지 못하긴 했지만 열정만큼은 서로 잘 맞았어요."

나는 바인더를 덮었다. "빌리가 특별히 좋아했던 과학 서적을 혹시 기억하세요? 근육 체계나 근섬유에 관한 서적 아니면 해부학 서적이라도?"

"해부학은 빌리가 읽기엔 너무 시시하죠. 언젠가 빌리가 제게 찰스 릭터의 전기를 선물한 적이 있었는데 끔찍하게 지루한 책이었어요." 찰스 릭터의 전기라. 그건 근육과 섬유조직, 이례적으로 큰 키와는 아무 연관이 없는 책이었다. 『템페스트』『제인 에어』『이상한 나라의 앨리스』와 같이 유명한, 많은 이가 알고 있는 고전문학도 아니었고, 지진 규모 측정으로 유명한 지진학자의 전기도 아니었다.

"이 서점에 다니신 지는 얼마나 되셨어요?" 하워드 박사에게 물었다.

그는 손가락으로 수를 셌다. "최소 10년쯤."

"그럼 이 서점의 원래 주인은 모르시겠네요?"

"리 말이오?"

"아니요, 에벌린이요. 빌리의 아내."

"빌리가 결혼한지도 몰랐소." 하워드 박사는 그 사실을 곰곰이 생각하며 긴 턱수염을 잡아당겼다. "'달빛이 비칠 때면, 아름다운 애너벨 리의 꿈이 내게 찾아들고/ 별빛이 떠오르면, 나는 아름다운 애너벨 리의 빛나는 눈동자를 느낀답니다.'"

"아름답네요. 직접 쓰신 건가요?" 내가 하워드 박사에게 물었다.

"아, 그런 과찬의 말씀을. 애너벨 리를 모른다니, 사랑에 빠져본 적이 없나 보군요. 걱정할 것 없어요. 아직 젊으니까." 당황해하는 나를 보고 그가 빙그레 웃으며 설명했다. "포의 시라오. 에드거 앨런 포. 포는 자신의 아내, 아름다운 애너벨 리를 무척 사랑했어요."

아름다운 애너벨 리. 아름다운 에벌린 웨스턴. 비록 하워드 박사가 에벌린은 몰랐어도, 빌리의 열정의 대상이 과학이 아니었음은 알고 있었다. 그러나 푸로스퍼로 서점에는 장례식에서 시를 낭독할 만큼 빌리와 가까웠던, 또 빌리가 좋아했던 시와 빌리의 무덤 옆에 안치된 여성을 알 수도 있는 사람이 한 명 더 있었다.

맬컴은 내가 서점을 나선 오전과 거의 같은 자세로 앉아 책을 읽고 있었다. 나는 의자를 밀며 하워드 박사의 테이블에서 일어났다. 내가 손을 흔들며 인사하자 하워드 박사는 내게 윙크를 하고는 손을 뻗어 테이블에 펼쳐두었던 양장본 중 한 권을 집어 들었다. 나는 재정 서류들이 담긴 바인더를 들고 프런트 데스크로 향했다. 맬컴이 내게 감추는 것이 무엇인지 알아야 할 때가 온 것이었다.

바인더를 책상 위에 내려놓자, 내가 마치 일부러 몰래 다가가기라도 했다는 듯 맬컴이 깜짝 놀라 펄쩍 뛰었다.

"지금부터 서점 문을 열고 들어오는 손님 열 명이 책을 한 권씩 사면 임금을 인상해드릴게요." 나는 미소를 지어 보였다. 이제는 나도 알아차릴 수 있게 된 그 불편한 눈빛으로 나를 쏘아보며, 맬컴은 내 제안이 매력적이긴 하다는 듯 웃음 아닌 헛기침을 터뜨렸다.

"만나는 모든 사람에게 그런 의심스러운 눈빛을 보내는 거예요, 아니면 유독 나한테만 그러는 거예요?"

"당신한테만 이러는 거겠죠, 아마도." 적대적인 것도, 우호적인 것도 아닌 말투로 그가 답했다. 그는 읽고 있던 서평단용 책을 덮어 카운터 아래에 두고는 앞으로 닥칠 일에 대비해 마음을 다잡는 듯, 팔짱을 끼고 책상에 기댔다.

"빌리가 에벌린에 대해 말해준 적 있어요?" 내가 물었다.

"에벌린이요?" 나를 바라보는 그의 표정에 아무런 변화가 없었다. 그는 원래 무표정의 달인이었다.

"에벌린 웨스턴이요."

맬컴은 어깨를 으쓱거리며 모르는 이름이라는 듯 대꾸했다. 맬컴이 에벌린에 관해 들어본 적이 없을 수도 있었다. 이 서점과의 인연이 가장 긴 하워드 박사조차도 그녀를 몰랐으니까. 하지만 나를 볼 때마다 움찔하며 손가락을 쉬지 않고 꼼지락거리는 걸 보면, 에벌린을 모를 순 있어도 그가 내게 뭔가 숨기는 게 있는 것만은 확실했다.

"빌리가 서점에서 게임 같은 걸 하진 않았나요? 물건 찾는 게임이라던가, 보물찾기 같은? 인터랙티브 게임요? 아니면 뭐 수수께끼가 포함된 거라도?"

"없는데, 왜요?" 그는 여전히 큰 눈 가득 의심을 품은 채로 나를 보았다. 맬컴의 홍채는 절단면이 빛으로 빛나며 반짝이는 보석 같았다. 그때 동물적인 본능이 발동하면서, 빌리의 수수께끼에 대해 맬컴에게 말하면 안 될 것 같은 직감이 들었다.

"그냥요." 나는 맬컴 쪽으로 재무 상황이 적혀 있는 바인더를 기울였다. 그는 푸로스퍼로 서점의 재정 자료, 월별 총이익, 유지비, 그리고 하단에 붉은색으로 표시된, 순손실이라고 적는 게 더 정확할 순이익이 적힌 스프레드시트를 엄지손가락으로 훑어 내려갔다.

"이렇게 심각한 상태인지 알고 있었어요?"

맬컴이 엄지손톱 옆에 자라난 거스러미를 잡아당겼다. "빌리가 재정 쪽은 보지도 못하게 했어요."

"매니저 아니었어요?"

"저는 그날그날 일어나는 단순한 일만 처리하니까요. 책을 주문한다거나, 관계자들을 만난다거나, 재고를 정리한다거나, 카페 상태를 확인한다거나 하는. 돈 관리는 언제나 빌리가 했습니다." 맬컴은 거스러미를 더 세게 잡아당겼다. 결국 그 자리엔 핏방울이 맺혔다.

"빌리가 책을 주문할 비용은 줬나요?"

"우리는 한 번에 소량씩만 주문합니다. 책이 다 팔리면 도매상에 추가 주문을 넣는 식이죠." 그는 피 나는 손가락을 입에 넣고 빨다가 내가 보고 있다는 걸 눈치 채고선 내가 보지 못하도록 책상 밑으로 손을 숨겼다.

"대체 책은 무슨 돈으로 샀어요?"

"책을 주문하더라도 그달 혹은 두세 달 후까지는 대금을 지급하지 않아도 돼요. 팔리지 않으면 반품하기도 하고요."

"하지만 반품에도 비용이 들지 않나요?"

"당연히 들죠." 맬컴은 바인더를 잡아당기더니 스프레드시트를 가까이에서 들여다보았다. "이걸 변호사한테서 받았다고요? 빌리에게 서점 문을 닫으라고 몇 년이나 강요한 사람이에요. 그 사람 말은 믿으면 안돼요."

"조언해준 것뿐이에요." 내가 반박하듯 말했다.

"무식한 멍청이던데. 글로 표현된 언어의 가치를 모르는 사람입니다."

"법 자체가 전문적인 글이잖아요. 모든 변호사가 되고 싶어하는 게 뭔줄 아세요? 작가라고요."

"이혼 전문 변호사는 예외죠. 그 남자는 사람들의 피눈물 값을 빼먹는 인간이에요."

"그럼 왜 빌리가 그 사람을 신뢰했을까요?"

"그건 빌리가 사람을 잘 포기하지 못하기 때문이에요." 맬컴의 표현이 마치 사과하듯 확 달라졌다. 에벌린을 모르더라도, 맬컴은 빌리가 포기해야 했던 사람들에 관해서는 알고 있었다. 나에 관해서도 알았고. "빌리에겐 새 변호사를 찾는 것보다 그냥 그 사람에게 맡기는 게 편했을 거예요. 구관이 명관이다, 뭐 그런 거죠." 맬컴은 뭔가를 수습하려는 것 같았다.

"그렇죠, 구관이 명관." 내가 말했다.

맬컴은 대화 도중 컴퓨터 쪽으로 가더니 서점의 이메일들을 분류하기 시작했다. 맬컴이 왜 빌리의 과거에 대해 실제 자기가 아는 것보다 덜 아는 척을 하는지, 그래서 얻는 이익이 대체 무엇인지 나는 알 수 없었다. 내가 왜 힘겨루기 하듯 맬컴의 행동을 판단하려 하는지도 알 수 없었다. 교사가 된다는 건 적어도 서로서로 협력하는 팀플레이어가 되는 거라고 배운 사람이. 서점은 공동체 의식이 발현되는 주된 장소다. 특히 우리 두 사람 모두 사랑하고, 망하지 않기를 바라는 서점이라면 더욱더 그렇다.

나는 내가 자리를 비우는 동안 맬컴이 혼자 숫자들이 예고하는 운명에 대해 심각하게 고민해보기를 기대하며 그에게 바인더를 건네주었다. 나는 서점을 기사회생시킬 방법을 떠올릴 만큼 서점에 관해 충분히 알지 못했다. 맬컴의 도움이 필요했다. 하지만 내가 펼쳐둔 바인더에는 눈길조차 주지 않은 채로 컴퓨터 모니터만 들여다보는 그를 보며, 과연 우리가 함께 일할 수 있을지 의문이 들었다.

반대편 도로가 한산해서 그런지 부모님 집으로 가는 길이 더 멀게 느껴졌다. 집에 들어갔을 때 엄마는 소파에 앉아 범죄 드라마를 보고 있었다.

"미랜더구나." 내가 올 거라 예상하지 못했다는 듯 엄마가 말했다. 그녀는 매력적인 실험실 직원이 현미경을 들여다보는 장면에서 드라마를 정지시키고 부엌으로 걸어가며 내 팔을 꽉 쥐었다. "먹을 것 좀 만들어줄게." 언제나 그렇듯 내가 배가 고픈지는 중요하지 않았다.

나는 아일랜드 식탁의 스툴에 앉아 엄마가 피망과 오이를 자르는 모습을 바라봤다.

"아빠는요?"

"어디 계시겠니." 이제는 아빠의 목공 작업실이 되어버린 차고를 가리키며 엄마가 말했다. 닫힌 문 뒤에서는 나무를 가는 소리가 쉴 새 없이 들려왔다.

나는 오이 자르는 칼에 집중하고 있는 엄마의 고요하고도 아름다운 얼굴을 응시했다. 마치 내가 여느 때와 다름없이 집으로 돌아온 것 같은, 엄마의 죽은 친구의 서점에서 돌아온 게 아닌 것 같은, 그런 우아하고 반듯한 가정의 장면이었다.

"푸로스퍼로 서점을 연 사람이 에벌린이라고 왜 말해주지 않았어요?"

엄마가 당혹스러운 얼굴로 나를 올려다보았다. "지난번에 이야기했잖아."

"서점 이름을 에벌린이 좋아하던 희곡에서 따온 거라고만 말했죠. 에벌린이 서점을 열었다고 한 적은 없어요."

"헷갈리게 할 생각은 없었어." 엄마는 접시에 오이를 깔고 냉장고에서 요구르트 소스가 담긴 밀폐 용기를 꺼냈다. "네가 좋아하는 딜을 넣었어." 그녀는 소스를 접시 위에 한 국자 덜어서 내 앞에 놓았다. 거짓말의 낌새가 있는지 엄마의 얼굴을 자세히 관찰했지만, 그녀는 차분하고 사랑 넘치는, 언제나 나보다 더 예쁜 그 모습 그대로였다. 맬컴에게서 느꼈던 양가적인 감정이 엄마에게서도 똑같이 느껴졌다. 뭔가가 이상하다는 직감과 내 앞에 있는 그대로를 믿고 싶은 욕망 사이의 줄다리기. 난 항상 엄마를 믿었다. 그럼에도 아직 빌리의 보물찾기에 관해서는 말하지 않았다. 엄마는 나를 피하고 있었고, 나 역시 엄마를 피하기 시작한 것이었다.

"서점에 문제가 있어요. 재정 상태가 완전 엉망이에요. 어떻게 해야 할지 모르겠어요."

엄마는 놀란 눈치로 물었다. "팔려는 게 아니었어?"

"서점을 어떻게 팔아요. 삼촌이 남겨주신 건데."

"얘야, 안 돼. 너에게 너무 힘든 일이야."

"제 일을 그만둘 것도 아닌데요, 뭐. 서점이 파산하게 놔둘 수는 없어요."

엄마가 요구르트 소스가 담긴 통의 뚜껑을 닫고 냉장고 문을 열며 말했다. "장담하는데 빌리가 벌여둔 일을 네가 해결할 수는 없어."

"그게 무슨 뜻이에요?" 내가 물었다.

"아무것도 아니야." 엄마는 냉장고 문을 도로 닫고는 내게 고개를 돌렸다. "오늘 정말 힘든 하루였어. 비서가 이중으로 예약을 잡은 바람에 온종일 난리를 해결하느라 정신없었어." 엄마는 리모컨을 찾아 재생 버튼을 눌렀다. "난 머리 좀 식혀야 할 것 같다. 괜찮지?"

하지만 엄마에게는 이튿날도 똑같이 길고 힘 빠지는 날이었다. 그리고 그다음 날에도 스트레스가 많았다며 엄마는 두통을 호소했다. 나는 내가 본가에 온 후 나흘 내내 멍하니 텔레비전만 보고 있는 엄마를 더는 참을 수 없었다. 숨기고 있는 엄마의 비밀도, 나의 비밀도 그리고 엄마의 슬픔도.

"네 방도 있는데 여기 있는 게 더 낫지 않겠어?" 내가 조니네 집에서 지내겠다고 하자 엄마가 말했다.

"매일 동쪽까지 운전하기가 너무 힘들어요. 조니네서 가는 게 더 편해요." 내가 대답했다.

"하지만 조니는 남자친구랑 같이 산다며? 괜히 방해하는 거 아닐까?"

"수전, 미랜더가 그러고 싶다잖아." 아빠가 끼어들었다.

"일요일에 올게요, 바비큐 먹으러." 내가 약속했다.

"얼마나 있어야 할 것 같은데?" 엄마가 물었다.

"아직 모르겠어요. 한두 주 정도? 4일 전에는 돌아가고 싶어요." 어떤 커플은 처음으로 함께 보내는 밸런타인데이를 기대한다. 새해 첫날을 기대하는 커플도 있고, 크리스마스를 기대하는 커플도 있다. 내겐 그런 날이 7월 4일이다. 나는 제이와 손잡고 미술관 계단 아래 풀밭에 앉아 불꽃놀이를 구경하고, 상쾌한 밤공기를 마시며 미국 맥주와 핫도그를 양껏 먹은 취객들 사이를 지나 우리 아파트까지 걷는 것을 기대했다. 그 날은 의회가 독립선언을 승인했을 뿐 서명도 선포도 하지 않은, 임의로 결정된 나라의 생일이지만 그래도 나는 독립기념일, 특히 필라델피아에서 맞이하는 독립기념일을 사랑했다.

"음, 어떻게 해서라도 너랑 오래 있고 싶어서 그렇지." 엄마가 억지 미소를 지으며 말했다.

짐을 챙기는 동안 엄마는 내가 어린 시절을 보냈던 침실 문턱에 서서 원피스 접는 내 모습을 지켜보았다.

"언제든지 돌아와도 돼. 조니네 소파에서 자는 게 불편하면 언제든 여기 네 방으로 돌아와."

"조니네가 불편해지면 아마 서점으로 갈 거예요." 이미 개어놓은 다른 옷들 위에 원피스를 조심스럽게 올려놓으며 내가 말했다. "아파트가 있더라고요. 삼촌도 거기 살았었고."

"빌리가 서점 위에서 살았다고? 너도 거기서 지내겠다는 거니?"

"편하잖아요." 그곳에 발을 들여놓을 때마다 어쩐지 오싹해진다는 말은 엄마에게 하지 않았다. 그건 빌리가 죽기 전까지 거기서 지냈기 때문이기도 했지만, 그보다는 어딘가 불편하게 아름다운 에벌린의 사진, 내가 전혀 알지 못하는 빌리의 모습을 억지로 마주하게 하는 그 사진 때문이었다.

"서점을 계속 운영하겠다는 생각은 여전하고?" 엄마가 물었다.

"적어도 믿을 만한 사람을 찾을 때까지는요."

"네 삶도 있다는 걸 잊으면 안 돼. 망해가는 서점 때문에 네가 이룬 모든 게 위태로워지는 건 싫어." 엄마는 몸을 복도 쪽으로 뺀 뒤 문틀을 두드리며 물었다. "일요일 저녁에 오는 거지?" 자신이 얼마나 위협적인 말을 내뱉었는지 전혀 인식하지 못한 듯 엄마가 나를 향해 미소 지었다.

조니는 얼마 전 남자친구와 함께 푸로스퍼로 서점에서 1.5킬로미터쯤 떨어진, 저수지 너머 언덕에 있는 방갈로로 이사했다. 주인집과는 작은 무화과나무 숲을 사이에 두고 있는 집이었다. 조니는 내게 그곳에 얼마든지 오래 머물러도 좋다고 말했다. 예전처럼 조니가 웨스트할리우드의 창고에서 혼자 살고 있었다면 처음부터 그곳에서 지냈을 거였다. 이 방 한 칸짜리 집은 셋커녕 둘이 지내기에도 좋았다. 게다가 두 사람은 방에 들어가면서 키스하고 나가면서도 키스하며, 서로의 텔레비전 시청 스타일이나 설거지 습관을 전혀 거슬려 하지 않는 풋풋한 연인이었다.

나도 그 시절로 돌아가고 싶었다. 하지만 실상은 몇 분 짬이 날 때나 대륙 반대편에 있는 제이와 문자를 주고받는 정도였다. 마침내 통화다운 통화가 가능해졌을 때 우리는 독립기념관 잔디밭에서의 피크닉과 스프루스스트리트하버공원에서 하는 보체게임, 독립기념일 무료 콘서트에 나올 출연진, 커플이 되고 처음 맞는 여름, 습한 밤공기와 반딧불이, 함께 만들 추억에 관해 이야기했다. 제이는 반쯤 잠든 상태였고, 나는 조니와 크리스네 집 밖에서 차가운 밤공기에 오들오들 떠는 상태였다. 제이는 서점에 관해 묻지 않았다. 빌리에 관해서도 묻지 않았다. 나 역시 섬유조직이나 근육, 뇌가 무엇을 의미할지 그에게 묻지 않았다. 제이가 가진 경제학 지식 덕을 볼 수 있었음에도 서점의 재정 문제를 입 밖에 내지 않았다. 사실 제이는 미시경제학을 공부한 지 꽤 된 상태였고, 교사라는 직업을 갖고 있긴 하지만 결코 괜찮은 학생이었던 적이 없던 사람이었다. 그 대신 제이는 턱을 덜덜 떨기 시작하는 내게 와서 따뜻하게 해주고 싶다고 말했다. 나는 곧 그렇게 할 수 있을 거라고 대답해주었다. 비록 필라델피아의 밤은 더워서 체온을 높이기 위해 제이의 몸이 필요하진 않겠지만 말이다.

아침부터 조니는 연극「세 자매」오디션을 준비하고 있었다. 조니는 눈꺼풀 위에 검정 아이라이너를 두껍게 칠하고 천연섬유로 짠 헐렁한 베이지색 원피스를 입었다.

"좀 더 색깔 있는 옷이 아니어도 괜찮겠어?" 거울에서 한 발짝 물러서서 제 모습을 확인하는 조니에게 내가 물었다.

"자연스러운 게 제일 관능적인 거야. 너무 노력한 티가 나면 안 되거든." 조니는 가방들을 챙겼고―그녀는 외출할 때마다 여행 가방을 싼다―나는 차를 타러 가는 조니를 따라나섰다. 상쾌한 아침이었지만 햇빛이 안개 사이로 번지며 무화과나무 사이사이마다 짙은 안개를 드리웠다. 연한 꽃내음과 후추 향이 나는 LA의 아침. 그 향기가 얼마나 환상적인지를 나는 그동안 잊고 있었다.

"여기 머물게 해준 데 대한 감사의 의미로 내가 오늘 저녁 살까?" 내가 물었다. 빌리가 내게 남긴 단서들에 관해 조니에게 아직 아무것도 말하지 못한 상태였다.

"제니 언니를 도와줘야 해. 그림 같은 걸 팔거든." 조니에겐 재키라는 이름의 언니도 있었다. 조니, 제니, 재키. 이름을 비슷하게 지은 특별한 이유가 있는 건 아니었다. 조니 어머니도 헷갈려 했다. 다르다고 하기엔 너무 비슷한 이름들이었으니까.

"그럼, 내일은?"

"크리스가 내일 밤에 쉬어서 데이트 가기로 했어." 조니는 내 손을 꽉 잡으며 말했다. "걱정하지 마. 같이 놀 시간은 많아." 조니는 차로 걸어가면서 무화과나무의 뿌리로 사방치기를 했다. 그러다 갑자기 멈춰서서는 내게 말했다. "잊어버렸어. 그러니까 너하고 버스 노선 찾아봤던 건 기억이 나는데 실버레이크에 있던 삼촌 서점의 이름은 생각이 안 나."

"푸로스퍼로 서점에 가본 적 있어?"

조니는 천천히 고개를 저었다. "서점 이름만 기억했더라도……."

"네 잘못 아니야, 조니."

그녀의 마른 몸이 무화과나무 뒤로 사라지기 전에 그녀는 엄숙하게 머리를 숙였다. 푸로스퍼로 서점을 기억하는 것도, 빌리를 기억하는 것도 조니의 책임이 아니었다.

안개가 걷히고 기온이 오르기 시작했다. 나도 물건들을 챙겨 서점을 향해 걸었다. 언덕 아래의 저수지가 청록색으로 반짝였다. 저수지 옆 강아지 공원에는 기하학무늬로 문신을 새긴 남자들이 담배를 피우고 있었고, 그 남자들의 개들이 그 옆에서 씨름을 벌였다. 콘크리트 구조물 하나가 실버레이크대로와 저수지 주변 도로를 가르고 있었다. 나는 그곳에 몸을 기댔다. 지나가는 차들이 일으키는 바람에 날린 머리카락이 헝클어졌다.

주머니에서 단서를 꺼냈다.

모든 삶, 특히 내 삶의 근본에는 과학이 있다. 섬유조직, 근육과 뇌, 250센티미터의 크고 튼튼한 몸, 윤기가 흐르는 검은 머리, 백옥같이 흰 치아를 가졌지만, 이런 화려함에도 불구하고 당신은 내게서 아무런 매력도 찾을 수 없을 것이다.

머릿속에 있던 추측들을 모두 지우고 마치 이 글을 처음 읽는 듯 다시 접근해보기로 했다. 섬유조직, 근육과 뇌. 그 줄이 뭔가를 의미했다. '유명한 해부학자'를 구글에 입력해보니 이름 하나가 검색됐다. 다빈치. 빌리의 의도가 『다빈치 코드』를 읽으라는 걸까? 충분히 유명한 책이긴 하지만 다른 고전 작품들과 어울리지는 않는 책이었다.

공원에 있던 남자 하나가 피우던 담배를 자신의 캔버스 운동화 밑창에 비벼 끄고는 큰소리로 우스갯소리를 하며 나의 사색을 방해했다. 내가 너무 깊이 생각하기는 했다. 나는 깊이 생각하지 않는 법을 몰랐다. 단서를 다시 가방에 넣고 푸로스퍼로 서점을 향해 계속 걸었다.

서점에 온 지 일주일이 되어가면서 그곳의 일상은 알게 되었지만, 그 어떤 것도 빌리의 다음 단서로 연결되지는 않았다. 서점의 일과는 태양을 따랐다. 때는 유월이라 흐린 오전에는 한산하다 한낮에 기온이 오르면 서점도 덩달아 바빠졌고, 땅거미가 어둑하게 내려앉는 밤이 되면 손님이 줄어 이 일과가 다시금 반복되는 이튿날 아침까지 서점은 텅 비었다. 서점의 일상은 이처럼 똑같아서, 내가 알던 빌리의 삶과는 전혀 다른 모습이었다.

마치 길고양이를 대하듯 맬컴은 나를 그렇게 받아들였다. 야생에 살지만 위험하지는 않은, 아예 가버리지는 않으니 광견병만 옮기지 않길 바라며 결국 우유라도 챙겨주게 되는. 맬컴은 내게 손을 흔들며 인사를 하긴 했지만, 모두 거리를 유지한 채 건네는 '잘 가요' '고마워요'나 점심시간이나 출판사 영업 사원들과의 미팅 때문에 내가 대신 데스크를 맡게 됐을 때 건네는 '곧 돌아올게요' 같은, 결코 한두 마디를 넘기지 않는 최소한의 말들이었다. 맬컴이 자리를 비우는 한가한 시간마다 나는 서점 판매 시스템의 핵심인 북로그를 찬찬히 들여다보며 내가 몰랐던 회고록이나 내가 읽지 않은 소설의 위치를 찾는 방법을 익혔다. 신용카드 기계를 조작하며 몇 번의 실패를 거친 후 나는 혼자서 결재도 진행할 수 있게 되었다. 첫 주가 끝나갈 무렵에는, 물론 많은 돈은 아니었지만, 현금이나 신용카드로 계산도 할 줄 알게 되었다. 나는 맬컴과 서점의 재정 문제에 관해 이야기하지 않았는데, 내가 보기에 맬컴이 그 사실을 부정하고 싶어 하는 것 같았다. 재정 관련 대화를 나누진 않더라도 서점의 문은 매일 열었고, 전기를 켜두었고, 임금을 지급했다. 어느 순간부터 더는 외면할 수 없을 만큼 큰 빚이 쌓여가고 있었다. 9월 말까지는 3개월하고도 보름이 남아 있었는데, 그 시간이 실제보다 더 길게 느껴졌다. 빚은 잠복하고 기다리는 암살범처럼 쥐도 새도 모르는 사이에 곁에 다가와 있을 거였다.

매일 밤, 나는 조니의 푹신한 소파에 누워 멀리서 들려오는 헬리콥터 소리나 비탈진 곳에 있는 조니네 동네까지 이따금씩 뚫고 올라오는 자동차 소리를 들었다. 나는 백옥같이 흰 치아와 탐스러운 머릿결을 상상해보려고 애썼다. 조니는 거의 매일 저녁, 회원제로 운영되는 클럽이나 유명한 고객들이 방문하는 탓에 휴대전화 사용이 금지되는 술집에서 약속이 있었다. 조니는 언제나 나를 그곳에 초대했지만 나는 이른바 네트워킹, 사교, 기를 꺾는 곳들이 나와 어울리지 않는다는 걸 충분히 확인하고도 남을 만큼 그런 곳에 조니와 많이 다녔었다. 늦은 밤, 조니의 남자친구인 크리스가 술집 일을 끝내고 살금살금 들어와, 이제는 내 침실이 되어버린 거실에 소리가 들릴까 부엌 불도 켜지 않은 채로 저녁을 먹는 소리를 듣기도 했다. 환영 받을 수 있는 시기는 이미 지나버렸지만, 그렇다고 부모님 집으로 돌아가 비밀을 감추려는 그들과 나눌 수 없는 대화를 피해가며 지낼 순 없었다. 만나본 적도 없는 여인의 유령과 대놓고 남긴 수수께끼마저 못 풀 만큼 먼 존재가 되어버린 빌리의 유령이 있는 아파트에 머물 수도 없었다.

푸로스퍼로 서점에 있다고 수수께끼의 답에 가까워진 건 아니었다. 집어 들지도 않을 책들을 손가락 끝으로 훑으며 나는 서점 통로를 서성였다. 맬컴이 두 명의 10대 소녀에게 조앤 디디온의 『베들레헴을 향해 웅크리다』와 수재너 케이슨의 『처음 만나는 자유』를 권하는 동안, 나는 마치 내게 필요한 답이 그들의 대화 속에 있기라도 하다는 듯 그것을 듣고 있었다. 소녀들은 풍선껌을 터트리며 그가 고대 그리스어로 말한다는 듯 그를 빤히 쳐다보았다.

"좀 재미있는 책은 없어요?" 한 소녀가 물었다.

맬컴은 『베들레헴을 향해 웅크리다』의 빼어난 작품성과 『처음 만나는 자유』의 광적인 전개에 관해 열변을 토했지만 소녀들은 여전히 그를 무슨 외계인 보듯 쳐다보기만 했다. 맬컴이 『헝거 게임』을 언급하기 전까지는.

"어머, 나 그 영화 진짜 좋아하는데." 다른 소녀가 말했다.

"책이 더 재미있을 거예요." 맬컴이 말했다.

"걸음마부터 시작해요." 소녀들이 떠나고 난 뒤 내가 맬컴에게 조언했다. "보통 사람 수준을 기대하는 것 같은데 방금 애들은 십 대였잖아요."

택배 직원이 책 상자들을 들고 서점에 등장했을 때 맬컴이 프런트 데스크 너머로 나를 불렀다. "일손 좀 보태시죠."

그는 상자 하나를 열었다. 그 안에는 상태 좋은 중고 서적이 가득 들어 있었다.

"빌리가 예전에 주문한 건데 중고 서적은 전산 시스템에 기록하지 않아요. 그냥 쌓아 둡니다." 맬컴이 상자를 카운터 뒤에 두고는 내게 아트 섹션으로 오라고 손짓했다. "빌리는 가치 있는 걸 알아보는 능력이 있었어요." 그가 LA의 아르데코에 관한 양장본 한 권을 훑어보며 말했다. "빌리가 이 책을 단돈 3달러에 샀다니까요." 그 책의 판매가는 25달러로 표기되어 있었다. 비록 사소한 것이긴 했지만, 빌리의 사업적 감각을 이야기해주는 걸 보니 맬컴이 나를 신뢰하기 시작한 것 같았다.

맬컴은 『벌거벗은 자와 죽은 자』란 책 한 권을 집어 들었다. "다른 중고 서적들은 제목이 좋아서, 또 파는 사람이 좋아서 빌리가 산 것들이에요. 우린 거의 새 상품과 다름없는 도서들을 구매하지만 누가 봐도 새 책 같은, 마치 다른 서점에서 훔쳐온 것 같은 책들은 취급하지 않아요. 그렇게 하는 서점들도 있기는 하죠. 하지만 푸로스퍼로 서점은 그렇게 안 합니다." 그가 자랑스럽게 말했다.

나는 노먼 메일러의 소설을 휙휙 넘기며, 신장 250센티미터의 등장인물을 찾았다. 그 소설의 판매 가격은 판권 면의 맨 위에 표시되어 있었다.

"중고책 가격이 10달러가 넘는다고요?" 내가 물었다.

"부가세까지 합치면 11.10달러예요. 메일러 사망 날짜가 11월 10일이거든요. 빌리는 종교 관련 도서는 6.66달러, 정치 관련 도서는 9.11달러, 이런 식으로 가격을 정했어요. 가격의 비밀을 고객이 먼저 맞추면 책을 공짜로 주기도 했고요."

우리는 다시 데스크로 갔다. 맬컴은 상자에서 양장본 다섯 권을 추가로 꺼낸 후 상자를 건네주었다. "중고 서적은 거의 위층에 보관해요. 딱히 할 일 없으시면 새로 들여온 책 중 다 팔린 책이 혹시 중고 서적 가운데 있는지 찾아보시고 아래로 가지고 내려오세요."

"평생 걸릴 것 같은데요?" 내가 물었다.

"그렇겠죠." 맬컴이 웃었다. 내게 일거리를 주는 걸 보면 나와 함께 일할 마음이 있긴 하구나 싶었다. 더 정확히는 그저 나를 바쁘게 하려는 것뿐이었을 테지만.

"앞으로는 책 공짜로 주지 마세요." 상자를 들고 위층으로 올라가며 내가 말했다.

나는 가지고 올라온 중고 서적들을 기존의 같은 책이 있는 자리에 정리했다. 내가 서점에 와 있던 일주일 동안 단 한 번도 서점으로 가지고 내려간 적 없는 책들이었다. 아무도 원하지 않는 책들이 선반마다 어찌나 빼곡하게 들어차 있던지 책을 끼워 넣기조차 힘들었다. 과학자와 관련된 책은 그곳에도 없었다. '유레카!'라고 소리칠 만한 것도 없었다.

다음 단서는 이미 찾고도 남았어야 했다. 과학이, 섬유조직과 키 250센티미터가 나를 어디로 이끄는지 알아챘어야 했다. 빌리가 던진 수수께끼의 답은 서점 어딘가에 있는 게 분명했지만, 그게 바로 이 서점의 특징이었다. 팔리지 않는 책도, 다음 단서를 감추고 있을지 모를 책도 너무 많은 서점.

이번 주말까지는 조니의 방갈로에서 나와야 했다. 조니가 나가달라고 말한 적은 없지만 나는 그녀와 크리스 사이에 흐르는 묘한 기류를 감지할 수 있었고, 두 사람이 문 닫힌 침실에서 목소리를 낮춘 채 나누는 대화를 듣기도 해서였다. 빌리의 아파트에 들어갈 때마다 여전히 누군가가 나를 보고 있는 것처럼 느껴지기도 했고, 어둠 속에서 뭔가가 혹은 누군가가 훅 튀어나올 것 같기도 했다. 나는 나 자신에게 그곳에 있으면 빌리의 과거를 덜 무서워하게 될 거라고 말해주었다. 수수께끼를 푸는 데 도움이 될 거라고도 말했다. 아니, 그러기를 바랐다. 그것 말고는 내게 다른 선택지는 없었다.

빌리 아파트의 삐걱거리는 계단으로 짐을 옮기는 건 조니가 도와주었다. 우린 문밖에 서서 숨을 돌렸다.

"준비됐어?" 조니가 물었다.

나는 문을 열었다. 머리 위의 조명이 윙 하며 작동하는 소리가 넓은 거실에 울려 퍼졌다.

"여기 진짜 멋지네." 조니는 가죽 소파와 마호가니 책상에서 눈을 떼지 못했다. "꼭 지하실인 것처럼 말하더니만."

"오늘 밤에 여기서 나랑 같이 있을래? 바보 같은 거 아는데, 혼자는 안 될 것 같아서." 조니가 그러겠다고 대답해주기를 기다리며 나는 아랫입술을 깨물었다.

조니가 내 팔을 꽉 잡았다. "내 차에 외박용 가방 있는 거, 너 몰랐구나?" 조니는 아래층으로 뛰어 내려가서는 그녀의 할머니가 코바늘로 뜬 담요, 작은 더플백, 고등학생 시절 조니 엄마한테서 함께 훔치곤 했던 화산니 마스크 팩 한 통을 들고 돌아왔다.

나는 조니를 꼭 껴안았다. "이 세상에서 내가 제일 좋아하는 사람은 단연코 너라고, 내가 말했나?"

"내 기억으로는 그랬을걸." 조니는 빌리의 가죽 소파 위에 털실로 짠 담요를 펼쳤다. 담요의 초록 빛깔이 방 안을 차분하게 만들었다. 아직 내 공간처럼 보이지는 않아도 빌리의 공간 같은 느낌은 줄어든 것 같았다.

우리는 잠옷을 입고 소파에 앉아 포장해온 타이 음식을 먹었다. 마치 조니가 크리스와 함께 살기 전, 내가 제이와 함께 살기 전, 서로 일하면서 겪은 사소한 억울함이나 더는 우리 마음대로 되지 않는 몸, 어떻게 성공했는지 도무지 이해할 수 없는 고등학교 동창들과 함께 가보기로 했던 세상의 먼 곳들에 관해 밤새 이야기 나누던 오래전 그 시절처럼 느껴졌다. 그리고 이것들은 닫힌 문 뒤에 숨어 있던 침실, 빌리의 서랍장 위에 있던 사진을 잊게 하기에 충분했다. 정말 거의 충분했다.

조니는 콧노래를 부르며 포장 용기에서 치킨 조각을 꺼냈다.

"넌 하나도 안 무서워?" 내가 조니에게 물었다.

"뭐, 비싼 가구가? 편하게 지내기엔 좀 너무 깨끗하긴 한데 귀신은 없네. 난 그런 걸 감지하거든."

"혹시 영매 조니 선생이신가요?"

"순진한 처녀 배우, 조니가 맞을걸요." 참았던 웃음을 터트리며 조니가 말했다. 그동안 보던 모습보다 훨씬 더 행복해 보였다. "알겠어요. 이리나." 조니는 미소를 활짝 지으며 「세 자매」의 두 언니인 올가와 마샤 역을 맡았던 유명 배우들과 자신이 생각하기에 공상가처럼 보이던 감독에 관해 이야기했다. "이거 성공할 거야."

"조니, 진짜 멋지다." 내 말투는 내가 그래야 했던 것보다 조금 덜 열광적이었다. 그래서 나는 한 번 더 말했다. "정말 기대돼." 그래도 여전히 뭔가가 부족했다. 조니가 내게 좋은 소식을 전할 때, 예를 들어 연기 학교에 합격하거나 크리스를 만났을 때, 둘이서 동거를 시작했을 때 혹은 조니가 그녀의 언니들과 더 많은 시간을 보내게 됐을 때마다 내가 나도 모르게 내보인 감정이 그녀의 인생에서 내가 빠져 있다는 질투심에서 비롯된 감정임을 인정하게 되기까지는 긴 시간이 필요했다.

조니는 면발을 입에 문 채로 프로호로프 자매들과 체호프를 상상하며 끝없는 망상에 빠지느라, 이곳 빌리의 아파트, 그가 던진 수수께끼 그리고 이제야 알게 된 빌리의 세세한 인생에 휘말린 내가 자신을 필요로 한다는 사실을 완전히 잊은 듯했다. 나는 닫혀 있는 빌리의 침실로 걸어갔다. 손잡이 앞에서 내 손은 망설이고 있었다. 나는 숨을 깊이 들이마시고는 손잡이를 돌려 문을 열었다.

일주일 동안 닫혀 있던 방에서는 내가 기억하는 것보다 더 퀴퀴한 냄새가 났다. 선셋대로에 켜지기 시작한 은은한 가로등 불빛에 가구들이 모습을 드러냈다. 거의 캄캄해진 상태에서 그곳은 무서워할 것 하나 없는 평범한 침실이었지만, 여전히 내 등줄기에는 소름이 돋았다. 나는 용기를 내어 서랍장 가까이에 다가갔고, 사진을 집어 들고는 최대한 빠르게 방을 뛰어나왔다.

"이게 에벌린이야." 나는 조니에게 사진을 보여주면서 에벌린에 관해 아는 게 거의 없지만 내가 태어나기 전에 빌리와 결혼했고, 이미 죽었으며, 그녀가 엄마의 어릴 적 친구였다고 설명해주었다.

"엄청 아름다우셨던 분이네." 조니가 말했다. "왜 진작 말해주지 않았어?" 조니의 목소리에 날이 서 있었다. 나만 그랬던 건 아니었구나. 조니 역시도 내가 자신에게서 멀어지고 있다는 걸 느낀 것이었다. 하지만 차이는 분명 있었다. 나는 나만의 세계 속에 갇히지 않았다. 최소한, 그러고 싶지는 않았다.

나는 가방에서 수수께끼가 적힌 종이를 꺼내 그녀에게 건넸다. 조니는 마치 선물을 열 듯, 종이가 찢어지지 않도록 조심하며 그것을 펼쳐보았다.

"'모든 삶, 특히 내 삶의 근본에는 과학이 있다. 섬유조직, 근육과 뇌, 250센티미터의 크고 튼튼한 몸, 윤기가 흐르는 검은 머리, 백옥같이 흰 치아를 가졌지만, 이런 화려함에도 불구하고 당신은 내게서 아무런 매력도 찾을 수 없을 것이다.'" 조니는 재미있다는 표정으로 나를 쳐다봤다.

"빌리의 주치의한테서 이걸 받았어." 왜 더 일찍 도와달라고 하지 않았느냐고 다시 물어올 줄 알았는데, 조니는 이미 수수께끼의 미스터리에 빠져 있었다.

조니는 생각에 빠진 젊은 여자를 연기하듯 손을 턱에 대고 거실을 서성였다. "백옥이 뭔가 의미가 있는 것 같다. 250센티미터의 키도 그렇고." 조니는 두 팔을 머리 위로 쭉 뻗으며 말했다. "이 정도가 250센티미터인가? 이건 사람이 아닌데." 조니는 손을 올린 채로 말이 안 될 정도로 키가 큰 사람을 흉내 내며 거실을 비틀비틀 돌아다녔다. 마치 무릎이 없는 것처럼 다리를 쭉 펴고 터벅터벅 걷는 그녀를 바라보다가 문득 믿기지 않을 만큼 큰 키의 초인적인 사람, 과학으로 만들어진 사람, 아니 과학으로 만들어진 생명체가 머릿속에 떠올랐다.

나는 아래층으로 쏜살같이 뛰어 내려가 전기 스위치를 찾았다. 조니도 내 바로 뒤에 있었다. 자연광 없이 초록빛 네온만이 가득한 한밤중의 서점은 어딘가 달라 보였다. 나는 고전 섹션에서 S를 찾았다. 아무것도 없었다. 문학 섹션에도 없었다.

"미랜더, 뭔데?" 조니가 물었다. "뭘 찾은 거야?"

나는 프런트 데스크로 뛰어가서는 느려터진 컴퓨터가 털털대며 가동되기 시작하다 스크린을 깨우기를 기다렸다. 키보드 위에서 어설프게 손가락을 움직이며 북로그 검색창에 도서명을 입력하고, 추가로 단어들을 더 입력하고, 그것들을 지웠다가 또 다시 입력했다.

"프랑켄슈타인! 공상 과학 소설!" 내가 조니에게 소리치자 그녀는 바로 과학소설 섹션으로 달려갔고, 흰색 글씨로 '메리 울스턴크래프트 셸리'라 적힌 반짝이는 검은색 표지의 『프랑켄슈타인』을 찾아냈다. 그러고는 소설 안쪽을 살피는 내게로 몸을 기울였다.

8장

실버레이크에서 칼텍*까지는 차로 20분이 걸렸다.

학생 두 명이 쿡 박사 연구실 밖 복도에 앉아 무릎 위에 펼쳐놓은 교과서를 읽고 있었다.

"쿡 박사님 계신가요?" 문 가까이에 있던 학생에게 물었다.

"줄 서야 해요." 학생은 교과서에서 눈도 떼지 않고 대답했다.

나는 쿡 박사를 기다리는 동안 말끔하게 면도한 얼굴로 진지하게 앉아 있는 학생 뒤편의 맨 끝자리에 앉아 셸리의 걸작을 다시 읽었다. 고등학교 시절 이후로 『프랑켄슈타인』을 읽지 않은 탓에 소설 속 프랑켄슈타인의 모습이 우리가 일반적으로 상상하는 모습과 얼마나 다른지를 잊고 있었다. 우리가 그간 프랑켄슈타인을 괴물로 인식해왔고, 실제로 소설 속 빅토르 프랑켄슈타인 역시 괴물의 모습을 하고 있기에 그렇게 생각하는 게 당연할 수 있었다. 하지만 프랑켄슈타인도 누군가의 아들이었다. 누군가의 형제였고, 어머니의 죽음을 슬퍼하며 무너져내린 사람이었다. 이 젊은 과학자가 자신을 생명순환에 관한 실험에 매진하도록 만든 현대 화학의 기적에 대한 강의를 듣기 전까지는, 아니 그 실험 탓에 파멸되기 전까지는 말이다.

---

* 캘리포니아공과대학의 줄임말. Caltech이라 쓴다.

나는 빅토르 프랑켄슈타인이 장시간 애써 만들어낸 결과가, 상상 속에서는 아름다웠던 그 존재가, 실제로는 섬뜩한 괴물로 구현된 모습을 처음으로 보는 장면, 바로 그 장면이 있는 5장에 끼워져 있던 전단을 보고 쿡 박사를 찾아온 거였다. 빅토르 프랑켄슈타인의 말에는 밑줄이 그어져 있었다.

　이것으로 나는 쉼을 잃었다. 평범함을 훌쩍 뛰어넘는 열정을 가지고 원했던 일이었지만, 모든 것이 끝난 지금, 아름다운 꿈은 사라지고 숨 쉴 수 없는 공포와 혐오만이 나의 마음을 가득 채우고 있다.

　전단에는 존 쿡 박사가 1986년 2월 17일부터 20일까지 애스펀센터에서 '물리학: 최근 끈 이론 분야의 진보'에 관한 강연을 한다는 내용이 적혀 있었다. 비록 나는 그에 대해 들은 바가 없었지만, 구글에는 자세한 설명이 있었다. 그는 구글에서 무려 6500만 회나 언급된 인물이었다. 1980년대 후반부터 칼텍에서 입자물리학을 가르쳐온 그의 대학 졸업 연도가 1971년인 걸로 보아, 빌리와 같은 시기에 학교를 다닌 것이 확실했다. 쿡 박사의 강연이 빌리를 자극했구나. 쿡 박사가 언급한 무언가가 그를 망가뜨린 거야.

　학생 한 명이 박사의 연구실로 들어갔고, 이후 또 다른 한 명이 들어갔다. 복도에는 나 혼자 남게 되었다. 차가운 시멘트 벽에 기대고 있자니 온몸이 욱신거렸다. 휴대전화를 확인했다. 1시가 넘은 시각이었다. 그를 한 시간이 넘게 기다린 셈이었다. 축구 캠프를 끝마친 제이가 어머니가 주신 오래된 볼보를 타고 고속도로보다 빠를 것도 없지만 지름길이라며 좋아하는 필라델피아 서부 도로를 타고 귀가하고 있을 시간이었다. 둘이 나눠서 운전하기로 했던 퇴근길, 나는 길 잃은 제이를 비난했었다. 내가 지금 여기가 어디인지 모른다고 해서 길을 잃어버린 건 아니야. 방금 지나왔던 길을 되돌아가며 제이가 말했다. 티셔츠에나 쓰여 있을 법한 말이네. 내가 말했다. 그러자 제이가 내게 물었다. 같이 사업이나 해볼까? 그때 나는 제이와 뭐든 함께 하고 싶다고 생각했다. 하지만 만난 지고작 몇 개월밖에 되지 않은 시점이었다. 서로에게 그런 약속을 할 만한 시기는 아니었던 거다. 남은 학기 내내, 나는 제이와 함께 차를 타고 길을 잃은 시간, 본인도 본인이 어디에 있는지 모르는 것 같다며 그를 장난스럽게 비난하고, 그는 우리가 어디에 있는지 확실하게 안다고 내게 우기던 그 시간을 사랑했다. 하는 수 없이 왔던 길을 되돌아가야 하는 순간에도 제이는 휴대전화의 도움을 받지 않았다. 그렇게 이 길 저 길 헤매다 보면 언제나 집에 도착해 있었다.

"아직 헤매는 중?" 전화를 받은 제이에게 내가 물었다.

"무슨 소리야?"

"학교에서 집 가는 중이잖아. 또 되돌아가는 건 아닌지 궁금해서."

"왜 항상 내가 길치라고 생각하는 거지?"

"그런 거 아니야. 그냥 눈치 빠른 척 좀 해본 거야. 맨날 길 잃어버린다고 내가 놀리곤 했잖아." 내가 그에게 농담을 이렇게까지 설명해야 한다는 게 믿기지 않았다.

"그랬지." 제이가 말했다. 우리는 서로 아무 말도 하지 않고 전화기를 들고만 있었다. 문득, 내가 왜 그에게 전화했는지를 알 수 없게 됐다. 칼텍에 와 있다고 제이에게 말하고 싶었던 것뿐이었다. 그러면 제이는 칼텍에 간 이유를 물을 것이고, 나는 전단에 관해 설명하면서 쿡 박사가 빌리에 관한 중요한 단서를 말해줄 거란 생각이 든다고 말해야겠지. 한번도 언급한 적 없는 삼촌이 죽음 후에 남긴 단서들을 찾아다니는 것이 이상하다는 생각이 들진 않느냐고 제이는 또다시 반문할 테고. 이 모든 걸 제이와 다시, 굳이 이 시점에 하고 싶지는 않았다.

"캠프는 어땠어?" 내가 물었다.

"좋았어. 이번 가을에 입학하는 학생이 하나 있는데, 실력이 꽤 괜찮아." 나는 제이가 서점에관해 물어봐주기를 기다렸다. "어머니는 어때?"

"괜찮아."

"어머니께 잘해드리고 있어?"

"나야 언제나 잘하지." 제이가 웃음을 참았다.

쿡 박사 연구실의 문이 열리고, 20분 전 그곳에 들어갔던 생기 넘치는 소년이 나오더니 가벼운 발걸음으로 여유롭게 복도를 걸어 나갔다.

"끊어야겠다." 제이에게 속삭이듯 말했다.

"나중에 전화할래?" 전화를 끊어야 하는 이유는 묻지도 않고 제이가 말했다.

"그럴게." 나도 그렇게 대답하고는 전화를 끊었다.

쿡 박사는 복도를 내다보며 연구실 밖에서 자신을 기다리는 사람이 더 있는지 확인했다. 그는 온라인에 게시되어 있던 사진보다 훨씬 더 뚱뚱했고, 칙칙한 턱수염이 있던 전단의 사진과도 닮은 데가 거의 없었다.

"쿡 박사님?" 나를 쳐다보는 그에게 내가 물었다.

"내 수업에 들어오는 학생은 아닌데." 그가 답했다.

나는 바닥에서 일어나 바지를 털었다. "빌리 실버의 조카예요."

쿡 박사는 깜짝 놀라더니 곧 엄숙한 표정으로 말했다. "빌리 일은 매우 유감입니다."

"삼촌과 친하셨어요?"

"어렸을 때는요." 그는 연구실로 들어오라며 내게 손짓했다. 연구실은 책, 그것도 대부분 그가 저술한 책들로 가득했다.

"두 분이 함께 대학을 다녔을 거라고 생각했어요." 내가 물었다.

"그건 맞아요. 다만 우린 초등학생 때부터 친구였어요."

"그럼, 저희 어머니도 아시겠네요?"

"엄마를 많이 닮았군." 얼굴이 붉어졌다. 누군가 내게 엄마를 닮았다고 말할 때마다 나는 그 말이 내가 예쁘다는 말로 들렸다.

쿡 박사는 나를 방금 처음 본 것처럼 찬찬히 살피더니 입을 뗐다. "이름이 미랜더는 아니겠지요. 혹시 그런가?"

"어떻게 아셨어요?"

그는 방을 가로질러 파일이 든 캐비닛을 열고는, 그 안에서 편지 한 움큼을 집어 들더니 그것들을 하나씩 확인하며 캐비닛 속에 도로 넣었다. "여기 어딘가에 있을 거예요. 절대 버렸을 리 없는데." 그는 책장 위에서도 편지 한 뭉치를 발견했다. "아하." 그는 편지들 사이에서 봉투 하나를 내게 건넸다. 거기에는 이렇게 적혀 있었다. '미랜더 브룩스에게, 그녀가 이곳에 찾아온다면—BS.' "아내는 이곳이 너무 정신없다고 하지만 나는 무질서 속에 질서가 있다고 생각합니다. 모든 위대한 과학자들은 '지저분'했지요." 그는 공중에 손가락으로 따옴표를 그리며 말했다. "사실, 산만한 면이 없다면 과학자라고 하기 좀 그렇지."

나는 빌리도 과연 산만했었는지 떠올려보려고 했다. 그러나 그의 연구실에는 가본 적이 없었고 서점은 깔끔했지만 빌리 덕은 아니었을 거였다. 나는 쿡 박사가 보는 앞에서 봉투를 열었다.

무슨 일이 있어도 나는 살아남을 줄 알았다. 무엇보다, 나는 계속해서 일할 줄 알았다. 살아남는다는 것은 계속해서 태어난다는 뜻이었다. 그건 결코 쉬운 일이 아니며, 언제나 고통스러운 일이었다. 그러나 죽음 외에 다른 선택지는 없었다.

"빌리 삼촌이 이걸 박사님께 보냈다고요?"

"며칠 전에 받았어요. 처음엔 장난인 줄 알았지. 하지만 뭔가 찜찜하더이다. 지난주에 대학원 제자들이 내 주차 구역을 새로 칠했습니다. 그 바람에 학교에 와서 거짓말처럼 사라져버린 내 자리를 찾아다녔지요. 그런데 죽은 사람에게서 온 편지라니……" 그는 머리를 세차게 흔들며 말했다. "소싯적에 삼촌은 꽤나 장난꾸러기였답니다."

"삼촌이요?" 당연히 그랬을 것이다. 보물찾기 게임도 장난과 다를 게 없으니까.

"캠퍼스가 온통 오렌지나무로 가득했는데요. 빌리는 그 나무를 무한정으로 장전되는 탄약이라고 불렀어요. 과육이 말도 못 하게 썼거든요. 감자로 포탄을 만들어서 매일 정오 패서디나시티칼리지에 던지기도 했습니다. 저야 뭐, 늘 빌리가 치는 괴상한 장난의 단골 타깃이었지요. 빌리가 석고판으로 제 기숙사 방문을 막은 적이 두 번이나 됩니다. 라켓볼 코트에 제 물건을 모조리 옮겨놓고는 방을 거기다 새로 하나 만들어놓은 적도 있었고. 모두 원위치에 가져다 두었으니 염려할 필요는 없습니다."

"두 분이 친하셨나 보네요."

"친했어요. 오랫동안 꽤 가까운 사이였죠." 그가 쓸쓸한 목소리로 대답했다.

나는 애스펀센터에서 열렸던 그의 강연 전단을 그에게 건넸다. "삼촌이 이걸 제게 남겼어요."

쿡 박사가 나를 향해 팸플릿을 들어 보이는 바람에 그의 젊은 시절 얼굴이 나를 마주 보게 되었다. "이 못난이가 지금은 더욱 심한 못난이가 되었다니 믿을 수가 없군."

"콘퍼런스 장에서 무슨 일이 있었나요?" 두 사람의 어린 시절 혹은 대학 시절 사진이라도, 두 사람의 졸업식이나 과학 대회 팸플릿이라도 남길 수 있었을 텐데도 빌리는 아무 연관도 없어 보이는 입자물리학 콘퍼런스 전단만을 남겼고, 나는 그게 절대 공연한 선택이 아니라는 걸 알았다. "삼촌이 거기에 갔었나요?"

쿡은 내 말이 맞다는 듯 손가락을 튕기고는 나를 가리켰다. "왔었어요." 먼 곳을 바라보듯 그의 표정이 차분해졌다. "왔었지." 나는 그가 그때의 기억을 회상하는 모습을 지켜보았다.

"쿡 박사님?" 그가 나를 돌아보았다. "그때 무슨 일이 있었나요?"

그는 내게 어디까지 이야기해줘야 할지 갈등하는 눈치였다. 위안 삼아 들을 이야기는 아니겠구나 싶었다. "우리가 애스펀에서의 이야기를 하게 된다면, 저를 존이라고 부르세요."

"무슨 일이 있었나요, 존?" 그의 마음이 편해지기를 바라는 마음으로 나는 그의 이름을 부르며 말했다. "무슨 일이었든 전 알고 싶어요." 쿡 박사, 아니 존은 확신이 서지 않는 것 같았다. 나는 뭐든 감당할 수 있다는 의미로 고개를 끄덕였다.

"처음엔 나를 응원하러 온 줄 알았습니다." 그는 책장을 훑고는 얇고 붉은 책 한 권을 찾아냈다. 책을 한 번 훑은 그는 내게 그것을 건네주며 손가락으로 「이상 소거Anomaly Cancellations」라는 제목을 짚었다. 그가 공동으로 집필한 논문이었다. "지도 교수님과 함께 그 시절에 막 발표했던 겁니다." 나는 마치 내게 익숙한 고대 룬문자로 쓰인 책이라는 듯 논문을 넘겨보았다. "지도 교수님이 함께 가실 수가 없어서 저 혼자 갔지요. 강연을 혼자 하는 건 처음이어서, 아이고 어찌나 떨리던지."

겉으로 드러날 정도로 손이 떨리고 목소리가 불안정해진 탓에 망신을 당하는 데서 더 나아가 심혈을 기울인 연구 결과까지 망쳐버릴 만큼 긴장했었다고 존이 말했다.

여러분, 안녕하십니까. 존은 마이크를 조절함과 동시에 적당히 들어찬 청중을 확인하며 강연을 시작했다. 오늘 저는 양자장의 작용 함수를 수정한 최근의 진보에 관해 여러분과 이야기를 나누려고 합니다. 그의 심장은 빠르게 뛰다 못해 살갗을 뚫고 터져 나올 것만 같았다. 침착하자, 그는 자신에게 상기시켰다. 침착하자.

"그리고 그 순간 빌리를 봤어요."

만약 그가 그 상황을 제대로 파악했더라면, 빌리가 그곳에 있는 것이 이상하게 느껴졌을 것이다. 지진, 모두가 두려워하는 그 지진의 피해를 연구하는 사람인 빌리가, 존의 끈 이론, 믿기는 고사하고 거의 알아듣지도 못하는 입자물리학 강연에 나타난 거니까. 하지만 존은 너무 긴장한 탓에 이성적인 생각을 하지 못했다. 실망스러운 수준으로 참석자가 적은 지금 이 강연장이 아닌 과거 신입생 시절의 기숙사 방에서 빌리에게 설명했던 것처럼, 그는 빌리만 바라보며 측정 그룹의 496면체에 관한 설명을 이어나갔다. 존은 빌리와 눈이 마주칠 때마다 미소를 지었지만 빌리는 미소로 답해주지 않았다. 빌리는 광대뼈가 도드라질 만큼 뺨이 홀쭉한 상태였다. 벌겋게 충혈된 빌리의 눈에서 존은 죽음의 그림자를 보았다. 뭔가 끔찍한 일이 생겼음을 직감한 그는 당황스러운 마음으로, 배위 공간상의 무수히 많은 코어링 라인 묶음이 어떻게 단순화되는지를 설명하고는 강연을 빠르게 끝냈다. 빌리가 강연장까지 온 걸 보면 무언가 함께 해야 할 일이 생긴 거라고 짐작하면서.

존은 나를 보며 비통한 듯 고개를 저었다. "알았어야 했어요. 에벌린에 관한 일이라는 걸 바로 알아차려야 했습니다."

"에벌린이요?"

"빌리에게 가장 중요한 건 언제나 에벌린이었거든요." 그는 마치 맹세라도 하듯 '언제나'라고 말했다.

"'언제나'라뇨?"

"불쌍한 자식입니다. 학창 시절부터 에벌린에 빠져서 어쩔 줄을 몰라 했거든요."

존이 말하기를, 빌리는 어려서부터 자신의 침실에 딸린 서재 안에서 지냈다고 했다. 그는 존을 불러 장난감 기차가 더 빨리 달릴 수 있도록 고쳐달라고 하기도 하고, 존과 함께 기르던 뱀이 생쥐를 통째로 집어삼키는 장면을 지켜보기도 했다. 둘은 빌리의 어둡고 냄새나는 방에 앉아 뱀이 똬리를 틀었다 다시 풀며 잡은 쥐를 가지고 노는 모습을 시간 가는 줄 모르고 구경했다.

존이 웃음을 터트렸다. "빌리는 자기 뱀을 클레오파트라라고 불렀습니다. 절대 잊을 수가 없어요. 저는 그래서 항상 그에게 클레오파트라를 키우는 게 그가 방에 여자를 데려오는 것과 가장 유사한 경험이 될 거라고 놀렸습니다."

"에벌린은요? 에벌린도 클레오파트라를 만났어요?"

"빌리가 아는 게 별로 없긴 했어도, 자기가 좋아하는 여자한테 키우는 뱀을 보여줘서 좋을 게 없단 것 정도는 알았어요. 에벌린은 당신 어머니와 함께 다른 평범한 애들과 스틱볼을 하면서 밖에서 놀았습니다."

이따금 배트가 부딪치는 소리, 꺄악 대는 소리와 같이 빌리나 존으로선 절대 이해할 수 없는 종류의 즐거움을 증명하는 소리가 밖에서 들려왔다. 빌리는 커튼을 열고 밝은 금발을 휘날리며 베이스를 돌고 있는 에벌린을 내려다봤다.

언젠가는 저 애와 결혼할 거야. 빌리는 쿡에게 이렇게 말하곤 했다.

하지만 이런 말은 마치 언젠가 매릴린 먼로와 결혼하겠다거나 달에 착륙하는 첫 번째 인간이 되겠다고 말하는 것과 비슷한 거였다. 잘해봐. 존은 그저 그렇게 반응했다.

"하지만 빌리는 확고했어요. 절대로 에벌린을 포기하지 않았습니다." 존이 그저 말했다.

그들이 3학년이 되었을 때, 에벌린은 그 고등학교에서 가장 인기 있는 여학생이었다. 에벌린은 십 대 남학생들이 좋아하는 호리호리한 몸매를 갖고 있었고, 학교 응원팀에 속한 유일한 2학년인 데다, 동급생 중 가장 예뻤다. 게다가 우등반 학생이기도 했다. 그녀는 복도에서 존을 지나칠 때마다 그에게 인사를 건넸는데, 친구들에 둘러싸여 있을 때에도 그랬다. 다른 예쁜 여자애들은 존이 있는 줄도 몰랐는데 말이다. 존은 에벌린이 그에게 안녕! 하고 인사하면 대답커녕 아무 말도 못하고 그녀를 바라보기만 했는데, 그런 그의 모습에 수지를 포함한 에벌린의 친구들은 낄낄거리곤 했다.

"당신의 어머니 말입니다." 존은 내가 수지를 모를 수도 있다는 듯이 설명했다. 뭐, 그 시절의 엄마는 어리고 인기 많고 예쁜, 나와는 상관없는 사람이긴 했을 테니. "에벌린과 어머니는 단짝이었습니다. 에벌린은 상냥했는데, 어머니는 거칠었어요."

"우리 엄마가요? 같은 사람을 생각하고 있는 거 맞지요?"

존은 고개를 끄덕였다. "누구든, 심지어 선생님들마저 자기를 좀 오래 쳐다본다 싶으면 발끈했지요."

존은 수지와 재즈 클럽도 함께 갔다고 했다. 존은 뒤쪽, 자신의 업라이트베이스 뒤에 숨어 있었는데, 맨 앞줄 한가운데서 엉덩이를 흔들며 노래하는 수지에게 정신이 팔려 연주할 부분을 그만 놓쳐버렸다. "내가 엉뚱한 음을 연주하기라도 하면 수지는 마치 내가 훨씬 더 지저분한 생각을 하고 있었다는 듯 나를 노려봤어요. 무서웠어요." 그가 몸을 떨며 말했다. 익숙한 온기가 내게 전해져왔다. 난 그런 수지의 이야기를 사랑했다. 내가 전혀 모르는 엄마의 모습을 상상하게 해주었으니까.

"그럼 빌리 삼촌과 에벌린은 어떻게 만나게 된 거죠?" 내가 물었다.

"빌리가 에벌린이 늘 자기 집에 와 있단 사실을 이용했지요." 존은 에벌린의 아버지는 집에 거의 들어오지 않았으며 어머니 역시 본 적이 없다고 했다. 그 이유를 기억하지는 못했다. 빌리의 방은 변함없이 모형 비행기와 아인슈타인, 뉴턴의 포스터로 가득했지만 그맘때 중요한 변화가 있었다. 그의 키가 30센티미터나 자란 것이다. 이두박근과 등 근육을 포함한 모든 근육도 커졌다. 학교 여학생들은 그런 빌리에게 관심을 기울이지 않았다. 자주는 아니었지만 교과서에 코를 박고 복도를 걷다 부딪친 여학생들이나 그런 변화를 눈치챘을까. 하지만 에벌린은 언제나 그의 집에 있었다. "에벌린이 과학을 굉장히 못했던 것도 빌리에겐 기회였습니다."

에벌린은 혼자 식탁에 앉아 생물 교과서를 들여다봤다. 그 시각 수지는 벌을 받느라 학교에 남아 있거나 재즈 클럽에 있을 게 분명했다. 에벌린은 그렇게 종종 실버 가족의 식탁에서 오후를 보냈는데, 수지가 집에 오기를 기다리며 책을 읽었다. 빌리는 현관 앞에 서서 좌절하여 고개 젓는 에벌린을 지켜보았다.

도와줄까? 빌리가 물었다.

에벌린이 손을 가슴에 가져다 대며 말했다. 놀랐잖아.

미안해. 빌리는 용기 내어 식탁 쪽으로 한 발짝 더 다가갔다. 몰랐겠지만 나 생물 잘해.

알고 있었어. 에벌린이 그를 놀라게 하려던 건 아니었으나 그는 그녀가 자신에 대해 아는 게 있다는 사실만으로도 놀라버렸다.

빌리는 에벌린의 캐모마일 향 샴푸 냄새를 맡을 수 있을 만큼 가까이 앉았고—캐모마일 향이 어떤지 어떻게 알아? 그날 일을 자세히 이야기하는 빌리에게 존은 이렇게 물었다—교과서를 읽느라 몸을 앞으로 숙이는 순간, 빌리의 어깨가 에벌린의 어깨를 스쳤다. 그녀는 미토콘드리아를 공부하는 중이었다. 빌리는 에벌린이 쥐고 있던 연필을 가져가서는 종이에 타원 하나를 그리고 거기에 미토콘드리아 내막과 외막, 기질을 표시했다.

그때부터 에벌린은 생물 과목에서 모르는 부분이 생길 때마다 빌리의 방문을 두드렸다. 빌리는 자기 숙제는 내팽개치고는 광합성과 DNA 복제를 설명하며 오후를 보냈다. 정말 천재야. 에벌린이 빌리에게 이렇게 말하면, 빌리는 그 말을 그대로 존에게 전했다. 천재라니. 에벌린이 나를 그렇게 불렀다는 게 믿겨? 에벌린이 그냥 자기 숙제를 도와주는 얼간이에게 아부하는 거라고, 존은 차마 빌리에게 말하지 못했다.

"사실 그건 저 스스로한테 던진 지독한 말이었던 것 같습니다." 존이 말했다. "에벌린이 화학 클럽에나 있는 우리 같은 남자 애들 중 하나와 사귈 거라곤 누구도 상상하지 못했으니까요." 그런 애들 중에서도 특히 빌리 같은 남자애와 만날 거라고는.

그 일은 저녁을 먹으며 시작되었다. 에벌린은 스트레스를 받지 않을 때 더욱더 사랑스러워 보였다.

과제를 완성해오지 않으면 저를 낙제시키겠다고 했어요. 에벌린이 수지와 빌리의 부모님께 말했다. 전 못해요. 그녀는 계속 말했다. 실험실 테이블에 올려놨을 때까지도 개구리가 살아 있었다니까요? 너무 잔인한 짓이잖아요.

우리 항의하자. 수지가 제안했다.

자, 수전, 네가 끼어들 자리는 아닌 것 같은데. 넌 이미 문제를 충분히 일으켰어. 수지의 아버지가 말했다. 손으로 입을 막고 웃는 빌리에 대고 수지는 빵을 집어던졌다.

생물 선생님한테 그 기분을 설명해봤니? 수지 어머니가 물었다.

그 선생님은 정말 매정한 사람이에요. 죽음도 생물학의 일부라서 과학자는 생명의 순환을 편안하게 생각해야 한대요. 하지만 저는 생물학자가 될 생각이 없거든요. 죽음에 익숙해지고 싶지 않아요. 에벌린은 머리를 두 손에 파묻었고, 빌리는 그런 그녀가 진정으로 깊은 절망에 빠진 거라고 여겼다.

"빌리는 그것이 자신에게 다가온 절호의 기회라고 생각했어요." 주문을 걸듯 손을 허공에 휘저으며 존이 말했다. "야구부나 축구부 녀석들이 하지 못하는 방법으로 에벌린을 차지할 수 있게 된 겁니다."

주말 내내 빌리는 잠도 자지 않고 방에만 틀어박혀 있었다. 방바닥에는 모형 비행기의 플라스틱 조각들이 흐트러져 있었고, 초록색 물감이 담긴 컵과 정확한 비율로 그린 도안들도 있었다. 개구리의 내부 구조를 재현할 시간은 없어서, 장기들을 포함한 순환계 전체를 모눈종이에 그린 후, 그것을 삼차원으로 조립한 플라스틱 개구리 내부에 테이프로 고정했다.

월요일 아침 첫 수업 종이 울리기 전, 어깨를 구부정하게 움츠린 빌리는 과학실 밖에서 몸을 흔들며 누군가를 기다렸다. 에벌린이 추종자 무리와 함께 복도를 터벅터벅 걸어오는 것이 보였다. 다행히 거기에 수지는 없었다. 여동생이 에벌린과 함께 있다면 개구리 모형을 전해줄 수 없을 것 같다고 빌리는 존에게 말했었다.

다른 여학생들은 각자의 교실로 들어가고 에벌린 혼자 빌리 앞으로 걸어왔다. 그를 발견한 에벌린이 손을 흔들었다.

사형 집행 전에 행운을 빌려주러 왔어? 에벌린이 말했다. 내가 이걸 끝까지 할 수 있을지 정말 모르겠어.

안 그래도 돼. 빌리는 에벌린에게 개구리를 건넸다.

이걸 직접 만들었어? 에벌린은 왼쪽 손바닥 위에 모형을 올려놓고 빌리가 그 아래쪽에 붙여놓은 덮개를 들춰 보았다. 폐도 있고 장기들도 있고 다 있네.

과학자가 되기 위해 죽음에 익숙해질 필요는 없어, 빌리가 말했다.

"에벌린은 결국 낙제하긴 했지만, 그래도 그게 빌리에게 일어날 수 있는 최선의 일이었어요."

"전 그렇게 사려 깊은 학생이 있을 수 있다는 걸 상상도 못 하겠는걸요." 내가 말했다. 내 남자친구가 그렇게 로맨틱한 일을 하는 것 역시 상상할 수 없었다.

"삼촌이 꽤나 신사이긴 했지요." 쓸쓸하게 머리를 흔드는 존을 보며 나는 생각했다. 신사인 빌리. 구제 불능의 낭만주의자인 빌리. 그리고 홀아비인 빌리.

"그럼 빌리는 에벌린이 죽었다는 소식을 전해주려고 강연장에 간 건가요?"

"우린 몇 년간 좀 멀어졌었어요. 그래도 에벌린을 처음 잃었을 땐 빌리 곁에 있어주었습니다. 제가 이해해 줄 거라 생각했나 보더군요."

"'에벌린을 처음 잃었을 때'라는 게 무슨 뜻이죠?"

"빌리는 여자친구에게 차인 사람이 세상에 오직 자기 한 명뿐이라는 듯이 행동했어요. 자기는 그래도 여자친구라도 있었지, 난 대학 졸업 때까지 데이트도 한 번 못 해봤는데 말이야."

에벌린은 고등학교를 졸업할 때까지 빌리와 2년간 사귀었다. 칼텍까지는 한 시간도 안 걸렸기 때문에 에벌린은 주기적으로 빌리를 찾았다. 빌리는 그녀를 데리고 캠퍼스를 걸으며 철딱서니 없이 오렌지를 훔쳤던 오렌지나무나 장난칠 때 쓰던 페인트와 벽돌을 보여주기도 했다. 스무 살 존의 눈에 그들은 지속되는 사랑의 이미지 그 자체였다.

"하지만 풋사랑이라는 게 그렇잖아요. 너무 열정적이었어요. 그만큼 후유증도 심했고." 존이 말했다. 빌리의 후유증은 더 심각했다.

에벌린은 배사칼리지*에 합격했을 때 매 학기 빌리를 만나러 오겠다고, 여름방학은 LA에서 보내겠다고 약속했다. 앞으로 평생 함께할 텐데 4년 떨어져 있는 게 뭐 대수겠는가? 초반에 그들은 매주 통화했다. 그러다가 겨울방학이 되었고 에벌린은 기숙사 같은 층에 있는 여학생들과 버몬트로 스키 여행을 가게 됐다. 그녀는 스키를 타본 적이 없었기에, 그때 한 번만, 동부에 남아 있게 됐다. 봄에 돌아오겠다고 했다. 그러다 뉴욕과 워싱턴에서 시위가 발생했고, 에벌린이 여름방학 내내 잡지사에서 일하게 됐고, 오래지 않아 더 이상의 통화도, 핑계도 사라져버렸다. 누구의 잘못도 아니라고 에벌린은 우겼다. 둘은 그렇게 싱겁게 멀어졌다.

에벌린이 빌리와의 관계를 끝낸 여름, 존의 아버지가 돌아가셨다. 존은 4학년을 앞두고 학교로 돌아왔지만, 우울함과 무기력함에 둘러싸여 좀처럼 무언가에 집중하지 못했다. 아버지의 마지막 숨소리를 떨쳐낼 수 없었다. 학교가 그 모든 걸 잊게 해주기를, 삶이란 그저 숫자에 의해 정의되는 입자들에 불과한 것임을, 슬픔의 감정을 만들어내는 방정식일 뿐임을 깨닫게 해주기를 바랐다. 존은 입자물리학의 무감정함을 언제나 좋아했지만, 아버지가 돌아가시고 나서는 그 사실을 믿을 수 없게 됐다.

빌리를 한 번 봤을 뿐이었지만, 존은 그 여름 뭔가 엄청난 일이 빌리에게도 벌어졌다는 걸 알 수 있었다. 그의 뼈대가 몸에 비해 지나치게 커 보였다. 그는 한 걸음 한 걸음을 마치 투쟁하듯 걸었다. 자신이 보낸 여름을 생각하며 존은 에벌린도 죽은 걸 거라고 생각했다. 하지만 둘은 그저 헤어진 것뿐이었다.

"첫사랑을 잃은 게 세상이 끝난 것처럼 느껴질 수 있지요. 그 여름 제가 겪은 일 때문에 빌리가 기대한 만큼의 공감을 해주진 못했던 것 같습

---

* 미 동부 뉴욕주에 위치해 있는 사립대학.

니다."

빌리는 거의 모든 시간을 방문을 닫은 채로 그 안에서만 보냈다. 문을 두드리면 대답할 때도 있었지만 아무 반응이 없는 날도 있었다.

"내가 빌리를 좀 더 품어야 했지만, 당신 삼촌은 언제나 타인보다 자기 자신에게 더 관심 있는 사람이었어요. 이렇게 말하면 안 되겠지만." 나는 빌리를 옹호하고 싶은 마음을 억누르며 괜찮다고 말했다. "어쩌면 빌리는 우리 아버지에 관해 어떻게 말을 해야 할지 몰랐던 걸지도 모르지요. 얼마 못 가 저는 빌리의 든든한 상담자일 수 없게 됐습니다. 자연스레 그렇게 되었어요. 빌리는 지질학과, 저는 물리학과였던 데다 제가 대학원을 동부로 가게 됐는데, 빌리는 여기에 남았거든요. 사실 빌리가 강연장에 나타났을 때, 대학 이후로 내가 빌리를 본 적이 있었는지도 잘 모르겠더라고요."

"그러니까 빌리는 에벌린 이야기를 하려고 온 거였네요?" 다시 에벌린의 죽음으로 대화 주제를 돌리며 내가 물었다.

존은 고개를 끄덕이며 말을 이었다. 존은 강연을 어떻게 끝냈는지 기억나지 않았다고 말했다. 축하해주던 동료들과 악수한 것도 기억하지 못했다. 오직 빌리와 그가 전할 엄청난 소식에 온 신경이 집중되어 있기 때문이었다.

청중이 모두 떠난 후 존은 빌리에게 다가갔다. 무슨 일이야?

얘기 나눌 데가 어디 없을까? 빌리가 물었다.

빌리, 겁나게 왜 이래.

에벌린 일이야. 왈칵 눈물을 쏟는 빌리를 보며 존은 알아차렸다. 이번엔 에벌린이 죽은 게 맞다는 걸. 존은 지난 몇 해 동안 두 사람이 보내온 크리스마스 카드를 떠올렸다. 해변에 앉아 있던 빌리와 에벌린. 빅베어 마운틴 아래에서 스키 부츠를 신고 있던 빌리와 에벌린.

나 좀 도와줘. 빌리가 말했다.

존과 빌리는 카페로 개조한 분홍색 빅토리아풍 건물이 있는 메인스트리트로 걸었다. 뒤뜰에 있는 테이블에 자리를 잡고 앉자, 빌리는 뭔가를 잔뜩 계산한 종이를 존에게 건넸다.

너의 전문가적 견해가 필요해. 블랙홀을 형성하지 않는 한 입자들은 한정된 양의 배열을 가질 수밖에 없잖아. 그래서 그 패턴은 반복되어야 하고.

그렇지. 옛 친구가 묻는 것이 무엇인지 정확하게 파악하지 못한 채 존이 답했다.

"그건 평행 우주까지의 거리를 계산한 거였습니다. 다중 우주에 관한 이론이 이미 많이 나와 있었거든요." 존이 내게 설명했다. "하지만 빌리가 그걸 왜 내게 보여줬는지는 알 수 없었어요. 사실 빌리의 계산이 너무 허술해서 놀랐던 기억이 납니다. 실력 있는 물리학 교사만 있다면 고등학생도 할 수 있는 수준의 계산이었거든요."

존은 커피를 한 모금 마시면서 자신의 옛 친구가 자신의 다소 뻔한 발견에 대해 설명하기를 기다렸다.

입자의 배열이 영역들 사이에 무작위로 분포되어 있다고 가정해야 하잖아. 우리가 있는 이 세계가 다른 세계보다 더 많이 복제될 이유는 없으니까. 빌리는 구겨진 종이에 적힌 첫 번째 숫자를 가리켰다. 이 거리 안에서는 우리와 똑같은 세계가 우주에 존재한다고 가정할 수 있어. 우리가 알고 있는 것과 똑같은 삶이 이뤄지는 곳 말이지. 그는 다른 숫자를 짚었다. 그리고 여긴 우리 세계를 완벽히 복제한 건 아니지만 그 일부분을 복제한 세계를 찾을 수 있으리라 기대해볼 만한 곳이야. 그의 손가락이 계속 이동했다. 여긴 우리의 존재와 비교할 수는 있지만 입자들이 재배열되어서 다른 시나리오, 다른 운명으로 변형된 우주 공간이고. 그의 손가락은 맨 마지막 숫자 위에 머무르고 있었다.

맞아, 빌리, 이론상으로는. 존이 말했다. 평행 우주는 이론적으로 추측한 개념이야. 그건 우리 우주의 지평선 너머에 있어. 관찰할 수 있는 증거가 아예 없는 개념이라고.

빌리는 손가락으로 종이의 한 군데를 힘주어 눌렀다. 우리와 똑같은 세상, 그러나 다른 결과가 발생할 수 있는 곳.

존은 빌리의 손가락을 보면서 저러다 종이에 구멍이 날 수도 있겠다고 생각했다.

그 계산도 급팽창이론 안에서나 가능한 거야. 빌리의 입이 슬슬 커지더니 큰 웃음을 지었다. 존은 일어서서 나가고 싶었다. 절대 성립할 수 없는 불확실한 이론을 들고 와서는 자신의 커리어에 있어 가장 중요한 날을 망쳐버린 빌리를 후려갈기고 싶었다.

빌리가 비통한 상태여서 그런 거라고, 참아야 한다고 존은 자기 자신을 설득했다.

빌리, 잠시만 진정해봐. 나한테 뭘 묻는 건지 잘 모르겠어.

다중 우주 속 어딘가에, 에벌린은 아직 살아 있어.

빌리, 존이 차분하게 말했다. 우주 지평선 너머에 무엇이 있는지 우리는 알 수 없어. 그건 너도 알잖아. 이 세계와 비슷한 곳이 존재하더라도, 거기에서 죽은 사람들이 여전히 살아 있더라도, 그걸 우리가 알 순 없어. 지금 이 현실만이 우리가 아는 유일한 거야.

나도 알아. 빌리가 말했다. 존은 계산이 적혀 있는 종이를 다시 접어 빌리 옷의 가슴주머니에 조심스레 넣었다. 우리가 다른 어딘가에서는 여전히 행복하다는 걸 알면 도움이 되잖아.

존은 무슨 말을 해야 할지 몰랐다. 에벌린에게 무슨 일이 생겼는지 빌리에게 묻고 싶었지만, 필요한 건 이미 다 알고 있었다. 에벌린은 죽었고, 빌리는 죽은 에벌린과 계속 함께 사는 방법을 찾으려 하고 있었다.

존이 자신의 계산에 힘을 실어주기를, 그래서 다중 우주를 가능케 하는 다양한 형태의 급팽창이론에 기댈 수 있도록 도와주기를 바라고 있었다. 그래서 그는 오랜 친구였던, 언제나 과학을 통해 대화를 나누던 존을 찾아왔던 것이고, 표현할 수 없는 슬픔을 말도 안 되는 그 계산식들로 포장한 것이었다. 존은 테이블 위에 몇 달러를 올려놓고 빌리의 어깨를 잡으며 말했다. 가자, 술 한 잔 살게.

"죽음으로 힘들어하는 사람과 마주 앉아 대화하지 마세요." 존이 내게 조언했다. "그 사람은 더 슬퍼질 거고 당신은 경험해본 적 없을 정도로 취하게 될 테니까요."

빅토르 프랑켄슈타인처럼 빌리는 자신의 슬픔을 달래기 위해 과학에 매진했다. 프랑켄슈타인에게 생명의 순환을 거스르지 말라고 조언한 어린 시절 친구 앙리 클레발이 있었듯, 빌리에게는 과학을 앞지를 수 없다는 걸 일깨워준 존 쿡이 있었다. 수학적 계산은 에벌린을 되살릴 수 없었다. 만약 그것이 가능하다 해도, 애초에 좋은 의도를 갖고 있었던 프랑켄슈타인과 그가 만든 괴물의 결말이 어땠는지 우리 모두는 알고 있었다.

"직업상 연락은 하고 지냈지만 다시 만난 일은 없었습니다." 존은 책상에 있던 책 몇 권과 사과 하나를 서류 가방에 넣었다. "삼촌의 일은 다시 한번 유감입니다." 그는 가방을 어깨에 멨고, 나도 존과 함께 복도로 나섰다. 우리는 정문으로 함께 걸어 내려갔다.

"그런데 빌리 삼촌이 강연장엔 왜 간 걸까요? 그러니까, 왜 삼촌은 다른 곳에서 박사님을 찾으려 하지 않았을까요?"

"그때 제 사진이 동창회보에 실렸었어요. 아마 그걸 본 모양입니다. 내가 어떤 주제로 강연하는지를 보고 내가 자신을 도울 수 있을 거라 생각한 것 같아요." 존은 그렇게 추측했다. 나는 그를 따라 유리문을 지나 그늘진 오솔길로 들어섰다.

"박사님을 만난 게 삼촌이 슬픔을 이겨내는 데 도움이 됐을 거라고 생각하시나요?"

"슬픔은 마치 미로와 같아서 시행착오를 겪더라도 결국엔 나가는 길을 찾게 되어 있답니다."

그렇게 우리는 인도에 다다랐고, 나는 차를 오른편에 대놓았다고 손짓했다. 존은 왼쪽으로 가야 했다.

"삼촌에 관해 말씀해주셔서 감사했습니다." 악수를 청하며 내가 말했다.

"빌리는 좋은 사람이었어요. 자기 생각에서 빠져나오지 못했을 뿐이죠." 존은 손을 흔들며 작별 인사를 했고, 우리는 각각 반대 방향으로 걸었다.

차에 도착했을 때 나는 단서를 다시 읽었다.

무슨 일이 있어도 나는 살아남을 줄 알았다. 무엇보다, 나는 계속해서 일할 줄 알았다. 살아남는다는 것은 계속해서 태어난다는 뜻이었다. 그건 결코 쉬운 일이 아니며, 언제나 고통스러운 일이었다. 그러나 죽음 외에 다른 선택지는 없었다.

나는 문장을 빌리의 목소리로 읽어보고자 했다. 하지만 그 대신 나는 내게 익숙한, 또 다른 목소리를 들었다. 나는 살아남을 줄 알았다. 그건 결코 쉬운 일이 아니다. 다른 선택지는 없었다. 그것은 부드러우며 인내심이 묻어나는 엄마의 억양과 똑같았다. 나는 전단을 다시 읽었다. 1986년 2월 17~20일. 내가 태어나고 몇 달이 지난 때였다. 에벌린은 푸로스퍼로 서점이 문을 연 1984년과 쿡 박사의 강연이 있던 그날 사이에 사망한 것이 분명했다. 내가 갓난아기였을 때 엄마는 분명 비통함에 빠져 있었을 것이다. 나를 기르는 동안 엄마는 그 슬픔을 내게 숨긴 것이다. 엄마는 대체 왜 내게 에벌린 이야기를 해주지 않은 걸까? 왜 에벌린의 사진은 아빠의 부모님과 형제들, 엄마의 부모님처럼 죽었지만 잊히지 않은 이들의 사진들처럼 선반 위에 놓이지 못한 걸까?

9장

내가 기억하는 한 부모님은 매주 일요일 고기 한 덩이를 양념에 재어 그릴에 굽는 '브룩스 가족의 야외 식사'로 한 주를 마무리했다. 비가 와도 날이 개도, 몸이 아파도 아프지 않아도, 내가 집에 있어도 동부에 있어도, 부모님은 일요일마다 이 규칙을 지켰다.

나는 뒷마당에서 엄마를 기다렸다. 집 둘레를 따라 엄마가 키우는 장미가 만발해 있었다. 열 가지의 서로 다른 분홍빛을 띤 장미들은 잔디밭 너머에서도 자라났다. 6월 하순인 덕에 아보카도나무에도 올리브 크기의 동그란 초록 열매가 맺히기 시작했다.

두 잔의 와인을 들고 내게로 오는 엄마의 어깨 위로 곱슬곱슬한 단발머리가 찰랑거렸다. 엄마는 정원 일을 할 때마다 입는 아빠의 낡은 폴로셔츠와 카키색 반바지 차림이었다. 그녀의 젊은 시절을 상상해보았다. 고데기로 편 윤이 나는 머리를 가진, 터프함으로 아빠를 매료시킨 레이디러브스의 리드 싱어, 젊은 존 쿡을 음악에 집중하지 못하게 했던 수지. 과학실 밖 복도에 나타나는 것만으로도 빌리가 에벌린을 위해 만든 개구리 모형을 놓치게 만들고, 어쩌면 영영 도망가게 만들기에도 충분했던 수지. 로제 와인 두 잔을 들고 내게 걸어오는 동안 나는 정원용 모자 밖으로 헝클어진 엄마의 부드러운 머리칼과 수그러들 줄 모르는 태양 빛에 붉게 달아오른 얼굴을 바라보았다.

"올해는 알로하장미가 잘 자라네요." 엄마가 건네는 잔을 받으며 내가 말했다. 알로하장미는 덤불 뒤 담장을 타고 올라가 종잇장 같은 분홍색 꽃잎으로 나무판자를 뒤덮고 있었다.

"알로하장미를 아는 줄은 몰랐네" 엄마가 말했다.

"엄마 딸로 산 게 몇 년인데 하이브리드티장미와 알로하장미를 구별 못 하겠어요."

살갑기보다 비아냥대는 뉘앙스에 엄마가 움찔했다. 나는 엄마가 내 얼굴까지 덮친 엄마의 머리카락을 좀 치워줬으면 했지만 꼼짝도 하지 않았다.

태양은 여전히 강렬해서 초저녁인데도 날이 펄펄 끓었다. 나는 현관 테라스의 그늘에 엄마와 마주 앉았다.

"조니네 집은 어때?" 엄마가 물었다.

"지금은 삼촌 아파트에서 지내요. 손님까지 묵기엔 그 집이 좀 좁아서."

"거기 있는 거, 좀 이상하지 않아?"

"조금요." 나는 솔직하게 대답했다.

"언제든 집에 와도 된다는 건 알지?" 엄마가 말했다.

"알죠."

구름 한 점 없는 하늘을 바라보며 우리는 서로 눈길을 피한 채 와인을 마셨다. 나는 존 쿡이 들려준 이야기, 그리고 엄마를 떠올리던 그가 벌벌 떨던 모습을 계속 생각했다. 십 대 시절의 존 쿡과 빌리, 두 사람은 모두 엄마를 무서워했다. 내 열두 살 생일에 소리 지르던 엄마를 보며 주눅 들었던 빌리의 얼굴이 떠올랐다. 어른이 되어서도 빌리는 엄마를 무서워했었다. 나는 한 번도 엄마를 무서워한 적이 없었다. 그리고 지금도 그랬다.

"어떻게 에벌린 이야기를 한 번도 안 할 수가 있어요?"

엄마는 햇빛을 받아 루비색으로 반짝거리는 와인을 들여다보았다. "굳이 너한테 이야기할 이유가 없었으니까."

"제일 친한 친구였다면서요."

"제일 친한 친구였지." 엄마는 내 말을 그대로 반복했다.

"그리고 빌리의 아내였고?"

"그리고 빌리의 아내였고." 엄마는 또 다시 내 말을 반복했다.

"제가 에벌린 얘기를 단 한 번도 들은 적 없다는 게 이상하다는 생각은 안 들어요?"

엄마는 와인을 한 모금 마시고는 곰곰이 생각하더니

"그럴 수도 있겠네"라며 인정했다. 그러곤 시계를 흘낏 보더니 일어서서 집 안으로 들어갔다. "내가 무슨 얘길 해주길 바라는 거니? 에벌린 얘기는 할 수 없었어. 우린 우리의 삶을 살아야 했으니까." 현관 유리문을 열고 들어가는 엄마의 표정이 일그러졌다.

나도 부엌으로 엄마를 따라 들어갔다. "에벌린 죽고 나서 삼촌은 어땠어요? 삼촌은 언제나 좀 슬퍼 보였던 것 같아서."

"넌 빌리를 신비하게 생각했잖아." 엄마는 오븐을 열고 감자 그라탱이 담긴 유리그릇을 맨 위 칸에 넣었다.

"에벌린 때문이었어요? 그래서 언제나 그렇게 조금씩 슬펐던 거예요?"

"빌리의 모든 것이 에벌린 때문이었지." 오븐 창에 가려져 엄마의 반응이 보이지 않았다. 오븐을 닫았을 땐 그 열기에 엄마의 얼굴이 빨갛게 달아올라 있었다. 엄마는 타이머를 40분에 맞췄다. "저녁 식사 전에 목욕 좀 해야겠어. 10분 후에 고기 올리라고 아빠한테 말해줄래?" 엄마의 눈은 사포 기계의 굉음이 들려오는 차고를 바라보며 부유했다.

나는 계단까지 엄마를 따라갔다. "왜 말해주지 않는 거예요?"

계단을 반쯤 올라간 엄마가 나를 내려다보며 말했다. "엄마 오후 내 내 정원에 있었어. 저녁 먹기 전에 좀 씻고 싶어."

"우리밖에 없잖아요. 얼굴에 흙 좀 있어도 괜찮다고요. 정원용 옷을 입고 있어도 되고요. 막말로, 아무것도 안 입으면 어때요. 나체주의 가족이 되면 되죠." 대개는 내가 이렇게 이야기하면 엄마는 웃어주었다.

"잠시만 좀 내버려 둬." 엄마가 단호한 말투로 말했다. 그러고는 남은 계단 몇 개를 그냥 건너뛰고는 침실 안으로 사라졌다. 엄마의 욕조로 흘러 들어가는 물 탓에 수도관이 지나는 벽이 울렸다. 나는 엄지발가락으로 욕조 물의 온도를 확인하는 엄마의 모습을 상상했다. 엄마가 나를 생각할지 아니면 에벌린을 생각할지 궁금했다. 엄마가 에벌린의 죽음을 견뎌냈는지는 몰라도, 거기서 완전히 벗어나지 못한 건 확실했다.

"아빠." 나는 차고 문을 두드리며 소리쳤다. "아빠!" 사포 기계는 여전히 돌아가고 있었다. 나는 차고 문을 열었다. 아빠는 맞은편 벽을 향해 서서 책장 옆면을 위아래로 사포질하는 중이었다. 아빠가 나를 알아차릴 때까지 나는 손을 흔들었다. 그는 기계를 끄고 보호안경을 머리 위로 끌어올렸다. "엄마가 고기 좀 구우래요. 자기 목욕한다고." 아빠가 내게 실망스러운 표정을 지어 보였다. 내 말투는 내 귀에도 무례하게 들렸다. "전 잘못한 거 없어요." 잘못을 인정하지 않으려고 내가 우겼다.

"뭘 잘못했다는 게 아니야." 아빠는 기계의 플러그를 뽑아 작업대 위에 올려놨다. 부엌과 거실을 지나 테라스로 향하는 아빠를 나도 따라나섰다. "넌 사려 깊지 못했어."

"저한테도 말해달라고 한 게요? 저도 좀 끼워달라고 한 게?"

"과거는 과거인 채로 두는 게 더 나을 때도 있어." 아빠가 그릴의 점화기를 켰다. 불이 붙을 때까지 점화기가 딸깍거렸다.

"그렇게 생각하지 않잖아요." 내가 따졌다. 아빠와 나의 관계에는 역사가 차지하는 부분이 많았다. 아빠가 내게 사준 첫 번째 책도 역대 대통령에 관한 역사 그림책이었다. 매일 밤 아빠는 침대에 누운 내게 미국의 초대 대통령이자 자신이 가장 좋아했던 조지 워싱턴부터 당대 대통령이었던 아버지 부시까지, 대통령들의 삶을 되짚어주었다.

"고기 좀 가져다줄래?" 아빠는 턱으로 부엌을 가리키며 내게 말했다.

나는 아일랜드 식탁 위에 놓여 있던 양념된 스테이크용 고기를 그릇째 들고 왔다.

고기를 건네자 아빠가 말했다. "부모 두 명이 여전히 함께 있는 것도 네게 행운인 거야. 대부분은 그렇지 않잖아." 아빠는 자신의 부모에 관해 거의 이야기하지 않았지만, 그들의 죽음은 그가 늘 짊어지고 있는 슬픔이었다. "빌리가 네 엄마에게 상처 주고 싶어서 너한테 서점을 남긴거라고 생각하진 않는다." 아빠는 커다란 꼬챙이로 그릇에 있던 고기를 푹 찔러 들어 올렸고, 여분의 양념이 좀 떨어지도록 고기를 잠시 들고 있었다. 양념이 흘러내리며 지글거리는 기분 좋은 소리가 났다. "하지만 빌리는 다른 사람의 감정을 배려할 줄 몰랐지. 자기밖에 몰랐어."

"에벌린하고요."

"그것도 자기만 생각하는 또 다른 방식이었지."

"아빠랑 엄마는 왜 그렇게 삼촌을 나쁘게 생각해요?"

"빌리를 아니까." 아빠는 석쇠 뚜껑을 닫고 테라스의 테이블에서 나와 마주 보고 앉았다. 고기가 익으면서 간장 양념 냄새가 달콤하게 퍼져 나갔다. "넌 너무 어렸어."

"삼촌이 제가 생각했던 것만큼 완벽한 사람이 아니라는 건 저도 이제 알아요. 저 종일 애들하고 지내요. 애들은 아빠가 생각하시는 것보다 언제나 더 많은 걸 봐요. 빌리 삼촌에게서도 그런 점이 느껴졌어요. 그게 에벌린 때문이었다는 걸 이제야 안 것뿐이에요." 두 변호사가 서로 설전을 벌이듯 아빠와 나는 서로를 응시했다. "저 여기 오자마자 아빠가 저한테 뭐라고 했어요? 에벌린이 발작 때문에 사망했다고 했죠?"

아빠는 놀리지 않은 척 헛기침을 했다. "내가 그랬나?"

"엄마와 빌리의 싸움에 에벌린의 죽음이 관련이 있어요?" 아빠는 엄마가 언제 나올지 몰라 유리문 안쪽의 거실을 살폈다. "아빠, 제발요. 엄마가 왜 제게 말해주지 않는 건지 알고 싶어요."

"에벌린은 항상 네 엄마와 빌리 사이를 긴장시키는 존재였어." 아빠가 마침내 입을 열었다.

"에벌린이랑 삼촌이 고등학교 때 사귀던 사이였다면서요." 만약 나는 아빠가 그 사실을 네가 어떻게 아느냐고 물어온다면, 존 쿡의 존재는 물론 빌리의 마지막 보물찾기, 내가 여태 찾고 있는 단서와 꿰뚫어내고 있는 모든 이야기를 다 말하려고 했다.

"난 그때 없었다." 아빠가 말했다.

"하지만 엄마가 말해주셨을 거 아녜요."

"그랬지. 처음부터 잘못된 거였다고, 두 사람 모두 엄마 말은 들으려 하지 않았다고 네 엄마는 생각했어."

"엄마에겐 둘 사이를 떼어놓을 자격이 없잖아요." 내가 말했다.

나는 아빠가 실망했다는 듯 '그만해, 미미'라고 할 줄 알았다. 하지만 아빠는 그 대신 이렇게 말했다. "네 말이 맞아. 그럴 자격은 없지."

"빌리와 에벌린은 어떻게 다시 만나게 된 거예요?" 다시금 나는 아빠가 내게 그들이 헤어졌던 일을 어떻게 아느냐고 물어봐주기를 기다렸다. 그가 내게 그렇게 물어온다면 모든 걸 다 말할 준비가 되어 있었다.

"네 엄마 때문에." 아빠는 그렇게 답하고는 그릴 뚜껑을 열고 고기의 상태를 확인했다. 아직 뒤집을 때가 아니었는지 도로 뚜껑을 닫았다.

"그렇다고 일부러 그랬던 건 아니고. 우리가 LA로 이사를 오면서 에벌린과 엄마가 다시 만나게 되었거든."

"그게 언제였는데요?"

"1975년, 76년쯤일 거야. 우리 회사 칵테일 파티에 에벌린이 불쑥 나타났어. 네 엄마는 그런 파티를 아주 질색했지. 솔직히 나도 그랬고."

파티 장소에 도착한 순간부터 엄마는 벗어나고 싶어 했다고, 아빠가 말했다.

이것만 마시고 나가자. 진저에일을 받으려고 줄 서 있는 아빠에게 엄마가 속삭였다. 진심이야. 집에 가고 싶어.

아빠도 동의하자 엄마는 화장실을 찾아 나섰다. 아빠는 음료를 받아 들고선 사람들로 가득 찬 거실을 어슬렁거렸다. 파티에 온 손님 대부분은 세 번째 마티니를 마시는 중이었다. 변호사들의 목소리가 점점 커졌고 아내들은 구두를 벗기 시작했다. 바로 그때 제리 홀즈브룩이 나타났다.

"자기가 조지 해밀턴이라고 착각했던 자식이지." 아빠는 자리에 앉아 의자에 등을 기대고 두 손을 머리 위에 얹었다. 아빠는 적절한 타이밍에 이야기를 멈춤으로써 지루한 부분을 그럴듯하게 넘길 줄 아는 타고난 이야기꾼이었다. 아빠는 지나간 추억, 특히 엄마에 관한 일을 회상하는 걸 무엇보다 좋아했다. 아빠가 이야기하는 걸 너무 좋아하는 나머지 엄마가 내게 알리고 싶어하지 않는 모습까지 말해준다는 사실도 내겐 좋은 일이었다. 엄마가 목욕을 오래 하는 것, 그래서 아래층으로 내려와 아빠의 이야기를 중단시키지 않는 것도 다행이었다.

"기계로 태운 피부에 지나치게 새하얀 치아." 아빠의 이야기가 이어졌다. 변호사들과 아내들이 술을 석 잔씩 마시며 술에 취해 느슨한 대화를 나누는 중에 등장한 것도 제리 홀즈브룩다웠다고 했다. 가녀린 여자, 그에 비해 지나치게 아름다운 여자를 끼고 나타난 것도 제리 홀즈브룩다운 일이었다. 큰 키에 금발인 그녀는 다른 부인들이 입은 어두운 칵테일 드레스와는 전혀 다른, 흰색 점프슈트를 입고 있었다.

아빠는 마치 공중을 떠다니듯 가볍게 돌아다니는 에벌린을 쳐다보았다. 그리고 제리와 눈이 마주쳤다. 제리는 자기 잔을 아빠를 향해 기울였다. 아빠도 제리를 향해 잔을 기울였다. 망할 자식. 아빠는 그렇게 생각했다.

아빠는 엄마를 찾아 테라스로 나갔다. 그곳에서 엄마를 발견하지 못한 아빠는 식당과 부엌을 살폈다. 그렇게 침실 쪽으로 걸어가다가 여자들이 수다 떠는 소리를 듣게 됐다.

엄마와 에벌린이 동시에 돌아보았다.

여보, 에벌린이야. 고등학교 때 친구. 엄마가 에벌린의 손을 잡으며 말했다.

"그때부터 에벌린과 네 엄마는 다시 아주 가까워졌지." 아빠가 말했다.

그날 이후 에벌린은 자신이 일하는 패서디나의 서점에서 열리는 주말 낭독회에 엄마와 아빠를 초대했다. 토요일 저녁은 원래 둘이 함께 식사를 하고 영화를 보며 데이트하는 시간이었지만, 문화와 관련된 것 좀 경험해보자는 엄마의 제안을 아빠가 따라주었다. 비록 그가 몇 주간「모두가 대통령의 사람들」의 개봉을 고대하긴 했지만 말이다.

금발에 큰 키, 깊이 파인 붉은색 원피스를 입은 에벌린은 곧바로 눈에 들어왔다. 에벌린의 주변에는 사람들이 넘쳐났다.

와줘서 정말 기뻐. 에벌린이 그들을 껴안으며 말했다. 에벌린은 양팔에 두 사람을 각각 끼고 작가 앞으로 데리고 갔다.

그들은 작가 주위에 둥글게 서서 토머스 핀천, 제임스 조이스, 베르톨트 브레히트 그리고 아빠가 몰랐던 이론가들의 영향력에 대한 강연을 들었다. 강연이 끝나고 다른 작가들의 강연이 이어졌다. 그들은 이제 막 출간된 소설들을 분류하고, 당연히 찬사 받아야 했지만 그러지 못한 훌륭한 소설들을 나열하고, 도저히 잘될 것 같지 않은 소설을 헐뜯었다. 아빠는 진저에일을 마시면서 자신이 회사 파티뿐 아니라 모든 종류의 파티를 싫어하는 사람은 아닌지 곰곰이 생각했다.

다음 날 아침, 엄마는 에벌린을 만나러 서둘러 나가면서 아빠에게 작별의 키스를 건넸다.

그러니까, 이렇게 되는 거였구나? 당신을 나눠 가져야 하는 거네? 아빠가 농담을 건넸다. 엄마는 웃지 않았다. 아빠의 무릎 위에는 파일들이 잔뜩 쌓여 있었다. 일요일마다 아빠는 거실에 파일을 한가득 늘어놓았다. 그때마다 엄마가 할 수 있는 일이란 무엇이었을까? 아빠가 일하는 동안 곁에 앉아 있기? 아빠에게 커피나 가져다주기? 에벌린에게 안부 전해줘. 엄마에게 키스하며 아빠가 말했다.

"아빠는 에벌린을 좋아하지 않았어요?" 내가 물었다.

"에벌린을 좋아하지 않는 건 불가능했어. 에벌린이 초대한 모든 문학 행사, 시내 곳곳에서 이뤄진 작가들과의 저녁 식사에서 본인 이야기만 늘어놓지 않는 사람은 오직 에벌린뿐이었거든." 아빠는 그릴을 다시 확인했다. 고기 표면이 만족스러울 정도로 단단해진 걸 확인한 그가 고기를 뒤집었다. "솔직하게 말하면 둘의 관계에 질투가 났지. 네 엄마가 나보다 에벌린과 지내는 걸 더 좋아하는 것 같았거든." 그건 당연히 사실이 아니었다. 에벌린을 그만 만나라고 엄마에게 요구하면 안 된다는 것도 아빠는 알고 있었다.

"그럼 에벌린과 빌리가 엄마를 통해서 다시 만나게 된 거네요?"

"네 엄마는 빌리에게 에벌린이 돌아왔다는 걸 알리면 안 된다는 잘못된 생각을 하고 있었어."

가족들과 집에 모여 저녁을 먹을 때에도 엄마는 빌리의 맞은편에 앉아 『뱀파이어와의 인터뷰』나 『보통 사람들Ordinary People』 『솔로몬의 노래』와 같이 자신이 읽는 책 이야기를 하면서도, 그 책을 누가 추천했는지, 패서디나의 외딴 서점에서 누가 할인을 해줬는지는 밝히지 않았다.

당신 친구라고 말해줘야 하지 않아? 집으로 돌아오는 차 안에서 아빠가 엄마에게 물었다.

당신은 그때 없었잖아. 당신은 이해 못 해. 엄마가 말했다.

빌리가 알게 될 거야. 아빠가 말했다.

빌리가 또 상처받는 건 싫어.

당신한테 듣는 게 제일 좋을 텐데.

"무슨 일이 일어날지 알게 되는 데 꼭 수정 구슬이 필요한 건 아니었어." 아빠는 팔꿈치를 빼고 상체를 뒤로 젖히며 다시 이야기꾼의 자세를 취했다.

엄마는 선셋거리 근처에 있는 클럽에서 공연했다. LA에 살게 된 지 18개월 만에 처음으로 하게 된 공연이었다. 엄마는 수없이 많은 밴드의 오디션을 봤고, 그중에는 긍정적인 답을 주는 곳도, 부정적인 답을 주는 곳도 있었다. 어째서 뉴욕에서보다 LA에서 더 힘들었던 걸까? 때가 더는 1970년대 초반이 아니기 때문이었다. 엄마의 목소리, 엄마의 외모, 둘 중 뭐가 됐든 간에 그걸 원하는 사람이 없었다. 외모는 변했을 수도 있었다. 좋은 목소리는 여전했다. 그러나 밴드들은 그렇게 생각하지 않았다. 그러던 중 리드 보컬 겸 밴드 매니저가 엄마에게 갑작스레 연락을 해왔다. 식중독에 걸린 보조 가수 하나를 대신해 엄마가 당장 그날 밤 무대에 서줄 수 있겠냐는 거였다.

엄마는 그 사실을 바로 부모님과 에벌린에게 전했다. 공연장에 와서 봐달라는 건 아니었고, 단지 결국 해냈다는 걸 알리고 싶어서였다. 에벌린은 당연히 공연장에 등장했다. 부모님은 당연히 가지 않았다. 그들은 상황이 제자리를 찾기 시작한 것 같아 행복하다고 말하긴 했으나, 엄마는 그들의 목소리에서 결혼도 했고 성공한 남편을 갖고도 그런 단계를 여전히 벗어나지 못하고 있는 자신에 대한 실망을 분명히 간파할 수 있었다.

엄마는 작은 무대의 구석에서 자기보다 키 크고 나이 많은 다른 보조가수 옆에 끼어 있었다. 엄마는 그와 그날 종일 밴드가 연주하는 음악의 코러스를 배웠다. 밴드의 음악이 얼마나 평범하며 다른 음악을 본뜬 것인지를 알면서도 긍정적인 마음을 유지하려고도 애썼다. 공연은 공연이었으니까. 이따위 클럽의 공연이라 해도 누가 관객으로 올지는 모를 일이었다. 엄마는 부모님이 빌리에게 공연에 대해 말했으리라고는 생각하지 않았고, 빌리가 자신의 여자친구를 즐겁게 해줄 무언가를 찾고 있으리라고도 생각하지 않았다.

공연이 끝난 후 그들은 밖에서 엄마를 기다렸다. 에벌린이 빌리에게 이야기하는 동안 빌리는 생기가 넘쳐 보였다. 아빠는 빌리 옆에 서서 이야기 나누는 그들을 바라보기만 하는 빌리의 여자친구에게 미안한 마음이 들었다. 클럽 문을 열고 걸어 나오던 엄마가 인도에 서 있던 그들을 발견하고 깜짝 놀라버린 것도 언뜻 보았다.

수지. 손을 흔들며 엄마를 부른 에벌린은 달려가 엄마를 안았다. 에벌린이 뒤돌아선 동안 빌리는 자신의 여자친구를 팔로 감싸고는 뺨에 키스했다. 그러다 에벌린이 엄마를 놓아주고 자신을 향해 몸을 돌리자마자 여자친구의 허리에서 황급히 팔을 뗐다. 이 모습이 아빠 눈에 담겼다.

너무 멋지지 않았어요? 에벌린이 모두에게 말했다.

마이크 소리가 너무 낮아서 잘 들리지도 않았을 텐데. 엄마가 말했다.

멋졌어. 빌리가 말했다. 아빠는 빌리의 말투가 무엇인지 알아차릴 수 없었다. 그리고 에벌린을 여기에서 보다니, 정말 뜻밖이고.

엄마의 표정이 유령처럼 변했다.

제리는 어디 있어? 엄마가 에벌린에게 물었다. 아빠가 엄마에게 눈치를 주었지만 엄마는 그저 순수한 질문이라는 듯 어깨를 으쓱해 보였다.

모르지. 에벌린이 빌리를 슬쩍 쳐다보며 대답했다. 아마 일하는 중일 거야.

빌리의 여자친구가 피곤하다고 할 때까지 그들은 짜증스러운 잡담을 이어갔다. 빌리는 아빠와 악수하고 엄마에게 예의상 키스를 건넨 후 에벌린과 포옹을 나눴다. 둘의 포옹은 어딘가 어색했다. 빌리는 최대한 오랫동안 에벌린을 안고 있으려고 했지만 에벌린은 그저 그런 그의 등을 가볍게 두드릴 뿐이었다.

빌, 우리 이제 정말 가야지. 빌리가 에벌린을 너무 오래 안고 있자 여자친구가 말했다.

이젠 빌이라고 불려? 에벌린이 놀리듯 말했다.

어린 시절에서 어서 벗어나야지. 빌리의 말에 에벌린이 미소를 지었다. 에벌린이 빌리의 말에서 어떤 의미를 알아차렸는지는 알 수 없었지만, 두 사람이 뭔가 강렬한 감정을 주고받고 있다는 것이 아빠에게도, 그리고 빌리의 여자친구에게도 느껴졌다.

너희 오빠 좋아 보이네. 빌리와 여자친구가 걸어서 멀어지는 모습을 보며 에벌린이 말했다. 빌리는 뒤를 돌아보더니 에벌린을 향해 수줍은 듯 웃었다. 행복, 그러니까, 행복해 보인다고.

행복하게 내버려 둬. 엄마가 말했다.

수지, 난 제리랑 만나고 있잖아. 그렇다고 해도 에벌린은 그와 그리 오래 사귄 사이가 아니었다.

"당연히 에벌린이 돌아온 후부터는 그 여자친구를 볼 수 없었지." 아빠는 그릴에서 고기를 꺼내 유리그릇에 담고는 부엌으로 들고 갔다.

나도 아빠를 따라 부엌으로 들어갔다. 아빠는 고기를 식히기 위해 세라믹 접시에 옮겼고 나는 타이머를 확인했다. 7분을 더 기다려야 했다. 우물쭈물할 시간이 없었다.

"어디까지 이야기했지?" 아빠가 물었다.

"에벌린과 빌리 삼촌이 막 다시 만났다고요."

"맞다." 아빠의 이야기에 따르면 빌리는 바로 그다음 가족 식사 자리에 혼자 나타났다. 밥 먹는 내내 엄마는 빌리와 대화할 기회를 노렸다. 하지만 빌리는 엄마와 눈을 맞추지도, 엄마의 질문에 대꾸하지도 않았다.

엄마는 빌리에게 후식을 함께 준비하자고 했고, 빌리는 마지못해 엄마를 따라 부엌으로 들어갔다.

1년? 빌리가 입을 뗐다. 에벌린이랑 1년 동안이나 연락해왔으면서 나한테 말 한마디 안 했다니. 1년간 어떻게 단 한 번도.

오빠를 보호하려고 그랬던 거야. 엄마가 해명했다.

보호 같은 건 필요 없어. 나한테 제일 좋은 게 뭔지 네가 안다는 생각 좀 그만해. 빌리는 화를 내며 부엌을 나가버렸다.

"엄마가 자주 했어요? 삼촌을 보호하려는 행동을?" 내가 물었다.

"의도는 언제나 좋았지. 하지만 그 누구도 여동생이 엄마처럼 구는 걸 바라지는 않으니까." 아빠는 접시 세 개와 은제 식기 세트를 내게 건넸다.

"우린 엄마가 엄마처럼 구는 것도 원하지 않잖아요." 내가 장난처럼 되받자 아빠는 눈썹을 들어 올렸다. 너무 까불지 말라는 경고였다. "그래서 그 후에 빌리와 에벌린이 다시 만난 거예요?"

"몇 주 후에 에벌린이 빌리와 함께 가족 저녁 식사 자리에 나타났어."

에벌린은 빌리의 어머니께 드릴 꽃다발과 아버지께 드릴 스카치위스키 한 병을 선물로 가져왔다. 그들은 그녀의 선물을 고맙게 여기는 동시에 놀란 감정을 감추려 애썼다. 엄마는 전전날 에벌린과 만났지만, 에벌린이 식사 자리에 올 거라는 소식을 듣진 못했었다.

엄마는 빌리에게 맥주를 가져다주면서 에벌린을 옆으로 끌어냈다.

올 거라고 왜 말 안 했어?

오려던 건 아니었어. 빌리와 함께 드라이브하던 중 그가 이대로 헤어지고 싶지 않다면서 자신을 저녁 식사에 초대한 거라고, 에벌린이 설명했다.

그래서 둘이 다시 만난다는 거야?

모르겠어.

그러나 에벌린의 답이 이미 정해져 있다는 걸 엄마는 알고 있었다. 네 남자친구는 어쩌고?

제리는 내 남자친구가 아니었어. 에벌린이 항변했다.

"불쌍한 제리 홀즈브룩." 접시를 놓으며 내가 말했다.

"어떤 사람인지 알면 불쌍하다는 생각은 안 할 거다." 아빠는 냅킨 접기의 최강자인 내게 냅킨 세 장을 건넸다. 나는 엄마의 완벽한 방법대로 냅킨을 접기 시작했다.

"두 사람이 다시 만나는 게 엄마한테 왜 그렇게 문제였던 건지 이해할 수가 없어요. 에벌린이 삼촌에게 또 상처를 줄까 걱정한 걸까요?" 나는 접시 옆에 냅킨을 내려놓고 그 위에 식기를 올려두었다. 아빠가 내 맞은편에 앉았다.

그는 고개를 저었다. "본인들 외에는 그 누구도 신경 쓰지 않는 빌리와 에벌린의 태도 때문이었다고 봐야지. 내 생각에 네 엄마는 자기가 차단당한다고 느낀 게 아니었을까 싶다."

당연하게도 아빠와 엄마는 저녁 식사나 에벌린이 초대한 작가 초청 이벤트 자리에서 그 둘을 정기적으로 보게 되었다. 엄마가 받던 피아노 레슨, 기타 레슨, 베이스 레슨에 관해 스스럼없이 이야기하던 자리는 이제 빌리의 이야기로 채워졌다.

빌리의 손을 잡으며 에벌린이 말했다. 페루 이야기도 해줘.

페루에 관해선 듣고 싶어 하지 않을걸. 빌리는 마치 나라 전체가, 안데스 지역 전체가 두 사람만이 아는 농담이라도 된다는 듯이 장난스럽게 말했다.

다들 듣고 싶어 해. 에벌린이 우겼다. 페루 이야기 듣고 싶죠, 그렇죠? 애피타이저를 먹는 동안 빌리가 이미 자신의 연구실, 단기예보의 문제점, 그리고 아빠는 관심도 없는 다른 일들에 대해 떠들고 있었다는 점을 의식하지 못한 에벌린이 그저 미소 지었다.

그럼요. 아빠가 대답했다. 아빠는 엄마를 팔로 감싸 안았고 엄마는 마치 또 시작이라는 듯 아빠를 보며 히죽히죽 웃었다.

빌리는 메인 요리와 디저트를 먹는 내내 지구에 공포를 몰고 올 대형 지진이 곧 페루에 들이닥치리라고 예측한 미국의 지진학자에 대한 장황한 이야기를 늘어놓았다.

그는 너무너무 경솔해. 두 손을 움직이며 말하던 빌리가 하마터면 와인 잔을 엎을 뻔했다.

너무너무. 엄마가 빌리의 말을 따라 했다. 빌리는 와인 잔 잡는 데 정신이 팔려 엄마의 말투를 눈치채지 못했다. 에벌린은 제일 친한 친구의 말투에서 빈정대는 낌새를 느끼긴 했지만 모른 체했다.

식사를 함께하면서도 빌리는 단 한 번도 아빠의 사무실이나 법률팀에 관해 묻지 않았다. 엄마가 받는 작곡 수업이나 매니저 될 사람에 대해서도 마찬가지였다. 그럼에도 엄마와 아빠는 빌리와 에벌린을 정기적으로 만났다. 토요일 밤을 가장 친한 친구와 함께 보내지 못하게 된다는 새로운 상황, 그 가능성이 엄마에게 훨씬 더 좋지 않았기 때문이다.

아빠의 말을 들으면서 나는 존 쿡이 언급했던 빌리의 성격, 다른 사람을 절대 본인만큼 중요하게 생각하지 않는다는 그 성격을 인정할 수밖에 없었다.

"에벌린 만난 걸 비밀로 했다고 빌리는 네 엄마에게 계속 화가 나 있었어." 아빠가 말했다.

"저는 이해가 가는데요." 빌리의 편을 들고 싶은 마음에 내가 응수했다.

"빌리 삼촌을 보호하고 싶어서 그랬다고 해도, 알리긴 했어야죠." 엄마는 지금 나도 보호하겠다고 하고 있었다. "속고 싶은 사람은 아무도 없으니까."

"맞아." 아빠가 말했다. 우리의 머리 위로 천장이 삐걱거렸다. 우린 둘 다 위를 올려다보았다. "하지만 그게 빌리를 분노하게 만들었지."

"둘이 말을 하지 않게 된 이유가 그거예요?" 그건 말이 안 되는 것 같았다. 빌리가 엄마에게 화가 났다고 해도, 빌리가 엄마에게 분한 마음이 든다 해도, 빌리는 에벌린과 결국 다시 만났으니까. 오븐의 타이머가 울리는 바람에 나는 얼른 부엌으로 가서 감자 그라탱을 꺼냈다. 탄 곳 없이 갈색으로 잘 구워져 있었다. 맛이 잘 들었는지 확인할 필요가 없을 정도였다.

위층에서 조용히, 하지만 엄마가 아래층으로 내려오는 걸 우리가 알 수 있는 만큼의 소리가 나며 침실 문이 닫혔다.

"빌리 삼촌이랑 엄마 사이가 멀어진 거랑 에벌린이 무슨 관련이 있는데요?" 나는 아빠의 맞은편 자리에 다시 앉으며 말했다.

"직접적인 관련이야 없었지. 내가 말했던 것처럼, 빌리와 네 엄마 사이에 이런 갈등을 만드는 건 언제나 에벌린이었어." 아빠는 엄마가 나타나길 기다리며 계단 위를 힐끔 쳐다보았다. "이 이야기는 우리끼리만 알고 있자."

"당연하죠. 우리 단둘의 비밀로 해요." 나는 아빠에게 맹세했다. 하지만 과거 이야기를 듣기 전보다 아빠와 더 멀어진 기분이었다. 나는 아빠로부터 엄마와 빌리의 싸움을 이해할 만한 그 어떤 이야기도 듣지 못했다. 그래도 나는 빌리가 내게 남긴 단서들로 그 이유를 알아낼 것이다. 부모님의 도움이 있건 없건 말이다.

"엄마 오시네." 계단을 내려오는 엄마를 보고 아빠가 놀란 듯 말했다. 엄마는 화장을 지운 모습이었다. 엄마의 양 볼에 남아 있는 햇빛 자국과 창백한 입술을 보고서야, 엄마가 얼마나 화장을 진하게 했던 거였는지 알 수 있었다. 실크 목욕 가운의 허리띠를 단단히 당겨 묶은 엄마가 아래층으로 가만가만 내려왔다.

"빌리가 죽으면서 궁금한 게 많이 생겼다는 거 알아." 엄마가 내 건너편 자리에 앉으며 말했다. "도움이 될 대답을 내가 갖고 있었다면 아마 모두 말해줬을 거야. 하지만 빌리와 관련된 과거는 모두 상처뿐이란다. 빌리가 나와 더 이상 말하지 않게 된 것도 상상 이상으로 큰 상처였어. 한 번도 생각해본 적 없는 일이었으니. 불화는 빌리가 만든 거고 난 굳이 그 일을 입 밖으로 꺼냄으로써 불화를 인정하고 싶지 않아."

"그래서 이렇게 빌리가 존재한 적도 없던 것처럼 행동하시는 거예요? 에벌린을 없던 사람 취급했던 것처럼?"

"누가 그렇게 행동했다는 거야?" 아빠가 크게 화를 내며 물었다. 아빠는 방금 20분 동안 빌리와 에벌린 이야기를 했다. 그런데도 엄마의 말 한마디로 그들은 다시 발설해선 안 되는 주제가 되어버렸다.

"뭘 알고 싶은 건데?" 엄마가 내게 물었다.

"내가 어디서 왔는지 궁금한 건 당연한 거잖아요." 내가 말했다.

"네가 어디서 왔는지는 이미 알잖아." 엄마의 말에 아빠는 엄마의 손을 잡았다. 두 사람은 테이블을 사이에 두고 나를 뚫어지게 바라보았다. 이대 일, 언제나 불공평한 싸움이었다.

"오늘 다저스 게임 어때?" 정적을 뚫고 아빠가 말했다. 긴장된 분위기를 진정시키는 아빠만의 방법은 야구나 역사 이야기를 꺼내는 것이었다. 그렇지만 지나간 이야기를 하지는 않겠지, 적어도 지금은. "오늘 밤다 같이 야구 경기를 보면 좋겠는데."

"좋아요." 동부로 이사한 후로는 야구를 보지 않았지만 나는 그렇게 대답했다. 부모님과 싸운대도 두 사람은 나를 끼워주지도, 한 팀으로 받아들여주지도 않을 테니까.

"나도 좋아." 내가 어렸을 땐 야구를 함께 본 적도, LA를 가로질러 다저스 스타디움까지 간 적도 없는 엄마도 그렇게 말했다.

우리는 식사를 마치고 접시들을 그대로 둔 채—이건 남들이 모르는 브룩스 가족의 모습이었다—소파에 나란히 앉았다. 내 자리는 가운데였다. 아빠가 야구 경기를 틀었다. 다저스의 투수가 연이어 스트라이크 볼을 던지며 이기는 중이었다. 8회 말이 되자 아빠의 고개가 뒤로 젖혀졌다. 아빠의 숨소리가 점점 커지더니 결국 코 고는 소리로 바뀌었다. 유별나게 큰 소리에 엄마와 나는 순간 깜짝 놀랐다가 웃음이 터져버렸다. 함께 터트리는 웃음. 기분이 좋았다. 엄마의 어깨에 머리를 기대고 싶었다. 미안하다고, 빌리에 관해서는 그만 묻겠다고, 엄마에게 상처 주는 일은 그만하겠다고 말하고 싶었다. 그리고 엄마도 내게 미안하다고, 빌리에 관해 말해주겠다고, 내게 상처 주지 않겠다고 말해주기를 바랐다. 하지만 엄마는 그럴 수 없었다. 우리 중 누구도 그럴 수 없었다. 나는 여전히 이해할 수 없었다. 엄마가 내게 숨기는 것이 무엇인지 알기 전까지는 엄마를 이해할 수 없을 거였다.

경기는 9회 중간에 끝났고, 시간은 밤 11시를 향해 가고 있었다. 내가 잡고 일어설 수 있도록 엄마가 소파에서 일어나 손을 내밀었다. "오늘은 자고 갈래?" 기대하는 말투로 엄마가 물었다.

"돌아가야죠." 나는 그 '돌아가야 하는 곳'이 빌리의 아파트라고 말하진 않았다. 그렇게 빌리의 이름은 또 한 번 감춰졌고 빌리에 관한 이야기는 다시 금기의 땅에 파묻혔다. "출근길에 길이 많이 막힐 거예요."

"그래." 엄마가 내 손을 놓았다. "그렇겠지."

나는 엄마를 따라 현관으로 걸어갔다. 현관문 앞에 서서 엄마는 특유의 숨 막히는 포옹으로 나를 안았다.

"너랑 싸우기 싫어" 엄마가 내 귀에 대고 속삭였다.

"저도 싸우기 싫어요." 나도 엄마를 꼭 안으며 속삭였다. 그렇다고 우리가 싸우고 있다는 사실이 바뀌는 건 아니었다. 물론 이 싸움이 '정말 끔찍한 엄마예요' 또는 '배은망덕한 딸 같으니라고' 하며 소리를 질러대는 싸움은 아니었다. 각자 숨기는 것을 가지고, 포옹의 강도를 가지고, 결국에는 쥐고 있는 것을 놓아야 한다는 사실을 가지고 하는 싸움이었다. 우리는 서로를 놓아주었어야 했다.

10장

커피 향에 이끌려 아래층으로 내려와 보니, 찰리가 오늘 사용할 토마토를 자르고 양상추를 씻고 있었다. 양파가 담겨 있던 플라스틱 통을 씻으며 그는 밥 딜런의 노래를 따라 흥얼거렸다.

"이 노래 진짜 좋아요. 이 노래만 나오면 양파가 더 달콤해진다니까요." 찰리가 말했다.

그는 노래를 부르면서 진열대에 머핀을 채워 넣었다. 그 모습을 보니 엄마가 떠올랐다. 요리책을 열면서 시작되는 엄마의 노래는 음식이 완성되어 그릇에 담길 때까지 계속되었다. 무슨 노래를 흥얼거리는지 내가 물어보면, 엄마는 자신의 노랫소리가 다른 사람에게도 들렸다는 사실에 깜짝 놀라며 노래를 멈추곤 했다. 나는 그렇게 엄마가 음식을 하면서 부르는 노래가 무엇인지를 묻지 않게 되었다. 그때가 엄마의 노래를 들을 수 있는 유일한 시간이었으므로.

찰리는 매일 아침 빵이 배달되어 온 빈 상자를 해체했다. 찰리가 내게 머핀 하나를 건네며 말했다. "염소 치즈가 들어간 무화과 머핀이에요. 처음 들었을 땐 좀 역겹다고 생각했는데 진짜 맛있어요."

나는 설탕으로 코팅된 윗부분을 손가락으로 집어 입속에 털어 넣었다. 찰리는 빵 상자를 쓰레기통에 던져 넣고는 몸에 꽉 맞는 청바지 앞쪽에 손을 닦았다.

"빌리가 좋아했던 머핀이에요. 그는 늘 '인생에 필요한 게 딱 두 가지가 있어. 좋은 책과 티파니의 무화과 머핀이야'라고 했죠." 찰리는 카운터를 닦은 후 커피 보온병들을 꺼내놓았다.

"티파니가 누구죠?" 내가 물었다.

"애트워터에 있는 제빵사요. 빌리는 티파니에게 남자의 마음을 사로잡는 법을 아는 사람이라고 말하곤 했어요." 찰리가 웃었다. "그러면 언제나 티파니가 이렇게 대답했죠. '유감스러워서 어쩌나, 나는 여자를 좋아하는데.'"

"빌리에게 여자친구는 없었어요?" 나는 맛을 음미하며 머핀을 야금야금 계속 집어 먹었다.

"제가 아는 한은 없었어요. 빌리에겐 책이 전부였죠. 책이랑 지진. 지진 이야기는 뉴스에 큰 지진 소식이 나올 때만 하긴 했지만."

"그리고 무화과 머핀도 있겠요? 책, 지진, 그리고 무화과 머핀?" 내 말에 찰리는 윙크를 하고는 나를 빙 둘러 가 의자들을 정리하기 시작했다. "빌리가 아내 이야기를 한 적이 있나요?"

찰리가 엉성하게 의자를 내려놓으며 물었다. "빌리 결혼했었어요?"

"에벌린 웨스턴이랑요. 그분이 푸로스퍼로 서점의 원래 주인이었어요."

"진짜로요?" 내가 고개를 끄덕이자 찰리가 답했다. "흠, 전혀 몰랐네요." 찰리는 빌리와 푸로스퍼로 서점에 대해 새로 알게 된 사실에도 전혀 동요하지 않는 눈치였다.

오전 9시가 되자 우리는 무화과 머핀으로 푼돈이라도 벌어보려 서점 문을 열었고, 밖에서 기다리던 여자 손님 세 명을 맞았다.

"맬컴은 어디 갔어요?" 내가 물었다. 평소대로라면 프런트 데스크 뒤에서 자기 영역을 감시하고 있을 시간이었다.

"문자 왔더라고요. 영업 사원이랑 아침 먹는다고. 그래서 늦을 거라고 전해달랬어요." 찰리는 손님들에게 머핀을 나눠주었다.

"나 혼자서도 프런트 업무는 할 수 있어요." 나는 방어적으로 말했다. 맬컴이 내게 문자를 보낼 거라고 기대한 건 아니었다. 내 번호도 모르니까. 그래도 내가 나중에야 생각나는 사람, 푸로스퍼로 서점을 매일 운영하는 데에 별 영향력이 없는 사람이라는 사실은 좀 상처가 되었다.

"의심한 적 없는데" 찰리가 말했다.

오전은 훌쩍 지나갔다. 내가 걸리적거리지 않아야 찰리가 더 수월하게 카페 일을 할 수 있기에 나도 마지막 단서를 파고들며 혼자 바쁘게 시간을 보냈다.

무슨 일이 있어도 나는 살아남을 줄 알았다. 무엇보다, 나는 계속해서 일할 줄 알았다. 살아남는다는 것은 계속해서 태어난다는 뜻이었다. 그건 결코 쉬운 일이 아니며, 언제나 고통스러운 일이었다. 그러나 죽음 외에 다른 선택지는 없었다.

에리카 종의 『비행공포』에 나오는 구절이었다. 나는 한 번도 들어본 적 없는 소설이었지만 전 세계적으로 2000만 부 이상 팔린 책이었다. 우리 서점에도 문학 섹션에 한 부, 페미니스트 소설 섹션에 한 부가 있었다. 두 권 모두 훑어보았지만 책 사이에 단서가 숨겨져 있진 않았다. 재고 목록을 보니 보관 창고에도 여분의 책이 없었다. 하지만 소설 속 무언가는 빌리가 내가 대화하길 바라는 그 누군가에게로 나를 계속해서 이끌었다. 나는 맬컴 자리에 앉아 그 소설을 읽기 시작했다.

처음에는 이사도라 윙의 거침없는 문체에 충격을 받았다. 1973년, 그녀는 그로부터 40년이 지난 시점에 읽어도 얼굴이 화끈거릴 만큼의 노골적인 성적 욕망을 드러냈다. 소설에는 수없이 많은 문학작품이 인용되었다. 이사도라는 자신이 읽은 소설을 통해, 소설의 주인공을 통해 자기 삶을 바라봤다. 빌리가 책에 남겨둔 것도 없고, 강조해둔 부분도 없다면, 단서는 이사도라가 언급한 내용 중에 있을 것이었다. 다만 단서가 숨어 있을 만한 인용 구절과 책이 너무 많다는 게 문제였다.

나는 머리를 좀 식히고 싶었지만, 거의 비어 있는 서점에는 그럴 만한 거리가 없었다. 마침 많지는 않았지만 지나칠 때마다 알파벳 순서로 진열된 역사 서적이 거슬리던 참이었다. 이참에 그 책들을 모두 꺼내 선조시대부터—북미 원주민 역사서는 서점의 다른 쪽에 있는 소수민족 하위 섹션에 분류되어 있었다—현대까지 시기별로 다시 정렬했다. 금주법에서 티포트 돔 스캔들로, 세인트루이스의 정신에서 주식시장 붕괴의 순서로 흐르는 식이었다. 물론 그리 단순한 작업은 아니었다. 프랭클린 D. 루스벨트 관련 서적들을 제2차 세계대전 앞에 함께 놓을지, 아니면 따로 놓을지 판단하기 어려웠다. 역사적 인물들의 전기를 다른 전기와 함께 두어야 하는지도 결정하기 어려웠다. 나는 내가 할 수 있는 한 최선을 다해서 정리했다. 여전히 정신이 없긴 했지만 그래도 알파벳 순서로 진열되었던 것보다는 확실히 나았다.

출입문에 달린 종이 울렸다. 세로 줄무늬 정장 차림이 아닌 탓에 나는 한참 뒤에야 그가 일라이자인 것을 알아챘다. 그는 티셔츠와 서퍼 헤어에 어울리는 무릎길이의 반바지 차림이었다. 무릎을 꿇고 역사 섹션에 앉아 있는 나를 발견한 그가 내 쪽으로 걸어왔다.

"근처에 볼일이 있어서요." 그가 말을 건넸다. 그동안 내가 어떻게 지냈는지, 그는 여름을 어떻게 보내고 있는지, 그런 가벼운 이야기를 어색하게 나누며 대화를 이어갔다.

"커피 한 잔 드릴까요?" 내가 물었다.

"아닙니다. 친구랑 하이킹하기로 하고 관측소에서 만나기로 했는데, 제가 좀 늦은 상황이에요." 그는 내가 방금 정리한 역사 서적 선반에 기대어 몸을 굽히고는 양말을 종아리까지 끌어올렸다. "제 연락에 답을 주시지 않으셨더군요."

"전화하셨어요?" 나는 선반의 앞쪽으로 튀어나와 있는 책들도 가지런히 정리했다. 연대순으로 정리해놓으니 훨씬 보기 좋았다.

"적어도 여섯 번은 했어요. 맬컴이 받았습니다. 이 근처에서 자리를 물색하던 레스토랑이 있었거든요. 이미 다른 데를 찾긴 했지만요."

"그 사람들은 푸로스퍼로 서점 자리가 가능하다는 생각을 어떻게 하게 된 걸까요?"

"제 친구의 친구거든요."

"우리가 서점을 팔고 싶어 한다고 당신이 말했어요?" 내가 누구에게 화가 난 것인지 혼란스러웠다. 내 등 뒤에서 일을 꾸민 일라이자인지, 아니면 나 대신 어떤 결정을 내린 맬컴인지. "저는 여전히 팔 생각이 없어요. 푸로스퍼로 서점을 푸로스퍼로 서점 그대로 유지해줄 사람을 찾기 전까지는요."

일라이자의 얼굴이 구겨졌다. "하지만 정말로 부채는 털어야 합니다. 은행에서 먼저 담보권을 실행해버리면 우린 챙길 게 거의 없어져요." 우리, 마치 우리가 한 팀이라는 듯한 말. 마치 우리가 동맹을 맺기라도 했다는 듯이.

"신경 써주셔서 감사해요." 나는 일라이자의 등에 손을 얹고 그를 출입문쪽으로 데려가려 했다. 하지만 나보다 훨씬 더 키가 큰 그는 두 발로 버티며 꿈쩍도 하지 않았다. "하지만 부탁드리겠는데요, 이제 친구의 친구까지 신경쓰지 않으셔도 됩니다. 때가 되면 서점을 계속 운영해줄 사람이 나타날 거예요.”

“그럴 사람은 없어요. 똑똑한 구매자라면 말이죠.”

“그럼 전 똑똑하지 않은 구매자를 기다릴래요.” 추억을 중요하게 여기는 구매자. 서적 애호가. 독지가. “이곳을 서점으로 운영할 의향을 가진 사람이라면, 저는 누구라도 좋아요. 이건 빌리의 유산이니까요.”

“미랜더.” 숨바꼭질 중에 숨어 있는 나를 꾀어내듯 일라이자가 내 이름을 불렀다. “정말 이 서점의 상황을 제대로 이해하고 있다는 생각이 들지 않네요. 서점 파산하면 모두 당신 책임입니다.”

출입문 종이 다시 울렸다. 나는 돌아보지 않고도 맬컴이 분노 서린, 어이없다는 눈빛으로 우리를 보고 있다는 것을 알 수 있었다. 맬컴이 일라이자를 뭐라고 불렀더라? 돈이면 뭐든 하는 무식자? 그렇다면 맬컴이 자리를 비운 시간에 서점으로 그를 초대한 것처럼 보이는 나는 뭘까? 돈이면 뭐든 하는 무식자에게서 온 전화를 내게 전하지 않은 맬컴은?

“일라이자.” 맬컴이 부르자 일라이자는 격식을 갖춰 인사했다. 맬컴은 내게 차갑게 고개만 까딱였다. 나는 맬컴의 눈길을 피하지 않았다. 맬컴은 우리의 시선에 걸리지 않으면서도 나와 일라이자의 대화를 엿들을 순 있는 프런트 데스크 뒤로 사라졌다.

“부채는 사라지지 않습니다.” 일라이자가 출입문을 향해 가며 내게 말했다. “곧 다시 전화를 드리죠. 이번에는 전화 꼭 받으세요.” 일라이자의 운동화가 지나는 자리의 나무 바닥이 삐걱거렸다.

나는 컴퓨터로 디지털 서적 카탈로그를 검토하던 맬컴에게로 다가갔다.

“나한테 전해야 했던 메시지 중 빠트린 거 없어요? 방금 나간 변호사가 남긴 메시지가 몇 개 있을 텐데.”

“노트에 써놓았는데요.” 맬컴이 마우스를 클릭하며 대답했다.

"무슨 노트요?"

그가 내게 건넨 건 분홍색 스프링 노트였다. 지난 열흘간 온 여덟 개의 메시지 중 달랑 '그 사기꾼'이라고만 끄적여둔 메시지 하나가 내 이름 밑에 적혀 있었다. "지금 장난해요?" 나는 맬컴 쪽으로 노트를 툭 던졌다.

맬컴이 소리 내어 웃었다. "딱 맞는 표현이잖아요."

"맬컴! 이게 재미있어요?"

"조금은." 그는 어깨를 으쓱하고는 카탈로그를 살피며 계속해서 자판을 두드렸다.

"우리가 파산해서 지금 주문하는 책들을 전부 돌려보내게 될 시점엔 결코 재미있지 않을 거예요." 맬컴의 얼굴에서 웃음기가 사라지고 나서야, 내 목소리가 얼마나 컸는지 알아챘다. 맬컴의 어깨가 경직되었다. 당황한 기색이 역력했다.

맬컴은 서점을 두리번거리며 내 말을 들은 사람이 있는지 확인했다. 오전 이 시간에 서점이 텅 비어 있는 건 당연한 일이었고, 카페에 있는 작가들은 자신이 창조해낸 세계에 푹 빠져 있었다. 찰리는, 아주 다행히도, 베이글을 파느라 정신없이 바빴다.

"위층으로." 맬컴이 어린애 다루듯 말했다.

나는 그를 따라 빌리 아파트 외부의 어두운 복도로 갔다.

"질책받는 건 사양할게요." 내가 말했다.

"손님들 앞에서 싸울 수는 없죠." 맬컴이 대꾸했다.

"왜, 손님들이 우리가 얼마나 위태로운 상황인지 모를까 봐서요? 이렇게 활기 없는 서점이 망해가는 게 충격적인 비밀은 아니죠."

"활기가 없다뇨." 맬컴의 표정을 파악하기엔 복도가 너무 어두웠다.

"어제 책 몇 권이나 팔렸죠? 열 권?"

"정확히 열일곱 권인데요." 그가 분명한 시비조로 말했다.

"한 시간에 그만큼 팔려도 모자라요."

"미랜더, 지금은 한여름이잖아요." 맬컴이 내 이름을 부르는 어조 역시 일라이자가 내 이름을 부르는 어조만큼이나 유쾌하지 않았다.

"아뇨. 지금은 여름 성수기거든요. 7월 말까지는 이렇게 저조해서는 안 돼요."

"갑자기 전문가라도 되셨나 봅니다?" 맬컴이 씩씩대며 말했다.

"매출 보고서를 살펴봤죠. 말보다 더 많은 걸 말해주는."

"그 보고서는 정확하지 않아요. 중고 서적 판매는 포함되지도 않았다고요." 분을 삭이느라 맬컴이 몸을 앞뒤로 흔들 때마다 바닥이 삐걱거렸다.

"그러니까 지금 우리가 중고 서적으로 큰돈을 번다고 말하려는 거예요?" 나 역시 폭발하기 일보 직전이었다.

"아예 안 버는 건 아니니까요."

나는 숨을 가라앉히며 침착해지려고 노력했다. "이봐요, 맬컴. 알겠어요. 내가 갑자기 나타난 이방인처럼 보인다는 건 나도 알겠는데, 나도 어릴 때 이곳에서 아주 많은 시간을 보낸 사람이에요. 푸로스퍼로 서점은 내게도 특별한 곳이라구요. 이 서점이 문을 닫는 건 나도 원하지 않아요." 눈이 어둠에 익숙해지면서 맬컴이 팔짱을 낀 채로 내게서 고개를 돌리고 있었다는 걸 알 수 있었다. 서로를 볼 수 없을 만큼 어두운 상태에서도, 맬컴은 여전히 나를 마주 볼 수 없던 거였다. "아무 일도 없다는 듯 지낼 수는 없어요. 푸로스퍼로 서점을 이대로 운영해줄 사람을 찾으려면 상황을 바꿔야 한다고요."

"팔지 않을 줄 알았는데." 그의 놀란 목소리에는 실망감이 깃들어 있었다.

"서점 문을 닫지 않을 거라고 말했고, 닫고 싶지도 않아요. 하지만 저는 학교 선생이에요. 통장에는 800달러쯤 있고요. 저한테는 이 서점을 운영할 능력이 없어요." 맬컴이 아무 대꾸도 하지 않기에 나는 이야기를 이어나갔다. "일라이자의 뜻대로 되도록 두 손 놓고 있진 않을 거라는 건 알죠?"

"네, 알아요." 맬컴의 목소리는 또렷했고 경계심이 없었다. 어쨌든 그 점이 중요했다. 적어도 그는 내가 몰래 서점을 팔아먹지는 않으리라는 걸 알고 있었다. 맬컴이 몸을 돌려 나를 바라보았다. 그저 어두컴컴한 복도를 배경으로 맬컴의 형태가 흐릿하게 보일 뿐이었다. 빛이 거의 없는 어둠 속에서 서로를 바라보고 있으면서도 나는 우리가 함께 무언가를 해결할 수 있을 것 같지가 않았다. 우리는 같은 것을 원했지만 같은 편은 아니었다. 서로에게 무언가를 숨기는 한 같은 편이 될 수 없었다.

"완전 구제 불능이야." 제이가 전화를 받자마자 말했다.

나는 복도를 서성였다. 분노가 아드레날린처럼 내 속을 타고 흘렀다. 곤경이 내게 살아 있는 기분을 느끼게 했다. 그래서 나는 화나는 이유를 명확하게 알지 못하면서도 그 분노에 매달렸다.

"누가?" 제이의 목소리는 잠에 취해 있었다.

"자고 있었어?"

"음, 아니. 잠깐 토막잠. 이따가 그 자식들 만나러 갈 거야." 난 제이가 친구들을 '그 자식들'이라고 부르는 게 싫었다. 축구를 하고 카고 반바지를 입는 그런 남자, 그런 놈팡이가 연상되기 때문이었다. 제이는 하품하며 전화기에 대고 숨을 길게 내뿜었다. "누가 구제 불능이라는 건데?"

"응?"

"누구 씹고 있었잖아." 마치 내가 자주 그런다는 듯 그는 '씹는다'고 말했다.

"매니저." 나는 무시하는 투로 대답했다. 맬컴에 대해 더 이상 말하고 싶지 않았다.

"맬컴?" 나는 서성이던 걸음을 멈췄다. 내가 제이에게 그의 이름을 말했던가? 어쩌다 한 번 언급했을지는 몰라도, 제이가 기억할 만큼 자주 말하진 않았을 텐데.

"빌리가 어떻게 참았나 몰라."

"왜, 어쨌는데?"

"그냥…… 그냥……" 맬컴이 뭘 했더라? "그냥, 다 별로라고."

"자기는 자기를 좋아하지 않는 남자는 다 별로라고 하잖아."

"보통 대부분의 남자는 날 좋아하지 않아."

"첫째, 그건 사실이 아니고, 둘째, 넌 대부분의 남자를 별로라고 생각해." 남자고 뭐고, 제이는 나를 웃게 만들 줄 아는 사람이었다.

나는 빌리의 현관문에 기대어 먼지 쌓인 마룻바닥으로 미끄러지듯 주저앉았다.

"보고 싶어." 나에 대한 제이의 평가는 틀렸다. 나는 술집에서 남자들의 주목을 받는 여자가 아니었고—그건 보통 조니였다—, 사람들의 좋은 면을 찾으려고 노력하는, 교사로 계속 살아가기 위해서는 반드시 필요한 이 태도를 스스로 자랑스럽게 여기는 사람이었다. 누군가 미국의 미래에 냉소적이 되는 순간 바로 무너지는 태도이긴 했지만.

"금방 만나잖아, 그렇지? 언제 올지 정해졌어?"

어디에 간다는 거지? 물어볼 뻔했지만 곧 기억이 났다. 독립기념일. 그때 집에 간다고 말했었지. 나는 집에 가고 싶었다. "표를 끊진 않았어."

"다음 주인데?"

"알고 있겠지만 좀 바빠서."

제이는 아무 말 없이 내가 성의 없이 내뱉은 말을 사과하기를 기다렸다. 내가 아무 말도 하지 않자 제이가 입을 열었다. "그 자식들 만나러 가기 전에 샤워 좀 해야겠다."

전화를 끊고도 나는 계속 바닥에 앉아 있었다. 입장을 바꿔 생각해 보니, 만약 제이가 이제껏 표를 구하지 않았더라면 크게 화를 냈을 것 같았다. 나를 당연하게 여긴다며 비난했을 게 뻔했다. 그런데도 나는 미안한 마음이 들지 않았다. 내게 일어난 다른 일들에 밀려 이 정도는 마음에 걸리지도 않았다. 제이가 이해해야 했다.

오후 내내 맬컴은 고객이 도움을 요청하거나 택배 기사에게 서명을 해주느라 독서를 멈춘 때를 제외하곤 프런트 데스크 뒤에서 꼼짝도 하지 않았다. 바에 있던 루시아는 1시에 찰리와 교대했다. 나는 뒤편에 앉아 『비행공포』를 다시 읽으면서 서점의 한가한 일상, 지나치게 고요한 일상, 만약 푸로스퍼로 서점을 계속 유지할 기회가 우리에게 주어진다면 반드시 고쳐야 할 일상을 관찰했다.

작가들이 한 명씩 서점을 떠나자 카페에는 첫 데이트임이 분명한 커플 한 쌍과 하워드 박사만 남았다. 맬컴이 루시아에게 일찍 퇴근해도 좋다고 말하자 그녀는 서둘러 빈 테이블들을 닦고는 맬컴의 마음이 변하기 전에 쏜살같이 튀어나갔다. 나는 이사도라 윙의 성적 모험담을 계속 읽어나갔다. 그중 내게 특히 인상적으로 느껴진 것은 이사도라와 어머니의 관계였다. 이사도라는 어머니를 사랑하면서 비난했다. 그녀에게는 두 명의 어머니가 있었다. 자신을 사랑해주며 안정감을 느끼게 해준 어머니, 그리고 이사도라와 자매들이 아니었다면 예술가로 남았을 어머니. 대부분의 어머니가 이사도라의 어머니와 같을 것이다. 내 경우는 확실히 그랬다. 엄마는 두 사람이었다. 내가 늘 알던 사람 그리고 내가 절대 알 수 없는 사람.

"노골적인 섹스?" 하워드 박사가 말했다. 나는 재빨리 책을 덮고는 제목을 두 손으로 가렸다. "오, 이런. 저 때문에 당황했나 보군요."

"이런 데서 읽지 말았어야 했는데." 나는 솔직하게 말했다.

"무슨 소리. 그 소설은 동시대 여성들을 뒤바꿔놓은 소설이잖아요. 여성들에게 자위하라고, 자기 욕망의 주체가 되라고 강조하고, 노골적으로 섹스를 하라고 독려했죠. 이거야말로 자유로운 마인드를 위한 통과의례라고 생각해요. 책등이 반으로 갈라지고 이사도라 윙이 활짝 열릴 만큼 아주 여러 번 읽어야 해요."

첫 데이트 중인 커플이 바로 옆에 있었지만, 서로에게 빠져 있던 덕에 하워드 박사의 말을 듣진 못했다. 그래도 나는 테이블 밑으로 기어들어가고 싶었다.

"수 세기 동안 여성의 욕망은 남성이 표현했어요. 여성의 욕망은 여성이 솔직하게 설명해야 하는데 말이죠." 그는 일어서서 허공으로 주먹을 높이 들어 올렸다. "'역사를 통틀어 문학은 생리혈이 아닌 정액에 의해 쓰였다.'" 에리카 종의 말이 무슨 주문이라도 되는 양 박사가 외쳤다.

커플은 서로에게 시선을 고정한 채로 자신들이 맞닥뜨린 이 혁혁한 순간을 공유하며 웃음을 꾹 참았다. 맬컴 역시 선반의 먼지를 털며 낄낄거렸다. 나는 하워드 박사를 다시 의자로 잡아끌었다. 섹스는 항상 나를 당황하게 만들었다. 더군다나 내 아버지뻘의 남성과 정액과 생리에 대해 이야기하다니. 나는 『비행공포』를 덮으며 성적 깨달음을 응원해줄 치어리더가 필요한 게 아니라면 하워드 박사가 있을 때 절대 이 책을 읽지 말아야겠다고 다짐했다. 어차피 읽고 또 읽는다고 해서 그 책이 나를 어딘가로 이끌어줄 것도 아니었다. 책 어딘가에 수수께끼든 유품이든,

나를 다음 단서로 이끌어줄 무언가만 있으면 됐다. 빌리가 내게 지나치게 큰 믿음을 갖고 있었던 게 아닐까 하는, 점점 커지는 두려움은 애써 무시했다.

　커플도 커피를 마저 마시고는 서점을 떠났다. 하워드 박사도 자기 책들을 파일에 정리하기 시작했다. 떠난다는 신호였다. 그의 책들은 하나같이 너무 많이 읽힌 탓에 책등이 갈라져 있었다. 그 순간 나는 떠올렸다. 반으로 갈라진 책등. 푸로스퍼로 서점은 중고 서적을, 일라이자가 말한 대로 컴퓨터 시스템에는 등록되어 있지 않은 책을, 우리가 가진 산더미 같은 빚의 꽤 많은 부분을 차지하는 수백 권의 책을 보유하고 있다는 사실을 말이다. 내가 지나쳐버린 중고 서적 중에 또 다른『비행공포』가 있을 게 분명했다.

　"친애하는 나의 친구들과 미천한 동료 여러분, 저는 이만 작별을 고합니다." 하워드 박사는 허리 숙여 인사를 하고는, 맬컴과 나만 남겨둔 채 느긋하게 밖으로 나갔다.

　"하워드 박사님이 있으면 따분할 일이 없죠." 맬컴이 말했다.

　"이 책 읽어봤어요?" 나는 책 표지를 맬컴 쪽으로 들어 보였다.

　맬컴은 몸서리를 쳤다. "우리 엄마가 제일 좋아하는 책이에요. 그 책 내용을 알고난 후 십 대였던 제가 얼마나 놀랐을지 한번 상상해보세요."

　"어머니가 자유로운 분이시겠네요."

　맬컴이 다시 한번 몸을 부르르 떨었다. "다시는 '자유로운'이라는 단어와 '우리 엄마'를 같은 문장에 사용하지 말아주세요."

　맬컴은 먼지떨이를 내려놓고 곧 돌아오겠다고 손짓하며 부엌으로 들어갔다. 서점에 혼자 남겨진 나는 문학과 페미니스트 소설 섹션을 살펴보았다.『비행공포』의 중고 서적은 어디에도 없었다.

　"찾는 책이 있어요?" 머그잔 두 개를 들고 나타난 맬컴이 물었다.

"그냥 둘러보는 거예요." 내가 대답했다. 그는 내게 잔 하나를 건넸다. 머그잔에는 손가락 한두 마디 깊이의 황색 액체가 담겨 있었다.

"엄마 이야기를 하려면 술이 필요해서요." 그는 카페의 빈 테이블 하나에 자리를 잡고 앉았다. "지루한 오후를 대비해서 빌리가 부엌에 늘 스카치 한 병은 갖다 두었거든요."

나는 내 머그잔을 맬컴을 향해 들었다. "휴고, 난 당신의 법에는 별로 관심 없지만, 세상에, 이 버번위스키는 진짜 끝내주네요." 맬컴은 멍한 눈으로 나를 바라보았다. "트루먼이 휴고 블랙에게 했던 말이에요." 역사가 미적분학처럼 추상적이고, 문법처럼 따분하고, 라틴어처럼 쓸모없다고 생각하는 내 제자 중 한 명처럼 맬컴은 여전히 할 말을 잃은 얼굴이었다. "연방 최고 법원 재판관의 말이라고요. 미국의." 나는 너무나 절망스러운 마음에 두 손에 얼굴을 묻었다.

"당신 좀 이상해요, 알죠?" 맬컴이 놀리듯 말했다.

"중학생들을 가르치려면 어쩔 수 없어요."

"책 장수도 되어야 하잖아요." 맬컴은 머그잔을 내려놓고 두 손을 펴서 테이블 위에 올려놓았다. "우리가 좀 엇갈렸다는 생각이 들어요. 제 잘못이죠. 그냥…… 서점에 당신이 나타났을 때, 모든 게 현실로 다가왔거든요. 진짜 현실이 된 거죠." 맬컴의 이야기는 진심 같았다. 그는 정말로 날 서점에서 처음 봤다고 믿는 것 같았다. 빌리의 장례식장에서 우리가 눈을 마주쳤다는 걸 기억하지 못하는 듯했다. 그의 입은 초조함으로 씰룩거렸고, 어깨는 내면 깊은 곳으로 숨어드는 사람처럼 긴장되어 있었다. 그에게는 아직 벽이 있는 것이었다. 비밀을 감추고 있는 게 아니라면 설명되지 않는 모습이었다.

전화벨이 울렸고, 맬컴과 내가 동시에 휴대전화 화면에 뜬 제이의 이름을 보았다. 나는 재빨리 무음으로 바꿨다. 독한 스카치에 기침이 나왔

202

다. 맬컴은 스카치를 삼키지 않고 입에 물고 있었다. "남자친구가 당신이 돌아오기를 엄청 기다리나 봐요?"

"잠시 혼자 있게 돼서 좋아해요." 내가 왜 그렇게 말했는지, 제이와 내가 얼마나 진지한 관계인지에 대해 왜 맬컴에게 알리고 싶지 않았는지 알 수 없었다. "어머니 이야기를 하다 다른 길로 새버렸네요?"

"잊어버리길 바랐는데."

"전 잊어버리는 게 없어요." 그게 무슨 뜻인지는 생각하지도 않고 나는 그냥 뱉어버렸다. 맬컴은 알아들었으면서도 외면했다. "어머니가 LA에 계세요?"

"아뇨, 베이에어리어에 계세요. 제가 거기에서 자랐어요. 아빠는 버클리에서 일하시고요. 두 분은 제가 어릴 때 헤어지셨는데 그래도 가까이에 살아요. 엄마는 제가 아빠와 관계를 유지하길 바라시거든요. 어떻게든 노력하셨죠." 더 긴 이야기가 있을 터였지만 맬컴은 그 이상을 이야기하진 않았다. 하지만 그건 그가 내게 이제껏 해준 이야기보다 훨씬 더 많은 이야기였다. 비밀이 있어 보이는 건 어쩌면 우리가 서로를 알지 못한다는 뜻일 수 있었다.

"어떻게 여기까지 내려오게 되었어요? 북부 캘리포니아 사람들은 다 LA를 싫어하는 줄 알았는데." 내가 말했다.

"동부 LA가 좋아서요. 다른 데는 모르겠고."

"그럼 푸로스퍼로 서점은요?"

"대학 때부터 다녔어요. 다음 달이면 10년이 되네요." 맬컴은 머그잔에 담긴 위스키를 쉬지 않고 마셨다. "우리가 문을 닫을 수도 있다고 생각하면 이상하지만, 사실 주변에 자주 있던 일이긴 하죠." 맬컴은 오래된 햄버거 가판대가 화덕 피자집으로 바뀌고, 체스 경기로 유명했던 도넛 가게가 지금은 빈 상태로 방치되고 있고, 저항의 장소였던 게이 바가 지금은 고급 식자재와 칵테일을 파는 바로 바뀌었다고 말했다. "변화에 맞설 수는 없겠죠."

"당연히 맞설 수 있어요." 내가 맞받았다. 나를 바라보는 맬컴의 강렬한 눈빛은 의심과 기대 사이의 어딘가에 있었다. "진심이에요. 이 서점을 운영하지 못하더라도 문을 닫고 싶지는 않아요. 9월 말까지는 갚아야 할 금액이 없어요. 그때까지는 시간이 있는 거예요." 9월 말이면 학기가 시작되고도 한 달이나 지난 시점이었지만, 맬컴과 일라이자가 도와준다면 나라 반대편에서도 매매를 마무리 지을 수 있을 것 같았다.

"매매를 준비해야 하는 상황이 된다면 연락해볼 만한 사람들이 좀 있어요. 빌리도 괜찮다고 생각할 만한 사람들……" 맬컴의 목소리가 점점 줄어들었다. 그는 아랫입술을 문 채로 이미 바닥을 드러낸 머그잔을 들여다보고 있었다. "빌리는 제 가장 친한 친구였어요. 꽤 한심한 일인 거, 나도 알아요." 그는 호흡을 가다듬었다. 나는 그의 눈동자에 눈물이 고이면 어떤 모습일지, 그 속에서 헤엄 칠 수 있을 만큼 따뜻하고도 광활한 호수 같은 모습일지 궁금했다. "빌리가 아프다는 걸 알았어요. 직접 말해준 적은 없지만, 누군가와 매일 함께 있으면 뭔가 달라졌을 때 바로 알게 되잖아요."

누군가와 매일 함께 있으면 그가 짊어진 과거까지 알게 되기 마련이었다.

"빌리가 내 이야기는 한 번도 안 했나요?" 나는 꼼짝도 하지 않고 맬컴이 뭐라고 말할지 기대했다.

그는 고개를 아주 살짝 흔들었고 내 마음은 철렁 내려앉았다. 우리 둘은 그의 어머니와 그의 부모님의 이혼에 관해 이야기했다. 맬컴은 여전히 빌리에 관해 내게 말할 준비가 되어 있지 않았다. 마찬가지로 나도 제이에 관해 맬컴에게 거짓말을 했다. 보물찾기 놀이도 말하지 않았다.

어쩌면 그가 내게 속셈이 있다고 여길까 봐, 서점을 지켜내고자 하는 내 진심을 의심할까 봐 말하지 않았는지도 모르겠다. 혹은 단서 찾는 걸 돕겠다고 나선 그가 이 탐험의 일부를 내게서 빼앗을까 봐 그랬는지도, 내가 절대 알 수 없는 빌리의 세밀한 일상을 그가 모두 알고 있는 사람이라서 그랬는지도, 그래서 그가 절대 알 수 없는 방법으로 빌리를 알고 싶어 그랬는지도 모르겠다.

나는 팔을 뻗어 맬컴의 머그잔에 위스키를 따라주었다.

"푸로스퍼로 서점은 닫지 않아요." 나는 맬컴에게 약속했다. "우리가 그렇게 되도록 두지 않을 겁니다." 우리는 그렇게 앉아서 위스키를 마시며 서로에게 지킬 수 없는 약속을 했다. 서로에게 말했어야 할 진실은 숨긴 채로.

맬컴이 서점을 떠날 시간이 되자 밖이 어두워졌다. 푸로스퍼로 서점의 밝은 내부가 마치 색채영화처럼 보였다. 밤이 내려 앉으면 이곳은 상업 공간으로서의 서점이나 적자를 보는 공간이 아닌, 내 어린 시절의 무대가 됐다. 도서관이 됐다. 오직 내게만 허락된, 끝없는 가능성으로 가득한 이야기의 창고가 됐다.

페미니스트 소설이나 문학 섹션에 『비행공포』의 중고 서적이 단 한 권도 없었기에 나는 시 섹션을 확인해보았다. 이사도라 윙과 에리카 종 모두 시인이었으니, 누군가 시 섹션에, 다른 작가들의 운문 사이에 그 책을 두었을 수도 있었다. 하지만 종이라는 이름은 없었다. 금지 소설 섹션도 확인했다. 해당 소설이 불러일으킨 논란에도 불구하고 『북회귀선』이나 『롤리타』 주변에서도 찾을 수 없었다. 이사도라 윙이 너무도 실존 인물 같았기에 누군가는 그녀가 허구의 캐릭터임을 모를 수도 있었겠다 싶어 논픽션 섹션도 확인해보았다. 비록 문학 섹션과 페미니스트 소설 섹션에서 각각 찾은 두 권이 전부였지만, 책을 책장에만 보관하는 건 또 아니었다.

창문이 없는 창고에서는 강렬한 퀴퀴함이 느껴졌다. 이곳을 떠난 후에도 이곳과 함께 떠올렸던, 나를 들뜨게 했던 냄새. 페미니스트 소설은 창고의 맨 뒤편에 있었다. 그리고 역시나 그곳에 『비행공포』의 중고 서적 한 권이 『제2의 성』과 『금색 공책』 사이에 꽂혀 있었다.

소설 표지에는 여성의 나체가 실려 있었는데, 거기에 드러난 풍만한 가슴의 아랫부분은 노골적이지는 않아도 외설적이었다. 나는 티셔츠로 덮인 평평한 내 가슴을 슬쩍 내려다보았다. 나는 저렇게 육감적인 섹시함은 가져볼 수 없겠지.

뒤표지 안쪽에 끼워져 있던 봉투에는 빛바랜 푸른 글자가 적힌 종이 몇 장이 있었다.

1986년 6월 6일

빌리에게,

어제 사과하려고 너희 집에 갔었어. 집에 있더라고. 부엌 창문으로 계란 요리를 하느라 프라이팬에 집중하고 있는 널 봤어. 넌 항상 달걀이 탈까 봐 걱정했는데. 넌 보통 달걀을 설익혔어. 그게 우리가 함께한 시간을 상징하는 건 아닐까 싶기도 하지만, 실패한 네 요리를 시적으로 표현해보려는 작가로서의 욕심은 접어둘게. 난 22분 동안이나 널 지켜봤어. 시계로 시간을 확인했거든. 1분이 지날 때마다 나 자신에게 말했어. 초침이 한 바퀴 돌고 나면 가자. 가서 문을 두드리고 사과하자. 하지만 끝내 나는 차에서 내리지 못했어.

난 내가 모든 걸 사과해야 한다고 생각했어. 우리의 행동은 잘못된 거였으니까. 너희 집 거실 바닥에서 처음으로 섹스했을 때, 아니 어쩌면 그보다 더 전, 너에게 처음으로 성욕을 느꼈을 때부터 난 알았어. 이 욕정은 진짜다. 하지만 그뿐이다. 욕망. 너를 향한 욕망, 대니얼을 향한 욕망, 우리의 고통을 함께 나누고 싶던 욕망. 하지만 우리의 슬픔은 각자의 것이어서, 우리를 하나로 묶어주지 못했어.

비록 우리가 저지른 일은 잘못이었지만 본질적으로 괜찮은 점도 있었어. 넌 내가 회고록을 위해서 뿐만이 아니라 대니얼의 죽음을 받아들이기 위해서라도 꼭 필요했던 단계를 거치도록 도와주었으니까. 대니얼이 자살했다고 말했던가? 우린 사랑하는 사람들의 죽음으로 만나게 되었지만, 그들에게 무슨 일이 있었는지, 우리가 왜 우리 자신을 비난하는지에 대해서는 단 한 번도 이야기하지 않았지. 자살한 대니얼을 발견한 사람은 나였어. 난 그에게 총이 있었는지도 몰랐어. 10년이나 함께 살았는데, 집 안 어딘가, 침대 밑, 옷장 속 상자 안, 그의 책상 서랍 속, 그 어딘가에 총알도 있었던 거야. 대니얼의 죽음은 내 잘못이 아니었어. 난 이제 그걸 이해하고 또 믿어. 에벌린의 죽음 역시 네 잘못이 아니야. 너도 이걸 믿어야 해. 앞으로 나아가려면.

너를 알게 된 건 내 삶에 커다란 축복이었어. 넌 잘 이겨낼 거야. 우리 두 사람 모두 그렇게 될 거야. 그리고 언젠가 이겨내게 된다면, 우린 다시 만나게 될 거야.

너의 친구, 실라가.

더 정확히 말하자면 '너와 섹스를 했던 친구, 실라'겠지. 에벌린이 죽은 후 빌리에게 다른 여자가 있었다는 사실이 놀랄 일은 아니었다. 에벌린이 죽은 당시에도 빌리는 젊고, 잘생긴 데다 건강했을 테니까. 다른 여자를 만나는 건 당연했다. 슬픔에 잠겨 있다고 해서 살아 있지 않은 건 아니니까. 다른 여자들이 있었고, 실라도, 그녀와의 정사도 있었지만 빌리의 슬픔은 지속되었고 그것은 점차 죄책감으로 변해갔다. '에벌린의 죽음 역시 네 잘못이 아니야.' 연인이 죽었을 때 자기 자신을 비난하는 게 일반적이긴 하지만, 실라의 말은 극단적으로 느껴졌다. '너도 이걸 믿어야 해.' 마치 자신의 책임을 회피할 방법을 빌리가 보지 못한다는 듯한, 에벌린의 죽음이 자기 책임이라고 빌리가 확신하고 있다는 듯한 말투.

'작가로서'라는 단어. 나는 서점에 작가 실라의 책이 있기를 바라면서 아래층으로 뛰어 내려갔다. 쏜살같이 계단을 내려가는 중 휴대전화가 울렸고 발신인을 보자마자 죄책감이 밀려왔다.

"나 지금 중요한 일 하는 중이야." 전화를 받자마자 내가 말했다.

"이런, 안녕." 제이가 얼버무리듯 말했다.

"지금, 어, 거긴 새벽 2시 아니야?" 나는 서점 한가운데를 가로질러 프런트 데스크로 뛰어가서는 마우스로 잠들어 있던 컴퓨터를 깨웠다.

"뭐야, 갑자기 내 엄마라도 된 건가?" 전에 들어본 적 없는 말투였다. 다시는 듣고 싶지 않은 말투이기도 했다.

"내일 통화하자. 일어나서 내가 전화할게." 나는 북로그를 열고 저자명 자리에 '실라'를 적어 넣은 후 시스템이 그 이름을 찾아주기를 기다렸다.

"난 지금 하고 싶은데. 모든 게 네 명령대로 되는 건 아니야." 제이가 뇌까렸다.

"제이, 너 지금 취했어." 컴퓨터가 마치 다시 일을 시켜서 짜증 난다는 듯 그르렁거리는 소리를 냈다.

"그래서?"

"그러니까 내일 술 깨면 이야기하자고." 검색 결과를 더 빨리 내놓으라는 뜻에서 나는 마우스를 계속 클릭했다.

"돌아오는 표는 샀어?"

"우리 그 이야기한 지 7시간밖에 안 지났는데?" 다행스럽게도 실라는, 적어도 작가 이름으로는 흔한 이름이 아니었다. 북로그에 검색된 몇 개의 이름들을 나는 훑어 내려가기 시작했다.

"왜 집에 오고 싶어하지 않는 거지?"

"내가 돌아가는 거에 이렇게까지 집착하는 이유가 뭐야? 그렇다고 매일 밤 그 자식들이랑 안 노는 것도 아니면서." 나는 이름 목록을 스크롤했다.

"내가 널 그리워한다는 걸 증명하려면 집에만 있어야 하는 거야?"

"제이, 내가 지금 중요한……"

"그놈이랑 잤어?"

나는 컴퓨터 스크린에서 몸을 돌렸다. "뭐? 누구랑?"

"맬컴." 제이가 맬컴의 이름을 잊어버릴 만큼 취한 건 아니었지만, 그 짧고 엉망진창인 대화에서 그가 가장 정확하게 발음한 단어는 다름 아닌 맬컴의 이름이었다.

"유치하게 굴지 마."

"집에 서둘러 오지 않는 이유가 분명히 있을 거 아냐."

"대체 왜 그래? 삼촌 때문에 못 가는 거잖아. 몰라?" 나는 제이가 대답하기도 전에 전화를 끊어버렸다. 한편으로는 내게 다시 전화해주기를, 그렇게 빌리와 맬컴에 대해서도 싸우게 되기를 바랐지만, 제이는 이미 청바지가 발목 언저리까지 내려간, 옷을 다 벗지도 못한 상태로 침대에 고꾸라졌을 게 분명했다. 취한 데다 퇴짜까지 맞은 대부분의 남자가 그렇겠지만, 맬컴이 청바지를 발목에 걸치고 있는 모습은 상상이 되지 않았다. 적어도 술에 취해 그럴 것 같진 않았다.

밖은 저녁이 내려앉은 상태였다. 조용했던 가게 안은 선셋거리에 줄지어 선 술집 사이를 걸으며 왁자하게 떠드는 사람들의 소리로 가득 찼다. 마치 여러 번 연습이라도 한 듯 맬컴의 음절을 또박또박 발음하던 제이의 목소리가 귓가에 맴돌았다. 소리라도 질러서 이 고요한 서점 안을 감도는 제이의 목소리를 쫓아내고 싶었다. 제이에 관한 생각, 맬컴에 관한 생각을 멈추고, 내 앞에 닥친 일에만 에너지를 집중하기로 마음먹었다. 나는 아홉 명의 실라의 연령과 일대기를 재빠르게 확인하며 1986년에 빌리와 연관이 있었을 법한 두 명의 실라를 구별해냈다. 저 편지가 쓰인 시점이 존 쿡 강연이 있은 지 몇 개월 후였으니, 에벌린은 그로부터 적어도 3개월, 길면 2년 전에 사망했을 거였다. 빌리는 얼마나 오랫동안 그녀의 죽음을 슬퍼했던 걸까? 그 답을 알 만한 두 명의 실라가 있었다. 그리고 그중 한 명의 실라가 『대니얼』이라는 제목의 회고록을 쓴 저자였다.

실라 크롤리는 문학작품과 회고록을 집필한 작가였다. 『대니얼』은 그녀의 남편과 그의 조울증을 회고하고 있었다. 책에서 그녀는 무언가를 환기시키는, 최면을 거는 듯한 글을 썼다. 나는 대니얼이 약을 먹기 시작했을 때 그녀가 갖게된 희망에 대해, 그가 약을 중단한 후 필연적으로 발생한 그날에 대해 알고 싶지 않았다. 그럼에도 읽기를 멈출 수는 없었다. 거리가 텅텅 비고, 어둠이 물러가며 부드러운 여명이 밝아올 때까지 나는 책을 읽었다. 식당도, 카페도 문 연 곳이 없었다. 밖의 모든 것이 고요했다.

실라는 화장실 바닥에서, 손에 총을 쥐고 있던 대니얼을 발견했다.

선셋교차로에 있는 상점들이 문을 열기 시작했다. 바리스타들은 인도 따라 놓인 테이블을 닦았다.

실라는, 장례식에 오지 않았으면 회고록에 등장하지도 못했을 많은 친구를 지나 대니얼의 무덤 옆에 섰다. 당시 그녀는 자신이 느끼는 고립

감이 대니얼이 항상, 심지어 자신과 있을 때조차 느꼈을 외로움과 비슷하지 않을까 생각했다.

회고록 뒤쪽에는 긴 머리에 갸름한 얼굴을 한 그녀의 흑백사진이 있었다. 죄책감을 느끼지 않는 표정으로 카메라를 응시한 그녀는 이런 진솔한 말을 남겼다. '이게 바로 나다. 나는 당신이 나를 좋아하게 만들려고 노력하지 않을 것이다.' 그 글 때문에 나는 그녀가 좋았다. 그 글 때문에 어쩐지 그녀가 가깝게 느껴졌다.

나는 그 회고록을 들고 프런트 데스크로 가서 실라의 웹 사이트를 찾았다. 웹 사이트에는 그녀가 쓴 일곱 권의 소설과 세 권의 회고록이 올라와 있었다. 그중 하나는 최근 출간된 거였다. 그녀의 증명사진도 업데이트되어 있었다. 사진 속 그녀는 살이 더 붙고, 나이가 더 들고, 실제보다 더 잘 관리된 모습이었지만, 나는 그녀가 빌리의 장례식에서 하워드 박사를 팔로 안고서 아일랜드 민요에 맞춰 몸을 흔들었던 사람이라는 것을 알아볼 수 있었다.

나는 존 쿡이 내게 건넨 쪽지, 나를 실라에게로 이끈 그 글을 다시 읽었다. '무슨 일이 있어도 나는 살아남을 줄 알았다.' 빌리는 어떤 시점에 자신의 슬픔, 자신의 죄책감으로부터 살아남는 법을 배운 것이다. 실라도 그 방법을 알았음이 분명했다. 그리고 에벌린에게 무슨 일이 있었는지 알고 있음도 분명했다.

11장

"실라 크롤리라고 알아요?" 다음 날 아침, 택배 상자에서 책을 꺼내 정리하던 맬컴에게 내가 물었다.

"당연하죠." 맬컴은 두 손을 비비며 상자에서 묻은 먼지를 털어냈다. 맬컴이 나를 올려다보았을 때, 나는 그가 마치 내가 제이와 자신을 두고 싸웠다는 걸 아는 사람인 양, 발목까지 바지를 내린 그의 모습을 내가 상상했다는 걸 아는 사람인 양 당황스러워져서 무의식적으로 머리를 쓸어 넘겼다.

"혹시 제가 연락해볼 방법이 있을까요?"

"뉴욕에 있을 거예요." 맬컴은 뒷주머니에서 다용도 칼을 꺼내 상자 아래쪽에 붙어 있던 테이프를 뜯어낸 뒤 상자를 납작하게 펼쳤다. "샌프란시스코에 있으려나. 정확히는 모르겠어요. 북 투어 중이라서. 14일까지는 돌아올 거예요. 출판기념회를 열기로 했거든요."

"7월 14일이요?" 2주 하고도 반이나 뒤였다. "그전에 돌아오진 않겠지요?"

"한여름이니까. 다들 들락날락하겠죠."

정말 그랬다. 극작가인 레이는 일주일이 넘도록 서점에 오지 않고 있었다. 심지어 하워드 박사도 그날 아침에는 나타나지 않았다. 박사의 책

서점 푸로스퍼로

들은 여전히 테이블 위에 있었지만, 정작 실라 크롤리에 대해 묻고 싶은 내 곁엔 그가 없었다.

"왜 그렇게 실라를 만나려고 해요?" 맬컴이 물었다. 나는 셔츠 끝을 만지작거리며 대답했다. "별 이유는 없어요." 얼버무리는 내게는 전혀 관심을 주지 않고 맬컴은 상자만 계속 정리했다. 그의 비밀을 알아내려는 내 욕심과 그리고 나에 대한 그의 무관심. 시작부터 공평하지 않은 대결이었다. 그때 내 휴대전화가 울렸다. 나는 전화를 받기 위해 조용히 바깥으로 나갔다. 마치 모르는 사람의 전화를 받는 것처럼, 나는 '여보세요'라고 말했다. 아침 공기는 아직 선선했고, 아이가 없는 사람들이 외출하기에는 좀 이른 시각인지라 거리는 갓난아이를 데리고 나온 부모들로 북적거렸다.

"너도 그런 대답을 받았으면 기분이 엄청 나빴을 거야." 제이가 말했다.

"그게 사과야?" 나도 모르게 더 화가 났다.

"왜 이래. 내가 그렇게 잘못한 건 아니잖아."

"기억을 못 하는 줄 알았지." 나는 유모차를 밀며 힘차게 걸어오는 두 여성 옆으로 몸을 피했다.

"당연히 기억하지. 네가 그냥 끊어버렸잖아."

"개자식처럼 굴었으니까." 유모차를 밀고 가던 여자 한 명이 뒤를 돌아서서 자신의 아이가 마치 내 말을 들었단 듯이 나를 노려보았다. 그런 그녀를 나도 똑같이 노려봐주었다. 장담하는데, 그 애는 이보다 더한 말도 들어봤을 것이다.

"내가 개자식 같았어, 그렇지?" 제이가 애교 섞인 목소리를 내기 시작했다. 나는 그 수작에 넘어갈 생각이 없었다.

"자긴 내가 매니저랑 잤다고 의심했어." 내가 맬컴의 이름을 불렀을 때, 그게 제이에게 어떻게 들릴지 확신할 수 없었다.

"질투하는 거 사랑스럽지 않아?" 또다시 장전된 애교 목소리.

"친절했더라면 훨씬 더 사랑스러웠겠지." 나는 보도블록을 발로 차며 말했다.

"다음 주 표를 내가 찾아봤는데, 꽤 비싸더라. 너한테 줄 수 있는 마일리지도 좀 있어."

"제이……" 금방이라도 헤어지자는 말을 할 것 같은 말투였다. "일이 많이 생겼어. 몇 주는 더 있어야 해."

"그럼 내가 갈까?"

"뭐라고?" 필요 이상으로 놀란 감정이 담긴 반응이었다. 머릿속에 온갖 핑곗거리가 소용돌이쳤다. 비행기 표가 너무 비싸다, 당신이 LA를 싫어할 거다, 당신에게 캠프가 있지 않냐, 당신 부모님의 바비큐 식사에 참석하지 않으면 실망하실 거다, 어머니를 실망시키는 걸 당신이 얼마나 싫어하는지 잘 안다. 하지만 제이가 이곳에 오는 걸 내가 원하지 않는다는 단순하지만 유감스러운 진실 말고는, 그를 막을 이유는 없었다. 더 최악인 것은 제이가 오지 않기를 바라는 이유를 실은 나도 모르겠다는 사실이었다.

"그냥 생각해본 거야." 내가 아무런 반응이 없자 제이가 말했다. "끊어야겠다."

"제이." 그가 전화를 끊기 전에 내가 말했다. "정말로 네가 보고 싶어." '정말로'라는 말은 하지 않는 게 더 좋았을 것이다. 증명해내야 할 것 같았기 때문이다.

전화를 끊은 뒤 나는 푸로스퍼로 서점의 창문에 기대 모퉁이 신호등에 서 있는 커플을 바라보았다. 무관심한 여자친구가 속죄할 때 쓸 만한 이모티콘이 있을 텐데. 눈물을 흩뿌리는 고양이나 원숭이, 그의 전화기 화면 가득 비처럼 내리는 하트 폭탄, 아니면 내 얼굴을 강아지로 바꿔주는 셀피라도.

하지만 제이는 여전히 빌리에 관해 묻지 않았다. 푸로스퍼로 서점에 관해서도 묻지 않았고. 그가 이곳 일에 전혀 관심이 없는데, 내가 왜 그가 이곳에 와주길 바라야 하는 거지? 제이는 내가 바람을 피웠다고 의심한 맬컴 말고는 아무에게도 관심이 없었다. 마치 내가 바람이라도 피우길 바라는 사람처럼.

실라를 기다리는 동안 시간이 점점 팽창하는 것 같았다. 매시간, 매일매일이 아무것도 살 생각이 없으면서 서점을 떠나지 않는 고객처럼 꾸물거렸다. 다음 단서가 있는 건 아니었지만, 나는 그녀가 올 때까지 손가락이나 까딱이며 하릴없이 앉아 있을 생각은 없었다. 지금까지 확실하게 말할 수 있는 건, 실라의 편지로 알게 된 매우 새롭고도 중요한 사실, 바로 빌리가 에벌린의 죽음을 자책했다는 것이었다. 그가 술을 많이 마시고 어두운 밤길에 차를 몬 걸까? 에벌린이 두통을 호소했을 때, 그것이 동맥류의 첫 징후인 줄도 모르고, 별것 아니라며 에벌린을 안심시키고 넘겨버렸을까?

나는 에벌린에 관해 아는 몇 개의 정보를 구글에 검색했다. 에벌린 웨스턴, LA, 사망, 푸로스퍼로 서점, 1980년대. 하지만 인터넷으로 정보를 찾는 덴 한계가 있었다. 시내에 있는 중앙 도서관에는 『LA타임스』와 『LA위클리』가 초판부터 보관되어 있었다. 만약 에벌린의 죽음이 사고였다면 신문에 실릴 만큼 충격적이거나 특이한 사고는 아니었을 것이다. 나는 1984년도 기사 중 LA에 새로 문 연 푸로스퍼로 서점에 관한 기사와 에벌린이 낸 것 같은 광고도 살펴보았다. 푸로스퍼로 서점이 언급된 유일한 기사는 아맨슨극장에서 공연한 「템페스트」 리뷰가 실린 『LA위클리』 기사였다. 2000년대 초에 창간된 『로스펠리스레저』에는 에벌린 관련 기사가 있을 리 만무했다.

도서관에서 더 이상 찾을 것이 없어지자, 나는 빌리 아파트 내부의 깊숙한 곳들을 뒤지기 시작했다. 옷장 맨 꼭대기 선반에 에벌린은 없었다. 커피 테이블 수납함에 처박혀 있지도 않았고, 일회용 젓가락이 든 식기류 서랍에 들어 있지도 않았다. 푸로스퍼로 서점에도, 몇 년간의 매출 감소 사항이 적힌 서류 사이에도, 컴퓨터 파일에도, 그녀는 없었다.

"뭐 찾아요?" 프런트 데스크 뒤쪽 바닥에 주저앉아 캐비닛에서 꺼낸 서류들을 늘어놓고 있는 나를 보고 맬컴이 물었다.

"2000년대 이전 서류는 왜 하나도 없죠?" 나는 내가 찾을 수 있는 가장 오래된 서류인 2002년도 책 주문서를 들고 그에게 물었다.

"공간이 한정되어 있으니까요." 맬컴은 내가 들고 있던 주문서를 가져가더니 내용을 확인하고는 "이게 왜 여태껏 있었는지도 모르겠네요"라고 말하며 그것을 둥글게 구겨 쓰레기통에 던져버렸다.

"저기요!" 나는 주문서를 쓰레기통에서 다시 꺼내 최대한 판판하게 폈다. "중요한 기록이 될 수도 있잖아요."

"왜죠? 회계감사도 6년 치밖에 안 보는데."

"서점의 역사잖아요." 더 말하고 싶은 마음을 누르며 맬컴에게 대답했다.

"서점의 역사?" 그는 내 손에 있던 주문서를 도로 가져갔다. "우리가 『러블리 본즈』를 스무 권 주문했다는 사실로 서점에 대해 뭘 알 수 있다는 거죠?"

그 소설과 마찬가지로 서점도 비극을 간직하고 있었다. 수지 샐먼*의 목소리만 들리지 않을 뿐, 죽음은 여전히 이 서점 위를 맴돌고 있었다.

나는 이렇게 대답했다. "후세의 눈에는 별로 중요해 보이지 않는 서

---

*『러블리 본즈』 주인공의 이름.

류들이 실은 실생활을 가장 잘 보여주는 법이에요. 공식적인 기록은 세부 사항을 놓치니까. 그 서류는……" 나는 맬컴의 손에 계속해서 들려 있던 구겨진 종이를 가리켰다. "우리 서점의 과거를 가장 잘 말해주는, 그런 서류라고요."

"강의하시기에 어울리게 임시 연단이라도 마련해드릴까요?"

"그 태도에 어울리게 한 대 얻어맞아볼래요?" 내가 주먹을 쥐어 보였다. 맬컴은 눈을 한번 굴리고는 마치 농구공을 던지듯 주문서를 쓰레기통에 조준하여 던져버렸다.

서점에 관한 이야기를 나눈 이후, 나와 맬컴의 관계는 어딘가 확실히 달라져 있었다. 내가 아침에 아래층으로 내려가면 맬컴이 커피 한 잔을 가져다주었다. 또 그는 프런트 데스크 뒤에 있다가도 특별 주문을 하려는 고객이 있을 때면 나를 불렀고, 데오드런트의 시나몬 향과 땀에서 나는 옅은 사향 냄새가 섞인 그의 냄새를 맡을 수 있을 만큼 내게 가까이 다가선 채로 북로그에 요청 사항을 적어 넣는 내 모습을 들여다봤다. JFK 암살 관련 도서의 시안 세 가지가 도착했을 땐, 그중 다가오는 기일을 기리는 의미로 주문할 것을 하나 골라보라고 내게 요청하기도 했다.

맬컴이 출판사 직원들과의 점심 식사에 가기 전, 우리는 프런트 데스크 뒤편에 함께 앉아 출판사 카탈로그를 들여다보곤 했다. 그는 내게 특정 도서에 대한 문의 사항은 어떻게 입력하는지, 주문해야 할 도서의 권수는 어디에 표시해야 하는지를 가르쳐주었다. 우리는 함께 지난 분기 보고서를 보며 팔리지 않은 책들을 확인했고, 우리는 함께 그 책들을 꺼내 경의를 표한 뒤 출판사로 돌려보냈다.

일과가 끝나고, 루시아의 퇴근을 끝으로 서점 출입문 팻말을 '영업 종료'로 돌려놓으면 맬컴은 내게 스카치위스키 한 잔을 건넸다. 나는 그

독한 술이 남기는 타는 듯한 여운을 즐기려고 애쓰며 그와 함께 서점을 살릴 방법을 구상했다. 나는 경쟁 서점들의 웹 사이트를 보며, 그들이 고객층 확대를 위해 여러 방법을 고안하고 있다는 사실을 깨닫게 됐다. 그들은 낭독회, 자유 발언, 북클럽, 글쓰기 워크숍, 우수 고객 보상 제도 등을 개최, 운영하고 있었다.

"자유 발언은 안 돼요." 맬컴이 반대했다. "누군가가 시를 비난하는 소리를 들어야 한다면 난 아마 귀를 뜯어버릴 거예요."

"술을 안 파는 게 아쉬워요. 사람들의 형편없는 예술로 돈 벌 수 있을 텐데." 내가 말했다.

"우수 고객 보상 제도는 찬성입니다. 『트와일라잇』에는 포인트를 주지 않는다는 전제로요." 맬컴이 말했다.

"혼자만 고상하시네요."

"고맙습니다." 그가 미소 지었다. 하지만 열 권 구매하면 한 권을 무료로 주고, 러시아문학과 로알드 달의 책, 그리고 베스트셀러를 반짝 할인 판매하는 전략만으로는 서점의 도산을 막을 수 없었다.

"자주 방문하는 고객의 스탬프 카드를 길 건너 커피숍에 붙여두면 어떨까요?" 내가 물었다.

"커피 평가표를 붙여두는 곳과 정말 같이 묶이고 싶어요?"

맬컴은 자기 의견을 제시하기보다 내 아이디어를 퇴짜 놓는 일이 더 많았다. 그는 가끔 낭독회를 진행하는 것과 몇 개월에 한 번씩 북클럽을 여는 것 말고는 그 어떤 이벤트도 하고 싶어 하지 않았다. 문학작품을 테마로 한 성냥갑이나 토트백을 제작해 판매하는 것도 반대했는데, 고전적인 것을 상업적으로 만드는 모든 것을 싫어하는 듯했다. 일반적으로 유통되는 원두 값의 두 배나 되는 현지 로스팅 원두도, 직원들의 건강 보험료도 양보하지 않았다. 물론 루시아와 찰리의 치과, 안과 의료비 보조를 줄일 생각은 나에게도 없었다. 맬컴의 반대가 논리적 근거를 갖고 있다고는 해도, 그건 단지 핑계일 뿐이었다. 나는 맬컴이 추구하는 고급스러움을 보고 그를 엘리트주의자, 가식주의자라 불렀지만 사실 우리는 둘 다 명백한 진실을 모른 척하고 있었다. 서점의 일부를 포기한다는 건 빌리의 일부를 포기한다는 의미였다. 그래서 우리는 맬컴이 매일 함께 시간을 보냈던 빌리, 어린 내게 야생을 모험하게 해줬던 빌리, 어른이 된 지금까지도 내가 풀어야 할 여정을 짜놓은 그 빌리를 건드리지 않기 위해 주변부만 맴돌고 있는 거였다. 빌리가 우리 두 사람의 연결고리가 될 수 있는데도 말이다. 하지만 우리에게는 이야기하기 쉬우면서도 비밀로 숨겨두지 않는 공통의 관심사가 하나 더 있었다. 바로 푸로스퍼로 서점이었다.

맬컴과 내가 동의한 한 가지는 도움을 요청하자는 것이었다. 다시 말해 루시아와 찰리를 합류시키자는 거였다. 나는 루시아와 찰리의 합류가 맬컴에게 어떤 감각을, 서점을 쇄신하는 것이 빌리를 지우는 게 아닌 오히려 빌리를 계속해서 기리는 일임을 깨달을 수 있는 감각을 일깨워주지 않을까 기대했다.

독립기념일은 여름 중 유일하게 서점 문을 닫는 날이었고, 우리 네 사람이 자유롭게 만날 수 있는 유일한 날이기도 했다. 그날 아침, 나는 제이가 보낸 불꽃놀이 이모지에 잠을 깼다. 제이가 먼저 연락한 건 일주일 만이었다. 내가 전화를 할 때마다 받기는 했지만, 제이는 더 이상 소풍 이야기도, 보체게임 이야기도, 여름에 가려고 했던 바닷가 이야기도 하지 않았다. 제이가 왜 상처를 받았는지는 이해했지만 그에게 가까이 지내는 가족이 없는 것도 아니었다. 여동생이 서랍장 조립을 도와 달라고 하거나 어머니가 브런치를 먹자거나 갤러리 개업식에 함께 가자고 할 때면, 그는 나와의 저녁 식사나 이미 예매한 영화, 스카일킬강변 산책 등 축구를 제외한 모든 약속을 취소했다. 이곳의 일이 내게는 그런 가족 이벤트라고, 서랍장이나 책장 조립과 동일한 일이라는 걸 제이도 받아들여줘야 했다. 나는 화면에서 폭죽이 사라지는 걸 보고는 휴대전화를 빌리의 침대 위로 던져두고 다시 잠을 청했다.

잠이 들자마자 휴대전화가 또 다시 울렸다. 아빠의 문자메시지는 언제나 명령조였다. 구두점도, 주어도 없었다. '전화해' '이메일 봐' '학교 얘기 좀 해봐' '건강 챙겨'처럼. 방금 온 '오늘 밤 몇 시'라는 문자를 확인했을 때도 놀랄 필요가 없었다. 아빠의 나이대가 그렇듯 그는 단지 뉘앙스를 표현하는 최신의 소통 방식을 모르고 있는 거였다. 나는 어떠한 감정도, 날 만난다는 기대 섞인 흥분도 없는 아빠의 문자를 그냥 읽을 뿐이었다.

해마다 엄마와 아빠는 이웃이자 가장 나이 많은 친구인 콘래드 가족을 초대해 바비큐 식사를 한 후, 불꽃놀이를 보러 바닷가에 갔다. 엄마가 나를 초대한 기억은 없었다. 내가 집에 왔으니 휴일을 당연히 함께 보내리라 생각했겠지. 아빠가 소파에서 코를 골고, 엄마와 내가 다저스 경기를 본 날 이후, 우리는 11일 동안이나 서로 대화하지 않았다. 일요일에도 나는 식사에 가지 않겠다고 전화하지 않았다. 엄마 역시 왜 오지 않느냐고 내게 연락하지 않았다.

오늘 저녁엔 못가요……. 서점에 일이 있어서. 나는 그렇게 문자를 보냈다.

알았다. 아빠의 답장이었다. 곧 보자는 말도 없었고 일요일에 올 거냐는 질문도 없었다. 그저 알았다, 끝. 나는 그것이 갈등의 씨앗처럼 더 나쁘게만 느껴졌다. 가족은 무조건적이어야 하는 것 같아서. 그러나 일요일에 함께 바비큐를 먹거나 야구 경기를 본다고 해서 예전의 사이로 돌아갈 수 있는 건 아니었다. 오직 대화만이 상황을 개선시킬 수 있었다.

그러나 그건 우리가 못하는 유일한 일이기도 했다. 그래서 나는 부모님과의, 그리고 제이와의 이 어중간한 상태를 그냥 그대로 놔두고, 푸로스퍼로 서점과 오후에 있을 미팅에 집중하기로 마음먹었다.

루시아와 찰리는 점심 미팅에 마지못해 동의했지만 그래도 3시까지는 끝내줄 것을 요구했다. 미팅을 준비하며 나는 북로그 기록과 우리 서점의 일별 매출뿐만 아니라 우리보다 유명한 다른 독립 서점의 평균 매출도 함께 인쇄했다. 우리 서점의 운영비와 손익 분기점을 목록화한 스프레드시트도 작성했다. 양장본 서적만 판매할 경우 매일 65권을 팔아야 목표를 달성할 수 있었다. 문고본의 경우에는 3분 30초마다 1권씩 팔아야 했다. 커피를 몇 잔을 팔아야 하는지는 생각하고 싶지도 않았다.

나는 선셋교차로에 있는 치즈 가게에서 샌드위치와 맬컴이 좋아하는 북부 캘리포니아산 IPA 여섯 병을 샀다. 다른 사람들보다 먼저 도착한 맬컴이 컴퓨터 앞에서 미팅 준비를 하고 있었다. 나는 맥주 한 병을 까서 그에게 건넸다.

"내가 제일 좋아하는 맥주네요." 그는 맥주 라벨을 유심히 들여다봤다. "잘 될 거 같아요?"

"노력해봐야죠." 내가 대답했다.

출입문 종이 울리며 루시아가 뛰어 들어왔다. "괜찮은 말이 나오려면 먼저 뭘 좀 먹어야겠어요."

"저혈당 핑계 대고 저러는 거예요." 뒤따라 들어오던 찰리가 말했다. 루시아는 테이블 위에 있던 샌드위치 하나를 뜯어서는 자리에 앉기도 전에 걸신들린 사람처럼 집어삼켰다. "뭔가 문제가 있어." 마지막 한 입을 삼키는 루시아에게 찰리가 말했다.

루시아는 입을 닦았다. "얼른 끝냅시다. 찰리랑 저는 불꽃놀이 가야 하거든요."

"앞으로 4시간 후에나 시작하잖아."

"수도 없이 생각했지만, 이건 아닌 것 같아요. 기분 나쁘게 듣지는 마시고요." 루시아가 내게 말했다. 나는 상처 받지 않은 척 어깨를 으쓱했다.

"최대한 빨리 끝낼게요." 직장이 곧 사라질지 모른다는 이야기를 듣고 나면 루시아도 서둘러 불꽃놀이를 보러 가지 못할 거란 걸 알고 있었다.

"무슨 일 있어요?" 찰리가 물었다. "두 분 요즘 굉장히 사이가 좋던데." 나는 맬컴을 힐끔 쳐다보았다. 그의 두 뺨이 눈에 띄게 붉어져 있었다. 내 얼굴도 분명 달아올랐겠지. "리얼리티 쇼 같은 걸 신청한 건 아니겠죠?"

"찰리." 혐오감이 담긴 목소리로 맬컴이 말했다. "우리 서점에서 촬영하겠다는 장소 섭외 담당자들도 모두 거절했는데 리얼리티 쇼를 찍어달라고 내가 굽실거렸을 거 같아?"

"아니길 바라야겠죠." 찰리가 대답했다.

"여기서 촬영하겠다고 섭외가 왔었어요?" 내가 맬컴에게 물었다.

"절대 안 될 일이죠."

"그치만 그걸로 낼 수 있는 수익을 생각해봐요."

"폐업할 수도 있는데. 또 그럴 만한 가치도 없어요. 우리 손님들에게 그런 불편을 감수하게 하지는 않을 겁니다."

"손님들도 하루 이틀 정도는 다른 곳에 가볼 수 있어요."

"그럴 일은 없어요, 미랜더." 나를 보던 찰리와 루시아가 맬컴에게로 눈길을 옮겼다. 그들은 꼭 부모 사이에 끼어 있는 어린아이들처럼 우리 둘 중 누구 편을 들어야 할지 몰라 곤혹스러워하고 있었다.

"서점의 도산을 막으려면 뭐든 해야죠." 내가 크게 화를 내며 소리치자 루시아는 숨도 편히 쉬지 못했다. 우리는 모두 입을 다물었다. "이런 식으로 알리려던 건 아니었어요." 나는 루시아와 찰리에게 말했다. "하지만 서점이 어려운 상황에 놓인 건 사실이에요."

나는 찰리와 루시아에게 스프레드시트를 나눠주고는 가장 중요한 사안인 우수 고객 관련 내용을 발표했다. 우리는 지금보다 두 배, 세 배로 단골 고객 수를 끌어올려야 했다. 건너편 카페에서 값비싼 카페라떼를 주문하며 푸로스퍼로 서점을 그저 배경으로만 여겼던 사람들을 서점으로 끌어들여야 했다. 루시아는 열심히 고개를 끄덕였다. 나는 맬컴에게 제시했던 아이디어—낭독회, 자유 발언, 북클럽, 글쓰기 워크숍, 우수 고객 보상 제도—를 되풀이해 말했다. 마치 모두진술을 하는 영화 속 변호사 같았다. 전자책이나 종야등, 서류 정리함을 판매할 수도 있다고 했다. 푸로스퍼로 서점을 서점으로 유지하려면 운명의 날짜인 10월 1일이 될 때까지 매일을 제대로 보내야 한다고도 했다.

준비한 발표를 마치고, 나는 모두가 새로운 소식을 받아들일 수 있도록 잠시 시간을 주었다. 찰리는 루시아가 멈추라고 할 때까지 타일 사이의 줄눈을 긁어댔다. 맥주를 다 마신 맬컴은 추가로 두 병을 더 열었고 그중 한 병을 루시아에게 건넸다. 두 사람은 맥주를 전부 비웠고, 그제야 나는 여섯 병으론 부족하다는 걸 깨달았다.

"정말 문을 닫을 수도 있어요?" 결국 찰리가 물었다. 나는 대답할 용기가 없었다. 맬컴 역시 나처럼, 딱지 앉은 엄지손가락만 잡아 뜯었다.

"그래도," 어떤 아이디어가 갑자기 떠오른 듯 루시아가 입을 뗐다. "싸워보지도 않고 포기하지는 말아야죠."

"벌써 서점을 잃은 것처럼 말하네." 맬컴이 말했다.

"도전이 될 거예요." 내가 말을 덧붙였다. 나는 우리가 아동 도서를 몇 분에 한 권씩 팔아야 하는지에 강조 표시를 해두었다.

"한 부분만 가지고 이야기하면 안 되죠." 맬컴이 발끈했다.

"그냥 예를 든 거예요." 나는 우리 서점과 비슷한 규모의 서점들의 평균 판매량을 정리한 자료도 보여줬다.

"직접 만들었다기엔 그다지 깔끔한 비교는 아니네요." 맬컴이 반응했다.

"왜 이런 걸로 시비를 거는 거죠?"

"우리 서점에 불리한 자료를 만들었으니까요."

"우리 서점은 왜 이 서점들만큼 책을 팔지 못하는 걸까요?" 루시아가 말했다. "우린 위치도 좋고, 단골도 있고, 최고의 책들을 갖고 있는데. 우리가 뭘 잘못하고 있는 걸까요?"

찰리는 스프레드시트를 가지런히 정리했다. "빌리도 알고 있었나요?" 찰리는 상처받은 연인 같았다.

"자, 진정하자고." 맬컴이 정리에 나섰다. "이건 빌리의 잘못이 아니야."

빌리의 잘못이 맞았다. 하지만 그걸 지적하는 건 아무 도움이 되지 않았다. "9월 말까지 필요한 비용을 지급할 자금은 충분해요. 하지만 가을에도 서점을 계속 운영하려면 확실한 변화가 필요하긴 해요." 내가 말했다.

"계속 여기 계실 거란 뜻인가요?" 찰리가 내게 물었다.

"8월 말에는 필라델피아로 돌아가야 해요." 말을 뱉자마자 나는 내가 이미 여름내 이곳에 머무르겠다고 결정했음을 깨달아버렸다. 나는 죄책감, 제이와 나눠야 할 대화, 우리 사이에 차곡차곡 쌓이고 있는 부담감을 떨쳐내려고 애썼다.

"그렇다고 서점을 매각할 필요는 없잖아요. 흑자 전환되면 그 이후부터는 우리 식구들이 운영하면 되니까요." 찰리의 음성이 흔들렸다. 나를 뜬금없이 나타난 이방인이나 이곳을 서점으로 유지시켜줄 외부의 자선사업가가 아닌, 이 집단의 일원으로 생각해주는 그를 안아주고 싶었다.

"나라 반대편에서 서점을 운영할 수는 없어요." 내가 말했다.

"맬컴이 하면 되죠. 맬컴이 몇 년 동안이나 해왔으니까."

"찰리. 우린 제대로 된 매수인을 찾을 거야." 맬컴이 그를 타일렀다.

"우리가 까다롭게 고른다면 결국 좋은 사람이 서점을 넘겨받게 될 거예요. 그게 제가 아니라 유감이지만요." 내가 덧붙였다.

모두가 잠시 아무 말도 하지 않았다. 루시아는 곧 돌아오겠다는 몸짓을 하더니, 몇 분 후 맥주 한 상자와 테킬라 한 병, 그리고 작은 유리잔 네 개를 들고 나타났다. 그녀가 술잔을 건넬 때 내가 침울한 표정을 지은 게 분명했다. "우리 죽어도 같이 죽고 살아도 같이 살아요"라고 굳이 말한 걸 보니.

쨍그랑 소리가 나도록 유리잔을 부딪친 우리는 잔에 있는 술을 모두 털어 넣었다.

그렇게 선셋교차로 건너편의 치즈 가게와 카페, 식당들이 모두 문을 닫았다. 루시아가 시계를 보긴 했지만 그에 대해 아무 말도 하지 않았다. 우리는 다 같이, 사람들이 푸로스퍼로 서점을 알게 되는 경로를 적어보았다. 지나가다가, 비정기적인 낭독회나 신간 기념 파티에 참석했다가, 이달의 좋은 글을 읽고, 옐프*를 보고. 루시아는 빈 잔들을 다시 테킬라로 채웠다. 술은 반밖에 남지 않은 상태였다. 우리는 사람들에게 푸로스퍼로 서점을 알릴 방법을 적어봤다. 지역 신문에 광고 내기, 주간 행사하기, 북클럽 운영하기, 작가 워크숍 열기, 잡지 출간하기, 이달의 책 선정하기, 블로그 운영하기.

"제대로 된 웹 사이트가 필요해요." 내가 제안했다. "단순한 홈페이지 말고요. 그리고 페이스북과 인스타그램 계정도."

나는 맬컴이 또 이의를 제기할 거라 생각했다. 그러나 그는 뜻밖에도

---

* 미국의 지역 기반 SNS. 식당, 백화점, 서점, 병원 등 다양한 이용 시설에 대한 별점, 정보를 이용자에게 제공한다.

226

이런 말로 반응했다. "난 늘 누아르 장르의 블로그를 쓰고 싶었는데."

"난 코바늘뜨기 블로그. 항상 하고 싶었어요." 루시아가 기대감에 부푼 모습으로 말했다.

"너무 흥분하지는 말고." 맬컴이 루시아를 말렸다. 그녀는 그런 그에게 혀를 쏙 내밀어 보였다.

"아이들을 위해서도 뭔가를 하면 어떨까요? 닥터 수스Dr. Seuss의 날은 제가 나서서 할 수 있는데." 찰리가 말했다. 나는 그런 찰리를 다시금 꼭 안아주고 싶었다.

우리는 웹 사이트에 소개할 이벤트 목록을 정리했다. 실라의 출간 기념 파티를 시작으로, 레이먼드 챈들러와 헤밍웨이, 그리고 다른 직원들이 좋아하는 작가들의 생일을 기념하는 이벤트였다.

"생일 이벤트는 한 달에 한 번 이상은 힘들어요. 이벤트로 달력을 가득 채우는 건 효과도 없을 거고." 맬컴이 주장했다.

"챈들러와 헤밍웨이 둘 다 당신이 원한 건데요." 내가 반박했다. 두 작가의 생일은 이틀 차이였다.

"그런 걸 보통 브레인스토밍이라고 하죠." 맬컴이 말했다.

"그런 걸 보통 브레인스토밍이라고 하죠." 루시가 취한 목소리로 맬컴의 말을 따라 했다.

맬컴이 벌떡 일어서자 루시아는 곧바로 도망쳤다. 문학 섹션이 있는 구석까지 쫓아간 맬컴에게 붙잡힌 루시아는 그의 손을 뿌리치려 애썼다. 둘은 그렇게 헉헉댔고, 루시아가 나를 보고 웃는 사이 맬컴이 그녀의 다리를 잡고 그녀를 어깨에 둘러멨다. 루시아는 그런 그를 발로 찼지만 그녀의 다리는 허공에서 버둥대며 죽어가는 물고기처럼 보일 뿐이었다.

"맬컴, 내려줘! 농담 아니야!" 맬컴이 루시아를 쓰레기통 바로 위로 들고 가자 그녀가 비명을 질렀다. 잠시 뒤, 맬컴은 루시아를 바닥에 내려놓았다. 루시아는 힘을 뺀 채로 맬컴의 팔을 때렸다. "진짜 유치해."

계속 숨을 헐떡이며 맬컴이 다시 자리에 앉았다. "8월은 늘 한산해요." 그는 8월의 생일 이벤트 목록—제임스 볼드윈, 찰스 부코스키, 도러시 파커—과 낭독회를 위한 밤을 손가락으로 가리키며 말했다. "계획을 너무 많이 세우면 안 됩니다. 낭독회 한 번, 그리고 부코스키로만 가죠."

"하지만 8월 판매량을 더 올려야 해요. 판매가 저조한 달이 있으면 계획에 차질이 생겨요." 그의 말에 내가 반박했다.

"도시 밖으로 떠난 사람들을 불러올 수는 없잖아요." 맬컴이 재반박했다.

"도시 전체가 비나요? LA 주민 모두 다?"

"거의 그렇죠."

"난 8월에도 코바늘뜨기 모임 열 건데." 루시아가 시비조로 말했다. 우리는 9월 말까지의 계획을 짜면서 8월 스케줄은 조금 느슨하게 조정했다. 대신 이후에 만회할 계획으로, 자체 조달에 실패할 경우 찰리가 자비로 준비하겠다고 약속한 초콜릿 분수를 대동한 로알드 달의 날과 켄 키지의 밤, 정기적인 북클럽과 작가 미팅 전부를 대출금 상환과 신용 거래가 종료되는 10월 1일까지 진행하기로 했다. 그리고 그 전날인 9월 30일에 쫑파티를 열기로 했다. 자선 행사. 성공하든 망하든 상관없이 어쨌든 기념하는 파티. 어떤 상황이 닥치든, 그것은 내 작별 파티가 될 거였다.

배가 꼬르륵거려 대화하기 어려워지자, 찰리가 서점의 허접한 주방으로 들어가 터키 샌드위치를 만들어왔다. 저녁을 먹으며 루시아와 찰리, 그리고 맬컴은 푸로스퍼로 서점의 좋은 기억들을 나눴다. 루시아는 『가르시아 자매는 어떻게 억양을 잃었나How the Garcia Girls Lost Their Accents』

를 알기 전까지는 책 읽는 걸 싫어했다고 했다. 그녀의 기억은 사진처럼 선명했다. 자신이 소설을 판매한 고객들의 눈썹과 입술 피어싱은 물론, 소설을 더 추천해달라며 몇 주 후 재방문한 고객이 착용하고 있던 은 귀고리와 앵클부츠도 기억했다. 찰리는 서점에서의 첫날, 토스터에 베이글을 넣고 깜빡 잊는 바람에 서점 전체가 뿌연 연기로 가득 찼던 그날의 이야기를 꺼냈다. 그는 당연히 곧바로 해고될 줄 알았는데, 빌리는 그런 자신에게 도리어 타이머 사용법과 사고 예방법을 알려주었다고 했다.

맬컴은 우리가 앉아 있던 테이블의 옆 자리만 고수했던 한 손님을 떠올렸다. 지금은 자기 작업실이 생겨 카페에 잘 오지 않는 극작가였다. 작가의 첫 각본이 팔렸을 때, 빌리는 모두에게 샴페인을 대접했다고 했다. 또 다른 작가가 자기 아버지의 사망 소식을 알게 되었을 땐, 그가 홀로 슬픔을 달랠 수 있도록 카페 문을 닫았다고도 했다. 언젠가는 한 젊은 남자가 씩씩거리며 문학 섹션에 가서는 책 한 권을 찢더니, 다른 책한 권을 또 찢은 일이 있었다. 연인이 좋아했던 로맨스 부분을 찢은 거였다. 맬컴은 그를 말리려고 했지만, 그런 맬컴을 막은 건 빌리였다. 남자는 책을 열 권이나 찢은 후에야 마음을 가라앉힐 수 있었고, 이후 그이상의 소동 없이 책값을 지불했다. 그가 서점을 떠난 후 빌리는 찢긴 페이지들을 상자에 담아 창고에 보관해두었는데, 맬컴이 아는 한 그 상자는 여전히 창고에 남아 있을 것이었다.

내 차례였다. 나는 빌리가 어떻게 어린 나를 이 서점에 데려왔는지, 어떻게 책을 고르라고 말했는지, 그렇게 고른 책이 다른 서점에서 산 책에 비해 얼마나 더 많은 마법을 품고 있었는지에 대해 말해주었다. 당시 빌리와 리가 '공작의 지위보다 책을 더 우대하는 곳'이라는 말로 전화 응대를 했다고도 말해주었는데, 그걸 들은 루시아는 무슨 응원가라도 된다는 듯 주먹을 흔들며 그 문구를 읊고 또 읊었고, 맬컴이 진정시키기 전까지 테이블 위에 계속해서 맥주를 튀겨댔다.

나는 1990년대의 실버레이크를 묘사하기도 했다. 그땐 카페와 치즈 가게가 없었지만, 대신 차에 도둑이 자주 들었으며 총소리가 들리기도 했다.

젠트리피케이션과 상점들이 쫓겨나는 상황을 한탄하는 맬컴에게 루시아는 과장된 하품을 하며 냅킨을 집어던졌다. "에코파크에 사시는 분이. 정의로운 척하지 마시죠."

하늘이 어둑어둑해질 때까지 서점에 관한 기억을 나누던 우리는 사람들이 불법으로 터트리는 폭죽 소리를 듣게 됐다. 모두 그 소리를 따라 에코파크와 시내가 잘 보이는 옥상으로 올라갔다. 연달아 터지는 폭죽 소리가 전쟁터를 연상케 했다.

루시아와 나는 옥상 난간에 걸터앉아 발을 달랑거렸다. "여기서는 불꽃 터지는 게 얼마나 보이려나." 그녀가 동쪽을 가리켰다. "다저스 구장에서 하는 건 당연히 보일 테고." 이번엔 손가락을 서쪽으로 옮겼다. 술에 취해 발음이 불분명했다. "아마 센추리시티와 샌타모니카까지도 보일 거예요. 오늘 밤하늘이 맑으니까." 맬컴과 찰리는 옥상의 다른 편에 앉아서 무언가 진지한 이야기를 하고 있었다. "비밀 이야기 해? 나 안 끼워주면 그 비밀도 재미없을걸" 루시아가 그 둘에게 큰 소리로 말했다.

"무슨 이야기인지 궁금하면 이리로 와." 찰리가 소리쳤다.

"못 움직이겠어. 정말로, 다리에 감각이 없어" 루시아가 허벅지를 꼬집었다. "아무 감각도 없네" 주변 하늘이 더 어두워졌다. 난 움직일 수 있었지만 그러고 싶지 않았다. "독립기념일에 하겠다고 생각했던 게 이거였어요?" 루시아가 테킬라를 병째로 들고 마시며 내게 물었다.

"16년 동안 한 번도 만난 적 없는 삼촌이 운영하던 서점을 살려볼 궁리를 할 거라 생각했냐는 건가요? 아뇨, 그럴 생각은 아니었어요." 술 덕분에 목소리를 조절할 수 없었다. 루시아는 두 손으로 귀를 막았다.

"바로 옆에 있으니까 소리칠 필요 없어요." 우리는 루시아의 얼굴이 어색해질 때까지 웃었다. "빌리를 16년이나 못 봤다고요?"

"거짓말을 왜 하겠어요."

"너무 슬프다." 루시아가 내 어깨에 머리를 기댔다.

"슬픈 일이죠." 그녀의 머리에 나도 머리를 기댔다. "정말 슬퍼요."

찰리가 발을 질질 끌며 우리 쪽으로 다가오더니 눈치 없이 루시아 곁에 앉았다. 그러고는 팔을 뻗어 그녀의 손에 들려 있던 테킬라 병을 빼앗았다.

"나한테 술이 있을 때만 내가 필요하지." 루시아가 웅얼거렸다.

맬컴은 여전히 옥상 저편에 남아 있었다. 나는 그에게 다가가 멀리서 반짝이는 폭죽을 함께 구경했다. 같은 팀으로, 함께 일하기로 약속한 사이였지만 서점과 관련된 이야기가 아니라면 나는 맬컴에게 여전히 무슨 말을 해야 할지 알지 못했다.

"까다롭게 굴었다면 미안해요." 맬컴이 말했다.

"당신이요? 까다롭게?"

"빌리가 변화를 시도할 때 난 언제나 찬성이었어요. 그저 지금은 빌리가 없으니까……" 맬컴은 먼 하늘에서 명멸하는 폭죽을 지켜보았다.

"괜찮아요. 이해해요." 내가 말했다.

"하지만 자유 발언은 여전히 싫어요. 모두가 자신의 숨겨진 예술가적 기질을 발견할 필요는 없으니까."

나는 팔꿈치로 그를 툭 건드렸다. "당신이 있었으니, 빌리는 운이 좋았네요."

마치 나를 처음 본다는 듯, 그가 나를 뚫어지게 쳐다보았다. "그거 알아요? 당신이야말로 내가 생각했던 것과 다르다는 거."

"어떻게 다른데요?" 예상보다 훨씬 더 기대에 찬 목소리가 나와버렸다.

"당신은……" 폭죽이 우리 바로 뒤에서 터지는 바람에 맬컴의 말이 멈춰버렸다. 루시아는 난간에서 폴짝 뛰어내려 우리에게 달려왔다. 우리는 함께 분홍색과 파란색으로 물드는 하늘을 바라보았다. 루시아는 두 팔로 우리를 안고서 길게 함성을 질렀다.

"내가 어떻게 다른데요?" 나는 루시아의 어깨 너머로 소리쳤다. 맬컴이 내게 윙크하고는 다시 하늘을 향해 고개를 들었다. 나는 그의 손을 잡고 싶었다. 그를 아래층 문학 섹션으로 끌고 내려가면 어떻게 될지, 내가 그에게 키스하면 그도 내게 키스해줄지 궁금했다. 객관적으로 맬컴은 제이보다 매력적이지 않았다. 애매하다고 해야 하나. 그는 굽은 어깨 때문에 어딘가 항상 살짝 불편해 보였다. 그러나 그에겐 내가 떨쳐버릴 수 없는, 거부할 수 없는 무언가가 있었다. 내가 무슨 생각을 하는 거지? 나는 절대 그의 손을 잡지 않을 것이다. 노골적인 섹스도 격정적인 키스도 절대 없을 것이다. 내가 제이와 사귀고 있어서가 아니었다. 그건 내가 생각조차 해본 적도 없는 자유분방함이 필요한 일이기 때문이었다. 그럼에도 나는 결과 따위는 나중에나 생각하는 여자가 되는 환상을 떨쳐내지 못하고 있었다.

"이쪽이야!" 찰리가 가리킨 서쪽의 먼 하늘에서는 세 종류의 폭죽이 동심원을 그리며 각각의 색을 흩뿌리고 있었다. 이 불꽃놀이를 도시 반대편에서 봐도 여기 옥상에서 바라보는 다저스 구장의 불꽃만큼이나 아름답겠지. 나는 해변에 담요를 깔고 앉은 엄마가 아빠와 손깍지를 낀 채로 바다 위로 하얗게 떨어지는 불꽃을 바라보는 모습을 상상했다. 그 모습을 보며 엄마는 날 떠올릴까? 에벌린과 빌리, 내게 절대로 알려주지 않는 그 이야기들도 생각할까?

폭죽이 하나 더 올라가자 루시아는 맥주를 높이 들었다. "가자." 루시아가 소리쳤다. 중심부가 국가를 상징하는 파란 빛깔로 터지기 시작한 폭죽은 노란 빛깔 필라멘트를 비처럼 흩뿌리며 사라졌다. 파란빛이 꺼지기 전, 또 다른 폭죽이 올라가는가 싶더니, 열두 개의 폭죽이 연속으로 발사되었다. 우리는 어깨를 맞붙인 채로 너무 많아 셀 수조차 없는 불꽃을 바라보았다. 90초 동안 하늘은 멎지 않는 소음으로 가득 찼다. 마지막 폭죽이 사라지자 루시아가 한 번 더 소리쳤다. "더 가보자!"

서점 주변 뒷마당에 있던 사람들도 환호성을 질렀다. 우리도 그들의 함성에 더해 목청껏 소리를 질렀다. 성대가 망가져도 상관없었다. 목소리가 갈라지고 목이 아플 때까지 우리는 소리를 질러댔다.

산발적인 불꽃놀이가 몇 시간 동안 계속됐다. 어느 순간 비틀거리며 내려와 보니, 우리의 함성이 곤히 잠들어 있던 서점에 지나치게 컸을 것 같았다. 취기가 올랐다. 무엇을 마셨는지, 얼마나 마셨는지 알 수 없었다. 언제, 어떻게 위층으로 올라왔는지도 기억나지 않았다. 아침이 밝고 보니 나는 빌리의 침대 위에, 혼자, 어제 입은 청바지를 벗다 만 채로 누워 있었다. 제이와 통화한 사실이 어렴풋이 떠올랐다. 우리 침대에 내가 없어 허전하다던 그의 잠에 취한 목소리도 기억났다. 덜 외롭고 싶으면 시도해보라며 그에게 전한 이러저러한 말들과 실수로라도 맬컴의 이름을 발음하지 않으려 애쓴 것, 여름 동안 이곳에 남기로 결정했다는 사실을 숨긴 것 등이 기억 속에서 희미하게 떠올랐다. 내가 야한 이야기를 하려고 하자 제이는 웃으며 내가 그립다고 했다. 실망하고 싸우더라도 우리 사이엔 여전히 우리만의 무언가가 있었기에, 우리는 그렇게 화해했다.

빌리의 침실이 점점 밝아졌다. 나는 침대에 누워 제이를 생각했다. 이 여름이 끝나고 집으로 돌아가면 꽃을 들고 공항으로 날 마중 나오겠지. 그 꽃을 보면, 제이를 보면, 내가 얼마나 그를 좋아했었는지 기억나겠지. 맬컴을 향한 욕망을 실행에 옮기지 않은 걸 다행이라 여기게 되겠지. 학기가 시작되면 함께 수업 계획을 짜겠지. 필라델피아 서부를 통과하는 지름길, 단 한 번도 시간이 단축된 적 없는 그 길을 따라 집으로 돌아가겠지. 학교 복도에서는 동료처럼 행동하다 집으로 돌아오면 다시 연인이 되어, 그 충만함을 만끽하겠지.

하지만 그런 모습을 그려볼수록, 필라델피아에서의 삶이 얼마나 행복했었는지 기억하려고 애쓸수록, 푸로스퍼로 서점과 수수께끼 같은 맬컴의 눈빛, 찰리의 보조개, 루시아의 부산스러움, 그리고 빌리의 단서들이 더욱더 선명해졌다. 빌리의 수수께끼를 풀지 못해도 과연 내가 이곳을 떠날 수 있을까? 에벌린에게 무슨 일이 있었는지 밝혀내지 못해도? 빌리와 엄마가 싸운 이유를 끝내 알아내지 못해도? 엄마와 대화하지 않는 상황이 계속되더라도 내가 동부로 떠날 수 있을까? 우리 관계가 회복되지 않아도? 만약 서점을 살리게 된다면 난 여길 어떻게 떠날 수 있을까? 우리에게 그럴 가능성이 있기는 할까? 내가 도움이 되기는 할까? 북클럽, 파티, 낭독회? 어쩌면 어떤 시도도 소용없는 것 아닐까? 푸로스퍼로 서점도 예전 실버레이크의 또 다른 유물로, 변화에 적응하지 못한 구식 상점으로 남게 될지도 몰랐다. 나는 숙취로 인해 나오는 말이라고, 테킬라를 급하게 마시는 바람에 도파민이 떨어져서 이러는 거라고 스스로를 안심시키려 했지만, 잿빛 아침에는 모든 것이 불가능하게 느껴졌다.

'정말로 불가능한 일은 거의 없다.' 앨리스의 말을 이렇게나 빨리 잊다니. 빌리는 이 말을 믿었다. 빌리는 나도 이 말을 믿기를 원했다. 그러니 노력해야 했다. 푸로스퍼로 서점을 살리기 위해서라면 무슨 일이든 해야만 했다.

12장

일주일 동안 우리는 유명한 인용구와 푸러스퍼로 서점의 엠블럼이 찍힌 전단과 엽서를 로스펠리스, 실버레이크, 그리고 에코파크에 있는 모든 카페와 도서관 게시판에 붙이고 다녔다.

독서를 배우는 것은 불을 밝히는 것이다. —빅토르 위고

좋은 친구, 좋은 책, 그리고 느슨한 양심. 이것이야말로 이상적인 삶이다.
—마크 트웨인

외롭지 않다는 것을 깨닫기 위해 우리는 책을 읽는다. —C. S. 루이스

천국은 도서관과 같을 것이라고 우리는 늘 상상한다. —호르헤 루이스 보르헤스

독서하는 법을 배우고 나면, 영원히 자유롭다. —프레더릭 더글러스

나는 책 없이 살 수 없다. —토머스 제퍼슨

마지막 두 문구는 내가 추가했다.

맬컴은 우리가 새롭게 구성한 북클럽 포스터를 출입문에 붙였다. 서점에 모시고 싶은 소규모 출판사와 신진 작가를 위한 북클럽부터 맬컴의 고집이 반영된 LA 문학 북클럽, 루시아가 원했던 세계문학 북클럽, 그리고 셰익스피어 작품에서 이름을 따온 서점이라면 응당 운영해야 할, 전시대를 아우르는 고전문학 북클럽까지 총 네 가지였다.

우리는 파티에 관한 세부 사항도 확정 지었다. 9월 28일, 토요일, 드레스 코드는 문학작품 속 인물 복장. 티켓은 장당 20달러로, 총 200장을 준비하기로 했다. 티켓만으로는 월평균 적자를 메울 수 없었지만, 우선 그렇게 시작하기로 하고, 나머지는 입찰식 경매로 충당하기로 했다. 맬컴은 출자자를 구하기 위해 지역 내 가구점과 몇몇 미용실, 자전거 용품점에 전화를 걸었다. 나는 지역신문과 블로그에 전달할 보도자료 초안을 작성했다. 루시아와 찰리는 LA 동부에 있는 친구, 바텐더, 웨이터에게 연락해 각자 식당의 대표에게 무료 음식과 칵테일을 제공해줄 것을, 정식 메뉴를 경매에 내놓아줄 것을 권해달라고 부탁했다. 이런 식의 기부가 우리에겐 필요했다. 더 나아가 주변 이웃들의 도움, 동네 꽃집에서부터 철물점 직원까지 우리를 가까이에서 지켜보는 이들의 강력한 지지가 필요했다.

KCRW 라디오에서 일하는 맬컴의 친구는 우리에게 라디오 당첨 혜택 이벤트의 제공자가 되어주기만 하면 아침 음악 방송의 15초짜리 광고로 실라의 신간 낭독회 소식을 송출해주겠다고 했다. 도서를 10퍼센트나 할인해줘야 한다는 말에 맬컴이 픽 웃기는 했지만, 어쨌든 넓게 보면 유리한 제안이었다. LA 사람들에게 공중파를 통해 푸로스퍼로 서점을 알릴 수 있는 기회였기 때문이다.

물론 실라의 신간 낭독회는 일요일 저녁 7시, '브룩스 가족의 야외 식사' 시간에 예정되어 있었다. 낭독회 며칠 전, 아빠로부터 지시형 문자를 받았는데 이번에는 정말 그것이 명령이라는 걸 알았다. '일요일에 와.' 나는 '노력해볼게요'라고 답장을 보냈는데, 아빠는 거기에 '엄마를 행복하게 해드려'라는 말로 응수했다. 엄마도 나를 행복하게 해줘야 한다고 보내고 싶었지만, 갈 수 있도록 최선을 다해보겠다는 말만 써 보냈다. 갈 수 없다고 했을 때 아빠가 내게 어떤 명령을 내릴지 알고 싶지 않아서였다. 어차피 내가 진심으로 이야기를 나누고 싶은 사람은 엄마였으니까.

엄마와 마지막으로 이야기한 지도 3주가 흘렀다. 내가 이탈리아로 떠나는 10학년 수학여행에 인솔자 자격으로 미술 교사와 동행했을 때, 엄마와 일주일 간 대화하지 못 했었다. 여행 전 엄마는 내게 매일 이메일을 보내겠다고 약속하라고, 그래야 내가 납치되진 않았는지 확인하기 위해 미 대사관에 전화할 필요가 없지 않겠느냐고 했고, 나는 그런 엄마에게 와인을 몰래 마신 아이들 이야기, 담배 냄새 나는 아이들 이야기, 연애했다 헤어지기를 반복하며 거의 매일을 눈물로 보내는 아이들 이야기, 주먹싸움 하는 아이들 이야기 등을 정기적으로 보고했다. 외국에 있지 않을 때도 엄마는 나와 36시간 넘게 연락이 되지 않으면 불안해했다. 48시간이 지나면 엄마의 불안은 히스테리로 변했다. 나는 상관하지 않았다. 이건 엄마에게 구속 당한다고 느끼는 여러 경우 가운데 하나일 뿐이었다. 우리가 떨어져 살게 된 후에도 엄마와 나는 서로의 삶에 없어서는 안 되는 존재였다. 이제 나는 그 힘이 약해지는 시점에 가까워져 있었다. 엄마의 통제를 다시금 강화할지 말지는 전적으로 내게 달려 있다.

엄마는 통화 연결음이 울릴 새도 없이 전화를 받았다. "미랜더, 엄마 지금 장 보는 중이야. 대황이 들어왔네. 일요일에 이걸로 파이를 구워야겠어. 딸기는 넣는 게 좋니, 빼는 게 좋니?"

나는 빌리의 거실을 서성거리며 적절한 말을 골랐다. "엄마, 너무 미안하지만, 저 일요일에 못 가요." 엄마의 카트가 끽하고 멈추는 소리가 들렸다. "서점에서 처음으로 여는 행사가 있거든요. 제가 빠지면 안 되는 행사라서요."

"그래, 알았어." 카트가 다시 움직였다.

"엄마도 오실래요? 실라 크롤리가 책 읽어주는 행사인데요." 나는 잠시 아주 완벽한 해결 방법을 찾은 것 같았다. 부모님이 실라의 낭독회에 오게 된다면, 엄마는 에벌린이 운영했던 때의 서점을 떠올리며 어디가 달라졌고 어디가 그대로인지 알려줄 수 있을 테고, 나는 서점을 살려낼 우리의 계획을 전할 수도 있을 거였다.

"실라 크롤리?" 아주 오랜만에 들어보는 이름인 것처럼 엄마가 말했다.

"네. 새로운 회고록을 출간했거든요. 1990년대에 엄청난 베스트셀러를 쓰셨대요."

"누군지 알아." 엄마는 살짝 언짢은 듯, 마치 내가 자신을 책도 읽지 않는 사람으로 여긴다는 듯이 답했다.

"그럼 오실래요?" 나는 빌리의 소파 끝에 걸터앉아, 그러겠다는 엄마의 대답을 간절히 기다렸다.

"이미 저녁용 생선을 샀어."

"월요일에 드시면 되잖아요."

"월요일에는 콘래드 댁에 가야 해."

"그럼 화요일에 드세요." 카트의 바퀴 구르는 소리가 스피커 밖까지 울렸다.

"화요일이면 다 상하지."

"그럼 얼려요."

"해동된 생선은 다시 못 얼려. 살이 다 무르잖아." 엄마는 내 제안이 끔찍하다는 듯 말했다.

"그럼 그냥 버려요. 제발, 엄마. 오시면 좋겠어요." 나는 반바지를 움켜쥐고는 엄마가 핑계는 그만 대고 그냥 알겠다고 해주기를 바랐다.

"그 여자 다시는 보고 싶지 않아." 엄마 자신도 모르게 불쑥 튀어나온 말이었다. 엄마는 순간 평정심을 잃었는데, 그건 정말 드문 일이었다.

"그분을 알아요?"

"만난 적이 있어." 엄마가 다시 차분해진 목소리로 말했다.

"빌리랑 데이트할 때요?"

"그런 적은 없어……" 엄마가 내게 그 둘의 관계를 어떻게 알았는지 물어봐주길 기다렸다. "그 여자는 빌리에게 정말 끔찍한 영향을 준 사람이야!" 엄마는 코를 훌쩍이며 잠시 빠져있던 기억에서 벗어나오려고 했다. "다음 주 일요일에 만나자, 알았지?"

"알았어요. 다음 주 일요일." 나는 그 다음 일요일에도 무슨 일이 있을 것만 같은 예감을 무시하며 답했다. "엄마?" 엄마가 전화를 끊기 전 내가 그녀를 불렀다.

"응?"

"보고 싶어요."

"나도 보고 싶어." 엄마의 목소리가 떨렸다. "다음 주 일요일에 만나자."

전화를 끊은 나는 소파에 등을 대고 앉았다. 어쩌다 이렇게 됐을까. 엄마는 내 병원 예약 사항은 물론, 내가 본 영화, 내가 읽은 책까지 알고 있는 사람이었다. 엄마는 내 의식의 흐름과도 같은 존재였다. 나는 그 어떤 것도 감추지 않았다. 엄마에게는 모든 것을 말했다. 선생마저도 잠재적 희생양으로 여기는 우리 반 불한당 샘이 내 책상 위에 빨간 물감을 잔뜩 묻힌 탐폰을 두고 간 것도 말했고, 우리 반 학생 둘이 점심시간에 화장실에서 구토한 것도 말했고, 아끼는 학생이 표절한 사실을 발견한 것도 말했고, 내 팔에서 이상한 혹을 발견하곤 이대로 죽는 건 아닐지 걱정한 것도 말했다. 검사 결과 물혹으로 밝혀졌는데도 엄마는 외래 수술하는 나를 위해 필라델피아까지 날아왔었다. 제이와 서투른 첫 키스를 나누다 서로 이가 부딪친 이야기도 했고, 나와 너무 다른 사람과 데이트를 해도 되는지 모르겠다는 이야기도 했다. 엄마는 내가 제일 먼저 속마음을 털어놓는 사람이었다. 엄마는 비밀을 털어놓는 친구였고, 조언자였고, 지지자였다. 반대로 나 역시 엄마가 새로운 고객을 언제 만나는지, 새로운 식당에는 언제 가보는지, 도러시 콘래드 아주머니와 골동품 쇼핑을 위해 언제 애리조나까지 운전해서 가는지를 알고 있었다. 모든 샹들리에의 가격과 상태를 알고 있었고, 엄마가 구매하는 모든 장식장과 꽃병에 대해서도 알고 있었다. 하지만 그런 건 물혹 이야기가 아니었다. 어색한 첫 키스 이야기도 아니었다. 내가 좋은 선생님이 아닌 것 같은, 아이들을 속이는 것 같은 감정에 관한 이야기도 아니었다. 엄마는 자신의 일상을 이야기한 것이고, 나는 나의 불안한 감정을 털어놓은 거였다. 어쩌면 엄마와 나는 단 한 번도 내가 생각한 것만큼 가까웠던 적이 없었기에, 서로가 기대하는 상대가 되어주지 못했는지도 모른다. 엄마는 나의 모든 것을 알고 있지만, 나는 엄마에 대해 아는 것이 거의 없었다.

실라의 낭독회가 있던 날 오후, 조니가 행사를 돕겠다며 서점에 방문했다. 조니가 「세 자매」 리허설을 시작한 이후 처음 만나는 거였다. 빌리 침실 서랍장에 기대선 조니는 거울 앞에서 머리를 헝클어트리며 마샤와 올가 역의 유명 배우들과 점심 먹은 이야기를 해주었는데, 자신을 은밀한 눈길로 쳐다보는 시선이 가득한 식당에서 식사하는 것 같았다고 했다.

"감독님이 그러는데 내가 감이 있어서 다행이래. 대부분의 배우들이 감도 없으면서 인기 얻을 생각만 한다면서?" 조니는 이미 익숙해진 말투로 감독님을 발음했다. 내 감독님. 내 연극. 내 경력. 내 인기. 나는 조니가 믿는 만큼 그 연극이 가치 있는 것이기를 진심으로 바랐다.

조니가 가방에서 립스틱을 꺼내더니 내 앞에 대고 흔들었다. 침대 끝에 걸터앉아 있던 나는 조니가 지시하는 대로 조명 쪽으로 얼굴을 돌렸다.

"이 낭독회 진짜 좋은 아이디어 같아. 사람들도 분명 많이 올 거야." 조니가 말했다.

"전부 맬컴이 한 거야. 내가 오기도 전에 다 끝내놨더라고."

"둘이 좀 나아진 것 같네?" 조니가 내 입술에 립스틱을 발라주며 말했다.

"내가 일종의 테스트를 통과한 것 같아. 알고 보니 맬컴도 그렇게 개자식은 아니었어." 조니는 뒤로 물러서서 자기가 한 화장을 살피더니 마치 나보다 내 생각을 더 잘 안다는 듯한 표정으로 나를 쳐다봤다. "왜?"

조니는 검지를 뻗어 내 아랫입술에 립스틱을 톡톡 덧입혔다. "남자들은 새빨간 입술을 보면 언제나 키스하고 싶어진대."

"너 완전히 헛다리 짚는 거야." 조니는 모든 논리와 사실을 뛰어넘는, 그녀 특유의 미소를 계속 지어보였다. "조니, 나 애인 있다고."

"그나저나 그 공격 잘하는 남자는 어떻게 지내? 공격수랬나? 그 남자가 계속 너한테 들러붙어 있는 거라면, 축구 포지션이라도 좀 알아둬야겠다." 조니는 립스틱 뚜껑을 닫고는 그것을 곧 터질 것 같은 파우치에 욱여넣었다.

"제이는 수비수야. 6주 후에나 돌아가겠다고 하면 그가 뭐라고 할지 모르겠어."

"널 그리워하겠지. 그게 다겠지, 뭐." 휴대전화를 꺼낸 조니가 셀피 찍기 전 자신의 모습을 카메라로 점검했다. "장거리 연애가 실패하는 데는 다 이유가 있어."

"우린 장거리가 아니잖아." 내가 반박했다.

조니는 내게 따지려다 참기로 한 것 같았다. 나도 조니에게 쏘아붙이고 싶었지만, 조니가 제이와 내가 잘못될 거라 생각하는 이유까지 듣고 싶진 않았다.

"실라가 다음 단서를 가지고 있을까?" 조니가 물었다.

"그랬으면 좋겠어." 나는 빌리 서랍장의 첫 번째 서랍을 열고 실라의 편지를 꺼냈다.

조니는 편지를 읽으며 침실을 서성거렸다. "'너희 집 거실 바닥에서 처음으로 섹스했을 때'라고? 세상에." 조니는 스칼릿 오하라처럼 이마를 짚었다.

"계속 읽어봐. 중요한 건 맨 마지막에 있어."

"너를 알게 된 건 내 삶에 커다란 축복이었어. 넌 잘 이겨낼 거야. 우리 두 사람 모두 그렇게 될 거야. 그리고 언젠가 이겨내게 된다면, 우린 다시 만나게 될 거야' 이거?" 조니는 눈을 가늘게 뜨고 중요한 부분을 찾아내려 애썼다.

"거기 말고." 나는 편지를 집어 들었다. "'에벌린의 죽음 역시 네 잘못이 아니야. 너도 이걸 믿어야 해. 앞으로 나아가려면.'" 조니는 이해할 수 없다는 듯 어깨를 으쓱했다. "빌리는 에벌린의 죽음을 자기 책임이라고 생각한 거야."

"살아남은 사람이 느끼는 죄책감으로 들리는데?" 조니는 따분하다는 듯 침대에 털썩 드러누웠다. "게다가 이게 너네 엄마랑 빌리가 싸운 거랑 무슨 상관이야?"

"나도 모르겠어. 내가 에벌린이나 빌리 얘기만 꺼내면 엄마는 입을 닫아."

"보물찾기 얘기했을 땐 뭐라고 하셨는데?"

"아직 말 못 했어." 조니가 벌떡 일어났다. "엄마랑 사이가 좀 애매해서. 거의 말을 안 하고 있거든."

"그게 과연 좋은 방법일까?"

"아니지. 하지만 너도 우리 엄마 잘 알잖아. 엄마가 말하기 싫다면 아무도 입을 열게 할 수 없어."

"대답해주지 않을 질문이면 너도 묻지 말아야지?" 내가 성난 표정으로 노려보자 조니도 조롱하듯 응수했다. "너 엄마랑 사이 좋았잖아. 거의 잊고 살던 삼촌 때문에 엄마와의 관계를 왜 망치려는지 이해할 수가 없네."

"진심이야?" 조니는 그동안 빌리의 수수께끼를 풀어온 나를 잘 알고 있었다. 심지어 함께 푼 적도 있었다. 빌리가 사라졌을 때도 나와 함께였다. 그를 찾으러 LA에 가는 나를 위해 함께 경로를 짜주기도 했다. 그 모든 걸 기억하는 조니가 어떻게 내게 단지 내가 당장 해답을 찾지 못하고 있다는 이유만으로, 내가 엄마와 이야기하지 않는다는 이유만으로, 마지막 수수께끼를 포기하라고 말할 수 있는 걸까? "언제부터 굴복하는 쪽이 됐어?"

"성질내지 마. 그저 자식의 인생에 많은 걸 쏟는 엄마를 가진 게 행운이라고 말하는 것뿐이야." 어릴 적 조니의 엄마는 그녀의 남자친구와 하와이나 샌타바버라로 놀러 다니느라 바빴고, 그때마다 조니는 우리 집에서 시간을 보냈다. 조니의 언니들이 조니 데리러 오는 걸 깜빡 잊은 날에는 함께 저녁 식사를 하기도 했다. 고등학교 시절, 조니가 주연을 맡은 연극이 끝날 때마다 우리는 꽃다발을 들고 주차장에서 그녀를 기다렸다. 우리 엄마와 내가. "이런 것 때문에 엄마와의 관계를 망치지는 마. 그럴 만한 가치는 없어."

"너랑 너희 엄마 관계가 엉망이라고 해서 네가 모녀 관계 전문가가 되는 건 아니야." 조니는 배신감을 느낀 듯 움찔했다. "진심은 아니었어." 나는 침대에 앉아 있던 조니 곁으로 다가가 앉았다. 조니는 고개를 돌렸다. "갑자기 엄마와 나 사이의 모든 게 가짜로 느껴져. 나도 모든 게 다 괜찮기를 바라지만, 엄마가 내게 계속 뭔가를 비밀인 듯이 숨겨."

"그건 너희 어머니 비밀이잖아." 조니가 차갑게 말했다. "네가 궁금하다는 이유로 그걸 다 알 순 없어."

"가족의 비밀이잖아."

"이게 왜 그렇게 너한테 중요한 거야?" 조니의 목소리는 차분해졌지만, 여전히 내게선 몸을 돌리고 있었다.

"빌리가 그렇게 사라지고 나한텐 부모님뿐이었잖아. 난 형제자매도, 할아버지, 할머니도, 사촌도 없다고. 항상 뭔가가 결여된 느낌이었어. 왜 나는 단 한 번도 좀 더 확장된 가족을 가져볼 수 없었는지 알고 싶은 거야."

"빌리가 사라진 이유를 알면 좀 괜찮아질 것 같아? 인생은 그렇지 않잖아, 미랜더."

"적어도 엄마를 더 잘 이해할 수는 있겠지." 조니는 고개를 끄덕이면서 무릎을 내 쪽으로 살짝 옮겼다. 나도 조니의 무릎에 내 무릎이 닿을 때까지 그녀 쪽으로 옮겨갔다. "방금 했던 말은 정말 미안해. 엄마를 바꿔볼래? 내가 너희 어머니를 모시고, 넌 「세 자매」 공연 때마다 맨 앞줄에 우리 엄마를 앉히는 거야."

"거긴 유명 인사들 자린데." 여전히 뿌루퉁한 채로 조니가 말했다.

"엄마는 뒷자리에도 만족할 거야." 나는 눈을 깜빡거리며 반성하는 모습을 보여주려고 최선을 다했다. "혹시 나를 용서해줄 마음이 있을까?"

조니는 한숨을 쉬었다. "귀여워서 봐준다."

5시가 되자 우리는 낭독회를 위해 서점 문을 일찍 닫았다. 찰리와 조니, 루시아가 테이블을 닦았고, 맬컴과 내가 임시 바를 꾸렸다. 주류 판매 면허가 없는 우리가 벌금을 피하기 위해서는 와인과 맥주 값을 기부금으로 받아야 했다. 우리는 음악에 몸을 맡긴 채 서로의 주변을 맴돌며 레드 와인과 화이트 와인, 맥주병들을 가지런히 정리했다. 음료 한 잔에 7달러면 손해나는 금액은 아니었다. 우리가 기울인 다른 노력과 마찬가지로, 누적된 빚에 비하면 너무 적은 금액이긴 했지만.

낭독회 시작 30분 전부터 팬들이 모여들었다. 고객이 들어올 때마다 출입문 종이 울렸다. 그 소리가 들릴 때마다 혹시나 엄마가 마음을 바꾸진 않았을까 하는 희망으로 고개를 돌려보았지만 눈에 담긴 이들은 실라의 책을 가슴에 품고 들어오는 젊은 여성들이었다.

맬컴이 행사 준비를 마쳤을 때, 카페의 모든 자리는 청중으로 가득 찼다. 그들은 카페 뒤편의 강단을 보려고 몸을 기울인 채로 책장을 따라 줄을 섰다. 마침내 실라가 등장하자 모두의 고개가 일제히 그녀를 향했다. 짙은 선글라스를 쓰고 밝은 색상의 솔을 두른 실라는 빼곡하게 모인 청중 사이를 지나며 손을 흔들었다. 본격적인 시작에 앞서 내 소개를 하려는데, 휴대전화가 울렸다. 내가 위층으로 올라가겠다고 손짓하자, 맬컴은 자신의 팔목을 톡톡 두드렸다.

나는 계단 쪽으로 고개를 빼고 제이의 전화를 받았다. "저기, 내가 지금 전화를 받을 수가 없어. 나중에 할게."

"나 오늘 늦게 나가." 제이가 냉랭하게 말했다.

"아, 무슨 일 있어? 1, 2분쯤은 통화할 수 있어." 나는 난간에 기댔다. 몸무게에 밀려 난간이 살짝 밀렸다.

"엄마가 프랭클린과학박물관에서 하는 미라 전시회에 가고 싶어하시는데, 전시가 8월에 끝나더라고. 티켓 다 팔리기 전에 구하고 싶어하셔서."

미라 전시는 내 전문 분야였다. 그러나 내가 집에 있었더라도 그와 함께 가려고 하지는 않았을 거다. 제이의 어머니가 나를 차갑게 대한 적은 없었다. 단지 무례하지 않은 방법으로 나를 무시할 뿐이었다. 나를 싫어한 것도 아니었다. 단지 본인과 아들 사이의 장애물로 볼 뿐이었다. 지금 나에게는 확실한 구실이 있긴 했다. 그에게 말할 일이 없었다면 더 좋았을 구실이긴 했지만 말이다.

"너한테 꼭 하려던 말이 있어. 나 학기 시작할 때까지 돌아가지 못할 것 같아." 나는 미안하다는 말을 하지 않으려고 아랫입술을 꽉 깨물었다.

제이는 한참 동안 아무 말도 하지 않았다. "내가 꽤 잘 참아왔다고 생각하는데." 나도 모르게 기침이 나왔다. "여자친구를 여름내 멀리 보내놓는 남자는 없어."

"고향에 오는 것까지 허락을 받아야 할 줄은 몰랐네." 내가 쏘아붙였다.

"자기가 진지한 연애를 해본 적이 없다는 건 알겠는데." 제이가 학생들 가르치는 목소리로, 문제에 제대로 접근만 하면 모두 해결할 수 있다는 걸 알려주려는 투로 내게 말했다. "누군가에게 전념하기로 했으면……"

"전념하는 걸로 나한테 설교할 생각하지 마. 네 축구 시합 보느라 내가 얼마나 많은 토요일 아침을 오들오들 떨면서 보냈는지 알아? 너희 어머니와 저녁 먹느라, 예술 전시에 가느라, 그저 너를 부르시기만 해도 함께 부리나케 달려가느라 내가 얼마나 많은 약속을 취소했는지 아니? 너 나한테 단 한 번이라도 빌리나 푸로스퍼로 서점에 대해 물어보지 않았다는 건 알고 있어? 그런 사람이 어떻게 한 사람에 전념하는 거에 대해 말할 수 있어?"

"일상을 나누는 걸 의무로 생각하는 줄은 몰랐네." 내가 반항하는 학생이라는 듯 그가 말투를 바꿨다.

"아, 됐어, 제이."

맬컴이 계단 쪽으로 고개를 내밀었다. 짜증 난 얼굴이 미안해하는 얼굴로 재빨리 바뀐 걸 보면, 내게 무슨 일이 있다는 걸 알아차린 게 분명했다. "시간 다 됐어요." 맬컴이 작은 소리로 말했다.

"나 끊어야 돼."

"대단하다 진짜. 그래, 멋대로 해. 여름 내내 거기에 있어. 그냥 평생 거기에 있어. 네 마음대로 해, 미랜더. 더는 상관 안 할 테니까."

"그래. 속이 정말로 깊네, 제이. 아주 대단히 깊으셔." 전화를 끊은 나는 그가 다시 전화를 걸어오기 전에 전원을 꺼버렸다.

맬컴은 끝내주는 연설가였다. 그는 실라의 산문을 발레에 비유했고, 릴케를 인용하기도 했다. 또 실라를 조앤 디디온, 수전 손택과 함께 여성 작가계의 주요한 인물로 정의했다. 나는 맬컴의 감명 깊은 소개에 집중하면서도, 실라가 나중에 나를 알아볼 수 있도록 그녀와 눈을 맞추려고 애썼다. 그러나 나는 지나치게 흥분된 상태였다. 제이는 정말로 우리가 여름 내내 떨어져 있게 된, 삼촌이 죽은 후에야 소식이 닿게 된, 엄마와의 관계가 무너지고 푸로스퍼로 서점을 회생시킬 책임까지 떠안게 된 이 모든 상황이 내가 원해서 벌어졌다고 생각하는 걸까?

"그녀의 글은 매혹적이고 영감을 주며 우리의 마음을 뒤흔들죠. 설명은 여기까지 하고, 바로 타의 추종을 불허하는 작가, 실라 크롤리를 소개하겠습니다." 맬컴이 자기 순서를 마무리했다.

모두가 환호성을 질렀다. 청중에게 진심으로 감사를 표하던 맬컴과 눈이 마주쳤다. 그는 실라가 자신의 뺨에 키스하는 동안에도 나를 바라보았다. 나는 미소를 지어 보였다. 나는 제이와 싸우고 싶지 않았다. 엄마와도 싸우고 싶지 않았다. 내가 원한 건 이런 거였다. 맬컴과 눈을 맞추는 것, 그리고 실라에게 다가갈 적절한 순간을 계산하며 그녀의 낭독을 듣는 것. 나는 다른 어느 곳도 아닌 이곳에 머물고 싶었다.

실라는 20분간 자신의 어머니가 알코올의존증 치료를 받으러 떠나기 전 여름에 대해 읽어주었다. 열두 살이었던 그녀는 어머니가 양몰이 개를 사육하던 앨터디나의 목장 주택에 살았다. 암놈 한 마리가 새끼를 밴 상태였는데, 술에 취해 곤드라진 어머니 때문에 개의 분만을 실라 혼자 도맡아야 했다. 낭독하는 실라의 목소리가 재즈 가수 같아서, 나는 몇 시간이고 그녀의 목소리를 들을 수 있을 것 같았다. 우리 엄마의 목소리는 포크송 가수 같았는데, 엄마가 내게 말만 해준다면 그 역시 몇 시간이고 들을 수 있을 거였다.

실라는 해당 챕터를 끝까지 읽었고, 안경을 벗은 뒤 팬들의 박수에 머리 숙여 화답했다. 청중의 질문을 받으려는 순간, 출입문 종이 울렸다. 입구에 서서 손을 흔든 사람은 기다리던 부모님이 아닌 일라이자였다. 그에게 손을 흔들어 답한 나는 곧바로 맬컴을 찾아 두리번거렸다. 내가 사기꾼과 결탁한다고 생각하지 않기를 바라서였다. 다행히 그는 사인회를 위한 테이블을 준비하느라 일라이자가 온 것을 모르고 있었다.

"마지막 질문 받겠습니다." 맬컴이 청소년 섹션에 있던 흑갈색 머리의 키 큰 백인 여성을 지목했다. 그녀는 모델처럼 보였는데, LA에서라면 실제 모델일 가능성도 있었다. 서점에서 가장 아름다운 여자에게 고개를 끄덕이고 있는 맬컴에게 갑자기 질투심이 솟구쳤다. 그 치밀어 오르는 감정에 나 자신도 놀랐다. 그녀는 실라에게 글 쓰는 과정을 물었다. 그에 실라는 마법의 공식 같은 건 없다고, 그러니 모든 작가는 자신만의 방법을 찾아야 한다고, 퉁명스럽게 대답했다. 실라의 대답에 그녀가 움츠러들었는데, 낙담하는 그녀를 보고 좋아하는 나 자신에 죄책감을 느꼈다. 나는 맬컴을 살폈다. 그는 이미 그 예쁜 아가씨가 아닌 테이블 위의 책을 정리하고 있었다. 실라 역시 단상 밑에 있던 물건을 정리하고 있었고, 나는 테이블 사이를 게걸음으로 빠져나가 그녀를 붙잡았다.

"크롤리씨?" 내가 실라를 불렀다.

"맬컴씨가 벽 따라 세운 줄에 서시면 돼요." 그녀는 나를 보지도 않고 답했다.

"저 미랜더 브룩스예요. 빌리의 조카."

실라가 나를 바라보고는 앞니 사이의 틈이 보일 만큼 환하게 미소 지었다. "미랜더! 네가 여기 있을 줄은 몰랐네." 실라의 표정이 진지해졌다. "빌리 소식은 정말 유감이다. 오늘 여기 오면 빌리를 볼 수 있을 줄 알았는데, 다시 생각해도 너무 충격이야."

"무슨 말씀이신지 알아요."

"그거 아니? 난 네가 아기였을 때 너를 봤단다." 실라는 조금 전 낭독했던 자신의 회고록을 덮었다. 이미 출간됐음에도 연필로 적힌 수정 사항과 교정부호가 가득했다.

"그때가 빌리와 데이트하던 때였나요?" 자연스럽게 말하려고 노력했지만 내 목소리가 내 마음대로 되지 않았다.

251

"우리가 데이트했다고 보긴 어렵지. 미안, 이런 건 듣고 싶지 않을 텐데."

"듣고 싶어요. 전부 다 듣고 싶어요. 빌리를 아주 오랫동안 못 봤거든요." 실라는 맬컴에게 곧 가겠다고 손짓했다.

"나도 모든 걸 말해주고 싶구나." 그녀가 내 손을 가볍게 두드리며 말했다. "그런데 지금은 레드 와인 한 잔이 간절해. 누군가 내게 작업 과정에 대해 물어볼 때면 와인이 있어야 답할 수 있거든." 내가 한 잔 가져다드리겠다고 하자 실라가 말했다. "그러지 말고 병째로 가져다줄래?"

실라는 잔뜩 쌓인 책과 검정 사인펜 여러 개가 놓인 테이블 앞에 앉아 있었다. 나는 플라스틱 잔 하나와 거의 가득 차 있던 말벡Malbec 레드 와인 한 병을 전달했다. 사인 받기 위해 줄 선 팬들이 소설 섹션부터 역사 섹션, 그리고 서점 한가운데에 있는 추천 도서 테이블에까지 뱀처럼 꼬여 있었다.

"우리, 서로 잘 맞을 것 같아." 와인을 따르는 내게 실라가 말했다.

"빌리에 대해서 선생님과 정말 이야기하고 싶어요." 내가 대답했다.

"실라, 시작할까요?" 그녀의 회고록을 테이블에 한 무더기 더 가져다 놓으며 맬컴이 말했다.

"내일 여기서 커피 어때?" 실라의 제안에 우리는 이튿날 아침으로 만날 약속을 잡았다.

"크롤리씨?" 한 청년이 테이블로 다가와 그녀의 책을 내밀었다. 앞은 짧고 뒤는 긴 스타일의 헤어스타일과 뿔테 안경 덕분에 성실해 보이기는 했지만 나는 그 모습이 억지로 꾸며낸 이미지가 아닐지 의심스러웠다. 그는 낭독회에 참석한 몇 안 되는 남성 중 한 명이었다. "제 어머니 이름으로 사인을 받아도 될까요?"

실라가 내게 몸을 돌려 말했다. "한 병 더 필요하겠는데."

나는 청년의 책에 사인을 해주고, 그다음 팬에게 차례가 됐다고 손짓하는 실라를 지켜보았다. 그녀는 쌀쌀맞지 않으면서도 능숙했고, 어딘지 모르게 깐깐했다.

일라이자가 내 옆으로 다가왔다. "참석자가 꽤 많네요."

"기획해놓은 다른 행사들도 이래야 하는데. 와주셔서 감사해요."

"당연히 와야죠." 그는 내가 자신이 오지 않을 거라 생각했다는 사실에 놀란 듯이 말했다. 그의 그런 반응 탓에 정작 왔어야 했던 사람들이 끝내 오지 않았다는 사실이 더욱 분명하게 느껴졌다. "서점을 계속 유지하겠다는 당신의 결정에 동의한다고 할 순 없지만, 당신은 삼촌의 조카니까요. 빌리도 아마 똑같은 결정을 했을 거예요." 우리는 어깨를 맞대고 서서 실라에게로 향하는 줄이 천천히 이동하는 모습을 지켜보았다. "또 무슨 행사가 있죠?"

나는 북클럽과 또 다른 낭독회, 『LA위클리』에 낼 광고를 준비하고 있다고 말했고, 일라이자는 그런 우리의 계획을 들으며 고개를 끄덕였다. 나는 그가 우리가 그 모든 비용을 감당할 수 없을 거라고 말할 줄 알았다.

"그곳 편집자를 제가 압니다. 서점에 관한 기사를 써줄 수 있을 거예요." 그는 나와 작별의 악수를 나누기 전에, 비서에게 해당 내용의 확인을 지시할 것을 메모했다. "행운을 빕니다." 마치 내게 행운이 필요하다는 듯 그가 말했다.

일라이자가 돌아간 후, 역사 섹션 반대편에 서서 여전히 줄지어 서 있는 사람들을 바라보며 감탄하던 내게로 맬컴이 다가왔다. "저 사기꾼이 뭐래요?"

"실은, 도움을 주겠다고 했어요."

"적과 동맹을 맺다니." 의아하다는 듯, 맬컴이 말했다.

"저한테 그런 능력이 있나봐요."

맬컴은 내게 찡긋 윙크하고는 줄 서 있는 청중과 실라에게로 재빨리 돌아갔다.

의자를 전부 테이블 위로 올리고 바닥도 깨끗하게 닦고 나니 시간은 이미 자정을 넘어가 있었다. 선셋대로까지 배웅하려는 맬컴을 따라나서며 실라가 내게 손을 흔들었다. 나는 양장본에 사인까지 받고도 그녀 곁에 머무르던 마지막 독자로부터 그녀가 새로운 힘을 얻었기를 바랐다. 하지만 입술에 레드 와인 자국이 말라붙은 실라는 맬컴을 향해 평생 이렇게 피곤한 날은 없었다고 말했다. 자신의 말을 증명이라도 하듯 바깥으로 나가던 그녀는 자신을 부축하던 맬컴에게 쓰러져버렸다.

혼자 남게 된 나는 제이에게 연락이 와 있을 거라 확신하면서 휴대전화를 켰다. 내가 본 적도 없는 이모티콘과 함께 미안하다는 문자를 남겨놓았거나, 나를 온갖 잔인한 이름으로 부른 음성 메시지를 보내두었겠지. 그의 그런 광기 속에서 나는 그가 나를 얼마나 그리워하고 있는지 느낄 수 있을 것이었다. 하지만 내 휴대전화에는 조니에게서 온 단 한 통의 문자밖에 없었다. 일찍 나가서 미안. 실라 토트백 멋지더라. 그분이 빌리에 대해 뭐라고 얘기해줬는지 알려줘!

나는 아파트 계단을 혼자 걸어 올라가며, 저녁 내내 열려 있던 뒷문을 통해 들어온 냉기를 피해 스웨터를 가슴팍에 안았다. 낮 동안 뜨거웠던 열기를 모두 집어삼키는 LA의 밤을 나는 사랑했다. 잔디가 있고, 블록이 정비되어 있고, 수도에서 물이 콸콸 쏟아진다 해도, LA는 몹시 건조하며 결코 만만하지 않은, 사막이라는 걸 상기시키는 이 밤을 사랑했다. 나는 하마터면 조니에게 전화해 제이와 싸웠다고 하소연할 뻔했지만, 장거리 연애에 대한 그녀의 믿음에 힘을 실어주고 싶지 않았고, 우리 사이에 되돌릴 수 없는 무언가가 생겨버린 건 아닐까 하는 나의 의심을 확인하고 싶지도 않았다. 내가 과민했다는 걸 애써 납득시키려는 조니도 보고 싶지 않았다. 나는 엄마에게 전화할까 고민했다. 엄마는 내가 잘못했다는 걸 알면서도 그걸 잘못이라고 말하지 않는, 그런 근심의 방식으로 내 말을 가만히 들어줄 텐데. 그런 엄마가 절실히 필요한 순간이었다. 누가 내 곁에 있어주더라도, 그 사람은 엄마가 아니었다. 그래서 나는 죽은 삼촌의 아파트로 가는 계단을 끊임없이 오르며 냉기를 피하는 것만으로 만족해야 했다.

13장

실라는 약속 시간보다 한 시간이나 늦었다. 그날 나는 너무 들뜬 나머지 새벽부터 깨어 있었다. 제이로부터는 연락이 없었고, 나도 그를 생각하지 않았다. 빌리의 침대에 누워, 찰리가 출입문 셔터를 올리고 들어와 분쇄기로 원두를 가는 그 익숙한 소리를 기다리는 동안, 내 머릿속은 온통 실라가 내게 들려줄 이야기로 꽉 차 있었다. 에벌린의 죽음이 빌리의 잘못은 아니라고 한 걸 보면, 그녀에게 무슨 일이 있었는지 실라가 아는 게 분명했다.

약속 시간이 10분 정도 지났을 때, 나는 실라가 약속을 잊어버렸을지도 모른다는 불안감을 떨치기 위해 테이블을 정리했다. 20분이 지났을 때는 내용을 알 수조차 없는 비유적인 제목의, 내가 읽어보지도 않은 회고록을 어떤 여학생에게 권하고 있었다. 마침내 시침이 정확히 약속 시간으로부터 30분이 지난 시점을 가리켰을 때, 나는 실라는 오지 않을 거라고, 어제 마신 와인이 너무 과한 탓에 아직도 침대에 있을 거라고 확신하게 됐다. 그리고 그로부터 30분이 지난 후 실라가 서점 안으로 뛰어들어왔다.

"아침에 정말 급한 일이 생기는 바람에. 변명이 아니라, 정말 그래서 늦었어"

"괜찮아요." 와준 것만으로도 다행이라며 나는 그녀를 안심시켰다. 나는 그녀에게 차 한 잔을 대접했고, 우리는 손님들이 어째서인지 선호하지 않는, 사람이 가장 없는 테이블에 자리를 잡았다.

실라가 내 손을 덥석 잡았다. "괜찮지 않아. 우리 엄마도 항상 늦었거든. 고등학교 졸업식에도 내가 졸업장을 받은 다음에야 나타났다니까." 그녀가 내 손을 도로 놓아주었다. "용서해주렴. 내가 과거에 너무 묶여 있어서 거기서 벗어나질 못해."

엄마는 내 일에 늦은 적이 한 번도 없었다. 그러나 고등학교 졸업식에 오지 않은 사람은 있었다. 그때도 이미 6년이 넘도록 빌리를 보지 못한 상태였지만, 그래도 나는 그가 단상 위에서 졸업장을 받는 내 모습을 지켜봐주길 바랐다. 내 졸업식에 빌리가 오기를 엄마도 바랐을까? 내 졸업식뿐 아니라 그가 없었던 엄마의 쉰 번째 생일이나 외할머니 기일 혹은 에벌린의 기일에, 엄마도 그의 부재를 느꼈을까?

"미랜더? 듣고 있니?" 실라가 물었다.

"죄송합니다, 선생님. 이야기를 듣다가 엄마 생각이 나서."

"수전은 어떻게 지내?"

"잘 지내세요." 대답이 저절로 튀어나왔다. "솔직히 말씀드리면, 잘 몰라요. 엄마랑 이야기한 게 꽤 오래전 일이라서요." 실라에 관해 아는 것도 별로 없으면서, 나는 그녀가 내게 현명한 조언을 해주길 기다렸다. 그녀가 아무 말도 없자 내가 물었다. "선생님과 빌리는 오랫동안 친구였나요?"

"1980년대 중반에 만났어. 애도 모임에서. 어떤 이유로 그 모임을 예상보다 일찍 떠나야 했지만" 그 모임의 모든 것이 진을 빼놓았다고, 실라가 말했다. 슬픔은 나눠야 치유가 된다지만 애도 연대라는 이름은 자못 힘들었다고 했다. "고통의 단편들은 단순한 퍼즐 조각이 아니거든."

실라는 재스민차가 담긴 머그잔에 대고 바람을 후 불었다. 차 표면에 물결이 일었다. "더 큰 무언가를 만들어내기엔 서로 잘 맞지 않았어. 다른 사람들, 내가 모르는 사람들도 고통을 겪는다는 걸 알게 된다고 해서 덜 외로워지는 건 아니더라고."

실라는 그 누구도, 자매, 친구, 치료사, 심지어 집 안을 천천히 돌아다니며 대니얼을 찾아다니는 나이 많은 그녀의 래브라도조차 자신의 외로움을 덜어주지 못했다고 말했다. 대니얼의 반려견도 자신의 외로움을 채워주지 못하는데, 상실감에 빠진 중년의 미망인끼리 모여 어떻게 슬픔을 해결할 수 있다는 건지 실라는 이해할 수 없었다. 그녀가 느낀 슬픔은 줄어들 수 있을지는 몰라도 절대 극복할 순 없는, 그런 감정이었다.

"커피 더 드릴까요?" 커피가 담긴 유리병을 내밀며 루시아가 내게 물었다. 나는 고개를 들지 않은 채 그녀를 향해 커피 잔을 들었다. 루시아는 대화에 집중하는 우리를 조심스럽게 바라보고는 살금살금 다른 테이블 쪽으로 이동했다.

"별 도움이 되지 않는다고 생각하셨으면서 왜 가신 거예요?" 내가 물었다.

"빌리와 똑같은 이유에서였어. 나도 여동생과 약속했거든."

첫째 주에 실라는 그저 아무 말 없이 듣기만 했다. 모임의 리더인 파멜라는 각자 사랑했던 이에게 중요했던 장소를 방문하고 오라는 숙제를 주었다. 그룹으로 묶인 이들이 특정 장소에 관해 이야기를 나누는 동안 실라는 머슬비치Muscle Beach에 갔던 때를 떠올렸다. 대니얼은 벤치프레스에서 운동하는 남자들을 보는 걸 좋아했다. 그 광경은 그를 차분하게 만들었고, 안전함을 느끼기 위해 근육을 단련할 필요가 없다는 걸 그에게 일깨워줬다. 만약 대니얼이 살아 있다면 그가 어디에서 힘을 얻을지 실라는 궁금했다. 실라는 애도 모임이 차라리 그녀가 과거에 엄마와 참

여했던 알코올의존증 치료 모임처럼, 사랑하는 사람이 떠난 지 며칠이
나 지났는지를 세어보면서 치료 진행 양상을 확인하는 모임이기를 바랐
다. 그 모임의 사람들은 사랑했던 사람들을 여전히 살아 있는 사람인 양
붙들고 있었다. 욕망에 중독된 것처럼 죽은 이들을 잠재우지 않았다.

"맬컴," 갑자기 실라가 소리쳤다. "그 테이블은 깨끗한데?" 고개를 돌
려보니 맬컴이 우리 대화를 대놓고 엿듣기 위해 깨끗하기만 한 옆 테이
블을 공연히 닦고 있었다. "우리 이야기 중이잖아." 둘은 서로를 바라보
았고, 결국 꼬리를 내린 맬컴이 청소가 정말로 필요한 테이블로 옮겨갔
다. "참 참견하기 좋아한다니까." 실라가 내게 말했다.

내가 본 맬컴은 사람을 성가시게 하지 않는 사람이었는데. 맬컴이 나
와 실라의 대화를 엿들었다는 건 실라에 대한 내 관심이나 나에 대한
실라의 관심이 그를 불안하게 만들었다는 뜻이었다. 어쩌면 그는 자신
이 내게 말해주지 않은 무언가를 실라가 말할까 걱정하고 있는지도 몰
랐다.

"가자." 실라가 일어섰다. "여긴 보는 눈이 너무 많아. 어차피 나도 좀
걸어야 할 것 같아서 말이야."

나는 실라를 따라 서점 밖으로 나갔다. 우리는 서점 밖 코너에서 건널
목 신호등을 기다리며 서 있었다. 뒤를 돌아보니 맬컴이 창문 앞에 서서
우리를 보고 있었다.

신호가 바뀌고, 나는 실라를 따라 길을 건넜다. 맬컴이 아직도 우리를
보고 있을지 궁금했다. 나는 맬컴이 보고 있다고, 시야에서 사라질 때까
지 나를 바라본다고 생각하고 싶었다.

"책상 달린 러닝머신을 하나 살까 생각 중이야." 실라가 카페 밖에 세
워둔 프리우스의 잠금 해제 버튼을 누르며 말했다. "헤밍웨이도 종종 서
서 글을 썼다잖아. 물론 내가 헤밍웨이는 아니지만."

그녀가 운전석 문을 열었다.

"걷자고 하신 줄 알았는데."

"LA에서는 걸을 만한 곳까지는 차를 타고 가야 하는 거 몰라?" 실라가 엉큼한 미소를 지었다.

조수석에 나를 태운 실라는 선셋대로의 차량 사이로 차를 몰았다. 우리는 원래부터 있던 간이식당처럼 개조한 식당과 주변의 모든 것이 바뀌는 중에도 굳건히 자리를 지키는 교회를 지나, 선셋대로에서 이어진 실버레이크와 에코파크 사이의 인적 드문 도로를 달렸다.

"파멜라 얘기로 넘어가자." 실라는 비디오게임을 하듯 운전대를 끌어당겼다. "그녀가 내준 숙제는 엄청 사려 깊었어."

파멜라의 다음 과제는 사랑했던 사람이 항상 하고 싶어 했으나 결국 하지 못한 일을 해보는 것이었다. 사람들은 그들이 사랑했던 이가 가장 좋아했던 박물관에 가기도 하고, 좋아했던 음악과 책을 듣고 읽기도 했다. 고통이 사라지지는 않았지만 실라는 그 모임을 기다렸고 그렇게 대니얼을 공유할 방법들을 고대하게 되었다.

파크애비뉴로 들어선 실라가 호숫가에 차를 세웠다. 에코파크 호수 한가운데에는 마치 시내의 스카이라인을 반으로 갈라놓는 듯한 분수가 솟구치고 있었다. 조심스레 연꽃을 비켜난 노란 외륜선 한 척도 푸른 물 위에 한가로이 떠 있었다.

"호수가 이렇게까지 파랗지는 않았는데." 나는 실라를 따라 커플과 노숙자들이 누워 있는 잔디밭을 가로질렀다. "시체 숨기기가 더 어려워졌겠어요."

우리는 호수 북쪽의 모래사장을 따라 걸었다. 실라는 자신이 두 달간 모임의 신입 멤버여서 좋았다고 했다. 우선 발언권을 가질 수 있었으니까. 하지만 얼마 지나지 않아 사랑하는 사람을 잃은 사람이 새로 들어왔다.

모임이 이뤄지던 그 숨 막히는 방으로, 꾀죄죄한 흰 티셔츠에 빛바랜 청바지를 입은 빌리가 불안한 듯 걸어 들어왔다. 차고 있던 시계를 보지 않았더라면, 실라는 그를 노숙자로 오해할 뻔했다. 검은색 무광 다이얼에 스틸 재질의 롤렉스.

그 일이 있고 난 후부터 여동생 부부와 함께 지내고 있습니다. 빌리는 초조한 듯 자신의 손목시계를 만지작거리며 이야기했다. 모임의 멤버들은 이런 경험이 많아서 그런지, 누가 죽었는지 또는 어떻게 죽었는지를 묻지 않았다. 제가 동생 부부를 겁먹게 하기 시작했어요. 그리고 그들의 아기도.

"너 말이야, 미랜더." 실라가 부연했다. 그러나 나는 그 아기가 나로 느껴지지 않았다. 내가 내 기억을 갖기도 전인, 모든 기억을 엄마에게 맡겨야 했던 시절의 나였으니까. 이제 그 시절의 기억을 실라에게도 의존할 수 있게 된 셈이었다.

왜 가족을 겁주고 있다고 생각하세요? 파멜라가 물었다.

제가 나타나면 하던 이야기를 멈추거든요. 아기도 제가 가까이 가기만 하면 울고.

우리를 사랑하는 사람일지라도 우리를 어떻게 도와야 하는지 모르는 경우가 많아요. 파멜라가 말했다. 우리는 우선 우리 자신을 도와야 합니다.

그럴 수 있을지 모르겠네요. 빌리가 말했다.

해보면 되죠. 파멜라가 말했다.

그 후 몇 주 동안 빌리는 사람들이 각자가 사랑했던 이가 좋아한 문구나 처치 곤란한 물건에 대해 이야기하거나 보기 싫은 옷들을 기부할 때에도, 아무 말 없이 손을 무릎 위에 올려놓고는 불규칙적으로 발만 구르며 앉아 있었다. 파멜라의 치유법 중 하나는 잊고 있던 기억을 소환해 마음의 혼란을 없애는 것이었다. 덜수록 좋다. 이것이 파멜라의 조언이었는데, 실라는 이 말을 듣고 자신에게 글쓰기를 가르쳤던 몇몇 선생님을 떠올렸다. 이 기간에 빌리는 단 한마디도 하지 않았고, 사랑했던 이의 물건을 가져오지도 않았다. 빌리가 누굴 잃은 건지 실라는 알지 못했다.

"이상하게 들리겠지만" 실라가 말했다. "파멜라는 오직 기억에만 집중하게 했어. 우린 죽은 사람의 사적인 부분, 가령 발 냄새가 어땠는지, 웃을 때 어떤 콧소리가 났는지는 세세하게 알게 되었지만, 그가 왜 죽었는지는 절대 이야기하지 않았어. 나는 그 점이 좋더라고. 누군가의 남편이 대니얼보다 더 고통스러운 죽음을 맞이했다고 생각하게 되면, 뭔가 끔찍한 경쟁을 벌였을지도 모르니까."

아무도 자신이 사랑했던 사람의 몸을 망가뜨린 암이나 끔찍한 자동차 사고, 심장마비를 언급하지 않았다. 그래도 그들은 이야기했다. 아무 말 없이, 멀찍이 떨어진 자리에서, 앉아 있기만 한 사람은 오직 빌리뿐이었다.

이건 아닌 것 같아요. 실라는 파멜라를 기다리는 동안 한 여자가 다른 사람들에게 속삭이는 소리를 우연히 듣게 됐다. 우리는 매주 우리의 심정을 쏟아놓는데 저 사람은 그냥 앉아 있기만 하잖아요.

저도 그 사람 때문에 불편합니다. 배가 볼록 나온 남자도 동감을 표시했다. 그 사람 앞에서는 이야기하고 싶지 않아요.

모임을 이어가는 동안 실라는 빌리를 지켜보며 그의 어떤 면이 사람들을 불편하게 하는지 가늠해보았다. 배 나온 남자가 가운데 부분이 풀린 올리브그린색 스카프를 들어 보였을 때 빌리는 쳐다보지 않았다. 그의 아내가 처음이자 마지막으로 손수 뜬 스카프라고 했다. 그걸 듣고도 빌리는 미소 짓지 않았다. 그저 손목시계만 계속 들여다보며 떠날 시간만을 기다릴 뿐이었다. 실라는 빌리의 그런 모습이 사람들을 불편하게 한다는 걸 알게 되었다. 파멜라의 전략이 빌리에게는 효과가 없었다. 앞으로도 없을 것 같았다.

실라는 빌리가 왜 계속 모임에 오는 건지 의아해하며 매주 그를 주시했다. 실라는 모임이 끝나면 회반죽으로 마감한 건물 앞으로 부티 나는 차 한 대가 들어와서는, 마치 하교하는 어린애를 데려가듯 빌리를 조수석에 태워 가는 모습을 목격하기도 했다. 그럼 그렇지. 여동생의 힘이란. 그들을 실망시키는 건 두려운 일이지.

빌리를 계속 관찰하다 보니 그에게 매력을 느끼게 됐는데, 실라는 몇 주가 지나서야 그 감정이 성적 끌림이었다는 걸 깨달았다. 술집에서 만나 집으로 데려온 낯선 남자나 콘퍼런스에서 작정하고 꼬신 동료 작가들에게 품었던 욕망과는 다른 감정이었다. 빌리는 일주일에 딱 두 시간 만나는 존재였다. 실라는 욕망대로 행동하는 일은 결코 없을 거란 생각을 방패 삼아 빌리의 사랑스러운 눈과 부드러운 입술을 감탄하며 바라볼 수 있었다.

그러던 어느 날, 유난히 괴로워하던 빌리가 입을 열었다.

그 사람이 나를 고소했어요. 빌리가 모두를 향해 말했다. 돈이 필요한 사람도 아닌데. 제게 왜 이러는 걸까요?

"에벌린의 아버지 말인가요?" 나는 에벌린의 아버지가 그녀의 재산을 놓고 빌리를 고소했었다던 일라이자의 말이 기억났다.

실라가 고개를 끄덕이며 이야기를 계속 이어갔다.

사람들은 저마다 다른 방식으로 애도하니까요. 서성대는 빌리를 보며 파멜라가 말했다. 모임의 멤버들은 애가 탔다. 사랑했던 이들이 생전에 좋아했던 음식을 나누기로 한 시간에, 빌리 혼자 쉬지 않고 아내의 아버지에 대해, 그가 부부의 집이었던 푸로스퍼로 서점을 어떻게 고소했는지에 대해 떠드느라 상담 시간의 반을 써버리고 있었기 때문이었다.

심지어 그 사람은 책을 읽지도 않는다고요. 빌리가 소리쳤다. 대체 서점을 가지고 어쩌려는 걸까요?

대머리인 남자가 일어섰다. 저 사람 계속 저러면, 전 나가보겠습니다.

빌리는 당황스러운 듯 남자를 빤히 쳐다봤다. 나는 당신이 아내의 자수 이야기를 할 때 듣고 있었고, 그분의 서예나 손수 만든 잼 이야기도 들었습니다. 당신도 나를 마찬가지로 존중해줄 수 있을 테니, 내 이야기를 계속하겠습니다.

그건 우리의 과제였잖아요. 그래서 음식은 어디 있지? 뭐 가져온 거라도 있소?

여긴 규칙이라는 게 있어요. 흙빛 원피스를 입은 여성이 말했다.

그래서 그게 도움이 됩니까? 빌리가 물었다. 그렇게 해서 모두 나아졌어요?

자, 우리 한 걸음씩만 물러서볼까요? 파멜라가 개입했다. 빌리, 다른 분들에게도 이야기할 기회를 드리는 게 어때요?

남편이 죽고 나서, 시어머니는 우리가 기르던 개를 빼앗아가려고 했어요. 모두가 자신을 쳐다보게 될 때까지, 실라는 자기가 이야기를 시작했다는 것조차 인식하지 못했다. 개를 좋아하지도 않으면서 그저 자신의 고통을 내게 전가하고 싶었던 거죠. 너무 무서워서 슬픔을 정면으로 마주하지 못하는 빌리를 우리 모두 안타깝게 여겨야 해요.

빌리가 실라를 바라보았다. 둘 사이에 무언가가 통했다. 주변이 흐릿해졌다. 시간도 멈췄다. 둘은 눈빛만으로 서로에게 원하는 모든 것을 전달할 수 있었다.

케이크 드실 분 있나요? 캐시미어 옷을 입은 여성이 정적을 깨고 말했다. 그녀는 무릎에 올려두었던 생일 케이크를 들어 보였다.

아주 좋은 생각이에요. 파멜라가 반겼다.

"빌리가 사람들을 흔들어놓은 건 정말 대단했지." 우리는 보트 창고의 카페를 지나쳤다. 한 커플이 샌드위치와 음료수를 나눠 먹고 있었다.

고마워요. 모임을 나서며 빌리가 실라에게 말했다. 당신은 그 모임에서 스스로 생각할 수 있는 유일한 사람인 것 같네요.

공평한 것 같지가 않아서요. 실라가 답했다.

저도 정말 공평하다는 생각은 안 드네요. 빌리가 동의했다.

"그다음 모임은 정말 잊을 수가 없어. 빌리가 오지 않기를 바라던 사람들이 막상 그가 그만둔다니까 노발대발했지. 사람들은 진심으로 질투했던 거야. 빌리에게 스스로 따르는 신념이 있다는 사실을."

뻔뻔스럽게 나타나지를 않아? 대머리의 남자가 말했다. 나한테 그렇게 야단을 쳐놓고는 나타나지도 않다니.

우리는 주변 사람들을 통제할 수 없어요. 파멜라가 조언했다. 우리 자신만 통제할 수 있죠. 모임에 참석한 이들이 고개를 끄덕였다. 그 말은 실라에게 익숙한 신조였다. 종교를 통해서도, 알코올의존증 치료 모임에서도 들었던.

그날 이후, 실라는 애도 모임에 나갈 수 없게 됐다. 빌리가 실라를 위해 모임 분위기를 망쳐놓은 건지, 아니면 그녀 자신도 이미 알고 있던 것, 즉 파멜라의 방법이 어느 정도는 도움이 될지언정 결국에는 소용없어진다는 사실을 빌리 덕분에 깨닫게 된 건지는 알 수 없었으나, 그녀는 이제 슬픔을 마주하는 그다음 단계로 나아갈 준비가 되어 있었다.

"빌리 소식을 다시 듣게 될 거라고는 예상하지 못했어." 나와 함께 고속도로 가장 가까이에 있는 호수의 가장자리를 돌며 실라가 말했다. 정체된 차들이 공회전하는 소리와 배기가스가 발산하는 시큼한 냄새가 전부 전해져오는 위치였다. "그런데 몇 주 뒤, 빌리가 내 음성 사서함에 메시지를 남겼더라고."

두 사람은 실라가 가끔 글을 쓰러 가는 샌타모니카 메인스트리트에 있는 카페에서 만났다. 빌리는 깃 달린 셔츠를 카키색 바지 속에 넣어 입고 나타났다. 검은색 튜닉에 어두운색 바지를 입은 실라는 원래의 정신없는 곱슬머리 그대로였다. 대니얼이 죽은 후, 그녀는 머리 염색도 하지 않았다. 그러나 빌리를 보자마자 옅은 피부 화장에 눈 화장 정도는 해도 좋았겠다는 생각을 했다. 화장기 없이 지치고 나이 들어 보이는 자신에 비해, 빌리는 젊고 차분해 보여서였다.

오늘 아침에 법정 증언이 있었어요. 빌리가 말했다. 정말 거지 같았지만 변호사가 신중하게 받아들여야 한다고 하더라고요. 내가 동의하지 않으면 장기전이 될 거라면서요. 빌리는 에벌린의 아버지가 에벌린을 그녀가 아닌 전혀 다른 사람으로 꾸며내고, 그녀가 사망했음에도 그녀를 여전히 통제하려 하는 보수적인 사람이라고 말했다. 집도, 오두막집도 다 가져가도 상관없어요. 하지만 서점은, 그 사람은 거기에 한 번 와본 적도 없어요. 에벌린의 일부였던 서점마저 잃게 되면 난 아무것도 할 수 없게 될 거예요.

잃지 않을 거예요. 실라가 빌리의 손을 잡았다. 계획된 행동이 아니었다. 그녀가 손을 놓으려는데, 그가 자신의 다른 쪽 손을 그녀의 손 위에 얹었다. 힘든 일이라는 거 알지만, 포기하면 안 돼요. 당신과 당신 아내 삶의 일부를 그 사람이 가져가게 놔두는 건, 그의 분노를 승인해주는 것밖에 되지 않으니까요.

하지만, 아내는 내 잘못으로 죽었어요. 빌리가 강조했다. 그분은 나를 비난할 자격이 있어요.

"에벌린의 죽음이 어째서 빌리의 잘못이죠?" 내가 끼어들었다.

"사실이 아니었어. 그건 비통에 잠긴 빌리가 만들어낸 말이야."

"정말요?"

"내 말 믿어. 우린 모두 우리 자신을 탓하거든."

"에벌린에게 무슨 일이 있었는지 이야기해주긴 했나요?" 심장박동이 빨라졌다.

"절대 말하지 않았어. 나도 물어보지 않았고. 우린 그래서 서로에게 끌릴 수 있었던 거야. 무슨 일이 있었는지는 알 필요가 없었어."

실라는 계속해서 그들의 첫 데이트 이야기를 했다. 물론 그걸 데이트라고 불러도 된다면 말이다. 그들은 차를 마시고, 해변까지 천천히 걸었다. 화창한 날이어서 말리부의 해변을 볼 수도 있었다. 차가운 파도가 두 사람의 맨다리에 부딪혔다. 항구에 도착했을 때 빌리는 실라의 손을 잡았다.

에벌린은 해변 걷는 걸 좋아했어요. 빌리가 실라에게 말했다.

대니얼은 해변을 싫어했는데. 대니얼은 긴장이 풀리면 더 불안해했거든요. 실라가 말했다.

산책 후 두 사람은 시내를 가로질러 패서디나에 있는 빌리의 집으로 차를 몰았다. 식민지 시대풍의, 여섯 명이 살기에도 넓은 하얀 집에서 빌리는 혼자 살고 있었다. 그는 실라를 위층 손님방으로 안내했다.

"자기야, 이 부분도 정말 듣고 싶어?" 실라가 물었다. 실라는 두꺼운 야자수 밑, 잔디가 나지 않은 부분을 발견했다.

"분리해서 생각하는 능력이 있어서요." 나는 잔디에 누워 바람에 바스락거리는 야자수 잎사귀를 올려다보았다. 바닥에는 바람이 불지 않았다.

그날 밤 이후 그들은 서로의 집에서 만났다. 그리고 호텔에서도, 주차장에서도, 화장실에서도 만났다. 실라는 자신의 상담사에게 빌리와의 일을 말하지 않았다. 빌리가 상담 전문의를 만나고 있다고 해도, 그 역시 그에게 아무 말도 하지 않을 거라고 짐작했다. 확신할 수 있는 건 아니었다. 두 사람이 서로의 몸을 더욱더 깊이 알아갈수록, 삶에 관한 대화는 점점 더 줄어갔다.

그가 여동생 집으로 저녁 식사 초대를 했을 때, 실라는 깜짝 놀랐다.

괜찮은 생각인 거 확실해?

안 될 게 뭐 있어?

그녀는 그 제안이 나쁜 이유를 한 다스도 더 댈 수 있었지만 그에게 가겠다고 했다. 실라는 허리는 감싸고 아랫배는 가려주는 흰색 원피스를 입어봤다. 그러다 흰색은 신부를, 또 젊음을 상징하는 색이라는 생각이 들어 검정 원피스로 갈아입었다. 그러나 검은색은 애도의 색이었다. 실라는 완벽한 절충안이길 바라며 결국 연초록색 옷을 선택했다.

그러나 그 선택은 완벽하지 않았다. 우리 집을 뒤덮고 있는 각종 분홍색과 연초록색 원피스는 전혀 어울리지 않았다.

"너마저도 분홍색을 입고 있더라." 실라가 말했다.

수전은 실라와 포옹하며 그녀에 관해 많이 들었던 것처럼 행동했지만, 빌리가 자기 이야기를 거의 하지 않았다는 걸 실라는 알고 있었다.

데이비드가 곧 집에 도착할 거예요. 급히 사무실에 가야 할 일이 생기는 바람에. 수전은 순순히 물러서는 것 같았지만, 손님이 가고 아기—"너"라고 실라가 강조했다—를 요람에 눕힌 뒤엔 곧바로 언쟁을 시작할 게 분명해 보였다. 빌리가 말했는지 모르겠지만, 전 당신의 광팬이에요.

수전은 와인 소다를 만들었고, 빌리는 그걸 너무 급하게 마셨다.

천천히 마셔, 빌리. 아무도 안 뺏어가. 수전이 말했다.

와인 소다인데 뭐. 빌리가 술잔을 비웠다. 술다운 술을 마시는 게 어때? 실라와 수전은 빌리가 그 말을 취소하기를 기다렸다. 하지만 빌리는 재킷 주머니에서 휴대용 술병을 꺼내더니 그 투명한 술로 와인 잔을 채웠다.

타이어가 자갈을 밟는 소리가 나자 두 여자는 마음을 가다듬었다. 현관문이 열리며 고급 양복을 입은 데이비드가 들어왔다. 그는 수전에게 키스한 후, 실라에게 인사를 건넸다.

크롤리씨, 늦어서 미안합니다. 실라는 그의 힘센 악수를 기억하고 있었다.

저녁 식사 내내 수전은 너무 많은 이야기를 했다. 실라가 쓴 모든 소설의 줄거리를 읊었고, 자신이 뉴욕에서 겪은 일들이 『다운타운 엘리너 Downtown Eleanor』의 주인공이 겪은 일과 비슷하다고도 했다. 아기가 소란스럽게 칭얼거리면—이 말을 하며 실라는 "너 말이야"라고 덧붙였다. "네가 칭얼거리면, 미안. 내 앞에 있는 이 교양 있는 여성이 눈이 퉁퉁 붓도록 시끄럽게 울어대던 조그만 그 아기였다고 생각하기가 어렵네. 난 어린애들을 좋아해본 적이 한 번도 없어서 말이야."

"괜찮아요." 나는 실라를 안심시켰다. 여태껏 내게 교양 있다고 말해준 사람은 아무도 없었다. 괴짜는 물론이고, 지나치게 열심인 사람이라는 말은 들어봤지만 말이다. 교양 있다고? 난생처음 듣는 말이었다. "제가 아기였던 때를 기억하는 것도 아닌데요, 뭐."

아기가 칭얼거리면 수전은 대화를 멈추고 가서 요람을 흔들었다. 그럴 때를 제외하고는 엘리너가 처음 노래한, 실라의 첫 소설에 나오는 클럽과 자신이 레이디러브스와 함께 공연했던 클럽이 얼마나 비슷한지를 끊임없이 이야기했다. 빌리는 마치 그곳에 없는 사람처럼 테이블 끝에 앉아 있었다.

저녁 식사가 끝난 후, 데이비드와 빌리는 집 안에 마련된 데이비드의 서재로 자리를 옮겼다.

데이비드가 빌리의 소송을 도와주고 있어서요. 함께 식탁을 치우며 수전이 실라에게 언급했다. 그때 아기가 울기 시작했다. 수전은 접시 더미를 내려놓으며 곧 돌아오겠다고 손짓했다.

그 소송 아직도 진행 중인가요? 냅킨을 그러모으며 실라가 물었다. 수전은 자리에 앉아 수유용 브래지어를 열었다.

괜찮을까요? 수전이 실라에게 양해를 구했고, 실라는 괜찮다고 대답했다. 수전은 아기 머리를 이리저리 움직여가며 자세를 잡으려고 애썼다. 실라는 고개를 돌려야 한다는 걸 알았지만 배가 고프면서도 젖을 거부하며 계속 꼼지락거리는 아기에게서 눈을 떼지 못했다.

"전 그 시절에도 애를 먹였네요." 내가 농담을 건넸다.

"애먹인 것보다 더 힘든 게 있었지." 실라가 말했다.

수전은 가슴을 바꿔가며 아기가 몸에 힘을 빼도록 부드럽게 얼렀다. 에벌린의 아버지는 멈출 줄을 몰라요. 언제나, 심지어 고등학교 다닐 때도 빌리를 인정하지 않았어요. 끔찍한 사고로 아내를 잃고도, 법정에서 끝없이 진술하며 살아야 한다니, 상상할 수도 없는 일이에요. 앙심을 품은 게 아니라고는 생각하기 어렵죠.

나는 벌떡 일어났다. 현기증이 났다. "에벌린이 사고로 죽은 거였어요?"

"네 엄마가 그렇게 말했던 게 기억나. '끔찍한 사고'라고."

나는 빌리와 에벌린이 어두운 밤 미끄러운 도로를 달리다가 다른 차나 나무를 보지 못하는 장면을 상상했다. "부모님은 저한테 에벌린이 발작 때문에 죽었다고 했어요. 그게 거짓말이었다니, 믿을 수가 없어요."

"몇 년 동안, 내 회고록이 출판되기 전까지, 나도 사람들에게 대니얼이 집에서 죽었다고 말했어. 무언가를 숨기려는 사람은 둘러댈 말을 지어내기 마련이지." 실라가 부모님을 옹호했다. "네 엄마가 정말 언짢아했던 기억이 나. 너를 안고 서성대다가, 곧 너무 세게 흔드는데, 너를 놓칠까 봐 걱정될 정도였어."

어서 마무리됐으면 좋겠어요. 수전이 말했다. 데이비드가 그러는데 앞으로 몇 년 더 걸릴 거예요. 끝나지 않은 소송이 있는데 빌리가 어떻게 마음을 정리할 수 있겠어요.

실라는 남은 음식물을 한 접시에 모은 뒤 다른 접시 위에 올려놓았다.

빌리 어때 보여요? 아기를 요람에 내려놓으며 수전이 물었다. 수전은 실라를 따라 부엌으로 들어갔다. 이야기해보려고 했는데, 아무 말도 안 하더라고요.

실라는 머뭇거렸다. 어쩌면 잘못된 질문을 하셨는지도 몰라요.

내가 하는 말들은 모두 잘못된 거예요. 마치 미랜더의 사춘기를 대비해서 미리 교육 받는 기분이라니까요.

빌리가 이겨내길 바라시죠? 그런데 그게 그리 쉬운 일이 아니에요. 어떤 사람은 다른 사람들보다 더 긴 시간이 필요하기도 하고요.

수전은 행주를 둘둘 말더니 건성으로 짜기 시작했다. 어떻게 해야 할지 모르겠어요. 저도 에벌린이 다시 돌아왔으면 좋겠다고요. 싱크대의 같은 자리만 반복해서 닦는 수전을 보며 실라는 빌리가 할 수 없었던 일들을 이해했다.

"수전도 슬퍼하고 있었던 거야." 실라가 말했다.

나는 내가 처음 LA로 돌아왔을 당시 엄마가 부엌에 있던 모습을 떠올렸다. 엄마는 싱크대나 머핀 틀처럼 손에 닿는 거라면 그 무엇이든 닦고 있었다. "엄마는 감정을 알아차리기 어려운 분이세요."

"아니, 빌리가 안 보려 했던 거야. 에벌린을 애도할 자격은 오직 본인에게만 있다고 믿고 싶었던 것 같아."

실라는 빌리가 부엌으로 갑자기 들어올 때까지 같은 자리만 닦던 수전을 바라보았다.

몸이 좀 안 좋네. 빌리가 실라에게 말했다.

데이비드가 빌리를 뒤따라왔다. 빌, 나를 외면하지 마. 난 너를 도우려는 거라고.

빌리는 실라의 손을 잡아끌며 현관으로 향했다. 실라는 수전과 데이비드에게 좋은 시간을 만들어준 데 대해 감사의 인사를 전하고 싶었지만, 그러기도 전에 빌리가 실라를 너무 세게 잡아당겼다.

실라의 집으로 돌아가는 동안 두 사람은 아무 말도 하지 않았다. 빌리는 진입로에서 차를 멈춰 세웠다. 빌리는 안전띠도 풀지 않았다.

나하고도 말 안 할 거야?

혼자 있고 싶어.

빌리, 저 사람들은 당신을 도와주려는 거잖아. 같이 노력해야지.

당신도 수전처럼 이야기하네. 빌리가 코웃음을 쳤다.

사람들이 당신에게 다가갈 수 있게 해줘. 이러다간 결국 아무도 당신을 찾지 않게 될 거야.

대니얼이 죽고 몇 달 동안은 실라에게도 전화를 걸어주던 친구들이 여럿 있었다. 그러나 실라는 그들의 전화를 받지 않았고, 문자 메시지도 지워버렸다. 친구들의 연락은 점점 줄어들었고 그렇게 완전히 끊기고 말았다. 이제 와 그들에게 연락하는 것도 너무 민망한 일이었다.

"우린 계속 만났어." 실라는 구두 굽으로 푹신한 잔디밭을 찍어 눌렀다. "하지만 이전과는 완전히 달랐지. 그만 만나게 된 게 언제였는지 기억도 안 날 정도니까."

나는 뒷주머니에서 편지를 꺼내 실라에게 건네주었다.

실라가 그것을 읽었다. "빌리가 이 편지를 간직하고 있었다니 믿을 수가 없네." 그녀는 편지를 내게 돌려주려 했다.

"갖고 계세요."

실라는 가방에 그것을 집어넣기 전에 잠시 손에 쥐고 있었다. "정말 큰 힘이 되는구나. 고맙다." 실라는 손목시계를 힐끔 확인했다. "시간이 이렇게 지난 줄 전혀 몰랐네!" 그녀는 자신의 소지품들을 챙겼다.

"그러니까 에벌린한테 무슨 일이 있었는지는 말한 적 없다는 거지요? 다시 만났을 때도요?"

"이상하게 들리겠지만. 누군가 비극에 대해 말을 아낄수록, 그 비극이 생각보다 더 나쁜 일이라는 걸 알게 되지. 우리가 다시 만났을 때 나는 그에게 아무것도 물어선 안 된다고 생각했어."

"어떻게 다시 연락하게 된 거예요?"

"푸로스퍼로 서점에서." 실라가 내 손을 잡았다. "네가 있어서 정말 좋구나."

나는 실라의 차까지 그녀를 따라갔다.

"먼저 가세요." 내가 말했다. "전 걸어서 갈게요."

"3킬로미터가 넘는데." 이 말을 하면서 실라가 고개를 저었다. "내가 언제 이렇게나 LA 사람이 됐는지 모르겠네."

"혹시 빌리가 저한테 전해주라고 한 게 있었나요?" 차에 오르는 실라에게 내가 물었다.

"예를 들면?"

"잘은 모르겠어요. 혹시라도 그런 걸 알고 계신가 해서요."

인상을 찡그리며 고개를 저은 실라는 내게 손 흔들어 인사했다. 그녀의 프리우스는 호수 주변의 차들 사이로 사라졌다. 나는 에코파크 한가운데를 가로질러 선셋대로를 향해 걸었다. 끔찍한 사고를 숨기는 이유는 단 한 가지다. 누군가의 실수이기에. 대체 빌리는 무슨 실수를 저지른 걸까? 술에 취했을까? 다른 과실이 있었던 걸까? 대체 뭐길래 엄마는 아직도 내게 숨기고 있는 걸까? 비건 식당으로 바뀐 오래된 극장 옆을 지났다. 실라는 분명 내게 전달할 뭔가를 갖고 있을 터였다. 빌리가 스스로 만든 패턴을 깨진 않았을 테니 말이다. 빌리는 분명히 실라가 내게 그 사고에 대해 말해줄 거라고, 그래서 나를 그다음 단서로 이끌어줄 거라고 예상했을 것이다. 상점도, 행인도 없는, 있는 거라곤 오직 흙벽뿐인 구역을 통과하며 나는 계속 선셋대로를 향해 걸었다. 사람들은 고통으로부터 자신을 보호하기 둘러댈 말을 지어내기도 한다는 실라의 말을 생각해보았다. 어쩌면 엄마는 빌리의 행동을 비밀로 하려던 게 아니었는지도 모른다. 상처가 단단하게 아물기 전까진 에벌린의 죽음을 소환할 수 없는 걸지도 몰랐다. 실라는 빌리가 엄마의 상실을 인정하려 하지 않았다고 말했는데, 나도 그와 똑같이 행동하는 걸까? 내가 들으려고, 진심으로 들으려고 하지 않아서 엄마가 내게 거리를 두는 걸까?

"우리 딸." 마치 평상시처럼, 오늘 내게서 전화가 올 것을 의심한 적 없다는 듯이, 엄마는 그렇게 전화를 받았다. "우리 영화 보러 막 나서는 길이야. 나중에 전화해도 되겠니?"

"미안해요. 엄마 감정을 더 이해하지 못했던 거, 정말 미안하다고 말하고 싶었어요. 엄마가 얼마나 힘들었을지 상상도 못 했어요." 내가 말했다.

"미랜더, 우리 늦었어. 내가 다시 전화할게, 알았지?" 엄마는 내 대답을 듣지도 않고 전화를 끊었다.

나는 엄마가 다시 전화하리라 믿고 선셋대로를 걷는 내내 손에 휴대전화를 쥐고 있었다. 이제는 피자 가게가 된 햄버거 가게 옆을 지났다. 빈 체스 테이블 여러 개가 방치된 도넛 가게는 과거 동부 LA의 관공서였다고, 맬컴이 말해줬었다. 전화를 급하게 끊어서 미안하다고 엄마가 사과하겠지. 그럼 나는 "아니, 죄송한 건 저예요"라고 말해야지. 그럼 엄마가 다시 "아니, 내가 미안해"라고 말하면서 우리는 함께 웃을 테고, 그렇게 웃으면서 우리는 다시 좋아지겠지. 나는 서점에 도착할 때까지 휴대전화를 들고 있었다. 땀 많은 내 손이 휴대전화를 축축하게 적실 때까지 엄마의 전화는 없었다.

14장

실라와 나는 정기적으로 만났다. 날이 너무 더워지기 전인 이른 아침에 만나 그리피스공원으로 하이킹을 가기도 했다. 실라의 영국식 주택이 공원 입구에 있었지만, 우린 그녀의 프리우스를 타고 펀데일이나 크리스털스프링스까지 올라가면서 걷기 위해서는 차를 타고 나가야 한다는 실라의 LA 이론을 증명하기도 했다.

우리가 만날 때마다 나는 에벌린의 죽음을 언급했지만, 실라는 결정적인 사실, 에벌린의 죽음이 끔찍한 사고였다는 것 외에는 그 어떤 것도 말해주지 않았다.

"빌리가 저한테 전해주라고 한 게 정말 없어요?" 낡고 버려진 동물원 옆 잔디밭을 함께 가로지르며 내가 물었다. "그래야 규칙에 맞는데.『이상한 나라의 앨리스』가 빌리의 주치의로, 그 주치의가『프랑켄슈타인』으로, 그 프랑켄슈타인이 물리학자 친구로, 그분이『비행공포』로, 그리고 그 책이 선생님께로 저를 이끌었거든요."

실라는 숨을 가다듬으며 미소 지었다. "내가 나를 에리카 종의 수제자로 생각한다는 걸 빌리는 알고 있었거든." 실라는 내게 계속 걷자고 손짓했다.

"뭔가 이상한 소포를 받은 적도 없었나요? 혹시 실수로 버린 거라도?

빌리 변호사한테 받은 것도 없어요?

"만약 빌리가 다음 단서를 내게 보냈더라면, 내가 버려버릴 만큼 아무렇게나 보내진 않았겠지." 황갈색 언덕 주변을 걸으며 실라는 가쁜 숨을 내쉬면서도 일정한 속도를 유지했다.

"푸로스퍼로 서점에서 에벌린 소문을 들은 적도 없으세요? 어떻게 죽었다던가."

"에벌린이 죽었을 당시 서점에 오던 손님이랑 지금 손님들은 거의 한 세대나 차이가 나잖아. 지금 단골들은 에벌린이라는 사람이 있었다는 사실 자체를 모를걸."

"선생님은 빼고요." 내가 말했다.

"나 빼고."

"맬컴은요?"

"맬컴이 뭘 알고 있는지는 나도 몰라." 실라의 말투에는 어떤 망설임도, 숨김도 없었다. 맬컴이 내게 감추고 있는 게 무엇이든, 실라는 아는 게 없었다.

아미르가든을 향해 계속해서 언덕을 오르다 보니, 글렌데일의 정방형 건축물들이 한 눈에 내려다보이는 벤치가 있었다. 주변의 선인장들이 하늘을 향해 뻗거나 구부러지며, 사람이 만든 구조물을 가리지 않을 정도의 높이까지, 야생의 모습 그대로 자라고 있었다.

"전망 좋네." 실라가 이마에 맺힌 땀을 닦았다.

우리는 땀을 좀 식힐 겸 벤치에 앉았다. 내가 일어나려고 할 때마다 실라가 1분만 더 앉아 있자고 말하는 바람에, 나는 선인장들이 드리워준 작은 그늘에 놓인 그 벤치에 앉아 서점의 재정 문제를 털어놓았다. 빌리가 매달 서점에 자기 개인 돈을 쏟아부었다는 것, 그리고 그게 가라앉는 배에서 양동이로 물 한 번 퍼내는 것에 지나지 않았다는 것을 말해주었다. 데뷔 작가와 LA 인근 서점들의 낭독회에서 섭외한 기존 작가가 참여하는 이벤트, 새로운 보상 프로그램, KCRW 라디오에 낸 실라의 책 광고로 살짝 반등한 판매 실적 등 우리가 세운 계획도 자세하게 알려주었다. 서점에서 계획하는 자선 행사, 기부 행사, 아직 팔지 않은 티켓에 대해서도 이야기했다. 앞으로 다가올 월별 행사를 나열하며 낙관적으로 이야기하려고 노력했지만, 나의 회의적인 태도와 푸로스퍼로 서점이 정말로 파산할 수 있다는 두려움을 내 말투에서 지울 순 없었다.

"서점이 문을 닫을 수는 없지. 나한테 돈 많은 친구들이 있어. 자선 행사 때 그 돈을 좀 뜯어보자." 실라는 현재 작업 중인, 아직 완성되지 않은 작품을 읽어주는—다른 작가들에게는 절대 권하지 않는—낭독회와 일대일 식사 경매권이 포함된 맞춤형 초대장을 그 친구들에게 보내자고 했다. 원한다면 언제든 실라와 식사할 수 있는 사람들이었지만 말이다.

나는 푸로스퍼로 서점이 계속 운영되든 문을 닫든 상관없이 8월 말이 되면 필라델피아로 돌아가야 한다고도 말했다. 자선 행사에 참석할 수 있을지도 불확실했다.

"돌아갈 집이 있으면 좋겠어요." 제이와 나는 그날 밤 싸운 후 아직까지 연락하지 않고 있었다. 통화는 물론 문자도 하지 않았다.

실라가 땀에 젖은 손으로 내 손을 잡았다. "애야, 남자들이 자존심이 상하면 애가 된다는 걸 모르니? 네가 비위를 좀 맞춰줘서 자기가 우위에 있다고 느끼게 해줘야 해. 진짜 너무 간단한 거야."

"제게 힘이 되는 '절대-굴욕을-참지-마라' 같은 조언을 해주셔야 하는 거 아니에요?"

"모든 일에는 때와 장소가 있어. 그 남자와 함께하고 싶다면 그 사람이 옳다고 해줄 필요도 있어. 틀렸을 때도 맞다고 해주는 법을 배우는 게 중요한 거야. 맙소사, 내가 언제 이렇게 인생의 교훈이나 말하는 사람이 된 걸까?" 실라는 떫은 표정을 지으며 자기 신세를 한탄했다. 좋은 충고이긴 했지만 내가 옳았다. 제이가 맞는 것처럼 연기하고 싶지 않았다. 내가 제이에게 굽히고 들어가야 하는 관계이고 싶지 않았다.

"음." 실라가 자리에서 일어섰다. "이 하이킹은 끝이 나질 않겠다."

언덕 측면을 깎아 만든 계단을 돌아 내려오는 동안 나는 대화 주제를 엄마로 바꿨다. 엄마가 옳았다고 인정할 준비가 되긴 했지만, 내가 엄마의 이야기를 들을 준비가 됐다고 해서 엄마까지 말할 준비가 된 것은 아니었다.

"우린 이런 적이 없었거든요." 내가 말했다. 엄마를 못 본 지 한 달이 되어가고 있었다.

"네 엄마가 부모가 아닌 한 사람으로서의 모습을 보여주던 때가 기억난다." 주차장으로 연결된 건널목을 건너며 실라가 말했다. "우리가 원하는 모습이 아닌 부모님의 모습 그대로를 대면하는 건 어려운 일이지."

"전 엄마가 어떤 분인지 모르겠어요. 진짜로 알았던 적이 있었는지도 모르겠고."

"그럼 알아가려고 노력해야겠네." 실라가 조언했다.

우리는 서로 가까운 사이기는 했지만, 엄마에게는 언제나 내가 절대로 알 수 없는 부분이 있었다. 나는 그걸 엄마의 지난 삶, 빛바랜 스타덤의 잔재라고 생각했다. 그 모든 걸 왜 포기했는지 나는 절대 이해할 수 없었다. 처음부터 나는 엄마가 그걸 얼마나 원했는지도 이해한 적이 없었다. 단지 그녀가 마음속으로 그리던 커리어를 이루지 못한 것을 항상 후회하고 있을 거라고 짐작할 뿐이었다. 그러나 엄마를 따라다니던 그 그림자가 자신이 이루지 못한 꿈이 아니었을지도 몰랐다. 그 그림자는 빌리였을 수도, 혹은 에벌린이었을 수도 있었다.

매출 급락이 예고된 8월을 맞기 전, 7월 말까지의 서점 매출은 사상 최고를 기록했다. 하지만 이런 수입에서 매일 나가는 운영비며 인건비, 세금, 전기세와 수도세, 담보 대출금, 신용 대출금 등을 제하고 나면 여전히 적자였다.

찰리는 우리의 첫 북클럽 책으로, 최근 문고본으로 출간된 『어디 갔어, 버나뎃』을 선정했다. 찰리는 이십 대 초반 여성 몇 명과 함께 앉아 소설의 독특한 구성과 현대문학에서의 기술과 이메일의 역할에 대해 논했다. 내가 한 번도 본 적 없는 여자가 적어도 셋은 됐다. 그 여자들은 북클럽에 온 목적을 들키지 않도록 신경 쓰는 동시에 찰리에게 추파도 던졌다. 찰리 때문이든 마리아 셈플* 때문이든 상관없이, 우리는 북클럽이 아니었으면 팔지 못했을 세 권의 책을 팔았고, 주관자와 더 많은 시간을 보내기 위해서라도 다음 북클럽에 참석할 세 명의 고객을 추가로 확보했다. 포장까지 마친, 내게 건네기만 하면 되는 단서가 실라에게 없다고 해서 남은 시간을 낭비할 생각은 없었다. 새 학기 오리엔테이션까지는 한 달의 시간이 남아 있었다. 해마다 우리는 포코노스에 있는 교장 사돈 소유의 모텔에 모였다. 그곳에서 우리는 방학 동안의 이야기를 나누며 모닥불 주변에 모여 앉곤 했는데, 나는 기억만으로도 동료들이 저지해안을 따라 여름마다 빌리던 숙소들의 위치를 읊을 수 있었다. 햇볕으로 인한 화상, 구슬 아이스크림, 나무판자로 만든 산책로 위에서의 습한 밤. 난 LA에서 보낸 이번 여름에 대해 어떤 것을 말하게 될까? 평화로운 푸로스퍼로 서점의 늦은 오후? 서점을 운영하기 위해 매일 회계장부를 작성하고 재고를 확인해야 했던 일? 에리카 종이나 에드거 앨런 포의 작품을 암송할 정도로 해박한 지식인들이나 하워드 박사 이야기를 해줘야 하나? 전설적인 작가 실라 크롤리와 친구가 되어 매일 아침 하이킹을

---

*『어디 갔어, 버나뎃』의 저자.

했던 이야기를 해줄까? 영어 선생이 내게 책 추천을 부탁하는 것도, 모든 것, 심지어 제자들의 오답에도 흥미로운 점이 있다고 주장하는 수학 선생이 내게 '그것 참 흥미롭군요'라고 말하는 것도 듣고 싶지 않았다. 집으로 돌아가면, 팔로 나를 감싼 제이와 모닥불 옆에 함께 앉아 있으면, 내가 선택했던 삶이 다시 내 것이 되면, 지금과는 다르게 느끼게 될 거라고 나 자신에게 말했지만, 산속에 있는 그 모텔을 떠올리자마자, 내게 이 서점이 단순히 여름 한철의 이야깃거리인 것만은 아니라는 사실을 깨닫게 됐다.

실라가 내게 에벌린의 일을 말해줄 수 없었으므로, 나는 서점에 오는 다른 고객들로 눈을 돌렸다.

"에벌린?" 극작가 레이가 물었다. "에벌린 워드?"

"아뇨, 빌리의 아내요. 에벌린 웨스턴."

"빌리가 결혼을 했었군요?" 레이는 뒷이야기가 좀 더 듣고 싶다는 듯 안경을 코끝까지 끌어내렸다.

"아주 오래전에요." 내가 대답했다. "푸로스퍼로 서점을 연 사람이 에벌린이에요. 그분에 대해 한 번도 들어본 적이 없나요?"

"난 항상 이곳 주인이 리라고 생각했는데." 단골들도 도움이 되지 않는 건 마찬가지였다. 매일 오후 모카를 마시러 오는 십 대들은, 나의 학생들이 앤드루 존슨을 기억하느냐는 질문을 받았을 때 내비쳤던 그 회의적인 눈빛으로 나를 쳐다보았다. 내가 푸로스퍼로 서점의 주인에 관해 물어보자, 그들은 마지못해 이렇게 대답했다. "돌아가신 늙은 아저씨 말씀하시는 거예요?" 젊은 엄마들은 이제 막 걷기 시작한 아이들이 쏟은 우유를 닦느라 정신이 없는 탓에 서점이 뭔가 잘못되고 있다는 걸 눈치 챌 수도 없었다. 작가들은 세상과 단절된 채 커다란 헤드폰을 쓰고 작업하는 중이었다. 심지어 루시아도 내가 소설 같은 이야기에 너무 많은 시간을 쓰고 있다는 듯 나를 바라봤다.

"사고요?" 루시아가 테이블을 정리하며 물었다. "여기, 푸로스퍼로 서점에서?"

"어디에서 났는지는 나도 몰라요. 그저 끔찍한 사고로 죽었다는 것 말고는." 내가 답했다.

루시아는 단호하게 고개를 저었다. "그런 일이 있었다면 제가 알았겠죠." 그녀는 식기 운반용 카트를 끌고 주방으로 들어갔다. 비극은 절대로 사라지지 않는 오래된 악취처럼 어딘가에 늘 들러붙어 있는 거라 생각했는데, 푸로스퍼로 서점에는 에벌린을 아는 사람이 아무도 없었다. 빌리의 사생활을 지나치게 존중한 나머지 무슨 일이 있었는지 묻지 않았던 실라와 그가 암시한 것보다 더 많은 걸 아는 맬컴만이 그녀를 알고 있는 이였다.

나는 맬컴 쪽으로 고개를 돌렸다. 그는 둥글게 모여 앉은 남자들과 함께 위스키 한 병을 나눠 마시며 각자의 무릎에 헤밍웨이의 『아프리카의 푸른 언덕Green Hills of Africa』을 펼쳐두고는 사냥하다 죽을 뻔한 경험을 이야기하고 있었다. 타탄체크무늬 셔츠에 놋쇠 버클 벨트를 하고 있는 남자 두 명은 내가 본 적 없는 사람들이었다. 찰리는 깔깔거리며 웃는 여자들을 데려왔고, 맬컴은 칙칙한 남자들을 데려왔구나. 그는 사냥 자세까지 직접 취해가며 방아쇠를 당기기 전 수사슴과 눈빛으로 교감했던 당시의 상황을 상세히 전하는 중이었다. 수사슴이 그르렁거리고, 자신은 이를 갈고, 송골송골 맺힌 땀방울이 눈썹에서 총 위로 떨어지는, 실제로는 발생할 수 없는 거창한 이야기였다. 맬컴은 허풍선이에다 아첨쟁이였다. 그런 일에 아주 능수능란했다. 그는 자신의 이야기로 극기심 강한 남자들을 완전히 매료시킬 수 있었다. 하긴, 어떤 예술 서적을 살지 아는 능력을 보여주고 위스키와 JFK 전기 이야기로 긴장을 풀어주는 바람에 나도 넘어갔었지.

"정말 사슴을 쏴본 적이 있어요?" 벌목꾼 복장을 한 남자들이 떠난 뒤 내가 그에게 물었다.

"당연히 없죠." 테이블에 있던 위스키 뚜껑을 닫으며 맬컴이 말했다.

"그럼 그 사람들한테 거짓말을?" 그의 얼굴에 장난기가 넘쳐흘렀다. 그건 그가 내게 터놓도록 하는 가장 설득력 있는 방법은 아니었다. 그러나 나는 다음 단서를 갖고 있지 않은 실라에게, 전화도 문자도 없는 제이에게, 자신이 사랑했다는 장소의 과거도 알지 못하는 단골들에게, 비밀을 숨기는 푸로스퍼로 서점에게, 그리고 역시나 그 비밀들을 능숙하게 감추는 맬컴에게 실망했다. 빌리는 맬컴의 가장 친한 친구였고, 빌리에 관한 모든 일은 에벌린에 의한 것이었다. 맬컴은 에벌린을 분명히 알고 있다. 그래야 했다.

"우린 그냥 허풍 좀 떤 거예요." 맬컴이 태연하게 말했다. 그는 둥글게 놓여 있던 의자들을 원래 있던 테이블로 가져다 놓았다. "무슨 일 있어요? 좀 이상하네요. 평소보다 더 이상한데."

"빌리와 매일 함께 있었다고 했죠?" 내가 어서 본론을 말하기를 기다리면서 맬컴은 그 사랑스러운 눈을 크게 떴다. "그런데도 나한테 전하라고 한 빌리의 말이 아예 없다는 거죠?"

맬컴이 한숨을 내쉬었다. "무슨 말이 듣고 싶은 거예요? 듣기 힘든 말인 건 알겠는데, 빌리는 당신 이야기를 단 한 번도 한 적이 없어요. 당신이 여기 나타날 때까지 당신이란 사람이 있는 줄도 몰랐다니까요."

"장례식장에 나타날 때까지였겠죠." 그가 아무렇게나 밀어 넣은 의자 중 하나를 똑바로 세워 놓으며 내가 말했다. "장례식장에서 나 봤잖아요."

"그때의 기억은 거의 없어요." 그는 의자 등받이를 붙잡고 앞뒤로 슬슬 흔들었다.

"위스키를 너무 많이 마셨나?" 내 의도보다 훨씬 더 잔인하게 들리는 말이었다.

"아니. 미치겠네요, 미랜더. 난 내 친구를 막 잃은 상태였다고요." 맬컴이 의자를 테이블 아래로 던졌다. "모든 게 당신하고 관련 있는 건 아니란 말입니다." 그는 위스키 병을 들고 쿵쿵대며 프런트 데스크 뒤로 가버렸다. 나는 맞은 편에서 그를 바라보았다. 그는 멍한 눈으로 자신만의 생각에 잠겨 있었다. 내가 개차반처럼 느껴졌다. 너무나 무심하고 이기적이었다. 맬컴은 매일, 서점에 와서 빌리가 아닌 나를 만나야 했던 사람인데. 날마다 빌리가 사라졌다는 사실을, 푸로스퍼로 서점도 사라질 수 있다는 사실을 직면해야 했던 사람인데 말이다. 그의 마음을 헤아리는 데 시간이 왜 이렇게 오래 걸렸는지 알 수 없었다. 맬컴은 내게 비밀을 숨기고 있던 게 아니었다. 그 역시 빌리의 죽음을 애도하고 있던 것이었다.

내가 빌리의 수수께끼를 풀지 못할수록 자선 행사로 생기는 수익은 늘어나는 것 같았다. 나는 모든 단골에게 물어보고, 모든 지역 신문을 훑고, 모든 층의 서랍을 샅샅이 다 뒤졌지만 에벌린의 흔적을 찾아낼 수 없었다. 대신 큰 행사로 연결될 낭독회를 3회나 더 확보할 수 있었다. 맬컴은 자신이 좋아하는 신작 소설의 홍보 담당자와 연락이 닿았다. 해당 소설의 작가는 샌프란시스코에 살고 있었는데, 그날 밤 푸로스퍼로 서점까지 와주겠다고 했다. 루시아의 유명한 디제이 친구는 낭독회 중간에 짧은 음악들을 틀어주겠노라고 했다. 하지만 맬컴과 나는 하워드 박사든 실라의 친구든 응찰할 재력이 있는 사람들이 행사장을 떠나고 난 뒤에나 트는 게 더 낫겠다고 생각했다. 이건 맬컴과 내가 함께 동의한 유일한 사안이었다. 맬컴의 말은 급격히 짧아졌고, 필요할 때만 내게 말을 걸었다. 나는 내가 생각했던 것보다 맬컴과의 교감을 훨씬 더 그리워했지만, 맬컴은 오래 붙들고 있을수록 더욱 가치가 생긴다는 듯이 자신의 상처에 매달렸다. 그는 내게 짧게 답하거나, 내가 말을 걸어도 들리지 않는 척하며 옹졸하게 굴었다. 그의 슬픔을 의심한 것, 나밖에 생각하지 않은 것이 잘못이란 건 알았지만 그에게 사과하고 싶은 마음이 들진 않았다.

함께 위스키를 마시지도 않고, 일도 따로 하게 되면서, 서점에서의 그와 내 구역은 완전히 분리되었다. 맬컴은 프런트 데스크 뒤에서 고객을 응대하거나 도서를 주문했고, 나는 매장과 카페에 머물며 입고되는 책을 정리하고 팔리지 않는 책을 빼냈다. 내가 배급사에 보낼 반품 상자를 꾸리고 있는데, 실라가 오른손에 든 봉투를 힘차게 흔들며 서점 안으로 다급히 들어왔다. 나는 들고 있던 책을 선반 위에 내려놓고 그녀에게 달려갔다.

"오늘 아침에 우체통에서 발견한 거야!" 실라는 반송 주소 대신 우편사서함이 적힌 규격 사이즈 봉투 하나를 내게 건넸다. LA 우편번호 90005가 적힌 부분에는 그저께 처리되었다는 직인이 찍혀 있었다. 휴대전화로 확인해보니 행콕파크, 일라이자 사무실의 우편번호였다. 나는 일라이자가 무슨 이유로 낭독회가 끝난 지 한참이 지난 뒤에야 이 편지를 보낸 건지 궁금했다.

나는 봉투를 뜯었고, 실라는 내 어깨에 기대 컴퓨터로 작성한 편지를 읽었다.

속임수의 대가, 이름, 그녀가 만든 그것은 절대 그것뿐이 아니다. 그는 더 이상 피츠윌리엄이 아니지만, 그가 멀리 떠나도, 그의 밸류는 여전히 남아 있다.

실라가 인상을 썼다. "문법이 틀렸는데." 실라는 '이름' 앞에 있는 쉼표를 가리켰다. "'그녀'가 속임수의 대가지. '이름'이 아니라. 빌리가 이 정도는 알았을 텐데."

"누군데요?" 내가 실라에게 물었다.

"제인 오스틴. 속임수로 유명했지. 특히 『에마』에서. 하지만 이건 에마를 말하는 게 아니야." 실라는 '피츠윌리엄'을 가리켰다. "누군지 아니?"

"알아야 해요?"

실라가 또 인상을 썼다. "모르면 제인 오스틴 단서는 무용지물이 되는 거지."

"제인 오스틴이라는 단서는 없잖아요."

내 말에 실라는 어이없다는 표정을 지었다. "제인 오스틴만큼 잘난 사람도 없어." 그녀는 종이 위에 적힌 '피츠윌리엄'을 손가락으로 지그시 눌렀다. "다아시, 피츠윌리엄 다아시만큼 교만한 사람도 없고."

실라와 나는 함께 단서를 고민했다. "이 마지막 부분 보이세요?" 나는 마지막 문장을 손가락으로 짚었다. "'그가 멀리 떠나도 그의 밸류는 여전히 남아 있다' 우리가 찾아야 할 이름이 바로 이거예요."

우리는 종이와의 거리가 수수께끼 해결을 방해라도 한다는 듯 그것에 더 가까이 다가갔다.

"그의 밸류value." 나는 '밸류'를 동의어 사전에 입력한 후 실라에게 읽어주었다. "양amount, 가격cost, 비용expense, 가치worth, 이익profit."

실라가 손가락을 딱 하고 튕겼다. "가치." 실라가 권위적인 투로 말했다. "그리고 떠나다를 다르게 표현하면, 과거형으로 표현하면 어떻게 되지?"

"뭐, 문법주의자라도 되시려는 거예요?"

"난 문법 가지고 장난은 절대 안 해. 자, 답이 뭐지?" 실라는 교사였다면 잘했을 사람이었다.

떠나다. 떠났다. "떠났다went," 나는 마치 세상의 굉장한 비밀이라도 알아낸 것처럼 경탄하며 말했다.

실라가 맞다는 듯이 고개를 끄덕였다. "캡틴 프레더릭 웬트워스Captain Frederick Wentworth." 나는 얼떨떨한 표정으로 그녀를 바라보았다. "이 바보야."

실라는 고전문학 섹션으로 나를 데려가 저자명이 A로 시작되는 책장에 꽂혀 있던 펭귄클래식판의 『설득』을 찾아냈다. 소설 앞쪽에 끼워져 있던 빈 성냥갑 때문에 책은 부자연스럽게 툭 튀어나와 있었다. 엘리엇 가의 가장에 관한 오스틴의 묘사가 강조 표시된 부분이었다.

월터 엘리엇의 성품은, 사람을 대할 때나 상황을 대할 때나, 허영심 그 자체였다.

그 뒤로 이어지는 문장은

여성보다 더 자신의 외모에 신경 썼고, 새로 작위를 받은 귀족의 하인보다 더욱 자신의 계급에 만족했다.

책 사이에 꽂혀 있던 성냥은 오렌지카운티에 있는 스테이크 전문점의 성냥이었다. 옐프로 확인해 보니 2002년에 매각된 뒤 상호가 변경되었고, 폐업한 2011년까지 주인이 여섯 번이나 바뀐 곳이었다. 가장 최근까지 반복 게시된 후기들은 첫 식당에 대한 그리움을 담고 있었다. 한 게시자는 '버트 웨스턴은 욕심 많은 개*식인 것 같다. 최소한 스테이크

구울 줄은 아는 직원을 고용한 걸 보면'이라 써놓기도 했다. 나는 실라에게 리뷰 화면을 보여주었다. 실라는 어깨를 들썩일 뿐, 그 후기에서 제일 중요한 부분을 놓치고 있었다. 이제 내가 아는 척할 차례였다.

"웨스턴이요." 내가 말했다. "에벌린 웨스턴과 같잖아요. 버트 웨스턴은 분명 에벌린의 아버지일 거예요." 동시에 허영심 많고 거드름 피우는 사람이었을 테고. 빌리가 버트 웨스턴을 마음에 들어 하지 않았다는 건 벌써 알고 있었다.

인터넷에서 찾은 버트 웨스턴의 정보는 굉장했다. 그는 샌와킨 계곡에서 가장 큰 과일 도매상인 웨스턴가족농장의 단독 소유주로,『포브스』를 비롯한 여러 잡지의 표지에도 등장한 인물이었다. 1970년대와 1980년대 정기 간행물에는 무일푼에서 거부가 된 그를 칭송하는 기사들이 실려 있었다. 1990년대에 들어서는 그곳의 열악한 작업 환경과 정치 뇌물 수수, 대규모 해고와 관련된 기사들이 게재되어 있었다. 이전 직원들과 노조, 그의 전 부인들에게 소송을 당했단 기록도 있었다. 1990년대 말, 당시 육십 대 중반이던 그는 대기업에 농장을 팔고 은퇴했다. 나는 그의 부인들이 재산을 얼마씩 가져갔을지 궁금했다. 누가 에벌린의 친어머니였는지도.

버트 웨스턴처럼 돈 많고 물의를 일으킨 사람들은 주소를 공개하지 않는다. 하지만 빌리는 월터 경을 통해 버트 웨스턴의 가장 두드러지는 특징을 알려주었다. 바로 그의 허영심이었다. 버트 웨스턴은 사람들이 자신의 위치를 찾아내길 원했던 것이 분명했다. 사업체를 팔고 은퇴한 후 그 어떤 인터뷰도 하지 않겠다고 선언해놓고도 사람들에게 알려지고 싶었던 것이 분명했다. 그의 주소는 LA에서 한 시간 가량 떨어진 오렌지카운티의 외부인 출입 제한 구역에 있었다.

오렌지카운티는 5번 고속도로의 남쪽에 있었지만 내가 깨닫기도 전에 내 차는 이미 서쪽을 향해 달리고 있었다. 나는 정원에서 장미나무의 뿌리를 덮어주고 있는 엄마를 발견했다. 엄마는 햇빛을 가리기 위해 챙 넓은 모자를 쓰고 있었다. 얼굴이 전부 모자 그늘로 가려진 탓에 엄마의 표정을 읽을 수 없었다.

"미랜더." 정원 건너편에 선 엄마가 나를 불렀다. "어쩐 일이야?"

어릴 때처럼 엄마에게 달려가 허리를 두 팔로 꼭 감싸 안고 싶었지만 나는 그 자리에 그대로 서 있었다. 아무런 거리낌 없이 엄마를 안던 때가 그리웠다. 엄마와의 포옹을 잃는다는 건 생각지도 못한 일이었다.

"아, 엄마 안녕." 내가 말했다.

엄마가 모자를 벗으니 정원에 일하러 나오면서도 겹겹이 화장한 그녀의 얼굴이 그대로 드러났다. "아가, 별일 없지?"

"당연히 별일 있죠. 어떻게 별일이 없을 수 있겠어요?"

"나야 모르지!" 엄마는 장갑을 벗어서 팔과 허리 사이에 끼워 넣었다. "어쨌든 집에 오니 좋네."

"집에 온 거 아닌데." 내가 퉁명스럽게 내뱉었다. "버트 보러 가는 길이라고 알려드리려고 왔어요."

"버트?" 엄마는 정말 아무것도 모른다는 듯 물었다.

"버트 웨스턴이요."

엄마의 모자가 바닥으로 떨어졌다. 내 쪽으로 걸어오면서 팔에 끼워져 있던 장갑도 떨어졌다. 엄마가 내 팔을 잡았다. "그러면 안 돼."

"그 사람이 누군지, 어떻게 알았는지, 물어보지도 않을 거예요?" 나는 엄마의 손을 떨쳐내려고 했다.

"미랜더, 제발. 버트를 만나는 건 안 돼." 엄마는 내 팔뚝을 잡고 부드럽게 잡아당겼고 내가 꼼짝도 않자 힘을 더 세게 주었다. 나는 엄마보다 힘이 셌다. 엄마보다 젊고, 엄마보다 고집스러웠다. "들어가자. 얘기 좀 해.”

“이야기하자고요? 진심이세요? 제가 온 지 두 달이 되어 가는데, 그 두 달 동안 언제든 이야기할 수 있었잖아요. 이젠 제가 엄마와 이야기하고 싶지 않아요. 그럴 필요도 없고요.” 엄마는 내 팔을 놓고 자신의 몸을 감싸 안았다. 감정을 억누르느라 몸이 떨리고 있었다.

“버트 웨스턴은 잔인하고 이기적인 사람이야.” 두 팔로 스스로 감싸 안은 채 나를 바라보는 엄마는 너무나 왜소해 보였다. 손을 뻗어 엄마를 달래주게 될까 봐 나는 두 주먹을 꽉 쥐었다.

“적어도 그 사람은 진실을 말해주겠죠.”

“아니.” 엄마는 차분히 말했다. “그러지 않을 거야. 그 사람은 네 삼촌의 가장 나쁜 모습밖에 못 봤으니까.”

“엄마랑 뭐가 달라요? 엄마는 빌리 삼촌에게 너그러웠던 적이 있었어요?”

엄마의 얼굴이 딱딱하게 굳었다. 그러고는 팔을 풀더니 두 손을 허리춤에 올렸다. “난 늘 빌리의 좋은 면을 봤어. 나를 비난했던 건 언제나 빌리였어.”

“그럴 만했나 보죠.” 엄마는 내게 맞기라도 한 듯 몸을 움찔했다. 엄마의 두 눈에 눈물이 차올랐다. 난 엄마에게 상처를 주고 싶었고 바람대로 됐다. 그렇다고 기분이 나아진 건 아니었다.

“제발 버트를 만나지 마.” 엄마는 거의 들리지도 않을 만큼 아주 작은 목소리로 말했다.

“엄마가 그 사람을 만나지 말라고 할수록, 엄마가 말해주지 않는 무언가를 그 사람이 말해줄 것 같은 확신이 든다는 걸 아셔야 해요.” 나는 앞뒤로 왔다 갔다 하기 시작했다. “웃기는 게 뭐냐면요, 난 대체 왜 엄마가 내게 말을 하지 않는 건지 그 이유도 모른다는 거예요. 난 우리가 서로에게 모든 걸 말한다고 생각했는데, 내 생각만큼 엄마와 나는 가까운 사이가 아니었나 봐요."

"제발, 애야, 그 사람은 만나면 안 돼." 내게 다가온 엄마가 어깨를 감싸 쥐었다. 엄마에게는 땀 냄새와 거름 냄새가 났다. 구역질이 날 것 같은, 자극적이고 매캐한 냄새였다.

"제 말은 듣지도 않으시네요. 엄마와 나 사이에 문제가 있다는 말을 하고 있는데, 엄마는 버트 이야기 말고는 할 말이 없나 봐요."

엄마는 미친 듯이 머리를 흔들고 얼굴을 문질렀다. 나에게서도, 우리의 대화에서도, 다시 가까워질 기회에서도 모두 멀어진 채로. 나는 화난 상태로 차로 향했다. "미랜더, 제발 돌아와." 엄마가 내 이름을 불렀지만 나는 그냥 출발해버렸다.

15장

5번 고속도로는 막히는 구간이 없었다. 나는 평상시보다 빠르게 차를 몰며 속도 계기판의 숫자가 130, 135, 145로 점차 올라가는 것을 보았다. 열어놓은 창문으로 쏟아져 들어온 뜨거운 바람이 머리카락을 정신 없이 헝클며 시야를 가렸다. 계기판 위에 올려두었던 휴대전화가 진동했다. 발신자가 엄마인 걸 확인하고는 거절 버튼을 눌렀다. 나는 뭔가 시끄럽고 성 내는 음악이 나오는 라디오를 틀었다. 무모해지고 싶었다. 방황하고 싶었다. 다른 사람이 되고 싶었다. 하지만 속도가 시속 150킬로미터를 넘어가면서 가슴속의 무언가가 나를 붙잡으며 화가 누그러졌다. 시속 110킬로미터가 될 때까지 차 속도는 점차 느려졌다. 나는 라디오의 볼륨을 줄이고 창문도 닫았다. 나는 다른 사람이 아니었다. 나는 나, 미랜더 브룩스였다. 엄마의 전화는 받지 않았지만 엄마가 남긴 음성 메시지는 들을 수밖에 없었다.

"미랜더, 엄마야." 그렇게 말하지 않으면 자기가 누구인 줄 내가 모를 거라는 듯 엄마가 말했다. "제발 전화해줘. 네가 그렇게 가도록 놔두는 게 아니었는데. 제발 집으로 돌아와."

그 뒤 남겨진 두 개의 음성 메시지는 훨씬 더 다급했다.

"얘야, 제발. 너한테 더 솔직하지 못했던 건 미안해. 내겐 전부 너무 힘든 일이어서 그랬어. 제발 전화 좀 해주렴." 그리고, "이젠 다 손쓸 수 없는 일이야. 우린 가족이잖아. 서로를 잃을 수는 없어. 난 널 포기할 수 없어. 제발 이야기 좀 하자."

나는 메시지를 듣자마자 곧바로 삭제 버튼을 눌러야 했다. 그것을 재차 듣다가 죄책감을 느껴 엄마에게 전화하고 싶지 않았기 때문이다.

네 번째 음성 메시지에서 엄마는 더 이상 애원하지 않았다. "마지막으로 연락할게. 내가 완벽하다고, 모두 잘했다고 말하는 게 아니야. 너를 보호하려고 노력하는 거야. 내 말을 믿어야 해!" 이제 와서 내가 어떻게 엄마를 믿을 수 있단 말인가.

나는 오렌지카운티로 향했다.

각 주택마다 고유한 이름이 있는 주거 단지 안에는 버트 웨스턴, 단 한 사람이 소유한 과수원 단지가 있었다. 그곳 경비원은 몇 주 동안 야외에 주차해둔 탓에 지저분해진 부모님의 검은색 일제 승용차를 훑어보았다.

"성함이?" 미심쩍은 듯 그가 물었다.

"미랜더, 미랜더 브룩스예요. 제 이름이 없을 것 같은데……" 나는 방문자 명단을 확인하러 경비 초소로 들어가는 그에게 설명해보려고 했다.

그는 출입구를 열어주었다. 그리고는 오른쪽으로 난 길을 손가락으로 가리키며 말했다. "꼭대기까지 쭉 따라가세요."

내 이름이 어떻게 방문자 명단에 올라 있는지 물어보려다 그냥 그의 지시를 다시 확인했다. "저 길이 버트 웨스턴씨 댁으로 가는 길이라고요?"

"말씀드린 대로 언덕 꼭대기까지 가세요. 찾기 쉽습니다."

이 모든 걸 미리 생각해놓은 빌리에 감탄하면서 나는 바람 부는 길을 따라 과수원 단지로 올라갔다.

벽과 지붕을 각각 흙과 타일로 마감한 저택 앞에 주차하는데, 관자놀이에서 맥박이 느껴졌다. 마침내 답을 얻는구나. 지중해 양식의 집을 보고 있자니 윗입술 위로 땀이 맺혔다. 빌리는 제인 오스틴과 월터 경을 통해 버트에 관한 안 좋은 말들만 남겨놓았다. 자신이 이렇게나 경멸하는 사람에게 나를 보냈다는 건 다른 누구도 말해줄 수 없는 무언가를 버트는 안다는 뜻이었다. 내가 버트와 만나는 걸 엄마가 필사적으로 막는 것만 봐도 엄청난 것이 있음이 분명했다. 나는 안전띠를 풀고 숨 막히게 뜨거운 오후로 발을 내디뎠다.

문을 열어준 건 필리핀인 간병인이었다. 그녀 뒤로 보이는 집 내부는 어두컴컴했다. 에어컨의 찬 기운이 흘러나와 실크 스카프처럼 내 팔을 스쳤다.

"웨스턴씨께서 제가 올 거라 예상하셨는지는 모르겠는데요. 저는 미랜더 브룩스예요. 제 삼촌인 빌리 실버가 웨스턴씨와 만나보라고 저를 보내신 것 같은데." 내가 말했다.

"미랜더! 들어와요, 들어와." 그녀가 문을 활짝 열어주었다. 나는 그녀를 따라 응접실로 들어가면서 모든 일이 너무 쉽게 풀리는 것에 놀라고 있었다. "오늘은 상태가 좀 좋은 날이지만 그래도 조심스럽게 대하세요. 기억이 흐려지면 불안해하시거든요."

버트는 휠체어에 앉아 대리석 벽난로 위에 걸린 텔레비전으로 스페인 드라마를 보고 있었다. 그의 긴 코와 무표정한 얼굴이 골동품 장식장에 반사됐다.

"스페인어를 모르셔서 소리를 끄고 보세요. 보이는 대로 줄거리를 만드시는 거죠." 간병인이 불을 켜며 말했다. "버트, 이렇게 어둡게 보면 눈 멀어요."

그는 우리를 향해 휠체어를 돌렸다. "내가 왜 눈이 멀어?"

"농담이에요, 버트." 간병인이 말했다.

"아." 버트가 웃었다. 그는 내가 누군지 알고 싶다는 표정으로 나를 쳐다보았다. "안녕하시오."

"버트, 이분은 미랜더예요. 이 분이 들를 거라고 제가 말했던 것 기억하시죠? 빌리 실버의 조카예요."

"아니, 아니야!" 버트가 화를 내며 말했다.

간병인이 내게 말했다. "오늘은 내내 상태가 좋으셨어요." 그러고는 버트의 어깨에 손을 얹으며 그에게 기댔다. "이분이 미랜더예요. 당신을 보러 여기까지 왔어요. 손님이 오시니 좋지요?"

"좋아." 그의 목소리가 떨렸다. 빌리가 느꼈던 게 어떤 허영심이었는지는 모르지만 노년의 버트에겐 그 어떤 것도 남아 있지 않았다. 두 뺨은 움푹했고, 노쇠했고, 거동도 불편했다. 그렇게 그를 내버려뒀어야 했는지도 모른다. 하지만 나를 계속 바라보는 그의 겁먹은 표정은 점차 친절하게 바뀌었다.

"전 나가 있을게요." 간병인이 방을 나서며 말했다. "애를 먹이거든 바로 저를 부르세요."

나와 단둘이 남게 되자 그는 다시 불을 끄기 위해 버튼을 눌러 휠체어를 돌렸다.

"나는 창문 열고 자는 게 싫어." 그가 웃었다. "이 말을 왜 하는지 모르겠군."

나는 소파에 앉아서 먼 곳을 바라보는 버트를 보았다. 내겐 건강한 분이든 건강하지 않은 분이든 나이 든 어른과 시간을 보내본 경험이 전혀 없었다. 내가 태어났을 땐 할아버지, 그러니까 엄마와 빌리의 아버지만 살아계셨다. 당시 칠십 대 초반이었던 할아버지는 담배와 평생을 함께

한 사람이었고, 이미 노인 복지시설에 살고 계셨다. 부모님은 내가 기억하지 못하는 어린 시절, 호스피스 병동에서 나와 할아버지가 함께 찍은 사진을 갖고 있었다. 엄마는 내가 할아버지를 무서워한 탓에 엄마와 할아버지 모두를 언짢게 했고, 그래서 나를 할아버지에게 자주 데려가지 않았다고 말했었다. 할아버지는 내가 두 살 때 돌아가셨다. 오래 투병했지만 정신만은 말짱했다고 했다. 나의 할아버지가 버트와 같았다면 엄마가 얼마나 더 힘들었을지 상상조차 할 수 없었다. 나는 엄마 생각을 하고 싶지 않았다. 엄마를 안쓰럽게 여기고 싶지도 않았다.

"로레타?" 내가 여전히 방 안에 있음을 알아차린 버트가 말했다. 그는 휠체어를 끌고 내가 그의 숨에 섞인 양파 냄새를 맡을 수 있을 만큼, 가는 머리카락 사이의 비듬을 볼 수 있을 만큼 가까이로 왔다.

"미랜더, 저는 미랜더예요." 나는 뒤로 약간 물러서서 공간을 조금 만들며 말했다.

"그래, 그렇지."

"따님인 에벌린 이야기를 나누고 싶어서 왔어요."

"그 애는 일요일마다 팬케이크를 먹곤 했지. 팬케이크를 그렇게 많이 먹는 꼬맹이는 본 적이 없어." 그의 말이 잠시 멎었다. "내가 뭐라고 했지요?"

"따님이신 에벌린 이야기를 해주시던 중이었어요."

"로레타?" 그는 또다시 휠체어를 끌고 가까이 다가왔다.

나는 손을 그의 손 위에 포갰다. 생명력이 느껴지지 않는 차가운 손이었다. "제 이름은 미랜더예요. 미랜더." 목소리를 키우면 내가 누구인지 그가 이해하는 데 도움이라도 될까 싶어 나는 큰소리로 말했다. "로레타가 아니라, 미랜더라고요."

버트의 눈가가 촉촉해졌다. 간병인을 불렀어야 했다. 월터 엘리엇 경처럼 허영심이 강했다고 해서, 빌리의 멸시를 받을 만했다고 해서, 이런 노년을 보내야 마땅한 건 아니었다.

버트가 의외의 힘으로 내 팔을 붙잡았다. "왜 떠난 거지, 로레타?"

"전 미랜더예요. 저 여기 있잖아요." 이런 대화를 나누려니 머리가 약간 어지러워졌다.

"에벌린 생각은 했어? 당신 딸에게 무슨 짓을 한 건지 생각해봤냐고?" 버트가 애원했다.

"로레타가 뭘 했는데요? 로레타가 에벌린의 어머니인가요?" 나는 로레타로 행세할 생각은 없었지만 그와 대화할 마음은 있었다. 그는 내게 로레타 이야기를 하고 싶어 했고 나는 듣고 싶었다. "로레타가 에벌린에게 무슨 일을 했는데요, 버트?"

"그 앤 죽었소." 버트가 맑은 정신으로 말했다.

"에벌린은 죽었죠. 30년 전에 죽었잖아요." 버트는 30년이 오랜 세월인지, 아니면 별 것 아닌 시간인지 헤아려보려는 것 같았다. "에벌린이 어떻게 죽었는지는 기억하세요?"

"당연히 기억하지!" 그가 다시 화를 냈다. "내 딸이 어떻게 죽었는지도 잊었다고 생각하는 거요?"

"어떻게 죽었나요, 버트?" 나는 그의 차가운 손을 꽉 붙잡았다.

"그 애를 데려와야 했어." 그는 힘없이 말했다. 고통스러워하는 그의 얼굴을 보고 있자니 팔에 소름이 돋았다.

"버트, 에벌린에게 무슨 일이 있었어요?"

"잊었어?" 그가 내 팔을 와락 움켜잡았다. "어떻게 잊을 수가 있지?"

"뭘 잊어요, 버트? 내가 뭘 잊었나요?" 버트의 눈이 나를 향하긴 했지만 그가 무슨 생각을 하는지, 에벌린의 죽음을 생각하는지 아니면 아예 다른 무언가를 말하는 건지 알 수 없었다.

"그 애는 학교에서 기다렸어. 당신은 끝까지 나타나지 않았지." 그의 오른뺨을 타고 눈물이 흘러내렸다.

"버트, 무슨 말씀을 하시는 건지 모르겠어요. 누가 기다리고 있었는데요? 에벌린이 자동차 사고로 죽었어요?"

"학교 계단에서 그 애 혼자 기다렸어. 로레타, 당신이 데리러 가기로 했잖아. 왜 데려오지 않았어? 왜 에벌린을 내게 남겨두고 떠난 거야?"

"로레타가 당신을 떠났나요, 버트?" 그는 고개를 끄덕였다. "로레타가 에벌린도 떠났고요?"

"그렇소." 버트는 정신이 오락가락했다. 한순간 나와 대화하다가도 또 다른 순간 정신이 나가버렸다. 과거가 곁에 바로 있어서 그가 그 안으로 빠져버릴 것만 같았다.

"에벌린에게 무슨 일이 있었던 건데요?" 친밀감이 그를 현실로 데려다주기를 기대하며 조금 전 간병인이 했던 것처럼 나도 그에게 가까이 기댔다.

"당신 에벌린을 무척 닮았소. 로레타도. 에벌린이 임신했을 때는 로레타와 똑같았어. 늘 에벌린에게 이 이야기를 해주고 싶었는데, 어떻게 말해줘야 할지 몰랐지."

"무슨 뜻이죠?" 무엇이 과거로부터 조작됐고, 무엇이 스페인 드라마로부터 만들어졌고, 무엇이 진실인지 도저히 분간할 수가 없었다. "에벌린이 임신을 했었나요? 아이가 있었어요?"

"우리가 과수원을 팔기 전이었소. 그녀가 과수원에서 아이를 키우고 싶어 하지 않았으니까요. 거기서 키웠다면 당신이 떠나지 않았을지도 모르지."

"로레타가 그랬다는 거군요." 내가 정리했다. "로레타가 과수원에 있을 때 아이를 가졌다는 거죠. 에벌린이 아니라."

"내 말이 그 말이오."

"빌리 기억나세요?"

"빌리?" 실제 이름인지 모르겠다는 듯 버트가 되물었다.

"에벌린의 남편이요. 빌리 실버."

"살인자!" 그가 소리쳤다. "살인자야!"

"쉿." 나는 간병인이 들어올 것을 예상하며 문 쪽으로 몸을 틀었다. 다른 방에서 텔레비전 소리가 크게 들렸다. 간병인이 버트의 고함을 정말로 들은 거였다면 그녀가 살피러 오지 않기로 마음먹은 게 분명했다.

"쉿, 버트. 진정하세요."

"그놈이 에벌린을 죽였어. 우리 에벌린을 죽였다고. 밝혀내려고 했지만 못했지. 에벌린은 그놈에게 과분한 아이였어. 그놈은 둘 중 하나도 가질 자격이 없는 놈이었다고." 마치 조금만 더 노력하면 과거를 떨쳐낼 수 있다는 듯 그가 고개를 흔들었다.

"둘이라뇨?" 나는 도무지 종잡을 수가 없었다. 그의 이야기를 알아들을 방법이 없었다.

"에벌린과 그 아이." 버트가 덧붙였다.

"아이라뇨?" 대체 무슨 아이가 있었단 말인가?

"에벌린."

"에벌린은 당신의 아이잖아요, 버트. 에벌린은 당신의 아이예요."

"에벌린은 내 아이였지." 그가 말했다.

"그러니까 에벌린에겐 아이가 없었던 거죠?"

"에벌린에겐 아이가 없었소."

나는 어지러웠다. 조금 취한 것도 같았다. 컨디션 좋은 날이 이 정도라면 좋지 않은 날은 어떨지 알고 싶지도 않았다.

버트는 내게서 몸을 돌려 벽난로 위 텔레비전에 시선을 고정했다. 화면에서는 푸른색 렌즈를 낀 큰 키의 금발 여성이 신경질적으로 화면을 가로지르고 있었다. 그녀는 마치 방언하듯 팔을 휘저으며 무음 속에서 고함을 지르고 있었다.

"내가 제일 좋아하는 배우요. 에스메랄다. 몹시 화가 났네. 연기가 아주 좋아."

버트에게 물어보고 싶은 것이 아직 많이 남아 있었다. 빌리가 그에게 무얼 기대했는지는 몰라도 그에겐 그럴 능력이 없었다. 그러나 버트가 내뱉은 말도 안 되는 말 가운데 어쩐지 뇌리를 떠나지 않는 단어가 있었다. '살인자! 살인자!' 빌리는 살인자가 아니었다. 말도 안 되는 소리였다. 빌리는 세상을 더 안전한 곳으로 만드는 데, 인명과 재산 피해를 줄이는 데 자신의 경력을 바친 사람이었다. 그런 그가 아내를 죽였을 리 없지 않은가. 하지만 버트가 제정신으로 외친 '살인자! 살인자!'는 그가 한 말 중 조각난 기억과 후회가 뒤엉킨 끝에 만들어진 말이 아닌 유일한 말이었다. '살인자! 살인자!' 비록 입증해내지는 못했지만 그는 빌리가 자신의 딸을 죽였다고 확신했다. 게다가 나는 빌리가 자책했다는 사실을 알고 있었다. 만약 실라가 틀린 거라면, 버트에게 자신을 비난할 자격이 있다고 말했던 빌리의 말이 그저 고통 끝에 나온 빈말이 아니었다면, 그럼 어떻게 되는 거지? 에벌린의 죽음이 정말로 빌리 때문이라면?

버트와 나는 간병인이 돌아올 때까지 함께 드라마를 봤다. 나와 있다는 걸 인지하지 못한 그는 다시금 차분해져 있었다.

"자, 버트." 간병인이 조명을 다시 켜며 말했다. "낮잠 좀 잘까요? 미랜더에게 인사하고요."

버트는 내가 이 방에 처음 들어왔을 때와 같은 표정으로 나를 바라보았다.

나는 간병인이 돌아오기를 기다리며 응접실에 앉아 있었다. 곧 그녀가 돌아와 내 옆에 앉았다. "괜찮아요?"

"전 괜찮아요. 저를 로레타와 헷갈려 하더라고요."

"저하고도 헷갈려 하시는걸요. 힘든 일이라는 건 알지만 그래도 더 자주 오셔야 해요. 그게 버트에게 도움이 되거든요. 버트가 표현하지는 못해도, 그의 기억력엔 분명 도움이 될 거예요."

"저 분의 딸인 에벌린 이야기를 한 적이 있나요? 제 숙모거든요." 에벌린이 내 숙모인가? 그녀가 내 가족이었나?

간병인이 고개를 끄덕였다.

"버트가 에벌린에 관해 말해주길 기대했어요. 전 에벌린을 만나본 적이 없거든요."

간병인은 장식장으로 가 사진첩 더미를 뒤지더니 금색 천으로 감싼 낡은 앨범을 꺼내 왔다. 오른쪽 아래 구석에 1969라는 숫자가 새겨진 졸업 앨범이었다. 엄마가 고등학교를 졸업한 연도, 에벌린도 졸업했을 연도였다.

나는 표지를 열고 친구들이 에벌린에게 남긴 글들을 읽었다. '배사대학에서 잘 지내길!' '연극 수업 때 너랑 같이 앉았던 시간이 그리울 거야! 난 아직도 네가 무대 디자인 대신 연기를 해야 한다고 생각해.' '네가 화학 시간에 실험실에 불 냈던 건 절대 잊지 못할 거야!' '앞으로도 건투를 빌어!'

"버트가 이걸 가지고 있었어요?" 내가 물었다.

"무엇이 버트의 기억을 깨우는지, 참 놀랍죠." 간병인이 말했다. "또 무엇이 버트의 기억을 잠재우는 건지도요. 기억하지 못하는 순간에도 버트는 예전 사진 보는 걸 좋아해요."

"제가 가져도 돼요?"

간병인이 얼굴을 찡그렸다. "전 저녁을 준비해야 해서. 천천히 둘러보세요." 휑한 응접실에 나 혼자 남겨두고 그녀는 그렇게 가버렸다.

행정실 직원과 교사 사진이 있는 앞 페이지부터 훑어보던 나는 코바늘로 뜬 조끼를 입고 양쪽으로 머리를 땋은 에벌린이 테이블에 기대고 있는 신문 기사 사진을 보았다. 진지하고 애수에 찬 표정의 그녀는 열여덟 살보다 더 성숙해 보였다. 에벌린은 토론팀에 소속된 두 여학생 중한 명이었다. 학생고민상담위원회와 국제 봉사 단체인 키클럽Key Club, 내셔널아너소사이어티의 멤버이기도 했다. 나는 엄마가 속한 클럽을 찾았다. 엄마는 재즈클럽 소속이었는데, 마이크 뒤에서 도발적인 포즈로 춤추는 사진이 실려 있었다. 반항적이고 활력이 넘치며 젊음이 가득한 모습이었다. 나는 졸업 앨범을 뒤지며 에벌린과 엄마가 함께 있는, 그둘이 가장 가까운 친구였음을 보여주는 증거를 찾았다. 학급 사진에 찍힌 엄마와 에벌린은 다른 사람들과 똑같아 보였다. 머리 모양으로만 그둘을 구분할 수 있었다. 에벌린의 머리는 길고 곧았던 반면, 엄마는 호텔 벨보이처럼 앞머리가 귀와 눈썹을 덮고 있었고, 뒷머리는 내가 아는 가장 짧았던 길이보다 더 짧았다.

앨범의 맨 뒤에서 두 번째 페이지에 있는 일상 사진들 속에서도 엄마와 에벌린은 함께 있었다. 복도 바닥에 앉아 사물함에 기대어 있는 사진이었다. 에벌린은 청바지에 민소매 줄무늬 셔츠, 엄마는 검정 타이츠에 짧은 에이라인 스커트 차림이었다. 엄마의 어깨에 머리를 기댄 에벌린은 얼굴이 구겨지도록 웃고 있었다. 엄마는 혀를 내밀고 눈을 감고 있었다. 사진 옆에는 엄마가 써놓은 말이 있었다. '영원히 사랑해-수지.' 나는 음성 메시지에 남겨진 엄마의 간절한 목소리와 내가 지워버린 메시지들, 그리고 나를 잃을까 두려워할 엄마를 생각했다. 엄마는 영원히 사랑할 수 있을 줄 알았던 존재를 이미 잃어봤으니까. 나는 두 사람의 사진을 휴대전화로 찍고는 앨범을 덮어 커피 테이블 위에 올려두었다.

분쇄기 소리를 따라 부엌에 가보니 간병인이 수프를 만들고 있었다. 떠나겠다고 인사를 건네자 그녀는 잠시 기다리라며 주방 타월에 손을 닦았다. 그러고는 서랍장을 여러 번 여닫더니 내게 봉투 하나를 건넸다.

"두 달쯤 전에 당신 앞으로 온 거예요." 우리는 현관문으로 걸어갔다. 그녀가 육중한 문을 열자 서늘하고 어두웠던 실내에 햇빛이 쏟아져 들어왔다. "또 들러요. 버트가 표현은 못 해도 손님 오는 걸 좋아해요."

나는 현관 앞에서 봉투를 열었다. 안에는 그림과 글자가 조합된 수수께끼가 들어 있었다. 나무 한 그루와 키 세 개가 묶여 있는 그림이었다. 트리 키스tree keys? 트리 링tree ring? 가문비나무 링? 가문비나무 키스? 가문비나무는 아니었다. 종이 속 나무는 왕관 같은 거대한 가지와 잎을 가진 너른 나무였다. 그럼 단풍나무? 자작나무? 혹시 오크나무? 오크 키스Oak keys? 오키스Okies! 오키Okie*들의 투쟁을 문서화한 정수와도 같은 소설, 직원 추천 도서 매대에 있던 빌리의 추천 도서, 빌리가 좋아할 것 같지 않은 『여인의 초상』 『밤은 부드러워라』 『순수의 시대』 사이에 있던 바로 그 책.

서점으로 돌아와 보니, 아직 영업 중이어야 할 6시에 벌써 '영업 종료' 팻말이 붙어 있었다. 나는 잠긴 문을 열고 서점 안으로 들어갔다. 서점 내부도, 카페 테이블도 텅 비어 있었다.

"맬컴." 그를 불렀다.

"화장실에 있어요." 그가 소리쳤다.

셔츠가 다 젖고 머리가 산발된 그가 바닥을 닦고 있었다.

"완전히 끝내주는 날을 골라 결근을 하셨네요." 그의 말엔 날이 서 있

---

* 1930년대 대공황 시기의 오클라호마 출신 이주 농업 노동자를 가리키는 속어.

었다. 고작 여섯 단어였지만 그가 요 몇 주간 내게 건넨 그 어떤 말보다 긴 말이었다.

"이게 무슨 일이에요?"

"맞춰보세요." 자기도 자기가 필요 이상으로 화냈다는 걸 느꼈는지 맬컴은 곧바로 설명을 시작했다. "어떤 미친놈이 변기를 막는 바람에 파이프가 터졌어요. 완전 거지 같은 하루였죠." 맬컴은 양동이에 물걸레를 짰다.

"도와줄까요?"

"다 치운 마당에요?" 그는 양동이를 부엌으로 끌고 갔다.

"혼자 고쳤어요?"

"제가 재주가 많긴 해도 남의 똥 치우는 재주는 없어서요. 30분 전쯤에 배관공이 왔다 갔어요."

"그럼, 다 고친 건가요?"

"그럼요, 고쳤죠. 1000달러가 들었지만 내일 영업은 가능해요." 맬컴은 간신히 들어 올린 양동이 속 시커먼 물을 싱크대 하수구로 쏟아버렸다.

"배관공한테 1000달러를 줬다고요?"

"급했잖아요." 양동이의 더러운 물이 세면기 옆면을 맞고 맬컴의 얼굴로 튀었다. 그는 아무렇게나 닦아냈다.

"여기저기 좀 알아봤어야죠. 더 저렴하게 해줄 사람은 없는지."

맬컴이 양동이를 바닥에 내동댕이쳤다. "이봐요. 당신만 있었어도 그렇게 할 수 있었어요."

맬컴이 화를 내며 나를 지나쳐 밖으로 나갔다. 선셋대로로 맬컴을 따라나가 오늘 서점에 나오지 못해서, 그를 의심해서, 빌리의 죽음을 슬퍼하던 당신을 거짓말하는 사람으로 오해해서 미안하다고 사과하고 싶었다. 예전처럼 지낼 순 없을지 그에게 물어보고도 싶었다. '1000달러나 쓰다니 대체 정신머리가 있는 거냐?'고 그에게 고함치고 손가락으로 그의 가슴팍을 쿡쿡 찌르며 푸로스퍼로 서점이 망한다면 그건 다 당신 탓이라고도 말하고 싶었다. 엄마와의 싸움이나 '살인자! 살인자!'와 같은 버트의 말도 모두 맬컴의 책임으로 돌리고 싶었다. 하지만 그에게 그럴 수는 없었다. 나는 그와 함께 있어준 적도 없고 그처럼 가장 친한 친구를 잃어본 적도 없었다.

다가간 직원 추천 도서 매대에서 나는 빌리 얼굴이 그려진 그림을 발견했다.

"더 신중할 수는 없었어요?" 쓸쓸해 보이는 그의 얼굴에 대고 물었다. 꼼꼼한 지진학자였으면서, 그렇게나 까다롭게 보물찾기를 구상하는 사람이었으면서. "서점 일에 어쩌면 이렇게도 무모할 수 있었어요?"

나는 빌리의 추천 도서들을 훑어보았다. 『여인의 초상』『밤은 부드러워라』『순수의 시대』. 거기에 『분노의 포도』는 없었다. 나는 책을 뒤적거리며 테이블을 전부 돌아보았다. 레모니 스니켓의 『위험한 대결』시리즈 밑에도, 『나비의 시간In the Time of the Butterflies』 사이에도 없었다. 프런트 데스크로 달려가 북로그를 확인해보니 현금을 받고 『분노의 포도』를 판매한 기록이 있었다. 티켓 일부나 저녁 식사 영수증, 아니 그 무엇이든 빌리가 책에 남긴 무언가가 선셋대로를 따라, 빌리의 수수께끼를 영원한 미궁 속에 던져 넣은 이름 모를 손님과 함께 사라진 거였다.

나는 프런트 데스크 뒤에 앉아 모니터만 빤히 바라보았다. 이럴 수가 있나? 손님 한 명 때문에 영영 수수께끼를 풀 수 없게 된 게 말이 되나? 그건 말이 안 되는 실수였고 그런 실수를 하기에 빌리는 지나치게 꼼꼼한 사람이었다. 그가 비록 서점의 재정 상황을 알고도 모른 척하긴 했어도 수수께끼 푸는 여정을 운에 맡길 사람은 아니었다. 수수께끼가 그리 쉽게 풀리도록 놔둘 사람도 아니었다.

서점에는 총 세 권의 『분노의 포도』가 있었다. 나는 거기서부터 시작했다. 중고에는 그 어떤 쪽지도 없었다. 연애편지도, 오래된 점심 식사 영수증도 없었다. 문고본에도 아무것도 없기는 마찬가지였다. 마지막으로 남은 존 스타인벡의 백 번째 생일에 출판된 백 주년 기념판은 내게 자연스레 29장을 펼쳐 보여줬다.

그 장은 구름 이야기로 시작되었다. 구름이 바다에서 어떻게 모여드는지, 어떻게 바람을 타고 흘러가는지, 그 바람이 어떻게 나무에 생명력을 불어넣고 구름을 더 먼 땅으로 끌고 가는지가 묘사되어 있었다. 그러고는 비가 등장했다. 처음에는 불규칙하다가 이내 자신의 리듬을 찾는, 해가 내리쬐는 와중에 끼어들어 오후를 모조리 차지해버리는 비. 스타인벡은 대지를 양껏 적실 때까지 점점 굵어지기만 하는 비에 대해 계속해서 기술해나갔다. 비는 과수원에도, 고속도로에도, 자동차 엔진에도 넘쳐서 대홍수가 끝나기를 기다리는 이민자들에게 질병과 배고픔을 안겨주었다. 29장의 두 번째 페이지로 넘어가려는데, 단어 하나에 동그라미 표시가 되어 있었다. 그 단어는 검시관들이 처리한, 폭풍으로부터 살아남지 못한 이들의 몸인 '시체dead'였다. 다음 장에도 한 단어가 또 강조되어 있었다. '죽었다died'.

비는 그제야 멈췄다. 들판은 물에 잠겼다. 앞으로 3개월간 일거리가 아예 없을 것이었으므로 사람들은 모두 겁을 먹었다. 얼마 지나지 않아 남자들의 공포는 분노로 바뀌었고 여자들은 그 분노에 의지했다. 남자들의 분노가 자라는 동안에는 두들겨 맞지 않아도 되었기 때문이다. 그렇게 며칠이 지난 후 다시 모든 것이 초록으로 물들기 시작했다.

내가 『분노의 포도』에서 기억했던 건 홍수도, 소설 말미에 등장하는 희망적인 암시도 아닌, 가뭄이었다. 그런데 빌리는 그 어느 것도 강조해 두지 않았다. 오직 그 두 단어에만 동그라미를 쳐두었다. '시체'와 '죽었다'. 너무나 냉정하고 너무나 간소하게.

나는 소설의 나머지도 훑어보았다. 더 이상의 표시는 없었다. 쪽지도, 페이지 사이에 끼워둔 봉투도, 이 여정에서 내가 다음으로 만나야 할 사람을 가리키는 그 어떤 것도 없었다. 하지만 동그라미 쳐진 두 단어는 아무렇게나 표시된 것이 아니었다. 나를 에벌린에게로, 그녀의 죽음으로 안내하려는 빌리의 표시였다.

29장을 다시 읽으며 나는 그 안의 단순한 아름다움에 매료되었고 거기에 묘사된 죽음에 공포를 느꼈다. 혹시 내가 놓친 것이 있을까 싶어 다른 두 책도 확인했지만 아무런 흔적도 없었다. 문고본을 덮던 나는 표지 안쪽에 연필로 표시된 무언가를 발견했다. 하마터면 못 보고 지나칠 만큼 아주 흐릿한 표시였다. 두 개의 숫자 뒤에 소수점이 찍혀 있었고 그 뒤에 네 개의 숫자가 더 있었다. 알파벳 N, 그 뒤로 숫자 두 개, 소수점, 숫자 네 개, 알파벳 W로 끝나는 일련의 숫자들. 중고 서적을 확인해 보니 거기에도 일련의 숫자와 알파벳이 적혀 있었다. 빌리의 추천 도서에서 본 코드, 빌리가 중고 상점에서 구해온 책들에 표시할 때 썼다고 맬컴이 말해줬던 그 비밀의 언어가 분명했다. 책이 아닌 비밀의 언어가 중요한 거였다.

나는 그 숫자들을 북로그로 확인해보았다. 국제 표준 도서 번호는 아니었다. 십진분류법에 의한 것도 아니었다. 그건 우리 서점의 분류 시스템으로는 확인할 수 없는 표식이었다. 나는 숫자와 알파벳들을 구글에 입력해보았다. 구글은 검색 결과를 찾을 수 없다며 내게 경위도나 시대를 뜻하는 숫자는 아닌지 물었다. 그런 의미라면 N은 새 책을 뜻하는 New가 아닌 북쪽을 뜻하는 North일 테고, W는 낡은 책을 뜻하는 Worn

이 아닌 서쪽인 West일 것이었다. 그 좌표와 일치하는 지역은 폰스킨이라는 곳으로 빅베어호 바로 북쪽에 있었다.

16장

빅베어는 차로 두 시간 거리에 있는 곳으로, LA에서 동쪽 내륙으로 더 들어가야 했다. 『분노의 포도』에 적혀 있던 좌표를 온라인 지도로 확인해 보니 가뭄으로 누렇게 변한 잔디에 둘러싸인, 폰스킨에 있는 짙은 원목색의 오두막집이었다. 대체 빌리는 그 집에서 내가 뭘 찾길 바란 건지, 폭우와는 무슨 상관이 있는 건지, 또 죽음과는 무슨 관련이 있는 건지, 나는 도무지 감이 잡히지 않았다.

뜬눈으로 밤을 새운 나는 혼잡한 출퇴근 시간대를 피해 새벽에 집을 나섰다. 아침 6시임에도 210번 고속도로에서는 차들이 기어가고 있었다. 백미러에서 패서디나가 멀어질수록 퍼모나는 가까워졌고 차량도 줄어들었다. 그러다 샌버너디노에서 차량이 늘며 속도가 다시 줄었다. 아침 7시, 찰리가 머핀 세 박스를 들고 서점에 출근할 시간이었다. 테이블 위에 올려둔 의자를 모두 내리고 커피를 볶을 즈음 맬컴이 출근하겠지. 음성 사서함과 이메일을 확인한 뒤 위층 창고로 올라가 금고를 열고 그날 사용할 잔돈을 넉넉히 꺼내올 테고. 평소라면 내가 나타날 시간이었다. 맬컴은 닫혀 있는 내 방문을 쳐다봤을까? 출입문에 달아놓은 팻말을 '영업 중'으로 돌려놓은 뒤 혹시 미랜더를 봤냐고 찰리에게 물었을까? 맬컴은 푸로스퍼로 서점에서 내가 사라질 날이 얼마나 빠르게 다가오는지를 생각해봤을까? 그 생각을 하면 맬컴은 해방감을 느낄까, 아니면 후회를 할까?

"푸로스퍼로입니다." 전화를 받으며 맬컴이 말했다.

"미랜더예요."

"왜 위층에서 전화를?"

장난을 치고 싶었다. '나를 그렇게 게으르게 본단 말이죠?'라고 하면서. "밖이에요." 내가 말했다. "오늘 못 갈 거예요."

"내 허락을 구하는 겁니까?"

"아뇨."

"음, 그럼 돌아와서 봐요." 맬컴의 목소리는 차분했다. 거기엔 어떠한 감정도 담겨 있지 않아서 나 혼자만 우리가 신경전을 벌이는 거라 생각하는 게 아닌가 싶었다.

빅베어호 뒤로는 스키장이 펼쳐져 있었고, 눈 덮인 전나무와 소나무가 그와 경계를 이루고 있었다. 숲은 스키장과 산맥을 넘어 호수를 둘러싼 평지까지 이어졌다. 모터보트가 잔잔한 호수면을 가로질렀고, 관광객들이 쨍한 패들보드 위에서 균형을 잡고 있는 노스쇼어드라이브 옆 물가에는 카약이 늘어서 있었다. 날씨가 선선해지고 단풍이 들기 시작하는 10월 중순까지는 여름 시즌이 계속될 것이었다. 빅베어는 남부 캘리포니아에서 산 전체가 진홍색과 황갈색의 단풍으로 물드는 몇 안 되는 곳 중 하나였다. 필라델피아의 가을 역시 환상적이었다. 그맘때 스카일킬강 강변은 형형색색으로 물들었다. 교정 곳곳의 석조 보도 위로도 선명한 단풍잎이 흩어져 내렸다. 단풍이 다 지고 나면 학년 초 첫 삼 개월 중 두 달이 끝나겠지. 단풍이 다 지고 나면 푸로스퍼로 서점은, 만약 팔린다면, 다른 사람의 소유가 되어 있겠지. 나무가 메마를 즈음이 되면 모든 것이 변해 있을 거였다. 내 생활을 뺀 모든 것—그때까지 우리의 것이라는 전제 하에—이 변할 거였다. 나는 제이와 함께 아파트로 돌아갈 테고, 수전 B. 앤서니와 해리엇 터브먼 선생님과 함께 교실로 돌아가겠지.

폰스킨에 들어선 나는 좌표가 가리킨 집으로 향하면서 앞으로 맞이하게 될 가을과 카페테리아 밖 돌 벤치에 앉아 점심을 먹는 학생들의 모습과 수도 없이 반복한 탓에 이젠 외워버린 나의 수업을 생각했다. 강의는 자신이 좋아하는 단어를 계속해서 반복하는 행위와 비슷하다. 푸크시아fuchsia, 에퍼베이선트effervescent, 루미너스luminous처럼 처음 발음했을 땐 혀에 버터가 있는 것처럼 부드럽고 비단같이 느껴지던 것도 계속해서 반복하면 이상하게 들리기 시작한다. 푸크시아는 그 자체의 밝음이 퇴색됐고, 에퍼베이선트는 시시하게 느껴졌으며, 루미너스는 따분해졌다. 아이들에게 패트릭 헨리가 버지니아 하원에서 했던 유명한 연설을 설명하던 나는 문득, 만약 그가 기록조차 되지 않을, 오직 기억력으로 더듬어낸 몇 마디 짧은 말만으로 동료들을 혁명에 끌어들일 수 있는 사람이었다면 애초에 이 연설문은 중요하지 않았을 거라는 생각이 들었다. 나는 단 한 번도 역사가 퇴색되거나 시시해지는 성질의 것이라고 생각한 적이 없었다. 역사가 따분할 수 있다는 것도 상상할 수 없던 일이었다. 그런데 교직이 나를 이렇게 만들었다. 역사에 인색한 학생들, 내가 챙겨야 할 학생들, 성적만 신경 쓰는 학생들, 성적 따위 관심 없는 학생들을 떠올렸다. 푸로스퍼로 서점에 관해서도 생각했다. 앞으로 벌어야 할 돈, 자선 행사를 위해 더 열심히 팔아야 하는 티켓, 약속 받았지만 아직 들어오지 않은 기부. 이유는 알 수 없었지만 서점 운영과 관련된 이 모든 고민들은 필라델피아의 일상처럼 나를 짓누르지 않았다.

나는 좌표가 가리킨 지점에 주차했다. 실제로 보니 인터넷에서 본 모습보다 더 형편없었다. 현관 난간의 기둥은 무너져 있었고 정원에는 머리카락 같은 갈색 잡초들이 듬성듬성 자라나 있을 뿐 흙더미가 대부분이었다. 밀가루가 얼룩덜룩 묻은 앞치마를 두른 여자가 문을 열었다. 부스스한 머리를 한 그녀 뒤로 아이들이 떠드는 소리가 들렸다.

"누구세요?" 아이들의 고함이 괴성으로 변하자 그녀는 어두운 집 안으로 고개를 돌렸다. "조너선, 그 오븐 만지기만 해봐." 아이들이 낄낄거리는 소리가 들렸다. 그녀는 다시 나를 돌아보며 내 대답을 기다렸다.

"제가 제대로 찾아왔는지 모르겠네요. 저는 미랜더 브룩스라고 합니다. 제 삼촌인 빌리 실버 씨가 당신을 만나보라고 저를 여기로 보냈어요."

"누구라고요?" 그녀가 다시 뒤로 돌았다. "조너선, 내가 방금 뭐라고 했지?" 아이들이 다시 꺅 소리를 질렀다.

"나중에 다시 올까요?"

"뭘 파는진 모르겠지만 관심 없어요." 그녀가 문을 다시 닫으려고 했다.

"잠시만요. 제 삼촌, 빌리 실버를 아시나요?"

그녀 뒤에서 뭔가 쿵 소리가 났다. "미안한데, 도와드릴 수가 없네요."

그녀가 문을 닫자 그 집 안의 모든 소리와 일상이 차단되었다. 나는 뒤로 물러서며 난간에 기댔다. 코드를 잘못 읽은 게 분명했다. 좌표가 아니었던 게 틀림없었다. 혹은 내가 숫자를 잘못 입력한 걸 수도 있었다. 나는 휴대전화로 그 숫자들을 다시 입력했지만 검색 결과는 같았다. 갈라진 난간 조각에 손가락을 찔렸다. 아파서 움찔하고 보니 손가락 끝에 핏방울이 맺혀 있었다. 나는 지혈을 위해 상처 부위를 엄지손가락으로 세게 눌렀다. 전체적으로 쪼개져 있던 난간은 페인트가 벗겨진 탓에 썩은 나무가 그대로 드러났다. 지붕을 받치는 기둥은 금방이라도 무너질 것 같았다. 페인트는 대부분 오래전에 벗겨졌지만 무른 나무에 칠해진 흰색 하트만은 남아 있었다. 하트 속에는 이니셜 두 개가 선명하게 보였다. B&E.

내가 다시 문을 두드렸을 때 그녀는 폭발하기 일보 직전이었다.

"귀찮게 해서 죄송합니다." 나는 기둥에 새겨진 이니셜을 가리켰다. "이거 누가 새긴 건지 혹시 아시나요?"

"뭔데요?" 그녀는 쳐다보려고도 하지 않았다.

"이 집의 전 주인을 찾는 중인데요. 혹시 아실까요?"

"이 집은 지난 25년 내내 우리 부모님 소유였어요." 그녀가 문을 도로 닫으려고 했다.

"부탁이에요." 내가 호소했다. "부모님께서 이 집을 어떤 분한테서 사셨는지 꼭 알아야 해요."

반쯤 열린 문 사이로 그녀가 얼굴을 내밀었다. "꽤 오랫동안 매물로 나와 있었어요. 전 주인들이 폭풍으로 죽어서."

"폭풍이요?" 스타인벡의 글이 어떤 이미지로 떠올랐다. 바람에 휘몰아치는 빗줄기가 그려졌다. 홍수, 그리고 죽음. "폭풍으로 두 사람 다 죽었나요?"

"아내일거예요, 아마. 엄마가 자세히 말해주신 적은 없어요. 솔직히 별로 알고 싶지도 않고." 집 안에서 뭔가가 깨지는 소리가 들렸다. 아이들은 헐떡이며 웃음을 터뜨렸다. "가봐야 해요."

"그분들에게 무슨 일이 있었는지 혹시 아는 사람이 있을까요?"

"도서관에 있는 도티에게 가봐요." 그녀가 문을 닫으며 말했다. "무슨 일이 있었는지 아는 사람이 있다면 그건 도티일 테니까요."

빅베어호도서관은 메말라가는 풀과 죽어가는 덤불로 둘러싸여 있었다. 실내에 들어서니 개인 열람석에 앉아 일하는 사람들 사이로 머리를 하나로 묶은 남자가 책을 정리하고 있었다. 넓고 뻥 뚫린 이곳에도 도서관이라면 으레 있는 흰 곰팡이가 있었는데, 푸로스퍼로 서점의 냄새와는 전혀 다른 냄새를 풍겼다.

사서 한 명이 안내 데스크 뒤에서 책을 읽고 있었다. 곱슬거리는 흰 머리의 여성이었는데, 나는 그녀가 거의 30년도 더 된 비극을 기억할 만큼 이곳에 오래 있었을 거라고 생각했다.

나는 그녀에게 다가가 1980년대 중반에 일어난 사고의 정보를 찾는다고 말했다. 사고가 1984년에서 1986년 사이에 발생했을 거라 짐작할 뿐 정확히 그녀가 언제 죽었는지는 몰라서였다.

"산에서 사망했다는 사람은 기억에 없는데요." 사서가 말했다. "사고야 물론 있었지만 심각한 사고는 없었어요. 병원은 확인해봤나요? 그 사람이 죽었다 해도 의료 기록을 공개하진 않겠지만요."

"산에서 난 사고가 아니었어요. 집에서 난 사고였어요. 한 여성이 폭풍으로 사망한?"

그녀의 얼굴이 굳어졌다. "기억나요." 그녀는 두 팔을 짚고 의자에서 일어선 뒤 낡은 마이크로피시* 스캐너 쪽으로 나를 데리고 갔다. 그녀가 여러 기록 보관함을 뒤지는 동안 나는 기다렸다. "그렇게 오래된 신문까지 보관하진 않아요." 그녀는 원판 묶음을 내게 건넸다. "언제였는지 기억나진 않지만 눈보라 치던 날이었어요. 아주 심한 눈보라였죠. 그러니까 5월부터 10월까지는 그냥 넘겨도 돼요." 그녀가 걸어서 멀어지기 시작했다. "아니, 안전하게 10월 것은 확인해보는 게 좋겠네요. 그 시절엔 지금보다 겨울이 길었으니까요. 5월 것도 확인해보시고."

마이크로피시가 한물간 이유가 있었다. 찾는 정보나 대상을 정확하게 알지 못하면 쉬이 찾을 방법이 없었다. 나는 모든 날짜의 신문을 살펴봐

---

* 책의 각 페이지를 축소 촬영 한 시트 필름.

316

야 했다. 그것도 한 번에 하나씩. 다행히도 이 신문은 에이피*에서 받은 기사에 지역 소식 몇 개를 추가한 짤막한 신문이었다. 나는 1984년 1월 신문부터 시작했다. 눈보라가 자주 있었지만 사망자가 발생한 적은 없었다. 2월과 3월도 마찬가지였다. 나는 그해의 모든 날을 확인한 후 다음 스키 시즌이 있는 1985년 초까지 재빨리 훑어보았다. 눈이 꾸준히 내린 해였다. 기록적인 눈보라는 없었다. 스타인벡이 묘사한 기록적인 폭우에 맞먹을 만한 사건은 아무래도 없었다. 그해 4월에는 누군가가 우박으로 인한 교통사고로 사망했는데, 사망자는 나무를 들이받은 노년의 남성이었다. 6월에서 9월까지는 건너뛰었다. 10월 신문에서도 아무것도 발견하지 못해 불안해진 나는 다시 건조하고 뜨거운 달들로 돌아갔다. 『분노의 포도』 29장은 눈 아닌 비에 관한 내용이었다. 사서가 눈보라라고 말한 건 실수였을지도 몰랐다. 하지만 그해 여름은 비 없는 여름이었다. 가을까지 이어진, 근래 최악의 가뭄이었다는 기록이 있을 뿐이었다. 눈이 내리기 시작했어야 할 11월까지도 건조했던 탓에 성공적인 스키 시즌을 위협받을 정도였다. 12월에 들어서야 비로소 눈이 내리기 시작했다. 눈이 1센티미터씩 쌓일 때마다 그토록 기다리던 눈이 내리기 시작했다며 희망적인 말이 몇백 자씩 쏟아졌다. 눈보라가 있긴 했지만 미약한 수준이었다. 잠깐 몰아친 것이었다. 12월 말이 되어서야 본격적으로 눈이 왔는데, 한 번에 너무 많은 양이 내리는 바람에 스키장이 문을 닫아야 했다. 도로도 차단되었다. 동전 크기의 눈송이는 빠르게 불어났고, 내가 태어난 날인 1985년 12월 30일 새벽에는 극심한 눈보라로 변모했다.

30일은 눈보라로 인해 신문이 발행되지 않았다. 31일 자 신문에는 평소보다 많은 기사가 사진과 함께 실렸다. '영업 종료' 팻말을 문에 내건

---

* AP. 1848년에 설립된 세계 최대 통신사.

서점 푸로스퍼로

빅베어대로 식당들의 사진, 눈에 잠긴 지붕과 도로의 사진, 눈구덩이에서 차를 미는 가족의 사진, 무릎 아래가 모두 눈에 파묻힌 남자가 목도리로 얼굴을 가린 채 인도를 걷는 사진 등이었다. 해당 사진에는 이런 설명이 달렸다. '빅베어대로를 걷는 남자.'

눈보라 수습을 위한 소방 당국의 노력을 자세히 다룬 기사들이 게재된 한편, 신문 1면에는 눈보라로 인한 사상자 수가 나와 있었다. 사망은 여섯 명, 저체온증 환자 및 동상자는 다수였다.

기사는 사망자에 관한 짧은 설명을 포함하고 있었다. 몇몇은 연령으로, 몇몇은 성별 또는 직업으로 표기되었다. 나무가 이동 주택을 덮쳐 목숨을 잃은 43세 남성, 눈 치우는 도중 심장마비로 사망한 퇴직 교사, 훈련 도중 자동차에 치여 사망한 마라토너, 자동차가 미끄러져 사망한 베이커즈필드의 신혼부부, 일산화탄소 중독에 의한 사망으로 추정되는 임산부, 그리고 중태에 빠진 그녀의 남편과 신생아.

사망자를 내지 않은 자동차 사고는 그 뒤에 실렸다. 트럭과 충돌해 다리가 부러진 경찰관, 썰매를 타다가 귀가하던 노부부의 차량에 부딪힌 소녀의 사연이 실려 있었다. 나는 임산부에 관한 부분으로 다시 눈을 돌렸다. 두 줄 분량의 내용이었다.

일산화탄소에 중독된 것으로 추정되는 34세 임산부 사망. 지진을 연구하는 과학자인 그녀의 남편과 신생아는 중태.

34세 임산부가 에벌린이라는 증거는 없었지만 나는 그 사람이 에벌린이라고 확신했다. 그녀의 남편을 빌리라고 여길 근거도 없었지만 그가 빌리라는 것도 알 수 있었다. 그 신생아가 나라는 근거도 일절 없었지만 날짜를 보자마자 확실히 알게 됐다. 버트가 말한 "에벌린과 그 아이"의 아이가 나라는 것을. 내가 생각했던 것만큼 버트의 정신이 온전치 않은 게 아니었다는 것을.

그 단락을 읽고 또 읽으며 내가 놓친 정보는 없는지, 잘못 읽은 부분은 없는지, 그 임산부가 에벌린이 아니라고 단정 지을 만한 단서가 있진 않은지 살펴보았다. 남편의 나이가 많은 건 아닌지, 그가 지진학자가 아니라 그냥 과학자인 건 아닌지 확인했다. 신생아가 아들이라거나 그가 죽었다는 내용이 있는지도 찾아봤다. 나는 실로 모든 단어를 다시 봤다. 에벌린은 내가 태어난 당시의 엄마 나이였던 34세가 맞을 거였다. 빌리 역시 지진을 연구하는 과학자가 맞았다. 그리고 그 아기는 내 생일에 태어난 여자아이였다.

내가 그동안 알아야 했던 증거들을 떠올리고자 기억을 더듬으면 더듬을수록 직감과 두려움이 섞인 감정이 나를 압도했다. 내가 나의 출생증명서를 본 적이 있던가? 내가 UCLA에서 태어난 게 아니었나? 엄마가 언젠가 서른세 시간의 진통 끝에 나를 낳았다고 말해주지 않았나? 나를 처음 품에 안았을 때 한 번도 경험해보지 못한 온전함을 느꼈다고 말해주지 않았나? 나는 엄마에게 전화를 걸어 내 출생증명서, 내가 태어난 병원, 나의 첫 울음소리, 그리고 지금 내게 쏟아진 진실에 관해 묻고 싶었다. 엄마는 나의 엄마가 아니었다. 내가 알던 나의 삶은 전부 거짓이었다.

도서관 밖으로 걸어 나오며 나는 이상한 몽롱함과 지속될 수 없는 비현실적인 평온함을 느꼈다. 엄마와 아빠에게 분노가 느껴지진 않았다. 단지 슬픔과 깊은 상실을 느낄 뿐이었다. 바닥이 천천히 무너져내리는 느낌이었다. 저항하고 싶지 않았다. 나는 그냥 내가 무너지게 놔두었다.

"아가씨!" 내가 책을 들고 밖으로 나가자 사서가 나를 불렀다. "혹시 이름이 미랜더예요?"

내 이름이 미랜더였던가? 나의 엄마, 에벌린이 가장 좋아했던 『템페스트』에서 따온? 내가 미랜더가 아니라면 나는 대체 누구일까?

사서는 내게 『비밀의 숲 테라비시아』를 내밀었다.

"우리 도서관 필독서예요." 그녀가 말했다. "가장 친한 친구의 어이없는 죽음을 직면한 아들을 위해 캐서린 패터슨이 쓴 책이죠. 딱하게도 소녀가 벼락을 맞았어요."

"읽고 싶지 않아요." 나는 책을 돌려주려 했다.

그 사서는 고개를 저으며 거절했다. "당신에게 전해주려고 1년도 넘게 가지고 있었어요. 여기 도서관 필독서 기금의 조건이 내가 당신에게 이 책을 전달하는 거였거든요." 그녀는 표지를 톡톡 두드리며 말했다. "죽음으로 생기는 비통함이 우리 모두에게 주는 중요한 교훈을 담고 있어요."

그녀는 도서관으로 들어갔고 나는 책을 쓰레기통에 던져버렸다. 그 속에 무슨 단서가 있든 빌리가 나를 이끄는 곳이 어디든 더 이상 따라가고 싶지 않았다.

늦은 오후까지도 열기는 계속됐다. 콘래드 가족이, 이웃들이, 우리 부모님의 오랜 친구들이 내게 보내던 그 묘한 눈빛, 빌리나 엄마가 했던 아리송한 말들, 가족들 사이에서 느꼈던 위화감, 이 모든 게 전부 이해될 때까지 나는 기다렸다. 하지만 똑같았다. 나는 여전히 나였다. 지금까지와 똑같은 나.

나는 호숫가에서 빅베어대로를 향해 걸었다. 물 위를 질주하는 제트스키의 소음과 즐거움을 만끽하는 사람들의 음성이 물가에서 들려왔다. 일산화탄소가 없었더라면, 그렇게 에벌린과 빌리가 나를 키우고 한 가족으로서 이곳에 와 여름을 보냈더라면 어땠을까 상상해보았다. 내게 낚시하는 법을 가르쳐주는 빌리와 호수를 가르는 바람에 머리카락이 눈을 찌를세라 머리를 땋아주는 에벌린. 푸로스퍼로 서점은 어땠을까? 거기서 매일 숙제를 하며 오후를 보냈을까? 에벌린이 손님들을 응대하는 사이사이에 내 숙제를 도와주기도 했을까? 나는 뒷주머니에서 휴대전화를 꺼내 고등학교 졸업 앨범에서 찍어둔 에벌린과 엄마의 사진을 찾았다. 혀를 내민 채 눈을 가운데로 모은 엄마와 두 눈을 꼭 감고 웃음을 참는 에벌린. 그들은 어리고, 순수했고, 서로 가장 친했다. 나는 에벌린의 뾰족한 코와 완벽한 아치형 눈썹, 얼굴로 흘러내린 곧은 머리카락을 자세히 들여다보았다. 눈을 가늘게 찡그려도 보고 다시 크게 떠보기도 했다. 흐릿하게 보든 제대로 보든 에벌린의 얼굴에는 나와 닮은 구석이 없었다. 이번에는 엄마의 얼굴을 자세히 보았다. 눈 생김새도 나와 똑같았고 언제나 얇았던 내 입술처럼 엄마의 입술도 얇았다. 빌리도 얇은 입술을 갖고 있었다. 내 눈처럼 그의 눈도 움푹 들어가 있었다. 나는 언제나 엄마를 닮았다고 생각하며 살아왔는데 빌리도 많이 닮은 거였다.

나는 빅베어대로에서 오른쪽으로 방향을 틀어 스키 용품점과 스포츠 용품점, 보안 사무소를 지났다. 나는 빌리의 딸이 되고 싶지 않았다. 이미 돌아가신 부모님은 갖고 싶지 않았다. 언제나 나의 부모였던 그 부모님을 원했다. 나는 술집으로 들어갔다. 퀴퀴한 맥주 냄새가 나는 곳이었다. 사람들 떠드는 소리가 지나치게 컸다. 나는 다시 걸었다. 한 블록을 더 걸어 들어가니 창문에 레이스 커튼이 달린 조용한 카페가 있었다. 나는 그곳의 문을 열고 들어가 맨 구석에 있는 테이블에 앉았다.

배는 고프지 않았다. 어쩌면 배가 고팠는지도 모르겠다. 나는 그 무엇도, 심지어 내 몸이 원하는 게 무엇인지도 알 수 없었다. 여자 종업원이 나를 "인형"이라 부르며 무엇을 주문할 건지 물었다. 나는 내 입이 발음하는 커피요 소리를 들으며 나 자신이 커피를 원하는지 아니면 원한다고 생각만 한 건지 모르겠다고 생각했다. 종업원이 도자기 머그잔과 크림이 담긴 그릇을 가지고 왔다.

"인형씨?" 날 부르는 그녀의 목소리에 고개를 들었다. "진실을 믿어야 해요."

"뭐라고요?" 내가 되물었다.

"'뭐 드실래요?'라고 여쭸어요." 그녀는 한 음절 한 음절 강조하며 말했다. 마치 우리가 서로 같은 언어를 쓰는 게 맞냐는 듯이. "배고프신가요?"

"아뇨, 아니에요."

그녀가 카운터를 가리켰다. "저는 저기 있을 테니 필요한 게 있으면 말씀하세요."

나는 미지근하고 싱거운 커피를 천천히 마시며 내가 평범한 손님인 그 순간을, 누구의 딸도 조카도 아닌, 그 누구도 아닌 그 순간을 음미했다. 나는 종업원을 바라봤다. 나와 눈이 마주친 그녀가 눈길을 돌렸다. 나와 말을 섞고 싶어 하지 않아 다행이었다. 만약 그녀가 내게 괜찮냐고 물어왔더라면 그땐 눈물을 참지 못했을 것이다.

진실을 믿어야 해요. 맹세컨대 그녀는 내게 분명 이렇게 말했다. 그러나 그녀는 단지 뭘 먹겠냐 물었을 뿐이라고 했다. 진실을 믿어야 해요. 나는 진실이 뭔지 알고는 있는 걸까? 내겐 증거도, 객관적 사실도 있었다. 그러나 진실은 알지 못했다. 나는 내가 사는 동안의 목숨과 영혼도, 고모와 고모부 손에 길러지게 된 사정의 내막도, 부모님뿐 아니라 빌리까지 내가 나를 다른 이로 여기게끔 만든 이유도 알지 못했다. 나는 테이블에 돈을 던져두고는 카페를 뛰쳐나왔다. 스키 용품점, 보안 사무소, 술집, 도서관 주차장을 지나 입구의 쓰레기통까지 나는 온 힘을 다해 달렸다. 이 수수께끼를 외면할 수 없었다. 내가 누구인지 외면할 수 없었다.

책은 후반부에 책갈피가 끼워진 채로 쓰레기통 안에 펼쳐져 있었다. 드러난 면의 한쪽에는 문장 한 구절이 강조 표시되어 있었고, 다른 한쪽에는 숨이 끊어진 소녀를 안고 있는 소년이 흑백으로 그려져 있었다. 나는 강조된 그 문단을 읽었다.

다리가 휘청거렸지만 그는 계속 달렸다. 멈추기가 두려웠다. 그렇게 달리는 것이야말로 레슬리를 죽음으로부터 구하는 유일한 방법이라는 것을 알아서였다. 모든 건 그에게 달려 있었다. 그는 계속 달려야만 했다.

'어이없는 죽음.' 사서가 한 말이었다. 어이없는 죽음에 관한 우화. 나는 『비밀의 숲 테라비시아』를 읽지 않았었다. 빌리가 내게 준 적도, 엄마가 사준 적도 없는 책이었다.

책갈피는 마분지를 잘라 만든 단순한 것이었다. 거기에 적힌 푸로스퍼로 서점이라는 글자는 너무 구불거려 거의 읽을 수 없는 수준이었다. 그런 구불구불한 서체에서 단서를 찾아내는 건 그리 오래 걸리지 않았다. 책갈피 맨 아래에 리 윌리엄스라는 예술가의 이름이 적혀 있었기 때문이다. 리의 성이 기억나진 않았지만 나는 그를; 빌리를 찾아 나섰지만 찾지 못한 나를 안심시키려 노력했던 그의 모습을 기억하고 있었다. 언제나 친절했지만 아이를 어떻게 대해야 할지 몰라 늘 어색해 했던 리. 어쩌면 리는 나와 소통하는 법을 몰랐던 것뿐일 수도 있었다.

나는 곧장 부모님 집으로 차를 몰았다. 라디오도 에어컨도 켜지 않았다. 달아오른 차 안은 혹사당하는 엔진 소음으로 가득했다. 나는 빨리 가고 싶은지 천천히 가고 싶은지도 인식하지 못한 채 그저 규정 속도 지키는 일에만 집중했다. 엄마를 보면 무슨 말을 해야 할지, 엄마를 안아야 할지, 다시는 엄마와 말을 하지 않아야 할지 알 수 없었다. 나는 그저 평정심을 유지하며 길고 평탄한 그 길을 안정된 속도로 운전하는 일에만 몰두했다. 휴대전화가 울리며 제이의 이름이 화면에 뜨자 마치 귀신이라도 본 것처럼 온몸에 소름이 돋았다. 전화를 받을까 고민하는 사이 통화가 자동으로 음성 사서함으로 넘어갔다. 제이는 메시지를 남기지 않았다. 나도 다시 전화하지 않았다. 제이를 생각할 겨를이 없었다. 필라델피아도 생각할 수 없었다. 심지어 푸로스퍼로 서점도 생각할 수 없었다. 내가 생각할 수 있는 것은 오직 엄마였다. 엄마. 나의 엄마, 아니 고모. 나는 고모를 가져본 적이 없었다. 고모가 어떤 존재인지도 모르는데. 1년에 두 번, 명절에 만나는 사람일까? 엄마와 비슷한 또 다른 엄마일까? 그보단 좀 더 친구 같은 존재일까?

집에 도착했을 때 엄마는 부엌에서 노래를 흥얼거리며 복숭아를 자르고 있었다. 노래의 주인인 재니스 조플린보다 더 부드럽고 감미로운 목소리였다. 그게 엄마였다. 엄마는 무엇이든, 심지어 저항하는 내용의 비통한 노래마저도 아름답고 평화롭게 들리도록 하는 사람이었다. 나는 조리대 위에 가방을 큰 소리가 나게끔 내려놓았다.

놀란 엄마가 펄쩍 뛰었다. "아가, 온 줄 몰랐어."

엄마 손에 들려있던 칼이 복숭아 표면에서 멈췄다. 도마 위에 고였던 복숭아 즙이 바닥으로 흘렀다. 칼 쥔 엄마는 미동도 없이 나를 계속 주시했다.

"아, 엄마." 내 목소리가 흔들렸다. 엄마는 칼을 내려놓고 내게로 달려왔다. 엄마 품에 가만히 안긴 나는 내 것처럼 곱슬곱슬한 엄마의 머리칼에 얼굴을 묻고는 나와 똑같은 사이즈의, 마치 내 몸을 복사한 듯한, 내 몸의 조금 더 큰 복제품과 다름없는 엄마의 얇은 몸을 꽉 움켜잡았다. 다시 작아진 것처럼, 다시 어린아이가 된 것처럼 나는 엄마를 꼭 끌어안았다. 나는 마치 엄마의 아이 같았다.

엄마가 내 머리에 키스했다. 나는 엄마가 그건 진실이 아니라고, 모든 것은 커다란 오해라고 말해주기를 기다렸다. 엄마가 내 삶을 다시 세워주기를, 모든 것을 제자리로 돌려놔주기를 기다렸다.

"우리도 네게 말하고 싶었어." 엄마가 속삭였다.

내가 듣고 싶지 않았던 바로 그 말이었다.

나는 엄마를 밀쳐냈다. "여기 오지 말았어야 했어요."

나는 현관문으로 향했다. 엄마는 쏜살같이 달려와 내 앞을 막았다. "미랜더, 가지 마. 같이 이야기하자." 엄마의 눈이 가지 말라고 애원하고 있었다.

"제발 비켜줘요." 부탁이 아니었다. 내가 할 수 있는 거라곤 욕을 참는 것뿐이었다. 대신 나는 욕보다 더 진실에 가까운, 더 상처가 되는 말을 내뱉었다. "제 엄마는 그분이에요. 당신이 아니라."

"우리도 너한테 정말 말하고 싶었어." 엄마가 내 양어깨를 붙들었다. "정말 말하고 싶었지만 빌리가…… 빌리가 네가 모르길 바랐어."

"어떻게 이런 상황에서까지 빌리 탓을 해요?" 나는 고함을 질렀다.

엄마가 두 팔을 떨궜다. "네 말이 맞아. 다 내 실수야." 그러고는 두 손으로 얼굴을 감싸고 울기 시작했다.

"엄마는 지금 울 자격이 없어요." 엄마의 울음소리가 더 커졌다. "그만!" 내 고함에 엄마가 놀란 듯했다. 일순간 모든 것이 잠잠해졌다. "그만 좀 해요." 나는 엄마 옆을 지나 현관문을 향해 걸어갔다.

"어디 가는 거니?"

"몰라요. 하지만 여긴 못 있겠어요. 엄마와 같이 있을 수가 없어요. 죄송하지만 안 되겠어요." 나는 발을 쿵쾅거리지 않았다. 문을 쾅 닫지도 않았다. 잔인한 말을 하고 싶었지만 하지 않았다. 그냥 걸어 나왔다. 더욱 비참했던 건 엄마가 떠나는 나를 그냥 보냈다는 거였다.

17장

모퉁이를 돌았다. 부모님 집이 시야에서 사라진 순간 더는 운전을 할 수가 없었다. 부모님 집이 아니지. 고모와 고모부의 집이지. 나는 어디로 가야 할지 알 수 없었다. 공항으로 가서 필라델피아로 가는 가장 빠른 비행기를 탈까? 익숙한 길을 가로질러 동쪽으로 갈까? 아니면 목적지도 없이 그냥 아무 고속도로나 타고 적당하다고 느껴지는 곳까지 무작정 달릴까? 존재한 적도 없는 사람인데 사라질 수는 있는 걸까?

전화가 울리고 있던 것도 한참만에야 알아차렸다. 발신인이 엄마도 제이도 아닌 것을 확인하고는 마음이 놓였다.

"빨리 오지 않으면 세 번째 마티니를 주문해야 하는데 이게 다 너 때문인 거 알지?" 실라였다.

"어딘데요?" 세상이 여전히 돌아가고 있다는 것이, 누군가는 마티니를 마시고 약속을 한다는 것이 나는 비현실적으로 느껴졌다.

"웨스트우드. 못 온다는 말은 제발 하지 마. 혼자 술 마시기 싫어하는 거 알잖아."

웨스트우드. 휴대전화로 일정을 확인해보았다.

'조니 연극.' 이걸 잊었다니 믿을 수 없었다. 상황이 아무리 복잡하다 해도 이건 조니에게 너무나 중요한 일이었다. 호평을 받든 혹평을 받든 혹은 아무런 관심도 못 받든 상관없이.

"20분 후 시작이야." 실라가 말했다.

실라가 나를 기다리고 있었다. 조니도 마찬가지였다. 고등학교 시절 거의 모든 주말 우리 집에서 자고 갔던, 우리 가족과 함께 식당에 가고 달걀 흰자로 거품 내는 엄마를 도왔던, 함께 숙제를 미뤄두고 침대에 누워 남자애들 이야기를 했던, 나의 가장 오래된 친구 조니. 나보다 나를 더 잘 아는 조니.

"가는 중이에요." 나는 시동을 켜고 모퉁이를 벗어나며 말했다.

실라는 게펀극장 밖에서 나를 기다리고 있었다. 긴장한 엄마처럼 초조한 모습이었다.

"빨리 와, 빨리." 실라는 나를 극장 안으로 데리고 들어갔다. 우리는 불이 꺼지기 전에 황급히 자리를 찾았다.

막이 오르고 프로호로프의 거실이 나타났다. 조니는 「세 자매」의 막내인 이리나 역이었다. 올가와 마샤가 책 읽고 일하느라 바쁜 사이 이리나는 생각에 잠겨 있다. 조니는 평범한 흰색 원피스를 입고 관객석을 멍하니 바라보았다. 연극은 올가의 대사로 시작되었다. 아버지는 딱 1년 전, 바로 이날 돌아가셨어. 그의 기일은 이리나의 영명축일이기도 했다. 극복할 수 없을 것만 같던 아버지의 죽음을 지난 한 해 동안 어떻게 극복했는지에 대해 올가가 계속해서 이야기한다. 그들은 벌써 미래를 계획하고, 모스크바로 돌아가는 일을 꿈꾼다. 나는 조니에게 집중하려고 했다. 아름답고 어린 이리나. 일의 가치에 관해 두서없이 이야기할 때 자매 중 유일하게 행복한 사람. 그러나 나는 내가 진실을 알아차려야 했던 때를 떠올리느라 정신을 이미 죽은 나의 아버지에게로 보내놓은 상태였다.

엄마와 빌리가 내 열두 살 생일에 싸웠을 때, 나는 그들의 싸움이 내 생일 파티 때문이라는 걸 본능적으로 알았다. 그리고 실제로도 그 이유로 싸운 거였다. 빌리는 내 생일 파티에 오겠다고 약속했다. 아버지로서 빌리는 그곳에 나타나야 했다. 빌리가 끝내 오지 않은 그 모든 순간에도 엄마는 화를 내지 않았다. 화냈을지도 모르지. 내가 실망하지 않게, 진실을 알아차리지 않아도 되도록 그 사실을 숨긴 걸지도. 나는 빌리가 나를 푸로스퍼로 서점으로 데려갔던 오후를, 서점이 언제나 나를 기다리고 있다고 상상했던 때를 떠올렸다. 그건 사실이었다. 서점은 내가 생각하던 것보다 나를 훨씬 더 많이 기다리고 있었다.

연극의 마지막 장면에서 서로 부둥켜안은 세 자매는 이루지 못한 바람과 모스크바에 품고 있던 잘못된 꿈에 대해 이야기했다. 조니는 두 배우를 껴안았다. 그들은 진짜 자매 같았다. 나는 항상 조니를 친자매처럼 생각했지만 조니에게는 피를 나눈 진짜 친자매가, 우리가 아무리 친하다 한들 나로서는 절대 가능할 수 없는 관계가 있었다. 그녀에겐 엄마도 있었다. 무관심한, 그러나 진짜 엄마.

"나는 마지막 장면을 다르게 해석하고 싶어." 배우들이 무대 인사를 하는 동안 실라가 말했다. "결말이 매번 슬프더라고. 결연하긴 하지만 희망은 없는 결말. 하지만 우리에겐 희망적인 결말이 필요하기도 하잖아. 삶이 스스로 결정하고 스스로 옳은 것을 선택한다고 믿을 필요가 있을지도 몰라." 그 말을 듣고 나는 씁쓸하게 웃었고, 실라는 그런 나를 수상쩍다는 듯 바라보았다.

밖으로 나와 보니 분수 주변에 둥글게 늘어선 사람들이 와인을 홀짝이며 배우들을 기다리고 있었다.

"여행은 어땠어?" 트레이에 놓여 있던 화이트 와인 한 잔을 집어 든 실라가 내게도 권했다. 나는 고개를 저었다.

"알고 계셨어요?" 나는 거짓말을 하면 차분해지는 실라의 표정을 기다렸다.

"뭘 알고 있었냐는 거야?" 어떤 가십을 기대하듯 실라가 소리 높여 물었다.

"제가 아기였을 때 우리 집에 왔었다고 하셨죠. 기억하세요?" 몸을 움찔한다거나 말을 더듬는다거나 아무튼 뭔가 어색한 행동을 하면 바로 잡아낼 태세로 나는 그녀에게 온 정신을 집중했다.

실라는 내 어깨에 손을 올리며 말했다. "미랜더, 내가 너보다 나이가 많기는 해도 노망난 건 아니야. 당연히 기억하지."

"엄마가 제게 수유했다고 하셨죠." 내가 말했다.

"그런데?"

"확실해요?"

"그럴걸." 영문을 모르는 채로 실라가 대답했다.

"엄마는 저한테 젖을 물릴 수가 없었어요."

팔짱 낀 실라가 내 말의 뜻을 가만히 생각했다. 나는 실라가 그게 뭐가 중요한지 내게 물어주기를 기다렸다. 우리 가족의 비참한 이야기를 그녀에게 전할 준비가 됐는지, 이 이야기를 누군가의 인생이 아닌 그저 하나의 이야깃거리로 받아들일지도 모르는 작가에게 모든 걸 말해버려도 괜찮을지에 대한 확신이 있는 것도 아니면서.

실라가 손가락을 튕기며 말했다. "있잖아, 내가 빌리 이후에 만났던 남자가 있었는데 그 남자 여동생에게도 아기가 있었어. 젖을 먹이던 게 그 여자였나? 기억이 안 나네."

나는 실라의 기억 속으로 그녀를 밀어 넣고 싶었다. 그 속에서 빌리가 나를 보던 눈빛이나 엄마의 말 가운데 이상하다고 느꼈던 걸 떠올려주길 바랐다. 내가 뭔가를 더 말하기도 전에 큰 박수 소리와 함께 테라스 문이 열렸다. 텔레비전에 나오는 두 배우와 팔짱을 낀 조니가 사람들 사이를 걸어 나왔다. 조니는 환하게 웃고 있었다. 빛이 났다. 나는 조니를 진심으로 축하하고 싶었다. 그러나 조니를 내 곁으로 데려와 내 이야기를 할 수 없다는 걸 깨닫고 나니 내 감정을 이겨내기가 쉽지 않았다. 그래도 조니에게서 이 순간을 빼앗을 수는 없었다.

실라는 조니와 인사를 나누기 위해 서둘러 줄을 섰다. 조니는 팬들과 정중하게 악수하고 사진을 찍었다. 차례가 된 실라가 조니에게 연극 팸플릿을 내밀며 '가장 좋아하는 중년 부인에게'라고 적어 달라고 부탁했다.

조니는 실라와 나를 한꺼번에 안아주고는 정장 차림의 나이 많은 남자에게 이끌려 역시나 정장 차림으로 모여 있던 한 무리의 남자들에게 갔다. 그때 어떤 남자가 실라를 알아보고는 함께 한잔해줄 것을 부탁했다. 실라는 내게 양해를 구하고 곧장 자리를 떴다. 다시 내 옆으로 돌아온 조니와 함께 나는 새 친구와 르콩트애비뉴로 사라지는 실라의 모습을 지켜보았다.

"저 나이가 되면 나도 실라처럼 되고 싶어." 조니가 동경하듯 말했다. 나는 그런 그녀에게 실라의 남편이 자살했으며 실라의 자신감은 남편 잃은 비통함을 싸우려는 연기일 뿐이라고 말하지 않았다.

"너 정말 멋있었어." 내가 조니에게 말했다.

"감사합니다." 관객들에게 보였던 말투 그대로를 재현한 조니가 자신의 가식적인 행동이 우습다는 듯 웃었다. "너무 떨려서 하나도 기억이 안 나. 그래도 대사를 까먹진 않았던 것 같아."

"그랬다 해도 아무도 눈치채지 못했을 거야." 내가 조니의 손을 꼭 잡자 조니가 꺅 소리를 질렀다. 우리는 테라스를 둘러보았다. "누가 중요한 사람인지 알려줘봐."

정장 입은 사람을 가리키며 프로듀서라고 설명하는 조니의 등 뒤로 누군가 다가와 그녀의 두 눈을 가렸다. 금발로 염색한 머리에 짙은 화장을 한 여자였다. 조니는 자신의 눈을 가린 손목을 잡고 뒤를 돌아서는 여자를 껴안았다.

"재키." 조니의 큰언니였다. 조니의 엄마와 둘째 언니 제니도 뒤편에서 있었다. 나는 그들 뒤로 물러나서는 꼭 붙어 선 그들이 가족 간의 비밀스러운 시간을 갖는 모습을 지켜보았다.

조니의 엄마가 조니의 머리를 쓰다듬었다. 나는 그녀가 딸의 연극에 참석한 게 얼마 만인지 헤아려보려 했다. 샌타모니카대로의 소극장에 올랐던 조니 주연의 그 어떤 연극에도 그녀는 온 적이 없었다. 그랬던 그녀가 이제는 쉬지 않고 조니를 쓰다듬으며 "재능 있는" "스타" "유명한" "놀라운" 그리고 "내 딸"이라고 말하고 있었다. 내 딸. 나는 그녀의 손을 치우며 이렇게 소리치고 싶었다. 누군가 성공했을 때만 나타나는 법이 어디에 있냐고, 이 자리에 오는 과정까지 곁에서 지켜봐줬어야 하는 거 아니냐고. 하지만 조니는 엄마의 칭찬으로 얼굴이 달아오르고 있었다. 조니에게는 자신의 경력을 책임져줄지도 모르는 제작사 임원이나 감독의 칭찬보다 엄마의 인정이 더 중요한 것처럼 보였다.

조니와 가족들은 한잔하기 위해 웨스트우드의 어딘가로 갈 요량이었다. "같이 갈 거지?" 언니들과 팔짱을 낀 조니가 내게 물어왔다.

나는 피곤하다고 대답했다.

"내일 커튼콜 전에 점심 먹을래? 아, 크리스 부모님이 오신댔지. 크리스 형도 가족들 데리고 온다고 했고. 다음 주는 어때? 망할, 로니하고 사라가 연극 보러 오는구나." 로니와 사라는 처음 듣는 이름이었다. "노동절 지나면 연극 끝나거든? 주말에 오하이 같은 데로 놀러 갈까?" 조니가 곧장 인상을 찡그렸다. "그땐 네가 여기 없겠구나."

"조니, 괜찮아." 괜찮았다. 괜찮아야 했다. 내겐 해결해야 할 일이 있었고 그건 조니도 마찬가지였으니까. 나는 조니에게서 이 시간을 빼앗을 수도, 그렇다고 내가 그 일부가 되어줄 수도 없었다.

"조니, 우리 이젠 가봐야 해." 조니의 엄마가 채근했다.

"오늘 정말 근사했어." 내가 말했다.

"정말 그렇게 생각해?" 너무나 천진난만한 소녀처럼 조니가 물었다.

"돈 많이 벌고 유명해진다고 나 모른 척하면 안 돼." 나는 최대한 쾌활하게 말했다.

"네가 가고 싶은 곳이 어디든 내가 데리고 갈 거야." 조니는 내게 키스를 보냈고 이내 언니들에 이끌려 문을 나섰다. 나는 쌀쌀한 밤공기를 막아보려고 두 팔을 포개고는 네 여자가 거리로 사라지는 모습을 바라봤다.

푸로스퍼로 서점으로 돌아온 나는 리 윌리엄스를 찾기 시작했다. 여러 명의 리 아네스와 메리 리, 대학 축구 스타, 디트로이트 출신의 유리 공예가를 제외하고도 여전히 수천 명의 리 윌리엄스가 있었다. 내가 찾는 리 윌리엄스는 페이스북 계정이 없었다. 트위터나 인스타그램도 하지 않았다. 온라인에 게재된 사진도 없었다. 나는 대신 엄마를 검색했다. 엄마의 사진이 화면을 가득 채웠다. 공식 석상에서 아빠가 엄마를 팔로 감싸 안고 있었는데, 당시 엄마의 아름다운 얼굴은 그곳의 열기와 와인에 취해 상기되어 있었다. 엄마의 웹 사이트에 걸려 있는 공식 프로필 사진 속에서 엄마는 골반 위에 손을 얹고 있었다. 머리는 곧게 핀 상태였고, 표정은 진지했다. 엄마와 함께 사진에 담긴 고객 중에는 화려한 옷과 자연스러운 포즈로 미루어보아 배우로 보이는 사람도 있었다. 나는 사진들을 쭉 훑어보았다. 그중 나와 함께 찍은 사진은 찾아볼 수 없었다. 우리가 언제 마지막으로 함께 사진을 찍었는지도 기억나지 않았다. 부모님은 사진 찍는 걸 좋아하는 사람들이 아니었다. 모든 순간을 기념하거나 일상의 사소한 것을 지인들과 공유하는 부류도 아니었다. 사교적이지 않아서 그런 거라 생각했는데 사실은 내가 살면서 본 적 없는 무언가가 사진에 분명하게 드러나는 것을 원치 않았기 때문일 수도 있었다. 부모님이 했던 모든 일은 아마도 자신들의 비밀을 지키는 선에서 이뤄진 것들이었을 것이다.

아침이 되자 서점은 루시아가 토스터에 넣고 깜빡한 베이글이 타는 냄새로 가득 찼다. 루시아는 쿵쾅거리면서 테이블 사이를 오가며 음식 담긴 접시를 손님들 앞에 거칠게 내려놓았다. 하워드 박사는 루시아가 노려볼 때까지 그녀의 거친 발소리에 맞춰 손뼉을 쳐댔다.

무슨 문제라도 있냐고 묻는 내게 루시아가 대답했다. "지금 장난하는 거 맞죠?" 나는 루시아를 따라 부엌으로 들어가 그녀가 반으로 가른 베이글 사이에 크림치즈를 덩어리째 넣는 모습을 바라보았다. "대체 어디에 있었어요?" 루시아는 금방이라도 싸움을 걸 것처럼 짜증을 내며 나를 흘겨봤다.

"저 지금 이러고 있을 여유가 없어요." 나는 부엌을 나가려고 했다. 그러자 루시아가 날 막고는 베이글 담긴 접시로 내 갈비뼈를 찔렀다. "그 베이글 구워야 하는 거 아니에요?"

"갑자기 전문가가 되셨나 보죠?" 루시아는 접시를 내려놓고 부엌 안을 오가기 시작했다. "갑자기 서점에 나타나서 모든 걸 다 엉망으로 만들게 해놓고는 나타날 생각도 안 하다니." 루시아는 마치 머리를 죽 뽑아낸, 다채로운 감정의 색상을 주변에 펼쳐놓은 공작새 같았다. "변기 하수도는 맬컴 혼자서 처리했어요. 그게 얼마나 골칫거리인지 알기나 해요? 코바늘 뜨기 모임도 한 번도 아니고 두 번이나 빠지고. 고전문학 북클럽을 운영하기로 한 약속도 어겼죠. 거기다 알렉은 못 오겠다고 취소하고. 그 바람에 자선 행사 티켓 구매자 절반이 환불해달라고 하고."

내가 알렉은 누구지? 하는 표정을 짓자 루시아는 경멸하듯 눈을 크게 뜨고 내게 말했다. "디제이 말이에요."

"그럼 다른 사람에게 디제이를 맡기면 되겠네요." 디제이나 북클럽, 하수도는 정말이지 하등의 상관도 없었다.

"우리 행사에 공짜로 와줄 세계 최정상급 디제이를 아시나 보죠?"

"세계 최정상급 디제이라니 무슨 소리예요?"

루시아는 크림치즈 덩어리가 얼음처럼 박힌 베이글이 놓여 있는 접시를 움켜쥐었다. "임시로 머무는 줄은 알았지만 그래도 우린 당신을 믿었어요." 루시아는 부엌을 뛰쳐나갔다. 임시. 그게 나였다. 여기서도, 다른 모든 곳에서도.

맬컴은 클립보드를 들고 문학 섹션의 책장을 검토하고 있었다. 8월도 중순에 가까워지면서 서점은 점차 비어갔다. 하워드 박사를 제외하면 극작가인 레이, 그리고 내가 모르는 몇 명의 손님은 베이글을 주문할 만한 여유가 없었다. 단골들, 심지어 실라마저 카페에 머무르지 않았다. 책가방을 멘 긴 머리 소녀 둘만이 누가 더 책을 많이 읽었는지로 경쟁하며 책장을 살피고 있었다. 책을 꺼내진 않고 손가락으로 가리키기만 하는 모습을 보고 나는 그들이 아무것도 사지 않을 거라는 걸 알 수 있었다.

"누가 디디온 책을 훔쳐 갔나 보네." 맬컴이 혼잣말했다. 그는 종이에 적힌 도서 목록을 확인하면서 제목 옆에 체크 부호를 휘갈겼다. 루시아는 테이블 아래로 의자를 내던졌다. 루시아가 식기 운반 통을 옮기자 머그잔들이 쨍그랑거렸다. "루시아는 신경 쓰지 말아요." 맬컴이 말했다. "그냥 마약 좀 한 것 같은 거예요. 남자친구랑 매달 한 번씩 싸우거든요. 루시아는 남자가 거지같이 행동한 걸 모든 사람이 자기를 실망시킨 걸로 확대해석하고 싶은 것 같은데, 몇 분 안에 잠잠해지지 않으면 제가 가서 오늘은 쉬라고 할게요.” 맬컴은 계속해서 책들을 확인했다. “아는 뮤지션 몇 명에게 연락해놨어요. 음악 틀 사람은 구해질 거예요. 거기다, EDM 범벅인 신세대 음악은 어차피 듣고 싶지 않잖아요.” 클립보드 종이를 넘긴 맬컴은 다음 책장을 확인하기 시작했다.

“미안해요.” 빅베어에서 느껴야 했던 모든 감정이 한꺼번에 터져 나왔다. 다리에 힘이 풀린 나는 넘어지지 않으려고 책장에 몸을 기댔다. 머리가 지끈거렸다. 앞을 똑바로 볼 수가 없었다. 귀 안쪽이 고통스럽게 울렸다. 나를 슬쩍 건너보다 곧 걱정하는 맬컴의 모습이 둘로 나뉘어 보였다. 맬컴은 들고 있던 클립보드를 선반 위에 내려놓고 내게 가까이 다가와 어깨에 손을 올렸다.

“괜찮아요?” 그가 물었다. 나는 숨을 들이마시려고 했지만 꽉 막힌 것 같은 가슴 때문에 숨이 쉬어지지 않았다. “자, 자. 이제 괜찮아요. 어서, 여기 좀 앉아요.” 그는 내 팔을 자신의 어깨 위에 올리고는 나를 프런트 데스크로 데려갔다.

나를 의자에 앉힌 맬컴이 물을 가지러 갔다. 나는 허리를 숙여 두 무릎 사이에 머리를 넣고 숨을 쉬었다. 죽는 건가? 공황 발작인가? 돌아온 맬컴이 내게 물을 건넸고 내가 조금씩 물을 마시는 동안 내 등을 쓸어내려주었다. 물이 기도를 확장시킨 덕인지 호흡이 다시 돌아왔다. 머리는 계속 지끈거렸지만 귀에서 들리던 소리도 멎었고 내 곁에서 날 걱정스럽게 바라보는 맬컴이 한 명으로 보일 만큼 초점도 돌아왔다. 별안간 그에게 모든 걸 털어놓고 엄마에게 듣고 싶던 이야기를 그에게서 듣고 싶어졌다. “이전 일은 미안해요. 빌리가 당신 친구였다는 걸 알면서도 이 모든 일이 당신에게 어떤 의미일지 생각하지 못했어요. 더 이해해주지 못해서 미안해요. 또……”

“쉿!” 맬컴이 말했다. 그의 손은 여전히 내 등을 쓰다듬고 있었다. “괜찮아요. 다 괜찮아요." 맬컴이 나를 살피는 동안 나는 계속 숨을 쉴 수 있었다. 너무 차분한 맬컴 때문에 나는 쑥스러워지기 시작했다. 마치 아무 일도 아니라는 듯, 예전에 모두 본 적 있는 일이라는 듯, 맬컴은 그런 얼굴로 나를 바라봤다.

"정말 미안해요." 내가 말했다.

맬컴은 고개를 끄덕였다. "괜찮아요. 빌리의 죽음은 당신에게도 힘든 일이었을 테니까." 프런트 데스크에 기댄 맬컴은 분명 내게 더 하고 싶은 말이 있는 눈치였다. "빌리하고 같이 산 다저스 시즌 티켓이 있는데 경기가 내일이에요. 같이 갈 거죠?" 맬컴의 말투가 너무 단호해서 내게 물어보는 건지 명령하는 건지 헷갈릴 정도였다.

"그래요." 내 대답을 듣고 맬컴은 문제가 해결되었다는 듯 고개를 끄덕였다. 나는 맬컴이 다시 클립보드를 들고 재고를 확인하는 모습을 바라보았다. 심장이 마구 뛰는 건 아니었지만 설레긴 했다. 들뜬 기분을 느낄 수 있다면 다른 감정도 곧 느낄 수 있을 거였다.

빈 컵을 통에 넣기 위해 부엌으로 걸어가는데 맬컴이 부드러운 눈빛으로 내게 미소 지어 보였다. 그런 그를 보며 내가 저 눈빛에 익숙해질 수 있을지, 저 눈빛이 나를 언젠가 놓아버리진 않을지 염려되었다.

카페가 어찌나 조용하던지 하워드 박사가 노트에 뭔갈 적는 소리까지도 들릴 정도였다. 나는 루시아가 나를 비난할 때 뒤쪽 테이블에 내팽개쳐뒀던 가방을 다시 찾았다. 『비밀의 숲 테라비시아』는 지갑 위쪽에 있었다. 나는 테이블 위에 그 책을 꺼내놓고는 책갈피를 어루만졌다. 책갈피에 새겨진 리 윌리엄스라는 글자를 응시했다. 빌리가 나를 서점에 데려오던 오후엔 언제나 리가 있었다. 리와 빌리가 특별히 가까웠던 기억은 없지만 리는 내가 어떻게 고모와 고모부 손에서 자라게 됐는지를 알고 있을 게 분명했다. 엄마도 아빠도 없어져버린, 그 어떤 대책도 없이 삶이 무너져버린 내가 앞으로 무얼 해야 할지에 대해 빌리는 리에게 분명 말해놓았을 것이다.

　루시아는 인사도 없이 퇴근했다. 교대하러 온 찰리도 그냥 지나쳐버렸다. 거칠게 문을 닫고 나가버리는 루시아를 보던 찰리가 나를 힐끔 바라보았다. 루시아는 애먼 상대에게 화를 내고 있었다. 그녀는 우리 서점에 화가 났고 모든 일이 수월하게 풀리지 않는 상황에 화난 상태였다. 그런 분노는 괜찮았다. 서점을 살리고 싶은 마음에서 생겨난 감정이니까.

　찰리가 내 맞은편에 앉아 『비밀의 숲 테라비시아』의 책장을 휘리릭 넘겼다. "불쌍한 제스 애런스."

　"레슬리가 불쌍하죠." 내가 말했다.

　마치 깨지기 쉬운 골동품을 다루듯 찰리는 책을 가만히 내려놓았다. "레슬리를 가엾게 여겨서는 안 된다고 봐요. 레슬리는 죽었지만 그건 용기 있는 죽음이었어요. 제스에게 용기를 갖는 법도 가르쳐줬고."

　"왜 제스가 불쌍하다고 생각하는데요?"

　내 질문에 찰스는 골똘히 생각에 빠져들었다. "결론적으론 아닐 수도 있죠. 하지만 레슬리의 죽음을 받아들이지 못하고 그날 레슬리를 혼자 남겨뒀다는 죄책감 때문에 괴로워하잖아요. 진심으로."

　책을 손으로 쓰다듬은 찰리는 커피 주전자를 확인하러 후다닥 뛰어갔다. '다리가 휘청거렸지만 그는 계속 달렸다. 멈추기가 두려웠다.' 제스는 레슬리의 죽음에서 벗어나려고 노력했다. 학교 달리기 시합에서 제스는 늘 레슬리의 뒤에 있었다. 그는 레슬리의 죽음에도 앞서지 못했다. 달리기를 멈췄을 때 그는 비로소 친구를 기리는 법을, 레슬리가 살아 숨 쉬는 마법을 깨트리지 않는 법을, 그리고 테라비시아의 마법을 깨닫게 되었다.

다저스 구장은 서점에서 4킬로미터 떨어진 곳에 있었다. 대부분이 언덕인 엘리시안공원을 지나며 나는 맬컴이 했던 말을 여러 톤으로 따라 해보았다. 경기가 내일이에요. 같이 갈 거죠? 그는 기대하듯 말했다. 같이 갈 거죠? 명령하듯 말했으며, 같이 갈 거죠 애원하듯 말하기도 했다. 같이 갈 거죠 잘난 체하는 듯도 했다. 그 어떤 톤도 정확하지 않은 것 같았다. 나는 모든 억양을 뺀 채로 맬컴의 말을 다시 발음했다. 리 윌리엄스를 찾지 못했다는 사실 그리고 엄마에게 아무런 연락도 받지 못했다는 사실 모두 까맣게 잊은 채로.

쾌적한 날씨였는데도 주차장에 가까워지자 땀이 흘렀다. 좌석은 홈 베이스 바로 위의 지정석이었다. 눈에 익은 부스스한 머리를 향해 나는 일렬로 놓인 파란색 의자 사이를 가로질렀다. 숨을 크게 내쉬고 나서야 그동안 내가 숨을 참고 있었다는 사실을 깨달았다. 거의 매일 맬컴을 봤지만 서점 밖에서 만나는 건 처음이었다.

맬컴은 나를 보자마자 일어서느라 들고 있던 땅콩을 반쯤 쏟았다. 나는 앉아 있던 사람들을 지나 그 옆에 멈춰 섰다. 잠시 망설이던 그가 나를 안아주었다. 경기 시작 직전에 이뤄진 아주 짧은 포옹이었다.

"왔네요." 맬컴이 말했다.

"안 올 거라 생각했어요?"

"당신이랑 경기를 보게 될 줄이야." 내가 마치 수수께끼라도 된다는 듯, 자신이 풀 수 없는 불가해한 퍼즐이라는 듯 그가 말했다. 나는 그의 옆자리에 앉았다. 경기를 보는 사이사이 우리의 무릎이 맞닿았다.

맬컴은 땅콩 껍데기를 이로 부순 뒤 알맹이를 입에 던져 넣었다. 다저스의 투수가 첫 번째 스트라이크를 던졌다. 원정 팀 타자가 스트라이크 아웃을 당하자 맬컴이 박수를 쳤다. 두 번째 타자는 구장 한가운데로 안타를 쳤다. 주자 만루 상황에서 플라이볼을 친 타자 덕에 다저스 수비수들이 더그아웃으로 들어왔다.

맬컴이 일어섰다. "맥주 마실래요? 사다 줄게요."

혼자 남은 나는 2회를 준비하는 원정 팀의 모습을 지켜보았다. 아빠가 종종 야구장 스카이 박스 입장권을 가져왔던 중학생 때 이후로 직접 경기를 보러 온 건 처음이었다. 당시 경기 내내 맨 앞줄에 앉아 있던 나는 파울볼이 박스 구역까지 날아올 리가 없음에도 왼손에 야구 글러브를 끼고는 플라이볼 잡을 채비를 했다. 아빠는 동료들과 안쪽 소파에 앉아 담소를 나눴다. 그곳에 있는 어린애는 보통 나 하나였다. 나는 외로워하기보단 그 사실을 자랑스러워 했다. 아빠는 회사에서 주관하는 행사였음에도 늘 나를 데리고 가려고 했다. 아빠는 거의 매번 내 옆자리에 앉아 타자들의 완벽한 타구 자세나 정중앙으로 강속구를 던지려는 투수의 사인 같은 정보를 알려줬다. 타석에 오르면 투수의 눈을 봐야 해. 방금 타자가 어떻게 했는지 봤지? 저렇게 해야 네가 겁먹지 않았다는 걸 보여줄 수 있는 거야. 야구도 인생하고 똑같아서 네가 어떻게 될 건지는 너 스스로 결정해야 해. 아빠는 그렇게 말했다.

맬컴은 맥주 두 잔을 들고 나타났다. 우리는 플라스틱 컵에 담긴 맥주를 홀짝이며 타석에 들어서서 자리 잡는 다저스 선수를 지켜보았다. 나는 계속 아빠를 생각했다. 엄마는 아빠에게 내가 집에 다녀갔단 사실을 전했을 거였다. 그럼에도 아빠의 연락도 없었다. 집에 오라는 명령조 문자조차 없었다. 나는 게임에 집중하는 맬컴을 슬쩍 엿보았다. 맬컴이 왜 내게 이곳에 함께 오자고 했는지 알 수 없었다. 단지 환송회를 겸해 야구나 볼 생각이었거나 내가 떠난 이후의 서점에 대해 이야기하고 싶었던 건지도 몰랐다. 하지만 맬컴은 서점과 관련된 그 어떤 말도 꺼내지 않았다. 경기가 진행될수록 그저 친구끼리 놀러 온 것 같은 기분이 들었다.

"야구 보러 자주 와요?" 내가 물었다.

"다저스 경기가 있을 땐 빌리하고 일주일에 한 번은 왔었죠. 경기를 안 봤는데 결승에 진출하는 걸 싫어했거든요. 식은땀이 난다면서."

"빌리가 스포츠를 좋아한 줄은 몰랐어요."

"야구만 좋아했어요." 공이 외야로 날아가자 맬컴이 벌떡 일어섰다. "더, 더, 더." 마치 거터* 쪽으로 휘어지는 공이 조금만 더 똑바로 굴러가 주기를 바라는 초보 볼링 선수처럼 그는 몸을 비비 꼬았다. "젠장." 맬컴은 다시 자리에 앉아 땅콩를 하나 더 입에 넣었다. "이 경기가 우리 티켓으로 볼 수 있는 마지막 홈경기예요. 빌리 없이 내년 시즌 티켓을 구할 수나 있을지 모르겠어요."

내가 맬컴의 등을 쓰다듬기 시작하면서 분위기는 어색해졌다. 나는 맬컴이 갖고 있던 땅콩 하나를 집어 들곤 손가락으로 껍질을 부웠다.

"그건 반칙이죠. 이로 깨서 껍질을 뱉어내야 하는 건데." 맬컴이 딸깍 소리를 내며 작은 땅콩 껍데기를 뱉어냈다.

다저스는 3대 2로 지고 있었다. 그는 손톱을 물어뜯기 시작했다. 이 경기는 다저스팀보다 맬컴에게 더 중요한 것 같았다. 타자가 이미 스트라이크아웃을 당한 것처럼 타석으로 들어섰다.

나는 일어나 박수치기 시작했다. "잘하자, 아자, 아자, 아자."

나는 맬컴에게도 같이 하자는 몸짓을 보냈고 그렇게 우리는 9회 말 투아웃 상황인 것처럼 소리를 질렀다. 우리의 에너지가 주변을 전염시켰는지 꽁지머리를 한 남자는 발을 구르기 시작했고 엄마 연배의 금발 머리 아주머니는 춤을 추기 시작했다. 그러나 타자는 스트라이크볼 두 개를 허무하게 놓쳐버렸다.

"휘둘러, 제길!" 맬컴이 소리쳤다. 순간 방망이에 금 가는 소리가 들

---

* 볼링에서 앨리의 양쪽 끝에 나 있는 홈.

서점 푸로스퍼로

렸고 잠시 망설이는 듯하던 타자가 일루를 향해 달려나갔다.

"고마워요!" 맬컴이 내게 하이파이브 했다.

선두 타자가 들어서자 모두가 자리를 박차고 일어섰다. 다저스에 주어진 역전의 기회였다. 함성 소리가 우리를 에워쌌고, 나는 맬컴과 그렇게 우리만의 작은 세상에 갇힌 듯했다. 맬컴이 팔로 나를 감싼 채 몸을 흔들며 응원하는 바람에 내 몸도 덩달아 흔들렸다. 그의 품의 온기를 느끼며 나는 이 상황이 단순한 친구끼리의 외출, 적어도 내가 원했던 것 그 이상의 무엇임을 확신했다. 제이와 함께 필라델피아 경기를 봤던 때가 머릿속을 스쳐 지나갔다. 나는 재빨리 그 생각을 떨쳐냈다. 제이와의 관계가 여전히 불확실한 상태에서 맬컴과 이렇게 함께 있는 것이 옳은 행동 같진 않았지만 그렇다고 잘못된 일처럼 느껴지지도 않았다. 선두 타자는 스트라이크아웃을 당했고, 맬컴은 그대로 자리에 앉으며 저속한 말을 중얼거렸다.

다저스 선수들이 더그아웃을 나서자 음악 소리는 더 커졌다. 득점판 위에 걸린 스크린 화면이 잠시 꺼졌다가 핑크색 하트와 함께 다시 켜졌다. 화면에 키스 타임이라는 단어가 떴다. 노년 부부의 얼굴이 하트 프레임 안에 잡혔다. 자신들의 모습을 확인한 그들은 서로에게 기대는 모습을 연출했다. 맬컴과 나는 화면에 관심을 두지 않는 척하면서 마운드에서 몸 푸는 투수를 지켜봤다.

"필라델피아로 언제 돌아가요?"

"2주쯤 후에요. 학교가 9월 첫째 주에 시작하거든요."

"다시 일하러 돌아가려니 좋아요?"

화면 속 부부의 모습이 사라지고 이번에는 엄마와 아들의 얼굴이 등장했다. 엄마가 아들에게 뽀뽀하려 하자 아들 녀석이 발버둥을 쳤다.

"일하러 가는 걸 좋아하는 사람도 있나 보네요." 이렇게나 빈정거리다니 스스로가 놀라웠다. 나는 단 한 번도 새 학기의 시작을 부정적으로 바라본 적이 없었다. 독서와 낮잠, 새로 시도했다가 곧 관둔 식이요법으로 하루하루를 채우며 여름을 보내고 나면 쓸모 있는 존재가 되고 싶어서 몸이 근질거렸다. 당연히 학기 첫날의 알람은 새벽 5시 15분에 울렸고 그때마다 스스로에게 "이걸 정말 다시 해낼 수 있을까?" 묻곤 했다. 당연히 냉소적인 질문이 아니었다.

"나는 항상 좋던데" 맬컴이 싱긋 웃었다. 카메라가 지목해낸 커플들은 순간 깜짝 놀랐다가도 곧 열정적으로 키스했고 맬컴과 내 얼굴이 스크린에 잡히지 않은 것이 확인될 때마다 나는 묘한 실망감을 느꼈다. 그의 입술은 도톰했다. 키스하기에 좋은 입술이었다. 동시에 나는 제이의 입술을 떠올리며 죄책감을 느끼기도 했다. 몇 개월 전만 해도 나는 제이가 나의 마지막 키스 상대이기를 바랐었는데.

"교실로 돌아가면 그곳이 얼마나 그리웠는지 체감할 수 있겠죠. 지금은 여길 떠난다는 게 믿기지 않아요." 내가 말했다. 9회 말에 들어서자 다저스는 2루타 두 개와 홈런을 쳐 승리를 따냈고 축제 분위기에 휩싸인 우리는 과거 한때 경찰들이 자주 출몰했지만 이제는 대학 졸업생들이 운영하게 된 술집에 갔다. 새로운 손님들의 등장에 주인이 주변 주점들을 나이트클럽으로 바꾸고 댄스 플로어와 포토 부스도 만든 곳이었다. 오늘 밤은 에코파크 주민이건 아니건 모두가 다저스의 팬이었다. 나 같은 사람도 다저스 모자를 쓸 정도였으니까. 모자는 화장실에 다녀오던 맬컴이 사다준 거였다.

맥주를 몇 잔 마신 후 맬컴이 내 손을 잡고 반짝이는 무대 조명 아래로 이끌었다. 우리는 마이클 잭슨의 음악에 맞춰 함께 춤을 췄다. 추지 않을 수 없는 비트였다. 나는 완전히 편안했던 건 아니지만, 흐느적거리는 유기체와 비슷하긴 했다. 맬컴은 춤을 정말 못 추는 사람이었다. 그럼에도 학창 시절부터 알고 있던 온갖 춤동작을 전부 시도했다.

다저스 술집이 너무 붐빌 즈음 우리는 선셋대로로 나와 푸로스퍼로 서점을 향해 걸었다. 3킬로미터가 넘는 거리였다. 차가운 밤공기에 술이 깨면서 취기로 던지던 농담도 흐지부지되었다. 우리는 신호등의 빨간불에 멈춰 섰다.

"차 부를까요?" 맬컴이 물었다.

"벌써 반도 넘게 왔는 걸요."

"당신 추워서 떨고 있잖아요." 맬컴은 겉옷을 벗었다. "이거라도 입어요."

신호가 바뀌고 나는 어깨에 두른 맬컴의 재킷을 더 바짝 여몄다. 그의 냄새가 났다. 땀 냄새와 섞인 계피 향. 그의 향기를 내가 기억하고 있는 줄은 몰랐다. 대륙의 반대편에서도 맬컴을 떠올릴 수 있게 해줄 수단으로, 이 밤을 생각나게 해줄 냄새로 기억 속에 저장하기 위해 나는 그 향기를 깊이 들이마셨다.

서점에 도착한 맬컴은 마치 나를 이 서점에 처음 온 고객인 것 마냥 구석구석 데리고 다니면서 자신이 사랑하는 책과 빌리가 아꼈던 책을 소개했다. 나도 내가 사랑하는 워싱턴과 제퍼슨, 그리고 링컨의 전기를 그에게 보여주었다. 책을 너무나 사랑했던 토머스 제퍼슨은 몇 주씩 은 둔하며 책을 읽고 자신이 싫어하는 부분을 다시 옮겨 쓰기도 했다고 맬컴에게 말해주었다. 토머스 제퍼슨은 무려 셰익스피어의 책을 편집했던 사람이었다. 무려 셰익스피어의 책을.

"그가 미랜더를 바꿔놓지 않았다는 걸 확신합니다." 맬컴이 말했다. "'하지만 당신, 오 당신은 너무나 완벽하고 비길 데가 없는 여인이며, 모든 사람의 장점만을 지니고 태어난 존재예요.'" 맬컴이 그 대사를 알고 있다니, 나는 너무 놀랐다. "『템페스트』에 나오는 구절이에요." 입이 귀에 걸릴 말큼 활짝 웃으며 그가 덧붙였다.

"어느 구절인지 알아요." 내가 조심스럽게 말했다. 나는 맬컴의 진솔함에 무장 해제된 상태였다.

맬컴은 추천 도서 매대 위에 있던 빌리의 책들을 한쪽으로 밀어두고는 나를 위한 공간을 만들기 시작했다. 그는 카드에 내 이름을 쓰고 캐리커처도 그려 넣었다. 실제보다 눈도 더 크고 입술도 더 두툼한 모습이었다. 나는 최근 발행된 폴 리비어의 전기―롱펠로가 썼던 리비어의 신화를 반박하긴 했으나 미국독립전쟁 당시 그의 업적을 강조하기도 한―를 비어 있던 자리에 진열했다. 맬컴은 나를 바라보았다. 곧 그의 얼굴이 더욱 가까이 다가왔다. 처음엔 내 거절을 예상하며 망설이듯 키스했지만 내가 거절하지 않자 그의 키스는 더 깊어졌다.

맬컴의 입술이 내 어깨로, 내 쇄골로 내려왔다. 제이를 떠올렸지만 맬컴의 강렬한 키스는 너무나 황홀했다. 어차피 제이와 나는 한 달이나 서로 연락하지 않은 상태였다. 한 달 동안이나 연락하지 않는 연인을 두고 바람피우는 걸 꺼림칙하게 생각해야 할까? 이게 바람이긴 할까? 맬컴의 손이 내 엉덩이를 끌어당겨 우리의 배가, 허벅지가, 어깨가 닿은 순간 나는 제이를 잊었다. 맬컴 외의 모든 것, 어쩌다 이런 일이 벌어지고 있는 건지, 왜 진작 일어나지 않았는지, 이 모든 일이 꿈은 아닐지 하는 의심들도 모두 사라졌다. 그날 오후 긴장이 풀려가는 내 모습을 그가 얼마나 차분하게, 그 어떠한 판단도 없이 바라보았는지 떠올렸다. 맬컴이 내 목에 키스하는 동안 나는 그가 『템페스트』의 구절을 얼마나 아름답게 암송했는지도 생각했다. '하지만 당신, 오 당신은 너무나 완벽하고 비길 데가 없는 여인이며, 모든 사람의 장점만을 지니고 태어난 존재예요.' 그의 목소리는 마치 나를 만난 그 순간부터 내게 암송해주려고 준비한 것처럼 안정되어 있었다. 그러다 문득, 그게 사실일 거란 생각이 뇌리를 스쳤다.

나는 맬컴을 밀어냈다. "내 이름을 『템페스트』에서 따왔다고 빌리가 말해줬죠."

"뭐라고요?" 맬컴이 나를 다시 끌어당겼다. 나는 더 세게 맬컴을 밀쳐냈다.

"필라델피아로 『템페스트』를 보낸 게 당신이었어." 나는 이제껏 책을 보낸 사람이 일라이자라고 생각했다. 그러나 그는 내게 서류, 빌리가 죽고 난 후, 그러니까 빌리의 사망 소식 후에 도착했던, 내가 필라델피아를 떠난 후에 왔던 그 서류를 보냈다고 했지 소포를 보냈다고 한 적은 없었다. "당신 나한테 거짓말했어."

맬컴은 조리대에 기댄 채 손으로 머리를 쓸어 넘겼다. "말하고 싶었어요."

엄마한테 들었던 말과 다를 바 없는 말이었다.

"죽음을 애도하는 중이라면서요." 내가 소리쳤다.

"애도하는 중이었어요!" 그가 되받아쳤다.

"나한테 거짓말하는 줄도 모르고 나는 나 스스로를 이기적이고 나쁜 년이라고 자책했어요. 그게 얼마나 비참한 일인지 알기나 해요?" 나는 보름달이 뜨면 괴물로 변하는 고삐 풀린 짐승이 되어버렸다. 맬컴에게 무슨 말을 하고 있는 건지도 몰랐다. 그저 '제길'이나 '쓰레기' '거짓말쟁이' '사기꾼 같은 놈'처럼 그를 몰아세울 수 있는 모든 종류의 단어를 내뱉을 뿐이었다. 그 분노는 오랜만에 느껴보는 기분 좋은 감정이었다. 통제할 수 없이 뿜어져 나오는 분노 때문에 그의 키스를 놓쳐버렸다는 것만 빼고는. "내가 바보 같아요? 짧은 목줄에 대롱대롱 매달아서 갖고 놀다니. 어떻게 사람이 그래요?"

"미랜더, 그만해요." 맬컴이 내 어깨를 붙잡았다. "그만 소리쳐요."

346

나는 숨을 다잡았다. "애도하는 중이라면서요. 그러면서 나를 상대로 우리 삼촌의 죽음을 이용했어요?"

"알아요. 제가 그랬어요. 그리고 애도해요. 지금도 애도하고 있어요."

"당신은 내게 거짓말을 했어."

"빌리를 도우려고 했을 뿐이에요."

"내게 거짓말을 하면서!" 그러고는 맬컴에게 그 말을 내뱉어버렸다. 그의 얼굴을 백지장처럼 만들어버린, 나를 진정시키려는 그의 모든 시도를 멎게한 그 말. "빌리가 내 아빠인 걸 당신도 알고 있었잖아!"

"당신이 조카라고 했어요." 맬컴이 주장했다.

"하지만 당신은 알고 있었겠지."

맬컴이 내게서 등을 돌렸다. "당신이 빌리와 너무 닮아서."

"그런데도 내게 말해주려고 안 했다고요? 나도 알아야 할 권리가 있다는 생각은 안 했냐고요!"

맬컴에게도 야수 같은 면이, 내가 자극하고 부추길 때까지 감추고 있던 면이 있었다. "뭘 말해요?" 그가 소리쳤다. "내가 당신에게 말할 수 있는 게 정확히 뭐지? '안녕하세요. 우리가 서로 잘 모르긴 하지만 당신의 삼촌 있잖아요, 이 서점의 주인이었던 분. 짜잔! 그 사람이 사실은 당신의 친아버지예요.' 내가 이걸 당신한테 어떻게 전했어야 했는지 좀 말해봐요!"

"보물찾기에 관해 말해줄 수도 있었잖아요." 나는 머리를 쓸어 넘겼다. "장례식에서 내가 누군지 알고 있었다고 말해줄 수도 있었고, 대체 내게 뭘 감추는 거냐고 따져 물었을 때 내가 나를 빌어먹을 인간이라고 생각하게 만드는 대신 뭔가 다른 이야기를 해줄 수도 있었겠죠."

"당신에게 거짓말하고 싶지 않았어요." 맬컴이 내 머리칼을 잡으려고 손을 뻗었다.

"와, 올해의 시민상이라도 타시겠네요."

내 두피를 간지럽히는 맬컴의 손가락이 마치 흐르는 물 같아서 하마터면 나는 본능적으로 그의 손을 다시 잡고 내게로 끌어당겨 서로의 기분을 좋게 만들었던 그 순간으로 되돌아갈 뻔했다.

"나한테 화낼 만해요. 이해해요." 그의 목소리에 나는 다시 현실로 돌아왔다. 그의 손길 때문에 잠시 잃었던 정신을 차린 나는 다시 그의 단어들, 그의 거짓말과 대면했다.

"어찌나 친절하신지. 세상에, 당신 정말 오만한 사람이야." 나는 그가 잡고 있던 내 머리칼을 확 잡아 뺐다.

맬컴은 불안감에 어쩔 줄 몰라 하며 자신의 두 손을 맞잡았다. "난 그저 빌리에게 좋은 친구가 되려고 했던 거예요."

"내가 누구인지 모르는 척하는 걸로요?"

"그럼 뭐가 달라지죠? 내가 만약 에벌린이……"

"에벌린이 누구인지도 알고 있었어!" 나는 왈칵 구역질이 났다.

"빌리가 당신에게 이렇게 말하길 원했어요." 맬컴은 더 푸르게 변한 눈동자로 애절하게 나를 바라보았다. "나는 좋은 친구가 되려고 노력했어요. 이것 말고 내가 무슨 말을 하기를 원하는지 모르겠어요."

나는 그가 미안하다고 말해주기를 바랐다. 처음 본 순간부터 내게 키스하고 싶었다고 말해주기를, 그동안 자신이 얼마나 힘들었는지 나는 절대 모를 거라고 말해주기를, 무슨 말로든 나를 편안하게 해주기를 원했다. 하지만 맬컴은 내가 듣고 싶지 않은 말만 반복했다. "빌리가 원했던 거였어요."

나는 바닥에 주저앉아 조리대에 몸을 기댔다. "딸에게 진실을 말하라고 빌리를 설득할 수 있는 사람은 당신뿐이었어요." 술기운에, 새롭게 알게 된 진실에, 내가 이런 상황에서도 맬컴을 원하고 있다는 사실에 현기증이 났다. 그는 나를 안으려 몸을 숙였다. 나는 얼굴을 감쳤다. 그가 나를 찾아내지 못하기를 바라며 나 자신을 숨겨버렸다.

"별로 의미는 없겠지만 그래도 정말 미안해요." 내 쪽으로 몸을 기울이는 그가 느껴졌고 나는 두 손을 더 넓게 펴서 얼굴을 가렸다.

"갈게요." 맬컴이 말했다. 나는 아무런 대꾸도 하지 않았고 그저 카페로 향하는 그의 무거운 발소리를 들을 뿐이었다. 그가 의자에 걸려 있던 재킷을 들자 바닥에 의자 끌리는 소리가 났다. "미안해요." 그가 낮게 속삭였다. 그러고는 뒷문으로 조용히 사라졌다.

맬컴이 떠난 뒤로도 나는 계속 바닥에 앉아 있었다. 내게 진실을 말해 달라고 그에게 얼마나 여러 번 애원했던가. 맬컴은 내게 얼마나 많은 거짓말을 한 걸까. 나를 얼만큼 속인 걸까. 나 스스로가 바보 같고, 어리석고, 모자라게 느껴졌다. 미안하다는, 비밀을 지키는 게 그에게도 힘든 일이었다는, 그리고 그게 빌리를 돕는 일이라 생각했다는 그의 말을 모두 믿긴 했다. 그러나 맬컴은 빌리를 도운 게 아니었다. 맬컴은 빌리가 내게 조금이라도 더 일찍 연락하도록 했어야 했다. 빌리 역시 내게 직접 연락했어야 했다. 내가 빌리를 알 기회가 있었을 때, 그가 내 아버지로 살 시간이 있었을 때 나와 직접 관계 맺고 싶어 했어야 했다.

18장

마침내 나는 바닥에서 일어났다. 위층으로 올라가 세수를 하며 남아 있던 수치심을 씻어냈다. 빌리의 침대, 아버지의 침대로 올라가 누웠지만 잠들 수 없었다. 상념은 계속해서 『비밀의 숲 테라비시아』로, 리에게로, 내가 아직 풀지 못한 빌리의 수수께끼로 이어졌다. 내가 마지막으로 리를 만났을 때 그는 엄마에게 전화했고 엄마는 서점에 있는 나를 데리고 갔다. 그게 나와 빌리의 마지막이 될 거라는 걸 리는 알았을까? 그것 때문에 죄책감을 느꼈을까? 나는 빌리가 내게 연락하도록 해야 했던 유일한 사람이 맬컴이라고 그에게 말했지만 그게 아니었다. 리도 있었다. 애초에 빌리가 사라지지 않도록 할 수 있었던 사람은 리였다.

리와 연관 지을 수 있는 모든 단어를 동원해 다시 인터넷 검색을 시작했다. 서점, 매니저, 책, 독서, 실버레이크, 낸시 드루, 커피, 문학, 추천 도서. 나는 그의 사생활을 알 수 있을 만한 질문을 리에게 한 적이 없었다. 결혼 여부조차 몰랐다. 『LA위클리』에서 200자짜리 기사를 찾아내기 전까진 그가 게이였다는 사실도 몰랐다. '이웃 주민들, 사랑하던 서점 매니저를 떠나보내다.' 2001년도 기사였다. 그 기사에는 리와 그의 파트너인 폴이 샌타바버라로 이주했다고 쓰여 있었다.

샌타바버라에 가던 날은 완벽한 서부 캘리포니아의 날씨였다. 하늘은 맑고 푸르렀고 바다에선 짭조름한 바람이 불어왔다. 1번 고속도로와 인접한 말리부 해변에서는 서퍼들이 적당한 파도를 즐기고 있었다. 나는 샌타바버라에 거주하는 아홉 명의 리 윌리엄스의 전화번호와 주소를 가지고 있었다. 그중 한 사람은 토머스 리 윌리엄스였고 다른 한 사람은 조지프 리 윌리엄스였다. 나는 리가 그의 성인지 아니면 미들네임인지 몰랐지만 그래봤자 아홉은 큰 숫자가 아니었다. 내 계획은 단순했다. 내가 찾는 리를 만날 때까지 사람들을 방문하는 것. 출발 전에 전화해볼 수도 있었지만 나는 움직여야 했다. 내겐 신선한 공기와 드라이브가 필요했고 맬컴으로부터, 그리고 맬컴과의 싸움으로부터 벗어날 필요도 있었다. 물론 엄마와 엄마와의 싸움과도 거리를 둬야 했다.

신호등이 점점 적어지더니 결국 아예 없는 지역까지 오게 됐다. 주택들이 절벽 끝에 아슬아슬하게 매달려 있는 탓에 도로 위로 떨어질 것처럼 위협적이었다. 오전 7시 30분. 맬컴이 서점에 도착할 시간이었다. 내가 아래층에 없다는 걸 알게 되면 맬컴은 용기 내어 위층으로 올라갈까? 내 방문을 두드릴까? 내가 집에 없다는 걸 알게 되면 그는 내가 완전히 떠났다고 생각할까? 나는 휴대전화를 확인했다. 문자 메시지도 부재중 전화도 없었다. 그러고는 문득 떠올랐다. 맬컴이 내 번호를 모른다는 사실을. 그의 숨에서 어떤 맛이 나는지, 내 가슴에 닿았던 그의 가슴이 어떤 느낌인지는 알면서 나는 그의 지역 번호조차 모르고 있었다.

나는 서점으로 전화를 걸까 하다가 대신 조니의 번호를 눌렀다. 내 전화가 음성 사서함에 연결됐을 때 조니에게 말하지 못한 모든 이야기가 목구멍까지 차오르는 걸 느꼈다. 그러나 내가 전하려는 이야기는 음성 사서함에 남기기엔 너무 무거웠고, 다음 공연을 앞두고 시간이 별로 없을 조니가 듣기에 너무 길기도 했다. 전화를 끊고도 이야기 상대는 필요했다. 혼자 있으면 안 되었다. 나는 화면을 스크롤해 제이의 번호를 찾아 누를 뻔했다. 우린 한 달째 연락하지 않은 상태였다. 지금 내게 무슨 일이 벌어지고 있는 건지 그에게 말한다면 그는 인내심을 갖고 내 말을 들어줄 테지만 그것도 확실한 게 아니었다. 무엇보다 내가 가장 통화하고 싶었던 상대는 엄마였다. 나는 휴대전화를 멀리 치우고는 운전에만 집중했다. 샌타바버라를 향해, 그곳에 살고 사는 아홉 명의 리를 향해.

처음으로 만난 리 윌리엄스는 부동산 중개인이었는데 올드미션* 인근에서 오픈 하우스**를 열고 있었다. 스페인풍으로 설계된 그 집은 입구에서 돌고 돌아 다시금 정문으로 돌아오기 전까지 모든 방향감각을 흐트러트리는 미로 같은 곳이었다. 리는 집 안에 서 있었다. 긴 빨간 머리를 한 여성 조각상의 모습으로.

나는 그다음 리 윌리엄스에게 전화했다. 변호사였다. 이번엔 적어도 성별은 맞았다. 내가 책을 팔던 리 윌리엄스를 찾는다고 말하자 그의 말투가 적대적으로 변했다. "이딴 한가한 소리를 들을 시간 없습니다." 그러고는 바로 전화를 끊어버렸다.

그렇게 일곱 명의 리 윌리엄스가 남게 되었다. 치과 의사인 리 윌리엄스는 1980년대에 미국으로 건너온 이민자였다. 그는 미묘하지만 분명 특징적인 억양을 갖고 있었다. 그러나 내가 아는 리는 중서부 억양이 어떤 건지도 몰랐던 열두 살의 나조차도 중서부 억양이라고 느낄 수 있었던, 그런 지극히 평범한 억양을 지녔었다.

남은 여섯 중 다섯은 모두 리일 리 없는 사람들이었다. 배관공 리 윌리엄스는 아프리카계 미국인이었고, 그의 아들 리 윌리엄스 주니어는 유명한 고등학생 쿼터백이었다. 자동차 정비공 리 윌리엄스는 나이가 너무 어렸고, 퇴역 경찰 토머스 리 윌리엄스는 나이가 너무 많았다. 소

---

* 미국 서남부 지역에 포교를 목적으로 세운 오래된 교회.

** 특정 주택, 아파트 구매에 관심 있는 사람이 내부를 구경할 수 있도록 꾸며놓은 공간.

믈리에 리 윌리엄스는 연령대, 성별, 인종 모두 부합했지만 그의 식당에서 실제로 만난 그는 키가 너무 크고 마른 사람이었다.

목록의 마지막에 있던 리 윌리엄스는 아무런 실체가 없는 이였다. 전화번호부에서 찾은 번호로 연락해보았지만 연결이 되지 않았다. 나는 그의 파트너인 폴을 리 대신 찾았고, 마침내 샌타바버라 시내에 본부가 있는 성소수자 단체의 자선 무도회에서 춤추는 두 사람의 사진을 발견했다.

단체의 사무실은 중심가에서 떨어진 101번 고속도로 옆에 있었다. 나는 피게로아스트리트를 돌아 미셸토레나스트리트를 지났는데, 이들 거리명은 LA에서도 사용되는 명칭이었다. 물론 단순한 이름이 아닌 역사적 인물인 피게로아 장군과 미셸토레나 장군의 이름에서 따온 도로명이었다. 나는 거리를 걸으며 내가 만약 샌타바버라나 LA에서에서 아이들을 가르쳤다면 도시의 지도를 인쇄해 아이들이 역사적 인물의 이름을 딴 거리를 발견하게 했을 거라고, 도시 자체를 알타칼리포르니아Alta California와 아메리카·멕시코전쟁을 이해하는 관문으로 활용하게 했을 거라고 생각했다. 캘리포니아에 남은 멕시코의 유산은 보물찾기의 단서들처럼 이 지역 여기저기에 흩어져 있었다. 물론 필라델피아에도 미국 독립전쟁과 공화정 초기의 잔재가 보물찾기의 단서들처럼 흩뿌려져 있었다. 도시의 역사를 이런 방법으로 가르치겠다고 생각한 적이 없었을 뿐이다.

사무실은 타투 숍과 할인 판매점 사이에 있는 흐린 노란빛의 단층 건물에 있었다. 안내 데스크에 있던 남자에게 리를 아는지 묻자 그가 억지 미소로 응답했다. "일반적으로 회원들의 정보는 공개하지 않습니다." 역시나 억지 친절이었다.

"그분께 연락해주실 수 있을까요? 제 삼촌과 친구셨거든요. 최근에 돌아가신."

남자는 그간 많은 죽음을 겪었지만 여전히 그 죽음들에 익숙해지지 않은 사람의 표정을 지어 보였다. 그는 상사한테 확인해보겠다고 말했다.

그의 답을 기다리며 나는 휴대전화로 리와 폴의 사진을 봤다. 마치 이 세상에서 오직 당신만이 필요하다는 듯 서로의 눈을 바라보며 춤을 추는 사진. 엄마와 아빠도 그렇게 춤을 췄다. 빌리와 에벌린도 분명 서로를 그렇게 바라보며 춤을 췄겠지.

나는 그 사진을 더 볼 수가 없어서 대신 푸로스퍼로 서점의 홈페이지를 둘러봤다. 홈페이지에는 오늘의 특별 판매 서적으로 맬컴이 등록한 『예수의 아들Jesus' Son』과 『처녀들, 자살하다』가 게시되어 있었다. 맬컴은 자신이 운영하는 누아르 소설 블로그에도 완전히 혐오스럽지만은 않은 작품 몇 개를 소개해놓기도 했다. 홈페이지 하단의 사진이 끊임없이 바뀌었다. 그중 하나는 찰리가 최근 담당했던 '엄마와 함께 책 읽기' 북클럽 참가자들이 『올리버 트위스트』를 읽는 사진이었다. 신문지로 만든 모자와 조끼를 입은 찰리와 그와 똑같은 착장을 하고 각자 엄마의 무릎에 앉은 아이들 사이로 책을 확대해 프린트해놓은 인쇄본이 펼쳐져 있었다. 또 다른 사진은 루시아와 해쓱해 보이는 네 명의 소녀가 색색의 실타래를 각자의 무릎에 올려놓고 카메라를 향해 코바늘을 들어 보이는 사진이었다. 홈페이지 맨 위에 있던 '자선 행사' 탭을 클릭하자 티켓 구매 링크와 행사의 개요, 판매 상품 목록과 설명이 나왔다. 맬컴은 행사의 음악을 담당할 새로운 팀의 이름을 추가해놓았는데, 그들은 로카우하이드라는 밴드로 현대판 벨벳언더그라운드라고 소개되어 있었다. 맬컴이 루시아의 디제이 친구를 대신할 사람을 찾은 줄은 모르고 있었다. 마치 내가 벌써 떠났다는 듯이 그는 나 없이 여러 결정을 내리고 있었다.

나는 '서점 소개' 탭을 눌렀다. 맬컴과 루시아, 찰리 그리고 어쩌면 빌리의 정보가 있지 않을까 하는 기대에서였지 내 정보가 있으리라고는 정말 생각지도 않았다. 새 책과 중고 책의 비율, 다른 대형 서점에는 없는 우리 서점만의 책에 대해 맬컴이 쓴 장문의 소개글 밑에 우리 넷의 사진이 있었다. 빈 맥주병과 테킬라가 완벽히 가려진 사진이었다. 사진 속에서 맬컴의 양팔은 나와 루시아를 각각 감싸고 있었고 찰리는 루시아의 맞은편에 앉아 그녀의 손을 잡고 있었다. 맬컴은 사진 밑에 이렇게 적어두었다. '푸로스퍼로 가족.'

"운이 좋으시네요." 돌아온 안내원이 내게 주소가 적힌 종이를 건네며 말했다. "지금 집에 계셔요. 당신을 만나고 싶대요."

리는 폴이 통계학을 가르치는 시립 대학 근처의 아파트에 살고 있었다.

"폴이 너한테 장난쳐도 신경 쓰지 마." 리가 집 내부로 나를 안내하며 말했다. "통계학은 진짜 이상한 학문이야."

"어허." 부엌에 있던 폴이 낸 소리였다. "통계도 언어야. 당신이 통계로 말하는 법을 몰라서 그래."

리가 내게 윙크했다. 내가 마지막으로 봤을 때와 달리 그의 배는 풍선처럼 부풀어 있었고 다리는 살가죽과 뼈만 남아 앙상했다. 내가 기억하는 얼굴의 흔적은 남아 있었다. 눈썹은 여전히 덥수룩했지만 완전히 하얗게 세어버린 상태였고 통통했던 뺨은 홍조로 뒤덮여 있었다.

"세상에." 그가 놀랍다는 듯 말했다. "네가 여기 있다니 믿기지 않는다. 이게 얼마만이니?" 얼마만의 만남인지 리는 알았다. 우리 두 사람 모두 알았다. "이제 다 컸네. 너 정말……" 나는 리가 나와 엄마가 많이 닮았다고 말해주기를 기다렸다. "네 얼굴에서 빌리가 너무 많이 보이는구나." 내 손을 잡고자 손을 뻗던 리가 말했다.

폴이 레모네이드와 쿠키를 올린 쟁반을 들고 왔다.

"술을 끊었거든." 리가 말했다. 그는 레모네이드를 한 모금 마시고는 한숨을 내쉬었다. "시원한 맥주는 아니지만 이것도 그런대로 괜찮아." 분명 길고 고통스러웠을 과거를 가볍게 넘기려는 듯 폴이 리의 다리를 장난스럽게 찰싹 때렸다.

폴은 채점할 게 남았다며 거실에 우리 둘을 남겨두고 떠났다.

"일하세요?" 내가 리에게 물었다.

"자원봉사만." 리가 답했다. "여기로 이사오고 나서 다른 서점에서 일하거나 서점을 새로 열어볼까 하는 생각도 했는데 그게 어떤 것이든 푸로스퍼로 서점 같지는 않을 것 같더라고. 내가 떠나온 삶을 여기에 그대로 만들어놓는다고 해도 결코 행복해질 수 없을 것 같았어."

"왜 이사하신 거예요?"

"폴의 어머니가 아팠어. 폴이 어머니 가까이에 있고 싶어 했지. 나는 떠나고 싶지 않았지만. 조언 하나 해줄까? 인생에는 중요한 것 세 가지가 있어. 파트너, 직업, 그리고 거주지야. 그중 한 가지를 최우선으로 두고 다른 두 가지는 그 뒤에 두는 거야. 내게는 그 최우선 한 가지가 폴이었어. 나는 LA도 사랑하고 푸로스퍼로 서점도 사랑했지만 가장 사랑한 건 폴이었지."

"가족은요? 가족은 몇 번째에 두셨어요?" 내가 물었다.

가족의 역할을 생각해보려는 듯 리의 시선이 위로 향했다. "잘 모르겠네. 가족과 가까웠던 적이 없어서. 그럼 사랑, 직업, 거주지, 가족, 이렇게 네 가지로 바꿔야 하려나?"

"가족을 거주지의 일부로 보는 건 어떨까요?"

"그럼 되겠다. 폴에게는 가족과 거주지가 우선이었어. 어머니를 보살피려고 이곳으로 돌아온 거니까. 그걸 못마땅하게 여긴 적은 없어. 나를 덜 사랑한다는 뜻은 아니었거든. 사랑과 직업, 거주지 중에서 한 사람은 사랑을 택하고 다른 한 사람은 그들의 인생을 함께 완성할 다른 무언가를 택한 거지.”

나는 내게 가장 중요한 게 무엇일지 생각했다. 내게는 곧 헤어지게 될지도 모를 남자친구가 있었고, 키스까지 나눠놓고는 형편없는 거짓말쟁이라고 소리친 남자도 있었다. 두 개의 직업이 있었고 각각 다른 의미로 소중했다. 어느 곳을 더 좋아하는진 모르겠지만 거주지도 두 곳이었다. 가족도 마찬가지였다.

“LA를 떠날 때까지 푸로스퍼로 서점에서 일하셨어요?” 쿠키에 손을 뻗은 나는 마지막으로 리와 함께 있을 때 먹었던 쿠키를 떠올렸다. 내가 쿠키를 얼마나 작게, 더 작게 부쉈던지 나중엔 먹을 수 없을 지경이 됐었다. 나는 도로 쿠키를 쟁반 위에 올려놨다.

“대안을 찾을 때까진 떠날 수 없다고 폴한테 말했었지. 빌리가 출근을 들쭉날쭉하게 했기 때문에 서점 운영에 대한 기본적인 지식이 없었거든. 힘든 시기였어. 폴은 여기 있고 나는 거기 있고. 푸로스퍼로 서점을 놓지 않은 에벌린 공이 컸지. 게다가 거긴 내가 살던 곳이었잖아. 사랑을 택했다고 해서 그곳을 아예 신경 쓰지 않을 순 없었어.”

“에벌린한테 신세를 졌었나요? 에벌린과 친구 사이였어요?” 리와 빌리의 친밀한 사이도 알지 못했던 내겐 놀랄 일도 아니었다.

리는 빈 잔을 테이블 위에 가져다 놓고 다시 자리에 앉았다. “에벌린이랑 나는 패서디나에 있는 서점에서 함께 일했었어. 주로 정치 서적을 파는 작은 서점이었지. 난 에벌린이 오기 5년 전쯤부터 거기서 일했고. 친절하고 아름다운 에벌린에게 사람들이 모두 넘어갔지.”

그 서점은 공산주의자, 무정부주의자, 혁명을 꿈꾸는 사람들의 집합소였다. 에벌린이 혁명을 꿈꾼 건 아니었다. 그녀는 그저 책을 읽는 사람이었다. 리도 마찬가지였다. 처음에 두 사람은 『템페스트』를 사랑한다는 공통점으로 가까워졌다. 에벌린은 미랜더와 그녀의 순수함, 진실과 사랑을 향한 그녀의 의지를 사랑했다. 리는 에어리얼과 캘리번, 그리고 자유를 향한 그들의 욕망을 사랑했다. 에벌린이 서점 일을 시작했던 1970년대 후반에는 서점에서 『템페스트』를 판매하지 않았다. 세익스피어의 다른 작품도 취급하지 않았다. 『제인 에어』조차도. 제인 오스틴, 헨리 제임스, 버지니아 울프, 너새니얼 호손의 작품도 없었다. 존 업다이크의 토끼 소설도 없었다. 빈약한 정치 소설 섹션에 『캐치-22』 『1984』 『화씨 451』 『닥터 지바고』 같은 소설들이 갖춰진 정도였다. 『서부 전선 이상 없다』나 『무기여 잘 있거라』도, 『여성성의 신화』나 『벨자』도 없었다. 에벌린은 이런 불균형을 못마땅해했다. 사랑 없는 전쟁이 무슨 의미가 있나? 삶에 감사하는 이야기가 빠진 교훈문학이 무엇이란 말인가? 개개인의 몸부림 없이 어떻게 변화의 움직임이 일어난단 말인가? 에벌린은 서점에 정기적으로 들어오던 팸플릿과 성명서들보다 에마 보바리, 안나 카레니나, 에드나 폰텔리어와 그녀의 자각 속에서 더 많은 진실을 보았다. 리 역시 정치적으로 편중되지 않은 책의 필요성에 동의했다. 정치 운동가들이 플로베르나 톨스토이, 쇼팽의 운율에서도 배울 점이 있다고 생각했다. 리에게 무엇보다 중요한 건 언어였다. 자신은 결코 창조해낼 수 없는 그 모든 아름다운 문장들. 예술에는 공감의 예술이라는 것이 있는데, 리는 그 공감의 예술에 밝은 사람이었다.

에벌린은 자신이 사람들에게 미치는 영향력을 항상 모른 체했다. 그녀와 눈이 마주친 사람들은 그녀가 자신을 이해한다고 느꼈다. 게다가 그녀는 모든 사람을 기억했다. 사람들을 호명하며 맞이했고 그들에게 가족과 반려동물, 직장에 관해 질문했다. 통상적인 질문이나 가식적으로 느껴질 수 있는 질문을 던지기도 했다. 손님들도 에벌린을 기분 좋게 하는 말을 건넸다. 리는 어느 것에도 익숙해지지 않았지만 에벌린이 서점으로 들어설 때마다 마음이 왠지 부드러워졌다. 누군가에게 반한 것 같은 혼란스러운 감정이었다.

에벌린은 『거장과 마르가리타』부터 시작했다. 그녀는 자신의 일부를 건네듯 비장하게, 책장 모서리가 잔뜩 접힌 그 책을 급진파인 서점 주인에게 건넸다.

사장님도 좋아하실 것 같아서요. 에벌린의 미소와 함께 저자인 불가코프는 그렇게 두 사람의 비밀이 되었다. 자칭 공산주의자였던 사장이 스탈린주의 러시아를 비판하고 그 선과 악을 풍자한 불가코프의 작품에서 무엇을 얻었겠는가? 그러자 에벌린은 그레이엄 그린의 『조용한 미국인』을, 그 뒤로도 『아틀라스』『분노의 포도』『올랜도』『푸른 눈동자』를 사장에게 건넸고 결국 사장은 그녀에게 서점의 한 모퉁이를 내어주며 기존 책들과 잘 어우러지게 진열하라고 부탁했다.

폭넓은 독서는 좋은 거죠. 에벌린은 자신의 에메랄드 귀고리를 손가락으로 만지작거리며 마치 그러한 아이디어가 사장에게서 나왔다는 듯 그에게 눈길을 건넨다. 그러고는 얼마 지나지 않아 그녀가 들여오는 도서 목록이 생겼고, 역시나 얼마 지나지 않아 운동가들은 문학도 읽는 독서가가 되었다.

"에벌린은 그런 존재였지. 치유의 힘이 있는 사람이었어. 관대했고. 특히 내게는 믿을 수 없을 만큼 관대했지."

리는 그것이 어떻게 시작됐는지는 기억하지 못했다. 두 사람은 최근에 읽은 『한밤의 아이들』과 『가아프가 본 세상』을 두고 몇 시간째 논쟁 중이었다. 둘은 언제나 같은 책을 다른 이유로 좋아했다. 리는 제니 필즈와 그녀의 독자성을 높이 평가했고, 에벌린은 페미니즘을 주장하면서도 가부장적인 어빙을 비난했다. 그들은 로체스터가 반사회적 인격 장애를 가졌는지를 두고 열띤 논쟁을 벌였는데 그가 불가능한 결혼 생활을 강요받았다고 주장하는 리에 반해, 에벌린은 아내를 다락방에 가둔 남자를 그가 옹호한다고 격분했다. 사실 리는 자신이 뱉는 말의 절반도 믿지 않았다. 그는 그저 화가 나면 붉어지는 에벌린의 얼굴을 보고 싶었을 뿐이었다. 두 사람이 의견 일치를 본 작품은 단 하나였다. 완벽한 희곡이었던 『템페스트』, 그리고 그 작품의 완벽한 주인공 프로스퍼로.

"우리가 만약 서점을 열게 되면 상호를 프로스퍼로로 해야 한다는 말을 내가 했어. 농담이 되었지만. 정치 서적은 단 한 권도 두지 말고 문학 비평서만으로 서점 전체를 채우자고도 했지. 또 『로미오와 줄리엣』 감상의 날도 갖자고 했지. 문학에 등장하는 위대한 연인들을 기리는 파티도 열기로 했고. 그러자 에벌린이 말했어. '해볼까? 우리라고 우리만의 서점을 갖지 말라는 법이 어디 있겠어'라고."

대부분 사람에게 그 대답은 뻔했을 것이다. 돈. 에벌린에겐 믿음이 있었다. 믿음의 기준으로 봐도 온당하고, 믿음 그 자체만 두고 봐도 온당한 그런 믿음이.

"왜, 왜 안 돼?" 에벌린은 특유의 반짝이는 눈빛으로 말했다. 그런 에벌린을 리가 어떻게 거절할 수 있었겠는가?

에벌린은 거의 모든 것을 리에게 맡겼다. 리의 서점 업무 경력이 더 길었으니까. 리는 어떤 상점이 지나치게 넓고 어떤 상점이 과하게 좁은지, 점차 늘어나고 있는 실버레이크 상류층들이 선셋대로의 어느 지점까지는 투자해줄지를 꿰뚫어 보았다. 에벌린에게는 단 한 가지 확고한 조건이 있었다. 벽면이 반드시 밝은, 거의 눈부실 정도의 초록이어야 한다는 것이었다. 그녀는 문학과 역사서, 예술가 전기, 회고록과 같은 에세이 간의 분배도 강조했다. 갓 데뷔한 작가를 위한 매대를 계산대 옆에 두는 것도 중요하게 생각했다.

"에벌린이 더 오래 살았다면 얼마나 좋았을까." 리가 말했다. "서점을 연 지 1년도 안 되었을 때 그 일이 일어난 거야." 그는 내면 깊은 곳에 묻어두었던, 절대 잊을 수 없는 무언가를 끄집어내며 괴로워했다. 나는 빌리가 자기 안의 상실감을 표현하기 위해 제스를 이용했다고 생각했었다. 하지만 그가 바란 것은 내가 리의 고통, 테라비시아로 연결된 그의 고통을 이해하는 것이었다.

"당신이 에벌린을 발견했나요?" 내가 물었다.

"그날 무슨 일이 있었는지는 그 누구한테도 말한 적이 없어." 리가 꼬았던 다리를 다시 풀었다. "폴은 나와 함께 있었고 빌리도 그 일을 절대 발설하고 싶어 하지 않았으니까. 다른 사람에게 말할 종류의 이야기가 아니었어. 오늘 아침 빈스가 전화해 네가 날 찾는다고 말했을 때 너한테는 말하게 되겠구나 싶었지. 너에게 말해주고 싶었다는 걸 알았어."

"제겐 정말 감사한 일이에요. 힘든 일이라는 걸 아니까. 그 모든 걸 기억해주시다니 정말 큰 힘이 돼요."

"한 번도 잊은 적이 없어." 리가 말했다. "되짚어 보면 무모한 일이었어. 에벌린은 임신 8개월이 넘은 상태였거든. 절대로 거기에 있으면 안 되는 거였는데." 그러나 에벌린은 고집을 피웠다. 지난 3년간 그들은 새해를 맞으러 그들 소유의 오두막집에 올라갔고 에벌린은 그걸 가족의 전통으로 만들고 싶어 했다. 가족끼리 공유하는 전통을 가져본 적이 없었기 때문이었다.

나는 사실이 아니라고 리가 말해주기를 기다렸다. 그 아기는 내가 아니라고 말해주기를 바랐다. 내 마음속에는 아직도 내가 알던 내 가족을 되찾을 수 있으리라는 희망이 남아 있었다.

"그게 아기가, 그러니까 네가 태어나기 전에 할 수 있던 마지막 여행이었어." 리가 말했다. 리는 나의 출생을 부인하려고 하지 않았다. 나도 그가 그러도록 만들고 싶진 않았다. "네가 태어나면서 두 사람은 집을 더 안전하게 만들어야 했지."

리는 내 반응을 살피려는 듯 나를 바라보았다. 나는 비록 빨라지는 심장박동과 함께 몸이 떨리면서 사물이 다시금 여러 개로 보일까 봐 걱정되긴 했지만 겉으로는 완벽할 정도로 침착하고 차분한 척했다. 호흡도 괜찮았다. 들이마시고 내쉬고. 침착하고 평온하게. 나는 계속해도 좋다고, 앞으로 듣게 될 이야기를 감당할 수 있다고 고개를 끄덕였다. 나는 감당할 수 있었다. 그럴 수 있어야 했다. 빌리가 지금 이 순간으로 나를 이끈 거였으니까. 내 출생의 비밀, 내 어머니가 죽음을 맞이한 그 밤.

"우선" 리가 다시 이야기를 이어갔다. "지붕부터 바꿔야 했어." 지붕이 새고 무너지고 있어서였다. 통풍구 역시 부식되어 교체가 필요했다. 공포영화의 첫 장면 같네. 오두막집을 처음 본 폴이 한 말이었다. 그 뒤로 폴이 두고두고 후회한 말이기도 했다. 그러나 그런 허름함이 그곳의 매력이었다. 목재에서 벗겨진 빛바랜 푸른 페인트, 기둥이 군데군데 빠져 있는 현관의 난간. 그곳엔 텔레비전도 없고 오디오도 없었다. 은행 일 때문에 에벌린에게 연락했지만 닿지 않았던 일, 에벌린의 서명이 없어 일을 진행시킬 수 없었던 일을 겪은 후에 리가 고집을 피워서 겨우 연결한 유선 전화만 있을 뿐이었다.

"에벌린은 빌리가 지붕을 고치는 몇 개월 동안 그를 따라다녔어. 손재주가 꽤 좋았던 빌리는 그곳을 자신의 시스티나성당으로 여겼지."

빌리는 여름이 끝나기 전에 지붕을 고쳐놓겠다고 약속했다. 그러나 연구실 일이 바빠졌다. 그렇게 수리는 미뤄졌고, 눈이 오기 시작했고, 그들은 다음 여름을 기약해야 했다.

저기 좀 봐. 휘어진 지붕을 가리키며 에벌린이 말했다. 눈이 너무 쌓여서 무너질 것 같아.

뭔가 문제가 있으면 조금씩 물이 새겠지. 한꺼번에 찌그러지진 않을 거야. 빌리가 논리적으로 판단해 말했다.

그럼 저건? 에벌린이 지붕에 뚫린 통풍구를 가리켰다. 저기로 물이 새면 어쩌지? 저기로 다람쥐가 들어오면?

그 다람쥐에게 물려서 광견병에 걸리는 거지, 뭐. 빌리가 에벌린의 목을 장난스럽게 물었다. 에벌린은 킥킥 웃으면서 곧 부모가 되는 부부의 행복한 순간, 처음으로 엄마가 되는 데서 느껴지는 단순히 불안한 순간들을 아기를 맞이할 준비가 되어가는 증거로 받아들이고자 했다.

실제로 일어날 확률을 생각해봐. 빌리가 말했다. 통계적으로 볼 때 지붕이 무너질 확률은 자동차 사고를 당하거나 곰에게 습격 당할 확률보다 낮아. 세상에 빅베어라는 동네에서 곰에게 습격 당할 확률보다 낮다고. 에벌린은 빌리의 이성적임을, 감정은 배제하고 논리에만 기대는 그를 사랑했다. 하지만 확률은 확률일 뿐 어떤 일이 발생하지 않음을 뜻하진 않았다. 일은 언제든 일어날 수 있었다.

리와 폴은 휴일을 맞아 푸로스퍼로 서점이 문을 닫는 29일 오후에 오두막집에 오르기로 계획하고 있었다. 몇몇 손님만이 늦게까지 남아 있었고 직원 한 명은 신용카드 단말기와 씨름하는 중이었다. 리가 신용카드 회사와 연락한 시각, 빅베어에서는 이미 눈이 높이 쌓여가고 있었다.

내일 아침까지 기다리는 게 좋겠어. 이제야 출발했다고 전화한 리에게 에벌린이 말했다. 여기 지금 화이트아웃* 상태거든.

다음 날 아침 스키 리프트를 맨 처음으로 타고 싶었던 폴은 게슴츠레한 눈으로 막 일어난 리를 집에서 끌어내 차에 태웠다. 태양이 샌게이브리얼산맥을 비추기 시작할 때 그들은 벌써 210번 고속도로를 달리는 중이었다.

---

* 빛이 눈보라 또는 눈에 난반사되어 주변이 하얗게 보이는 현상.

"그 후 몇 주 동안 나는 우리가 다르게 행동할 수는 없었을까 생각해 봤지." 리가 말했다. "그날 아침 더 일찍 도착했더라면, 내가 오두막집 대신 푸로스퍼로 서점에서 파티하자고 고집을 피웠더라면. 하지만 우리가 그 전날 밤에 도착했다면 우리 모두가 죽었을 거야."

호숫가 옆 도로를 운전하는 폴 옆에서 리는 산 위의 스키장을 바라보았다. 아침 7시였는데도 산으로 들어가는 도로가 폐쇄되어 있었다. 우윳빛 눈으로 뒤덮인 스키장은 오직 나무로만 코스를 구분할 수 있는, 아무것도 그려지지 않은 캔버스 같았다. 하얀 눈 밖으로 삐죽삐죽 튀어나온 점점의 초록 나뭇잎들은 마치 언덕 위에 흩뿌려진 물감 같았다.

그들은 노스쇼어드라이브를 벗어나 낡고 오래된 주택들이 있는 폰스킨으로 들어섰다. 리가 주소를 기억하지 못하는 바람에 그들은 첫 번째 골목부터 차근차근 현관에 풍경風磬이 걸린 집을 찾아야 했다. 리가 집들이 선물로 에벌린에게 준 풍경이었다.

그걸로 집을 찾게 될 줄은 몰랐지? 폴이 말했다. 폴은 일찍이 스키 바지를 입고 있었다. 폴이 클러치를 밟을 때마다 바지가 쉬익 소리를 냈다.

이런 게 모험이지.

나한텐 산에서 타는 스키가 더 모험 같은데.

둘은 그다음 골목에 들어섰다. 차를 타고 집을 찾아다니는 게 효율적인 방법이 아니라는 건 리도 알았다. 하지만 그는 에벌린의 집을 찾아 헤매는 것, 그러다 결국 그 집을 찾게 되는 것이 전부 좋았다. 리에게 그곳은 매력으로 가득 찬 작은 동네였다.

두 번째 골목에도 풍경 달린 집은 없었다. 폴은 길 끝에서 다음 골목으로 방향을 틀었다.

진짜 바보 같은 짓이다. 폴이 말했다.

리는 폴의 목덜미를 손으로 쓰다듬었다. 스키장도 아직 안 열었잖아. 그냥 내 기분 좀 맞춰줘.

폴은 아무런 재미도 느끼지 못하며 동네를 계속해서 돌았다.

잠깐, 저기다. 리는 폴이 멈춘 곳에서 세 집 떨어진 곳에 있는 집을 가리켰다. 부서진 난간은 눈에 파묻혀 있었고 낡은 지붕도 눈에 가려져 있었지만 그 집을 지나치는 순간 리는 알아볼 수 있었다. 녹슨 구리와 마호가니 목재, 그리고 풍경.

주차 후 그들은 집까지 난 길로 걸어 들어갔다. 치우지 않은 눈 탓에 종아리가 눈 속으로 빠졌다. 거꾸러질 뻔한 리를 폴이 장난스럽게 놀렸고 리는 그런 그에게 눈을 던지며 웃었다. 두 사람은 문을 두드렸다. 안에서는 아무 대답이 없었다. 그들은 한 번 더 두드렸다. 집에는 초인종이 없었다. 리는 빌리와 에벌린이 부엌에서 아침을 준비하느라 노크를 듣지 못하는 거라고 생각했다. 그는 조심스레 문을 열었다.

에벌린? 아무 대답이 없자 리는 집 안으로 들어갔다. 폴도 그의 뒤를 따랐다. 집 안에서는 마늘과 빵이 탄 냄새가 났다. 낡은 마룻바닥은 두 사람의 몸무게로 삐거덕거렸다. 리는 현관문 옆에 있던 전등 스위치를 눌렀다.

"내가 처음 본 건 소파에 늘어져 있던 빌리의 양말 신은 발이었어"

빌리의 두 다리는 발목에서 포개져 있었다. 두 다리가 그렇게 늘어져 있는 모습을 보자마자 리는 뭔가가 잘못되었다는 걸 깨달았다.

빌? 리가 빌리를 흔들었다. 빌리는 얼굴을 바닥에 파묻은 채로 소파에 누워 있었다. 빌리. 리는 계속해서 빌리를 흔들었다. 에벌린? 이브?

폴이 뛰어와 리를 옆으로 밀었다.

빌리. 빌리의 어깨를 잡고 폴이 말했다. 취했나? 폴은 빌리에게 가까이 다가가 그의 숨을 맡고는 고개를 저었다. 숨은 쉬고 있어.

왜 이러지?

모르겠어. 폴은 빌리를 흔들었고, 그의 입에 숨을 불어넣고는, 다시금 그를 더 흔들었다. 리가 위층으로 뛰어 올라갔다.

에벌린. 그가 이름을 불렀다.

에벌린! 그가 소리쳤다.

침실 문은 닫혀 있었다. 잠시 망설이던 리가 문을 열었다.

에벌린은 침대에 누워 자고 있었다. 베개 두 개가 그녀를 받치고 있었다. 에벌린의 긴 금발 머리가 어깨까지 내려와 있었다. 평화롭고 아름다워 보였다. 지나치게 평화롭고 지나치게 아름다워 보였다. 리는 그녀의 어깨를 흔들었다. 처음에는 부드럽게, 그러다가 격렬하게. 에벌린의 눈은 계속해서 감겨 있었다. 리는 망치로 얻어맞은 것처럼 머리가 멍해졌다.

폴! 리가 외쳤다. 빨리 와봐.

폴이 방 안으로 뛰어왔다.

에벌린도 일어나질 않아.

폴은 에벌린의 맥박을 확인했다.

밖으로 데리고 나가자. 폴은 에벌린을 침대에서 들어 올렸다. 에벌린을 안은 폴의 두 팔 위로 에벌린의 머리와 발이 축 늘어졌다. 폴의 두 손 사이엔 비치볼만큼 커다랗게 부풀어 오른 에벌린의 배가 있었다. 가서 911에 전화해. 당장.

리는 부엌으로 뛰어가 벽에 걸린 다이얼 전화기를 집어 들었다.

너무 오래 걸려. 교환원이 전화 받기를 기다리며 리가 폴에게 말했다. 폴이 계단을 내려오는 소리가 들렸다. 한 번에 한 계단씩, 임신한 에벌린의 무게까지 더해져 폴의 발걸음이 무거웠다. 여보세요?…… 뭔가 사고가 생겼어요. 이 사람들이 일어나질 않아요…… 뭐라고요?…… 모르겠어요…… 네, 숨은 쉽니다……. 아뇨, 무슨 일이 있었는지 저는 몰라요. 방금 들어온 거라…… 주소는 모르는데. 부엌으로 돌진해 서랍을 뒤진 폴이 주소가 적혀 있는 우편물을 리에게 건넸다. 리는 교환원에게 주소를 불러주고는 전화를 끊었다. 출발했대.

폴은 거실 소파에 있던 빌리 옆에 에벌린을 앉혔다. 빌리의 몸은 괴상한 각도로 뒤틀려 있었다. 고통스러워 보였다. 만약 고통스럽다 해도 빌리는 느낄 수 없을 것이었다. 에벌린은 똑바로 앉았지만 약에 취한 사람처럼 머리가 뒤로 꺾여 있었다. 리는 두들겨 맞는 것처럼 머리가 심하게 아팠다. 관자놀이를 문질러 보았지만 지끈거리는 두통은 가라앉지 않았다.

집 밖으로 데리고 나가야 할 것 같아. 폴이 말했다.

리는 옷장에서 두 사람의 겉옷을 꺼내왔다. 더 어지러워졌고 숨도 더 가빠졌다. 그는 정신을 붙들려고 애썼다. 그러고는 폴을 향해 두 사람의 겉옷을 던졌다. 정신을 차려야 했다.

리는 밖으로 뛰쳐나왔다. 신선한 공기가 폐와 얼굴을 때렸다. 쓰러질 것처럼 현기증이 났다. 리는 차 문을 열려고 했지만 열쇠를 쥔 손이 헛손질했다. 정신을 차려야 했다. 대체 폴은 차 문을 왜 잠근 거지? 리는 차를 타고 시동을 걸었다. 히터를 제일 세게 틀어놓고는 폴을 도우러 집으로 다시 뛰어 들어갔다.

비켜봐! 에벌린을 안은 두 팔을 떨며 폴이 소리쳤다. 제길, 리, 비키라고. 문. 차 문 열어.

리는 서둘러 차로 뛰어가서 문을 연 후 폴을 도와 에벌린을 차 안으로 옮겼다.

미안해. 에벌린을 안전하게 차로 옮긴 후 폴이 말했다. 폴은 리의 뺨을 톡톡 쳤다.

괜찮아. 가서 빌을 데려오자.

리가 현관 앞 계단까지 폴을 따라갔다. 넌 여기서 기다려. 안으로 들어오지 말고. 폴이 리에게 말했다.

집에 뭐가 잘못된 거야?

나도 몰라. 폴은 옷소매로 입을 가리고 재빨리 집 안으로 들어갔다. 하지만 피해야 할 것은 아무것도 없었다. 태운 빵과 마늘. 그뿐이었다. 가스 냄새도 나지 않았다. 독성이 있어 보이는 건 아무것도 없었다.

구급차가 도착하고 구급대원이 몇 가지 질문을 했다. 리는 그들에게 어떻게 대답했는지 기억도 나지 않았다. 구급대원들은 에벌린과 빌리를 들것에 묶은 후 관을 삽입했다.

왜 저러는 거죠? 자신의 바이털사인을 체크하는 구급대원에게 리가 물었다.

병원으로 옮겨서 검사 받을 거예요. 무슨 일인지는 의료진이 알려줄 겁니다.

리는 메스꺼움을 느끼며 구급대원이 자신의 얼굴에 마스크를 씌우도록 내버려 두었다. 그는 구급대원의 놀라울 정도로 차고 가는 손을 기억했다. 폴은 자신은 멀쩡하다며 고집을 피웠지만 곧바로 흰 눈 위에 구토하고 말았다.

병원에 도착한 후 리와 폴은 같은 곳으로, 빌리와 에벌린은 두 사람과는 다른 곳으로 급히 옮겨졌다. 리와 폴은 산소탱크가 연결된 플라스틱 의자에 묶인 채로 무균실에 있게 됐다. 그곳에서 그들은 밀실 공포증을 불러일으키는 마스크를 써야 했다. 귀에 들리는 소리라곤 일정하게 유지되는 자신의 들숨과 날숨 소리뿐이었다. 리가 폴을 쳐다보았다. 폴은 눈물을 글썽이며 리를 향해 눈을 깜빡였고 리는 손을 뻗어 폴의 손을 잡았다. 그들은 그렇게, 손을 잡은 채로, 의사들이 돌아올 때까지 서로를 바라보았다.

리는 의료진으로부터 카복시헤모글로빈carboxyhemoglobin이라는 용어를 들었다. 심각한 표정을 한 그들은 에벌린과 빌리의 카복시헤모글로빈 수치가 천문학적이라고 말했다. 그게 무엇을 의미하는지 리는 이해하지 못했지만 부정적인 의미라는 건 알 수 있었다. 그러다 그들은 리가 알고 있는 용어를 내뱉었다.

일산화탄소.

"경보 장치는 없었나요?" 내가 리에게 물었다.

"그런 건 팔지도 않았을걸."

"그래서 어떻게 된 건데요, 일산화탄소가?"

"정확한 이야기는 나도 못 들었어. 눈 때문에 지붕에 있던 통풍구가 막힌 것과 관련이 있었어."

"정확한 이야기를 못 들었다고요?"

"의료진은 에벌린이 수술 중이라고 했어. 빌리는 안정을 되찾고 있다고 했고. 우리는 가족이 아니잖아. 그래서 그 이상의 이야기는 말해주지 않더라고. 경찰들이 몇 가지 질문을 했고, 의사들은 집에 가서 잠을 좀 자라더라고. 그래서 우린 근처 모텔을 잡았어. 오전에 네 부모님이 왔고."

리는 대기실에서 수지와 그 남편을 알아보았다. "데이비드요." 내가 그의 이름을 알려주었다. 리는 아빠를 그날 병원에서 본 게 전부라서 그의 이름을 기억하지 못하고 있었다. 수지는 데이비드의 어깨에 기대 울고 있었다.

저 사람이 빌의 여동생이야? 폴이 리에게 물었다. 저 옆에 가서 앉지 그래? 리가 망설이자 폴이 말했다. 가서 저분 옆에 앉아.

리는 수지가 자신을 알아볼지 확신이 없었다. 서점에 올 때마다 수지는 리가 누구였는지 기억해내려는 듯 어색하게 인사를 건넸었다. 그가 푸로스퍼로 서점에서 일하는 세 명의 직원 중 한 명인 데다 에벌린과 그렇게 오랫동안 친구였음에도. 하지만 리가 옆자리로 가자 수지는 곧바로 그를 알아보았다. 리. 그러고는 그를 껴안았다.

"그래서 알았지. 빌리였다면 수지가 날 껴안지는 않았을 테니까. 그래서 에벌린이라는 걸 알았어."

아기는 신생아 집중 치료실에 있어요. 하지만 에벌린은……. 수지는 말을 잇지 못했다. 리는 이해한다는 듯 그녀의 손등을 두드려주었다.

리는 수지 곁에 앉아 그녀의 오른손을 잡아주었고, 데이비드는 수지의 왼손을 잡아주었다. 의료진이 수지에게 아기를 봐도 좋다고 말하자 그녀는 리에게 와줘서 고맙다고 인사했다.

미랜더. 리가 수지에게 말했다. 에벌린이 아기 이름을 미랜더로 짓겠다고 했었어요.

수지는 고개를 끄덕였다. 리는 수지가 그 이름이 어디서 유래한 이름인지 알 거라고는 생각하지 않았다. 그는 수지가 의료진을 따라 병원 안쪽으로 사라지는 모습을 지켜보았다. 그녀가 시야에서 사라진 후 『템페스트』의 구절이 머릿속에 떠올랐다. 네 어머니는 선한 여인이었다. 그것은 미랜더의 어머니에 관한 유일한 언급이었다. 이 문장이 아니었으면 그녀는 희곡 전체에서, 미랜더의 인생에서, 그녀의 기억에서 존재하지 않았을 것이었다.

19장

리가 에벌린의 죽음에 대해 들려주는 동안 나는 조금이라도 편안하게 앉아보려고 계속 뒤척였다. 내 팔과 허리를 괴롭게 한 건 리의 이야기였지 딱딱한 소파가 아니었는데도. 나는 그 시절을 기억할 수 없었지만 그가 들려주는 이야기가 내 기억의 일부인 양 익숙하게 느껴졌다.

"에벌린이 죽고 나서 6개월 정도 빌리를 못 봤어. 장례식이 있긴 했는데 에벌린 아버지와 빌리 사이에 큰 싸움이 있어서 장례식을 가족끼리만 치렀거든." 리가 말했다.

리는 애통해 했다. 푸로스퍼로 서점을 사랑하는 모두가 그랬다. 그래서 그들도 추도회를 열기로 했다. 서점에 모인 직원과 단골손님들은 각자 에벌린을 떠올리게 하는 책의 구절을 읽었다. 에벌린에게 무슨 일이 있었는지 리는 아무에게도 말하지 않았다. 하지만 비극은 저절로 드러나 사람들에게 퍼지기 마련이었다.

서점은 에벌린의 흔적으로 넘쳐났다. 에벌린이 주문해둔 책들이 매일매일 상자에 담겨 서점에 배달되었다. 『시녀 이야기』의 표지를 본 순간 리는 울음을 터트리고 말았다. 석재로 마감된 회색 벽. 진홍색 의복. 에벌린이 흥분하며 읽던 책. 고전과 문학 섹션에는 에벌린이 적어놓은 글씨가 그대로 남아 있었다. 선반마다 그녀가 손수 적어놓은 광고 문구를 떼어내야 한다는 걸 리도 알았다. 서점은 다른 책, 새로운 책을 소개해야 하니까. 하지만 리는 에벌린이 써놓은 글들이 누렇게 바래고 너덜너덜해질 때까지 그 일을 미뤘다.

"그러니까 빌리가 6개월이나 연락을 안 했다는 거죠? 이상한 거 아녜요?" 내가 물었다.

"사랑하는 사람이 죽으면 어떻게 행동해야 하는지 알기 어려우니까. 너무나 많은 것이 잘못된 것처럼 느껴지고, 맞는 건 아무것도 없는 것 같고. 내 생각에 빌리는 서점에 가지 않는 게 스스로 이상하다고 느끼는 날이 올 때까진 서점에 가는 게 잘못된 일이라고 여겼던 것 같아."

문 앞에서 머뭇거리고 있는 빌리를 발견했을 때 리는 그 자리에 얼어붙었다. 빌리는 그가 마지막으로 봤을 때보다 더 여위어 있었다.

"에벌린이 살아 있을 땐 빌리와 내가 그렇게까지 가깝진 않았어. 우린 커플로 만나서 함께 많은 시간을 보냈었지. 에벌린과 나는 한 가지 주제에 몰두하고 빌리와 폴은 다른 이야기를 하고. 빌리와 폴 둘 다 수학을 좋아했거든. 누구든 빌리와 에벌린이 함께 있는 모습을 보면 빌리가 에벌린을 얼마나 사랑하는지 알 수 있었어. 난 그래서 빌리를 대단하게 생각했지만 우리 두 사람 사이에 어떤 연결 고리가 있던 적은 없었지."

그렇게 서점에 돌아온 빌리는 이후 주기적으로 서점에 들렀다. 빌리와 리가 그날의 사고를 언급한 적은 단 한 번도 없었다. 빌리가 묻는 거라곤 장사는 잘 되어가는지, 리가 필요한 건 없는지 정도였다. 모든 게 잘 돌아가고 있다는 말로 리는 빌리를 안심시켰다.

"서점이 번창하던 시기였어. 주위에 서점이라곤 우리밖에 없었거든. 대형 할인점이나 인터넷, 디지털 영상 장치, 온디맨드 서비스가 생기기도 전이었고. 그 시절엔 서점이 성공할 수 있는 사업이었지."

해야 할 일이 없다는 것이 어쩌면 빌리에겐 다행이었는지도 몰랐다.

"저는요? 제가 어떻게 해서 부모님과 살게 되었는지 빌리가 말해줬나요?" 내가 물었다.

"그건 아니었어." 리는 잠깐 멈추고 나를 살펴보았다. 나는 침착했다. 적어도 겉으로 보기에는 그랬다. "정말로 알고 싶니? 빌리가 어떤 이유로 한 일인지는 나도 설명할 수 없어. 해명하지도 않을 거고."

"해명해달라고 부탁드리는 게 아니에요. 전 진실을 알고 싶은 거예요. 제가 여기에 오기를 빌리가 원했던 이유도 그게 아닐까요? 당신이 제게 진실을 말해줄 거라는 걸 빌리도 예상했을 거예요."

"내가 진실을 알고 있는 건지 모르겠다. 난 내가 본 것만 아니까."

"전 당신이 본 진실을 알고 싶어요." 내가 고집을 부렸다.

"글쎄." 리는 어디까지 솔직해야 하는지 고민하며 말을 꺼냈다. "사실대로 말하자면 빌리가 처음 왔을 땐 너에 관해 아무 말도 하지 않았어. 그래서 난 너도 죽은 줄 알았지." 빌리는 그에게 여동생과 함께 지내고 있다고 말했다. 우린 여동생네 있어가 아니라 난 여동생네 있어라고 했다. "그러더니 어느 날 자기 조카라며 미랜더 이야기를 꺼내더라고. 당연히 나는 눈치챌 수 있었지."

빌리는 몇 개월간 서점에 방문했다. 영업 종료 이후에는 둘이서 카페 테이블 하나를 차지하고 앉아 위스키를 마시며 대화했다. 빌리가 외국에 다녀온 이야기는 리를 매혹시켰다. 빌리는 자신의 몸을 마치 망가뜨려도 되는 갑옷처럼 다뤘다. 타이완에서 돌아왔을 땐 차오링Tsaoling 산사태의 잔해에 맞아 다친 팔에 붕대를 감고 있었다. 테우아칸Tehuacan에서는 벌떼에 쏘여 오기도 했다. 다리와 목이 벌겋게 부은 자국 투성이었다. 리는 빌리가 이야기하도록 그대로 두었다. 빌리의 이야기는 전부 여행에 관한 것이었다. 에벌린 이야기는 없었다. 내 이야기도 없었다.

빌리가 너무나 자연스럽게 말을 꺼내는 바람에 리는 자신이 무슨 말을 들은 건지 바로 알아차리지 못했다.

한 살짜리 아기에겐 어떤 책이 좋을까? 조카 미랜더의 첫 번째 생일이거든. 내 첫 생일, 그리고 에벌린의 첫 기일.

리는 묻고 싶었다. 미랜더? 네 딸 말하는 거야? 그 아이가 살아 있어? 딸 이야기를 어떻게 한 번도 하지 않을 수 있었냐고 묻고 싶었다. 딸이 어떻게 조카가 되었느냐고도. 빌리는 리의 눈을 피하며 위스키 잔만 만지작거렸다. 리는 그의 그런 행동이 나를 돌보지 못했다고 고백하는 그의 방식이라고 이해했다. 리는 할 말을 잃었다. 고함을 지르며 빌리를 흔들어대고 싶었다. 에벌린의 딸이잖아. 그 애를 버리면 안 되는 거잖아. 하지만 다른 생각에 잠겨 떨고 있는 빌리의 얼굴을 보니 리는 자기가 하는 모든 말이 결국 그를 탓하는 말이 되리라는 걸 직감했다. 빌리는 이미 자책하고 있었다.

조카에게 필요한 책이 분명히 있을 거야. 리가 말했다. 리가 『잘 자요, 달님』을 건네자 빌리는 그제야 안도하는 모습을 보였다.

"그 시점부터 너는 빌리의 조카가 됐어. 내가 그때 빌리에게 뭔가를 물어봤더라면 어떤 일이 벌어졌을지 궁금하긴 하네."

"그랬다면 빌리는 서점에 가지 않았을 거예요." 나는 그렇게 말했다. 그게 사실이었으니까.

"그랬을 거야." 리도 동의했다. 그때부터 내가 빌리의 조카였구나. 내가 엄마를 닮기도 했으니 충분히 가능한 이야기였겠지. 난 그때부터 엄마의 딸이었던 거였어.

"너한테 에벌린의 모습이 없지는 않아. 너한텐 에벌린의 차분함 같은 에너지가 있어. 사람들은 그것 때문에 에벌린을 좋아했지. 그 태도, 그 몸가짐 때문에 그저 예쁘기만 한 여자들과는 달랐던 거였는데. 너한테도 그게 있어.”

“그렇게 말하지 않으셔도 돼요.”

“널 만나자마자 보였는걸.”

나를 푸로스퍼로 서점에 처음 데려갔던 날, 빌리는 내 손을 잡고 그 안으로 들어갔다. 리는 서점의 모든 것을 한 눈에 담으려는 듯 두리번거리며 서점에 관해, 책들에 관해 나만 아는 농담이라도 있는 듯 까르르 웃던 내 모습을 지켜보았다. 그는 단번에 내가 에벌린의 딸이라는 걸 알아보았다.

제가 최고로 좋아하는 꼬맹이를 위한 특별한 책이 있을까요? 빌리가 나를 리에게 소개하며 말했다.

몇 년 동안 내가 빌리의 조카로 키워지고 있다는 걸 리는 알고 있었다. 그러나 푸로스퍼로 서점에 온 나를 만났을 때, 빌리에게 나는 삼촌의 하나밖에 없는 조카야라고 말하는 나를 보게 되었을 때, 리는 에벌린이 떠났던 그 이전과는 다른 방식으로 그 상황을 이해하게 되었다.

최고의 선물을 받을 기대감에 부푼 나는 양쪽으로 땋은 머리의 끝부분을 만지작거리며 몸을 이리저리 흔들고 있었다. 에벌린의 딸에게 어떤 책을 주면 좋을지, 충분히 특별한 책이 무엇일지, 리는 아무것도 떠오르지 않았다. E. B. 화이트의 책도, 로알드 달이나 프랜시스 호지슨 버넷의 책도, 그 어떤 것도 마땅찮았다. 리는 기대에 찬 주근깨투성이 얼굴을 내려다보며 그 이면의 슬픔과 아이들이 종종 갖고 있는 기괴한 예지력을 발견했다. 나의 양 갈래 머리와 주근깨, 그리고 줄무늬 티셔츠에서 리는 말괄량이 삐삐를 떠올렸다. 그보다 더 좋은 책이 떠오르지 않았던 리는 나를 어린이 섹션으로 데리고 가 꽂혀 있던 『내 이름은 삐삐 롱스타킹』을 모두 건네주었다.

그러고는 곧바로 자신의 실수를 깨달았다. 리는 빌리가 내게 아주 어릴 때 엄마가 죽고 아빠는 바다로 떠난 삐삐의 이야기를 읽어주는 모습을 보고는 그가 곧 비난하는 눈빛으로 자신을 노려볼 거라 생각했다. 하지만 빌리는 차분한 목소리로 오직 내게만 집중하며 책을 계속 읽어내려갔다.

이 이야기가 마음에 드니? 빌리가 내게 물었다.

나는 손가락으로 책을 가리켰다. 읽어줘. 빌리는 계속해서 왜 삐삐가 아빠의 죽음을 믿지 않았는지, 아빠가 자기에게 돌아올 때까지 어떻게 그를 기다렸는지 읽어주었다. 리는 빌리가 내게 솔직해지기를 바라는 마음에 무의식적으로 그 책을 선택한 건 아닌지 곰곰이 생각했다. 하지만 리는 『내 이름은 삐삐 롱스타킹』의 내용을 전혀 기억하지 못했다. 오직 삐삐가 양 갈래 머리의 주근깨 소녀라는 것만 알고 있었다. 그런 그가 마침 내 주근깨와 양 갈래 머리를 본 것뿐이었다. 그저 공교로운 실수였다.

빌리와 내가 서점을 나서려는데 리가 빌리의 팔을 붙잡았다. 정말 미안해, 빌. 저 책 내용을 잊고 있었어.

괜한 생각 마. 미랜더가 좋아했어. 리는 빌리의 얼굴을 살폈다. 진심으로 만족한 표정이었다. 조카와 함께 있어서, 그 애가 좋아하는 책을 선물해서 행복한 표정이었다. 리는 빌리와 내가 손을 잡고 잔인하게도 에벌린은 잊은 채 서점을 나서는 모습을 바라보았다.

"그 뒤로 몇 개월에 한 번씩 빌리가 서점에 널 데리고 왔어. 푸로스퍼로 서점에서 에벌린을 기억하는 사람도 시간이 갈수록 줄어들었지." 리가 갑자기 껄껄대며 웃었다. "넌 마치 네가 주인인 것처럼 서점을 활보하고 다녔어." 리가 말하기를, 내가 서점에 온 아이들에게 거드름을 피우며 이 서점은 내 서점이라고, 책을 사고 싶으면 내 허락을 받아야 한다고 말했다고 했다. 빌리 역시 그런 나를 야단치거나 나눔의 미덕을 가르치긴커녕, 그저 내 머리를 헝클어트리고는 코코아나 마시자며 데리고 나갔다고 했다.

"외동자식의 문제죠. 다른 사람과 나누는 법을 배운 적이 없어서." 내가 리에게 말했다.

"전부 네 책들이긴 했지. 서점은 언제나 네 것이었으니까."

"제가 마지막으로 서점에 갔던 날 기억나세요? 빌리를 찾으러?" 내 목소리가 작아졌다. 나는 리가 기억하기를 바랐다. 아니면 기억하지 않기를 바랐을까. 나는 아직도 내가 무엇을 원하는지 모르고 있었다.

리는 고개를 끄덕였다. "네 얼굴을 보고 나서야 내가 네 엄마한테 전화한 게 실수였다는 걸 알았어."

우리 엄마한테 전화했다고요? 너무 겁먹고 낙심한 내 목소리를 듣고서야 리는 내가 수전 몰래 서점에 왔다는 걸 알아차렸다.

수전은 서점에 도착하자마자 거칠게 문을 열어젖히고는 리를 찾아 두리번거렸다. 어디 있어요? 엄마는 극도로 불안한 상태로 리에게 물었다. 실제로 날 낳은 건 아니지만 그녀가 내 엄마가 맞다는 것을 리는 느낄 수 있었다. 리는 서점 뒤쪽을 가리켰다. 고마워요, 리. 전부 다 고마워요.

"네가 알아야 할 게 있는데," 리가 자신의 손을 주무르며 말했다. 그의 손가락은 두껍게 부어올라 있었다. "몇 년 동안 빌리가 네 이야기를 했어. 그래서 빌리가 안 만난다는 걸 한참 후에나 알게 됐지. 빌리가 너를 서점에 데려오지 않는다는 건 알고 있었지만. 네가 허락도 없이 서점에 온 걸 그래서 그저 반항쯤으로 생각했었어."

대형 지진을 마주한 후 다시 집으로 돌아올 때마다 빌리는 리를 만나러 서점에 왔다. 터키를 강타한 지진을 상세히 설명할 때에도, 수천 명이 사망하고 수만 명이 심각한 부상을 입고 수백만 명이 집을 잃고 떠났다는 이야기를 전할 때에도 빌리의 초점은 단 한 사람, 나였다. 미랜더가 후무스를 보면 이상하다고 하겠지만 막상 먹어보니 괜찮더라. 그는 내가 블루 모스크를 좋아할 거라고도 말했다. 도쿄 야구장도, 중국 꼭두각시 인형도 좋아할 텐데. 조건법 시제였다. 그는 좋아할 거야라고 말하지 않았다. 그는 미래 시제를 쓴 적이 결코 없었다.

"빌리가 그렇게 말할 때 뭐라고 대답하셨어요?" 내가 물었다.

"난 그냥 빌리가 이야기하게 내버려 뒀지." 리가 대답했다.

"그럼 빌리가 서점을 넘겨받은 게 당신이 떠나기로 결정한 이후인가요?"

"폴 어머니의 건강이 2000년경부터 나빠지기 시작했어."

그래서 샌타바버라로 돌아가고 싶어? 어느 날 저녁 식사 중에 그 주제를 꺼낸 폴에게 리가 물었다.

난 언제나 샌타바버라로 돌아가고 싶었어. 폴은 리에게 자신의 마음을 상기시켜주었다.

누가 서점을 맡아야 할까? 리의 고민에 폴은 리가 원하는 게 무엇인지 알아차렸다.

15년 전 일이야. 이젠 에벌린을 보내줘야지.

사랑, 직업, 거주지. 리가 아무리 프로스퍼로 서점을 사랑한다 해도, 아무리 에벌린을 그리워한다 해도, 그에게 함께 하지 않으면 살아갈 수 없는 존재는 단 한 명뿐이었다.

두 사람은 결론을 내렸다. 그들은 제대로 된 인수자를 찾을 때까지 리가 프로스퍼로 서점을 지키기로 했다. 변화하는 주변 상황과 새로운 고객들이 선호할 만한 책을 이해하는 사람, 빌리와 잘 맞고, 이익을 내본 건 아니어도 서점이 돈을 버는 방법에 대해선 알고 있는 사람, 그런 사람을 찾는 게 얼마나 걸릴지는 장담할 수 없었지만.

"그때가 「유브 갓 메일」이 개봉한 때였어. 대형 상점의 횡포에 맞서던 시기였지.” 서점에서 책 사는 사람이 얼마나 줄었는지, 세금이 얼마나 많이 올랐는지, 서점 손님을 빼앗아가는 카페가 선셋교차로 주변에 얼마나 많이 생겼는지를 빌리가 알았더라면 서점을 계속 유지하지는 않았을 텐데. 빌리가 혹은 빌리의 변호사가 매달 재무 상태를 확인했는지까지는 그도 정확하게 알진 못했다. 그가 분명하게 알았던 것은 재무 상태가 위험할 정도로 나쁠 때마다 서점 계좌에 돈이 들어왔다는 거였다. 빌리가 어떻게 자금을 조달한 건지 리는 알 수 없었지만 다른 일에 관해 그러는 것과 마찬가지로 두 사람은 돈에 관해서도 일절 이야기하지 않았다.

리는 빌리에게 서점을 관둔다는 말을 꺼낼 적당한 때를 기다렸다. 비록 폴이 그 적당한 때란 절대 오지 않을 거라고 말했지만. 리가 서점을 그만둘 적당한 시점을 살피는 동안 지구는 유난히도 더 자주 흔들렸다. 어쩌면 빌리가 더 바빴을 수도 있었고, 폴의 말대로 리가 그저 시간을 끄는 중일 수도 있었다.

그러던 어느 날, 리는 무슨 이유에서였는지 타이완에서 돌아온 빌리가 늘어놓는 이야기를 더는 들을 수 없다고 느꼈다. 진원지가 다르고 지진 규모가 다르고 사망자 수가 다를 뿐 빌리와는 상관없는 이야기였다. 리는 그동안 서로에게 터놓지 않았던 모든 것들이 갑자기 피로하게 느껴졌다. 어쩌면 짜증이 난 건지도 몰랐다. 샌타바버라에서 통근하는 일이 리를 지치게 했을 거였다.

우리 샌타바버라로 이사가. 리가 빌리에게 말했다. 폴이 아픈 어머니를 곁에서 돌봐야 하는 상황을 설명했다.

리는 빌리가 싸움을 걸어올 거라고 생각했다. 달갑지 않거나 자신을 불편하게 만드는 타인의 요구를 이해해주지 않던 그의 모습이 그대로 재현될 거라 예상했다.

그러나 빌리가 말했다. 당연히 가야지. 가족을 돌봐야지.

적당한 후임자를 찾을 때까지는 있을게. 리가 말했다.

우리가 믿을 수 있는 사람이 누가 있을까? 리는 동정 어린 눈길로 빌리를 보며 얼굴을 찡그렸다. 빌리는 죽어가는 산업에 투자했다. 죽어가는 건 아니었다. 단지 포화 상태가 된 산업이었다. 빌리는 이미 레드오션인 시장에 들어갔고 리는 반드시 필요한 이 싸움을 이끌 사람을 어디에서 찾아야 하는지 알 수 없었다. 낭만적인 직업인 건 맞았지만 낭만적인 직업의 대부분이 그렇듯 서점 일은 보수가 적었다. 빌리의 얼굴이 반짝거렸다. 나. 나는 믿을 수 있잖아.

뭐라는 거야, 빌리. 넌 항상 외국에 있잖아.

그건 바꿀 수 있어. 아주 오랜만에 들어보는 활기찬 목소리였다.

넌 네 일을 사랑하잖아. 리가 빌리에게 말했다.

이 서점을 사랑하는 것만큼은 아니야. 나 진심이야. 그 순간, 서점 영업을 마치고 각자의 손에 위스키를 한 잔씩 들고 있던 그 순간 리는 빌리의 말이 진심이라는 데 추호의 의심도 하지 않았다. 하지만 일주일 뒤에 이탈리아나 인도네시아에 지진이 발생한다면? 빌리는 그때도 이 마음에 변함이 없을까? 오사카나 부에노스아이레스에서 강연 제의가 들어온다면? 내가 해내지 못할 거라고 생각하는구나.

서점의 일상은 적적해, 빌. 모험 같은 건 없어.

여기에도 모험이 수천 개나 되는데. 흥미진진한 모험이 있기는 했다. 막힌 변기, 까다로운 고객, 배송 지연 등 빌리가 쫓던 모험과 다른 모험들이긴 했지만 모험은 모험이었다.

그날이 그날이야. 매일이 똑같다고. 리가 말했다.

난 지금 그런 걸 바라는 것 같아. 빌리가 받아넘겼다.

보이는 것처럼 낭만적이지도 않아. 리가 다시금 말했다. 그는 빌리가 이

걸 정말 일로 생각하는 건지 아니면 에벌린도 없는 그녀의 공간에서 매일매일, 하루 종일 있으려는 건지 판단할 수가 없었다.

"아마 빌리에겐 가만히 있는 게 가장 큰 모험이었을 거야. 자신의 과거와 마주하면서 결국에는 에벌린 없이 사는 법을 배우는 것 말이야. 나는 바로 동의하지는 않았어. 내가 선택할 문제도 아니었고. 인도에서 지진이 발생한 후에야 나도 마음을 놓았지."

2001년 1월 26일. 인도 구자라트 지방에서 지진 발생. 인도의 공화국 창건일. 모멘트 규모 7.7의, 방글라데시와 파키스탄에서도 관측된, 사망자가 2만 명 이상 발생한 강진. 다른 지직학자와 기술자, 사회학자 들은 복구 작업이 시작되기 전 피해 규모를 파악하기 위해 서둘러 현지로 떠났다. 그날 오전 10시, 빌리는 여느 날과 다름없다는 듯이 서점 앞에 서서 영업이 시작되기를 기다렸다. 커피를 주문하고 이젠 빌리의 지정석처럼 되어버린 자리에 앉아 파괴적인 지진 소식을 신문으로 읽었다. 서점에 남겠다는 빌리의 말이 진심이었음을 리가 믿게 된 순간이었다.

2001년 1월 26일. 난 15살을 막 지난, 고등학교 1학년이었다. 조니를 따라 학교 복도를 뛰어다니고 남자 선배들이 모여 있는 곳을 아무렇지 않게, 무관심하게 지나치는 조니를 흉내 내던 시절이었다. 그다음 해가 되어서도 내겐 사춘기가 오지 않았고 나를 완전히 무시하는 그 남자 선배들을 무서워할 이유도 없었다. 고등학생이 되자 개를 기르고 싶은 마음도 사라졌다. 그 대신 큰 가슴, 절대 나타나지 않는 몸의 굴곡, 조니 곁에 서면 그녀의 친한 친구가 아닌 어린 사촌쯤으로 보이는 나의 외모에 집착하게 됐다. 빌리 생각도 하지 않았다. 빌리가 여전히 전 세계를 여행하고 있을 거라든지 지금쯤은 LA에 돌아왔을 거라든지 하는 생각이 머릿속에 아예 없었다. 나는 십 대였다. 성인이 되어가는 나이. 빌리를 생각하지 않아도 되는 핑계, 적어도 이유는 있던 시절이었다. 그러나 빌리는 달랐다. 그는 그 자리에 있기로 마음먹었고 자신의 두려움을 마주하기로 결심했다. 그러나 여전히 나를 찾으려 하지는 않았다.

갑자기 리가 벌떡 일어나 구석에 있는 캐비닛으로 걸어갔다. 맨 위 서랍을 열고는 에어캡이 덧대어진 봉투 하나를 내게 건넸다. "빌이 1년 전쯤 너한테 전해달라면서 맡긴 거야. 나한테 아프다는 말은 안 했지만 그냥 알겠더라고."

리가 보기에 당시 빌리는 좀 피곤해 보이고 마르긴 했으나 죽어가는 사람처럼 보이진 않았다. 그것이 두 사람의 마지막 만남이었다.

두 사람은 리의 아파트의 발코니에 앉아 파도가 부서지며 모래사장 위를 구르는 모습을 내려다보았다.

여기 있으니 행복해? 원하던 게 맞아? 빌리가 물었다.

리는 뭐라고 대답해야 할지 몰랐다. 실버레이크의 계단을 걷던 것, 전망대에서 맞이하던 저녁, 타이타운에서 먹던 저녁 식사가 그리웠다. 친구들도, 푸로스퍼로 서점에 오던 단골들도 보고 싶었다. 하지만 여기가 폴이 있는 곳이었다. 그래서 리는 빌리에게 언제든 원할 때마다 골프를 치고 매일 오후 발코니에 앉아 바다를 감상할 수 있다고 말했다. 행복하다고.

그게 제일 중요하지. 빌리가 말했다.

밖에 앉아 있기에 날씨가 지나치게 밝아지자 빌리는 이제 가야 할 것 같다고 말했다. 떠나기 전 빌리는 리에게 두툼한 봉투 하나를 건넸다. 혹시라도 여기 오면 그 애한테 이걸 좀 전해줘.

빌리가 누굴 말하는 건지 리는 묻지 않았다. 빌리는 리와 악수했다. 이상하리만치 격식을 갖춘 악수였다. 리는 다시는 빌리를 볼 수 없으리란 걸 알았다.

나는 그 봉투를 받았다. 단단하고 반듯했다. 또 다른 책이구나. 나는 그 봉투를 열고 싶지 않은 마음도 있었다. 이게 마지막 단서라는 걸 직감했기 때문이었다.

"빌리가 죽은 건 어떻게 아셨어요?" 내가 물었다.

"맬컴이 알려줬어."

나에 관해 모두 알고 있던 맬컴이라면 당연히 리가 있는 곳도 알았을 것이었다. 몸이 다시 불편해지면서 나는 의자에 가만히 앉아 있을 수가 없었다.

"그 녀석 탓은 하지 마. 빌리가 맬컴에게 너무 어려운 일을 부탁한 거니까." 리가 인상을 쓰며 말했다.

리의 말을 반박하려다가 문득 맬컴과 빌리를 떠올렸다. 푸로스퍼로 서점의 프런트 데스크 뒤에서 죽음에 관한 자신의 계획을 말하는 빌리와 엄지손가락을 뜯고 있는 맬컴. 맬컴 역시 이 모든 이야기를 내게 숨겨왔다. 우리가 말다툼할 때도 맬컴은 그 순간, 자신의 가장 친한 친구가 죽어간다는 것을 알았던 그 순간에 대해 말해주지 않았다.

"서점으로는 절대 돈 못 벌어." 떠나려는 내게 리가 말했다. "하지만 예산을 잘 꾸리면서 더 많은 손님을 서점으로 끌어올 방법을 찾게 된다면 돈보다 더 많은 걸 얻게 될 거야. 그건 내가 장담할 수 있어."

나는 리를 껴안았다. 잠시 머뭇거리던 리도 두 팔로 나를 안았다. 내가 빌리와 포옹할 수 있는 가장 가까운 방법이었다. 내가 에벌린과 포옹할 수 있는 가장 가까운 방법이기도 했다.

나는 그 두툼한 봉투를 오른손에 들고 바닷가를 걸으면서 내가 리였다면 어땠을까를 상상해봤다. 빅베어에서의 그날 아침 이야기는 꺼내지도 못하는 상황에서 에벌린을 생각할 때마다 의식 잃은 그녀의 몸이 눈앞에 떠오른다면, 그 잔상이 에벌린의 미소와 웃음을 모두 지워낸다면 어땠을까. 내게 에벌린 이야기를 하면서 리의 마음이 편안해졌기를 바랐다. 내가 빌리였다면 어땠을지도 생각해보았다. 해외에서 돌아온 그가 서점에 에벌린이 있을지도 모른다는 희미한 희망으로 서점 앞에서 잠시 머뭇거렸을 그 순간에 대해 생각했다. 다른 사람이었다면 서점을 처분했을 것이다. 하지만 빌리는 직업과 거주지와 사랑이 모두 있는 서점에 남기 위해 푸로스퍼로 서점 밖의 삶을 거부했고 경력도 포기했다. 에벌린의 모든 것이 있는 그 서점을 위해.

나는 휴대전화를 꺼내 엄마와 에벌린의 졸업 앨범 사진을 다시 봤다. 두 사람은 서로 얼굴을 맞대고 있었다. 혀를 내민 채로 눈을 크게 뜬 엄마와 긴장한 듯 다소곳한 포즈로 가장 친한 친구를 보며 웃는 에벌린. 조니와 나도 그런 사진이 있었다. 조니는 언제나 몸짓이 크고 거리낌 없었지만 나는 마치 여성 배우 혼자 찍는 모노드라마에 등장하는 남성 조연처럼 그 애 곁에서 조용히 웃기만 했다. 리의 말이 맞았다. 나는 곱슬머리와 갈색 눈동자, 그리고 나를 빌리와 또 엄마와 닮아 보이게 만드는 이목구비만큼이나 에벌린의 성격을 닮았다.

바닷가에서는 리의 지저분한 아파트가 보였다. 발코니마다 나와 있는 의자들은 모두 비어있었다. 마치 발코니 문을 열고 나와 부서지는 파도를 바라보며 행복에 관해 이야기하는 빌리와 리가 보이기라도 한다는 듯 나는 그곳을 계속 쳐다보았다.

나는 발밑의 모래가 억세고 차갑게 느껴지는 해변을 따라 계속 걸었다. 샌타바버라의 해변은 LA의 해변과 달라 보였다. 파도에 출렁이는 요트가 더 많았고 모래색이 더 연했고 물색도 더 푸르렀다. 엄마가 늘 산책하던 샌타모니카 해변에서 내가 있는 퀘이커학교의 후드 티를 입은 엄마의 사진을 찍어준 적이 있었다. 커다란 비밀을 간직하고 산다는 건 어떤 걸까? 말리부를 산책하며 태평양을 바라보던 매 순간, 엄마는 그 비밀을 생각했을까? 너무 깊숙이 숨겨놓은 나머지 내가 엄마의 친딸이 아니라는 사실을 잊어버리게 됐을까? 아니면 더는 아픔이 느껴지지 않는, 존재하긴 하지만 잊힌, 그러나 영원히 사라지지는 않는 흉터가 됐을까? 엄마가 감추던 비밀이 무엇인지 이젠 알게 됐지만 나는 여전히 내 인생에서 나의 친아버지가 사라지게 된 그 싸움에 관해서는 아무것도 아는 게 없었다. 나는 빌리가 내게 남겼다는 그 두툼한 봉투를 열었다.

다시 원점이었다. 똑같은 표지. 똑같이 거친 파도. 똑같은 비운의 배. 똑같은 배신. 『템페스트』의 대사만 다를 뿐이었다. 제5막에 표시된 푸로스퍼로의 대사였다. 마법의 책을 포기하겠다고, 복수를 향한 갈망도 멈추겠다고, 비록 앤토니오가 자신에게 한 행동을 뉘우치지는 않았지만 그래도 동생을 용서하겠다고 푸로스퍼로가 에어리얼에게 말하는 마지막 장면. 푸로스퍼로의 그 유명한 대사에 강조 표시가 되어 있었다.

**더 귀한 행동은
복수보다는 용서에 있다.**

나는 봉해져 있던 봉투를 손톱으로 뜯고 편지를 펼쳤다.

2012년 8월 1일
미랜더에게
"이제 저의 마법은 다 던져졌습니다.
저 자신의 힘만이 남아 있을 뿐이지만,
이것은 지극히 약할 뿐입니다."
푸로스퍼로처럼 나도 이야기 끝에서 네게 용서를 구하며 무대 위에 혼자 남아 있구나. 네가 분노하는 건 너무나도 당연하지. 내가 네게 거짓말했다는 사실을 알게 된 순간 어쩌면 너는 너무 화가 나서 이 여정을 그만뒀을지도 모르겠다. 하지만 그 오랜 시간이 지났음에도 나는 아직도 너를 잘 안다는 희망의 끈을 붙잡고 있어. 넌 이 수수께끼의 답을 찾을 아이라는 걸. 비록 그것이 배신감을 가져다줄 뿐일지라도 말이야.

1년 전이었어. 내게 병이 있다는 걸 알게 된 때가. 인생이 주마등처럼 눈앞을 스치고 지나간다는 사람들의 말이 사실이더구나. 그러나 내 눈앞을 스친 것은 내가 떠올리고 싶던 인생이 아니라 내가 망치는 바람에 가질 수 없게 된 인생이었어. 또렷하게 볼 수 있었지. 갓 태어난 딸을, 갓 태어난 우리 딸, 미랜더, 바로 너를 품에 안은 채 휠체어를 타고 병원을 나서는 에벌린의 모습을. 나는 너의 첫 요람에, 그 뒤로는 너의 침대에 매일 밤 널 눕히는 우리 두 사람의 모습을 볼 수 있었지. 빅베어에 있는 우리의 오두막집 계단에서 네가 뛰어 내려가는 소리, 수영하겠다며 호수에 풍덩 빠지는 소리를 들을 수 있었어. 에벌린은 네게 조심하라고 당부하면서 네가 집에 무사히 돌아올 때까지 걱정을 했지. 에벌린은 항상 걱정이 많았단다. 단지 우리가 함께 할 수 있었던 삶을 상상한 것뿐인데도 나는 그런 가정에서 벗어날 수가 없었어. 에벌린은 걱정하고 나는 그 걱정을 가볍게 넘기고. 끝없이 걱정하는 에벌린을 진정시키는 게 맞을 때도 있었어. 단 한 번을 제외하고. 결코 되돌릴 수 없는 그때 말이야.

내가 아프다는 말은 아무에게도 하지 않았다. 편지를 쓰는 이 순간에도 내게 얼마나 짧은 시간이 남았는지 아무도 몰라. 남들의 동정은 바라지 않으니까. 하지만 진짜 이유는 죽음이 다가온다는 사실을, 내 삶이 여기까지라는 사실을, 사랑보다 분노를 더 키운 대가로 가족도, 심지어 딸도 곁에 없이 인생의 마지막을 맞게 되었다는 사실을 내가 받아들이지 못하는 데 있다.

화가 났었지. 네 엄마에게 화가 났었다. 나를 푸로스퍼로로, 형제에게 배신당한 희생자로 여겼었다. 나의 왕국을 빼앗기고 멀리 쫓겨났다며 말이야. 단순한 분노였지만 난 오래도록 거기에 매달렸어. 그래야 내가 저지른 일을 잊을 수 있었거든. 널 보낸 건 내 선택이었지 네 엄마의 결정이 아니었는데.

난 언제까지고 에벌린의 죽음이 내 책임이라고 생각할 거야. 아무리 많은 사람이 그건 사고였다고 말해도 내 잘못이었다는 걸 나는 알고 있으니까. 에벌린이 그토록 원했던 걸 내가 빼앗았어. 에벌린은 자라면서 가족끼리 식사하는 것도, 명절을 보내는 것도, 함께 영화를 보는 것도 해본 적이 없었다고 했어. 그런 그녀에게서 그런 일들을 해볼 기회를 내가 빼앗아버린 거야. 집을 안전하게 만들어놓지 않아서, 에벌린을 안전하게 지키지 못해서 말이야. 나는 나 자신에게 너를 안전하게 지키는 법을 모른다고, 에벌린 없이 가족을 가질 자격이 없다고 말했지. 정말로, 너를 보면 에벌린이 떠오를까 봐, 아니면 너를 보고도 에벌린이 떠오르지 않을까 봐 난 두려웠다. 네가 에벌린을 영영 모르게 되는 것도 겁이 났다. 우리 둘만으로는 절대 온전한 가정을 만들 수 없을 것 같아서 무서웠다. 그래서 난 너에게만은 온전한 삶을, 탄생과 동시에 비극이 생긴 삶이 아니라 부모가 모두 있고 내가 절대로 줄 수 없는 안정이 있는 그런 삶을 만들어줘야겠다고 다짐했어. 난 나 스스로가 훌륭하다고 생각했단다. 용기 있다고 생각했어.

널 포기한 게 비겁할 뿐 용기 있는 일이 아니라는 걸 깨달았을 때 난 그 실수를 만회해보려고 노력했다. 하지만 너무 늦었더구나. 난 그걸 너희 엄마 탓으로 돌렸지만 사실 그건 내 잘못이었다. 내가 너무 오래 끌었어. 삼촌으로서 너를 어떻게 대해야 할지 몰라서 난 널 떠나버렸지. 그건 절대 용기 있는 행동이 아니었고 그래서 난 지금 네게 용서를 구하는 거란다.

네 엄마의 잘못이 아니었어. 내가 네 엄마를 말도 안 되는 상황에 끌어다 놓은 거였지. 네 엄마는 너를 친자식으로 대하는 법을 배웠더구나. 엄마로서 너를 사랑했어. 수전이 네 엄마지. 네 엄마에게 그런 일을 맡긴 것도, 나중에 다시 되돌리려 했던 것도, 내가 너무 비겁했어. 처음부터 받아들이지 않았더라면 좋았겠지만 수지에겐 선택의 여지가 없었어. 분노가 사라지고 나니 그제야 내 잘못이 확실하게 보이더구나. 수지를 용서했으면서도 그 애에게 사과하고 싶지는 않았어. 그 애에게 어떻게 사과해야 할지도 몰랐고. 하지만 네게는 진심으로 용서를 구하고 싶어. 어떻게 해야 하는지도 알겠고.

그러니 푸로스퍼로의 대사를 인용하마.

"당신도 죄를 용서받으실 테니

저를 관대하게 놓아주십시오."

빌리가.

바닷가에 앉아 빌리의 편지를 다시 읽었다. 밀려온 파도가 차가워진 발가락 위를 스치며 부서졌다. 1학년이 끝난 여름, 우리는 거의 매일 오후 바닷가에 왔다. 나와 엄마, 그리고 빌리, 이렇게 셋이서. 엄마는 아이스박스에 땅콩버터 샌드위치와 주스를 챙겨왔다. 모래 놀이용 삽과 양동이도 비치백에 넣어왔다. 빌리와 엄마가 내 양쪽 손을 잡고 셋을 세며 나를 번쩍 들어 올려주던 모습은 사람들이 보기에 영락없는 가족 같았을 것이다. 두 사람 모두, 엄마가 잡은 내 손을 에벌린이 잡아야 했다고 생각했을까? 빌리와 내가 엄마의 몸 위에 모래를 덮어 인어 모양을 만들었을 때, 엄마가 가슴팍 모래를 부수고 일어나 모래투성이인 팔로 나를 감싸 안고 바다로 뛰어들었을 때, 엄마는 에벌린이 그랬으리라 상상한 대로 연기했던 걸까? 빌리가 물속으로 쏜살같이 달려 들어왔을 때, 빌리가 파도 위로 나를 번쩍 들어 올리고 내가 떨어질까 걱정한 엄마가 나를 붙잡았을 때, 빌리는 늘 걱정이 많았던 에벌린도 그렇게 나를 잡았을 거라고 생각했을까? 나는 아직도 빌리가 나를 파도 위로 높이 들어 올리던, 모든 것이 완벽한 것 같았던 순간을 떠올릴 수 있었다. 전혀 완벽한 것이 아니었는데. 완벽할 수 없었는데. 엄마와 빌리가 나가떨어진 건 당연한 일이었다. 그렇게 긴 시간 동안 연기를 했다는 사실이 믿기 어려울 뿐이었다.

뒷주머니에 편지를 다시 넣은 나는 부둣가에서 낚시하는 중년의 남자들을 구경했다. 그중 몇 사람은 잔잔한 바다에 낚싯줄을 드리우고 있었다. 해초와 물고기가 가득 담긴 양동이를 두 손으로 끄는 사람들도 있었다. 큰 물고기가 잡히지 않는 이곳에서 낚기와 방생을 반복하는 그들은 양동이를 정리하거나 너무 작은 물고기나 낚시 허가 구역 인근에서 잡힌 물고기들을 바다로 다시 돌려보냈다. 그들은 잡힌 물고기가 조금이라도 큰 물고기이길 바라며 길이를 측정하기도 했다. 끝없는 반복. 그 속에 갇히고 싶지 않았던 나는 빌리가 내게 뭔가 더 남겨놓았기를 기대하며 편지를 읽고 또 읽었다. 그렇게 이어오던 연기를 빌리와 엄마가 무엇 때문에 그만두었는지 알고 싶었다. 인생을 바꿔놓은 싸움의 기폭제가 무엇이었는지 알고 싶었다. 아직까지도 나는 그 답을 찾지 못한 상태였다.

나는 청바지를 걷어 올리고 바다 안으로 조금 더 들어갔다. 파도가 내 발목을 감쌌다가 다시 물러갔다. 저를 관대하게 놓아주십시오. 빌리는 자신을 놔달라고 내게 부탁했지만 나는 여전히 그를 붙잡으려 애쓰는 중이었다. 주머니에서 다시 편지를 꺼냈다. 바람에 날아가려는 편지를 꽉 붙잡았다. 아직 나는 빌리를 놓아줄 준비가 되지 않았다.

게다가 이미 떠난 자신을 놓아달라는 게 무슨 의미인가? 빌리가 내게 용서를 구하는 건가? 푸로스퍼로 서점을 팔라고 내게 부탁하는 건가? 리는 자신과 에벌린이 푸로스퍼로를 사랑해서 서점의 상호를 그렇게 지었다고 했다. 만약 상호를 템페스트 서점이나 바드Bard* 서점이라고 지었더라면 그들의 과거가 달라졌을지도 몰랐다. 빌리가 푸로스퍼로처럼 되지 않았을지도 모르고, 용서를 구할 필요가 없었을지도 몰랐다. 내가 미랜더가 되지 않았을지도 모르고, '선한 여인'이었던 나의 엄마를 만났을지도 몰랐다.

　푸로스퍼로 서점. 예상했던 것보다 더 많이, 나는 그곳을 그리워했다. 서점이 내 차지였던 오후가 그리웠다. 이웃 주민들로 채워지는 오전 시간, 서점이 드물게 붐비기도 했던 시간, 단골들이 모자이크 타일로 마감된 테이블들을 가득 메우던 그 북적북적한 시간이 전부 그리웠다. 애너벨 리와 노골적인 섹스를 가르쳐주던 하워드 박사가 그리웠고, 자신의 글감을 훔쳐 갈까 신경을 곤두세우며 다른 작가들을 째려보던 극작가 레이도 보고 싶었다. 실라가, 사람들이 자신을 알아봐주기를 기다리던 그녀의 모습이 그리웠다. 루시아와 그녀의 문신이, 찰리와 그의 문신이 보고 싶었다. 맬컴도 그리웠다. 무엇보다 푸로스퍼로 서점이, 사랑과 직업과 거주지, 그리고 리의 목록에 내가 추가한 가족이 있는 그곳이 정말로 그리웠다.

　나는 무슨 말을 하고 있었던 걸까? 내가 머물 수 있을까? 3주 후면 개학이었고, 학기가 시작되기 3주 전에 학교를 그만둘 수는 없었다. 5년이나 함께 해놓고 교장에게, 동료 교사들에게, 제자들에게 그럴 순 없는 일이었다. 게다가 나는 역사를 사랑했다. 과거에 일어난 일들에 대한 여러 관점을 다른 사람들과 나누는 일을 사랑했다. 비록 내가 가르치는 걸 이해하는 학생은 드물었지만.

---

* 윌리엄 셰익스피어의 애칭.

하지만 그게 다였다. 나는 가르치는 일이 아니라 역사를 사랑했던 거
였다. 지나간 시간을 사랑했던 거였다.

20장

나는 휴대전화를 손에 꼭 쥐고 교장의 연락처를 보면서 기꺼이 통화 버튼을 누르려 했다. 그녀는 원래 화를 잘 내는 사람인 데다 내게 화낼 이유도 넘치도록 충분했다. 더욱이 학생들을 가르친 경험도 풍부했다. 그녀가 나로 하여금 죄책감을 느끼게 하겠지만 그래도 후회보단 죄책감이 나았다.

"미랜더, 저녁 먹으려고 막 앉던 참이었어요. 별일 없죠?" 교장이 전화를 받자마자 말했다.

"별일 없어요." 나는 오른쪽 엄지발가락을 차갑고 축축한 모래 속에 찔러 넣었다. 진흙처럼 부드러웠다.

"어쩐 일로?"

심장이 쿵쾅거렸다. "삼촌이 돌아가셨어요."

"정말 유감스러운 소식이네요."

"삼촌 재산 수습 때문에 지금 고향에 와 있어요." 질질 끌지 마. 나는 스스로를 닦달했다. 일은 끌수록 더 복잡해지는 법이었다. "여름 내내 예상치 못한 일이 많았어요. 어떻게 말씀드려야 할지 모르겠는데요. 죄송하지만 이번 가을 학기에 학교로 돌아가지 못할 것 같아요."

"학교로 돌아오지 못할 것 같다는 게 무슨 말이죠? 3주 후면 개학이에요.”

“말도 안 되는 타이밍이라는 거 저도 알아요.”

“최악의 타이밍이죠.”

“제가 얼마나 학교를 사랑하는지 잘 아시죠. 정말 중요한 제 삶의 일부예요.” 파도가 하얀 포말을 일으키며 내 발을 덮었고 종아리를 간질였다.

“새 학기가 시작되기 3주 전에 연락해놓고, 중요하다고요?”

“가족으로서 책임져야 할 일이 생겨서 그래요.”

“우리에게도 책임져야 할 일이 있어요.” 그녀는 내가 용서를 구하기를 기다렸다. “내가 뭐라고 말해야 합니까, 미랜더? 괜찮다고 말해주길 바라는 건가요? 괜찮지 않아요. 몹시 무책임하고 생각 없는 행동이라고요. 당신한테 너무, 너무나 실망했습니다.”

“그러시겠죠.” 파도가 물러간 후 그 쓸려나간 자국을 따라 나는 바다로 조금 더 들어갔다.

“이게 마지막이에요. 내일 전화해서 실수였다고 말하지 마세요.”

“실수하는 거 아닙니다.” 전화를 끊으며 내가 말했다.

다리가 찢겨 나갈 듯 차가웠지만 차가움에 적응될 때마다 나는 물속으로 조금씩 더 깊이 들어갔다. 차가운 물이 내게 고통을 주도록 놔두었다. 한 통의 전화가 더 남아 있었다. 몇 주 전에 해야 했던 그 전화였다.

“안녕.” 제이는 조심스럽게 전화를 받았다. “네 목소리를 다시 들을 수 있을지 궁금했는데.”

“내가 전화해야 했는데.” 바닷물이 튀어 청바지가 젖을 것 같았지만 나는 계속해서 발걸음을 옮겼다. 그러고는 가만히 서 있었다. 물 밖으로 달아나지 않았다.

“잘 지내?” 제이가 물어왔다.

"방금 그만뒀어." 나는 아무 생각 없이 말해버렸다.

"학교를 그만뒀다고? 젠장. 말도 안 돼." 제이는 잠시 말을 잃었다. "나 때문은 아니지?"

제이의 말에 정신이 번쩍 들었다. 제이는 당연히 그렇게 생각할 수 있었다. "나 때문이야. 여기 있으려고."

한참 동안 아무 대답이 없자 나는 제이가 전화를 끊었거나 잠이 들었다고 생각했다.

"네 물건은 어떻게 할까?" 제이가 차갑게 답했다. 제이의 냉담한 반응이 내게 더 편한 건 사실이었지만 난 그렇게 간단하게 끝내고 싶지 않았다. 싸움을 바란 건 아니었다. 나는 그저 우리가 만났었고, 서로에게 중요했다는 사실을 확인할 어떤 감정이 필요했을 뿐이었다. 제이와 내가 함께할 운명이 아닌 이유가 있었다. 그게 푸로스퍼로 서점은 아니었다. 삼촌도 아니었다. 맬컴은 더더욱 아니었다.

"글쎄. 가지러 갈 사람을 보낼게." 내가 말했다.

"그게 다야?" 제이의 말투는 여기서 얼른 주문을 받고 다른 테이블로 옮겨가려는 날랜 웨이터 같았다.

"응. 그게 다야." 내가 말했다.

전화를 끊고 나는 내 종아리에서 부서지는 파도를 바라보며 그대로 서 있었다. 방금 직장은 그만뒀고 남자친구와도 헤어렸다. 내 삶, 누구나 말하는 즐겁고 편안한 삶이 조금 전 모두 사라진 것이다. 왜 그랬을까? 푸로스퍼로 서점은 여전히 밑지는 장사를 하고 있었다. 우리가 당장 자선 행사로 한 달을 더 버틸 충분한 돈을 모은다 해도, 대출금 상환이 어려울 때마다 자선 행사를 열 순 없는 노릇이었다. 만약 서점 문을 닫게 된다면, 그땐 어디로 가야 하지? 그렇지만 초조한 마음이 들지는 않았다. 오히려 엄청난 안도감이 들 뿐이었다. 나는 바다로 한 걸음 더 들어갔다. 차가운 파도가 내 무릎까지 차올랐다 꺼지며 지난 나의 삶도 함께 데리고 사라졌다. 고난이 예정되어 있었지만 나는 이 전투에 이미 발을 담갔다. 내가 싸워야 할 이유에 푸로스퍼로 서점만 있는 건 아니었다.

당신도 죄를 용서받으실 테니, 저를 관대하게 놓아주십시오. 빌리는 청중을 향해 당신 자신의 악행을 기억하라고, 또 당신이 용서받기를 원하는 것처럼 그도 쉬이 용서해달라고 마지막으로 호소하는 푸로스퍼로의 대사로 편지를 끝맺었다. 당신도 죄를 용서받으실 테니. 나의 죄. 엄마를 죄인으로 만든 사람은 빌리만이 아니었다. 엄마는 말도 안 되는 상황에 놓였을 뿐이었다. 엄마는 나를 친엄마와 다름없이 사랑했을 뿐이었다. 나는 엄마가 엄마로서 나를 사랑하게 놔둘 수도 있었다.

누군가의 비명에 정신이 번쩍 들었다. 젊은 여자 하나가 자신을 물에 빠트리려고 하는 남자친구를 제지하며 내지르는 거짓 비명이었다. 그들이 첨벙거리며 바닷물을 튕기는 바람에 팔 위로 바닷물이 비처럼 쏟아졌다. 발에는 아무 감각도 없었다. 몸을 움직일 때마다 종아리가 찌릿찌릿 아팠다. 나는 얕은 파도를 뒤로하고 터덜터덜 걸어 나왔다. 홀딱 젖은 청바지와 티셔츠 차림으로 바다에서 걸어 나오는 내 모습이 어떻게 비칠지 그제야 신경이 쓰였다. 빌리는 엄마에게 어떻게 사과할지 몰랐을 수도 있지만 나는 아니었다. 나는 이제 집에 가야겠다고 생각했다.

현관 입구부터 로즈메리와 마늘 향이 풍겨왔다. 집 안은 요리하는 오븐의 열기로 훈훈했다. 현관 문설주에 기대선 엄마가 내 앞을 막고는 나를 바라보았다. 엄마가 무슨 말이라도 해주기를 기다렸다. 엄마 역시 내가 먼저 입을 열기를 기다린 게 분명했다. 엄마에게 할 이야기가 너무나 많아서 나는 어쩔 줄을 몰랐다. 교장과 제이를 대하던 그 용감함은 어디로 가버린 걸까. 엄마가 나를 좀 편안하게 해주기를 바랐다. 내가 뭘 해야 하는지 알려주기를 바랐다.

엄마가 내 바지를 쳐다봤다. 바지 끝부분이 딱딱하게 말라 있었다. "모래투성이네."

"바닷가에 있었어요." 그거면 모든 설명이 된다는 듯 내가 대답했다.

"기다려봐." 엄마는 문을 열어둔 채로 위층으로 뛰어 올라갔다. 부엌에선 음악이 흘러나오고 있었지만 뭔지는 알아들을 수 없었다. 돌아온 엄마가 바닥에 수건을 깔고 내게 들어오라고 손짓할 때까지 나는 밖에서 기다렸다. 엄마는 수건을 한 장 더 건네고는 내가 청바지를 벗는 동안 뒤로 돌아섰다. 내가 수건을 허리에 두르자 엄마가 몸을 굽혔다. 내 다리를 수건으로 닦아주고 모래를 털어주고 차근차근 나를 챙겨주는 동안 나는 나를 엄마에게 내맡겼다.

"됐다." 엄마가 이렇게 말하고는 내 팔을 꽉 잡고 일어섰다. "깨끗하네."

"엄마를 용서한다는 뜻은 아니에요." 내가 말했다.

엄마는 가장 낮은 계단에 앉아 두 손을 꽉 움켜쥐었다. "너한테 진작 말했어야 했는데."

"저는 여기서 어떻게 해야 해요?"

"모르겠어. 내가 너에게 뭘 바라는지는 알지만 네가 어떻게 해야 하는지는 모르겠다." 엄마가 말했다. 현관이 어찌나 조용한지 멀리서 들려오는 음악 소리를 배경으로 엄마가 두 손을 거칠게 비비는 소리가 들릴 정도였다. "진실이 밝혀질 거라고 늘 생각했어."

나는 엄마가 바닥에 깔아놓은 수건 위에 앉았다. 이곳에 머물 준비도, 진실을 들을 준비도 됐지만, 엄마 곁에 앉을 준비는 되지 않았다.

"네가 열두 살이 되었을 때 전부 말해야 했어. 너도 그때라면 이해했

399

을 텐데." 엄마는 용기 내어 나를 쳐다봤다. 엄마가 내게서 무엇을 본 건지, 내가 어떤 표정으로 엄마를 쳐다봤는지는 모르겠지만 엄마는 손을 천천히 풀어 자신의 무릎 위에 올렸다. "네가 빌리의 장례식에 갔던 날이었어. 네가 에벌린의 묘지를 봤다고 했을 때. 난 네가 모든 걸 알게 됐다고 생각했었어. 그게 아니란 걸 알게 됐을 땐 겁이 나서 도망쳤어." 다리를 쭉 뻗은 엄마는 근육으로부터 과거를 떨쳐내려는 듯 두 다리를 털었다. "내 잘못이었어. 내가 무슨 짓을 하는 건지 알고 있었으면서. 빌리는 너를 사랑했지만 아버지가 될 순 없는 사람이었어. 에벌린 없이는 말이야. 모든 게 너무나 꼬여갔지. 빌리와 내가 심하게 다툰 날 너한테 말해야 했어. 하지만 지금까지의 삶이 모두 거짓이었다는 말을 열두 살짜리 어린애한테 어떻게 하겠어. 어쩌면 빌리 때문이 아니었는지도 몰라. 네가 나를 미워하게 되는 게 싫었던 것도 있어."

"엄마를 미워하지 않아요." 내가 말했다.

"빌리는 나를 미워했어. 지금도 그렇고." 그 말을 내뱉은 순간 그녀의 눈물이 터져 나왔다. 엄마는 두 손으로 얼굴을 가렸지만 어깨는 계속 들썩거렸다. 엄마가 그렇게 우는 모습을 한 번도 본 적이 없었다. 그것은 마치 엄마의 파열된 틈으로 그 내면이 드러난 것처럼 아름답고 혼란스러웠으며 맹렬했다.

"난 너무 이기적이야. 모든 게 엉망이 된 건 너인데 내가 울다니."

"그러니까 그만 울어요." 내가 차갑게 대꾸했다. 엄마는 나의 냉담함에 놀라 울음을 멈췄다. 내가 아직 울지 않았으니 엄마도 울 수 없었다. 심지어 눈이 따끔거리지도 않았다. 재채기가 나오기 전에 느껴지는 간질거림조차 없었다. 난 이미 감정적으로 지쳐있었고 그저 진실을 알고 싶을 뿐이었다. 편안함을 원하는 게 아니었다. 엄마를 위로하고 싶지도 않았다. 마지막으로 엄마에게 원하는 건 그녀가 내게 진실을 말하는 거였다.

거실에 있는 책장으로 가 『템페스트』를 찾아 든 나는 다시 현관 입구로 돌아와 계단에 앉아 있던 엄마 옆에 앉았다. 그러고는 빌리가 내게 남긴 첫 번째 단서가 있는 부분, 즉 푸로스퍼로가 미랜더에게 이야기하는 장면을 펼쳤다.

"삼촌이 돌아가시기 전에 저한테 『템페스트』를 보냈어요. 이 책이 첫 번째 단서였죠." 나는 엄마가 깜짝 놀라며 '왜 진작 말해주지 않았니?'라고 반응할 줄 알았다. 하지만 엄마는 그저 내가 들고 있던 책을 건네받아 그 페이지에 적힌 대화를 읽었다. "초반만 읽으면 이 희곡이 복수에 관한 이야기인 것처럼 보이지만 실은 용서에 관한 이야기예요. 여기 보이죠?" 나는 푸로스퍼로의 대사를 손가락으로 가리켰다. "비록 그가 남동생이 자기를 어떻게 배신했는지 설명하긴 하지만 그는 곧 인정해요. '나는 점차로 국사에서 멀어지고 나만의 사사로운 연구에 몰두, 매료되었다.' 푸로스퍼로도 재산을 남동생에게 맡겨놓고는 자신의 연구에만 몰두했어요. 빌리는 엄마를 미워하지 않았어요. 엄마만큼이나 자기도 비난받아야 한다는 걸 알고 있었어요."

거기서부터 나는 『템페스트』 이후의 단서들을 엄마와 다시금 되짚어 나갔다. 과거와 엄마에게 사죄하는 빌리의 여정으로 재구성해서. 엄마와의 불화를 빌리가 후회하고 있다는 걸 알려주는 『제인 에어』부터 시작했다. "빈정거리려는 게 아니었어요. 제인의 삼촌은 화해하기도 전에 죽은 제인의 아버지와 싸웠던 것에 늘 죄책감을 갖고 있어요. 빌리도 엄마와 싸운 데 대해 같은 감정을 느끼고 있었던 거예요." 다음은 나를 빌리의 과거라는 환상의 세계로 이끈 『이상한 나라의 앨리스』였다. 이상한 방법으로 에벌린의 죽음을 애도하던 빌리로 하여금 그녀가 절대 다시 돌아올 수 없다는 사실을 인정하게 한 존 쿡 박사에게로 날 이끈 『프랑켄슈타인』도 있었다. 그 책은 어떻게 살아가야 할지 알 수 없었던 당시의 빌리가 자신만의 괴물을 향해 달리고, 그를 추적했음을 알려준 단서였다.『비행공포』는 빌리와 실라가 자신들의 슬픔을 육체를 통해, 욕망을 통해 잊어보려 했다는 사실을 알려주었다.『설득』은 버트가 허영심 강하고 얄팍한 사람이 아닌 치매에 걸려 망령이 든 사람이라는 걸 알려주었고,『분노의 포도』는 나를 빅베어로 이끌어 그 집을 보게 만들었다.

"거기에 갔었어?" 엄마가 물었다. 그때 갑자기 엄마가 앳돼 보였다. 가장 친한 친구와 팔짱을 끼고 고등학교 복도를 뛰어다녔던 십 대로 돌아간 것만 같았다.

나는 휴대전화를 꺼내 그 집의 난간 사진을 엄마에게 보여주었다. "두 사람 이니셜이 아직도 남아 있어요." 음각의 촉감을 느낄 수 있겠다는 듯 엄마가 손가락을 뻗어 화면을 더듬었다. "리를 기억하세요?"

"서점에서 일했던?" 엄마가 되물었다.

나는 엄마에게『비밀의 숲 테라비시아』덕분에 리를 만났고, 리가 에벌린에 대한 이야기를 들려줬으며 빌리가 품었던 죄책감에 대해서도 전해줬다고 상세히 말했다. 나는『템페스트』의 에필로그 부분을 펼쳐서 그가 남긴 사과의 편지를 엄마에게 보여주었다. 그는 우리에게 자신을 용서해달라고, 놓아달라고 애원하고 있었다. "빌리는 엄마가 내게 모든 걸 말해주기를 원했어요. 내가 엄마를 용서하기를 바라기도 했고요." 나는 엄마에게 말하는 동시에 빌리가 그것을 바랐다는 걸 깨달았다. 빌리는 내가 그를 놓아주기를 원했다. 또한 내가 이 비밀을 훌훌 털어버리기를, 그들이 만든 파국을 끝내주기를 바랐다.

"제 생일날 두 분이 왜 싸웠던 건지 전 아직도 몰라요. 빌리가 내 아빠가 되려던 것과 관련이 있다는 건 알겠는데 무슨 일이 있던 건지는 말해주지 않았어요. 빌리는 엄마가 내게 말해주기를 원해요. 내가 엄마의 관점에서 그 일을 이해하기를 바라는 거죠."

내가 만난 사람들, 실라와 리, 버트 중에서 빌리와 엄마 사이에 무슨 일이 있었는지 아는 사람은 없었다. 빌리는 엄마와 싸웠던 일을 아무에게도 말하지 않았다. 용서를 구하는 빌리의 편지에도 그 내용은 없었다. 자기는 엄마에게 용서를 구하는 방법을 모른다고 말했지만 실은 알고 있었다. 그 방법은 두 사람 사이의 싸움을 오직 엄마가 설명하도록 하는 것이었다.

엄마는 『템페스트』를 덮어 무릎 위에 올렸다. "어디서부터 시작해야 할까?"

무슨 말을 하시는 건지 모르겠어요. 대기실에 찾아온 의료진에게 엄마가 말했다. 일산화탄소라고요?

집 안에 어째서 일산화탄소가 가득 차게 됐는지 알아내기 위해 경찰이 조사하고 있어요. 의사의 목소리는 담담했다 폭설과 연관이 있을 가능성이 큽니다.

두 사람은 괜찮나요? 아, 엄마. 우리는 늘 답을 알고 있을 때 이 질문을 한다.

의료진은 좋은 소식 먼저 전했다. 빌리가 아직 산소탱크 안에 있긴 하지만 안정은 되찾은 상태라고, 자신들이 빌리의 수치를 주의 깊게 살피고 있다고 했다. 산소량이 너무 많아도 문제를 일으킬 수 있기 때문이었다. 의식은 부분적으로 깨어난 상태며, 가압으로 인한 손상과 부비강 문제를 해결하기 완화제를 투약하기 시작했다고도 덧붙였다.

잠수병이라고도 하는, 스쿠버 다이버들이 종종 걸리는 병입니다. 의사가 설명했다.

의료진은 빌리를 며칠 더 지켜봐야겠지만 지금 보이는 증상이 지속될 가능성은 거의 없다고 했다.

에벌린은요? 엄마가 물었다.

어떤 상황을 맞닥뜨렸을 때 자신이 어떻게 반응하게 될지는 그 자신도 알 수 없다. 엄마는 상상했을지도 모른다. 정신 나간 사람처럼 사지를 늘어뜨린 채 차가운 리놀륨 바닥을 주먹으로 내리치는 자신의 모습을. 하지만 장례식에서 에벌린의 시신이 땅속으로 천천히 가라앉을 때까지 엄마는 울지 않았다. 에벌린이 무신론자였음에도 그녀의 아버지는 천주교식으로 장례를 치르기를 원했다. 엄마는 버트와 싸울 생각도 못할 만큼 정신을 놓지 않은 것을 다행으로 여겼다. 빌리는 아무런 도움이 되지 못했다. 말이 되는 주장커녕 문장 하나도 겨우 완성하는 상태였으니까.

응급실에서 의료진은 설명을 이어갔다. 응급으로 제왕절개술을 해야 하는 상황이었다. 아기의 심장박동이 너무나 약했다. 의료진이 아기를 인큐베이터에 눕힌 뒤에야 아기의 심장이 안정되었다. 아기는 한 주 정도 더 병원 신세를 져야 했다.

"넌 태어나면서부터 포기를 모르는 존재였어. 기적이었지 정말. 넌 살아날 수 있는 상태가 아니었거든."

에벌린 역시 마지막 순간까지 치열하게 아기를 지켜냈다. 제왕절개로 배를 가르고 아기가 몸에서 나올 때까지 에벌린의 몸은 버티고 있었다.

에벌린은 어떤가요? 엄마가 다시 물었다. 엄마는 그들이 설명을 해주기를 기다렸다. 기억해야 하니까. 빌리에게 에벌린 상태를 전해야 하는 사람이 자신이라는 걸 엄마는 잘 알고 있었다.

수술 도중에 상황이 복잡해졌어요. 산소 포화도와 맥박을 면밀히 확인했지만 에벌린이 발작을 일으키기 시작하자 걷잡을 수 없었다고 의사들은 말했다.

이해가 안 돼요. 엄마가 말했다.

에벌린은 양수색전증으로 발작을 일으킨 것이었다.

정말 유감입니다. 의사들은 모두 똑같은, 훈련된 말투로 말했다.

이해가 안 돼요. 색전증? 발작? 아빠가 엄마를 끌어당겨 품에 안을 때까지 엄마는 계속 같은 말만 반복했다.

아기는 볼 수 있습니까? 아빠가 의사에게 물었다.

"에벌린은 엄마가 되려고 필사적으로 노력했어." 엄마가 내게 말했다. 빌리와 결혼한 직후부터 에벌린은 자신들이 만들어갈 가족의 모습을 계획하기 시작했다. 아이 세 명 그리고 골든레트리버 한 마리. 영화 속 완벽한 가족의 모습에는 언제나 골든레트리버가 등장했고, 에벌린과 빌리는 바로 그렇게 대단히도 완벽한 가정을 꾸릴 계획이었다. 에벌린은 무려 4년 동안이나 생리 주기와 배란 일을 체크했다. 그럼에도 다달이 생리를 하게 되자 에벌린은 세 명의 불임 전문의를 찾아갔다. 인공수정, 배란 유도제 복용 등 할 수 있는 건 다 했다. 그러나 모두 실패했다. "희망을 접더라고. 그런데 어느 날…… 어느 날……"

엄마는 늘 만나던 식당에서 에벌린을 기다리고 있었다. 기다리던 에벌린이 식당으로 들어서는데 어딘가 달라진 게 느껴졌다. 눈에 보이는 변화는 아니었다. 고작 임신 6주였으니까. 그러나 에벌린의 두 뺨은 평소보다 더 발그레했고 큰소리로 노래하고 싶은 것 같은 그런 얼굴이었다.

세상에, 너 생기로 아주 반짝반짝한다. 엄마는 제일 친한 친구를 껴안으며 당연히 건네야 할 말들을 건넸다. 축하해. 너무너무 기쁘다. 넌 정말 좋은 엄마가 될 거야. 모든 말이 진심이었다. 엄마는 에벌린의 임신 소식에 진심으로 행복했다. 에벌린이 훌륭한 엄마가 될 거라고 믿었다. 하지만 그건 곧 모든 것이 변한다는 뜻이었다. 너무나 못난 생각이라는 걸 엄마도 알았다. 그렇지만 더 이상 그들이 아이 없는 두 명의 여성으로서 만날 수 없게 됐다는 속상함은 떨쳐버릴 수 없었다.

"그 뒤로, 제일 끔찍했던 게 바로 이 생각이었어. 임신 기간 내내, 네가 점점 크는데도, 나는 에벌린이 임신한 게 아니기를, 엄마가 되지 않기를 바랐거든." 엄마의 울음은 점점 더 격해졌다. 나는 엄마를 달래주려는 마음을 이겨내느라 힘이 들었다. 엄마를 위로하고 엄마가 자신을 용서하도록 도와줄 마음까지는 먹지 못한 상태였다.

"나는 아이를 원한 적이 없었어." 엄마는 호흡을 가다듬고 내게 말했다. 삼십 대에 들어서서도 엄마는 여전히 열린 미래에, 전화 한 통이면 바로 일을 시작할 수 있는 상태의 가능성에 매달렸다. 당연히 엄마는 그럴 수 없었다. 아빠가 있었고, 그런 마법 같은 전화는 절대 걸려오지 않았으니까. "아이를 갖고 싶지 않았어. 난 오직 너만 원했을 뿐이야."

그렇게 작은 아기의 몸에 그렇게나 많은 관이 꽂힌 모습을 엄마는 한 번도 본 적이 없었다. 갑자기 열이 오르는 것처럼 모성이 들끓었다.

"넌 너무 창백했어." 엄마가 말했다. 내 머리를 만져도 좋다고 간호사가 허락하자 엄마는 내 작은 두개골, 멍처럼 보이는 까만 솜털 사이로 보이는 창백한 두피를 손으로 감쌌다. 에벌린은 이 아기를 이렇게 만져보지도 못했구나, 엄마는 생각했다. 에벌린은 나를 한 번 만져보지도 못했다.

에벌린이 병원에 있는 걸 버트가 어떻게 알았는지 엄마는 알 수 없었다. 마치 떨어져 지내는 딸의 일거수일투족을 지켜보는 사립 탐정이라도 고용한 것처럼 에벌린이 있는 곳에는 언제나 버트가 있었다. 그는 딸을 보기 위해 정신없이 병원으로 뛰어 들어왔다.

내 딸 어딨어! 버트는 불행히도 때마침 데스크에 앉아 있던 간호사에게 고함쳤다.

엄마는 버트의 어깨에 손을 얹었다. 그는 엄마를 알아보지 못했다.

수지예요. 엄마가 설명했다. 빌리 여동생이요. 와서 좀 앉으시겠어요? 엄마는 버트를 데리고 대기실로 갔다.

엄마가 의료진에게 들은 정황을 전해주자 버트는 전체 수사 책임자가 누구인지 물었다. 집에 가보았는지, 구급대원 이야기는 들어보았는지, 에벌린이 사망 전 얼마나 오랫동안 발작을 일으켰는지, 버트의 머릿속에는 이런 생각이 막 떠올랐다.

빌리, 빌리 짓이야, 그렇지? 버트가 말했다.

"버트는 절대로 빌리를 인정하지 않았어. 정말 어이없게도." 엄마가 말했다.

버트는 에벌린이 고등학생일 때, 그녀가 대학생을 만나는 것을 싫어했다. 둘은 빌리가 대학에 가기 전부터 사귀었는데도 말이다. 두 사람이 다시 만나게 된 후 에벌린이 한 달에 한 번 있는 가족 식사에 빌리를 데려갈 때면 버트는 비료가 얼마나 좋아졌는지 혹은 이종교배가 어디까지 발전했는지 물어보는 빌리의 질문에 답하지 않았다. 버트는 매달 다른 여자를 식사 자리에 데려왔지만 빌리는 늘 그대로였다. 새로온 여자가 에벌린에게 이제 막 시작한 경력이나 인도주의에 관한 의견을 물어보더라도 예의를 갖춰 대했다. 그런데 버트는 빌리의 직업이 무엇인지, 출신이 어딘지 모르는 사람처럼 행동했다. 둘이 결혼을 추진할 때도 빌리가 평범한 유대교 신자라는 점이 문제가 됐다. 네 엄마가 뭐라고 했을지 생각해봐라. 자신에게 이렇게 말한 버트에 에벌린은 화가 났고, 빌리가 결혼 축하 파티에 아버지를 초대해야 한다고 강하게 주장하기 전까지 장장 3개월이나 그와 말을 섞지 않았다.

"버트가 빌리를 비난했을 때 놀라지도 않았던 것 같아." 엄마가 말했다.

빌리는 전례가 없을 만큼 낮았던 체온 탓에 병원에 일주일 더 머물러야 했다. 눈은 녹지 않았다. 유리처럼 단단히 굳은 눈이 발밑에서 쩍쩍 갈라졌다. "날씨가 추워서 다행이었어. 안 그랬으면 경찰이 사고 원인을 못 찾았을 거야." 아니, 어쩌면 불행한 일이었는지도 몰랐다. 통풍구 위치를 지붕으로 잡지 않았더라면, 그곳이 눈으로 막히지 않았더라면, 빌리가 자책하지 않았을 테니까. 버트가 빌리를 비난하는 일도 없었을 테고.

버트는 눈이 녹기 시작할 무렵까지 빅베어 인근을 떠나지 않았고 결국 문제를 일으켰다. 그는 집에도 직접 가보고 형사들도 직접 만나며 이 사고를 살인 사건이라 밀어붙였다. 그러나 형사들은 버트의 그런 주장을 묵살했고 그것은 그를 더욱더 완고하게 만들었다.

"버트가 에벌린의 유산과 양육권 소송을 시작하기 전까진 독립 수사 기관이 뭔지도 몰랐어."

"양육권이요? 제 양육권?" 나는 가족이 있어야 할 자리에 일하는 사람들이 있고 친구들이 있어야 할 자리에 가구들이 있고 엄마가 있어야 할 자리에 새 아내들이 있는 버트의 그 큰 집에서 사는 인생은 어떠했을지 그려봤다.

"모든 게 끔찍했어. 거의 2년이나 이어진 싸움이었지. 버트가 끝까지 포기하지 않았거든. '다 줘버려. 난 가질 자격도 없어. 내가 에벌린을 죽였으니까'라고 빌리가 말할 것 같더라고. 그런 빌리 옆에 버트의 변호사가 머물게 놔둘 수 없었어. 네 아빠가 모든 걸 다 해결해야 했지. 버트 때문에 빌리가 겪은 일은 정말 지긋지긋했어."

태어난 지 열흘 만에 나는 드디어 병원 밖으로 나왔고, 이후 빌리와 나는 엄마 아빠와 함께 지내게 됐다. 엄마와 아빠는 빌리가 자는 방에 아기 요람을 가져다 놓았다. 빌리는 요람을 한 번 쳐다보고는 고개를 저었다.

안 되겠어. 아기는 다른 방으로 데리고 가줘.

빌리, 신생아는 혼자 자면 안 돼. 엄마가 설명했다.

네가 봐줄래? 빌리가 물었다. 엄마를 보던 빌리의 눈길이 아빠에게로 옮겨갔다.

좋은 생각은 아닌 것 같은데. 아빠가 애써 거절했다.

아기랑 친해져야지. 엄마도 거들었다.

내가 나를 믿지 못하겠어서 그래. 부탁이야 수지. 제발 내게 맡기지 말아줘. 빌리가 너무나 간절해 보여서 아빠는 요람을 자신들의 침실로 옮겼다. 빌리에게는 당분간만이라고 못박으면서.

처음 몇 주 동안 빌리는 나를 안지도 않았다. "원래 아기가 생기면 아빠들은 겁을 내. 자기가 아기를 다치게 할까 봐. 하지만 빌리에겐 다른 이유가 있었어." 빌리는 엄마가 다정한 자장가를 부르며 나를 안는 모습을 바라보기는 했다.

네가 진짜 엄마 같다. 네 목소리에 아기가 반응하는 것 봐.

오빠 목소리에도 반응할 거야. 엄마가 나를 안고 있던 팔을 빌리 쪽으로 뻗으며 말했다. 빌리는 고개를 저었다. 오빠 잘못이 아니야. 끔찍한 사고였을 뿐이라고. 그렇게 계속 자책하지 마.

빌리는 건성으로 고개만 끄덕이더니 방을 나갔다. 결국엔 엄마도 빌리한테 나를 안아보겠냐고 묻는 걸 그만뒀다. 그저 사고일 뿐이라는 말도 더는 하지 않았다. 자책하지 말라는 말도.

빌리가 떠난 건 내가 태어난 지 6주가 된 때였다. '옛날 친구 보러 간다. 며칠 후에 올게.—B.' 식탁 위에 올려둔 쪽지에는 그렇게 적혀 있었다. '내 딸을 잘 부탁해' 같은 말은 없었다. '며칠 후에 올게.' 그게 다였다.

쪽지를 처음 본 사람은 아빠였다. 밤새 나 때문에 세 번이나 깼던 엄마는 그때껏 침대 위에 있었다. 화가 난 아빠는 쿵쿵거리며 침실로 들어가 나를 가슴에 안고는 쪽지를 엄마 눈 앞에 흔들었다. 엄마는 나를 안고 있는 아빠의 모습이 매우 자연스러운 것에 오히려 더 놀랐다.

알고 있었어? 아빠가 소리쳤다. 내가 울기 시작하자 아빠는 다정한 목소리로 어르고 뽀뽀하며 나를 토닥였다.

나라고 어떻게 알았겠어. 쪽지를 받아들며 엄마가 말했다.

그냥 이렇게 떠난 거야?

엄마는 쪽지에 적힌 글자를 그대로 읽었다. '며칠 후에 올게'라잖아.

그럼 우리가 미랜더를 돌봐야 하는 건가? 아빠는 분명 엄마를 쏘아보았지만 마치 기대가 된다는 듯 목소리 끝이 올라갔다.

우리가 돌봐야지. 난 좋아.

그게 중요한 게 아니잖아. 그렇게 말한 아빠는 그럼에도 나를 안은 채 밖으로 뛰쳐나가버렸다.

엄마는 반쯤 잠든 상태로 침실에 남아 생각을 정리했다. 빌리가 어딜 간 걸까? 왜 연락처도 남기지 않은 거지? 친구 이름은? 왜 말도 없이 사라지려고 한 걸까? 빌리가 사라질 리는 없다. 엄마는 그렇게 단정 지었다. 빌리가 에벌린의 딸을 버릴 리가 없었으니까.

아빠는 식탁에 앉아 커피를 마시며 내가 누운 요람을 흔들어주고 있었다. 내게 익살스러운 표정을 지어 보이는 그를 보며 엄마는 깨달았다. 그는 언제나 진지했고, 그래서 결코 우스꽝스러운 표정을 지어본 적이 없었다는 걸. 엄마는 혀를 날름 내밀고 눈을 질끈 감은 아빠의 얼굴을 보는 게 즐거웠다. 긴장 풀린 그의 모습을 구경하는 건 재미있는 일이었다.

미안해. 엄마가 곁에 와서 앉자 아빠가 말했다. 당신 잘못이 아니야. 그냥…… 이런 상황이 지속될수록 빌리가 더 힘들어질 것 같아서. 엄마는 아빠의 말이 무슨 뜻인지 알았다. 나를 돌보는 기간이 길어질수록 나를 떠나보내기 더 힘들어질 것 같다는 뜻이었다.

"그때 빌리가 어디에 있었는지 난 몰라. 무슨 일이 있었던 건 분명해. 왜냐하면 그 이후에 집단 상담에 다니기 시작했거든. 그리고 얼마 지나지 않아서 빌리는 너를 안기 시작했어. 네가 울기 시작하면 곧장 내려놓기는 했지만 너와 교류하기 시작한 거지. 그렇다고 상황이 뒤바뀌진 않았어. 우린 빌리를 일상으로 돌아오게 하려고 할 수 있는 모든 시도를 다 했었지." 새로운 일상은 결코 평범한 일상이 되지 못했다. 빌리는 계속해서 애써야 했다.

그렇게 6개월이 지났을 때 아빠는 더는 참을 수 없게 됐다.

계속 이렇게 지낼 수는 없어. 아빠가 엄마에게 말했다. 두 사람은 부엌에서 작게 속삭였다. 빌리는 위층 손님방에 잠들어 있었다. 나는 엄마와 아빠의 침실에서 자고 있었다. 벌써 6개월이나 지났어.

얼마나 됐는지는 나도 알아.

당신은 이 상황이 정말 괜찮아? 빌리는 한 번도 미랜더와 단둘이 있지를 않았어. 미랜더의 기저귀를 갈아주려고 하지도 않는다고.

내가 어떻게 했으면 좋겠어 데이비드? 빌리는 아직 에벌린의 죽음을 슬퍼하잖아.

우리와 평생 함께 살 수는 없어.

평생이라고 말한 적 없어. 빌리에겐 그저 시간이 필요한 거야. 빌리가 아직 저런 상태인데 나보고 미랜더를 빌리와 단둘이 살게 하라는 거야?

두 사람은 서로를 맹렬하게 쏘아보았다. 그러다가 아빠의 시선이 엄마의 뒤를 향했고 엄마도 아빠의 시선을 따라 뒤를 돌았다. 거기엔 빌리가 있었다. 수면제에 취한 멍한 눈의 빌리가 아일랜드 식탁에 기대서 있었다.

물 좀 마시려고. 빌리는 두 사람을 지나쳐 싱크대로 향했다. 빌리가 컵에 물을 가득 채워 부엌을 나설 때까지 두 사람은 그를 바라보았다. 빠르게 계단을 올라간 빌리가 손님방 문을 가만히 닫는 소리가 들렸다.

우리가 말한 걸 들었을까? 엄마가 아빠에게 물었다.

당연하지.

어쩌면 빌리가 들어야 할 이야기였는지도 몰랐다. 다음 날 아침, 엄마가 나를 옆구리에 안고 아래층으로 내려왔을 때 셔츠와 정장 바지를 입은 빌리가 컵과 그릇을 식기세척기에 넣고 있었기 때문이다.

새 직장 면접이 있어. 빌리가 거울 앞에서 넥타이를 매며 말했다.

빌리, 어젯밤 이야기는 말이야. 엄마와 빌리의 눈이 거울 속에서 마주쳤다.

신경 쓰지 마. 빌리가 대답했다.

우린 정말로 오빠가 원할 때까지 미랜더와 여기 있어도 괜찮아.

데이비드 말이 맞아. 평생 여기 머물 수는 없지. 빌리는 넥타이 매듭을 셔츠 칼라까지 끌어올렸다.

"그때도 빌리의 '평생 여기 머물 수는 없지'라는 말이 너무 이상했어. 너를 데려갈 생각이 전혀 없다는 걸 그때 알아챘어야 했는데. 빌리는 자기가 무슨 말을 하는지도 모르지 않았나 싶어."

저녁 6시가 되어도 빌리는 돌아오지 않았다. 엄마는 패서디나에 있는 빌리의 집으로 전화를 걸었다. 집에 가진 않았겠지만 달리 연락할 곳이 없었다. 전화를 받지 않자 엄마는 음성 메시지를 남겼다. 빌리, 수전이야. 언제 돌아올지 몰라서. 이거 확인하면 전화해줘. 뭐 하고 있는지 내게 알려줘, 알았지?

7시가 되자 엄마는 푸로스퍼로 서점에 전화했다. 응답한 사람은 리였다. 엄마는 빌리를 찾았다. 수전이에요. 엄마가 말했다.

잠시 정적이 흘렀다.

빌리랑 함께 지내는 줄 알았는데요. 우린 빌리를 몇 달이나 못 봤어요.

우리랑 같이 있긴 해요. 혹시 빌리가 거기 들렀나 싶어서. 금방 집에 올 거예요.

우리한테 전화해달라고 좀 전해줄래요? 우리도 걱정하고 있거든요.

자기도 지금 매우 걱정하고 있다는 말을 삼킨 엄마는 그러겠노라고 약속했다.

7시 30분이 됐다. 퇴근하고 집으로 돌아온 아빠는 식탁 위에 차려진 2인분의 식사를 보았다. 나는 식탁 옆에 있는 아기 울타리 안에 있었다.

빌리가 어디 있는지 모르겠어. 엄마는 아빠 자리에 닭고기와 구운 감자가 담긴 접시를 내려놓으며 말했다.

돌아올 거야. 아빠가 장담하듯 말했다. 아빠는 나를 들어 올려 무릎 위에 앉히고는 위아래로 흔들어주었다. 음식을 먹으면서도 나를 무릎에서 내려놓지 않았다. 엄마는 아빠가 어젯밤 부엌에서 나눴던 대화를 다시 이어가주기를 기다렸다. 그땐 엄마도 아빠의 의견에 동의할 준비가 되어 있었다. 계속 이렇게 지낼 수는 없었다. 이렇게 말없이 사라지는 것도, 손님방에서 지내는 것도, 침실에 아기 요람이 있는 것도, 부모 역할을 하는 것도. 돌아올 거야. 아빠가 한 번 더 말했다.

"경찰에 신고하려고도 했었어. 그치만 빌리는 소송 중이었고 빌리가 사라진 걸 버트의 변호사가 알게 되면 소송에 해가 될 거라고 네 아빠가 말하더라고. 근데 이상한 게 있지, 빌리에게 연락 오지 않는 시간이 길어지면 길어질수록 걱정을 덜 하게 됐어. 죽었으면 소식이 오겠지 싶었거든."

빌리가 돌아오지 않는 하루하루가 쌓여갈수록 엄마의 두려움은 분노가 되어갔다. 엄마는 빌리가 에벌린의 죽음에서 여전히 벗어나지 못하고 있는 거라고 스스로 되뇌었지만 그건 엄마도 마찬가지였다. 엄마도 에벌린의 죽음이 애통했지만 내게 우유를 먹여야 했기에 한밤중에 일어났다. 장을 봤고, 식사를 준비했고, 병원도 예약했고, 기저귀도 갈았다. 빌리는 그냥 사라져버렸지만 말이다.

무엇보다 엄마를 화나게 한 건 자신이 엄마 역할을 사랑하고 있다는 사실이었다. 늦게까지 일했던 아빠 탓에 나를 가족 아닌 다른 사람에게 맡기고 싶지 않았던 엄마는 공연을 두 개나 고사해야 했다. 하지만 그건 문제가 아니었다. 엄마는 그저 내가 자기 목소리를, 냄새를, 얼굴을 알아보는 게 너무나 좋았다. 슈퍼마켓에 나를 데리고 갈 때마다 사람들이 다정하게 말을 걸면서 정말 예쁜 딸이라고 해주는 것도 너무나 좋았다. 오후의 공원에서 나를 안고 놀이터를 누비는 더 큰 아이들을 바라보는 것도, 다른 엄마들이 자신에게 미소를 건네는 것도 좋았다. 그렇게 자신도 그들의 일부라는 듯 미소로 화답하던 엄마는 불현듯 떠올렸다. 내가 자신의 아이가 아니라는 것을, 빌리가 언젠간 돌아오리라는 것을, 그리고 그가 원하면 나를 보내줘야 한다는 것을.

21장

"그래서 노래를 그만둔 거였어요?" 내가 물었다. 우리는 여전히 계단에 앉아 있었다. 나는 내 무릎에 엄마의 무릎이 스치도록, 우리가 같이 앉을 수 있도록 몸을 뒤로 기댔다. "저 때문에요?"

엄마는 부정했다. "시기가 그랬던 거야. 그리고 시기보다 더 중요한 게 있었어. 인생을 살면서 다른 새로운 걸 추구해보는 것도 괜찮다는 걸 네가 나한테 알려준 거지." 엄마의 그 말을 믿어도 될지 확신할 수 없었다. 엄마의 표정에는 그 말을 사실이라 믿고 싶어 하는 마음이 담겨 있었다. 내가 엄마를 구했다고, 엄마는 그렇게 믿고 싶은 듯했다.

"그래서 빌리는 언제 돌아왔어요?" 내가 물었다.

"일주일도 더 지나서?" 믿을 수 없다는 듯 엄마가 웃었다. "다시는 보지 않겠다고 생각했을 때 아무 일도 없었다는 듯 의기양양하게 돌아오더라고."

손님방은 깨끗하게 치워져 있었고 창문은 환기를 위해 열어둔 상태였다. 엄마는 서재에 유아용 침대를 두고 그곳을 임시 아기방으로 꾸몄다. 그날은 일요일이었다. 엄마는 닭고기 구이를 만들고 있었다. 그때 벨이 울렸고, 나를 안은 아빠가 현관으로 향했다. 부엌에 있던 엄마는 아빠의 목소리를 들을 수 있었다. 누가 왔나 보렴 미랜더. 빌리야. 엄마는 아빠가 내게 빌리를 "네 아빠"가 아닌 이름으로 소개했다는 걸 눈치챘다. 빌리도 알아챘을지 엄마는 궁금했다.

엄마는 빌리와 포옹하지 않았다. 곧장 용서하며 안아줄 마음이 없었다. 빌리는 엄마에게 직사각형의 상자 하나를 건넸다. 검은색 바탕에 금색 새들이 있는 칠보 접시였다.

베이징에서 샀어. 빌리가 말했다.

베이징? 엄마가 물었다.

콘퍼런스가 있었거든.

뭐 하자는 거야 빌리?

알아. 그냥 좀 벗어나야 했어.

엄마는 그에게 고함치고 싶었다. 일주일 내내 잠 설치며 걱정했던 그녀였다. 아무 말도 없이 그렇게 사라져버린 건 너무나 이기적이었다. 이기적이라는 말로는 부족했다. 딸을 그렇게 내팽개쳐두고 갑자기 베이징에 갈 순 없었다. 뜬금없이 베이징은 왜 간 거지? 지진학 관련 현상은 캘리포니아에도 차고 넘친다며 다른 곳엔 가지도 않았으면서. 지금이 정말 그렇게나 갑자기 해외여행을 할 때인가? 빌리에게 소리쳐 묻고 싶은 건 이뿐만이 아니었다. 엄마 앞에 서서 야단맞기를 기다리는 빌리는 너무나 젊어 보였다.

엄마는 마음에 있던 말 대신 접시가 너무 아름답다고 말했다.

저녁 먹는 내내 빌리는 자신의 중국 여행기로 엄마와 아빠를 즐겁게 했다. 다우大悟, 예청葉城, 탕산唐山, 그리고 빌리가 발음하기 어려워하는 지역의 이야기였다. 대부분이 중국의 시골이었는데 몇 년이 지난 지금까지도 지진으로 인한 표면의 파열을 눈으로 확인할 수 있었다. 엄마와 아빠는 그의 이야기를 인내심을 갖고 들으면서 빌리가 자기 딸에 대한, 그가 자리를 비운 일주일 동안 딸이 얼마나 자랐는지에 대한 대화를 시작해주기를 기다렸다. 그러나 빌리는 나를 언급조차 하지 않았다. 그 어떤 사과도, 나를 돌봐준 데 대한 고마움도 표하지 않았다.

저녁 식사가 끝나고 빌리는 엄마를 도와 부엌으로 접시를 옮겼다. 내가 울기 시작하자 엄마는 나를 아기 울타리에서 꺼내 들어 올렸다.

코 잘 시간이네. 엄마는 내게 뽀뽀하며 위층으로 올라갔다. 등 뒤에서 빌리가 말했다.

이제 혼자 자? 빌리가 임시 아기방으로 따라들어오며 물었다.

요람에서 자기엔 좀 컸거든. 그래서 여기에 유아용 침대를 둔 거야. 그곳에는 유아용 침대뿐 아니라 기저귀 교환대, 엄마가 밤마다 내게 읽어줬던 동화책이 가득 꽂혀 있는 작은 책장까지 있었다.

엄마는 나를 잠옷으로 갈아입혔다.

해봐도 돼? 내게 손을 뻗으며 빌리가 물었다.

윗도리 입힐 때는 조심해야 해. 빌리는 잠옷 윗도리 속에 나를 묻어버렸고 나는 울어젖히기 시작했다. 그 모습에 풀 죽은 빌리는 내게서 잽싸게 도망쳤다. 곧장 달려온 엄마가 날 윗도리 밖으로 꺼내주었다.

얼굴 가려지는 걸 싫어해. 매번 울더라고.

빌리는 먼발치에 있는 벽에 기대서서 나를 도로 눕히는 엄마의 모습을 바라보았다.

엄마와 빌리는 아빠가 있던 거실로 갔다. 엄마는 저녁내 피했던 대화를 드디어 나눌 수 있으리라 고대했다. 그러나 빌리는 차 한 잔 마시지 않겠냐는 엄마의 제안을 가봐야 한다는 말로 거절했다.

어디에 가는데? 엄마가 물었다.

집에. 빌리가 대답했다.

미랜더는?

세상에 빌리. 미랜더를 그냥 이렇게 두고 가면 어떡해. 아빠의 목소리에는 어쩐지 기대감이 묻어 있었다.

내일 다시 와서 놀아줄게. 집을 나서던 빌리가 말했다.

엄마와 아빠는 빌리의 차가 후진하며 집을 빠져나가는 모습을 지켜보았다.

내일 안 올 거야. 아빠가 말했다. 절대 용납할 수 없어. 그러나 그런 그의 목소리에서는 어떤 달뜬 기운이 느껴졌다.

그날 밤 엄마는 잠을 잘 수가 없었다. 도대체 무슨 일이 있었던 걸까? 빌리는 이런 식으로 부모님께 나를 맡기려던 거였을까? 엄마와 아빠가 나를 맡아줄 순 있었을까? 그렇다면 버트는? 그가 우리 부모님보다 먼저 양육권을 양도받지 않았을까? 만약 다음날 빌리가 정말로 나타났다면? 나타나서 나를 데려가겠다고 했다면? 엄마는 나를 보낼 수 있었을까?

"중국의 지진 구역을 다녀온 후부터 빌리의 출장은 끊이지 않았어." 빌리는 재난 수준의 지진에 투입되는 정찰팀에 합류했다. 지진이 발생하지 않은 때는 콘퍼런스와 조사 위원회, 전문가 방문 일정이 잡혀 있었다. 출장 사이사이 빌리는 우리 집에 와서 내가 잠들 때까지 있다가 돌아갔다. 빌리의 방문이 너무 들쭉날쭉한 탓에 나는 그를 낯설어 했다. 그는 멕시코나 뉴질랜드에서 돌아와서는 나를 웃기겠다고 과장된 표정을 지어 보였는데, 기대와 달리 내가 울음을 터트리면 곧장 실망하는 얼굴이 되어 엄마에게 나를 넘기곤 했다.

몇 분만 더 있어 봐. 그럼 오빠 얼굴에 익숙해질 거야. 엄마의 회유에도 그는 나를 다시 안으려 하지 않았고, 그 다음번에도 내가 울면 나를 엄마에게 넘겼다. 또다시.

"그러다 네가 말을 하기 시작했어." 엄마는 아기들한테 가장 쉬운 발음이 '다다'라고 알고 있었지만 정작 내가 외친 건 엄마였다. 엄마가 아빠 사무실 임원 중 한 사람의 거실 인테리어 작업을 한창 도울 때였다. 그와 그의 아내는 그들의 집이 퍼시픽팰리세이즈에 있는 유리와 콘크리트로 마감된 집임에도 미적 특질을 찾는 데 혈안이 되어 있었는데, 결정권은 물론 그들에게 있었고 엄마는 오직 큐레이터 역할만 수행해야 했다. 그들이 첫 고객인 탓에 사실상 무료로 일을 봐준 셈이었다. 엄마는 식탁 위에 페인트 견본과 가죽 샘플을 늘어놓고는 나의 의미 없는 옹알이를 애써 무시하고 있었다. 그때였다. 아기 울타리 안에 있던 내가 갑자기 바닥을 탁 쳤다.

엄마, 내가 외쳤다. 엄마.

엄마는 나를 들어 올려 자신의 얼굴 가까이로 끌어당겼다. 아니야 미랜더. 나는 고모야. 수전 고모.

엄마. 엄마는 내 얼굴에서 에벌린의 눈동자를 보았다. 그렇지만 그 두 음절의 단어가 엄마에게 주는 기쁨을 거부할 수 없었다. 엄-마.

빌리에게 알려야 했다. 집에 돌아온 아빠의 첫마디도 같았다. 빌리에게 알려야 해.

당연히 말할 거야. 엄마의 말투는 방어적이었다.

아빠는 울타리 안에 있던 나를 안아 올려 공중에서 빙빙 돌렸다. 이렇게 될 때까지 질질 끄는 게 아니었는데.

나를 돌보는 1년 동안 엄마는 오디션을 보지 않았다. 대신 흥미가 생길 것 같은 인테리어 디자인 저녁 강좌에 등록했다. 인테리어는 파트타임으로도 할 수 있는 일이었다. 아빠 말이 맞았다. 두 사람은 이 환상을 너무 오래 끌어왔던 거였다.

빌리는 마침 출장 중이었고, 그가 어디로 갔는지 엄마는 알 수 없었다. 언제나 빌리는 미리 연락할 시간이 없었다면서 그렇게 불쑥 떠나버렸다. 통화하는 데 시간이 얼마나 걸린다고. 엄마는 신문으로 한 시간 간격으로 타이완에 발생한 두 건의 지진을 확인했고, 타이베이에 있는 빌리의 모습을 상상했다. 엄마는 늘 다른 과학자, 연구원, 사회학자와 함께 있는 그의 모습을 궁금해 했다. 그들은 빌리가 죄책감에서 벗어난 구원자라는 걸 알까? 어쩌면 그들도 죄책감과 후회로 가득 찬 사람들일지도 몰랐다. 그게 아니라면 왜 그렇게까지 끊임없이 그 많은 비극과 그 많은 죽음의 복판으로 본인들을 몰아넣겠는가.

빌리는 며칠 뒤에야 연락을 해왔다. 지진으로 붕괴한 2층짜리 상가에서 살아남은 생존자들을 조사하고 돌아온 직후였다. 그는 과연 미랜더를 보러 올 수 있을까? 엄마는 그에게 그래도 된다고, 조심스레 말했다.

빌리의 자동차 불빛이 집 앞 진입로를 비추자 아빠는 나를 내 방으로 데리고 갔다. 낮잠을 자기엔 너무 늦었고 그렇다고 잠자리에 들기에도 이른 시간이었지만, 부모님은 자신들이 빌리에게 상황을 설명하기도 전에 내가 엄마라고 말하는 걸 빌리가 듣게 하고 싶진 않았다.

빌리는 엄마에게 줄 잎차 한 상자를 들고 문 앞에 서서 환하게 웃고 있었다. 부모님의 걱정스러운 표정을 보기 전까진 그랬다.

미랜더는 어디 있어? 미랜더 괜찮아? 빌리가 물었다.

위층에 있어. 아빠가 대답했다.

차를 받아든 엄마가 빌리를 거실로 이끌었다. 에벌린이 죽은 후 그가 술을 마시지 않으려 한다는 걸 알고는 있었지만 그들은 소파 테이블에 와인 한 병을 올려두었다. 와인 한 잔이 꼭 필요한 순간이 있다면 바로 그 순간이었으니까.

무섭게 왜들 이래. 와인을 본 빌리가 말했다.

미랜더가 처음으로 말을 했어. 엄마가 입을 뗐다.

음, 정상적인 속도 아닌가? 좋은 소식이잖아.

빌리, 미랜더가 엄마라고 했어.

그 말의 의미를 이해하기 전까지 빌리의 얼굴은 밝았다.

수전과 내 생각인데, 지금이 이 관계를 다시 고민해봐야 할 시기인 것 같아. 아빠의 말투는 꼭 변호사 같았다. 평소 엄마가 아주 싫어하는 말투였지만 그 순간만큼은 직업인으로서의 면모를 쉽게 드러내는 아빠가 오히려 다행으로 느껴졌다. 우리는 미랜더를 굉장히 좋아하지만 미랜더가 헷갈려 하게 될까 봐 두려워.

심리적으로 굉장한 상처가 될 수 있어. 자기 엄마가 누구인지 헷갈린다면 말이야. 엄마가 가세했다. 엄마가 말한 건 부모가 아닌 엄마였다. 단수형. 엄마는 왜 그렇게 말해야만 했던 걸까?

지금 내가 데려가는 게 미랜더에게 큰 충격을 주진 않을까? 빌리가 물었다.

미랜더가 적응할 때까지 내가 함께 가서 있어 줄게. 아직 어리니까 금방 적응할 거야. 엄마가 말했다.

그럼 내가 출장 가야 할 땐 미랜더를 너한테 맡겨도 되니?

빌리, 출장은 그만 가야 할 거야. 연구소에서도 네가 돌아간다면 좋아할 거야. 아빠가 말했다.

미랜더가 좀 더 크면, 그땐 다시 출장을 다닐 수 있겠지. 엄마가 거들었다.

출장을 안 갈 순 없어. 빌리가 말했다.

아빠는 안절부절못했고 점점 바닥을 드러내는 아빠의 인내심이 엄마에겐 보였다.

오빠는 미랜더의 아빠야. 아버지로서의 책임이 우선이지. 엄마가 말했다.

애를 어떻게 돌봐야 하는지 나는 몰라.

그야 노력하지 않아서 그렇지. 모든 책임을 우리한테 떠넘겼잖아. 아버지로서 완전히 직무 유기였다고. 아빠가 말했다.

에벌린을 그리워한다는 거 알아, 빌리. 우리도 그리워. 하지만 오빠 딸한텐 지금 오빠가 필요해. 엄마는 빌리에게 다가가 자신의 두 손으로 빌리의 손을 잡았다. 그 손을 마지막으로 잡아본 게 언제였는지 기억할 수도 없었다. 어쩌면 빌리의 손을 잡아본 적이 없었는지도 몰랐다. 이젠 자신을 좀 용서해.

내 말을 알아듣지 못하는구나. 미랜더를 안을 때마다 내가 그 애를 떨어트려서 머리를 박살 낼까 봐 겁나서 그래. 걷기 시작하려는 모습을 볼 때마다 그 애가 내 눈앞에서 넘어져서 잘못되는 상상을 하게 된다고.

그런 걱정은 자연스러운 거야. 애들은 넘어져. 그렇게 애들이 넘어질 때 지나치게 걱정하지 않는 법을 우리도 배우는 거야. 엄마가 설득했다.

난 모든 게 걱정돼. 미랜더는 평범한 유년기를 보내야 하는데. 그게 에벌린이 원하던 건데.

빌리…….

네가 미랜더를 맡아줘야 해.

빌리……. 엄마가 다시금 그를 불렀다.

그 방법 말곤 없어.

그럼 미랜더는 뭐라고 생각할까? 아빠가 물었다. 아빠는 애 키우는 일로 방해받기 싫다며 전 세계를 누비며 이따금씩만 자기 삶에 들락날락하는 동안 자신은 고모와 고모부 손에서 자란다면 말이야. 그럼 과연 미랜더가 자기를 평범하다고 생각할까? 에벌린이 그걸 원한다고 생각해? 엄마는 아빠가 너무 지나치다고 눈치를 주고 싶었지만 아빠는 오직 빌리만을 내려다보고 있었다.

내가 아버지라는 걸 미랜더가 왜 알아야 하지?

빌리……. 엄마가 다시 말했다.

내 이름 좀 그런 식으로 부르지 마.

미랜더에게 거짓말하지는 않을 거야. 지금 무슨 소리를 하고 있는지 알기나

해? 아빠가 말했다.

빌리는 모든 걸 다 쏟아내기 시작했다. 에벌린에 대해. 에벌린이 얼마나 엄마가 되고 싶어 했는지에 대해. 에벌린이 계획해둔 모든 일에 대해. 미랜더, 그리고 2년 후엔 핍, 그리고 가능하다면 바로 이어서 실비아. 그 아이들의 웃음소리로 가득 채우고자 그렇게 큰 집을 샀다는 것까지도. 빌리는 머리를 쥐어뜯으며 서성였다. 에벌린이 지붕을 고쳐달라고 얼마나 여러 번 말했던가. 에벌린이 원한 거라곤 가족을 위해서 집을 안전하게 만들어달라는 것뿐이었는데. 엄마를 죽인 남자가, 어떻게 그 딸의 아버지가 될 수 있단 말인가.

오빠, 에벌린을 죽인 건 오빠가 아니야. 엄마는 빌리를 설득하려고 노력했다.

하지만 그가 죽인 거였다. 사고였든 아니든, 에벌린이 말했지만 빌리는 지붕을 고치지 않았다. 오히려 확률을 들어가며 에벌린을 안심시키려고 했다. 그러고는 방치했다. 방치하지 않는 법을 빌리는 몰랐다. 그렇기에 내게 무슨 일이 생기면 그는 절대 자신을 용서하지 않을 것이었다.

엄마는 빌리의 말에 동의한 기억이 없었다. 어느 순간 그럴 수밖에 없었을 뿐이었다. 아빠도 마찬가지였다. 빌리는 쉬지 않고 말했고, 그가 하는 모든 말은 너무 이상한 나머지 도리어 말이 되기 시작했다. 당연히 엄마와 아빠가 나를 돌봐야 하는 쪽으로, 당연히 나를 친자식으로 거둬야 하는 쪽으로, 내가 빌리를 모험심 강한 삼촌으로 인식하게 될 때까지 당연히 내가 그의 실체를 알아선 안 되는 쪽으로 이야기가 흘렀다.

"우리는 입양 서류를 제출하기 위해 버트의 소송이 끝나기만을 기다렸어." 소송이 마침내 끝났을 때 엄마는 그 사실을 믿을 수 없었다. 2년 간 중재인들과 결론이 나지 않는 논쟁을 벌인 끝에, 중재기관은 마침내 에벌린의 죽음이 과실 책임이 없는 사고에 의한 것이므로 버트에겐 빌리와 에벌린의 재산에 대한 공동소유권을 주장할 근거가 없으며, 따라서 슬레이어법*을 적용할 근거 역시 없다고 결론지었다. 2년이 지난 어느 날 오후에 내려진 결정이었다.

입양 서류에 서명하던 순간 아빠가 엄마에게 물었다. 이게 정말 옳은 일이라고 생각해? 미랜더에게 진실을 숨기는 게?

우리한테 다른 방법이 있어? 엄마가 되받아쳤다.

미랜더에게 어릴 때 알려주면 원래부터 알고 있던 일이 될 테고, 그럼 전부 당연하게 받아들이게 될 거야.

아빠가 자기랑 있는 대신 온 세계를 돌아다니기로 한 걸 어떻게 당연하게 받아들일 수 있겠어. 그렇게 느껴질 리 없어. 난 미랜더가 빌리를 미워하지 않았으면 좋겠어.

결국엔 우리도 미워하게 될 거야. 아빠는 엄마를 다시 한번 설득했다.

"네 아빠 말이 맞다는 걸 나도 알았어. 네가 언젠가는 알게 되리라는 것도. 네가 나를 원망할 거라는 것도. 그리고 그게 네가 빌리를 원망하는 것보다 더 낫다고 나 자신에게 말했어. 빌리가 널 실망시키지 않는 방법은 그것뿐이라고 난 정말 믿었어. 우리 모두가 가족으로 남을 유일한 방법이라고, 내가 옳은 일을 하고 있다고 생각했어." 엄마의 손이 내 무릎에 닿았다. 나는 엄마가 나를 짚고 일어나지 못하게 무릎을 뺐다.

"그렇게 생각할 순 없어요. 엄마가 왜 더 노력하지 않았는지 이해가 안 돼요. 빌리는 제 아버지였잖아요." 내 상념은 매주 일요일 '빌리 삼촌!'이라고 소리지르며 현관문으로 달려나가던 과거로 흘러갔다. 빌리가 나를 언제 다시 만날 수 있냐고 엄마에게 묻던 것과 우리 둘만이 해석할 수 있는 언어로 적힌 수수께끼들. 빌리는 자신이 내 아버지란 사실

---

* 자신이 살해한 사람으로부터 재산을 상속받을 수 없다는 내용의 법.

424

을 알면서도 그렇게 행동한 거였다. 엄마 역시 알고도 그랬던 거고. "더 노력했어야죠."

"그래야 했어." 엄마도 내 말을 수긍했다. 엄마는 더 울지 않았다. 목소리도 안정되었다. "시간이 가면 갈수록 너한테 말하는 게 더 어려웠어. 널 잃을 수도 있다는 걸 상상할 수 없게 된 거야."

입양 서류에 서명함과 동시에 상속 분쟁이 끝났고 나는 엄마의 딸이 되었다. 그 후 나는 더 많은 단어를 배워나갔다. 아빠, 집, 가족, 삼촌. 빌리가 LA에 있을 때마다 우리는 그를 만났다. 그러나 상황은 곧바로 곪기 시작했다. 빌리는 내 선물을 들고 일요일 저녁에 오곤 했는데 구슬 목걸이를 하거나 나무 인형을 든 내가 '엄마'라고 말하며 엄마에게 달려갈 때면 빌리는 버림받은 사람의 얼굴이 됐다. 엄마도 죄책감을 느끼는 얼굴이었다. 그때마다 엄마는 이 상황을 만든 건 빌리라며 스스로를 다독였지만 빌리 앞에서만큼은 '엄마'가 아닌 호칭으로 불리길 바랐다.

그들은 이에 대해 어떤 대화도 나누지 않았고 갈등은 커져만 갔다. 아빠는 이러한 갈등을 진정시키기 위해 함께 식사할 때마다 빌리에게 음식, 산사태, 지반 운동 따위에 대한 걸 물었고 빌리는 그에 대한 장황한 답변을 늘어놓았다. 초밥은 예상만큼 비리지 않았으며 퀘벡에서는 감자튀김을 그레이비소스에 찍어 먹거나 치즈 커드와 함께 먹는다고 했다. 페루의 특제 음식은 기니피그 음식이라고도 했다. 당시 초등학교 2학년이었던 나는 너무 끔찍하다고 말했다. 교실에서 기니피그 두 마리를 키우고 있었기 때문이었다. 빌리는 앞으로는 아무도 먹지 않을 거라고 내게 장담했다.

빌리는 언제나 정중했다. 그는 베이 지역 지진이 진정된 후 엄마에게 나를 데리고 샌프란시스코에 가도 되는지 물었고 모두 함께 가는 건 어떻겠냐는 엄마의 제안에 우린 그녀의 스테이션왜건을 타고 6시간을 달려 그곳에 다녀오기도 했다. 빌리가 샌디에이고파드리스 경기에 나를 데려가고 싶다고 했을 때 엄마는 다저스 경기를 보러 가자고 제안했다. 빌리가 고카트go-cart를 제안하면 엄마는 범퍼카를, 서핑을 제안하면 웨이크보딩을, 스쿠버다이빙을 제안하면 스노클링을 제안했다. 하지만 빌리는 단 한 번도 그에 대해 따지지 않았고 자신이 원하는 걸 하자고 에둘러 말하는 법도 없었다. 빌리는 언제나 네가 맞아. 그게 더 좋은 생각이네라며 엄마의 제안이 마치 자기 생각이었다는 듯 받아들였다.

"그렇게 몇 년을 지냈어. 서로 합의한 일은 입 밖에 내지 않았지. 에벌린 이야기도 안 했어. 빌리가 네 삼촌이 아니라는 걸 거의 잊고 지낸 적도 있었고." 그런 엄마도 내가 에벌린의 딸이라는 사실은 절대 잊지 않았다. 그건 빌리도 마찬가지였다.

보드카 문제도 있었다. 빌리가 언제부터 보드카를 즐겨 마시게 된 건지 엄마는 알지 못했다. 에벌린이 살아 있을 땐 술을 마시지 않던 그였다. 가끔 마시던 맥주 외에 술 마시는 모습을 본 적도 없었다. 엄마는 빌리를 위해 매번 값비싼 러시아 보드카를 준비했다. 보드카가 비쌀수록 빌리는 더 빨리 마셨다. 엄마는 더 이상 보드카를 사두지 않기로 하고 보드카가 다 떨어졌다고 말했을 때 그가 보일 반응에 대비했다. 하지만 빌리는 그저 어깨를 으쓱하고는 점퍼 주머니에서 비행기용 술병 두 병을 꺼냈다.

난 이런 상황 마음에 안 들어. 그 작은 병들을 쓰레기통에 버리던 아빠가 말했다.

성인이야, 데이비드. 술 마셔도 되잖아. 아빠는 절대 술을 이베 대지 않았다. 지속적인 음주가 의존성을 만들고 그렇게 생겨난 의존성이 질병으로 이어진다고 생각했기 때문이었다. 할아버지가 음주로 병에 걸렸다고 해서 빌리도 그렇게 되리란 법이 없는데도 말이다.

"할아버지가 알콜 중독이었어요?"

엄마는 슬픈 얼굴로 고개를 끄덕였다.

"그럼 그 자동차 사고도?"

"난 너도 아는 줄 알았는데."

"전혀 몰랐어요." 나는 친가 식구들이 늦은 밤 차를 몰던 중 사슴을 피하려고 방향을 바꾸다 나무를 들이받아 사고가 난 거라고만 알고 있었다. 내가 아빠의 가족에 관해 거의 물어보지 않은 탓에 할아버지가 돌아가신 이유를 아빠가 숨긴다는 것조차 알아차리지 못한 거였다.

"빌리는 보통 술을 잘 조절하면서 마셨어. 일이 몇 번 있긴 했지만." 내 열두 살 생일 파티가 열렸던 날 밤, 빌리가 보드카 냄새를 풍기며 과하게 흥분된 상태로 나타났던 게 처음은 아니었다고 엄마가 말했다. 그러나 한밤중에 현관문을 두드린 건 그날이 처음이었다.

"빌리는 네 생일을 항상 힘들어했어." 내 생일마다 빌리가 어딜 가는 건지 엄마는 알지 못했다. 물어보면 안 된다는 건 엄마도 알고 있었다. "무슨 바람이 불었는지 그해에는 네 생일 파티에 오겠다는 거야." 스키볼은 이제 시시하다며 내가 야구공 치는 모습을 보고 싶어 하는 빌리를 보면서 엄마는 그가 드디어 그다음 단계로 넘어갈 준비가 된 거라고 생각했다. 빌리는 생일 케이크도 챙기겠다고 했다. 다행히 엄마가 케이크를 빌리에게 맡기지 않았지만.

"빌리가 파티에 오지 않았는데도 화가 나지 않았어. 넌 네 친구들이랑 여기저기 뛰어다니느라 삼촌이 오지 않았다는 걸 깨닫지도 못했거든. 정말 별문제 없었어. 빌리가 한밤중에 나타나기 전까지는."

엄마는 깊게 잠드는 사람이 아니었다. 집 앞으로 차가 들어오는 소리를 들은 엄마는 빌리가 초인종을 누르기도 전에 아래층으로 내려갔다.

아직 안 자? 빌리는 엄마 옆을 비집고 들어가려 했다. 엄마는 입구를 가로막고 섰다. 보드카로 목욕이라도 한 사람처럼 빌리의 몸에서는 진한 알코올 냄새가 진동했다. 빌리는 까치발을 하고는 집 안을 들여다보려고 했다. 미랜더?

쉿. 자고 있어.

아, 수지. 어떻게 된 건지 모르겠어. 이럴 의도는 아니었는데. 정오에 집을 나서려는데 그때……. 빌리는 차지도 않은 손목시계를 들여다봤다. 아, 수지, 안 오려던 건 아니었어.

수지. 엄마는 빌리가 자신을 그렇게 부른 게 언제가 마지막이었는지를 떠올려보려 했다.

엄마는 문을 열었다. 들어와. 손님방에서 자. 내일 아침에 미랜더 데리고 아침 먹고 오면 되지.

빌리가 주머니에서 에메랄드 귀고리를 꺼내 들었다. 그 귀고리를 본 순간 엄마는 가슴이 오그라지는 듯했다. 눈물방울 모양의, 14케이로 도금한, 열두 살에게 도저히 어울리지 않는 귀고리였기 때문이었다.

미랜더가 좋아해줄까?

진심은 아니겠지? 엄마가 말했다.

미랜더가 해줬으면 좋겠는데.

빌. 이건 애한테 줄 만한 선물이 아니야. 엄마의 심장박동이 빨라졌다. 눈물이 고였다. 엄마는 흘러내리는 눈물을 얼른 닦아냈다.

에벌린 거야.

누구 귀고리인지는 나도 알아. 에벌린이 베벌리힐스에 있는 골동품 상점에서 그 귀고리를 발견했을 때 엄마도 옆에 있었다. 그들은 로버트슨대로를 걷는 중이었다. 쇼윈도에 진열된 귀고리를 본 에벌린은 새하얗게 질린 얼굴로 그게 자기 어머니의 것이라고 말했다.

들어와 빌리. 엄마는 빌리에게 손짓했다. 이 이야기는 아침에 하자.

그러지 마. 넌 언제나 그러더라. 빌리가 말했다.

뭘 언제나 그래?

나를 애 취급하잖아.

난 오빠를 애 취급하고 있는 게 아니야. 조카 생일 까먹은 걸 용서해달라고 말하는 술 취한 중년 아저씨로 취급하고 있는 거지.

두 사람 사이에 정적이 흘렀다. 빌리의 멍한 눈이 엄마의 뒤쪽을 바라봤다. 그의 시선을 따라가던 엄마도 계단 위에 있던 나를 발견했다.

미랜더, 가서 자. 내가 미적거리자 엄마가 다시 말했다. 어서. 나는 서둘러 내 방으로 돌아갔다.

잘한다. 빌리가 말했다.

뭐라고?

애한테 그렇게 소리 지르면 어떡해. 빌리는 여전히 귀고리를 손에 쥐고 있었다. 불투명하면서도 진한 초록색 에메랄드였다. 에벌린은 그 귀고리를 거의 매일 착용했고 엄마는 그 귀고리가 그녀와 함께 묻혔다고 생각했다.

내가 내 딸 키우는 방식에 대해서는 말 얹지 마. 엄마가 말했다.

내 딸이야. 빌리가 분개하며 말했다.

"그때 그냥 침대로 돌아가야 했지만 싸울 필요도 있었어. 너무 오랫동안 회피한 문제였으니까. 빌리만큼이나 나도 짚고 넘어가고 싶었거든."

빌리는 소리를 지르며 저주를 퍼붓기 시작했다. 그는 아무 말을 아주 쉴 새 없이 내뱉었다. 거짓말쟁이. 에벌린. 미랜더. 비밀. 넌 이렇게 되길 바랐던 거야. 네가 그 애를 훔쳐 갔어.

무슨 낯짝으로 이 한밤중에 나타나서 나를 비난해. 말할 틈이 생기자 엄마도 반격했다. 무슨 낯짝으로.

빌리는 엄마를 향해 가운뎃손가락을 들어 보였다. 내가 정신없는 틈을 타서 네가 나를 등쳐먹은 거야.

그걸 그렇게 기억하고 있단 말이지? 엄마는 목소리를 높이지 않으려고 애를 썼다. 목구멍으로 신물이 올라오듯 분노가 치밀어 오르는 게 느껴졌다. 엄마는 현관문을 닫으며 테라스로 나갔다. 오빠가 버린 거잖아. 오빠가 아기를 키우게 하려고 우리가 얼마나 노력했는데.

에벌린의 죽음에서 벗어나지 못하는 나를 네가 이용한 거잖아.

그걸로 힘든 건 나도 마찬가지였어. 엄마는 고함을 질렀다. 분노가 엄마를 휘감았다. 그제야 살아 있다는 게 실감이 났다. 어떤 힘이 솟구쳤다. 하지만 나는 모두 견뎠어 빌리. 나도 가장 소중한 친구를 잃었지만 내 딸 기저귀도 계속 갈아줬고 우유 먹이려고 한밤중에도 일어났어. 그런데 오빠 딸이라니. 미랜더가 오빠 딸이었던 적은 단 한순간도 없었어.

그 애는 언제까지나 내 딸이야. 빌리는 엄마를 노려보았다. 엄마는 그 표정을 절대 잊을 수 없었다. 비록 보드카에 취해 흐릿하긴 했어도 빌리의 두 눈은 엄마의 눈빛을 압도했다. 빌리는 화를 내며 코웃음을 쳤다. 어찌나 이를 단단히 물었던지 턱뼈가 앞으로 쏠릴 정도였다. 빌리는 거의 미쳐있었다. 네가 빼앗아간 거고.

이렇게 만든 건 오빠야. 내가 아래층을 서성이다 현관문을 열고 왜 밖에서 있는 거냐고 묻지 않기를 바라며 엄마는 다시 목소리를 낮췄다. 알아들어? 선택은 오빠가 한 거라고. 어떻게 나를 원망해.

엄마의 무릎이 후들거리기 시작했다. 의도한 게 아니었다. 정말로 두 무릎이 제멋대로 흔들리고 있었다.

빌리는 귀고리를 한번 움켜쥐더니 도로 주머니에 넣었다. 부끄러운 줄 알아. 넌 언제나 에벌린을 질투했어. 넌 한 번도 우리 때문에 행복한 적이 없었어. 빌리는 그대로 돌아섰다. 그가 차를 타고 가다 사고라도 내기 전에 그를 말려야 한다는 걸 엄마는 알았다. 하지만 정신이 너무 아뜩해진 탓에 몸이 반응하지도, 집 안으로 들어갈 수도 없었다. 엄마는 빌리가 떠나고 없는 빈 진입로를 바라보며 그의 말이 사실이라는 걸 깨달았다. 엄마는 정말로 그 둘 때문에 행복한 적이 없었고 빌리는 그걸 알고 있던 거였다. 에벌린 역시 알았을 거였다.

"다음 날 아침 전화기 옆에 앉아서 빌리의 전화를 기다렸던 게 기억나. 상황이 그렇게 될 걸 알았어야 했는데. 네가 우리와 함께 있는 모습이 빌리에게 얼마나 상처가 될지 알면서도 그냥 무시했어. 처음엔 그러는 편이 더 낫다고 생각했거든. 충분히 대화를 나눴어야 했는데. 난 빌리가 내게 전화하면 정말 허심탄회하게 다 말할 수 있을 거라 생각했어." 아니면 빌리가 술에 취해 기억이 끊긴 척할 수도 있었으리라. 하지만 빌리에게서 전화는 오지 않았다.

대신 엄마가 빌리를 찾아갔다. 그의 비엠더블유는 녹슬고 찌그러진 옛 흔적을 제외하곤 별다른 사고 흔적 없이 집 앞에 주차되어 있었다. 엄마는 차에서 내리지 않고 창문을 통해 어두운 거실을 바라봤다. 창문 아래 줄지어 심긴 장미들이 메말라가고 있었다. 그것들을 정기적으로 관리하기 위해 자기가 정원사를 고용했었다는 걸, 덕분에 장미 끝이 다듬어져 있던 거라는 걸, 집 앞 잔디가 깨끗하게 깎여 있던 거라는 걸 빌리가 알고는 있을지 엄마는 궁금했다. 가정부를 고용한 덕에 바닥도 깨끗이 유지되고 설거지도 언제나 말끔히 되어 있었다는 걸 그가 아는지 궁금했다. 엄마는 빌리가 편하게 지낼 수 있도록 정작 집주인은 알아차리지도 못하고 엄마에게 고마워하지도 않는 많은 일을 하고 있었다. 부엌에서 움직인 누군가가 거실 불을 켜는 모습이 보였다. 엄마는 흥분하지 않기로 다짐하면서 차에서 내렸다.

엄마에게 문을 열어준 빌리의 얼굴은 창백했다. 힘이 빠진 듯 입술도 벌어져 있었다. 한 발짝만 더 가까이 다가가면 그의 숨에서 나는 술 냄새를 맡을 수 있을 것 같았다. 엄마는 멀찍이 물러섰다.

상대가 먼저 말하기를 기다리며 두 사람은 서로를 바라보았다. 그러던 엄마가 먼저 입을 열었다. 언제나 그랬듯이.

들여보내줄 거지? 엄마가 물었다.

빌리는 문을 열고 엄마를 따라 거실로 들어갔다. 엄마는 가죽 소파에 앉았고 빌리는 거실 끝에 서 있었다. 그는 커다란 유리잔을 들고 그 속에 담긴 맑은 액체를 빙빙 돌리고만 있었다. 엄마에겐 음료수 한 잔도 대접하지 않았다.

어젯밤엔 너무 심했어. 엄마가 말했다.

난 전부 진심이었어.

알아. 오빠가 어떻게 느껴왔는지를 털어놓는 데 12년이라는 세월과 보드카의 힘까지 필요하진 않았다면 더 좋았겠지만. 엄마는 흥분하지 말자고 다시금 다짐했다.

보드카는 관련없어.

그래서 원하는 게 뭐야?

우리가 할 수 있는 건 없어.

미랜더에게 말해주고 싶다면, 우리의 상황을 다시 정리해볼 마음이 있다면, 방법은 있어. 전문가를 찾아가서 어떻게 해결해야 할지 조언을 받으면 돼.

너무 늦었어. 엄마에게서 고개를 돌린 빌리가 완벽하게 정돈된 뒷마당을 내다보았다.

엄마는 그에게 다가가 위로하듯 손을 얹었다. 우린 잘 헤쳐나갈 수 있어, 빌리.

내 몸에 손대지 말아줘.

엄마의 손이 빌리의 머리 뒤에서 어정쩡하게 들려 있었다. 붉은 기 도는 빌리의 갈색 머리카락은 여전히 굵었다. 엄마가 매일 자신의 적갈색 곱슬머리에서 흰머리 한 가닥씩을 발견하던 때였다. 나이 때문인지 햇볕 때문인지 그 이유는 엄마도 몰랐다. 반면 빌리의 머리카락은 십 대 시절처럼, 에벌린이 빌리의 머리칼은 햇살을 받으면 구릿빛이 된다고 말했던 그때처럼, 단순했지만 흔치 않은 사고로 이 모든 일이 시작됐던 그때처럼 여전히 성한 모습이었다.

질투했었어. 하지만 난 언제나 두 사람이 행복하기를 바랐어. 빌리가 아무 대답이 없자 엄마가 다시 말했다. 나 가야겠다.

그 어떤 소식도 없던 몇 주 동안 빌리의 말이 엄마를 계속 맴돌았다. 설거지할 때도, 나를 학교에 데려다줄 때도, 자신의 첫 집을 꾸미는 배우를 바라보며 억지웃음을 지을 때도 엄마를 떠나지 않았다. 우리가 할 수 있는 건 없어. 빌리는 그 말을 정말로 믿고 있는 걸까? 엄마는 억지로라도 빌리가 상담을 받도록 해야 했다. 그러나 빌리는 집단 상담을 몇 주 만에 그만뒀다. 일대일 상담이 더 나았을지도 몰랐다. 커플 상담을 받을 수도 있었다. 빌리와 엄마도 떼어놓을 수 없는 커플이었으니 말이다. 엄마는 서로 떨어질 수 없는 관계의 힘을 믿었다. 두 사람은 가족이었고, 가족은 서로를 좋아할 필요는 없어도 사랑할 필요는 있었다. 엄마는 빌리를 사랑했다. 그래서 빌리를 이기적인 게 아니라 예민한 사람으로, 불안정한 게 아니라 모험심이 강한 사람으로 여기기로 했다. 하지만 빌리는 자신을 성깔 있는 여동생에게 사기당한 억울한 홀아비로 여겼다. 빌리가 자신을 그런 사람으로 보기로 했다는 게 엄마에겐 가장 상처였다.

'우리가 할 수 있는 건 없어.' 빌리의 말이 맞았다. 그러나 정확히는

'우리'가 아니라 '내가'인 게 맞았다. '내가 할 수 있는 건 없어.' 에벌린이 빌리를 좋아한다는 걸 알게 된 고등학교 시절에도 엄마가 할 수 있는 건 없었다. 두 사람이 다시 만나게 된 게 잘못이었다는 걸 알게 된 이십대 때도, 비록 그 만남이 치명적인 실수임을 짐작할 수 없었더라도, 엄마가 할 수 있는 일은 없었다. 마찬가지로 미랜더가 진실을 받아들일 수 있을 거라고, 빌리가 원하는 게 무엇이든 함께 방법을 찾을 수 있을 거라고 그를 설득하는 것도 엄마 능력 밖의 일이었다.

엄마는 빌리가 연락하지 않으리란 것도 알았다. 하지만 전화벨이 울릴 때마다 어쩔 수 없이 신경이 곤두섰다. 그러던 중 빌리에게서 전화가 걸려왔고, 그것은 나를 찾는 전화였다.

"빌리는 언제나 집 안으로 들어와서 너를 데리고 갔지만 그날은 그냥 집 밖에서 기다리더라. 난 당연히 빌리가 네게 말할 거라고 생각했어. 빌리의 입장에서 이야기를 들은 네가 나를 미워할 거라고도 생각했고." 엄마가 말했다.

그런 생각을 하면서도 엄마는 나를 보내주었다. '내가 할 수 있는 일은 없어.' 엄마는 그렇게 생각했다. 빌리가 내게 말하고자 한다면 엄마도 막지 않을 생각이었다. 대신 엄마는 나를, 그리고 엄마와 나의 관계를 믿었다. 침실 창문으로 엄마는 멈춰 있는 빌리의 자동차를 보았다. 내가 차에 오르고 곧 가속하며 멀어지는 우리의 모습을 바라보며 체념과 동시에 해방감을 느꼈다. 어쨌든 곧 결론이 날 테니까.

"빌리가 그럴 거라곤 상상도 못 했어. 빌리가 치사하다는 건 알았지만 그렇게까지 잔인하게 나올 줄이야."

몇 시간 후 내가 상자 하나를 안고 집 안으로 뛰어 들어왔다. 엄마는 그때까지 가운 차림으로 부엌에 있었다. 아빠가 집에 있었다면 엄마에게 옷을 갈아입으라고 했을 거였다.

엄마! 엄마가 바로 앞에 있는데도 나는 소리를 질러댔다. 나는 여전히 엄마를 엄마라고 부르고 있었다. 그건 좋은 신호였다. 모든 것이 평온하던 때로 돌아갈 수 있을 것만 같았다. 그때 내가 상자에서 골든레트리버 한 마리를 들어 올렸다. 골든레트리버라니. 엄마는 정나미가 떨어질 만큼 완벽한 가정을 꿈꿨던 에벌린의 계획을 떠올렸다. 빌리도 그걸 기억하고 있다는 걸 엄마는 알았다. 빌리 삼촌이 강아지를 사줬어요, 믿어져요?

우린 키울 수 없어. 엄마는 옷을 갈아입기 위해 계단을 올라갔다. 당장 가져다줘야겠다.

나는 엄마를 따라 위층으로 올라갔다. 내 품에서 꼼지락거리던 강아지가 집게손가락을 핥았다.

아직 제대로 보지도 않았잖아요.

이미 끝난 이야기잖아. 그래놓고 어떻게 집에 개를 데리고 올 수가 있어? 목소리가 점점 높아지고 있다는 걸 느낀 엄마는 화낼 상대가 내가 아니라는 걸 스스로에게 상기시켰다.

나는 침대에 앉아 강아지의 머리를 계속 쓰다듬었다. 엄마가 이 강아지를 한 번만 보면 마음이 바뀔 거예요.

엄마는 내 옆에 앉아 강아지가 자기 손을 질겅거리게 놔두었다. 그게 중요한 게 아니란 걸 너도 알잖아.

집을 나서기 전 엄마는 빌리에게 전화를 걸었다. 이게 뭐 하는 짓이야? 엄마는 빌리의 음성 사서함에 대고 소리쳤다. 엿 먹이려고 이러는 거야? 그래, 아주 똑똑히 알았어. 어떻게 그 애를 이용해서 날 괴롭혀? 그러나 그 애가 에벌린인지 나인지, 빌리가 둘 중 누구로 엄마를 괴롭히고 있는 건지 엄마 자신도 알 수 없었다.

엄마는 홀로 강아지를 상점에 가져다주었다. 엄마가 돌아왔을 때 나는 문을 닫고 방 안에 있었다. 저녁 먹을 때까지도 부루퉁해 있는 나를 엄마는 그냥 내버려 두었다. 그러고는 빌리에게 다시 전화했다. 그가 집에 있을 시간이었다. 내 전화 무시하지마 빌리. 엄마는 기계에 대고 고함쳤다. 감히 애를 조종하다니. 전화기를 거칠게 내려놓았지만 기분이 나아지지 않자 엄마는 바닷가로 나갔다.

시원한 바닷바람도 도움이 되지 않았다. 분노는 사그라지지 않았다. 엄마는 다른 방법을 시도해보기로 했다. 빌리. 엄마는 음성 사서함에 대고 차분하게 말했다. 아까 내가 너무 화내서 미안해. 좋은 의도인 건 알겠는데, 그렇다고 나와 미리 상의도 없이 미랜더에게 개를 사주면 안 되지. 우리 이야기 좀 하자. 확실한 건 이렇게 해서는 그 무엇도 할 수가 없다는 거야. 바로잡을 방법을 찾을 필요가 있어.

빌리는 엄마에게 회답하지 않았다. 엄마는 다시 전화해 애원했다. 제발, 빌. 나를 밀어내지 마. 우리 이야기 좀 하자. 그래도 그가 전화를 주지 않자 엄마는 또 다른 메시지를 남겼다. 빌, 이건 해결하고 넘어가야 해. 가족이라곤 서로가 전부잖아. 에벌린도 이런 상황을 원치 않을 거야. 빌, 듣고 있어? 전화해줘.

2주 동안 전화해도 아무 소용이 없자 엄마는 정말로 화가 났다. 이제 그만할게 빌리. 진심으로 말하는데 만약 내게 전화하지 않는다면 우린 이제 끝이야. 미랜더와의 관계도 끝나는 거야. 알아들어? 우리가 가족으로 남을 마지막 기회라고.

"진심은 아니었어." 엄마가 말했다. "빌리에게 충격을 주려던 거였지." 갑자기 일어선 엄마가 내게 일어나라는 손짓을 해 보였다. 그러곤 내게 손을 내밀었다. "가자. 보여줄 게 있어" 나는 엄마를 따라 위층의 침실로 올라갔다. 엄마는 옷장 맨 안쪽에 있던 신발 상자에서 빌리에게 썼던 편지를 꺼내 건넸다. 우표는 붙어 있었지만 우체국 직인은 찍혀 있지 않았다.

풀이 삭은 덕에 봉투가 쉽게 뜯겼다.

> 빌,
>
> 이 편지를 읽는다면 오빠도 다시 잘해보고 싶어한다는 의미로 받아들일
> 게. 내가 남긴 음성 메시지들은 미안해. 지울 수 있다면 지우고 싶어. 하
> 지만 어쩌면 그 덕분에 내가 얼마나 상처를 받았는지 오빠가 알게 됐으
> 니 잘된 일인지도 모르겠다. 화가 나서 상처를 준 건 내가 미안해.
>
> 내가 오빠에게서 그 애를 훔쳐 왔다고, 정말로 그렇다고 생각해? 오빠도
> 화가 나서 그렇게 말했다고 믿고 싶어. 화가 나는 게 당연해. 아무리 가족
> 이라고는 하지만 내 딸이 다른 사람들의 손에 자라는 걸 보는 게 얼마나
> 힘든 일일지 나는 상상도 할 수 없어. 미랜더를 보면서 그 애가 평생 에벌
> 린을 모를 거라 생각했다는 거, 나도 알아. 우리가 에벌린 이야기를 더 많
> 이 해야 했어. 미랜더에게 에벌린의 존재를 알게 해야 했다고.
>
> 내가 내뱉은 모든 말을 사과할게. 오빠도 내게 미안해 한다는 거 알아. 하
> 지만 이건 우리 둘의 문제가 아니야. 미랜더가 오빠를 얼마나 보고 싶어
> 하는지 알아?
>
> 우리를 밀어내지 마, 빌리. 어떻게 하면 이 상황을 헤쳐 나갈 수 있을지
> 내게 알려줘.
>
> 수전.

엄마는 상자를 뒤져 빌리가 다른 두 과학자와 함께 작성한 지진 보고
서를 찾아냈다. '1998년 1월 30일. 안토파가스타 지진.' 칠레 해안에서
발생한 규모 7.1의 지진으로, 한 명이 실종되고 오래된 건물이 붕괴됐다
고 서론에 적혀 있었다.

"편지는 푸로스퍼로 서점으로 널 데려온 다음에 쓴 거야." 오전에 우

체국에 가려던 엄마는 지진으로 헤어졌다가 최근 다시 상봉한 가족의 뉴스를 보게 됐다. "신문에 실린 지진 기사를 어쩌다 놓쳤는지 모르겠어. 꽤 큰 지진이어서 분명히 기사에 났을 텐데 말이야. 나는 당연히 빌리가 집에 있다고, 내 메시지를 모두 듣고는 지우고 있다고만 생각했었어. 집에 아예 없었는데 말이야."

나도 빌리가 집에 있을 거라고, 내 메시지를 듣고서 삭제하는 걸 거라고 생각했다. 푸로스퍼로 서점에 찾아갔을 때 나는 빌리가 나를 배신한 거라고 생각했다. 엄마에게 전화하라고 빌리가 리를 시켰다고 생각했다. 빌리는 칠레에서 돌아온 후에야 메시지로 가득 찬 음성 사서함을 확인했다. '엄마가 개를 돌려주라고 했어. 진짜 나쁜 년이야.' '어떻게 그 애를 이용해서 날 괴롭혀?' '엄마랑 나는 이제 끝이야. 평생 엄마를 미워할 거야.' '바로잡을 방법을 찾을 필요가 있어.' '난 노력했어, 빌리 삼촌. 정말이야, 난 노력했어.' '나를 멀리하지 마.' '삼촌도 우리 엄마 알지? 엄마가 어떤지 알잖아.' '우린 이제 끝이야.' '우리가 가족으로 남을 마지막 기회라고.'

"뉴스에 나온 가족 이야기를 접한 뒤에," 엄마가 말했다. "서점에서 널 데리고 오면서 내가 어떻게 해결해야 한다고 생각하는지 너한테 말했던 거 기억해?" 그러나 내 기억은 달랐다. 내 기억 속에서 엄마는 해결할 수 있을지 모르겠다고 말했었다. 우리는 각자가 가진 과거의 기억이 맞다고 주장했지만, 누구의 기억이 더 진실에 가깝다고 말할 순 없었다. "그 뉴스를 봤을 때 그 편지가 도움이 되지 않으리란 걸 깨닫게 됐어. 우린 절대 해결할 수 없을 거라고 생각했어."

그 후 몇 달 동안 엄마는 빌리를 그리워했다. 엄마는 심리 상담사를 만나러 다니기 시작했다. 상담사는 당연히 엄마의 오빠가 죽은 거라 짐작했는데 엄마는 굳이 잘못된 바를 바로잡지 않았다. 몇 번의 상담을 거친 후에야 빌리가 살아 있는 사람임을 알아챈 그는 왜 진작 제대로 말해주지 않았는지 엄마에게 따져 물었다. 엄마는 그를 다시는 만나지 않았다. 그때는 엄마가 빌리와 말하지 않은 지 6개월이 넘은 시점이었다. 2, 3개월 동안 통화하지 못하고 지낸 적이 있기는 했어도 6개월은 처음이었다. 6개월이 7개월, 8개월, 그리고 1년이 되었을 때 엄마는 신문 기사에서 전 세계의 지진 소식을 찾는 일을 그만두었다.

아빠의 자동차가 진입로로 들어서면서 자갈 밟는 소리가 났다. 엄마는 상자를 닫고는 옷장 안에 다시 넣어두었다. 차 문을 열고 한쪽 다리를 뻗은 후 천천히 내리는 아빠의 모습이 창문 밖으로 보였다. 아빠는 트렁크 문을 열고는 몸에 힘을 줘서 목재 더미를 꺼냈다. 나는 엄마가 내 어깨에 손을 짚고 나서야 내 뒤로 지나갔다는 걸 알았다.

"그럼 아빠는요?" 나는 아빠가 빌리를 어떻게 대했을지 상상이 되지 않았다.

"너도 잘 알잖아. 역사상 입양됐던 사람들을 아빠한테 말해봐. 무슨 뜻인지 아실 거야."

엘리너 루스벨트는 입양된 사람이었다. 넬슨 만델라도 마찬가지였다. 제럴드 포드, 빌 클린턴, 존 레넌 역시 입양된 사람이었다. 아빠와 나는 종종 역사를 통해 대화를 풀어나갔다. 내가 대학에 입학하기 전 아빠는 내게 링컨의 노동관을 상기시켰다. 내가 처음으로 차였을 때는 토머스 제퍼슨이 젊은 시절 연애에 실패했던 이야기를 들려주었다. 하지만 연예인이나 영부인, 정치범, 그 누구의 입양도 나 개인의 입양과 견줄 수 없었다.

"그냥 단도직입적으로 말하는 게 좋을 것 같아요."

"그래." 엄마도 동의했다. "그게 좋겠네." 우리는 창문으로 아빠가 목재를 집 앞에 세워두고 열쇠 구멍에 열쇠를 힘겹게 밀어넣고 있는 모습을 바라보았다. 문을 연 아빠가 집 안으로 사라졌다. 어깨를 짚은 엄마의 손에 점점 더 무게가 실렸다. 하지만 뿌리칠 수는 없었다. 나는 바닥에 앉아 엄마와 하나로 연결된 기분을 느끼며 엄마가 내 어깨를 계속 짚게 놔두었다.

22장

실버레이크로 돌아오니 날이 이미 어두웠다. 서점의 셔터는 닫혀 있었다. 맬컴이 내렸을 것이었다. 나는 켜져 있는 불빛을 따라 환하고 고요한 서점으로 걸어 들어갔다. 환하고 고요한 '나의' 서점. 추천 도서 매대에는 내가 선정한 책들과 함께 맬컴이 그린 내 캐리커처가 놓여 있었다. 검은색 잉크로 그려진 내 얼굴은 내가 한 번도 가져본 적 없는 자신감 넘치는 표정을 하고 있었다. 내 쪽에 놓인 도서를 내가 어떻게 골랐는지 기억이 나지 않았다. 당시 나는 맬컴에, 맬컴과 나 사이에 생겨버린 어떤 무언가에 취해 불안하고 들떠 있었다. 나는 역사를 배우는 학생의 눈으로 책 한 권을 집어 들었다. 나는 늘 미국의 역사를 내 삶의 근원으로 여겼는데, 사실 역사는 내가 방패로 삼았던 열정이었다. 내 개인의 과거사에 대한 상대적인 무관심을 감추는 열정. 매대에 진열된 그 책들은 나를 대변해주지 않았다. 이제 내게도 나를 대변하는 책들이 생긴 거였다.

나는 매대 위 책 전부를 미국 역사 및 전기 섹션에 도로 꽂아 두었다. 그리고 나는 문학과 페미니스트 소설, 청소년 섹션을 돌며 『제인 에어』 『이상한 나라의 앨리스』 『프랑켄슈타인』 『비행공포』 『설득』 『분노의 포도』 그리고 『비밀의 숲 테라비시아』를 꺼냈다. 이들은 고객, 심지어 단골들에게도 일관성 없는 조합으로 보일 수 있었다. 하지만 아무렇게

나 고른 책이 아니라는 것은 내가 알고 맬컴도 알 것이었다.

프런트 데스크 안쪽에서 나는 8월 상반기 재무제표가 담긴 바인더를 발견했다. 실적은 내 예상보다 훨씬 더 저조했다. 우리가 한 시간 동안 팔아야 하는 책의 양을 하루 종일 팔고 있었다. 나는 점점 줄어드는 숫자를 보며 이 재무제표를 출력했을 맬컴의 모습을 상상했다. 티를 내진 않았겠지만 그는 분명히 당황했을 거였다. 이 서점을 우리가 살려낼 수 있을지 의심했을 거였다. 그리고 곧 모든 것이 변하게 될 것을 두려워했을 거였다. 바뀌기야 하겠지만 모든 것이 나빠지기만 하는 건 아니었다. 나는 맬컴이 아침에 볼 수 있도록 프런트 데스크 위에 쪽지를 남겨두었다. 단 한 줄이었다. '미안해요.'

다음 날 아침, 맬컴이 커피 두 잔을 들고 아파트 문을 두드렸다. 내게 한 잔을 건네는 그에게 나는 안으로 들어오라고 했다. 우리는 소파에 앉아, 계속 커피를 들이키며, 화해가 됐든 논쟁이 됐든 누구든 먼저 대화의 방향을 잡아주기를 기다렸다.

맬컴은 소파 앞에 있던 상자에 잔을 내려놓았다. "여기 함께 있는 거 처음인 거 알아요? 여기 올라온 건 처음이에요. 예전에……" 맬컴은 두 손을 깍지 끼고는 무릎 위에 올려놓았다.

"빌리를 발견했을 때요?"

나는 입구 옆 바닥으로 향하는 맬컴의 시선을 따라갔다. "쿵 하는 소리를 듣고 바로 올라왔었죠."

"아무 생각도 안 났어요." 나는 맬컴을 안아주고 싶었다. 손을 꼭 잡고, 어떤 방법으로든 그를 위로해주고 싶었다. 하지만 그가 허락할지 알 수 없었다. 우리 두 사람의 시선이 거실을 이리저리 헤맸다.

"나는 뭔가를 크게 바꿔본 적이 없어요. 변화를 두려워했나 봐요. 이젠 바꿔야죠, 여기 남아서.”

커피를 마시던 그가 사레들렸다. “여기에 남는다고요?”

“걱정하지 말아요. 당신 일을 뺏으려는 건 아니니까.”

“아니, 걱정 안 해요.” 내가 알아채지 못할 거라는 듯, 그는 아주 조금 내 곁으로 다가왔다.

“떠날 수가 없었어요.” 우리 두 사람의 다리가 서로 닿을 때까지 나도 아주 조금 그에게로 다가갔다. 그는 내게 손을 뻗지 않았다. 그것이 오히려 그가 내게 다가오리라는 확신을 주었다.

“이 공간을 꾸며 봐요, 천천히.” 맬컴은 손가락으로 내 얼굴을 천천히 쓸어내렸다. 그 순수한 손길에 흥분이 되었고, 그 부드러운 감촉에 미칠 것 같았다.

“미안해요.” 내가 내뱉는 숨을 그가 들이마실 수 있을 만큼 그의 얼굴이 가까이에 있었다.

“나도 미안해요.” 내가 빌리를 어떻게 생각하는지, 가족과는 문제가 없는지 맬컴이 물어봐주기를 기다렸다. 그 대신 그는 내게 입을 맞췄다. 거친 키스였다. 서로 화를 내느라 놓쳤던 시간들을 만회하려는 듯이.

“여기 남는다니, 정말 기뻐요.” 맬컴이 말했다.

“여기 남게 되어서, 나도 기뻐요.” 나도 말했다. “서점은 어쩌죠?”

“우리가 해결해야죠.” 맬컴이 말했다. ‘우리’라는 말, 우리가 함께한다는 말, 우리가 노력할 거라는 그 말을 나는 믿었다.

8월에서 9월로, 시간이 정신없이 흘렀다. 맬컴과 나는 다저스 경기 티켓을 더 샀고, 서점에서 에코파크를 가로질러 야구장까지 함께 걸어가는 동안 그는 내게 사라진 멕시코 빵 가게, 덧칠한 벽화, 그리고 자신이 예술작품이라 여기는 그라피티를 보여주었다. 브룩스 가족의 야외 식사는 어렸을 때보다 더 근사해졌다. 엄마는 치즈와 함께 먹을 피클과 잼을 직접 만들었고, 후식으로 먹을 아이스크림도 손수 저어서 만들었다. 바닷가재와 생선 요리를 먹으며 엄마는 에벌린이 자신에게 추천했던 책들을 이야기했다. 『비행공포』와 『제인 에어』뿐 아니라 움베르토 에코와 밀란 쿤데라의 작품도 있었다. 아빠는 에벌린이 작가 한 명을 집으로 데려왔던 날을 떠올렸다. 작품만큼이나 주사로도 유명한 사람이었다. 아빠는 그가 거울로 달려드는 바람에 거울이 깨지며 파편에 그의 어깨가 베였던 일, 흰 셔츠가 붉은 피로 얼룩졌던 일, 응급실에서 간호사들이 그의 옆에서 포즈를 취했던 일, 술에서 깨어난 그가 다음 작품을 위한 아이디어가 떠올랐다고 아빠에게 말했던 일, 그리고 그 소설로 퓰리처상을 받은 이야기를 들려주었다.

9월의 하루는 길고 뜨거웠다. 가족 여행과 캠핑, 여름 음악제로 떠났던 이웃들이 모두 돌아왔다. 과하게 마신 낮술과 정신없이 고함치는 아이들에게 시달렸던 사람들은 우리 서점의 웹 사이트와 단골 고객 프로그램, 북클럽을 통해 마음의 평안을 되찾고 싶어 했다. 맬컴이 작성한 「문학적인 LA」가 『LA위클리』의 '이번 가을에 꼭 가야 할 곳' 코너에 실린 후 우리 서점은 술집 순례자들의 성지가 되었다. 영양실조에 걸린 듯 창백한 남자들이 오면 맬컴은 찰스 부코스키가 싸움하던 술집이나 레이먼드 챈들러가 종종 나타나던 코리아타운으로 그 남자들을 돌려보냈다. 루시아는 서점 인스타그램 계정을 열정적으로 관리했는데, 그건 그녀에게도 매우 힘든 일이었다. 루시아는 책들을 조각작품처럼 진열하거나, 우유 거품으로 카푸치노 표면에 하트를 관통한 화살표를 그리는 데에도 많은 시간을 쏟았다. 찰리 역시 가을 내 시내의 초등학교와 중학교를 돌며 도서 전시회 개최를 준비했다. 나는 미국 역사 북클럽을 시작했는데, 역사를 귀하게 여기며 과거의 선택이 어떤 현재를 만드는지를 충분히 이해하는 연배의 어르신들과 모자이크 타일을 붙인 테이블에 함께 둘러앉아 있는 일이 학생들을 가르치는 일만큼이나 고되다는 걸 깨닫게 됐다.

우리 서점이 한 초등학교에서 주관하는 도서전을 위해 찰리가 그림책과 어린이 총서를 자동차에 실었다. 맬컴과 함께 그를 도운 뒤에야 나는 노동절이 지났고 전국의 모든 학교가 개학했다는 사실을 알아차렸다. 마치 자랑스러운 자녀를 바라보는 부모처럼 떠나는 찰리에게 손을 흔들어주고 나서 나는 필라델피아의 학교에서도 수업이 시작됐겠구나 하고 생각했다. 나는 교장이 나 대신 출근한 교사에게 학교를 안내하면서 개학이 임박해서야 퇴직 소식을 알리며 학교를 배신한 전 교사의 만행을 말하는 모습을 상상했다. 그저 나보다 조금 더 어리고 조금 더 열정이 있으며 머리카락이 곧을 뿐, 상상 속 새 교사는 나였다. 이제는 베테랑 교사가 다 된 제이가 새로 부임한 교사에게 조심해야 할 학생이 누군지, 구슬려야 할 학부모가 누군지, 또 학부모–교사 회의에 절대 나타나지 않는 학부모가 누구인지 알려주는 모습도 상상했다. 코 파는 녀석이 누군지, 기대 이상의 성과를 내는 학생이 누구인지, 게으름쟁이와 아첨꾼이 누구인지 그가 말하는 동안 새 교사는 웃음을 터트리겠지. 두 사람 사이에 생기기 시작한 기운은 곧 무언가로 발전하겠지.

맬컴이 서점 권한 일부를 내게 넘겨준 덕에 나는 공식적으로 역사와 정치, 사회과학 서적을 구매하는 역할과 자선 행사의 총책임을 맡게 되었다. 거의 매일, 우리는 티켓을 사려는 사람들의 전화를 응대했고, 티켓이 다 팔린 후에도 저녁 식사를 제공하거나 와인 시음권, 마사지권과 피부 관리권, 제빵 수업권을 기부하고 싶다는 상인들의 전화를 받았다. 그런 기부가 우리에게 필요한 당장의 자금은 아니었지만 입찰식 경매는 어차피 큰돈을 쓰는 사람들을 위한 행사였기에 우리는 그들이 돈을 써주기를 바랄 수밖에 없었다. 그 후원자들이 우리의 마지막 희망이었다.

엄마와 아빠가 에벌린에 대해 이야기하기 시작하긴 했지만, 푸로스퍼로 서점에는 여전히 오지 않았다. 나는 둘을 낭독회, 북클럽, 심지어 루시아의 코바늘뜨기 모임에도 초대했다. 아빠에게는 새로 만든 역사 북클럽의 조언자로 활동해 달라고 부탁하기도 했다. 아빠는 북클럽 회원들이 좋아할 만한 역사 서적들의 논평을 이메일로 보내주기는 했지만, 직접 참석하진 않았다. 엄마는 늘 어딘가로 가는 중이었다. 누군가의 집에서 골동품 상점으로, 또 조명 가게로 뛰어다녔다. '이번 프로젝트만 끝나면 들를게.' 그렇게 약속한 엄마는 기존 프로젝트가 끝나기도 전에 새로운 프로젝트를 맡았다. 잠깐의 공백이 의도치 않은 은퇴로 이어질까 두려워하면서. 엄마는 내게 바빠서라고 말했지만 나는 엄마가 푸로스퍼로 서점을 피하고 있다는 걸 알았다. 너무 많은, 혹은 너무 적은 에벌린의 기억이 떠오를까 봐 두려워서일 거였다. 하지만 우리 서점의 자선 행사는 에벌린과 관련 있는 행사가 아니었다. 빌리도 나도 그 행사의 주인공이 아니었다. 푸로스퍼로 서점이 사라지는 것을 원치 않는 모든 이를 위한 행사였다.

마침내, 자선 행사의 날이 밝았다. 카페에 계피와 초콜릿 냄새가 퍼지는 동안 찰리와 루시아는 테이블마다 보를 씌우고, 이 행사를 위해 제과점에서 기증받은 트러플 초콜릿과 미니 사과 타르트를 접시에 담아 세팅했다. 10월 상환금에는 아직 몇 천 달러나 못 미쳤지만, 옆 블록의 멕시코 식당에서 플라우타flauta*를 보내주었고, 각 테이블의 꽃 장식 역시 꽃집에서 보내준 거였다. 지역에서 활동하는 한 화가는 서점의 유리창에 벽화를 그려주었다. 중심에 푸로스퍼로 서점이 그려진 LA의 문학 지

---

*토르티야tortilla의 일종으로, 길고 얇은 토르티야를 둥글게 말아 튀긴 후 과카몰리나 사워크림을 얹어서 먹는 음식.

446

도였다. 뭔가 기증할 것이 있는 사람은 다 기증해준 것 같았다. 우리가 기대했던 것 이상으로 동네 전체가 우릴 도와주었다. 그것만큼 성공을 확실하게 보장하는 것도 없었다.

아래층으로 내려온 나를 본 찰리는 모자를 벗고 정중하게 인사를 했다. 중고 상점에서 미랜더가 『템페스트』의 모든 무대에서 입었던 것과 비슷한 흰색 드레스를 사 입은 나 역시 드레스 자락을 들어 올리며 꽃으로 장식한 머리를 살짝 숙여 그에게 인사했다. 루시아도 나와 비슷하게 깔끔한 스타일의 흰 드레스를 입었지만, 아무런 머리 장식 없이 요리책만 들고 있었다. 팔에 새겨진 그녀의 문신이 마치 속옷처럼 드레스 소매에 비쳤다. 『달콤 쌉싸름한 초콜릿』에 등장하는 티타의 옷차림이라고 루시아가 설명했다. 티타는 자신이 만든 음식을 통해서 사람들의 마음을 움직일 줄 아는 존재였다.

맬컴이 파이가 담긴 쟁반을 들고 부엌에서 걸어 나왔다. 그의 머리카락은 모두 카우보이모자 속에 감춰져 있었다. 조종사용 선글라스의 노란 렌즈 때문에 맬컴의 눈동자가 청록색으로 보였다. 그의 입에는 불 붙이지 않은 시가도 물려 있었다.

"왜요?" 자신을 바라보는 나를 본 맬컴이 물었다. "나는 필립 말로가 될 수 없다면서요." 그는 헌터 S. 톰프슨의 뻐기는 듯한 걸음걸이를 흉내 내며 천천히 걸었다. 톰프슨이 썼을 법한 말투로 투덜거리며.

각자 준비한 의상을 입고 온 사람들은 처음 한 시간 동안 주변을 둘러보며 술을 마시거나 달콤한 간식을 집어 먹었고 입찰식 경매에 금액을 적어 내기도 했다.

조니와 크리스는 해리 포터와 헤르미온느 그레인저의 의상을 입었다. 조니는 종종 이 두 사람이 영화 속에서 커플로 맺어졌어야 한다고 말했다.

"사람들이 엄청 취해서 오늘 우리가 이 의상을 입었다는 걸 핼러윈 때 기억 못 했으면 좋겠다." 크리스가 말했다.

조니가 그런 크리스를 장난스럽게 밀쳤다. "사람들한테 떠벌리고 다니지 좀 마."

크리스는 어깨를 으쓱하고는 맬컴과 셜록 홈스 의상을 입고 온 극작가 레이에게로 다가갔다.

조니와 나는 입구에 서서 속속 모여드는 손님들을 안쪽으로 안내했다. 공연이 끝난 이후로 조니는 수많은 오디션을 보러 다녔고 마침내 영화사에서 제작하는 한 작품의 작은 배역을 따냈다. 조니가 자선 행사에 올 수 있으리라고는 생각하지 못해서였는지 그날 밤은 내게 정말 최고의 밤이었다. 내가 조니를 응원하듯 조니 역시 언제나 멀리서도 나를 응원해주었다. 우리는 에드거 앨런 포 의상을 입은 여인이 잭 케루악 의상을 입은 여성을 끌어안는 모습을 보았다. 로렉스 의상을 입은 손님은 쉬지 않고 타르트를 먹더니 결국 접시에 있던 모든 타르트를 깨끗이 비워냈다. 오즈의 마법사에 나오는 도러시는 도러시 파커와 이야기를 나누고 있었다.

조니가 실내를 둘러보며 말했다. "손님이 많이 오셨어."

"이 정도로 충분했으면 좋겠다." 내가 말했다.

"빌리의 수수께끼는 풀었어?"

"풀었지."

"그래서?"

"나더러 여기에 머물라 하네." 나는 조니가 더 자세한 이야기를 물어올 줄 알았다. 하지만 조니는 아무 말 없이 그저 내 손을 꼭 잡았다.

실라는 풍성한 드레스에 흰색 모자를 쓰고, 흰색 양산을 펼치고 와 사람들의 이목을 끌었다. 그녀가 입은 옷은 영화 「만덜레이」에 나오는 갤러리에 걸려 있던 초상화 속 카롤린 드 윈터의 의상이었다. "어쩌면 나는 두 번째 드 윈터 부인이나 레베카일 수 있고, 두 사람 모두일지도 모르지." 실라가 말했다. "아무도 내가 누구인지 알아보지 못해서 다행이야. 안 그랬으면 내가 너무 젊은 척하면서 오만을 떤다고 생각했을 테니 말이야."

실라가 강단에 서자 모두가 조용해졌다. 자리가 넉넉하지 않은 탓에 사람들은 푸로스퍼로 서점의 바닥이란 바닥을 전부 차지하며 다닥다닥 붙어 앉았다.

"새로 시작한 글을 들려드리려고 해요. 앞으로 어떻게 전개될지 아직은 모르겠지만 지금 이 장소에서 영감을 얻은 작품입니다." 실라는 목소리를 가다듬고 앞에 놓인 원고를 잘 정리했다. "사람들은 나이 드는 걸 우아한 일로 생각해요. 아주 더딘 과정인 만큼 한 편의 아리아를 듣는 것처럼 포용해야 한다고들 하죠. 교양 있고 예의 있게 나이를 먹을 수도 있지만, 나이가 들어가는 건 아름다운 음악을 듣는 것과는 달리 부조리한 일들의 연속입니다." 실라는 계속해서 나이를 먹어가는 현실을, 헐떡거리며 계단을 오르고 평범한 와인 한 잔에도 숙취로 고생해야 하는 현실을 자세히 묘사했다. 그녀가 우아함 대신 어떤 인간미를 얻게 됐다며 자기비하적 고백을 하자 청중이 웃음을 터뜨렸다. 곧이어 실라는 자신의 작품을 읽기 시작했는데, 나는 그 에세이가 나에 관한 이야기임을 알아차렸다. 작품에서 실라는 내 이름을 바꾸고, 빌리와 서점 이야기는 건어냈다. 그녀의 에세이는 자신보다 서른 살이나 어린 사람과 친구가 된다는 게 어떤 일인지에 대해 자세히 서술하고 있었다. 내가 조니에게 눈길을 돌리자 조니가 내게 윙크를 보냈다. 모여 있던 사람들을 둘러보니 실라의 작품이 푸로스퍼로 서점과 어떻게 관련이 있는지 눈치챈 사람들은 거의 없었다. 뒤에 서 있던 맬컴이 내 어깨에 손을 얹으며 속삭였다.

"실라의 뮤즈네."

실라가 「세 자매」에 관한 자신의 소감을 이야기하고 있는데 출입문의 종이 울렸다. 다름 아닌 부모님이 입구에서 머뭇거리며 꽉 들어찬 관객을 살펴보고 있었다. 엄마는 분홍색 블라우스를 카키색 바지 안에 넣어 입었고, 아빠는 흰색과 푸른색 줄무늬가 있는 골프 셔츠를 입고 있었다. 업다이크나 치버의 작품에 등장하는 부모님 같았다. 나를 발견한 엄마의 눈빛이 반짝거렸다. 익숙한 그 감정이 내게 밀려왔다. 나는 다시 어린아이가 된 것처럼 엄마 품으로 달려가고 싶었다. 하지만 그러기엔 가로막고 있는 사람이 너무 많았다. 아빠는 실라의 낭독이 끝나면 내게 오겠다고 손짓했다.

나이는 마음가짐에 불과하다고 주장하는 사람들의 어리석음을 이야기하며 실라는 자신의 에세이 소개를 마무리 지었다. "당신이 느끼는 만큼 늙은 겁니다. 사람들은 그 차이가 코르티손 주사와 한 줌 아스피린만큼의 차이라고 하더군요. 저는 늙었다고 느껴요. 실제로도 늙었고요. 당신은 젊습니다. 그리고 저는 당신의 젊다는 이유로 당신을 미워하진 않을 거예요. 내가 당신이었으면 좋겠다며 가식적으로 행동하지도 않을 거고요." 실라가 안경을 벗자 사람들이 그녀에게 박수를 보냈다. "마지막 부분은 아직 집필 중입니다."

맬컴이 단상 위로 올라가 사람들을 부추기며 경매를 시작했다. 실라와 함께하는 저녁 식사권의 호가는 50달러부터 시작했다.

"내가 그렇게 값싼 데이트 상대인지 몰랐네요." 실라가 말했다. 응찰한 사람은 다수였지만 가장 큰 값을 부른 사람은 하워드 박사였다. 그는 셰익스피어 의상에 맞춰 기른 콧수염을 손가락으로 꼬며 재빨리 단상으로 뛰어 올라갔다. 그는 승리의 기쁨으로 두 팔을 번쩍 든 후, 단상을 내려오기 전 실라의 손을 잡고 그녀를 빙글빙글 돌렸다. 사람들이 환호를 보냈다.

참석자들은 자리를 옮겨다니며 다른 이들과 대화를 나누었다. 나는 그때껏 출입문 옆에 있던 부모님을 모두 모여 춤 추는 사람들 사이로 이끌었다. 엄마는 레드 와인을 조금씩 마시며 주변을 빠르게 둘러보았다. 엄마는 고갯짓으로 초록색 벽돌을 가리켰다. "에벌린이 제일 좋아했던 색이야. 밝은 초록일수록 더 좋았을 텐데." 나는 엄마가 나를 안아주던 것처럼 엄마를 안아주었다. 절대 놔주고 싶지 않다는 듯이.

그날 저녁에는 예정된 낭독회가 세 번 더 남아 있었다. 밤 11시가 되자 맬컴의 친구들이 공연을 준비했다. 로카우하이드 밴드가 무대에 올랐을 땐 냅킨들이 나무 바닥에 나뒹굴고 있었고, 테이블 위엔 빈 유리잔들이 어지러이 놓여 있었다. 맬컴과 나는 벽에 기대서서 사람들이 춤 추는 모습을 구경했다. 부모님은 한가운데서 춤을 추었는데, 엄마의 블라우스는 허리춤에서 빠져나와 있었고, 아빠의 골프 셔츠는 땀에 젖어 어둡게 변해 있었다. 함께 몸을 흔들던 엄마와 조니는 마치 호라hora춤*을 추듯 손을 맞잡고 발을 굴렀다. 맬컴은 내게 춤을 추고 싶은지 물었다. 우리는 엄마, 아빠, 조니, 크리스와 함께 원을 만들었다. 노래가 끝났지만 다음 노래가 시작될 때까지 우리는 취기 가득한 대화의 리듬에 맞춰 계속 춤을 췄다. 밴드는 플리트우드 맥의 느린 노래를 부르기 시작했다.

"이 곡 정말 좋아." 엄마가 눈을 감고 몸을 흔들었다. 서점 안의 열기와 와인 두 잔 덕분에 엄마의 얼굴이 발그레해졌다. 묵직한 기타 소리에 엄마의 목소리가 묻혀버렸지만 나는 엄마의 입술이 움직이는 것을, 엄마의 얼굴이 부드럽게 풀어지는 것을, 삶에 지친 엄마가 그럼에도 여전히 노래와 하나가 되어가는 것을 지켜보았다.

나는 맬컴의 귀에 대고 무언가를 말했고, 그는 곧장 무대로 뛰어 올라

---

* 둥글게 원을 이뤄 추는 루마니아의 전통 춤.

서점 푸로스퍼로

가 기타리스트에게 내 말을 전했다. 고개를 끄덕인 그는 전주를 다시 연주하기 시작했다.

"엄마? 밴드 반주에 맞춰 노래하실래요?" 엄마가 눈을 떴다. 추던 춤도 멈췄다. 리드 싱어가 엄마에게 손짓하자 엄마의 얼굴은 두려움에 집어삼켜졌다. 엄마와 나는 서로를 쳐다보았다. 나는 엄마가 다시 스포트라이트를 받기를, 늙은이는 못 한다는 인식을 거부했던 실라처럼 나이를 거스르기를 바란다고 생각했다. 그러나 엄마는 겁먹은 것처럼 보였다. 밴드가 전주를 계속 반복하고 있었지만 엄마를 영원히 기다려줄 수는 없었다.

조명이 어두워지는데도 엄마와 나는 계속 서로만 바라보았다. 엄마와 나, 그리고 기타의 현만이 존재했다. 별안간 엄마 얼굴에 웃음이 번졌다. 입을 손으로 가리지 않는, 순수한 행복감에 젖은 만개한 웃음이었다.

소심하게 시작한 엄마의 목소리는 드럼 소리에 묻혀 잘 들리지 않았다. 하지만 노래가 진행될수록 엄마의 목소리도 점점 커지더니, 어느 순간 그녀는 고래를 뒤로 젖히며 「랜드슬라이드Landslide」 가사를 큰소리로 부르기 시작했다.

노래가 끝나자 엄마는 리드 싱어에게 뭔가를 속삭였다. 그의 사인을 본 밴드는 롤링스톤스의 노래를 연주하기 시작했다. 엄마는 무대 위를 자유롭게 돌아다녔다. 비록 예전의 엄마를 상징했던 생머리는 아니었지만 엄마는 짧은 곱슬머리가 얼굴을 가려도 그냥 내버려 두었다. 그 모습에서 긴 생머리에 화려한 미니스커트를 입은 수지가 보였다. 그 시절의 수지가 여전히 무대 위에 있었다.

아빠와 나는 살짝 땀에 젖은 엄마가 신난 모습으로 우리에게 걸어오는 걸 보았다. "정말 아름답지 않니?" 아빠는 엄마에게서 눈을 떼지 못한 채 말했다.

"맞아요." 내가 대답했다.

밴드 공연이 반 정도 지났을 때 경찰이 서점으로 들어왔다. 선셋대로에 널리고 널린 게 술집인데, 이웃 주민 하나가 소음이 심하다며 우리를 신고했다는 거였다. 와인 잔을 발견한 경찰이 모든 사람의 신분증을 검사할 수도 있다고 으름장을 놓기 전까지 맬컴은 그들과 가볍게 실랑이를 하기도 했다. 파티는 금세 시들해졌다.

엄마는 구석의 테이블에 앉아 목에 흐르는 땀을 닦아냈다. 아빠가 엄마 귀에 대고 뭔가를 속삭이자, 엄마는 크고 아름답게 입을 벌리고 웃었다. 두 사람은 소지품을 챙긴 후 내게 작별 인사를 건넸다.

"자야 할 시간이 세 시간이나 지났어." 아빠가 말했다.

"난 아니지만." 엄마가 말했다. 아빠가 차를 가지러 간 사이 나는 엄마와 함께 있었다. "이렇게 즐겁게 논 게 얼마 만인지 기억도 안 난다." 아빠 차가 도착하자 엄마가 말했다. 엄마는 내 손을 꼭 잡았다. "에벌린도 굉장히 좋아했을 거야." 엄마는 내 손을 더 세게 잡은 후 밖으로 나갔다. 아빠도 내게 손을 흔든 후 둘은 그 둘의 삶이 있는 웨스트사이드를 향해 빠른 속도로 사라졌다. 떠나는 그들의 모습을 보면서 나는 그제야 자유로워진 엄마가 보였다. 반면 빌리는 여전히 푸로스퍼로 서점에 갇혀 있었다. 에벌린 역시 마찬가지였다.

부모님이 떠난 후에도 창가에 남아 선셋대로를 바라보던 내게 맬컴이 다가왔다. "부모님도 즐거워하시던 것 같던데."

"저도 그렇다고 생각해요." 나는 심란해진 기분으로 대답했다.

"왜 그래요?" 맬컴이 물었다.

"이제 정말 다 끝났어요. 빌리의 수수께끼가 정말로 끝났어." 내가 말했다.

"이제 당신의 여정이 시작되는 거죠." 맬컴이 한쪽 팔로 나를 감싸며 말했다. "너무 뻔한 표현이었나?"

"약간은." 나는 팔꿈치로 맬컴을 가볍게 쳤다. "그래도 좋아요."

마지막 손님까지 모두 떠난 후, 루시아는 프런트 데스크에 앉아 수익금을 세고 있었다. 찰리가 바닥을 청소하는 동안 나는 조니와 함께 테이블을 정리했다. 실라와 하워드 박사는 우리가 일하는 모습을 바라보며 구석에 앉아 시가를 피우고 있었다.

"꼼꼼하게 해야지." 실라는 찰리가 급하게 치우느라 놓친 플라스틱 컵을 시가로 가리키며 말했다.

크리스와 맬컴이 밖에서 마리화나를 피우며 웃는 소리가 우리에게 들렸다. 불안이나 요통이 마리화나의 주성분인 THC가 들어간 쿠키와 사탕, 팝콘에 접근할 수 있도록 해주는 주에서 내가 왜 놀랐는지 알 수 없었다. 마리화나 피우는 맬컴을 한 번도 본 적이 없어서였을 것이다.

"내일 서점에 냄새 엄청 나겠다." 맬컴이 뒷문으로 들어오며 크게 말했다.

"그 반대일 거야. 우리가 이 공간을 중화해줄 거니까. 쿠바산 최고급 시가와 김빠진 맥주 중에서 뭘로 할래?" 하워드 박사가 말했다.

"둘 다 싫은데!"

시가 연기를 내뿜은 실라가 남은 시가를 하워드 박사에게 건넸다. 그러고는 맬컴에게 다가가 그의 얼굴을 두 손으로 감쌌다. 맬컴은 실라의 손을 뿌리치려고 고개를 흔들었다.

"오늘 밤, 참 좋았어." 실라가 맬컴의 뺨에 입을 맞추었다. "성공을 즐겨야지."

맬컴은 부엌에서 빌리가 남긴 스카치 병을 들고 나와 모두에게 따라주었다. 실라, 하워드 박사, 조니와 크리스, 루시아, 찰리, 그리고 내게.

우리는 모자이크 타일을 붙인 테이블 하나에 빙 둘러앉았다.

"빌리가 남긴 마지막 술입니다." 맬컴의 말에 우리 모두가 잔을 높이 들었다.

"'내 모든 명예를 에일 맥주 단지와 안전에 바치겠소.'" 하워드 박사가 스카치를 들이키며 셰익스피어의 대사를 암송했다.

"'그 신사는 오감을 내려놓고 스스로 술에 취했다.'" 실라 역시 고개를 흔들며 셰익스피어의 대사를 인용했다.

"『윈저의 즐거운 아낙네들』." 하워드 박사가 말했다. "훌륭하군요, 나의 아름다운 여인이여."

"'당신도 죄를 용서받으실 테니, 저를 관대하게 놓아주십시오.'" 모두가 말하던 걸 멈추고 나를 쳐다봤다. 푸로스퍼로의 이 유명한 대사를 아는 사람도, 모르는 사람도 있었을 것이다. 그런 그들이 나를 바라보며 내가 방금 외친 대사를 설명해주기를 기다렸다. "희곡의 마지막에 푸로스퍼로가 청중에게 용서를 구하는 대사예요."

"아, 맞아, 셰익스피어가 푸로스퍼로를 통해서 했던 말이지. 그의 마지막 희곡이었으니까." 하워드 박사가 설명하려고 하자 실라가 그를 찰싹 때리며 입을 다물게 했다.

"모든 테이블이 당신의 강연장은 아니랍니다." 실라가 말했다.

"이름을 바꿀 필요가 있어요." 내가 말했다. 『템페스트』의 마지막 장면에서 푸로스퍼로는 마법에 걸린 자신의 섬을 떠났다. 빌리도 그의 섬을 떠날 때가 되었다. 그의 주문이 풀렸으니, 이제 그를 보내줘야 했다.

"푸로스퍼로 서점의 이름을요?" 상처를 받아야 하는 건지 기분이 상해야 하는 건지, 찰리는 마음의 갈피를 못 잡았다.

나를 도와주기를 바라는 마음으로 내가 맬컴을 바라보았다. 그는 곰곰이 생각하는 것 같았다. 어쩌면 취해서 제정신이 아닌 걸 수도 있었다. 처음엔 그 모습이 불만스러웠지만 어쩐지 위안이 되는 불만이었다. 어차피 나는 이겨낼 수 있기에 누군가 나를 불편하게 하더라도 그냥 놔 둘 수 있었다.

"미랜더 말이 맞아." 맬컴이 입을 열었다. "서점 시장이 바뀌었어. 살아남고 싶다면 과거에 머물러 살아서는 안 돼."

루시아가 감정을 억누르고 말했다. "주변 빨래방이 죄다 사라졌다고 비난하던 사람이 할 말은 아닌 것 같은데."

"서점을 없애자는 게 아니야." 맬컴이 딱딱하고 정중한 어투로 말했다. "상황이 계속 바뀌고 있잖아. 예전과 같은 모습을 유지하기 위해서는 끊임없이 변화해야 해."

"한 번도 들어본 적 없는, 말도 안 되는 논리네." 루시아가 말했다.

하워드 박사는 수염을 매만졌다. 실라는 집게손가락으로 코끝을 두드렸다. 루시아는 발끝으로 맬컴을 찌르면서, 자기만 재미있으면 그만이라는 듯 맬컴을 못살게 굴었다. 조니는 눈을 감고 자신에게만 들리는 멜로디에 맞춰 몸을 흔들었고, 크리스는 거의 잠든 거나 마찬가지였다. 오직 찰리만이 자기와 마찬가지로 불안해 보이는 사람이 없는지 찾고 있었다.

"어제의 서점. 과거를 기념하는 동시에, 우리가 과거에 묶여 있지 않는다는 걸 알려주는 이름 같은데." 내가 말했다.

"모든 날은 어제이기도 하지." 하워드 박사가 여전히 수염을 매만지며 말했다. "불가분의 관계로 연결되어 있으니까."

"모든 날엔 내일이 있기도 하고." 실라도 찬성했다.

"어제의 서점. 나도 찬성." 맬컴이 말했다.

하워드 박사와 실라는 과거와 현재에 관한 아주 흔하디흔한 묵상에 관해 계속 이야기했다. 맬컴은 카페 벽면에 실버레이크의 과거 사진을 걸어 두기나 입구 창문을 약방처럼 꾸미기 등 서점의 변화를 위해 자기가 할 수 있는 일들을 나열하기 시작했다. 맬컴이 벽에 관해 이야기할 때는 내가 끼어들었다.

"벽은 초록색으로 유지해야 해요." 내가 말했다. 맬컴도 동의했다. 벽이 왜 초록색이어야 하는지, 그 색을 누가 제일 좋아했는지를 그도 알고 있었으니까. 맬컴은 내 어깨를 팔로 감싸더니 몸을 돌려 내 이마에 키스했다. 누군가가 있는 곳에서 그가 내게 키스한 건 처음이었지만, 사람들의 반응을 살피느라 둘러볼 필요는 없었다. 익숙해지려고 노력할 필요도 없었다. 그냥 그게 당연하게 느껴졌다.

루시아와 찰리는 아침에 누가 더 숙취로 고생할지를 두고 실랑이를 벌였다. 조니와 이야기를 나누는 내내 맬컴은 내 어깨에 손을 얹고 무심하게 쓰다듬었다. 내 앞에 있는 나의 가장 오랜 친구, 최근에 사귄 친구들, 그리고 나보다 먼저 나를 알던 사람들. 어제의 서점은 나뿐만 아니라 이들 모두의 것이기도 했다. 하지만 푸로스퍼로 서점은 빌리의 것, 또 에벌린의 것이었다. 우리는 이 서점에게 다시 살아날 기회를 주는 거였다. 나 역시 나 자신에게 새로운 기회를 줄 필요가 있었다. 그것이 푸로스퍼로가 그의 딸 미랜더에게 원했던 것, 지난날의 무게에 압도되지 않고 더 먼 미래를 인지하고 앞으로의 날들을 준비하라는 것이었으므로.

감사의 말

오랫동안 소설을 쓰겠다는 꿈을 꾸면서 가장 가슴이 설렜던 것 중 하나가 바로 감사의 말을 쓰는 것이었습니다. 새 책을 읽기 시작할 때 제가 제일 먼저 하는 일이 바로 감사의 말을 읽는 겁니다. 저는 작가의 주변 이야기를 듣는 것을 정말 좋아합니다. 책 표지에는 작가의 이름만이 적히지만, 실제 작품 출간 과정에는 아주 많은 사람의 응원과 지혜, 노력과 믿음이 녹아들어간다는 걸 감사의 말이 일깨워주기 때문입니다. 저에게 이 소설은 결과를 바라지 않고 했던 일이고, 그러므로 교수님들과 친구들, 가족들, 그리고 집필 과정에서 만나게 된 경이로운 모든 분의 통찰력과 열정이 없었다면 절대로 완성될 수 없었음을 고백합니다.

나의 대단한 에이전트 스테퍼니 캐벗과 마찬가지로 놀라운 능력을 지닌 그녀의 조수 엘런 굿슨 커프트리, 그리고 거너트 사의 모든 분께 감사의 말을 전합니다. 파크로우북스의 멋진 삼총사, 제게 기회를 준 에리카 임라니와 지칠 줄 모르는 두 편집자 리즈 스타인, 나탈리 홀릭에 더해 뛰어난 홍보 담당자인 샤라 알렉산더에게도 고마움을 표합니다. 이렇게 총명하고도 다정한 여성들과 프로젝트를 함께 하게 된 것은 말로 표현할 수 없는 행운이라고 생각합니다.

사려 깊은 독자가 되어 저의 정신없는 초안을 읽고 도와주셨던 동료 작가들, 린 일라이어스, 알렉산드라 디탈리아, 에이프릴 다빌라, 코리 매든, 에린 라 로사, 재키 스타워스, 켈리 모르, 윌 프랭크, 앤스 와이엇, 테탸나 우셔코프, 메리 멘젤, 로런 허스틱, 타이워 훼스톤 그리고 제시카 칸티엘로에게도 감사합니다. 여러 번의 식사를 함께 하며 아름다운 사진을 보여주고 이야기를 들려준 어맨다 트레이즈, 웹 사이트는 물론, 다른 모든 것도 멋진 레이븐+크로스튜디오의 케이티 프리텔과 트로이 파머, 시작부터 아니 어쩌면 그 이전부터 편집상의 아이디어와 도움을 준 케빈 도틴에게도 고마운 마음을 전합니다.

USC의 훌륭한 강사분들과 멘토들, 특히 제 아이디어의 가능성을 봐준 주디스 프리먼과 자신이 알고 있는 것보다 훨씬 더 다양한 방법으로 제게 용기를 준 에이미 벤더, 글쓰기 프로그램을 함께 이끌어가고 있는 동료 등 제게 보살핌과 응원을 보내주는 모든 분을 통해 저는 USCH에서 보살핌과 응원을 발견할 수 있었습니다.

동네 서점 운영자로서의 관점을 전해주신 스카이라이트북스의 스티브 살라스디노와 아버지의 중고 서점 이야기를 공유해준 오핸 오도널에게도 감사의 말을 전합니다. 독립 서점은 제 읽고 쓰는 삶에서 중요한 자리를 차지하고 있습니다. 저는 여행을 할 때마다 그 지역의 서점을 돌아보기 위해 여분의 가방과 한 뭉텅이의 시간을 준비합니다. 그런 서점들을 통해 우리 지역에서 운영되는 도서 기념회나 기획전, 낭독회에 대한 영감을 얻곤 합니다. 푸로스퍼로 서점은 여러분과 여러분의 책장에 바치는 저의 송시입니다.

그리고 우리 마이어슨, 퍼로타, 그리고 천 가족에게도 고맙습니다. 단한 페이지조차 읽지 않으시고도 (이제 읽어보실 수 있어요!) 제게 용기를 복돋워준 부모님께 특별한 감사 인사를 전합니다. 책 쓰는 과정 내내 조언과 지지를 아끼지 않았던 우리 오빠 제프, 한결같은 열정을 보내준

린지 퍼로타와 잰 퍼로타, 유용한 의학적 조언을 해준 제시카 천과 소셜 미디어 요령을 알려준 젠 천, 그리고 나의 모든 특별한 친구들. 활기찬 동시에 제가 언제나 영감을 주는 당신들과 한 울타리에 속하게 된 건 정말 커다란 행운입니다.

마지막으로, 언제나, 나 자신도 나를 믿지 못하는 때조차 나를 믿어준 애덤에게 감사의 인사를 올립니다.

서점 푸로스퍼로

초판 인쇄 2023년 10월 18일
초판 발행 2023년 10월 25일

지은이   에이미 마이어슨
옮긴이   성세희
펴낸이   강성민
편집장   이은혜
기획   노만수
책임편집   박지호
제작   강신은 김동욱 이순호
마케팅   정민호 박치우 한민아 이민경 박진희 정경주 정유선 김수인
브랜딩   함유지 함근아 박민재 김희숙 고보미 정승민 배진성

펴낸곳   (주)글항아리 | 출판등록 2009년 1월 19일 제406-2009-000002호

주소   10881 경기도 파주시 심학산로 10 3층
전자우편   bookpot@hanmail.net
전화번호   031-955-2696(마케팅) 031-941-5157(편집부)
팩스   031-941-5631

ISBN   979-11-6909-166-4 03840

파불라는 (주)글항아리의 브랜드입니다.
잘못된 책은 구입하신 서점에서 교환해드립니다.
기타 교환 문의 031-955-2661, 3580

www.geulhangari.com